중국민속사

中國民俗史

1

이 번역서는 중화학술외역(中華學術外譯) 프로젝트(15WMZ002)에 의해 중국의 국가사회과학기금(Chinese Fund for the Humanities and Social Sciences)으로부터 지원을 받았습니다.

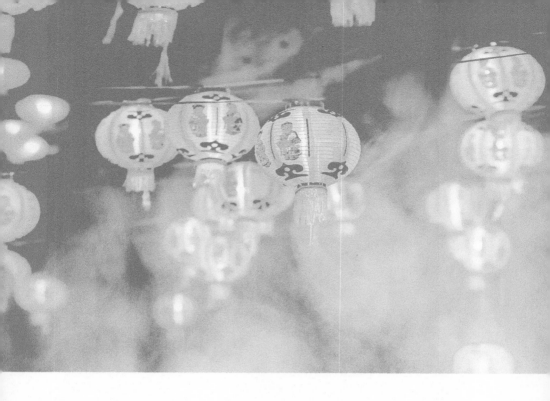

중국민속사

中國民俗史

1

종경문鐘敬文 주편

조복림晁福林·화각명華覺明·유정劉禎 저

범위리范偉利·단아段雅 역

신범순申範淳 감수

學古房

역자의 일러두기

1. 원저에 인용된 고전의 변역에 있어서『임동석 중국사상 100권 번역 시리즈』(동서문화사),『신선 명문 동양고전대계』(명문당),『동양학총서 시리즈』(자유문고),『국어』(신동준 역주, 인간사람, 2017),『주역』(김인환 역해, 고려대학교 출판사, 2006),『중국고대 금문의 이해』(최남규 역, 신아사, 2010),『시경』(정상홍 역, 을유문화사, 2014),『초사』(권용호 역, 글항아리, 2015) 등을 참조했다. 일부 고전 원문은 각주 형식으로 대조할 수 있도록 배열했다.
2. 현대와 고대의 중국의 인명, 지명, 갑골문, 금문의 표기와 소수민족 언어의 음역과 등은 현 한글맞춤법통일안 1911년 신해혁명을 전후하여, 이전은 한글 독음으로, 그 이후에 중국어 발음으로 읽어주라는 것에 따르지 않고 일절 한글 독음을 사용했다.
3. 일부 용어는 한글과 함께 한자로 표기해 의미를 분명히 밝혔다. '역자 주'를 통해 원문과 인용처, 용어 설명 및 원저의 오류 등을 밝혔다.
4. 이 책은 다음과 같은 부호로 사용했다.
    가. ( ): 한자의 뜻을 해석하고 원저에 인용된 고전 원문 등에 사용했다.
    나. < >: 명기, 이기의 이름에 사용하고 벽화, 암각화, 건축물의 평면설계도 등에 사용했다.
    다. " ": 긴 인용문에 사용했다.
    라. ' ': 짧은 인용문이나 강조 부분을 묶었다.
    마. 『 』: 책을 묶었다.
    바. 「 」: 편명을 묶었다.
    사. 《 》: 잡지를 묶었다.

중국민속사

| 차 례 |

제1장 물질 생산에 관한 민속

제2장 물질 생활에 관한 민속

중국민속사와 민속학사

종경문鐘敬文

　중국민속사와 민속학사를 연구하려면 먼저 민속학 자체 지식에 대해 잘 알고 있어야 한다. 비교적 중요한 것으로 다음과 같이 세 가지를 들 수 있다.

　첫째, 민속현상과 관련한 지식으로 책에 있는 용어로 민속지 또는 현지작업 자료라고 한다. 현지작업 자료는 연구자 자신이 직접 답사를 통해 얻어야 한다. 민속을 연구하려면 우선 연구대상 자체를 잘 파악하고 있어야 한다. 현재 몇몇 민속학을 전공하는 교수나 학생들이 민속과 관련한 지식 자체를 잘 알지 못하고 있거나 정확하게 이해하고 있지 못해 학문으로 이어가기가 쉽지 않다. 예를 들어, 문예학을 연구하는데 누군가 문학에 대해 잘 알지 못하면서 문학사나 문학 이론에 관한 서적을 보고 연구하는 것을 아주 틀린 방법이라고 말 할 수는 없지만 절대 커다란 업적을 얻을 수는 없을 것이다. 일단 문학 작품에 대해 잘 알고, 일차 자료를 숙지한 후에야 학술적 연구에 종사할 수 있다. 이것은 일반적인 절차로 절대 다른 길이 있을 수 없다. 나는 민속학을 연구하는 사람으로 박사과정 학생에 대해 알고 싶으면 그의 친구나 학우의 소개를 들어 볼 수도 있고, 혹은 그 박사과정 학생 본인과 이야기를 나눠 볼 수도 있다. 그러나 나는 꼭 직접 그 학생과 소통을 해보고 이와 함께 다른 사람의 의견을 참고로 한다. 내가 그와 직접적 교류를 가져보아야 서로 익숙해지고, 그런 후 그의 모습과 행동을 알게 될 뿐만 아니라 그의 마음 상태까지 알게 되어 내 스스로도 새로운 체험을 하게 된다. 이러한 생각은 듣고서만 행동하는 결과와는 다르다. 그리고 나서 다른 사람의 의견을 참고하여 얻게 된 생각은 더한 깊이와 넓이를 갖게 된다. 학문이란 바로 이와 같다. 다른 사람이 쓴 역사서와 이론서는 결코 당신 갖고 있는 지식을 대신할 수 없으며 아무리 좋은 이론이라도 결코 학자 자신이 가진 일차 자료를 통해 얻은 생각과 맞 바꿀 수는 없다. 한 사람이 닦아가는 학문의 가장 중요한 원천은 바로 그가 연구하는 대상의 재료에 있다. 이전에 우리 학과의 몇몇 박사반 학생들이 길을 잘못 들어서 졸업할 때서야 돌아서려고 하니 이미 너무 늦어버리곤 했다. 내가 지도교수로서 나중에 생각해보니 책임을 다하지 못한 것 같은 느낌이 들었다. 처음부터 그들을 그냥 두지 않고 그 방법을 계속하지 못하게 했어야만 더 큰 성과를 얻어 낼 수 있었을 것이다.

민속에 관련한 지식을 얻는 데는 두 가지 방법이 있다. 첫번째는 다른 사람의 기록을 통해서 얻어진 것이며, 이를 전문용어로 민속지 이용이라고 한다. 민속지는 다른 학자들이 현지 여러 민속을 현지 답사하여 기록한 것으로 단일민속지와 종합민속지 등 여러 가지로 나누어지는데 내가 이전에 쓴 글에 논의한 바 있다. 앞으로 학문적으로 어느 정도의 성과를 거둘 수 있는가는 민속지 자료를 충분히 파악할 수 있느냐에 달려 있다. 이것이 관건이며 절대적인 요소다. 두번째, 필요한 이론을 배우는 것이다. 박사과정 학생 그리고 방문학자가 처음으로 학문에 들어서면 모두 '입문'이나 '개론'과 같은 이론서를 읽어 민속과학에 대해 거시적인 이해를 갖추게 된다. 그 안의 많은 집들에 이르게 되고 집에는 또 많은 사람들이 있으니 그 문에 들어와서는 다른 이론 서적을 빌어 직접적이거나 간접적으로 깊이 있게 연구하게 된다. 전문 서적은 개론서에 비해 분류의 완전성과 내용의 깊이를 갖추고 있지만, 전문적인 연구이기 때문에 특수한 배경과 특수한 한계를 갖고 있다는 점도 주의해야 한다. 예를 들어 중국 전통 민속 연구 대부분은 관혼상제冠婚喪祭와 민간 문학이라는 두 분야에 치중되어 있다. 그 중 관혼상제는 인생의 여러 행사들을 말하는 것이고 생활의 제도라고도 할 수 있어 전문 서적이 적지 않다. 그러나 관혼상제로 민속의 현상을 정리한 것은 많이 부족해 '탄생례'도 얘기하지 않게 된다. 다시 민간문학을 예로 들면『민속학개론』에서 민간산문과 민간운문을 소개한 부분은[1] 두 장으로 나누어 전체 분량으로서도 적지 않지만 이 역시 충분하지 않다. 또 사시史詩[2] 등의 중요 내용을 언급하지 않았다. 그리고 중국은 50여개 민족이 있으며 각각 서로 다른 민간문학을 가지고 있고 유사점이 있으면서 다른 점도 있다. 이러한 것들이 모두 중요한 학문적 주제이지만 자세히 논의된 바 없다. 그러나 개론서지만 모든 부분을 자세히 언급할 수는 없어 여전히 개략적일 뿐 충분치 못한 아쉬움이 남는다. 어느 전문 연구 부분에서도 자기 자신만의 관심 부분과 등한시 하게 되는 부분이 있기 마련임을 연구 과정에서 꼭 알고 있어야 한다. 연구를 시작하는 시기, 연구 주제에 대한 자료를 읽을 때 시각이 좁더라도 신경 쓸 필요가 없으나 주요 저술에 대해 그리고 전반적인 이론 정보에 대해서는 꼭 알아 두고 관심을 가져야 한다. 일차 자료에 대한 파악과 비교할 때, 이론에 대한 연구가 상당히 중요한 방법이긴 하지만 그것이 전부는 아니고 자료 자체가 갖는 기능을 다 포괄할 수는 없다.

셋째, 역사 지식이다. 민속 현상은 지금에 와서 생겨 난 것이 아니다. 인류는 수 십만 년의 역사를 가지고 있고 어느 민속은 수만 년의 역사를 가지고 있지만 문자 기록은 겨우 수천 년에 불과할 뿐이다. 민속이 발생하게 된지는 아주 오래되어, 인류가 하등동물에서 벗어나면서부터 민속은

---

1) 鐘敬文 主編,『民俗學概論』, 上海文藝出版社, 1998年 p.240-269, 270-297.
2) 朝戈金,『口傳史詩詩學: 冉皮勒〈江格爾〉程式句法研究』, 廣西人民出版社, 2000年.
   陳崗龍,『蟒古思故事集』北京師範大學出版社, 2003年.

존재했다. 민속은 바로 사회생활에 필요한 사람과 일이며 이와 관련된 사유가 더 해진 것이다. 고대의 민속이 도대체 어떤 모습인지는 자세히 알 수 없지만 문자 기록을 통해 짐작해 볼 수 있기 때문에 민속과 관련된 문헌은 귀중한 것이다.

민속을 기록하는 문헌은 두 가지로 나누어 볼 수 있다. 하나는 역사적 민속현상과 민속활동, 민속사건을 기록한 것으로 과학사적인 용어로 말하면 이러한 문헌들이 바로 민속사. 역사란 바로 옛사람들이 기록한 문자를 말한다. 앞에서 언급한 민속지는 현재의 기록 문자다. 사史와 지志는 시간상의 구분이 있으며 우리는 민속 지식을 익히려면 먼저 '지志'를 익혀야 한다. 역사상의 민속 지식을 이해하려면 '사史'에 의존해야 한다. 민속 사료를 기록한 저작은 『산해경山海經』, 『풍토기風土記』, 『풍속통의風俗通義』, 『형초세시기荊楚歲時記』와 같이 단편적으로 전해져 내려오고 있다. 구판본도 있고 현재 새로 인쇄된 것도 있어 쉽게 찾을 수 있으니 모두 관심을 가지고 살펴볼 필요가 있다. 중국 민속학자로서 중국 민속사의 전적조차 읽지 않았다면 말도 안되고 그것은 중국 학자가 아니다. 만약 미국 학자가 중국의 민속을 연구하는데 그가 중국 민속사의 저서 한 두 권을 이해하지 못한다는 것은 이해 할 수 있지만 원칙적으로 그 대충이라도 살펴 보아야 할 것이다. 그러나 중국 민속학자들이 『산해경』과 『풍토기』를 읽지 않았다는 것은 말이 되지 않는다. 그것은 꼭 있어야 되는 지식을 갖추지 못하고 있다는 것을 의미하는 것이다. 다른 한 가지는 선인들이 민속현상에 대한 이론적인 사고에 대한 언급이나 관련 저술들이 많지는 않았지만 끊이지 않고 이어져 왔다. 선진시대 제자들도 자신들의 견해에 대해 언급을 했고, 청나라 말기에도 이와 관련된 언급은 찾아볼 수 있다. 관련 단행본은 매우 적어 몇 권 있지만 『풍속통의』처럼 민속 현상과 함께 기록되어 저자의 견해나 다른 이야기들이 뒤섞여 있다. 지금도 몇몇 사람이 민속사를 쓰고 있고 완성하지 못한 사람도 있다. 지금까지 현대 학자들이 편저한 민속사

관련 서적은 장자신의 『중국민속학사』와 왕문보의 『중국민속학사』[3]는 비교적 자료에 치우친 저서로 우리 도서관에도 있으니 꼭 한번씩은 볼 필요가 있겠다. 외국인으로서는 일본 학자 나오에히로찌(直江廣治)도 『중국민속학사』를 써서 중국어로는 『중국 민속문화』[4]라고 번역됐다. 나도 읽어보았지만 부분적으로 충분하지는 않지만 저자 자신의 견해를 볼 수 있어 참고할 만하다. 기타 외국어 논문도 있다. 짧지만 찾아서 볼만 하다. 대학원생은 가능한 한 많이 볼 필요가 있다.

　서양의 이론서도 읽어야 하며 전세계의 앞선 인문과학의 연구결과도 배워야 한다. 그러나 중국 민속학자로서는 중국의 민속사 및 역사상 선인들의 저작을 더욱 잘 알고 있어야 한다. 중국민속사 관련 저서에 드러난 사상관념은 서양 이론과는 여러 다른 점이 있을 수 있다. 결론적으로 중국의 민속에 대한 기록과 느낌에 있어서 중국인만이 도달 할 수 있는 부분이 있을 테니 이것이 현대과학에서 필요한 바가 아니겠는가? 그러나 자식이 부모의 추함을 탓할 수는 없는 법, 우리는 우리 민족의 역사적 유산을 존중해야만 한다. 젊은 사람들이 이 문제를 바로 이해하기는 쉽지 않지만 중국 민속학자로서는 이 점을 곡 되새겨보아야 한다. 학술사적인 측면에서 몇 가지 문제, 즉 선인들이 기록한 민속현상은 현대생활에 어떤 모습으로 나타나고 있는가, 이들은 우리의 민족의 심리, 민족의 성격과 민족문화의 장기적인 발전에 어떤 역할을 했던가, 이는 모두 우리가 반드시 대답해야 할 질문들이다. 아마도 몇몇 친구들은 현실 사회에 대한 불만 때문에 우리 선인들에 대해서도 좋지 않은 감정을 갖고 서구사회의 모든 것에 대한 동경심을 갖고 있을 수 있겠지만 우리의 옛모습이 어떤 상태였는가?

---

3) 張紫晨, 『中國民俗學史』, 吉林文史出版社, 1993年.
　　王文寶의 『中國民俗學史』, 巴蜀書社, 1995年.
4) (日)直江廣治著, 王建朗譯, 『中國民俗文化』, 上海古籍出版社, 1991年.

중국의 두 사회에 대해 비교해 본적이 있는가? 이런 이유 때문에 역사를 알아야 하고 그래야만 분명한 자기 견해를 제시 할 수 있게 된다. 민속학은 인문과학이며 인문과학의 인문현상은 자신의 발원지가 있는 것이지 결코 바람 속의 뿌리 없는 민들레가 아니다. 현대사회는 첨단기술을 강조하지만 민족의 인문문화를 무시할 수 만은 없다. 대학원 박사들은 국가에서 배양하는 최고의 전문 인력으로서 마땅히 좀 더 높은 위치에 서서 멀리 보아야 한다. 우리에게 역사가 단지 한낱 지식일 뿐만 아니라 일종의 교양이고 의무이며 도덕임을 알고 우리가 역사를 공부할 때 자존감을 갖고 있어야 한다.

우리가 민속학 공부 이외에 다른 관련 학과에 대한 공부가 뒤따라야 민속학이 인문사회과학에서 차지하고 있는 중요한 위치에 대해서도 알 수 있다. 민속학 자체의 지식을 배우되 관련 학과의 지식도 알아둬야 민속학은 인문사회과학에서의 위치를 더 잘 알 수 있고, 이 단계에서 민속학의 특성과 역할을 인식하는 것이 제가 흔히 지식 구도의 완결이라고 말했던 것이다. 집을 지을 때 기초를 깊이 다질 수록 더욱 견고해지는 것처럼 과거 중국에서의 학문은 기초를 중시했는데 지금은 당연히 이렇게 해야 한다. 어떤 사람은 민속학만을 공부하고 다른 학문을 회피한 채 관련 지식이 부족하여도 그대로 두면 좋지 않은 결과를 가져 올 수 밖에 없다. 다음으로 민속학과 몇 가지 주요 관련 학문과의 관계를 말하고자 한다.

민속학과 문화학 및 사회학. 지금 국가차원에서 민속학을 사회학의 1급 학과 아래 놓고 있는 것이 꼭 과학적이지 않을 수도 있지만 일리는 있다. 민속학의 연구대상에서 보면 사회문화에서 중요한 것들이 많이 포함되었기 때문이다. 그러나 사회문화 내부에도 차이가 있어 상·중·하 삼단계로 나눌 수 있고 민속학에서는 중층과 하층문화를 주로 연구하게 된다. 어떤 사람들은 잘 알지 못하면서 민속은 문화연구의 대상이 아니라는 협의적인 견해를 제시했다. 실은 문화는 광의의 개념과 협의의 개념 모두를 가지고 있다. 광의적 문화는 사람이 태어난 후 배운 모든 지식을 포함해야 하며, 인류학과 사회학은 모두 광의의 개념이며 민속학도 광의의 범위에 포함된 다. 과거 몇몇 국가의 학자들, 예를 들어 독일 학자는 광의적인 문화관을 취하지 않았다. 그들이 말하는 문화는 모두 상층의 문학과 예술 등인 상층 문화를 가리킨다. 최근 장대년張岱年 선생 주필한『중국문화개론』5)은 교육 부에서 지정 교재로 쓰되 상층문화만을 언급했다. 그는 철학자로서 학식 높은 학자이지만 사유방식은 민속학자와 다르니 각자 자기 생각대로 연구 를 진행할 수 있다. 일반적으로 현대인의 문화관은 비교적 협소하지만 상당히 넓게 응용되고 있다. 응용에 있어 상당히 광범위하고 있다. 무슨 여지荔枝문화, 연문화, 용주龍舟문화, 맥주문화, 수박문화, 컴퓨터문화까지 있다. 중국 민속학자는 광의의 문화관, 즉 상위문화를 계승하면서 주로 중·하층 민속문화를 연구한다. 이태백李太白, 관한경關漢卿은 모두 위대한 문학예술을 만들어 낸 사람이지만 모두 상층 문학가로서 우리의 연구 범 주에 속하지는 않는다. 최근 북경사범대학출판사에서 중국 건국 50년 인 문사회과학 연구결과를 총괄하는 전집 출판 준비를 하고 있어 우리가『중 국민간 전승 문화학 논문선』을 편찬하였는데 '민속', '전승' 및 '문화'란 단어를 모두 제목에 집어넣었다.

민속학의 기초가 사회사라는 주장을 어느 외국 학자도 언급한 것을 본적은 없지만 나는 그렇게 생각한다. 그래서 민속학의 기초적 토대는 사회학과 사회학사 및 문화학과 문화학사이어야만 한다. 과거 우리는 민 간문학의 기초과학을 문학과 문학사, 그리고 문예학 문학사라고 여겼는데, 이제는 그것을 더 넓은 기반 위에 놓고 사회학 속의 학문으로 포함시켜 이에 대한 기초과학적 인식 역시도 조정할 필요가 있다.

'학學'과 '사史' 사이에는 '학'은 논리적이고 이론적인 것이고 '사'는 구

---

5) 張岱年·方克立 主編,『中國文化槪論』, 北京師範大學出版社, 1994年.

체적이고 현상적인 것이며 양자는 밀접하게 관련되어 각각 자기만의 특징이 있다. 앞에서 언급한 민속학의 두 갈래의 기초학문, 즉 사회학과 사회학사, 문화학과 문화학사는 모두 밀접한 관계를 가지고 있으며 동시에 각각의 분야도 있다. 민속사와 민속학사를 연구하는데 문화사와 사회사의 기록을 벗어난다는 것을 상상할 수 없는 일이다. 그것이 민속학 연구사를 구성하고 기초를 이루는 부분이기 때문이다. 우리의 관심사는 하층문화사와 사회사를 연구하는 것인데 과거는 종종 관심 밖에 있었다.

민속학과 인류학. 또 사회문화 인류학 등과 같은 몇몇 학문도 우리와 비슷한 학문이다. 영국에서는 그것을 사회인류학이라고 부르고 미국에서는 문화인류학이라고 하여 명칭 역시 다르다. 임요화林耀華 선생은 입만 열면 민속학은 문화인류학 혹은 사회인류학이라고 말하는데 이것은 그가 본인의 견해다. 유럽의 다른 국가들에도 민속학이나 민족지가 그 자리를 대신하고 있다. 이런 학술상의 사소한 논쟁은 우리가 관여할 바 아니다. 민속학은 국가별 발전상황이 다르고 각각 그 특징이 있으되 중국에서는 비교적 발달되어 있다. 나는 북경사범대학교에서 문화인류학을 가르치는 사람을 찾고 싶었지만 끝내 찾지 못했다. 한 번은 앨런 던디스(Alan Dundes)가 강의하러 왔는데 그의 한 미국인 학생이 통역을 맡았다. 덩디스가 말한 경험으로 보면 그도 아직도 우리만큼 운이 좋지 않은 듯싶다. 그가 있는 곳에서는 민속학이 인류학의 한 전공으로 그가 학생을 뽑아 우리쪽에서 민요를 박사과정에서 연구하고 있다. 그 학생에게 문화인류학을 강의를 부탁하고자 하나 중국어 수준이 부족해 이 부분을 보충해야 할 것 같다. 내가 그에게 중국에서 배워도 되고 미국에서 해도 될 것 같다고 했더니 이 학생은 미국으로 돌아가 미국에서 박사반 공부를 계속 하게 되어 중국에서 강의를 진행하지 못하게 됐다. 또 한 사람은 외국어과를 졸업해서 영어는 잘해 외국어 서적에서 자료를 모아서 여기 와서 '문화인류학' 강의를 하려고 했다. 그가 자신도 이곳에 와서 가르치는 것에 관심을 보이고, 내가 보기에도 괜찮고 게다가 중국어 쓰는 것도 문제가 없었다. 어쨌든 우리는 처음으로 이 과목을 가르치는 것이었다, 하지만 여러 이유 때문에 허가가 나지 않아 그만 두고 지금은 등효평董曉萍박사가 그 과목을 담당하고 있다.

인류학과 민속학의 일부 영역이 교차돼 있지만 이 두 학과는 서로 달라서 완전히 합쳐질 수 없어 민속학자들은 인류학의 지식도 필요로 한다.

민속학과 고고학. 고고학은 역사 속의 문화, 특히 선사시대 인류문화에 대해 연구한다. 선사 고고학이 발굴한 문화는 아직 분화되지 않아 국민성을 갖추고 있고 초기 민속의 구별이 아주 많지 않는 것으로, 상·하 층으로 구별하지 않고 단지 부족이나 씨족의 생활만이 그 문화가 전체라고 볼 수 있다. 인류가 역사사회에 진입한 후 이미 상·하층 문화의 차이가 생겼는데 역사 고고학의 발굴을 통해 이미 계급 차별이 있었다는 것을 알게 됐다. 예를 들면 마왕퇴馬王堆에서 출토된 문물 중에 많은 부장품이 상위 계급의 소유물이지만 그 안에는 백화帛畫도 있고 백화 위에 신화도 있는데 이는 바로 백성들의 하층문화다.

그러나 민속민간문학은 원시문화가 아니다. 이 점은 나는 이전에 초기 영국인 학파의 영향을 받았으나 그다지 잘 알지 못하여 최근 몇 년 동안 글을 써서 이 문제를 다시 이야기했다. 내가 나중에 많은 선사문화의 책을 읽고 사상적으로 변화가 생겼기 때문에 민속민간문학과 원시문화 둘은 서로 밀접한 관계가 있으면서도 상대적으로 구별이 있어서 서로 혼동할 수 없다고 느꼈다.[6] 지금도 어떤 학자들은 여전히 나의 과거 행적을 반복해서 둘을 동등하게 취급하여 자신의 안목을 방해하고 있는데 이는 역시 그들을 나무랄 것이 없다고 생각한다. 그래서 나는 민속학자가 반드시

---

6) 鐘敬文,「我與中國民俗學」,『學林春秋-著名學者自序集』(張世林編) 中華書局, 1998年, P.48-49.

고고학적인 지식을 어느 정도 배워야 한다고 느꼈다.

민속학과 종교학 및 언어학. 민속학 연구는 종교학을 모르면 안되고 양자도 천 갈래의 관계가 있다. 언어는 민속의 체계로써 민속학 연구에 있어서 언어학은 줄곧 매우 중요한 것이다. 일본 민속학자는 심지어 야나기타 구니오(柳田國男)는 민속학 연구를 언어 연구부터 시작해야 된다고 여겼다. 그의 『달팽이 고考』는 바로 언어학에서 들어간 것이다. 중국에는 지금까지 언어학 저서 중에서 아직까지 전문적으로 하층문화 언어를 연구하는 것은 하나도 없다. 미국 언어학자 에사피르(E. Sapir)가 이런 일을 해왔고 현재 번역된 그의 책은 그의 일반 저작이고 이런 전문 저서도 번역됐으면 더욱 좋겠다. 나는 일본 방문 때 만난 한 일본 학자를 기억하고 있는데 그가 프랑스에서 교육을 받고 언어사회학 연구를 하고 있으니 내가 말한 하층문화와 아주 가깝다고 할 수 있다. 중국 언어학자인 진원陳原 선생도 사회언어학을 연구하지만 그는 전문적으로 하층문화를 연구하지 않고 일반적인 사회언어학 연구를 하는 분이다. 그의 책도 참고할 만 한다. 아무튼 언어학과 언어학사 분야에도 일정한 지식이 있어야 한다. 내년에 졸업할 예정자가 자신 고향의 방언 민속을 탐구하는 것은 새로운 연구영역이 아닐 수가 없다.7) 앞으로 누가 『설문해자』를 통해 고대민속을 연구하는 박사논문을 쓸 수 있다면 틀림없이 좋은 학술성과가 될 것이다.

민속학과 지리학. 민속학은 지리학과도 관련이 있고 듣건대 어느 분이 민속지리학을 썼는데 아주 흥미롭다.

이상으로 많은 민속학 자체의 지식과 관련 학과의 관련된 지식을 말했는데 이는 또한 민간 문예학은 중요하지 않다는 뜻이 아닌다. 민간 문예학은 시종 민속학의 중요한 내용이다. 샬럿 소피아 번(CharLotte Sophia Burne) 여사의 책에서 민속을 세 부분으로 나눴다. 첫째 부분은 신앙, 둘째

---

7) 黃濤, 『語言民俗與中國文化』, 人民出版社, 2002年.

부분은 민간문학, 셋째는 신화, 전설, 가요, 속담 등8) 여러 나라에서 민속학의 발흥은 모두 민간문예학에서 시작되고 중국도 『가요』 주간 축제로부터 시작된 것이다. 본인의 전공 분야도 역시 민간문예학이었다. 현재 민속학 전공 대학원생의 연구 방향이 비교적 복잡하여 올해 졸업한 박사과정의 5명은 사회조직을 연구하는 것도 있고 농기구를 연구하는 것도 있고 민속에 대한 연구를 하는 것도 있는데 광범위한 면을 다루고 있지만 민간문학은 여전히 소홀하면 안되는 분야다. 예를 들면 중문과를 졸업한 학우들은 문예학의 발전에 대해 더 많은 것을 알게 됐다. 현재 문예학계에서 서술학 이론, 언어 이론 등 신학설을 많이 사용하는데 실은 이들 모두가 우리 연구분야와 아주 가까운 관계를 가지고 있다는 것을 느꼈을 것이다. 더 중요한 것은 민간문예학의 연구대상은 민중의 정서적 산물인데 일반 인문 사회과학은 모두 이성의 산물을 연구한다는 주요 차이가 있다는 것이다. 실은 인류는 이성적으로 문제를 고려하는 비율은 더 낮고 대부분 풍속과 관습에서 출발하고 지금은 과거에 했던 방식대로 하고 생각을 많이 안한 것이다. 감정으로부터 출발하는 경우도 있지만 감정적으로 일을 처리하지 않는 것은 감정에 의한 행위의 지배 작용을 가리킨다. 실은 만약 사람이 정 없으면 가정도 없고 친구도 없고 나무 덩어리가 된다는 셈이다. 많은 사람들이 영웅적인 행위를 하는 것은 감정을 위한 것이고 나쁜 일을 하는 것도 감정때문에 하게 된 것이다. 어쨌든 인간은 감정을 떠날 수 없는 고급동물이고 사람의 감정은 사회화해야 하는 것이고 문제는 어떻게 그 감정의 상태를 통제하는 것인가. 나는 심리학을 배운 것은 아니지만 늘 문학적인 각도에서 심리학 저작을 읽고 이러한 책이 우리의 전문적인 수양을 높이는 데 도움이 된다고 느낀다. 엄밀히 말해서 사람은 이성에 감정

---

8) (英)查·索博爾尼(CharLotte Sophia Burne)著, 程德琪譯, 『民俗學手冊』, 上海文藝出版社, 1995年.

을 더하는 동물로 많은 행동의 원인은 누구도 분명하게 말할 수 없고 감정이 작용한 결과다. 우리는 전통에 따라 행동하는데 안에는 이성적인 요소가 있을 수도 있고 감정적인 요소도 있을 수 있으니 모두 이성적으로 작용하고 있다고 말하기는 어렵다. 만약 백성들에게 왜 종자粽子를 먹느냐고 물어보면 그들은 자신의 선조들이 먹던 것을 그대로 먹고 있다고 말할 것이다. 여기서 다시 이성의 철학적 결정인 변증법을 말하면 많은 학생들이 중학교 때부터 변증법을 배우고 대학까지 공부를 했으니 접촉이 많은 셈이다. 예전에 나는 대학원생을 가르치면서 그들에게 각각 두 권의 책을 읽게 했는데 한 권은 『마르크스, 엥겔스, 레닌, 스탈린 사상 방법과 작업 방법에 대한 사고』9), 한 권은 『마르크스, 엥겔스, 레닌, 스탈린 역사과학에 대한 논의』10)였다. 그들에게 유물변증법을 이해하고 운용하여 연구활동에 임할 것을 강하게 요구했는데 그때는 이데올로기 수립을 매우 중요시했다. 이후 경제 건설로 전환되면서 이데올로기를 동시에 틀어쥐지 못하고 학계의 흐름도 바뀌어 변증법이 그다지 중시되지 않았다. 그러나 이것으로 보면 지난 17년11) 동안 이데올로기 건설을 너무 많이 해왔고 사람들의 심리적인 역효과를 초래할 수도 있다. 내가 보기에는 나의 마르크스주의의 유물변증법은 학술연구에 있어서, 인생의 여러 선택을 이끌어 나가는데 있어서, 정확한 세계관을 수립하는 데 있어서, 여전히 매우 효과적이지만 결코 유일한 것은 아니다. 다른 어떤 이론도 인간의 사고 활동과 세계를 객관적으로 이해하는데 도움이 된다는 것을 인정해야 한다. 일상생활 속에서 사람도 너무 복잡한 존재다. 우리들이 일상생활에서 변증법

---

9) 溫濟澤 主編, 『馬格斯恩格斯列寧斯大林思想方法和工作方法』, 人民出版社, 1984年.

10) 黎澍 主編, 『馬格斯恩格斯列寧斯大林論歷史科學』, 人民出版社, 1980年.

11) 17년은 중화인민공화국 성립한 1949년부터 문화대혁명 시작한 1966년까지의 기간을 가리킨다.(역자 주)

대로 하는 일이 드물어, 대부분은 단편적이고 형이하학적이다. 소수의 학
자들은 변증법을 배워서 학술업무에서 사용할 수 있지만 생활 속에서 완
전히 사용하기는 어렵다. 나는 20세기 중반부터 변증법을 배워 노후에
이르기까지 포기하지 않았는데 되돌아보면 솔직히 내 두뇌, 행동, 현실에
서 도대체 얼마나 많은 것이 변증법에 부합하는가 하는 질문에 자신이
없다. 평소에 글을 지을 때는 그래도 억지로 사용하려고 노력하고 있는데
때로는 이런 규칙을 그다지 준수하지 않을 때도 있다. 이것은 결코 변증법
이 중요하지 않는 것이 아니라 그것은 매우 중요하기 하지만 이성적인
사고와 실제 생활 사이에 거리가 매우 크다는 것이다. 감정의 산물은 여전
히 다수를 점하는 상위에 속한다. 이런 의미에서 민간문학은 중요한 정신
적 자산으로 그것을 연구하는 민간 문예학[12]은 민속사나 민속학사를 깊이
연구할 때에도 결코 언급하지 않으면 안된다.

　　과학사를 배우거나 추후 과학사 연구를 하려면 두 가지를 놓치면 안된
다. 첫째 역사다. 역사는 사실이고 둘째로는 이론이다. 이론은 논리이며
학술 비평도 포함한다. 비평은 좋은 말만 해선 안되고 상대의 한계, 부족함
혹은 잘못을 지적해야 한다. 민속학에서 과학사라고 부르는 것은 약칭일
뿐이고 정확하게는 민속학과학사 또는 민속학의 과학사상사, 이론사라고
해야 한다. 비평사라고 하면 의미가 좁아 비평 한 면 만을 부각시킨다.
현재 많은 문학이론사를 모두 문학비평사라 부르는데 의미가 좁으니 평론
사라고 하면 더 나을 것 같다는 생각이 든다.

　　입문자는 우선 현대민속사와 민속학사부터 시작하는 것이 좋다. 최근
상해에 '동방민속학림'이라는 총서가 나왔다. 주작인周作人, 고힐강顧頡剛,

---

12) 程薔, 『中國民間識實傳說研究』, 上海文藝出版社, 1986年.
　　楊利慧, 『女媧的神話與信仰』, 中國社會科學出版社, 1997年.
　　萬建中, 『解讀禁忌-中國神話傳話和故事中的禁忌主題』, 商務印書館, 2001年.

강소원江紹原, 황석黃石과 나를 포함한 몇 개의 문집을 한 데 모아 놓은 것이다. 보면 중국 현대민속학사의 중요한 부분을 기록했다. 일부 내용은 수록되지 않아 나중에 보충할 것이다. 상해에서 또 '원시문화명저번역총서'를 출판했는데 테일러의 『원시문화』와 『인류학』, 프레이저의 『금지』(정요精要) 등이 있다. 모두 현대민속학사에 상당한 영향을 끼친 외국 책들이니 꼭 읽어볼 필요가 있다. 그러나 이것들은 모두 순수한 민속 문학사 저서가 아니다. 외국의 민속학사 저서로는 샬럿 소피아 번(CharLotte Sophia Burne)의 『민속학수첩』이 있다. 우리가 번역했지만 많지 않아 나중에 더 번역할 것 같다. 그리고 필요하다면 일부 오래된 번역서도 다시 번역할 것이다.

우리가 학생들에게 도서목록을 주었으니 모두 보았을 것이다. 이후에 이 제시된 책들과 관련해 공부할 수 있을 것이다. 또한 여러분에게 일부 복사 자료도 보냈는데 현대민속학사의 일부 학자들의 저술에서 발췌한 것이니 열심히 읽어주셨으면 좋겠다. 그리고 10여 개의 생각해 볼 문제를 여러분에게 보냈다. 여러분은 수업 준비로 책을 읽은 후에 그 문제에 관해 한 사람당 한두 개 주제를 정해 독서 보고서를 써내 번갈아 발표하도록 하라. 발표자는 그 내용에 대한 어느 시기의 민속사 전반을 정리해보고 이전 민속학사 학자들의 견해에 대해 구체적인 요점(그들이 기록한 사실은 논외로 치고)을 집어보고, 개인의 이론적 결과에 대해 자세히 얘기하고 다른 학생들과 토론을 하도록 한다. 학문을 하려면 중요 서적들을 정독하고 독창적인 전문 서적들도 넓게 읽어야 한다. 하지만 너무 복잡해서도 안된다. 너무 복잡하면 사람은 겉에서만 맴돌아 얄팍해지고, 자신만의 독창적인 견해가 없으면 맹물에 불과하다. 엄격한 과학사 방법은 습득한 지식을 소화하는데 도움이 되며 이론에 대한 요약 능력을 향상시켜 논문 연구계획 발표와 박사학위 논문을 쓸 수 있는 토대를 마련한다.13)

중국에는 수많은 고대 민속 사료가 있어 관심을 가져야 한다. 이것은 우리 중국 사람들의 것이니 잘 연구해야 한다. 선진시대의 제자백가, 양한시대의 경서학자, 철학자의 민속 견해에 대해서 논의를 통해 학자들이 새로운 연구를 했지만 아직 부족하다. 고전문학과 고대 사상사에 관심이 있는 학생이라면 왕충王充이라는 사람에 대한 연구도 할 수 있을 것이다. 왕충은 대단한 위인으로 철학자이자 사상가일 뿐만 아니라 민간문학, 민속학사에 있어서도 매우 대단하다. 그의 저작에 대해서 메모와 카드를 만들면 글쓰기에 관심을 갖게 될 것이다.

세계에서 중국의 민속학 연구는 뒤떨어져 지금까지도 따라잡지 못하고 있다. 여러분의 세대는 조건이 좋으니 거리를 좁힐 수 있을 것이다. 현재 중국에서 민속학을 하는 것은 환경과 조건도 상당히 좋고 자료도 풍부하고 이론적 기초도 그리 나쁘지 않으니 하는 사람이 있어야 하고 또한 열심히 해야한다. 누군가 연구를 한다면 상당히 힘들 것이다. 열심히 하지 않으면 아무리 좋은 조건도 도움이 되지 못할 것이다

우리가 낸 책 목록에는 『산해경山海經』, 『논형論衡』이라는 고서적을 포함하여 모두 20~30권이 있다. 모두 집중해서 읽어보기 바란다. 이렇게 해야 나중에 논문 주제를 정하고 써 나갈 때 중요한 논점을 찾아낼 수 있을 것이다. 몇몇 학생들은 이미 물질문화 연구와 같은 다른 연구과제를 정하였지만 고서를 좀 읽어두면 도움이 될 것이다. 어느 정도 고문의 기초가 있는 학생들은 고서 속의 민속과 민속사상에 유의해야 할 것이다. 나는 매번 이 쪽을 주제를 선택하는 대학원생이 있기를 바란다.

앞서 왕충에 대해 언급했는데 사실 한대에 많은 유명한 사람들이 있었다. 왕충은 동한 사람이고 서한에는 사마천司馬遷, 곽박郭璞 등 있어 전체 한대 민속현상과 관련된 학술적 활동들이 모두 주목할 만하다. 몇 년전 한 학자

13) 趙世瑜, 『眼光向下的革命-中國現代民俗學思想史論(1918~1937)』, 北京師範大學出版社, 1999年.

가 산동대학교의 논문집에 중국 민속학이 한대에 이미 형태를 갖추었다는 설[14]이 제기한 것은 무리지만 한대 민속현상이 주목할 만한 영역이라는 데는 문제가 없다. 한대 학술의 특징 중의 하나는 선진 학술을 총괄했다는 것이다. 당시 사회는 이미 안정되어서 이 같은 연구를 할 수 있었다. 한대 학술의 또 다른 특징으로는 많은 위서緯書가 생겨나거나 유행했다는 것이다. 이런 위서들이 당대 이후 소실됐다. 청대 사람들이 정리 작업을 많이 해서 편집한 수 백 가지의 위서들은 근년에 다시 출판할 수 있게 됐다. 현재 구매할 수 있는데 도서관에도 갖다 놓을 필요가 있다고 본다. 이런 책은 내용이 이상하지만 우리의 전공과 관련있는 좋은 자료들이 많다. 물론 모든 학생이 한대의 민속사와 민속학사를 연구하라는 것은 아니지만 하는 사람이 있어야 할 것이다.

이제 민속사와 민속학사를 선택하여 연구하는 데 몇 가지 조건에 대해 이야기해 보자.

첫째는 제목이다. 제목 자체가 의미가 있어야 한다. 예를 들어 고대 민속사와 민속학사에서 한대는 확실한 의의가 있다. 한대만 분리시켜서 단독으로 제목을 만들어 한대 민속학사의 성과를 모아 기술하는 것은 중국 민속학사에 대한 일종의 기여이며 세계 민속학사에 대한 기여이기도 하다.

둘째는 자료다. 자료가 많은지 그렇지 않은지 자료 수집에 있어 문제는 없는지 봐야 한다. 대학원생이 자료를 수집할 수 있는 시간이 1년밖에 없다. 이 점에 대해서도 생각해야 하고 한대의 자료를 모으는 것은 문제가 없을 것이다. 만약 주제가 너무 크면 박사과정에서 하기 어려우니 여러분이 할 수 있는 일을 하라는 뜻이다.

셋째는 능력이다. 개인의 능력을 보고 자신이 새로운 학술 분야를 개척

---

14) 張漢東, 「論漢代中國民俗學的形成」, 《民俗研究》 1993年 第2期.

할 수 있는지, 자료를 컨트롤할 수 있는지, 선택한 제목을 완성할 수 있는 조건을 갖추었는지를 봐야 한다.

이 세 가지 조건을 따져보고 어떤 학생은 주제를 잡을 수도 있고, 어떤 학생은 할 수 없다고 판단을 내릴 수 있을 것이다. 이는 실사구시에 따라야 한다. 이런 주제를 정한 학생들은 식은 죽 먹기로 단번에 완성되는 것이 아니기에 조건을 갖추고 의지와 목표가 필요하다.

중국민속사와 민속학사를 연구하려면 중국민속 사료의 특징을 알아야 한다. 중국 고대 저서은 민속에 관한 것으로 저자의 관점에서 보면, 두 가지 상황이 있는데 하나는 『형초세시기荊楚歲時記』, 『풍토기風土記』 같은 저서는 그 자체로 민속을 기록한 것이다. 또 다른 하나는 『옥촉보전玉燭寶典』, 『세시광기歲時廣記』 같이 유서類書적 성격의 고대 민속지다. 어떤 민속 사료는 민속지 형식으로 나타나지 않고 자서子書나 잡사雜史 안에 있다. 예를 들면 『오월춘추吳越春秋』는 민속지가 아니지만 우자서伍子胥에 관한 많은 묘사가 있어 민간 설화이며, 민속사의 연구 대상다. 『안자춘추晏子春秋』도 이와 같은 종류이고 역시 자서子書 안에 있다. 정사正史에 보관되어 있는 민속 사료도 있다. 『사기史記』처럼 열전 부분에 『자객열전刺客列傳』이 있고 그 중에 '형가가 진왕을 죽이려 하다(荊軻刺秦王)'의 구절이 바로 민담으로 그 당시에 큰 사건으로 전해오면서 상상의 것도 첨가되어 이야기가 됐다. 사마천이라는 사람은 사학에 조예가 높고 민속자료도 많이 받아들였는데 이는 그가 고난을 겪은 것과 관련이 있다고 본다. 학자에게 고난이 나쁜 것만은 아니다. 고난을 겪은 후에 사고방식과 일하는 방법이 달라질 수 있다. 사마천의 방법은 남들과 달랐다. 그는 현지 군중 속에 가서 사료를 수집했고 천하의 명산대천들을 거의 가 보았다. 반고班固는 그런 고생을 해 본 적이 없어 서재학자이고 궁정宮廷학자다. 이런 서적들은 모두 중요한 역사 유산으로 일부 분야는 학자들이 이미 섭렵을 했지만 많은 부분 아직 섭렵하지 못했다. 앞으로의 민속학사에서 섭렵할 필요가 있다면 우리는 모두 알아내야 한다. 우리가 민속학에 대한 전문 지식이 있으면 그것들을 발견하고 분별할 수 있고, 문화사와 사회사의 지식이 있으면 당시 사회 역사에 대한 이해를 증가시키는 데 도움이 될 것이다.

고대의 문인 저자 이외에 여러분은 고대의 사료 그 자체에 대해서도 잘 알고 있어야 한다. 어떤 학문을 하든지 일차 자료를 익혀야 한다. 일차 자료는 객관적으로 존재하는 것이며 객관적 행동과 객관적 사고다. 그러나 과학적인 연구를 하려면 일차 자료를 문서화하여 문자로 기록 하는 작업이 필요하다. 예를 들어 민간 고사를 기록 텍스트로 만들어야 한다. 그렇지 않으면 연구할 수가 없다. 민속학에서 이러한 문서화된 자료가 바로 민속지이며 앞에서 이미 언급했다. 고대 민속지는 연구를 위해 전문적으로 기록된 것이 아니라 본래 보존과 전파를 위한 것이었는데 후세 사람들이 연구하려면 그것에 의존해야만 한다. 우리와 고대 문인 학자의 차이점은 고대 사람은 고대의 문화관으로 주위의 민속을 보았고 오늘날 사람들은 현대적 문화관과 민속학적 시각으로 고대 민속 문헌을 바라본다. 오늘날 사람들이 하고 있는 것은 현대 민속학의 연구다.

중국은 역대 문서의 역사가 있는데, '5·4'운동 이후 그 시간을 앞당겨 은상殷商시대의 갑골문부터 따져야 한다는 견해가 있고 춘추시대에 정식으로 서면 문서가 나타난 것부터 시작해야 한다는 의견도 있다. 이후 고고학이 발전하여 중국의 문서 역사가 적어도 3천년 이상 됐다는 것을 증명했으니 중국은 오래된 문명의 국가다. 현재 이탈리아, 러시아, 영국, 프랑스의 문화사는 모두 유명하지만 문서의 역사를 따지면 모두 중국보다 못하다. 중국은 역사도 길고 면적도 크고 민족도 많으며 문서 자료가 매우 풍부하여 바다처럼 넓고 깊어서 이런 자료들을 정리하는 작업이 매우 어렵고도 막중하다.

문서 사료를 이용함에 있어 근거가 있어야 하는데 바로 목록학과 문헌학이다. 이러한 지식이 없다면 곤란하다. 우리가 쓴 『민속학개론』은 현대 민속을 위주로 논한 것이지만 고대의 문헌도 없어서는 안된다. 어느 민속에나 지나간 역사가 있기 때문에 우리도 관련된 문헌을 열람할 필요가 있다. 다른 단일 항목의 민속 묘사도 역사를 말하는데 예를 들어 명절 풍속을 쓰거나 명절에 연날리기를 쓰든 이들의 내력을 소개하지 않으면 안될 것 같다. 그렇게 되면 민속 사실과 현상에 학술적 의미를 부여할 수 없을 것이다. 나희儺戱를 서술하려면 초기의 형태까지 거슬러 올라가 흔적을 찾아야 한다. 예를 들어 『논어』에 공자가 향민들이 나희 보는 일을 기록한 것이 있는데 이를 아예 상관하지 않을 수 없다. 물론 2천 여년 동안의 나희도 많은 변화가 있을 수 있지만 나희가 과거에 어떤 모습인지 모르면 안된다. 그렇게 되면 어떻게 생겼는지도 모르고 어떻게 변화해 왔는지도 모르면 오늘날 어떤 가치가 있는지도 알지 못할 것이다. 현대 민속에는 역사 민속이 있고 일부 역사 민속들은 현대 민속에 영향을 끼친다. '문헌학'이라는 용어조차도 변화가 있는데 이전에는 역사 자료를 가리켰으나 지금은 새로운 해석이 생겨서 현대 자료를 문헌이라고도 한다. 어쨌든 문헌에는 고대 문헌과 현대 문헌이 있다.

중국 민속 사료는 여러 가지 역사 문헌 범주 안에 보존되어 있다. 예를 들면 경사자집經史子集이나 문학작품 속에는 비교적 집중되어 있고 『사기』와 『한서』에는 분산되어 있다. 거기에는 한족 민속도 있고, 소수민족 민속도 있다. 이런 책의 '기紀'와 '지志', '열전列傳'에는 민속 자료가 많이 있다. 앞에서 언급한 진주처晉周處의 『풍토기風土記』는 전해진 것이 없고 현재 집일본輯佚本만 있다. 또한 수대의 『옥촉보전玉燭寶典』와 송대의 『세시광기歲時廣記』 등이 있다. 중국 고대문헌 중에서 또 많은 유서類書들이 있다. 사고전서와 같은 책들은 민속사 및 민속학사에 종사하는 사람이라면 열람할 필요가 있다. 양수달楊樹達 선생은 한대의 혼인 및 장례 관련 고서적 자료를 바탕으로 『한대혼상예속고』를[15] 써서 민속 연구에 기여했다. '5·4' 전후에 호박안胡樸安이 쓴 『중화전국풍속지』[16]에는 많은 자료가 고대

문헌 자료라고 썼고, 당시 간행물에서 수집한 자료도 있는데 지금은 현대 문헌이라고 할 수 있다.

한 시대의 민속 사료를 연구하려면 그 시대에 어떤 책들이 민속과 관련되어 있는지를 알아야 한다. 도서목록을 파악하고 도서의 제요를 잘 활용해야 한다. 중국 역대 도서 제요는 대략 8종이나 되지만 그것들은 각종 책들을 한데 뒤섞어 놓았으며, 민속 사료를 위한 도서목록은 하나도 편찬하지 않았다. 이 책들의 제요를 들춰보고 기록이나 민속에 대해 논한 책을 집어내야 하는데 이것이 능력이다. 우리의 2학년 학생이 『형초세시기荊楚歲時記』를 연구하고 있는데, 나는 그 학생에게 이 제목을 연구하면 일단 『형초세시기』의 각종 판본을 알아야 되고 선진시대부터 각종 세시풍속과 관련된 문헌을 대략적으로 알아야 된다고 그에게 말했다. 나중에 그 학생은 이 제목으로 학년 논문을 썼고 이 방면의 고서들을 뽑아 도서목록을 만들었다. 비록 완전하지는 않지만 초보적인 작업을 한 셈이다.17) 현대 전문 도서목록 정리에 있어서, 사천성의 펑유금彭維金이 적지 않은 일을 해냈다. 그가 도서목록 하나를 만들었는데18) 지금은 이 책을 구입하기가 쉽지 않지만 도서관에는 아직 남아 있을 것이다. 사고전서의 목록 제요에 관해서는 모든 사람이 반드시 알아야 한다. 여러분들은 민속학을 전문적으로 연구하고 있으니 이 도서목록을 필독해야 한다. 물론 도서목록만을 알고 있으면 문호門戶일 뿐이고, 진정으로 들어가서 그 안의 학문을 이해하고 도서의 판본, 원류, 내용, 그리고 변천 과정에 대하여 알아야 깊이 있게 연구할 수 있는 것이다.

---

15) 楊樹達, 『漢代婚喪禮俗考』, 商務印書館, 1933年.

16) 胡樸安, 『中華全國風俗』, 大達圖書供應社, 1935年.

17) 蕭放, 『「荊楚歲時記」研究-兼論傳統中國民衆生活中的時間觀念』, 北京師範大學出版社, 2000年.

18) 彭維金 外 編撰, 『民間文學書目匯要』, 重慶出版社, 1988年.

민속학자는 도서관에 들어가는 것 외에 반드시 자신만의 자료창고를 가지고 있어야 하며, 그 안에 중요한 서적과 논문과 관련된 도서 자료를 보관해 놓고 앞으로 논문에 쓸 수 있는 내용 일부를 안에서 집약해 낼 수 있을 것이다. 나중에 가르치더라도 이론만을 공론할 게 아니라 반드시 근거가 있어야 한다. 당신에게 한대의 민속을 강의하라고 하면 『사기』와 『한서』에 관한 자료를 가지고 있어야 하며 또 다른 관련 도서도 있어야 한다. 그렇지 않은가?

참고 도서를 부지런히 열람해야 한다. 요 몇 년 사이에 많은 참고할 만한 서적이 나왔는데, 모두 어느 정도 읽어 볼 만하다. 우리는 이 참고 도서들이 모두 매우 수준 높다고는 말 할 수 없겠지만 전반적으로 학계 전체가 아직 매우 높은 수준에 와 있지는 않지만 이러한 자료들을 적절히 이용할 수 있다. 몇 년 전에 어떤 사람이 중국 풍속사전을 쓰고 싶다고 나에게 편집장 맡아 달라고 했는데 나는 받아들이지 않았다. 이유는 간단하다. 안의 표제어는 대충 써도 금방 일이백 개 항목은 쓸 수 있지만 과학적 근거는 어떻게 할 것인가? 앞사람의 기록을 그대로 베끼기만 하면 안된다. 앞 시대 사람들이 민속학 전문가도 아니고 현대 학술 훈련도 받지 않았기 때문이다. 그들은 단지 그 당시 사람과 사건을 기록했을 뿐 그 결과는 일종의 역사 자료에 불과하다. 그런데 사전의 표제어는 독자에게 과학적인 지식을 제공해 줘야 하고 둘은 성격이 다를 수밖에 없다. 중국풍속사전에 그렇게 많은 표제어가 있는데 다 일일이 과학적으로 연구하는 것은 불가능한 일이고, 현재까지 축적된 것도 아직 이 정도에 이르지 못했으므로 나는 당시에 받아들이지 않았고 다른 사람을 찾으라고 했다. 다른 사람은 담도 크고 용기도 있어서 들어줬을 것이지만 나는 매우 소심한 사람이다. 지금 조건에서는 나를 포함해 누가 작성해도 안될 것 같다. 다른 사람이 그렇게 집필을 원한다면 물론 나쁘지 않다. 적어도 원시 자료를 수집하여 후세 사람이 그의 어깨 위에서 다시 쓸 수 있도록 편의를 제공할 수 있을 것이다. 우리는 지금 이 환경에서 태어났고, 마르크스가 말한 대로 정해진 무대에서 활동하는 사람은 무대를 선택할 수 없으며 무대는 이미 마련된 것이고, 사람은 어떤 배역을 맡으면 기본적으로 그 범위 안에 규정된다. 우리가 우리의 무대에서 학술적인 일을 하는 것은 이것을 이해하는 것이고 우리는 우리가 스스로 어떤 일을 할 수 있고, 어떤 일을 할 수 없는지 알고 현실도 이해할 수 있다.

민속학자들은 또한 스스로 가서 자료를 수집하고 돌아와서 다시 정리, 분류하여 자료화資料化되게 해야 한다. 자료를 충분히 파악해야 학자 한 사람이 독립적인 연구를 할 가능성을 가질 수 있고 그렇지 않으면 남을 따라 갈 수 있고 훌륭한 학자가 될 수 없다. 현재의 몇몇 민속학자들은 다소나마 책을 읽고 논문도 보고 자료도 수집하지만 자료학적으로 정리하지 못하는 것은 부족한 점이다. 사실 이것도 방법의 문제인데 자료학은 방법과 직결된다. 대학교수로서 민속학 박사로서 반드시 자료를 중요시해야 하며 자신의 모아둔 자기 자신만의 자료를 가지고 있어야 한다.

과학사적 기준으로 볼 때, 이미 출판된 일부 민속사와 민속학사 저작물은 모두 주로 자료들이어서 아직 그다지 만족할 만한 수준은 아니다. 하지만 이것도 매우 어려운 일이므로 누군가 이만한 작업을 완성하기란 쉽지 않다. 이 책들은 모두 어느 정도 쓸모가 있다. 단지 이것들에 전적으로 의존하면 안되고 이들의 장점과 단점을 알고 스스로 자료 체계를 세워야 한다.

방법이란 민속연구에 있어 채택한 구체적인 방법을 가리킨다. 방법론은 전체적으로, 더 높은 단계에서 각종 구체적인 방법에 대한 추상적인 개괄을 말한다. 여기서는 방법을 중점적으로 이야기하겠다.

나는 늘 어떤 글에서 비교 방법을 채택하고 자료 수집에 있어서 현지작업 방법을 채택했는데, 이것들은 모두 구체적인 방법이라고 말했다. 과거에 현대 민속학사에서 말한 연구방법은 일반적으로 모두 구체적인 방법이다. 방법은 방법론의 기초이며 방법이 없으면 방법론도 없다. 모택동 주석은 방법 문제에 관하여 다음과 같은 비유를 한 적이 있다. 강을 건너 맞은 편으로 가려는 배를 타고 건너든지 다리를 통해 건너든지, 배와 다리는 모두 방법이라고 할 수 있다. 모택동은 그냥 물을 건너는 것을 말하지 않았는데 내가 방법 하나를 더한다. 민속학 연구에서 예를 들면, 가요를 연구하면서 가요의 구조, 형식, 어구, 음악 등 각 방면에 연구방법이 있어야 한다. 방법은 계획 겸 조작의 수단과 과정이며, 학문을 하려면 방법에 주의해야 할 것이다.

방법을 대함에 있어서, 자각적인 것과 자각하지 못하는 것이 있다. 어떤 학우는 입학 전에 많은 글을 썼는데 그 글을 쓸 때 어떤 문제를 해결하기 위해서 방법을 써야 한다. 그런데 어떤 방법을 사용하나? 왜 이런 방법을 사용하고 다른 방법을 사용하지 않았나? 자각적으로 선택하는 방법이 아닌가? 그건 또 다른 문제이다. 학술 연구를 하는 모든 사람들은 어떤 방법으로 자신의 연구를 진행하는데 대부분 사람들이 이를 의식하지 못했거나 방법의 중요성에 대한 충분한 의식을 하지 않은 것이다. 자각하지 못하는 것과 아예 자각하지 않았다는 것이 같은 말은 아니다. 법률상 '의도적인 살인'은 인간이 자각과 비자각의 행위로 구분되는 것을 말한다. 형사 범죄에서 누군가는 고의로 살인을 저질렀고 또 누군가는 의도치 않게 살인을 저질렀다. 하지만 두 사람 다 법에 저촉된다. 학자가 방법을 사용하는 활동은 자각적인 행위여야 하며 흐릿해서는 안된다. 그래야만 과학적인 연구의 질을 보장할 수 있다.

모두 민속학 전공 박사과정 대학원생으로서 방법의 훈련을 받으면서 자각적인 의식을 키워야 한다. 앞으로 박사논문을 쓸 때 민간 문예학 방법을 사용하든 지리 역사 비교 방법을 사용하든 구조주의적인 방법을 사용하든 모두 가능하기 때문에 연구 대상과 자료의 이해도에 따라 적절한 선택을 하는 것이 바람직하다. 일반적인 경험으로 볼 때 자각적으로 사용하는 것이 자각하지 못하는 사용법보다 학문적인 성과에 있어서는 조금

낮다고 생각한다.

　물론 어떤 것도 절대화할 수 없다. 일부 사람들은 논리적 인식 능력이 높아 명확한 방법의식이 없어도 훌륭한 성과를 만들어 낼 수도 있을 것이다. 이것은 연구 성과를 얻는데 방법 외에 또 다른 요소가 작용하고 있음을 보여준다. 단지 일반적인 연구 상황에서 자발적으로 방법을 선택하는 것이 무의식적인 조작보다 성과가 좀 더 뚜렷하고 확실한 결론을 갖게 될 것이다

　방법을 대할 때, 전문 학자들은 친밀감을 가져야 한다. 그 중 어느 것이 일반적인 방법입니까? 어떤 것이 특별한 방법입니까? 어떤 것이 이전에 자주 쓰던 방법입니까? 어떤 것이 새로 나온 방법입니까? 가장 일반적인 방법부터 개별적인 방법에 이르기까지, 오래된 방법에서 새로운 방법에 이르기까지 반드시 마음속으로 알고 있어야 하며 이후 실제 연구 과정에서 택하는 것이다. 또한 선생님이 알려준 방법과 자기가 연구해서 얻은 방법에 대해서도 마음에 새겨 마지막에 자신에게 맞는 방법을 발전시키는 것을 목표로 해야 한다. 훌륭한 민속학자는 이 정도 되어야 한다.

　민속학의 연구방법에 대하여 현재 비교적 많이 이야기되고 있는 것은 현지 답사 작업이다. 엄밀히 말하면 그것은 재료 수집 단계의 한 방법이다. 그것은 그 후의 관찰에도 작용하고, 자료 수집할 때에도 관찰 요소가 있지만 전반적으로 말하면 학자들이 작업 현장에 가서 자료 수집할 때 사용하는 방법으로서 초급 단계에 사용하는 방법이다.

　다른 한 가지는 민속지의 방법이다. 고대의 민속 사료를 연구하는 것은 반드시 현장 답사 작업에 의지해서 일을 하는 것은 아니다. 그것은 현장 답사 작업의 형식과 자료를 일부 이용할 수 있지만 주로 책상머리에 의존하여 일한다. 장자신張紫晨과 왕문보王文寶가 쓴 『중국민속학사』는 모두 서면 문헌에 의지한 것으로, 고대부분은 특히 그렇다. 현대사를 다룬 민속 자료에 대해서 장자신도 때로는 편지로 사람들에게 물어 보는데, 예를

들면 전소백錢小柏 선생에게 편지를 쓰는 것과 같이 통신의 방법으로 자료를 수집하는 것으로, 반드시 모두 현장 답사 작업을 하는 것은 아니다.

일반적으로 역사 문헌 연구는 현지 답사 작업을 하지 않고 현대 문헌 연구는 현지 답사 작업이 되어야 한다. 예를 들어 문물 고고학은 발굴하고 역사민속은 파헤쳐야 한다. 하지만 역사민속이 오늘날까지 계속 이어져 왔다면, 현지 답사 작업의 힘을 빌러야 한다. 민속에 대해 나는 항상 그것이 역사적이고 또한 현재적이며 고고학과 달리 뒤얽혀 있다고 주장했다. 고고학에 있어 지층의 문물 분포는 분명하지만 민속의 지층은 흩어져 있다. 예를 들면, 맹강녀孟姜女 이야기는 2천 여년 동안 끊임없이 전해져 봉건사회 초기부터 사회주의 사회 초기까지 아주 긴 시간을 보냈고 지층은 복잡하다. 선진국의 고고학 기술은 발달한 데다가 고고학 지층 분포가 명확하여 오랫동안 해결되지 못한 의문을 많이 해결했다. 민속학 대상의 분포 지층은 워낙 흩어져 있는 데다 각 시대 지층을 고증하는 기술도 그리 많지 않고 방법과 효과를 가늠하기에는 난이도가 높기 때문에 학계의 현안도 많이 남아있다. 현지 답사 작업은 확실히 매우 유용하지만 너무 지나치게 말할 수도 없고 민속지의 방법도 중요한 방법이다.

민속학의 개별 방법은 고유한 방법에 속한다. 민간 설화를 연구할 때 사용하는 모티브 연구방법이 이에 속한다. 이는 필란드의 역사지리학파가 창안한 것으로 이후 전세계에 영향을 끼쳤다. 고전문학이나 식물학을 연구할 때 반드시 이 방법을 사용할 필요는 없다. 고사 연구 학자들이 이 방법을 사용하려는 이유는 이야기가 전해지는 많은 나라, 민족 그리고 지역에서 이야기는 종종 내용이 대동소이하기 때문이다. 이른바 작은 빨간 모자 이야기는 신데렐라 이야기와 비슷하게 들린다. 필란드에서나 프랑스에서나 독일에서나 인도에서나 모두 마찬가지다. 줄거리뿐만 아니라 줄거리의 배열 순서도, 단원 수량도 비슷하다고 해서 결코 단방향 전파의 원인이 될 수 없기 때문에 모티브 유형의 분석 방법을 적용하는 것이 적절하다. 이는 연구 대상에 의해 창조된 연구방법이다. 그리고 연기학적인 방법으로 구두 서술 자료에 적합한 방법이다. 이것으로 같은 유형의 이야기가 서로 다른 나라와 민족, 지역에 퍼져 있는 민족 문화의 차이점을 엿볼 수 있다. 예를 들어 신데렐라 이야기 중의 여주인공은 중국에서는 수놓은 신발을 신고 일본에서는 나막신을 신고 유럽에서는 유리 구두를 신은 것처럼 저마다의 문화적 밑바탕이 있다. 이와 같이 차이점을 찾으면서 민간 서사 전통의 연구를 어느 정도 깊이 높은 단계로 끌어 올릴 수 있다. 물론 전반적으로 보면 각국의 이야기는 여전히 줄거리가 비슷한 것이 특징이다. 가요는 그에 반해 언어와의 관계가 매우 밀접하고 서정적인 장르이기 때문에 나라와 다른 민족과 유사한 가요가 많지 않다는 점에 주목할 수 있다. 봐라 한·중·일 비슷한 민담은 많지만 비슷한 가요는 많지 않다. 일본이나 한국에 가 본 이는 생각해 봐라 그렇지 않느냐? 그러니 이야기는 번역할 수 있지만 가요는 번역할 수 없는 것이다. 가요를 번역하면 그 맛이 변한다.

민속학의 몇몇 방법은 관찰법, 분석법, 귀납법, 비교법 등 여타 인문사회과학 및 자연과학에서 통용된 방법이다. 또한 일부 방법은 각 인문과학 연구에 사용되고 민속학과에도 사용된다. 이들은 비교적 보편적인 적용성을 지니고 있으니 우리가 익히고 연구해야 한다. 현재 각 학과마다 독자적 방법이 있어야 자신의 존립권을 얻을 수 있다는 말이 있다. 이는 그다지 정확하지 않다. 많은 학과가 공통의 방법을 사용할 수 있다. 예를 들면 현지 답사 방법 즉 인류학, 민속학, 사회학 등 일부 학과가 공통으로 사용할 수 있는 방법이고 한 학과의 특허가 아니다. 이러한 현상은 객관적인 사물 자체에 많은 공통점이 있으며 공통적인 성질을 지닌 연구대상에 대하여 공동의 방법으로 처리할 수 있기 때문이다. 최근 몇 년 동안 방법을 이야기하는 책은 매우 많다. 많은 학과에서도 방법을 강조하고 있지만 민속학자들은 이것에 대해 많은 노력을 기울이지 않았다. 실제 방법 문제에 관심을 가져야 한다.

우리는 6권으로 된 『중국민속사』를 집필하고 있다. 이 총서가 출간되면 중국 인문학의 보물을 세계에 내보이게 된다. 지금까지 중국 현대 민속학 사에서 중국 민속문화를 연구한 학자, 세계적으로 유명한 학자들은 거의 다 외국 학자들이었지만 항상 외국인의 이름일 수만은 없으니 중국 민속 학자는 스스로 분발해야 한다. 일단 이론적인 지식을 충분히 갖추고, 중국 학문의 밑바탕을 다지고 중국 옛사람들이 어떻게 했는지도 충분히 알고 분석과 표현 방법에 있어서도 높은 수준에 도달해야지만 자신이 하고 싶 은 말을 할 수 있다.

정리자 부기附記: 중국민속학의 여러 전공 중에서 역사민속학은 중요한 기초 학문으로 중국민속사와 민속학사로부터 갈라져 나왔다. 종경문 교수는 이를 위해 많은 선구적인 저술을 했다. 본문은 강의 실록으로 종 교수님이 생전에 강의했던 내용과 녹음테이프를 정리하여 만든 것이다. 종 교수님은 강의 원고에서 역사민속학의 창립연도, 학과 구조, 이론 체계, 도서목록의 기원, 자료 시스템과 연구방법을 대화 형식으로 심도 있게 논술했다. 그가 언급한 문제들은 일부는 자신이 이전에 쓴 글에 대한 쉽게 풀어 설명한 것이고 일부는 이전 글에서 언급하지 않은 내용들이거나 얘기하지 않은 내용이다. 예를 들면 주제 선정, 의언擬言의 사로思路, 도서 검색의 경로, 연구방법 및 관점의 기원과 발전, 중국민속사를 편찬하는데 유의할 문제와 한계 등을 두루 언급했다. 본문은 그가 역사민속사에 대한 장기적인 발전 기획이 집약돼 있으며 이 분야에 뜻이 있는 중청년들에 대한 무한한 기대를 담고 있다. 또한 본 프로젝트에 관한 전반적인 구축 계획과 학술 기대 목표도 밝혔다. 이번 『중국민속사』 출간되는 시점에 이를 서문으로 삼아 많은 독자 들이 이 책의 취지와 특징을 이해 바라며 아울러 종경문 교수에 대한 숭고한 경의와 깊은 그리움을 함께 표하는 바이다.

등효평董曉萍 근지 2007년 12월

한국어판

　제가 아주 오래 전에 집필하였던 저작이 한글로 출판하게 되어 기쁨이 넘친다. 이것은 저 자신에게도 다시 공부하고 한발짝 앞으로 더 나아가는 기회가 되었다. 이것을 계기로 저는 '민속'의 본질과 개념을 다시 되돌아보고 정리하여 한 단계 더 향상하고자 한다.

　먼저 '민속' 본래 단어의 뜻을 말해 보고자 한다. 고대 중국에는 '속俗'을 '욕欲'이라 하였다. 이를 통해 우리는 그 당시 사람들의 집중적이고 공동적인 욕망을 '민속'이라는 뜻하였음을 알 수 있다. 주선왕 시기에 유명했던 이명彝銘 <모공정毛公鼎>에 '강능사혹속康能四或俗'이라고 새겨 있는데, 그 당시 '속'과 '욕'은 서로 통용과 가차가 가능했기에 우리는 이글을 "천하 사람들의 욕망을 이루어라"라는 뜻과 "천하 민속을 정제한다"는 뜻으로 이해할 수 있다.

　또 '속'으로 칭함은 곧 사람들이 끊임없이 반복하여 행했던 일을 가리킨 것을 알 수 있다. 그 예로 우리가 매년 보내는 설날을 손꼽을 수 있다. 해마다 우리는 한결같이 설날을 보냈기에 이것은 하나의 민속이 되었다는 것이다. <설문해자說文解字>에는 '속俗'을 '습褶'이라고 해석하였다. 그럼 '습褶'은 무슨 뜻일까요? "새가 끊임없이 날갯짓을 하여 하늘을 나는 것'이라 하였다. 그러므로 '속'은 반드시 끊임없이 반복되는 것이야 했음을 알 수 있다.

위에서 말한 두 가지를 종합해 보면 사람들의 욕망이 하나같이 집중적으로 표현되어 끊임없이 반복되는 일이 곧 '민속'의 본질이라는 것으로 알 수 있다. 무엇이 '민속'의 범위에 속하는 지를 판단하기에는 광범하게 보는 것, 엄격히 보는 것과 두 가지 방안이 있는데, 보다 광범하게 보자면 대체로 이것이 물질적인 것이든 정신적인 것이든 간에 모두 '민속'이라 할 수 있다. 하지만 보다 엄격히 보자면 '민속'은 민중의 욕망이 하나같이 집중되는 것이라 하기에 이것은 정신과 문화 영역에 속하고 물질 생산 활동으로 인한 것은 '민속'의 범위 안에 들 수 있다. 광범위하게 보는 것과 엄격히 보는 것에는 선명한 경계선이 없으며 이를 어떻게 온당히 파악하느냐는 하루 이틀의 노력으로는 힘든 일일 수 밖에 없다.

이 책은 오래전의 저작이라 자료가 다소 불완전했던 시기로서 인식의 한계가 있지만 민속사의 연구에는 일가지언이 될 수 있다. 이번 한국에 출판되는 계기로 한중문화교류에 힘을 더할 수 있다는 저에게 더없이 큰 영광일 것이다.

2023 가을
조복림

1. 선진시대의 '민民'과 '속俗'

(1) '속俗'의 기원과 초보적인 의미

근원을 추적하는 원칙에 따라 선진시대의 '민民'과 '속俗'의 개념과 기원 등을 분명히 파악하는 것은 선진시대 민속 연구에 대한 의미있는 작업이다.

중국 고대문화 속에서 '속俗'의 기원은 매우 오래되어 인류의 시작과 같다고 말 할 수 있다. 하지만 '속俗'이라는 이 글자 자체는 문명시대에 들어선 다음에 비로서 나타난 것이다. 현존 자료에 의하면 '속俗' 자는 최초로 서주 중기에 나

그림 1 모공정毛公鼎

타났다고 할 수 있는데 서주 후반에 이르러 사용했던 예증을 찾을 수 있다. 이것으로 주대 사람들은 이미 속俗이라는 관념을 갖고 있었음을 밝혔다.

'속'자와 '욕欲'자는 처음에 별다른 구별 없이 혼용되고 있는 상태였다. '속'자는 갑골 문자에서는 발견되지 않고 주대의 이명彝銘에서 처음으로 나타났다. <오사위정五祀衛鼎>, <우계정雨季鼎>, <영우永盂> 등에 '백속보白俗父', '사속보師俗父' 등 서주 중기 귀족의 이름을 기재하고 있는 것을 보면, 당시 사회에서 이 글자가 이름에서 나타날 정도로 이미 많이 사용했음을 알 수 있다. 그러나 이명에 나온 인명만으로 '속' 자가 포함된 의항義項을 분석하기는 쉽지 않아서 서주 후기의 중기重器인 유명한 <모공정毛公鼎>을 통해 '속'자의 의미를 분석해 볼 수 있다. 그 명문의 내용은 다음과 같다.

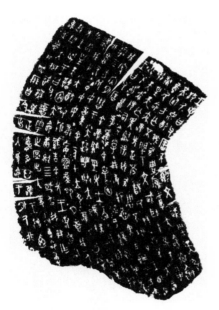

그림 2 모공정毛公鼎 명문

그렇게 함으로써 하늘의 뜻에 잘 따르고, 하늘의 명을 지속적으로 받들어 온 천하를 안락하고 화목하게 하며, 내가 선왕께 누漏가 되지 않도록 잘 이끌도록 하라.[1]

이는 주려왕周厲王 때 중신重臣인 모공毛公이 자술한 내용였다. 양수달楊樹達 선생은 이 '속' 자를 먼저 '유裕'[2]로 읽고, 『방언方言』

---

1) 用印邵皇天紳繆大命, 康能四或(國)俗, 我弗乍(作)先王憂.

의 해석에 의하여 '도導'라고 풀어놓았다. 이 설은 틀린 것은 아니지만 대다수 전문가는 '욕欲'으로 읽는 것이 더욱 적절하다고 여긴다. 곽점郭店 초간楚簡에 실린 「치의緇衣」 편에는 '속' 자를 '욕欲'이라고 쓴 증거가 남아 있다. 이것으로 주대에 '속' 자를 '욕欲' 자와 구별없이 혼용했던 것에 대한 확실한 증거를 찾게 됐다. 우리는 이것으로도 '속'은 인간 욕망의 집중 구현이라고 추론할 수 있다. 구체적으로 말하자면 사회의 어떠한 '속'도 반드시 대다수 사람의 욕망의 집중적인 표현이라고 할 수 있는 것이다. 이는 마땅히 '속' 자의 아주 중요한 의항義項이 될 수 있다. 지금으로 따지 자면 <모공정>에 나온 '강능사국속康能四國俗'의 '속俗' 자는 유裕라고 읽을 필요가 없고 속俗이라는 뜻으로 해석해야 한다. '사국四國'을 '사방四方'이 라고 해석하는 것에 대해서는 선배 학자들이 이미 논의해서 결론을 내린 바이다. '사국속四國俗'은 즉 사방의 풍속이다. 이런 용법과 같은 것으로 또한 <모공정>의 시대와 비슷한 <혜갑반兮甲盤>의 명문인 '사방적四方積', <사순궤師詢簋>의 명문인 '사방민四方民' 그리고 서주 초기 <영방이令方彝> 의 명문인 '사방령四方令' 등이 있다. 상고어 속의 '강康' 자는 형용사 수식 어로 '풍성하다', '광대하다'는 뜻으로 쓰이고 '능能' 자는 '안정시킨다', '선량하다'는 뜻이며 '강능康能'이란 크게 개선됐다는 뜻이다. '강능사국속' 이란 사방의 풍속은 대대적으로 개선된다는 뜻이다. 만약 '속'을 '욕'으로 읽으면 대대적으로 사방민중의 욕망(소망)을 안정(만족)시켰다고 해석하 게 된다.

'속俗' 자의 두번째 의항은 사회 대다수 사람들이 끊임없이 반복적으로 하는 행동의 표시라고 해석할 수 있다. 『설문說文』에서 '속俗'은 "연습한다 는 뜻이다. 속俗은 인人으로 구성되어 있다. 곡穀이 발음을 나타내는 부분 이라고 한다"고 했다. 『설문』에서 '습習' 자는 "자주 날개짓한다는 뜻이다.

---

2) 楊樹達, 『積微居金文說』 卷1, 中華書局, 1997年.

우羽로 구성되어 있고 백白 자가 발음을 나타낸다"라 했다. 갑골문 '습習'
자는 두 개의 날개 모양으로 '자주 날갯짓한다'는 본의에 부합된다. 새가
날갯짓하며 계속 오르락 내리락 하는 것이 곧 '습習'이다. 즉 새가 날갯짓
을 반복하는 동작이다. 옛날 사람들은 '습' 자를 사용할 때 종종 이 의향으
로 사용했다. 갑골 복사에서는 '습일복習一卜', '습이복習二卜', '습삼복習三
卜', '습사복習四卜'3)이라고 했는데, 앞에서 진행되는 제1복卜, 제2복 등을
반복적으로 진행한다는 뜻이다. 전문가는 "전에 했던 일을 인습해서 반복
적으로 점복한다"4)는 해석은 정확하다고 여긴다. 「상서尙書·금등金縢」편
에서는 "이에 세 거북에게 점을 치니 한결같이 거듭 길하다고 했다"고
했고, 위고문 「상서尙書·대우모大禹謨」편에서는 "거북의 점괘와 산가지의
점괘도 같이 따랐다. 점을 길한 것을 다시 쳐서 묻지 않는 법이 아니다"라
고 기록 했는데 이 모두가 갑골 복사와 서로 입증시킬 수 있다. '속'자의
이런 의미 때문에 선진시대에는 이미 '습속'이 나타났다. 예를 들어 「순자
荀子·영욕榮辱」편에서 "비유를 들면 월나라 사람은 월나라에 편히 살고,
초나라 사람은 초나라에 편히 살며, 군자는 중원 땅에 편히 사는 것과
같으니, 이것은 지능 및 재능과 성품이 그렇게 만드는 것이 아니라 일에
대한 조치와 습속에 의해 적합하게도 되고 다르게도 되는 것이다"라고
기재했고, 「순자荀子·대략大略」편에서는 "시상과 형벌은 관례에 잘 통하
게 된 뒤에야 호응이 나타나며, 정교政敎와 습속은 인심을 서로 따르게
된 뒤에야 제대로 행해지게 된다"고 기록했으니, 이른바 '습속'이란 바로
사람들에게 반복적으로 이루어지는 풍속이고 즉, 관습이라는 뜻이다.

'속俗'은 한 사람이나 일부 사람만 반복하는 행위가 아니라 대다수 사람
들이 반복하는 행위이다. 순자는 "약속이 정해져서 풍습이 이루어진 것을

---

3) 『甲骨文合集』, 第31672片, 第31674片, 文物出版社, 1982年.
4) 宋鎭豪, 『夏商社會生活史』, 中國社會科學出版社, 1994年, p.524.

당연한 것이라 이르고……약속이 정해져서 풍습이 이루어진 것을 실체의 이름이라고 이른다"[5]고 말했다. 이른바 '약속이 정해져서 풍습이 이루어진 것'은 민중들의 약속을 통해 이루어진 속俗을 말함이다. 이는 바로 민속의 집단적인 성격을 표현하는 것이라고 할 수 있는데, 전문가는 "집단적인 성격은 민속문화의 정체성을 구현하고 민속의 가치취향을 결정하기도 한다. 이것은 민속 문화의 생명력의 원천이다"[6]라고 하기도 했다. 선진시대 '속' 자의 이같은 의향은 앞의 관점을 입증해 준다. '습習'에는 실천의 의미가 포함돼 있다. 공자는 "인간의 본성은 비슷하나, 습성은 서로 다르다"고 했다. 곽점郭店 초간楚簡 「성자명출性自命出」편에 이런 의미를 확장하여 "성품을 가꾸는 것은 실천이다." "실천은 또한 성품을 가꾸는 것으로 진행한다"[7]고 했다. '습習'이 바로 실천이고 엄밀히 말하면 모든 '속俗'은 다 실천의 결정체다.

어쨌든 선진시대의 '속俗' 자는 두 가지 의향을 가지고 있으며 전자는 행위 실천(習), 후자는 사상(欲)이다. '속' 자의 이 두 가지 의향, 즉 욕망의 표현과 여러 번 반복한다는 뜻의 '속' 자의 개념은 처음부터 행위와 사상 두 측면의 내용이 포함되어 있었다. 그래서 '속'이라는 글자의 의미는 상당히 깊다. 이를 통해 선민들은 조자造字 과정에 있어 거기에 부여된 의미가 얼마나 깊고 넓은 지를 체득할 수 있다.

(2) 선진시대 '민民'의 특징

다음으로 '민民' 자를 논하겠다.

---

5) 「荀子·正名」
6) 鐘敬文 主編, 『民俗學槪論』, 上海文藝出版社, 2000年, p.13.
7) "養眚(性)者, 習也." "習也者, 又(有)以 習其眚(性)也."

'민民'자는 서주 전기의 이명彝銘에 처음 나타났다. 곽말약은 『갑골문자 연구』에서 금문의 '민民' 자는 "마치 칼로 사람의 왼쪽의 눈을 찌르다는 모양이다." "주대 사람은 처음에 적의 포로를 민民으로 삼을 때 왼쪽의 눈을 멀게 해서 노예의 표시로 삼았다"고 했다. 이 설은 고문 학자들로부터 보편적인 찬성을 받았고 오늘날 학계의 통식通識으로 남게 됐다. 이것으로 '민民'은 시작부터 하층 사람들의 명칭이었음을 알 수 있다. 지금까지 한쪽 눈을 찔러 멀게 함으로써 귀족 신분의 표시로 삼는 예증은 보지 못했다. 그것은 하층 사람들의 칭호일 뿐이었다. 조기빈趙紀彬 선생은 『논어』를 연구하면서 『논어』에 나온 '민民'은 노예 계급이고, '인人'은 노예주奴隷主 계급이라고 지적했다.8) 이같은 결론은 다소 극단적일 수 있지만 '민'과 '인'이라는 호칭은 서로 다른 사회 내포가 있다는 것을 알 수 있다. 일반적으로 말하면 '민民'의 신분은 좀 낮지만 '인人'은 비교적 높은 편이었다. 물론 이것은 민과 인이 서로 대조될 때 드러난 신분 격차이고 단독으로 사용할 때에는 반드시 그렇지는 않는다. 예를 들면 「대아大雅」편의 「생민生民」이라는 작품이 있는데 주족의 기원을 서술하면서 "그 처음 백성을 낳으신 분(厥初生民)은 바로 강원姜嫄이시라"라고 했는데, 여기서 민民은 인人과 다른 것이 아니다.

다음으로 토론할 만한 점은 선진 민속의 중요한 특징에 대한 것이다. 선진시대의 민속은 실은 '족속族俗'이었다는 것이다.

엄밀히 말하자면 선진시대, 특히 전국 중기 이전에는 사회적으로 씨족 밖에 독립한 '민民'이 많지 않았기 때문에, 당시의 '민속'은 실제로는 '족속族俗'이라고도 하고 또한 '씨족(혹은 종족)' 구성원의 풍속이라고도 한다. 물론 일반 씨족 구성원이 모두 '민'이라면 당연히 족속도 민속이라고 할 수 있다. '족속'의 문제를 제기한 것은 당시 민속과 진한秦漢 이후 편호제민

---

8) 趙紀彬, 『論語新探』, 人民出版社, 1976年, p.26.

編戶齊民 시대의 민속이 서로 다른 점이 있음을 강조하기 위한 것이다. 이렇게 하면 민속의 시대별 특색을 파악하기가 더욱 쉽다. 구체적으로 말하면 선진시대의 민속은 씨족의 구성원으로서의 '민'의 풍속이고, 진한 이후의 민속은 편호 제민의 '민'의 풍속이다. 이 또한 선진시대의 민속이 기원하게 된 시대적 배경과 사회 근원의 문제를 이해하는 데 도움이 되리라 여긴다.

우리는 여기에서 장례풍습을 예로 들어 이 점을 설명할 수 있다. 선진시대의 장례풍속에 의하면 원래는 봉분을 만들지 않았다. 봉분을 만들기 시작한 것은, 「예기禮記·단궁檀弓」의 기록에 의하면 춘추 후기에 생긴 일이었다.

> 공자가 이미 방防에 합장한 뒤에 말하기를, "나는 들으니 옛날에는 묘를 쓰고 봉분은 하지 않았다고 한다. 지금 구丘는 동서남북의 사람이니, 표시를 해놓지 않을 수 없다" 하고 봉분을 만들었는데 높이가 4척이나 됐다. 공자가 먼저 돌아오고, 문인門人이 뒤에 오는데 비가 몹시 내렸다. 문인이 오자 공자가 묻기를, "너희가 돌아오는 것이 왜 이처럼 늦었느냐?" 하니 대답하기를, "방防의 묘가 무너졌다"고 했으나 공자는 대답이 없었다. 공자는 이에 눈물을 흘리면서 말하기를, "내 들으니 옛날에는 묘를 수리하지 않았다고 한다" 했다.

이는 공자가 제자를 이끌고 여러 나라를 돌아다니기 전의 일이었을 것이다. 공자는 고국을 떠나기 전에 먼저 부모의 묘지를 참배하고 나서 '동서남북'으로 주유했다. 그래서 일부러 부모님 묘소에 4척 높이의 분구를 쌓아놓고 표시해 놓았다. 선진시대에는 '족묘'가 성행하여 단독의 씨족(혹은 종족) 구성원으로서 분구를 만들어 표시하지 않았다. 그래서 '묘를 쓰고 봉분은 하지 않았다'는 것은 실질적으로는 씨족시대 사람들의 집단의식, 평등의식의 표현이었다. 춘추 후기에 들어서며 선비들이 씨족(또는 종족)의 울타리에서 벗어남으로부터, 사회의 개체로서의 인간을 중요시하게 됐다. 전국 변법 운동 이후에는 편호제민이 국가통치의 기초가 됐다. 개인으로서의 '인'의 가치도 통치자로부터 인정받게 됐으며 그래서 장례 풍속에 봉분이라는 풍속이 생기고 사회 등급 지위에 따라 묘 분구의 높이와 크기를 결정하게 된 것이다. 전국 중기부터 시작된 사회구조의 거대한 변혁은 민속의 변화에도 깊은 영향을 미쳤다고 할 수 있다. 이와 같은 사회구조의 거대한 변혁은 우선 '민'의 사회 신분을 씨족 구성원에서 편호제민으로 변화한 것에 있다.

선진시대의 예禮와 속俗은 특별히 밀접한 관계를 유지하면서 예와 속을 서로 구별하지 않고 똑같이 불렀다. 이것은 실은 선진 민속을 연구하면서 가장 주의할 만한 점이라고 할 수 있다. 이런 특징이 나타나게 된 것은 역시 '민'의 사회적 신분이 편호제민 시대의 '민'과 다른 점이 있기 때문이었다. 사회에서 사람들은 모두 씨족(혹은 종족)의 장막 아래 처하고 있기 때문에 등급과 계급의 경계가 분명하지 않았고, 온정이 가득한 씨족과 종족에서 속俗은 당연히 쉽게 구별되지 않았으며, 어떤 것이 귀족의 속俗인지 어떤 것이 일반 백성의 속俗인지도 쉽게 구별되지 않았다. 그래서 선진시대 민속은 후세에 비해 매우 광범위한 특성을 갖췄다고 할 수 있다. 전국시대 양혜왕은 흥분하면서 "나는 선왕先王의 음악을 좋아하는 것이 아니라 바로 세속적인 음악을 좋아한다"9)고 했는데, 세속의 음악은 이미 양혜왕같은 제후의 마음 속에 깊이 파고 들어갔다는 것을 알 수 있다. 주대의 향음주례, 향사례같은 몇몇 예절들은 모두 등급과 계급의 분별을 완화시켰으며 예속의 보편적인 성격을 강조했다. 이는 '민民'의 근본적 특징과 무관하지 않다. 선진시대에는 사회 풍속이 지닌 전통적인 힘은 여전히 강했다. 각 지역의 민속은 한 번 형성되기만 하면 오랜 생명력을

---

9) 「孟子·梁惠王·下」

가지게 되어 또한 쉽게 변화시킬 수 없었다. 「대대례기大戴禮記·보부保傅」 편은 "호胡나라와 월越나라의 사람들은 태어나면서 같은 말을 쓰고 좋아 하는 것과 하고자 하는 것이 다르지 않건만 그 장성하여 풍속을 이룸에는 정서와 의사가 서로 통하지 않는다. 행하여 비록 죽음이 있다 해도 서로 도울 수 없는 것은 가르치고 익히는 것이 그렇기 때문이다"라고 하면서 습속은 쉽게 바뀔 수 없다고 여겼다. 선진시대 사람들은 농촌에 가면 풍속 을 따라야 한다고 주장했는데 이는 사소한 일이라도 예외가 아니었다. 예를 들어, 아이의 이름을 짓는 데에는 일정한 규칙에 맞게끔 해야하고 그중 하나가 바로 민속에 적합해야 한다는 것인데 설사 국군國君의 아들 이름을 지어도 '향속에 거스르지 않는다'[10]는 원칙을 지켜야 한다고 여겼 다. 각국의 귀족들은 통상적으로 민중을 통치할 때 "백성의 성性을 알지 않으면 안되니 백성의 정情에 통달하는 것이 중요했다. 이미 그 태어나면 서부터의 습성이 있는 것을 알면 그러한 뒤에 백성은 특히 명命에 따르는 것이다. 민의 본성을 모르면 안된다"[11]

(3) '세속世俗', '풍속風俗' 및 '민속民俗'

보통 민중들이 역사 무대에 등장하기 시작함으로서 춘추전국시대부터 진정한 의미의 민속이 나타나기 시작했다. '민속' 및 그와 유사한 개념이 대량으로 나타난 것이 바로 이러한 상황의 반영이었다.

전국시대에는 '속俗'자 단독으로 사용된 것 이외에 '세속', '습속', '풍속' 같은 단어가 나타났는데 이러한 단어들은 후세 민속 개념과 아주 비슷하 다고 말할 수 있다. 조무령왕趙武靈王이 말을 타고 활을 쏘는데 신하인

---

10) 「大戴禮記·保傅」
11) 「大戴禮記·子張問入官」

공자성公子成이 그와 토론을 벌였다. 공자성은 "저는 어리석어 왕의 깊은 마음을 헤아리지 못하고 감히 세속의 소문을 말씀드리고자 합니다"라고 말했다. 이른바 '세속지간世俗之間'이란 일반적인 민간을 가리킨다. 조무령왕은 "상민은 습속에 빠지기 쉽고 학자는 책에 얽매이기 쉽다"[12]고 했다. 상앙商鞅이 법을 바꾸기 전에 감룡甘龍과 진효공秦孝公 앞에서 변론을 벌였고, 상인은 감룡의 의론을 비난하며 "그대가 말한 것은 세속사람들의 말에 불과하다"[13]고 했다. 이른바 "세속지언世俗之言'인데 나라를 다스리는 자가 아니라 일반 민중이 하는 말이라는 뜻이다. 「상군서商君書·신법慎法」편에는 "세속의 견해에 얽매인 통치자들은 법도를 버리고 언변과 지혜에 의지하지 않는 자가 없고, 공로와 힘을 경시하고 인의를 제창하지 않는 자가 없다"고 했다. 여기서 말하는 '세속치자世俗治者'는 보통 민중이 아니고 일반적인 통치자를 가리키는 말이다. 묵자가 이익을 중시하고 의리를 가벼이 여기는 사람을 비판할 때 "세속의 군자들은 가난한데도 그를 부하다고 하면 성을 내지만 의롭지 않은데도 그에게 의롭다고 하면 기뻐한다. 어찌 도리에 어긋나는 일이 아니겠는가?"[14] "세속의 군자들은 의로운 선비를 봄에 있어서 곡식을 지고 가는 사람만큼도 못하게 여긴다."[15] "그러므로 세속의 군자들은 작은 물건에 대하여는 알면서도 큰 물건에 대하여는 알지 못한다고 말한 것은 이런 것을 두고 말한 것이다"[16]라고 했다. 여기서 말하는 '세속지군자世俗之君子' 역시 일반 민중만 가리키는 것이 아니었다. '세속'이라는 단어를 쓸 때는 폄의가 비교적 많았다. '세속지언'이 한비자한테는 이미 기군망상欺君罔上의 악담이 됐다.[17] '세속'에 있어

---

12) 「戰國策·趙策·2」

13) 「商君書·更法」

14) 「墨子·耕柱」

15) 「墨子·貴義」

16) 「墨子·魯問」

아주 악한 것은 '유속流俗'[18], '비속鄙俗'[19]이라고 불렸다. 이풍역속의 주요 내용이 바로 이런 유속이나 비속함을 없애는 것에 있다. 이것이 바로 전국시대 사람들이 생각하는 '교국혁속矯國革俗(국가를 바로 잡고 풍속을 혁신함)'[20]의 의미였다.

세속, 유속과 달리 '풍속'이라는 단어는 전국시대에 비교적 많은 긍정적인 뜻을 드러냈다. 순자는 각국의 정치를 연구하면서 "국경 안으로 들어와 나라의 풍속을 보라"[21]고 주장했다. 그가 "도둑이 남의 것을 훔치지 않고, 강도가 남을 칼로 찌르는 일이 없다. 개나 돼지도 너무 잘 먹어 콩과 곡식을 뱉어 낼 정도이고, 농부나 상인 모두가 재물을 서로 남에게 사양한다. 풍속은 아름다워져서 남녀들은 길거리에서 남의 것을 갖지 않고 백성들은 떨어져 있는 물건을 줍는 것도 부끄러이 여긴다"[22]는 것을 최고의 풍속이라 여겼다. 이로 풍속은 보편적인 관습을 주목하는 것을 주요 내포로 삼았음을 알 수 있다.

'민속'이라는 단어는 아마 전국시대에 나타난 것으로 보인다. 「예기禮記·치의緇衣」편과 곽점郭店 초간楚簡 「치의緇衣」편에서 "그 때문에 백성에게 임금 노릇하는 자는 좋아하는 것을 밝혀서 이로써 백성들에게 풍속을 보여주고, 미워하는 것을 삼가해서 이로써 백성들의 음란한 것을 막아야 한다. 그러면 백성들이 의혹되지 않는다"라고 적혔다. '민속'과 '민음民淫'을 대조 시켜서 말하니 그 내포는 긍정적인 면이고 백성을 다스리는 자에게는 인정받은 것이었다. 선진 고적 중에서 몇몇 단독으로 '속'을 사용한

---

17) 「韓非子·奸劫弑臣」
18) 「孟子·盡心」
19) 「戰國策·楚策·4」
20) 「戰國策·齊策·6」
21) 「荀子·強國」
22) 「荀子·正論」

경우가 있는데 그 역시 민속을 가리킨 것이었다. 예를 들어『노자』제 80장에 "그 음식을 달게 먹으며 그 옷을 아름답게 입으며 그 거하는 곳에서 평안하며 그 풍속을 즐기게 한다. 이웃 나라가 서로 바라보고 닭과 개 울음 소리가 서로 들리지만 백성은 늙어서 죽도록 서로 오가지를 않는다"고 했는데 그 중의 '속'은 틀림없이 민속을 가리킨 것이었다.

전국시대에 '속'을 가장 많이 이야기한 사람은 조무령왕과 그 대신들이었다. 그들은 호복에 대하여 논했는데「조책」2편에 조무령왕이 호복기사 胡服騎射를 논하며 "무릇 세상에 뛰어난 공훈을 이룩한 자는 틀림없이 과거의 누습에 부담을 가질 수밖에 없다. …… 현자가 풍속을 의논함에 불초한 자들이 여기에 구속을 받는 것이다. …… 지금 숙부께서 주장하시는 것은 속습에 얽매인 것이오, 제가 설명드리는 것은 그 풍속을 제정하기 위한 것입니다"라고 한 기록이 남아있다. 여기서 그는 이미 명확히 풍속을 바꾸려는 의지를 표했다. 그는 '속俗'의 사회적인 역할에 대하여 깊은 생각을 가지고 있었다. "그러므로 시세는 풍속에 따라 변화시켜야 하고 일의 마땅함에 따르는 것이 성인의 도다"라고 했다.「상군서商君書·산지算地」편에서는 "성인은 풍속을 관찰해 법을 제정하는 까닭에 나라가 잘 다스려졌다"고 했다. 조무령왕은 발전 추세가 반드시 민속에 맞게끔 해야한다는 것을 의식했다. 그리고 상앙은 '풍속을 관찰해 법을 제정한다'는 것을 강조했다. 이것으로 '속'을 얼마나 중요시했는 지를 알 수 있다.

'민속'과 정치간의 관계에 관해 묵자는 "그 당시에 세상도 변하지 않고 백성도 바뀌어지지 않았으나, 위의 정치가 변하자 백성들의 습속도 바뀌었던 것이다"[23]라고 말했다. 묵자는 안영晏嬰이 제나라 군주에게 공자에 대하여 간언을 했다는 사례를 예로 들면서 "지금 임금님께서는 그에게 땅을 봉하여 제나라의 풍속을 교도敎導하려 하시지만, 그것은 나라를 교도

---

23)「墨子·非命·下」

하고 백성들에게 모범을 보여주는 방법이 못됩니다"[24] 라고 했다. 이는 당시에 이미 정치활동을 통해 풍속을 바꾸는 사상이 싹텄다는 것을 알 수 있다. 맹자는 '변금지속變今之俗'[25]을 제창했고 후세 사람은 이 사상을 '변속이풍變俗移風'[26]으로 귀결시켰다. 순자는 예악으로 민중을 교화하자고 주장했다. 그는 "음악이란 성인들이 즐기던 것이어서 백성들의 마음을 어질게 해줄 수가 있다. 그것은 사람들에게 깊은 영향을 주어 풍습을 바로 잡고 풍속을 순화시킨다." "그러므로 옛 임금들은 백성들을 예의와 음악으로 이끌어 화목하게 지낼 수 있었던 것이다. 그러므로 음악이 바르게 연주되면 뜻이 맑아지고, 예의가 닦여지면 행실이 이루어지며, 귀와 눈은 잘 들리고 잘 보이게 되고, 혈기는 화평스럽게 되며, 풍습은 바로잡고 풍속을 순화시켜 온 천하가 모두 편안해지고, 아름답고 착한 사람들이 서로 즐기게 된다"[27]고 했다. 이것은 최초의 '이풍역속移風易俗'에 대한 명확한 분석이었다. 전국 말년 이사李斯의 「간추객서諫逐客書」에서 "진효공이 상앙의 변법을 채택해 풍속을 바꾸자 백성이 유복해졌고, 나라는 부강해졌습니다. 백성은 기꺼이 부역에 나섰고, 제후들은 가까이 다가오며 복종했습니다. 초나라와 위나라 군사를 깨뜨려 땅이 천리에 달합니다. 지금까지 잘 다스려지고 강성한 이유입니다"[28]라고 말했다. 이것은 정치와 민속간의 관계에 대한 구체적인 분석이었다.

'속'은 선진 사회에서는 상당한 구속력을 가지고 있었으며, 심지어는 여론의 압력이 될 수도 있었다. 맹자 시대에 광장匡章이라는 자가 있었는

---

24) 「墨子·非儒·下」. 안어: 『안자춘추晏子春秋』에는 "今欲封之, 以移齊國之俗, 非所以導國先眾."
25) 「孟子·告子」
26) 「孟子章指」
27) 「荀子·樂論」
28) 「史記·李斯列傳」

데 "온 나라에서 모두가 불효하다고 했다"고 했으며 세속의 기준으로 그는 불효한 죄인의 판정을 받았다. 그렇지만 맹자는 오히려 광장과 사귀어 왕래했다. 어떤 이가 그 이유를 물어보았는데 맹자는 "세속에서 말하는 불효에는 다섯 가지가 있다. 그의 사지四肢를 게을리 움직이며 부모님 부양하는 일은 돌보지 않는 것이 첫째 불효이다. 노름과 바둑 따위를 하고 술 마시기를 좋아하면서 부모님 부양하는 일은 돌보지 않는 것이 둘째 불효이다. 재물을 좋아하고 처자만을 사사로이 잘 돌보면서 부모님 부양하는 일은 돌보지 않는 것이 셋째 불효이다. 귀와 눈의 욕망을 추구하는 나머지 부모를 욕되게 하는 것이 넷째 불효이다. 용맹스러움을 좋아하여 남과 싸우고 모질게 굴어 부모님까지 위태롭게 하는 것이 다섯째 불효이다. 광장에게야 이 중에 한 가지라도 해당되는 것이 있더냐?"29) 라고 되물었다. 맹자가 감히 세속적인 가치에 맞설 수 있다는 것은 인간의 품성에 대한 자신 나름의 이념에서 온 것이다. 전국 변법 때 개혁가들은 종종 세속, 유속과 다투어야했는데 한비자는 일찍이 상앙변법에 대하여 총정리하면서 "상앙은 진효공을 설득하여 법령을 개정하고 관습을 고치며, 조정의 법도 명확하고 간악을 밀고한 자를 상주고, 직업적인 상공업을 억제하고 근본적인 농업을 장려했다. 당시 진나라는 백성이 죄를 범해도 뇌물을 쓰면 면죄됐고, 공이 없어도 높은 지위에 올라 존경 받을 수 있는 예전의 풍습에 젖어 있으므로 새 법을 가볍게 보고 위반했다"30)고 말했다. 진나라의 변법은 실질적으로 습속을 지키는 자와 개혁자 사이의 투쟁으로 볼 수 있다. 순자는 "정교政教와 습속은 인심을 서로 따르게 된 뒤에야 제대로 행해지게 된다"31)고 했다. 그는 이미 정교와 습속을 동일시하고 습속의

---

29) 「孟子·离娄·下」
30) 「韓非子·奸劫弑臣」
31) 「荀子·大略」

중요성을 알고 있었다.

(4) '속俗'과 '아雅'

선진시대 속俗과 아雅의 관계를 이해하는 것도 당시 민속 의제에 있어서
필요한 항목이다. 일반적으로 민속과 조속粗俗은 비교적 가깝지만, 고아高
雅와는 거리가 비교적 멀다.

문화와 문명의 측면에서 볼 때, 속俗과 아雅는 서로 어긋나면서도 서로
이루어나간 관계를 유지해 왔다. 이것은 바로 '조속'과 '문아'의 구별이라
할 수 있다. 이들의 관계에 대하여 다음과 같은 몇 가지를 제기할 수 있다.
첫째, 많은 아雅가 속俗에서 나왔으며 아雅는 속俗의 기초다. '아雅'같은
것은 보급되었다면 역시 속俗이 될 수도 있다. 하리파인下里巴人과 양춘백
설陽春白雪 사이에 절대적인 경계선은 없다. 둘째, 아와 속은 때때로 하나가
되기 때문에 구분하기 어렵다. 셋째, 민속과 조속은 서로 일치하지 않으며
민속에는 고상한 성분도 있고 조속한 성분도 있다.

예를 들어 밥을 먹는 것은 속되고 속된 일이어야 하는데 누가 매일
밥도 안 먹는가? 하지만 의례가 되면 고상한 예절이 많이 생긴다. 「의례儀
禮·공식대부례公食大夫禮」의 기록에 이르기를,

> 임금이 대부大夫를 대접하는 예이다. 대부로 하여금 관사에 있는 빈賓에게
> 사례(食禮)가 있음을 알리게 하고 각각 그 작위爵位에 맞게 짝하도록 한다.
> 상개(上介: 교섭을 위해 파견된 사자의 부관으로 실무를 담당하는 관리)가 나와
> 서 무슨 일로 왔는가를 묻고 안으로 들어가서 빈에게 고한다. 빈이 세 번 사양하
> 고 나가서 수고스럽게 찾아준 것에 절을 한다. 대부는 답하며 절하지 않고
> 다만 임금의 명만 전달한다. 빈이 재배하고 머리를 조아린다. 대부가 돌아가면
> 빈이 전송하는 데 절은 하지 않는다. 드디어 뒤를 따라간다. 빈이 조복을 입고
> 대문 밖에서 제 위치에 나아가는데 빙례聘禮를 할 때와 똑같이 한다.

이것은 국군이 빙문聘問하러 온 대부에게 주연을 베풀어 대접하는 예절인데 여기서 말한 것은 먼저 사람을 파견하여 초청하는 예절을 설명한 것이다. 주대 귀족은 식사할 때에는,

남과 함께 음식을 먹을 때에는 배부르도록 먹지 말 것이며, 남과 함께 밥을 먹을 때에는 손을 적시지 말아야 한다. 밥을 뭉치지 말며, 밥 숟가락을 크게 뜨지 말며, 물 마시듯 들이마시지 말아야 한다. 음식을 먹을 때 혀를 차는 소리를 내지 말아야 하며, 뼈를 깨물어 먹지 말아야 하며, 먹던 고기를 도로 그릇에 놓지 말아야 하며, 뼈를 개에게 던져주지 말아야 하며, 어느 것을 굳이 자신이 먹으려고 하지 말아야 하며, 빨리 먹으려고 밥의 뜨거운 기운을 제거하기 위해 밥을 헤젓지 말아야 하며, 기장밥을 젓가락으로 먹지 말아야 한다. 나물이 있는 국을 국물만 혹 들이마시지 말아야 하고, 국에 조미調味하지 말아야 하며, 이를 쑤시지 말아야 하고, 젓국(醢)을 마시지 말아야 한다. 객이 국에 간을 맞추면 주인은 맛이 알맞게 잘 끓이지 못했다는 사과의 말을 해야하며, 객이 젓국을 마시면 주인은 집이 가난해서 맛있게 잘 만들지 못했다고 사과의 말을 해야 한다. 젖은 고기는 이로 끊고 마른 고기는 이로 끊지 않는다. 불고기를 한입에 넣어 먹어버리는 일을 하지 말아야 한다. …… 어른을 모시고 술을 마실 때에 술이 나오면 일어나 준소(尊所)에 가서 절을 하고 받아야 한다. 만약 어른이 그렇게 하는 것을 말리면 연소자는 제자리에 돌아와서 마시되, 어른이 술잔을 들어 다 마시기 전에는 연소자는 감히 마시지 못한다. 어른이 무엇을 내려주면 연소자나 천한 자는 감히 사양하지 못한다. 임금 앞에서 과실을 하사下賜를 받았을 때에는 과실에 씨가 있으면 그 씨를 품안에 간직해야 한다.32)

위에 언급한 것들은 당연히 예의 범위 내의 요구 사항이지만 일반 민중에게는 한가지의 속俗으로 무시당할 지도 모르며 실질적으로 그럴 수도 있다고 본다. 물론 이러한 예의 요구 사항은 귀족의 '아雅'이지만 이는

---

32) 「禮記·曲禮·上」

민중의 풍습과도 거리가 그리 멀지 않다. 귀족들이 식사 때 이러한 요구사항을 지킬 수 있다면 당연히 비교적 고상한 행위이고 마땅히 아雅문화에 끼워 넣을 만한다. 하지만 실질적으로 귀족들은 식사 때 이러한 의례 규격을 엄밀히 지키지 않았다. 「시경·잔치에 오신 손님(賓之初筵)」에서 아래와 같이 기재했다.

> 손님 모여 잔치 시작하니 점잖고 공손하네.
> 취하지 않았을 적엔 위엄과 예의에 조심하더니
> 술 취한 뒤엔 위엄과 예의가 불안해지네.
> 자리를 떠나 옮겨다니며 자주 너울너울 춤추네.
> 아직 취하지 않았을 적엔 위엄과 예의가 빈틈없더니
> 술취한 뒤엔 위엄과 예의가 허술해지네.
> 이래서 술취하면 질서를 모른다 했지.
>
> 손님들 술취하여 소리치고 떠들고 하며
> 음식 그릇 어지럽히고 비틀비틀 자주 춤추네.
> 이래서 술취하면 자기 잘못도 모른다 했지.
> 관을 비스듬히 쓰고 더풀더풀 자주 춤추네.
> 술취하여 바로 자리 뜬다면 서로가 다행한 일이지만,
> 술취한 뒤에도 가지 않으면 덕을 망치는 짓이 된다네.
> 술이 매우 좋다는 것은 오직 예의를 잘 지킬 때일세.
>
> 이처럼 술마시는데 어떤 이는 취하고 어떤 이는 안 취했네.
> 그래서 감시자 세우고 기록자 두어 그들 돕게 하였으니,
> 술취하여 탈선하는 것은 취하지 않은 이가 부끄러이 여기는 일이네.
> 공연히 많이 들라 하지 말고, 취하여 너무 태만하지 않아야 되네.
> 부당한 말도 하지 말고, 법도에 어긋나는 말도 하지 말 것이니,
> 술취하여 떠들다 보면 수양은 뿔이 없다는 식의 말 나오게 된다네.
> 세 잔이면 의식 잃게 되는 것을 하물며 더 마시라 권해서야 되겠나!

여기서 서술한 취중 상황은 물론 귀족에게만 해당되는 것이 아니었다. 일반 백성은 비록 술을 마시는 횟수는 귀족보다 적었지만 술에 취한 일은 역시 흔했다. 술에 취한 이런 풍습은 이미 아雅에서 속俗으로 변했다. 선진 시대의 아雅와 속俗의 차이는 문文(밖으로 드러나는 표현)과 질質(내면의 도덕적 품성)로 구분된다. 일반 민중에 있어서 그 '속'의 주체는 질박하다. 예를 들면, 설날을 경축하는 것은 중국의 가장 성대한 명절로서 2천 여년 이어 지금까지도 여전히 성행하고 있다. "음력 12월 23일(혹은 24일) 소년 小年부터 사람들은 이미 바쁘게 설 준비를 시작한다. 집안을 청소하고 벽을 도배하고 창문에 종이로 무늬를 낸 꽃(窗花)을 붙여 놓고 춘련春聯을 붙이고 춘절에 필요한 문건을 장만하고 머리감고 목욕하고 춘절에 필요한 기구器具를 마련한다."[33) 여기서 나열한 새해맞이 항목으로 볼 때, 이는 이미 긴 세월의 축적을 거쳐 매우 복잡해졌다는 것을 알 수 있다. 하지만 선진시대에는 비교적 간단하였다고 할 수 있다. 「시경詩經·칠월七月」편은 당시의 '개세改歲'에 대해 아래와 같이 말했다.

　　5월에 메뚜기가 다리를 비벼울고, 6월에는 베짱이가 깃을 떨어울며, 7월에는 들녘에, 8월에는 처마밑에, 9월에는 문에 있고, 10월에는 귀뚜라미가 침상밑으로 들어와 운다. 집안의 구멍을 막고 쥐구멍에 불을 놓으며, 북쪽 창을 막고 문을 진흙으로 바른다. 아, 우리 처자들아 해가 바뀌게 되었으니 이 집에 들어와 살지어다.

여기서 언급한 '개세改歲'는 즉, 세월이 바뀌어도 새해가 묵은 해를 대신한다는 뜻이다. 이 시작품에는 귀뚜라미가 다리를 비벼울고 깃을 떨어울 때부터 추위를 피해 민가로 도망친 후에 새해를 맞이할 준비를 한다고 했다. 주희朱熹는 "귀뚜라미가 사람을 의지하게 된 것을 보고 겨울이 곧

---

33) 鐘敬文 主編, 『民俗學槪論』, 上海文藝出版社, 2000年, p.145.

올 것을 알게 되어, 집안의 구멍을 막고 쥐구멍을 불로 그슬려 쫓으며, 북향의 창문을 막고 차가운 공기를 막기 위해 문에 진흙을 바른다. 이 때 아내와 아들에게 해가 바뀌게 되었다고 말한다. 날씨가 추워서 일도 마쳤으니 집안에 들어와 있으라고 한다. 이것으로 나이든 사람의 사랑의 마음을 느꼈다"[34]고 했다. 당시에 신년을 맞이하는 풍속은 단지 "집안의 구멍을 막고 쥐구멍에 불을 놓으며, 북쪽 창을 막고 문을 진흙으로 바른다"는 것을 보면 '개세'의 풍속은 아주 소박하고 꾸밈 없었다는 것이 분명하다.

우리가 여기에서 주의해야 할 것은 상층민속의 '아雅'와 하층민속의 '속俗'은 서로 고정되어 변하지 않는 관계가 아니라 상, 하층(혹은 상층, 중층, 하층) 간에 상호작용이 자주 이루어진다는 것이다. 상부의 풍속은 민간에 전파되어, 일반 국민의 생활에 영향을 줄 수 있다. 후세의 싯구절로 표현하면 "옛날의 왕도王導와 사안謝按의 집 앞으로 드나들던 제비가, 평범한 백성들의 집으로 날아 들어가더라"이다. 그리고 하층 민중 습속도 상층에 영향을 끼치기도 했다. "돌아온 제비가 옛둥지를 찾다가 단청으로 채색한 마룻대를 누추한 처마로 잘못 알고 있더라" 라는 싯구절도 있다. 이렇게 끊임없이 상호작용하는 것을 통해 우리는 습속 및 민속의 거대한 위력을 엿볼 수 있는데 이는 어떠한 높은 벽도 막을 수 없다. 어쨌든 선진시대의 '민民'은 특정한 사회 구조의 배경을 지녔고 씨족(또는 종족)의 구성원 모습으로 나타났기 때문에 이 시기의 민속에는 씨족(또는 종족)의 흔적이 많이 남아 있다. 「시경詩經·칠월七月」 편에 의하면 농민들은 일년 내내 힘든 일을 하면서 귀족을 위해서 "여러 곡식 씨뿌리고", "씀바귀 캐고 개똥나무 베고", "채소밭에 마당 닦고", "곡식 거두어들이고", "고을로 들어가 집일 한다"고 했으며, 끝없는 부림을 받고 있었지만 연말이 되어 세밑을 보내고 새해를 맞이할 때, 귀족들을 중심으로 하는 '공당公堂'에서 함께

---

34) 『詩集傳』卷8

경축했다. "두어 통 술로 잔치 벌이고, 염소 잡아 안주 마련하네. 그리고는 임금 처소로 올라가 술잔 들어 만수무강을 비네." 이는 여전히 포근하고 평온한 씨족 분위기에 녹아 있다고 본다. 선진시대의 민속은 중국 고대 민속의 근원에 위치했으나, '속俗' 자의 기원을 포함한 항목으로 볼 때, 후세 민속의 기본적인 특징을 이미 갖추고 있었다. 이것도 선진시대의 민속을 중요시 해야하는 한가지 원인이다.

2. 선진시대 민속의 특징

역사 연구자의 입장으로 보면, 민속은 대체로 일정한 역사시기의 물질문화와 정신문화의 융합체이자 결정체라고 말할 수 있을 정도로 문화와 관념이 내포된 심층적인 반영이다. 민속학에 관한 문제는 이미 민속학자들이 많은 연구를 진행해 왔고 통찰력 있게 논의했다. 여기서 한가지 강조하고 싶은 것은 민속에 대하여 일찍 중국 고대부터 많은 사람들이 관심을 모았으며, 아주 오래된 역사 기록에서 이러한 내용을 찾을 수 있다는 점이다.

중국 민속 발전 역사에 있어 선진민속은 원두源頭의 자리에 위치하고 있으며 선진시대의 사회 정치, 경제, 사상 문화 등의 변화와 밀접한 관계가 있다. 요컨대 선진시대의 민속을 막연하게 말하면, 당연히 먼 옛날과 고대의 민속 가운데에35) 귀착시킬 수 있지만, 선진시대는 시간의 간격이 비교적 길기 때문에 더 세세하게 구분해야 할 필요가 있다고 본다. 본인은 원시민속, 하상夏商민속, 주대周代민속으로 구분하면 적당하다고 여긴다.

---

35) 전문가들이 민속발전사의 분기문제에 대하여 방법이 일치하지 않지만 역사 분기와 결합한 방법은 비교적 적절한 것 같다. 예를 들어 중국 민속을 원고·고대·중고·근세·현대 등 몇 시기로 나눌 수 있다.(張紫晨, 『中國民俗與民俗學』, 浙江人民出版社, 1985)

그리고 주대 민속에서 춘추전국을 특별한 시기로 나눌 수 있다면 역사적 실제 상황에 더 가깝다는 생각이 든다. 선진 민속 중에서는 혼인풍속, 장례풍습, 인생예속 등 대종大宗으로 이루어져 있는데, 그 내포가 매우 넓어서 어느 한 분야에도 긴 시간을 거쳐 깊이 있게 토론할 수 있다. 그러나 학력에 제한이 있기 때문에 본 연구에는 선진 민속의 특징, 속俗과 예禮의 관계 및 민속의 사회적 영향 등에 대해 초보적으로 연구하고자 한다.

(1) 예禮와 속俗은 뗄려야 뗄 수 없다.

선진시대 일부 속俗은 예禮가 되고 반대로 일부 예禮가 속이 된 경우도 있다. 예와 속의 관계는 매우 밀접하여 어떨 때는 그야말로 분리할 수 없을 지경에 이르렀다. 꼭 구별을 하려고 한다면, 사회 상류에 치우쳐 귀족에 의해 체계화된 언행 규범은 예禮라고 하고, 사회 하층에 치우쳐 편중된 것은 민중의 것, 예보다 더욱 보편성을 지닌 약정속성(約定俗成: 약속으로 정해져서 풍속이 된 후로는 더 이상 따지지 않고 '통용'으로 굳어진다.)의 언행 규범을 속俗이라 할 수 있다.

선진시대에 속俗을 발전시켜 예禮가 이루어진 경우도 있다. 이는 결혼풍속을 예로 들 수 있는데 당시 민간에서 많은 남녀들이 혼인을 맺는 방법으로 약정속성約定俗成의 추세가 유행했다. 「시경·한 남자(氓)」편 앞의 두 장에는,

> 타지에서 온 남자 히죽거리며
> 베를 안고 실 바꾸러 온 것은
> 와서 나를 꼬이려던 것
> 나는 그대 따라 기수를 건너
> 돈구頓丘까지 전송했었네

내가 기약을 미뤘던 게 아니라
그대에게 변변한 중매인이 없어서여라
아아 그대 성내지 말고
우리 가을로 약속합시다

저 무너진 담에 올라서서
그대 있는 복관復关을 바라보아도
그대는 나타나지 않아
눈물만 줄줄 흘렸었네
그대 오는 것 보이면
웃으며 얘기했었지
그대는 거북점 시초점 쳐서
점괘에 나쁘다는 말이 없자
그대의 수레 몰고 와서
내 혼수감 옮겨 가세요

이 아가씨가 뽑은 의중인意中人은 베를 갖고 실을 사러 온 총각이다. 총각이 작은 규모의 장사를 하고 있는 상황으로 볼 때, 남녀 모두 귀족일 가능성이 크지 않고 보통 백성이 마땅하다. 장가를 들기 전에 중요한 일이 두 가지 있는데, 첫째는 중매쟁이가 혼담을 꺼내는 것이며, 둘째는 점을 치고 길흉을 결정하는 것이다. 그런 후에 총각 집의 큰 수레가 처녀를 맞이하러 여자 집에 가서 처녀와 그녀의 혼수인 '회賄'를 싣고 다시 총각 집에 오면 혼인이 이루어진다. 중매쟁이를 통해 혼담을 꺼내는 것은 당시의 풍속이었다. 그래서 「시경詩經·남산南山」편에서 "장작을 쪼개려면 어떻게 하지? 도끼가 없으면 하는 수 없지. 장가를 들려면 어떻게 하지? 중매쟁이 없으면 안되는 거지" 라고 한 것이었다. 「도끼자루 베려면(伐柯)」편에서도 "도끼자루 베려면 어떻게 하지? 도끼 아니면 안되는 거지. 장가들려면 어떻게 하지? 중매쟁이 아니면 안되는 거지"라 했다. 이들은 각각 위풍衛風, 제풍齊風, 빈풍豳風에 속한 작품들이다. 이것으로 중매쟁이를 통해 혼담을 꺼내고 나서 남녀의 결혼이 이루어지는 것은 춘추시대에 이미 여러 지역의 풍속이 됐다는 사실을 알 수 있다. 당시 남녀 간에 경계가 많았기 때문에 혼인은 중매쟁이가 말을 꺼내야 했다. 「시경·둘째 도령(將仲子兮)」가 바로 한 처녀가 이에 대한 심리활동을 서술한 것이다.

둘째 도령님
우리 마을에 넘어들어와
우리집 산버들 꺾지 마세요.
어찌 나무가 아깝겠어요?
저의 부모님이 두려워서지요.
도련님도 그립기는 하지만
부모님의 말씀도 역시 두려워요.

둘째 도령님
우리집 담을 넘어와
우리집 뽕나무를 꺾지 마세요.
어찌 나무가 아깝겠어요?
저의 손윗분들이 두려워서지요.
도련님도 그립기는 하지만
손윗분들의 말씀도 역시 두려워요.

둘째 도령님
우리집 뜰안으로 넘어와
우리집 박달나무 꺾지 말아요
어찌 나무가 아깝겠어요?
저의 오빠들의 말 많음이 두려워서지요.
도련님도 그립기는 하지만 오빠들의 말 많음도 역시 두려워요.

이 처녀는 어느 집 둘째 아들(중자仲子)과 알고 지내는 사이고, 이 중자는 나무 위로 올라가 바람벽을 넘어 처녀 집에 간 적이 있다. 처녀는 그 일을 생각만 해도 가슴이 두근거리지만, 부모나 형님의 가르침이 두렵다. 하지만 그녀는 마음 속으로 정말 그를 그리워한다. 그럼 도대체 어떻게 해야 할까? 그래서 중매쟁이의 역할이 대체불가로 나타난 것이다. 『시경』 의 「남산」과 「도끼자루 베려면(伐柯)」에는 반복적으로 "중매가 없으면 안되는 것이다"라고 읊조렸는데 이것 또한 당시 혼인풍속의 중요한 부분 이었다.

중매쟁이를 매개로 하는 이런 풍습은 예의禮儀 범절에 있어 빠지면 안되 는 내용이 됐다. 「예기禮記·곡례曲禮」편에 "남자와 여자 사이에는 중매하 는 이가 오고가고 하는 일이 없으면 서로 이름을 알리지 않는다"고 했다. 이에 따르면 남녀의 결혼을 연락하는 많은 의례, 예를 들면 납채, 문명, 청기 등은 모두 중매쟁이를 통해 소식을 전달하여 양쪽이 상의하도록 했 다. 「의례儀禮·사혼례士昏禮」편에 "중매쟁이로 하여금 신부집과 통하게 한다. 폐백을 보내는데 기러기를 사용한다"고 했다. 정현鄭玄은 "달達은 통달通達이다. 상대방과 결혼하려면 반드시 중매쟁이를 통해 혼인의 일이 있다고 알려준다. 여자 집에서 이를 허락하면 남자 집에서 기러기를 보내 채택지례采擇之禮를 한다"고 했다. 중매쟁이가 남녀 양쪽의 선물을 주고받는 의도에 대하여 일찍이 「예기·방기坊記」편에 다음과 같이 설명하고 있다.

대체로 예는 백성들의 음란한 것을 막고, 백성들의 분별을 밝히고, 백성으 로 하여금 혐의가 없게 하여, 이로써 백성들의 기강紀綱을 삼는 것이다. 그러 기 때문에 남녀가 중매 없이는 사귀지 않고, 폐백이 없이는 서로 보지 않는 다. 이것은 남녀의 분별이 없을까 두려워하기 때문이다. 『시경』에 말하기를, "도끼 자루를 벨 때에는 어찌해야 하나, 도끼 아니면 벨 수 없지. 장가들 때에는 어찌해야 하나, 중매 아니면 얻을 수 없지. 삼을 심을 때에는 어찌해 야 하나, 가로세로 두둑을 내네. 장가들 때에는 어찌해야 하나, 부모에게 아뢰어야지"라고 했다.

이렇게 중매쟁이를 소개인으로 하는 민속은 예禮로 상승되어 '민기民紀' 즉, 민중이 반드시 따라야 하는 강기綱紀가 되어서 상당한 구속력을 갖게 됐다. 이런 예속은 민간에서 통용되고 있을 뿐만 아니라 각급 귀족은 물론, 심지어 지위가 최고로 높은 주천자까지도 행해야 했다. 『춘추』 환공 8년에 "제공祭公이 와서 드디어 왕후를 기紀나라에서 맞이했다"고 했다. 이것은 주환왕周桓王이 기紀나라 여자와 결혼하는 것으로 노나라를 중매로 삼은 이야기다. 그래서 『공양전公羊傳』에서는 "우리 나라로 하여금 중매를 하게 한다"고 한 것이고 『곡량전穀梁傳』에서도 주환왕은 제공祭公을 파견하여 노나라에서 주환왕을 위해 기나라 여자를 맞이한다는 기록이 있다. 중매 쟁이의 역할이 매우 중요했기 때문에 주대 관청에서 '매씨媒氏'라는 직책 까지 두었다.

> 매씨는 모든 백성의 짝을 찾아서 맺어 주는 일을 관장한다. 남자와 여자가 태어나서 이름을 얻으면 다 생년월일과 이름을 써서 올린다. 남자는 30세면 장가들고 여자는 20세면 시집가게 한다. 장가들고 시집가는 일을 다 기록한 다. 중춘의 달에는 남자와 여자를 모이도록 한다. 이 때는 예를 갖추지 않고 혼인하더라도 금지하지 않는다. 만약 아무 사고가 없는데도 명령에 따르지 않는 자는 벌을 내린다.36)

혼인이 이루어진 과정을 보면 이것은 확연히 속俗이 예禮가 되고 나아가 관청까지 개입한 전형적인 사례다. 관청의 개입은 물론 민중을 속박하는 측면도 있지만, 합법적인 혼인을 보호하는 역할도 했다. 예를 들어 정나라 귀족인 자명子明이 길에서 아내를 맞이하는 사람을 만나 그 사람의 신부를 빼앗아 읍邑에 묵었다. 그녀의 남편이 자명을 공격하여 죽이고는 그 아내 와 함께 떠났다. 정나라의 집권자 자전子展이 자명의 범행을 규탄하면서

---

36) 「周禮·媒氏」

"아내를 잃은 사람을 찾아서 있던 곳으로 돌아가게 하여라. 유씨游氏에게
는 원한을 갖지 말게 하여 '악행을 밝혀 드러내지 말라'라고 말했다."37)
　　민속이 일단 형성되면 민중에게는 그것이 거대한 구속력을 갖게 된다.
선진시대에는 혼인을 중매쟁이를 통해 맺었는지에 대해 매우 중요하게
생각했다. 「예기禮記·내책內則」 편에서 "예로써 맞아들여지는 자는 처妻라
칭하고 그렇지 않은 자는 첩妾이라 칭하는 것이다." 빙례를 갖추어 맞아들
인 경우와 아닌 경우에 여성의 사회적인 지위에 중대한 영향을 끼쳤다는
것을 알 수 있다. 춘추시대 노나라에는 "성백聲伯의 어머니는 빙례를 행하
지 않았는데 '나는 첩을 동서로 생각하지 않는다'고 목강穆姜(노선공의
부인)이 말했다. 성백을 낳자 쫓아내니 제나라 관우해管于奚에게 시집을
갔다. "38) 빙빙聘에 관하여 두예杜預는 "빙례를 행하지 않으면 중매쟁이를
세우지 못한 것이다"라고 해석했다. 혼례의 빙빙聘은 중매쟁이를 통해서
행한 빙례聘禮를 가리킨다. 성백 어머니가 이 예속을 행하지 않아서 아예
첩이라 칭하고 그녀를 멀리 제나라로 시집을 보냈다. 전국시대에 맹자도
중매쟁이로 연락한 혼인을 중요시했다. 그는 이렇게 말했다.

　　　　장부가 태어나면 그를 위해 아내 갖기를 원하며, 여자가 태어나면 그를
　　위해 남편 갖기를 원하는 것이 부모의 마음이다. 이런 마음은 사람마다 다
　　가지고 있건만, 부모의 명령이나 중매쟁이의 말을 기다리지 않고 구멍을
　　뚫어 틈새로 서로 엿보며, 담장을 뛰어넘어 서로 따라다니면, 부모와 나라
　　사람들이 모두 천하게 여기는 것이다.39)

　　위에서 "부모와 나라 사람들이 모두 천하게 여기는 것이다"라고 한

37) 「左傳·襄公·22年」
38) 「左傳·成公·11年」
39) 「孟子·滕文公·下」

까닭은 무엇인가? 바로 혼인은 '중매쟁이의 말'을 듣고 결정해야 했기 때문이다. 그렇지 않으면 계명구도雞鳴狗盜로 취급 당할 것이다. '모두 천하게 여기는 것' 한 마디로 민속의 거대한 구속력을 내비쳤다. 앞에서 언급한 「시경·詩經·둘째 도령(將仲子兮)」의 그 아가씨가 두려워하는 것도 바로 이 점이었다. 이로써 중매쟁이를 통해 혼인을 맺는 풍습의 중요성이 어느정도 인지 알 수 있을 것이다.

(2) 문화 배경이 민속에 미치는 거대한 영향

선진시대는 아주 오랫동안 지속된 역사 시기로써 시대의 발전에 따라 일부 풍속은 점차 사라져가고 있었다. 이는 상대商代의 약탈혼인 풍속을 예로 들 수 있다. 「역경易經·규괘睽卦」 상구지효上九之爻에서는 "진흙투성이 돼지 한 마리와 귀신 같은 사람들을 가득 태운 수레 한 대를 보고 활을 당겨 쏘려고 하다가 활을 내려 놓는다. 그들은 도적이 아니라 혼인을 하자는 것이다"라는 내용이 적혀있다. 이 괘에 실린 내용은 상대의 풍속이었고 후세에는 이미 흔히 볼 수 없게 됐다. "예를 잃어 민간에서 구한다(禮失而求諸野)"는 사례는 일부 소수민족 지역에서는 아직 유존되어 있지만 화하족이 지배하는 중원 지역에서는 매우 드물어서 약탈혼 풍습도 당연히 사라져 버리게 됐다.

선진시대의 민속 형성은 물질 생활 상황과 밀접한 관련을 맺고 있었으며, 예를 들면 남녀 결혼예절 중에 '납채納采'와 '용안用雁'의 풍속이 있었는데, 중매쟁이는 남자 측을 대표하여 여자의 집에 갈 때 기러기를 지현贄見(상견례)으로 삼는다. 왜 기러기를 써야 했을까? 정현은 『의례주儀禮注』에서 "납채에 기러기를 사용하는 것은 그가 음양에 따라 왕래하는 특성 때문이다"고 했다. 원래 기러기 사냥은 상고시대 사람 수렵경제의 중요한 내용 중의 하나로 기러기의 생식 습성을 잘 알고 있었다. 기러기는 봄에 나가 가을이 되면 꼭 되돌아 오고 믿음으로 부부의 신용을 상징한다.40) 기러기는 남녀 혼인을 맺어 주는 데 중요한 역할을 하기 때문에 사회적으로도 기러기를 매우 중요히 여겼다. 그래서 기러기를 사냥할 수 있는 사람도 기재로 간주되는 것이었다.41) 납채 풍속은 시대에 따라 끊임없이 변화됐는데 그것은 모두 물질 생활 상황과 관련돼 있었다.

통상적으로 예禮는 속俗에 대한 정합이다. 속俗은 체계적으로 질서있게 작용했는데 일부 속은 이런 통합 과정에서 불가피하게 폐기됐다. 결혼 풍속에 있어 지역과 종족의 차이가 많기 때문에 의례와 습속도 서로 다르고 민간 풍습은 가지가지였다. 「시경詩經·동산東山」에는 90종의 의례가 있다는 설도 있다. 9종의 의례든 10종의 의례든 혼속 의례이 너무 많다는 것은 의심할 필요가 없다. 그러나 「의례儀禮·사혼례士昏禮」에 나온 격식을 갖춘 혼례 의절은 비교적 간단한 것으로 납채, 문명, 납길, 납징, 청기, 친영 등 6가지만 있다. 이는 속俗부터 예禮로 상승되면서 간소하게 정리된 것 같다. 선진시대의 지현례贄見禮, 즉 후세 이른바 상견례로 예물을 선사한다는 풍습이 있었다. 『시경』의 기록으로 볼 때, 예물은 제한이 없었고 종류도 비교적 많았다. 예를 들면 다음과 같다.

---

40) 당나라 가공언賈公彦의 『의례주소儀禮注疏』권4에서 정현의 해석에 대하여 "기러기는 나무잎이 떨어지면 남쪽으로 향해 날아가고 해동될 무렵에 북쪽에 이른다. 남편은 양이고 부인은 음이다. 지금은 기러기를 사용한 것은 또한 부인은 남편을 따르는 뜻을 채택한 것이다"라고 했다. 정현과 가공언은 납채에 기러기를 사용하는 의미를 해석한 이외에, 청나라 유생이 "기러기는 두 번 배우자를 찾지 않는다"는 특성을 채택하여 부부가 영원토록 헤어지지 않기를 상징한다. (胡培翬, 『儀禮正義』권卷 引方苞說)이 설은 조작한 것으로 보이고 결코 믿을 수 없다.

41) 『좌전』에 의하면 춘추 후기에 "조나라 변경의 사람 공손강이 주살誅殺을 좋아하여 흰기러기를 잡았다."(「左傳·哀公·7年」)이 흰기러기를 조백양曹伯陽에게 바치니 마침내 사성司城의 직책으로 임명되어 조나라의 정치를 주관하게 됐다. 이것은 하나의 예시로 삼을 수 있다.

나에게 모과를 보내주었으나 아름다운 패옥으로 보답하나니
나에게 복숭아를 보내주었으나 아름다운 옥으로 보답하나니
나에게 오얏을 보내주었으나 아름다운 옥돌로 보답하나니[42]

무엇을 선물로 드릴까? 수레와 누런 사마로 하지
무엇을 선물로 드릴까? 아름다운 옥돌 패옥으로 하지[43]

그대를 보니 금규화 같은데 내게 한줌의 향초를 주네[44]
남자와 여자는 희희덕거리며 작약을 서로 꺾어 주네[45]
　저 유씨댁 아드님이여! 당신은 우리에게 패옥 같은 선정을 베풀어 주셨
다[46]

　예물로는 옥식, 과일, 수레와 말, 향초, 작약 등 다양한 종류가 있었다.
노장공 24년에 제나라 여자 애강哀薑을 아내로 맞으려 하여 예물로 옥백을
보내도록 명령했으나, 이는 종인宗人 하보전夏父展의 반대를 받았다. 그
이유는 "예법의 규정에 따르면 부인이 지현贄見하는 예물은 대추와 밤에
불과할 뿐입니다. 이는 정성과 공경을 표하기 위한 것입니다. 남자가 지현
할 때는 옥백과 금조禽鳥 등을 사용합니다. 이는 존비귀천을 드러내기 위
한 것입니다. 지금 부인이 옥백을 예물로 사용하게 되면 남녀간의 구별이
없게 됩니다"[47]라고 했다. 이런 예물 풍습은 예禮로 전환되면서 모두 질서

---

42) 「詩經·木瓜」
43) 「詩經·渭陽」
44) 「詩經·東門之扮」
45) 「詩經·溱洧」
46) 「詩經·丘中有麻」
47) 「國語·魯語·上」. 여자들이 지현 예물에 대하여 『좌전』에 기록된 대추와 밤 이외에
　또한 개암(榛)과 건육(脩) 두 가지가 있었다.(「左傳·莊公·24年」)「예기禮記·곡례曲
　禮」하편에도 비슷한 기록이 있다.

정연 하게 행해질 수 있었다. "금금禽으로써 육지六摯를 일으켜서 모든 신하를 균등하게 한다. 고孤는 피백皮帛을 가지고 경卿은 고羔를 가지고 대부大夫는 안雁을 가지고 사士는 치雉를 가지고 서인庶人은 목목鶩을 가지고 공工이나 상商은 계雞를 가진다"[48]는 예가 그러한 것이다. 물론 서로 다른 장소에서는 예물을 다르게 가져야 하지만 태종백太宗伯의 분류는 풍습으로서 체계화된 후에 형성된 것으로 의심할 여지가 없다. 이때 사회 등급을 드러나게 했으며 이미 민속과 일정한 거리가 생겼다.

일부 민속은 문화 배경과 깊이 관련돼 있었다. 예를 들면, 늦어도 서주 후반기부터 나타난 음양관념이 동주 사람에게 종종 의사결정을 내리는 근거가 됐다. 장례식은 유일柔日에 한다는 것에 관하여 고염무顧炎武는 일찍이 아래같이 논했다.

> 『춘추春秋』에는 장례식은 모두 유일을 택해서 한다. 선공宣公 8년에 "겨울인 10월 기축己醜 일에 우리 노나라 소군小君 경웅敬嬴을 장사지내는데 비가 내려 장사를 지내지 못하고 다음날인 경인庚寅 일 한낮에 장 사를 지냈다." 정공 15년에 "9월 정사丁巳 일에 우리 군주 정공의 장례식이었는데 비가 내려서 장례를 치르지 못했다. 무오戊午 일 저녁에 정공 장례를 지냈다." 기축己醜, 정사丁巳는 점을 쳐서 택한 일이고 그 다음날에 미루게 된 것은 상황이 달라지기 때문이다. 강일을 택하지 않는다.[49]

유일은 천간天干이 짝수날이고 강일은 천간이 홀수날로 천간 10일 중 양陽에 해당하는 강일剛日이 5일이고, 음陰에 해당하는 유일柔日이 5일이다. 장례일로 유일(음일)을 택한 것은 죽은 자가 음택에 들어가는 것과 관련되어 있기 때문이다. 한대 이런 풍습은 이미 변화되어 여전히 유일, 강일의 구별을 했지만 유일에 장례를 치르는 풍습은 이미 없어졌다.[50]

---

48) 「周禮·大宗伯」
49) 『日知錄』 卷4

동주 시기에 '굴와窟臥' 장례식이 성행했는데, 이런 굴지장屈肢葬의 의미에 대해서는 이설이 많은데 수호지睡虎地 진간秦簡 「일서日書」를 통해 이는 귀신을 피하는 일종의 술책이라고 결론을 내렸다.[51] 여기서 귀신을 음양 설陰陽說에 접목하여 결론지어진 점에 유의할 필요가 있다고 여긴다. 수호 지 진간 「일서」에서 "귀신이 백성을 해치면 그들이 상서롭지 못하다. 힐문 으로 귀신에 도道를 명백히 알려주며 백성들은 재난과 흉악한 재앙을 당하 게 해서는 안된다. 귀신에게는 악행이란, '웅크리고 누워있는 것, 다리 뻗고 앉아 있은 것, 줄지어 가는 것, 한 발로 서 있는 것'이다."[52] '웅크리고 누워있는 것'과 '한 발로 서 있는 것'은 일치하며 홀수는 양陽에 속해 홀수 날은 기일奇日이며 즉 강일剛日, 양일陽日이다. 「역易·계사繫辭」에는 "양괘 陽卦는 홀수이고 음괘는 짝수이다"고 했는데 양일陽日은 귀신을 피할 수 있기 때문에 이같은 굴지 장례식을 택한 것이었다.

문화 배경이 민속에 끼친 거대한 영향을 말하자면 상주시대의 음주풍습 에서도 유력한 근거를 찾을 수 있다. 고고학을 통해 상대 고분에서 많은 주기酒器들이 부장품으로 사용했던 것을 발견했고, 이를 통해 상대 음주가

---

50) 한대 유일과 강일의 구별에 대하여 「회남자淮南子·천문훈天文訓」에서는 "무릇 십간 은 갑이 강하면 을은 유하며 병이 강하면 정은 유하다. 그렇게 계속되면 규에 도달한 다"는 설명이 있다. 그러나 한대의 장속은 이미 유일을 택하지 않았다. 고염무顧炎武 는 "한대 사람은 유일을 택해야 한다는 것을 모르고 장능長陵에서는 병인丙寅을 쓰고, 모능茂陵에서는 감신甲申을 쓰고, 평능平陵에서는 인신壬申을 쓰고, 위능渭陵에 서는 병술丙戌을 쓰고, 의능義陵에서는 임인壬寅을 썼는데 모두 강일剛日이었다"고 지적했다.(『日知錄』 卷4) 한대 사람은 유일과 강일에 대한 분별을 가지고 있지만 장속에 있어 하장날을 이미 강일로 바꿨는지는 검토할 여지가 남아있다.

51) 王子今,「秦人曲肢葬仿象 '窟臥' 說」,《考古》, 1987年 12期. 필자도 이같은 풍속에 대해 귀신을 내쫓는 의미를 논의한 적이 있다. (「戰國時期的鬼神觀念及其社會影 響」,《中國史研究》, 1988年 第2期)

52) 鬼害民罔 (無)行, 爲民不羊(祥), 告如诘之, 如(昭)道, 令民毋麗(罹)凶央 (殃. 鬼之所 惡：彼窟臥·箕坐·連行·奇立.

성행했음을 대략 미루어 짐작할 수 있다. 서주 초년 사람들은 상대 지나치게 성행하는 음주풍습에 대하여 "술냄새를 하늘에서 맡을 수 있을 정도까지였으니, 그래서 하늘은 은왕조에 멸망의 재앙을 내렸으며 은왕조를 어여삐 여기지 않는다"[53])라고 비판했다. 장사꾼들이 무리를 지어 술을 마시고, 술 냄새를 하늘에서도 맡을 수 있을 정도였기 때문에 하늘께서 은왕조에 재앙을 내리며 은왕조를 더 이상 보살피지 않았다는 말이다. 주대 초년에 이르러 금주령을 내리면서 음주 제한을 가했지만, 상왕조 사람의 음주풍습에 대하여는 여전히 관대한 편이었다. 주공은 금주 명령에서 "매땅에백성들이여! 그대들 대신들의 뜻을 이어받아 오로지 곡식을 가꾸기에 힘쓰고, 그대들 부모님과 어른들을 부지런히 공경하여 섬기도록 하시오. 힘써 수레와 소를 끌고 멀리 가 장사하여 그것으로써 부모를 효성스럽게봉양하여 그대들의 부모가 기뻐하면 스스로 깨끗이 하고 풍성한 음식을마련하여 술을 마시도록 하시오."[54])라고 했다. 이 명령은 '매땅(은왕조 지역)'에 사는 민중들은 곡식을 심거나 수레를 끌고 먼 곳에 가서 장사를하라고 했으며, 곡식을 수확하거나 장사로 번 돈으로 부모를 봉경하고그들의 부모가 기뻐해야 할 때, 비로소 푸짐한 반찬을 준비해 술을 마실수 있다. 만약 은왕조 사람이 아니면서 '군음群飮'을 하게 되면 "모두 붙잡아 주왕실로 보내면 내가 그들을 죽이겠다"[55])라고 했다. 이것은 주왕조통치자가 은왕조 사람을 징계하면서 음주를 교훈삼아 실시한 정책이었다.또한 주대 사람은 비교적 짙은 남존여비 관념을 지니고 있었다. 주무왕이주왕紂王을 벌하려 할 때, 전선에서 병사들이 맹세하면서 "옛사람이 말하기를 암탉은 새벽에 울지 않는데, 암탉이 새벽에 울면 집안이 망한다고

---

53) 「尚書·酒誥」
54) 「尚書·酒誥」
55) 「尚書·酒誥」

했다"56)고 했다. 암탉이 새벽에 울면 안된다는 것은 분명히 여성비하적 관념이 담겨 있다고 본다. 「시詩 · 소아小雅 · 산골짝의 시냇물(斯幹)」편에서 "곧 아들을 낳아 침대에 뉘어놓고, 좋은 옷 입혀주고, 서옥瑞玉 가지고 놀게 하니,……집안의 훌륭한 가장 되겠네. 딸을 낳아 땅바닥에 뉘어놓고 포대기로 싸주고, 오직 실패 가지고 놀게 하니, ……부모님 걱정 끼치는 일 하지 않겠네"와 같은 싯구절이 있다. 서주가 동주로 바꾸는 시기의 작품 속에서 사람들은 남자아이와 여자아이에 대한 태도 차이가 뚜렷이 드러난다. 아들을 낳으면 침대에 놓아주고 예쁜 옷을 입혀주고 옥장玉璋을 가지고 놀게 한다. 남자 아이를 중요시하는 것은 그가 장차 집안의 훌륭한 가장이 되겠고 군왕도 될 수 있기 때문이다. 여자 아이를 낳으면 땅바닥에 놓아 준 것은 분명히 여성에 대한 차별이다. 주희朱熹는 '재침지지載寢之地'에 대해 "땅바닥에 뉘어놓은 것은 천하게 취급한 것이다"57)라고 해석했다. 여자아이는 침대에 눕히지도 않을 뿐만 아니라, 그녀에게 예쁜 옷을 입히지도 않고, 천으로만 감싼 채 눕히고 실패(瓦) 따위를 장난감으로 삼았다. 여자 아이를 천하게 여긴 것은 그녀는 임금 노릇을 할 가능성이 전혀 없기 때문이었다. 부모에게 근심 끼치는 일 없으면 또한 천만다행으로 여기며, 이런 농장지경弄璋之慶 및 농와지경弄瓦之慶 풍습은 분명히 남존여비 문화에서 비롯된 것이다.

고고학을 통해서 발견된 주대의 장속은 부부 합장묘가 많다는 것으로 나타난다. 이것 역시 여자는 죽을 때까지 한 남편만 섬겨야 한다(從一而終)는 관념이 드러난 것이다. 물론 이런 민속은 지역마다 표현 형식이 다르기 때문에 공자는 일찍이 "위나라 사람들이 합장合葬은 곽槨 속의 두 관 사이에 물건을 넣어 격리하고, 노나라 사람들의 합장은 곽 속에

---

56) 「尙書 · 牧誓」
57) 『詩集傳』 卷11

두 관을 나란히 놓은 채 사이를 격리하지 않고 합장한다. 노나라의 제도가 좋지 않은가"[58]라고 말했다. '襯친'이란 부부합장을 뜻하고 이러한 풍습은 위나라와 노나라가 달랐다.[59] 공자가 노나라 풍습이 더 좋다고 여긴 것은 노나라의 풍습은 당시 문화 배경과 부합된다는 인식에서 비롯됐다. 당나라 공영달孔穎達은 이 점을 "노나라 풍습이 더 좋다는 것은 죽음과 삶은 다르고, 죽으면 두 관 사이에 격리하지 않고 '살아서 한 집에 못살아도 죽어선 함께 묻힌다'고 했으니 노나라의 부부 합장 풍습이 더 좋다는 것이

---

58) 「禮記·檀弓·下」

59) 노나라와 위나라의 장속髒俗이 다르다는 것에 대하여, 「예기·단공」의 정현鄭玄의 주注는 "격리함, 곽槨 속에 격리시킨다"라고 해석했다. 공영달孔穎達은 정현의 주해에 대하여 "격리한다는 것은 하나의 관棺 속에 물건을 넣어 격리하는 것이다. 그렇게 합장를 하는 이유는 살아서 남자와 여자 거처를 격리해야 하기 때문이다."(「禮記正義」卷10). 청나라 유생 손희단孫希旦은 정鄭과 공孔의 의견에 동의하지 않으며, "격리한다는 것은 두 개의 광중壙中에 부부의 관곽을 각각 한 광중에 매장하는 것이다. 합장은 한 개의 광중에 부부의 관곽을 그 주와 함께 매장하는 것이다."(「禮記集解」卷11) 「시경詩經·큰수레(大車)」에 따르면 "살아서 한 집에 못살아도 죽어선 함께 묻히리라. 내 말이 믿기지 않는다 하면 밝은 해가 지켜보고 있다"라고 했다. 「노시설魯詩說」에서 「열녀전」의 기록에 의하여 이 시를 해석했는데, 그는 춘추시대 식息나라 군주 부인이 이 시를 지었다고 한다. "초나라가 식나라를 정벌하여 멸망시키고 식의 임금을 사로잡았다. 그리고 문을 지키게 하여 도망 가는 부인을 잡아서 자신의 처로 삼고자 초나라의 궁궐로 데려왔다. 오방이 지방으로 순시를 나간 사이에 부인은 궁궐을 빠져나와 식의 임금을 만나 말했다. '사람의 삶에서 중요한 것은 한 번 죽는다는 것인데, 어찌 스스로를 고통스럽게 할 필요가 있겠습니까? 저는 잠시도 당신을 잊은 적이 없습니다. 결코 저는 두 번 혼례를 치르는 일은 하지 않을 것입니다. 이렇게 떨어져 사는 것이 죽어서 지하로 돌아가는 것만 하겠습니까?' 그러고 나서 시를 지어 '살아서 한 집에 못살아도 죽어선 함께 묻히리라. 내 말이 믿기지 않는다 하면 밝은 해가 지켜보고 있다'고 했으며, 식의 임금이 말렸지만 부인은 듣지 않고 스스로 목숨을 끊었다. 그러자 식의 임금도 스스로 목숨을 끊어 같은 날에 함께 죽었다. 초왕이 식나라 군주는 부인이 보여준 수절과 의리를 훌륭히 여겨 제후의 예로써 그들을 합장해 주었다.(王先謙, 「詩三家義集疏」卷4) 이 시의 내용은 노나라의 장속에 해당하고 또한 주재의 예속과도 부합된 것이다.

다"[60]라고 해석했다. "살아서 한 집에 못살아도 죽어선 함께 묻힌다"는 말은 「시경·큰 수레(大車)」편에서 볼 수 있다. 「시경·칡이 자라(葛生)」편에서는 과부가 죽은 남편을 애도하는 글로 "긴 여름날, 긴 겨울밤의 외로움이여! 백년 뒤 그의 무덤에라도 함께 묻히리. 긴 겨울밤, 긴 여름날의 외로움이여! 백년 뒤 그의 무덤 속에서라도 함께 살리"라고 적혔다. 이렇게 '죽으면 함께 묻힌다'는 신념을 거듭 송창誦唱한 것을 보면 부부합장은 주대 예속이었음을 알 수 있다. 그래서 「한서漢書·애제기哀帝紀」에서는 "부장祔葬의 예속은 주공부터 시작했다"고 했다. 「예기·단공」편에서는 "합장合葬은 옛날에 없었던 것으로 주공周公이래 그 관습을 바꾼 사람이 없다"고 명확하게 지적했다. 합장 풍습은 주공이 예례를 만든 후에 형성된 민속으로 주대 남존여비의 종법 관념에서 유래됐다.

일반적으로 같은 문화 배경 아래서 형성된 관습에 대하여 사람들은 무조건 준수하지만, 같은 문화 배경이 아닌 경우 곡해되면 이런 관습의 구속력은 큰 도전에 직면할 수 밖에 없다. 제나라 귀족인 당공棠公의 부인 당강棠薑은 매우 예쁘게 생겼는데 귀족인 최무자崔武子가 당공棠公 문상을 갔다가 당강의 미색에 반해 아내로 삼고자 했다. 당강의 동생은 "남녀는 성을 변별하는데 지금 당신은 정공 출신이고 저는 환공 출신이니 안됩니다"[61]라며 말했다. 이는 장가갈 때 남녀의 성은 구별해야 한다는 것인데 성이 같다며 결혼하지 않는 것은 옛날부터 있던 풍속이다. 당강은 제정공齊丁公에서 비롯되고, 최무자는 제환공齊桓公에서 비롯되며 모두 같은 희성姬姓에서 나왔기 때문에, 최무자는 당강과 혼인을 할 수 없는 상황이었다. 최무자는 점을 치고 당강을 처로 삼으려고 했지만 '흉하여 돌아갈 곳도 없다'는 흉괘였다. 최무자는 "과부이니 무슨 해가 되겠는가? 전 남편이

---

60) 『禮記正義』卷10
61) 「左傳·襄公·25年」

그 일을 당하였다"62)는 궤변을 늘어놓았다. 그가 일부러 결혼풍습에 '동성은 결혼할 수 없다'는 원칙을 회피함으로써 당강과 단호하게 결혼했다.

선진시대에 일부 민속은 시대의 발전에 따라 이에 상응하여 변화가 생겼다. 예를 들면 상고시대 장속에 있어 묘는 있으나 그것을 표시하지 않고 묘 위에 분구를 쌓지 않았다는 것이다. 이것은 족묘에 적용하는 방법으로써 사람들은 씨족 안에서 살고 한곳에서 태어나 한곳에서 자라니 나중에 또한 같은 곳에 매장되어 대대로 전해왔다. 조상의 장지가 잘 알려져 있기 때문에 묘 위에 분구를 쌓을 필요가 별로 없었다. 춘추시대 사람들은 점점 씨족, 종족의 울타리에서 벗어나 활동 영역이 넓어지고 부모의 나라에서 반드시 거주해야하는 것이 아니게 됐으므로, 선조의 묘를 기억하기 위해서 분구를 쌓는 것이 사회적인 필요가 됐고 이 때문에 매장 풍속도 변하게 됐다. 「예기·단궁」편에 공자가 부모님을 위해 분구를 쌓은 일을 통해 이러한 전형적인 풍습의 변화를 보여주고 있다.

> 공자가 이미 방防에 합장한 뒤에 말하기를, "나는 들으니 옛날에는 묘를 쓰고 봉분은 하지 않았다고 한다. 지금 구丘는 동서남북의 사람이니, 표시를 해놓지 않을 수 없다" 하고 봉분을 만들었는데 높이가 4척이나 됐다. 공자가 먼저 돌아오고, 문인門人이 뒤에 오는데 비가 몹시 내렸다. 문인이 오자 공자가 묻기를, "너희가 돌아오는 것이 왜 이처럼 늦었느냐?" 하니 대답하기를, "방防의 묘가 무너졌다"고 했으나 공자는 대답이 없었다. 공자는 이에 눈물을 흘리면서 말하기를, "내 들으니 옛날에는 묘를 수리하지 않았다고 한다" 했다.

공자는 "옛날에는 묻었을 뿐이고 봉분封墳은 만들지 않았다"는 풍속을 지키지 않고 방防에 합장合葬한 부모님을 위해 높이 4척의 분구를 쌓았다.

---

62) 「左傳·襄公·25年」

공자는 '동서남북'을 돌아다니고 주유열국하는 사士 계층이다. 이것은 춘추전국시대 사士 계층의 정치참여로 인한 결과인데 사 이외에 수공업 및 상인들도 모두 대종족의 범위를 벗어나 '동서남북'[63] 간에 활동하기 시작했다. 이때문에 봉분해서 조상의 묘지를 표시할 필요가 있게 됐다. 공자는 마음 속으로 여전히 '옛날에는 봉분하지 않았다'는 풍속에 따르려지만, 시대는 이미 바뀌어서 그가 비록 '눈물이 쏟아진다'해도 제자들이 선인을 위해 봉분을 세우는 것을 인정할 수밖에 없었다. 또한, "환란 덩굴 가지여, 아이가 뿔송곳 찼네"[64]라는 싯구절을 통해 주대 동자童子 옷에 '鱊용'이라는 뿔로 만든 송곳을 달아주는 풍습이 있었지만, 복식의 변화에 따라 후세에는 '아이가 뿔송곳 달아준다'는 풍습이 사라지고 동자 옷에 더 이상 장식품을 많이 달아주지 않았다.

선진시대의 민속은 사회 생활의 여러 면에서 스며들었다. 이 시기는 사회 계급 구분이 뚜렷하지 않았고, 사회 구조의 기본 조직 형식이 상당히 긴 역사 시기를 거쳤으나, 여전히 씨족과 종족 형식이기 때문에 당시의 민속은 광범한 사회적인 성격을 지닌 반면, 후세처럼 강한 계급성을 가지지 못했다. 「상서尙書·반경盤庚」편은 상왕조 반경의 발언을 기록했는데

---

63) 전국시대 맹자는 일찍이 정전제井田制 아래서 민중들이 "장례를 치르거나 이사를 하더라도 그 마을에서 떠나는 일은 없다"고 했다.(「孟子·滕文公·上」) 그러나 이는 맹자의 설계일 뿐이고 전국시대 민중들의 일반적인 상황을 대변하는 것은 아니다. 「맹자·등문공」 상편에서는 신농학설神農學說을 연구하는 허행許行과 유생 진량陳良, 그의 문도 진상陳相, 진신陳辛 등이 "뇌사耒耜를 짊어지고 송나라로부터 등나라로 가서 말했다. '군주께서 성인의 정치를 행하신다는 말을 들어 또한 성인이시니 군왕의 백성되기를 원합니다'"라는 기록이 있다. 전국시대에 진秦나라는 '내민徠民'의 정책을 택하여 "그들에게 농지와 주택을 주고 그들의 3대까지 부세와 요역을 면제해 준다"고 해서 수많은 진晉나라의 민중들을 진秦나라로 불러들였다.(「商君書·徠民」) 어쨌든 춘추전국시대에 사람들의 사회 유동 인구가 이전보다 크게 증가하여, 사람들은 '동서남북'으로 유동하고 이는 공자와 같은 선비만 할 수 있는 일이 아니었다.
64) 「詩經·芄蘭」

그 중 반경은 옛날의 현인의 말을 인용하며 "사람은 오직 옛날 사람을 구할 것이나 그릇은 옛것을 구하지 말고 새로운 것을 구하라"고 했다. 옛사람은 주로 같은 씨족끼리 서로 잘 알기 때문에, 동족끼리 서로 마음을 같이 할 수 있다. 또한 족장 풍속처럼 원시시대부터 춘추전국시대까지 끊임없이 이어져 왔으니, 이는 사회 구조상 씨족의 영향이 오랫동안 지속된 상황과 부합된 것이다. 『주례』에서는 '묘대부墓大夫'라는 직위가 있는데 그의 직무 중에 하나는 바로 "국가의 백성이 장사를 치를 때 묘지를 선택해 주고 금지사항을 관장한다"는 것이다. 그 외 '총인冢人'의 직무는 "공묘의 땅을 관장한다.……무릇 제후諸侯는 황제릉 오른쪽과 왼쪽 앞에 쓰고 경과 대부와 사들이 뒤에 쓰게 하며 각각 그 자손들로써 잇게 한다"고 했다. 이런 족장 풍속의 목적이 바로 "분묘가 서로 연결되어야 사람들 사이에 친근함이 생기기 때문"[65]이며 이에 효과를 거두기 위한 것이었다. 또 장례식 때 대성통곡하며 추도하는 풍습도 동족간의 관계를 더욱 밀접하게 했다. 같은 종宗의 사람만이 조상의 사당에서 울며 제사를 지낼 수 있었고, 동족이어야 비로소 아버지의 사당에서 울 수 있었다.

(3) 풍속을 바꾸도록 제창한다.

선진시대에 탁견을 가진 사람들은 민속에 대해 충분히 이해하고, 민속의 사회적 작용에 대해 높이 평가했다. "옛날에 순은 유묘有苗 땅에서 그들을 풍습대로 간무를 추었고, 우임금은 나국裸國에 옷을 벗고 들어갔습니다"[66]라고 전해졌다. 이는 모두 다른 나라 국민의 풍속을 존중하는 행동이다. 주왕조 초년에 위나라를 분봉分封할 때 주공은 일찍이 강숙康叔에게

---

65) 「逸周書·大聚」
66) 「戰國策·趙策·2」

간곡히 타일렀다. "백성들의 정은 대략 알 수가 있느니라"라고 하면서 그 곳의 '민정'을 자세히 살펴보도록 했다. "마침내 은왕조 사람들을 데리고 대대로 누릴 것이다"[67]라고 했다. 『좌전』 정공定公 4년에 분봉 강숙의 상황을 "「강고康誥」로 은허에 봉하도록 명했는데 깨우침은 상왕조의 정치로 강역은 주왕조의 법대로 정한다"고 기제했다. 두예杜預 주석에 의하면 "깨우침은 상왕조의 정치로 한다(旨以商政)"는 것은 "그 곳에 풍습에 따라 정치를 행한다"는 뜻이다. 그래서 「강고」에서 언급한 '민정民情'은 바로 상대 지방의 민속이다. 이에 준하여 위나라를 분봉할 때 강숙에게 '깨우침은 하왕조의 정치로 한다'는 것은 하대의 민속에 따라 정치를 행한다는 것으로 추정할 수 있다. 제후국을 건립하는 원칙 중에 하나는 반드시 그 지방의 민속에 근거하여 진행한다는 것이었다. 이를 통해 민속은 주왕조 초기에 제후국을 건립하는데 중요한 역할을 했다는 것을 충분히 설명해 준다. 주대 초기 제태공齊太公이 제나라를 세울 때, "그곳의 습속에 따라 예의를 간소하게 하고 상공업에 통달하고 어업과 염업의 이익을 편리하게 하자, 이로 인하여 백성들이 대부분 제나라에 귀순하니 제나라는 강대한 나라가 됐다"[68]고 했다. 이것은 민속에 따라 나라를 부강하게 한 사례였으나 노나라의 상황은 이와 반대였다.

> 백금伯禽이 노나라 땅을 봉지로 받고 3년 뒤 주공에 처음으로 정사를 보고했다. 주공이 물었다. "왜 이토록 늦었는가?" 백금이 대답했다. "그곳의 풍속과 예의를 변혁하고, 3년상을 치른 뒤 상복을 벗느라 늦었습니다." 당시 태공망太公望 여상呂尙도 제나라에 봉지로 받았다. 다섯 달 후 주공에게 정사를 보고하자 주공이 물었다. "왜 이토록 빠른 것이오?" 태공이 대답했다. "저는 군신의 예의를 간소화하면서 그곳의 풍속과 행사를 따랐기 때문입니

---

67) 「尙書·康誥」
68) 「史記·齊太公世家」

다." 나중에 백금의 뒤늦은 보고를 접하며 이같이 탄식했다. "아, 훗날 노나라는 제나라를 섬기게 될 것이다! 대략 정사가 간소하고 쉽지 않으면 백성은 가까이 다가오지 않는다. 정사가 간략하고 백성에게 친근하면 백성이 반드시 귀의하게 된다.[69]

　제나라에서는 '그곳의 습속에 따른다因其俗'는 정책을 택했지만 노나라에서는 '그 풍속을 변화시킨다變其俗'는 정책을 채택했다. 그래서 영명한 주공은 곧 제나라 정책의 우월성과 노나라 정책의 실수를 깨닫게 됐고, "훗날 노나라는 제나라를 섬기게 될 것이다!"라는 결론을 내렸다. 주공은 정말 위대한 정치가로서 제나라와 노나라의 상황에 대한 분석과 판단은 역사를 통해 여실히 증명됐다. 물론 제나라와 노나라의 성쇠는 여러 가지 원인이 있었지만 건국 초에 '그곳의 습속에 따른다', '그 풍속을 변화시킨다'는 서로 다른 정책을 취한 것도 중요한 원인 중의 하나가 된다는 것은 의문의 여지가 없다. 속俗을 못 바꾼다는 것이 아니라 다만 건국 초기에 민속에 따라 나라를 굳건히 해야 하며, 나라가 안정되면 점차적으로 이풍역속할 수 있다는 것이다. 노공魯公 백금伯禽은 건국 초에 상엄商奄 지방 백성들의 민속을 무시하고, 주공이 실행했던 정책을 그대로 가지고 왔는데 노나라를 분봉할 때 주공이 간곡히 타이르는 '상왕조와 엄奄나라가 다스렸던 백성들을 이어받아 다스리게 한다.' '상왕조의 정치 방식을 이용하여 백성들을 이끈다[70]'는 원칙에 어긋나는 것이다. 주공은 일찍이 옛사람의 "물로써 거울을 삼지 말고, 타인으로써 거울을 삼으라"는 말을 인용하면서 위나라의 강숙에게 "이제 상왕조는 그 천명을 잃었으니 우리가 그것을 크게 거울로 삼아 어루만지지 않을 수 있겠는가?"[71]라고 했다.

69)「史記・魯周公世家」
70)「左傳・定公・4年」
71)「尚書・酒誥」

이른바 '타인으로써 거울을 삼으라于民監'는 것에는 민정, 민속 두 가지 면이 포함되어 있다. 주공은 상왕조의 멸망은 민정, 민속에 관심을 두지 않는 상황과 직결되기 때문에 주왕조는 반드시 이런 역사적 교훈을 잊지 말아야 한다고 여겼다. 주공은 명석하게 민속의 중요한 역할을 알고 있었으며, 이것은 그가 분봉제를 실시하여 주왕조 초년 정국을 안정시켜 큰 성공을 거둔 이유 중의 하나이기도 하다.

춘추전국시대 사회 구조의 거대한 변혁에 따라 이풍역속은 시대 발전을 상징하는 하나의 지표가 됐다. 춘추시대 진문공晉文公 변법을 도운 곽언郭偃은 "무릇 지극한 덕을 논하는 사람은 세속적인 견해와 어울리지 않고, 위대한 공적을 이룬 사람은 군중들과 모사하지 않는다"[72]고 명확하게 제기했다. 상앙이 법을 바꿀 때 수구보수적인 '세속의 말世俗之言'을 분명히 반대했다. 그는 "무릇 일반 사람들은 옛 관습에서 편안해하고, 학자들은 자신이 견문見聞한 것에 빠지는 법이다. ……함께 구법舊法 이외에 대사를 논할 것이 아니다"라고 생각하여 "치세에는 한가지 방법만 있는 것이 아니다. 나라에 편리하면 옛 법을 본받지 않아야 한다"[73] 며 단호히 주장했다. 상앙 변법에 풍속을 바꾸는 내용이 많이 있는데 예를 들면, "명령을 내려 백성들 중 부자父子나 형제가 같은 집에 사는 것을 금지했다." "백성의 집에 남자가 두 명 이상 있어 분가하지 않는 경우에는 부역과 세납을 배로 한다"[74]는 규정들이다. 이것들은 모두 '일가가 모여 거주하다聚族而居'는 풍속을 변화시켜 종족의 영향을 축소하고 소농경제를 확대시키기 위해 펼친 유력한 조치다. 전국 중기의 조무령왕이 호복을 도입할 때 반대를 일으킨 큰 원인은 바로 풍속에 맞지 않다는 목소리였다. 이에 대하여

---

72) 「商君書·更法」
73) 「商君書·更法」
74) 「史記·商君列傳」

조무령왕은 다음과 같이 분석했다.

> 백성들이 하는 속된 얘기요. 상민은 습속에 빠지기 쉽고 학자는 책에
> 얽매이기 쉽다. 이 두 가지는 직책을 지키고 법령을 쫓게 할 뿐이다. 멀리
> 내다보면 창조와 혁신의 기미를 논하는 데에는 결코 도움이 되지 않는데.
> 하·상·주 삼대는 복장을 달리하면서도 천하를 통일했고, 오패는 정령을
> 달리하면서도 능히 나라를 잘 다스렸다. 지자智者가 교화를 하면 우자愚者가
> 이를 따르고, 현자가 습속을 정하면 불초자가 이에 구속되는 것이다. 사물에
> 제한 당해 변통을 모르는 백성과는 허심탄회한 얘기를 나눌 수 없고, 습속에
> 구속돼 창의성이 없는 대중과는 깊이 있는 얘기를 나눌 수 없다. 습속은
> 시세에 따라 변화하고 예법은 습속에 조응해 합치되는 것이 성인의 치국의
> 도道라고 할 수 있다. 국가의 정령에 근거해 움직이고 법제를 준수하며 사적
> 인 영리를 도모하지 않는 것이 본분이다. 진정으로 학문을 하는 사람은 새로
> 운 견문과 지식을 쫓아 자신의 옛 습속을 개변하는 법이다. 예제의 변화에
> 달통한 사람은 능히 때와 더불어 변화할 수 있는 덕이 있다. 그래서 자신을
> 위할 줄 아는 자는 타인을 고려치 않고, 현실에 근거해 법을 만드는 사람은
> 옛 법제를 묵수墨守치 않는 것이다. 그대는 마음을 놓도록 하여라.[75]

이풍역속 여부는 춘추전국시대의 변법파와 수구파의 논쟁 초점이다.
그 시기의 사회 발전은 역시 이풍역속에 통해 이루어졌다. 진시황은 천하
를 통일하고 엄청난 힘과 기세로 선진시대의 이풍역속에 원만한 마침표를
찍었다. 마지막 순방길에서 그는 돌에 새긴 송덕 문자에 특별히 "큰 다스
림으로 풍속을 깨끗하게 하니, 천하가 교화를 이어받는다"[76]는 글을 남겼
다. 이를 통해 우리는 이풍역속에 대한 그의 자신감을 엿볼 수 있다. 선진
민속은 이때 새로운 역사 단계에 들어섰다.

---

75) 「戰國策·趙策·2」
76) 「史記·秦始皇本紀」

제1장
물질 생산에 관한 민속

제1절 **농사**

　오래전 구석기시대에 우리 조상들은 주로 수렵과 채집을 하며 낮은
수준의 삶을 살았다. 신석기시대에 이르러 생산 도구가 개선됨에 따라
원시 농업이 나타나기 시작했고, 생산 수준도 비교적 높아졌다. 서로 다른
자연환경에 적응하면서 신석기시대의 북방과 남방의 농업 생산은 이미
현저한 지역적 차이를 나타
냈다. 북방지역에서는 앙소
仰韶문화에 속하는 반파半坡
유적의 물장군, 항아리와 실
내 소교小窖(작은 토굴)에 조
를 쌓아둔 흔적이 발견됐다.
그 양이 수 말(斗)이나 되는
곳도 있으니, 우리는 이를 통
해 신석기시대 사람들이 주

그림 1-1 하모도 유적의 골사骨耜

그림 1-2 배리강 유적의 돌낫(石鐮)　　　그림 1-3 섬서陝西 북수령北首嶺 유적의
어망문漁網紋 채도호彩陶壺

로 조를 재배했다는 사실을 알 수 있다. 마가요馬家窯문화의 청해성 낙도유
만樂都柳灣유적 대부분의 묘지에서는 부장품으로 조를 담은 도기 항아리가
적게는 하나, 많게는 네 개나 발견됐다. 남방지역의 벼 농업도 이미 비교적
높은 수준에 도달해 있었다. 유명한 하모도河姆渡유적 곳곳에서 벼, 겨,
짚, 벼이삭 등이 발견됐는데, 1m나 되는 높이로 곡식을 쌓아둔 곳도 있다
고 하니, 이 역시 당시 벼 농업의 발전 수준을 보여 준다. 하모도유적에서
발견된 대량의 골사骨耜(동물의 뼈로 만든 보습)는 당시 가장 주요한 생산
도구였으며, 특히 북방에서 조 수확에 사용했던 톱니를 가진 돌낫은 매우
실용적인 농기구였다. 신석기시대에는 농업이 발전함에 따라 가축을 사육
하기 시작했다. 당시 북방지역은 돼지·개·닭, 남방지역은 닭·개·물소를
위주로 사육했다. 어업은 농업 생산에 중요한 보완 역할을 했다고 본다.
　　하夏·상商·서주西周시대에는 농업이 비교적 발달해서 「한비자韓非子·
오두五蠹」편에서는 "우왕은 천하를 다스릴 때 직접 가래삽(耒臿)을 들고
백성을 위해 솔선하여 일했다"고 했다. 당시 하왕조 군주에서 일반 백성에
이르기까지 모두 가래삽을 생산 도구로 삼았다. 「상서尚書·반경盤庚」에서
"농민들이 열심히 경작해야만 수확을 거둘 수 있다." "게으른 농민은 편안
한 생활만 추구하고 열심히 일하지 않으니 곡식을 거두어 들일 수 없다"는
내용이 있는데, 이것을 당시 백성들의 경작 상황을 반영한 것이다. 갑골

그림 1-4 서주 시기의 동산銅鏟과 동부銅斧

복사卜辭에서는 '중衆'·'중인衆人'들의 각종 농사에 관한 기록이 남아있다. 서주시대에는 정전井田제도 아래서 백성들이 집단 경작을 했으니, 『시경』에서도 "밭갈이 하는 일에는 모든 사람이 동원된다."[1] "수많은 사람들이 밭을 갈고 김을 매러 진펄로 밭둑으로 나가네"[2]라는 기록이 있다. 당시 백성들의 농기구는 여전히 석기와 목기가 주를 이루었지만 소량의 청동기를 사용하기도 했다. 『시경』의 「양사良耜」편에 기록된 "호미로 푹푹 파며 논밭의 잡초를 매고, 잡초들이 시들어 썩으면 기장과 피가 무성히 자란다" 라는 대목이 있다. 이 구절은 당시의 청동 농기구가 비교적 예리했음을 설명하고 있다.

농업 생산과 관련된 도구로써 춘추전국시대는 상주시대보다 크게 발전했다. 철제 도구를 주로 사용했는데, 호북성湖北省 강릉 기남성江陵紀南城의 우물에서 출토된 쇠날 쟁기(耒耜)를 살펴보면, 자루의 길이가 59cm이고, 자루 밑부분부터 철날까지 길이가 50cm, 전체 길이가 109cm나 된다. 철날의 길이는 7cm, 너비 8cm, 양쪽 나무 갈퀴木齒의 간격이 3.5cm다. 쟁기술은 살짝 굽어 있고, 양 갈퀴는 앞으로 쏠려있는 실용적인 철제 농기구다.

---

1) 「詩經·噫嘻」
2) 「詩經·載芟」

뇌사 이외 철제 호미·낫·도끼 등도 이 시기에 흔히 볼 수 있는 농기구다. 「관자管子·경중을輕重乙」편에서는 "무릇 농사는 반드시 보습(耜), 큰 호미 (銚), 낫(鐮), 벼 베는 낫(銍), 호미(耨), 뭉치(椎) 하나씩은 있어야 농부가 일할 수 있다"3)고 했다. 이로써 전국시대의 일반 농민들은 이미 철제 농기 구를 보편적으로 사용했음을 알 수 있다. 「관자·해왕」편에서는 철관鐵官 을 설치할 때, "경작하는 자는 반드시 따비(耒) 한 개, 보습(耜) 한 개, 큰 호미(銚) 한 개를 갖추어야만 일할 수 있다"고 한 동시에 "이런 도구들 을 갖추지 않고 일을 성사한 자는 천하에 존재하지 않는다"4)고 강조했다. 이로써 당시 사람들은 '천하'에 철제 농기구인 따비·보습·큰 호미 등을 사용하지 않고는 농사일이 불가능함을 인식했다는 것을 알 수 있다. 전국 시대 중반에 농업을 행하는 허행徐行이 뇌사를 갖추고 등滕나라에 도착하 니, 맹자가 그에게 "철제 도구로 경작하는가?"라고 물었고, 허행의 농기구 는 그가 직접 만든 것이 아니라 '곡식과 바꾼 것'이라고 확신했다.5) 이를 통해 당시 철제 쟁기가 이미 널리 보급됐음을 알 수 있다. 또한 이러한 도구의 보급으로 농업 생산 기술의 발전에 촉진 작용을 할 수 있었다.

---

3) 「管子·輕重乙」. 여기서 제기된 조銚는 일종 큰 호미를 가리킨다. 「염철론·신한申韓」
편에서 "예리한 큰 호미와 괭이는 오곡에는 유리하고 잡초에는 해롭다"고 했는데,
조銚는 뇌耒, 사耜와 같이 당시 농민들이 필요로 한 일종의 농기구다. 때문에 「관자
·해왕」편에서 "경작하는 사람은 반드시 뇌耒 하나, 사耜 하나, 조銚 하나를 갖추어야
만 일을 할 수 있다"고 기록했다. 「관자·경중을」편에서 언급된 질銍은 『설문』에서
말한 '곡식을 베는 짧은 낫'을 가리키는데 수확용 짧은 낫이기도 하다. 「관자·경중
을」에서 언급된 누耨는 호미의 일종으로서 그 구조가 조銚보다 작다고 했고, 「한서
·왕망전」에서 "내가 남쪽지방으로 순찰 갈 때 꼭 친히 호미(耨)를 가지고 가는
곳마다 잡초를 제거해(薅) 그들에게 여름에 농사 짓는 것을 권하리라"고 했고, 안사
고顔師古가 주석하길 "누耨는 호미고 호薅는 잡초를 뽑는다"고 했고, 「관자·경중을」
에서 언급된 추(椎: 뭉치)는 흙을 쌓는 철제 농기구다.
4) 「管子·海王」
5) 「孟子·滕文公·上」

『논어』의 기록에 따르면, 춘추시대 말년에 공자가 천하를 주유하는 중에 "장저長沮와 걸닉桀溺이 함께 농사 짓는 장면을 보았다"고 했는데, 그들은 서로 말을 주고 받으며 경작했고, "파종 후 흙 덮는 일을 쉬지 않고 계속했다"[6]고 했다. 장저와 걸닉이 우경耦耕[7]을 했다는 것을 통해 그들은 철제 쟁기를 잡고 밭갈이를 했음을 알 수 있다.

춘추전국시대에 청동제 농기구와 철기의 사용은 이미 보편화 됐다. 특히 남방지역의 강서江西·절강浙江 일대는 집집마다 농기구를 자체 제작할 수 있는 수준까지 이르렀다. 「고공기」에서는 "월나라 시장에 호미가 없다는 말은 실제로 호미가 없다는 게 아니라, 사내들이 모두 직접 호미를 만들어 쓰기 때문에 특별히 장인이 만들어 시장에 내다 팔지 않는다는 뜻이다. 연나라 시장에 갑옷이 없다는 말은 실제로 갑옷이 없다는 게 아니라, 사내들이 모두 직접 갑옷을 만들기 때문에 특별히 장인이 만들어 시장에 내다 팔지 않는다는 말이다. 진나라 시장에 창이 없다는 말은 실제로

------

6) 「論語·微子」
7) 우경耦耕의 구체적인 조작 방식에 대해 이설이 많은데 주로 아래의 몇 가지가 있다. 첫 번째 관점은 두 사람이 협력하여 사耜를 잡고 나란히 밭을 일군다. 둘째 관점은 두 사람이 협력하여 경작하는데 한 사람이 사耜에 맨 끈을 끌고 다른 한 사람이 뇌未를 잡고 조작하는 것이다. 셋째 관점은 사耜를 려犁로 삼고 한 사람이 뇌未를 잡고 한 사람이 사耜를 끌면서 밭을 일군다. 넷째 관점은 한 사람이 앞에서 사耜를 이용하여 밭을 일구고 다른 한 사람이 뒤에서 쇠토질을 한다. 다섯째 관점은 한 사람이 앞에서 사耜를 이용하여 밭을 일구고 다른 한 사람은 뒤에서 곰방메(耰)로 쇠토질을 한다. 각종 사耜를 이용하여 서로 협력하면서 경작하는 방식은 모두 우경耦耕이라고 할 수 있는데, 우경의 실질은 두 사람이 협력하여 경작하는 데 있다. 「논어·미자」에 기재된 장저와 걸닉의 나란히 경작하는 것은 파종 후 흙을 덮는 일을 쉬지 않고 계속 하는 점에서 볼 때, 이는 한 사람이 앞에서 밭을 일구고 다른 한 사람이 뒤에서 흙을 부수거나 밭을 평평하게 고르는 것이다. 「주례·고공기」에서는 "사耜의 날은 너비가 5치이며 두 사耜를 우耦라 하며 우로 밭을 갈면 넓이 한 척, 깊이 한 척인 작은 도랑이 생기는데 이를 견畎이라 부른다"고 했다. 이런 우耦를 단위로 하는 경작은 장저와 걸닉의 우경耦耕과는 다르다.

창이 없다는 게 아니라, 사내들이 모두 직접 만들어 쓰기 때문에 특별히 장인이 만들어 시장에 내다 팔지 않는다는 뜻이다. 호胡나라 시장에 활과 수레가 없다는 말은 실제로 활과 수레가 없다는 게 아니라, 사내들이 모두 직접 활과 수레를 만들어 사용하기 때문에 특별히 장인이 만들어 시장에 내다 팔지 않는다는 것이다"는 기록이 있다. 정현鄭玄은 이것을 "사내들 모두 도구를 만들 줄 알아 장인이 필요없다"[8]는 것으로 해석했는데, 당시 농기구 제작 기술이 널리 보급됐음을 입증해 준다. 절강성浙江省 영가永嘉 에서는 춘추전국시대로 보이는 시기의 동산銅鏟·동서銅鉬(호미)·동제 괭이(銅耨)가 발견되었는데, 농기구들 모두 사용한 흔적이 있는 것으로 보아 이것들이 당시 실용적인 도구였음을 입증해 준다. 이러한 청동제 농기구 는 지방마다 특징이 있다. 예를 들면, 발견된 동제 괭이는 화살촉 모양이며 쌍합범雙合範으로 만들어졌다. 정중앙에 방공方銎이 있고 가운데는 비어 있으며, 윗쪽 양측에는 못 박을 구멍이 하나씩 있고 아랫쪽은 두 발로 갈라져 뒤로 약간 기울어진 형태다. 두 날의 정면에는 종선문縱線紋이 있고, 뒷면은 매끌하고 무늬가 없으며 끝이 날카롭게 다듬어진다. 「여씨춘추 呂氏春秋·임지任地」편에 기록된 바에 따르면, 누耨는 '간가間稼'[9]할 때 사용 됐는데, 곡물을 재배할 때 밭갈이를 하고 잡초를 뽑을 때 사용하는 농기구 로 기재되어 있다. 영가에서 출토된 누는 얇고 작은 방공을 갖고 있으며, 두 발은 뒷쪽으로 뻗어져 있어 특히 수전水田에서 김매기에 사용하기 적합 하며, '땅이 질고 잡초가 많은' 남방지역 벼농사의 필수품으로 쓰였다. 1977년, 소주蘇州에서도 춘추전국시대로 추측되는 동호미·동낫·동보습 등 청동제 농기구가 발견됐는데, 5개의 동호미 중 2개는 말발굽 모양의 원호형 날을 지니고, 그 끝에 둥근 나무토막의 자루를 박아 넣어 고정시켰

---

8) 『周禮注疏』
9) 間稼, 곡식을 심을 때 모와 모 사이를 일정한 거리로 떼어 놓는 일.(역자 주)

으며, 한면에 파여진 홈이 있다. 날부분은 외연이 너비 12cm이고 길이는 9.6cm다. 그 외에 다른 3개의 호미는 윗쪽 양면에 모두 파여진 홈이 있고, 날부분은 외연이 너비 11.9cm이며 길이는 7.8cm다. 이런 호미는 가운데에도 홈이 패어 흙이 묻어나는 것을 방지할 수 있고 논밭에서 잡초를 제거하는데 매우 적합했다. 안휘安徽지역의 귀지貴池에서도 춘추전국시대의 동도끼·동삽·동누·동방렴銅蚌鎌 등의 농기구가 발견됐다. 그 중 동누 4개의 모양은 절강지역의 영가에서 발견된 것과 비슷한 것으로, 농기구가 전체적으로 불규칙적인 마름모형이다. 누의 공銎은 정중앙에 위치하고, 튀어나온 호형 도리가 있으며, 공의 양측에는 두 발이 옆으로 뻗어있고, 정면에는 돌기된 종선문縱線紋을 볼 수 있다. 동누는 남쪽지방의 논에서 김매기에 사용했던 농기구로 사용 시 흙이 묻어나지 않게 만들어진다. 발견된 동방렴은 조개껍질과 흡사한 모양으로, 길이가 8.5cm, 허리 폭이 3.5cm, 깊이가 1.5cm다. 밑부분에는 2개의 원형 구멍이 있어 낫을 손에 묶어 벼 이삭을 수확하기에 아주 가볍고 실용적인 농기구였다. 이러한 농기구의 발견으로 정현鄭玄이 절강지역은 "야금업에 있어서 농기구 제작이 아주 많다"라고 한 주장이 신빙성이 있음을 말해 준다.

확고한 기록과 고고학적인 발굴의 자료에 따르면, 소로 밭을 가는 우경은 춘추시대부터 나타나기 시작했다. 1920년대 초에 산서성山西省 혼원 이욕촌渾源李峪村의 춘추시대 후기 진晉나라 고묘에서 우존牛尊(일종 술을 담는 용기)을 발견했는데, 소의 코에 코뚜레가 있다는 점이 특히 주목할 만하다. 이는 당시에 소를 이용하여 농사 지었음을 나타낸다. 공자의 제자인 "사마경司馬耕의 자字가 자우子牛"[10]이고, 진나라에서는 장수를 우지경자牛之耕者라고 칭했는데, 이 모두가 우경과 관련있음을 증명한다. 춘추시대 말기의 진나라 대신 두주竇犨는 "범씨, 중행씨는 서민들의 고충을 이해

---

10) 「史記·仲尼弟子列傳」

하려 들지 않고 진晉나라에서 멋대로 집권하려 하니, 지금 그들의 후세들은 제齊나라로 유입되어 논밭을 가네. 이는 마치 어제까지도 종묘 제사에 쓰였던 희생물들이 오늘은 농사를 짓고 있는 것과 다름이 없네"[11]라고 했다. 이는 본래 종묘 제사에서 제물로 바쳤던 소가 밭갈이에 사용되었음을 알려주는 바이다. 상앙商鞅의 변법이 시행되던 시기에는 "말을 도둑질한 자는 죽이고, 소를 도둑질한 자는 가쇄를 씌우는 형벌을 가한다"고 했다. 소도둑에게 처벌을 가중하는 것은 소가 경작에 사용되었기 때문이다. 소도둑에게 처벌을 가중하는 것은 곧 "가벼운 죄를 엄히 다스리기 위함"[12]이었다. 「염철론鹽鐵論·산부족散不足」편에서 "고대에는……백성들이 말을 타는 것은 힘을 절약하기 위함으로, 밖에 출타할 때에는 말에게 수레를 끌게 하고 출타하지 않을 때에는 보습을 끌어 밭을 갈도록 한다"고 했다. 이것은 전국시대에 말로 경작하는 농민도 있었음을 알려주는 것이다. 여기서 짚고 넘어가야 할 것은, 우경이나 마경의 방식이 춘추전국시대에 이미 나타났으나 사耜를 밟아 경작하는 방식이 여전히 존재하고 있었다는 점이다. 「국어國語·오어吳語」에서 "농부가 나란히 경작하여 사방의 잡풀을 뽑는다"고 한 기록에서 '나란히 경작했다'는 것은 그들이 여전히 뇌사를 사용하여 농사지었음을 알 수 있으며, 한대漢代에 와서도 "사람이 혼자 뇌耒를 잡고 밭갈이를 하면 10묘畝도 완성할 수 없다"[13]고 했다.

우경의 출현과 보급에 따라 본래의 사耜가 점차 려犁(쟁기)[14]로 바뀌었고, 사의 날은 이등변삼각형으로 끝이 뾰족하다. 사두耜頭 부분에 굴곡도를 높여 쟁기날이 땅속에 박히는 경사도가 커졌으며, 갈이너비도 커지게 되

---

11) 「國語·晉語·9」
12) 「鹽鐵論·刑德」
13) 「淮南子·主術訓」
14) 고고학 연구 논문에 따르면 사耜는 인경人耕으로 밭을 갈고 려犁는 소나 말을 이용해 밭을 갈다.(역자 주)

어 땅을 파는데 이로웠다. 넓은 면적의 밭갈이를 위해 쟁기날(犁铧)도 넓혔고, 날의 두께도 덩달아 넓어지기도 했다. 다년간의 고고학적 발견에 따르면, 산서성 후마시侯馬市 북서장北西莊 동주유적, 하북성 역현 연하도易縣燕下都유적, 산동성 등현滕縣 고설성古薛城유적, 하남성 휘현輝縣 고위촌固圍村의 전국묘에서 출토된 쟁기날은 기본적으로 비슷한 모양이다. 당시 철제 보습의 앞부분은 예리하고 뒷부분은 비교적 넓적해서 갈이깊이를 더 할 수 있게 됐으나, 흙덩이를 받아 한쪽으로 떨어지게 한 볏은 아직 없었다. 전국시대에 이르러서도 려犁의 모양은 사耜의 형태를 완전히 벗어나지는 못했지만, 사耜보다 훨씬 효율적으로 땅을 깊게 갈 수 있게 됐다. 큰 면적의 땅을 갈 때는 쟁기를 주로 사용했으나, 그 외에 도랑을 파는 등 작은 농사일에는 여전히 사를 필요로 했다. 전국시대에 들어서면서 사는 농부 혼자 능히 조작할 수 있는 형태로 발전했는데, 대부분의 사는 비교적 얇고 넓어져 서鉏라고 칭한 노구가 나타났다. 1957년 낙양洛陽 소둔촌小屯村에서 발견된 전국시대의 고묘에서 출토된 철서鐵鉏는 날의 너비가 19cm인데, 이러한 도구는 사용이 간편하여 푹신한 땅을 파는데 효율적이었다.

농경기술은 춘추전국시대에 크게 발전하여 농작물 재배에도 이모작이 나타나기 시작했다. 춘추시대 초기 주왕조와 정鄭나라의 관계가 긴장할 당시, "4월에 정나라의 제족祭足이 군사를 이끌고 온溫의 보리를 베어갔고 또 가을에는 성주成周의 조를 베어갔다"[15]고 했으니, 이는 한 해 중에 4월에는 보리를 수확하고 가을에는 조를 수확했다는 뜻이다. 경작 기술의 발전에 따라 전국시대에 이모작은 이미 보편적인 현상이었다. 「여씨춘추·임지」편에서 "올해 조를 수확하고 이어서 보리를 심어 이듬해에 보리를 수확했다"고 한 바와 같이, 조와 보리를 연속 재배함으로써 일년 내에

---

15) 「左傳·隱公·3年」

보리를 먼저 수확하고 그 뒤에 조를 수확했다. 이는 동일한 땅에서 연속하여 곡물을 재배했음을 나타낸다. 춘추전국시대에 묵자墨子는 곡물이 부족할 것을 우려했는데, 농업생산기술의 발달에 따라 이모작이 보급되면서 양식 생산이 크게 증가하자, 순자荀子는 "묵자의 근심은 교훈이나 본보기로 삼을 가치가 없다"고 주장하면서 "묵자가 말한 양식의 부족은 모두가 아는 우환이 아니라 묵자 개인의 근심과 지나친 염려에 불과하다. 지금 땅에는 오곡이 자라고 있으니, 농사를 잘 짓는다면, 한 묘에서 여러 소쿠리를 가득 채울 것이고, 한 해에 두 번씩 수확할 수도 있다"[16]고 했다. 여기에서 말한 '한 해에 두 번씩 수확할 수도 있다'는 말을 통해 같은 땅이라도 효율적으로 경작하면 일년에 두 번씩 수확할 수 있었음을 알 수 있다. 묵자부터 순자에 이르는 시기는 바로 춘추시대 말기에서 전국시대 말기의 시기로, 뚜렷한 농업 기술의 향상을 엿볼 수 있다.

비료를 주는 시비 기술은 춘추전국시대에 이미 널리 보급 및 응용됐다. 사람과 가축의 분뇨는 당시 양질의 비료로 사용됐다. 각종 분뇨 거름 외에 썩은 풀도 비료로 사용했다. 「시경·좋은 보습(良耜)」의 기록된 "호미로 푹푹 파며 논밭의 잡초를 매고, 잡초들이 시들어 썩으면 찰기장과 메기장 무성히 자란다"[17]라는 싯구절을 보면 그 시기에 이미 썩은 풀을 비료로 사용했음을 알 수 있다. 이런 시비 방법은 춘추전국시대에 보편화되어, 「시경·보전甫田」에서는 "남쪽 밭으로 나가 김을 매고 북을 돋우네"[18]라 했고, 모전毛傳은 "운耘은 잡초를 제거한다는 뜻이고, 자耔는 배토한다는 뜻이다"[19]고 했는데, 잡초 제거와 배토는 썩은 풀을 북돋아 비료가 되게

---

16) 「荀子 · 富國」
17) 「詩經 · 良耜」
18) 「詩經 · 甫田」
19) 『毛傳』

하는 역할을 했다. 「예기禮記·월령月令」편에서 "음력 유월에는 때때로 큰 비가 내린다. 밭의 잡초를 불 태우면 비가 와도 다시 살아나지 못하는 이점이 있다. 따라서 땅은 열탕과 같으니 이로써 밭에 거름을 주고 토양을 비옥하게 할 수 있다"고 했으니, 이는 한 여름에 썩은 풀로 땅을 비옥하게 할 수 있다는 뜻이다. 순자는 "땅을 가꾸어 북돋우고, 풀을 뽑아 곡식을 심으며, 거름을 많이 만들어 논밭을 기름지게 하는 것이 농부와 모든 백성들이 해야 하는 일이다"[20]라고 했는데, 원문에 기록된 '자초剌草'는 잡초를 제거하여 일종의 비료가 되게 한다는 뜻이다. 잡초 외에 나뭇잎도 퇴비로 사용할 수 있다는 점에 대하여 순자는 "물이 깊으면 돌아서 흐르고, 나뭇잎이 떨어지면 그 뿌리에 거름이 된다"[21]고 했다. 당시 기록상의 회토 비료는 '분토糞土'를 가리킬 가능성이 있고, 공자는 자신의 제자 재예宰予가 낮잠을 자는 것을 비평하면서, "분토로 쌓아 올린 담벽은 칠을 감당할 수 없다"[22]고 한 것으로 보아, 그 당시 이미 '분토'라는 말이 존재했음을 알 수 있다.

농작물에 대한 병충해 방제는 대략 전국시대 중기부터 시작됐다. 「상군서商君書·농전農戰」편에 병충해의 심각성을 제기한 바 있으니, 병충해가 생기면 곡식을 단 한 알도 거두지 못하는 엄청난 결과를 초래할 수 있다. 메뚜기는 일부 곡식에 심각한 해를 끼치는 해충이다. 전국시대 유생은 "박각시나방과 명충벌레는 농부들이 모두 잡아 죽이는데, 왜 그러한가? 그것들이 곡식에 해를 끼치기 때문이다"[23]라고 했다. 전국시대의 농민들이 해충을 없애는 구체적인 방법에 대하여는 아직 명확히 밝혀지지 않았

---

20) 「荀子·富國」
21) 「荀子·致土」
22) 「論語·公冶長」
23) 「呂氏春秋·不屈」

으나, 역사적 기록에 깊이 갈고 꼼꼼하게 김을 매어 '명역螟蟚'을 방지하는 방법이 전해진다.[24] 또한 『시경』에서 "강아지풀 자라지 않게 하고, 머루와 황충을 없앴다. 누리와 벼벌레까지 잡아내니, 내 밭의 덜 익은 곡식 상하지 않는다. 땅의 조상 신농씨 있어, 벌레를 잡아 불에 태워버리신다"[25] 는 내용을 살펴보면, 대체로 불이 해충을 없애는 한가지 방법으로 될 수 있다는 견해다. 이 두 가지 기록 이외의 방법은 정확치 않으나 당시 사람들이 농사를 짓는 과정에서 방충해에 크게 힘썼다는 점은 부정할 수 없다.

농작물을 땅속 깊이 심고, 풀을 뽑아주고, 농작물을 솎아주는 일들은 춘추전국시대에 농경기술에서 매우 강조하는 내용이었다. 「국어·제어」에서 제齊나라 농부들은 농사지을 때 "땅을 깊이 갈아엎어 씨앗을 심은 뒤 봄비를 기다린다"[26]고 했는데, '우耰'는 종자를 심은 뒤 흙을 평평하게 고르고 잘 덮어 씨앗을 보호하는 역할을 하는 농기구이며, 이는 땅을 깊이 갈은 뒤 씨앗을 심고 땅을 평평하게 만든 후 단비를 기다려 씨앗이 싹트기를 재촉한다는 뜻이다. 「관자·탁지」편에 "무더위가 닥친 후 만물이 번성하는 까닭에 김매기를 빨리 해야 이롭다"[27]라는 말의 원문 중 '누耨'는 바로 제초를 뜻한다. 무더위가 닥치면 일조량이 높아져 뽑아놓은 잡초가 햇볕에 빨리 말라 죽게 되기에, 이 시기를 '잡초를 제거하기에 가장 이로운 시기'라 했다. 전국시대에는 곡식이 성장하는 시기에 땅을 깊게 갈고 잡초를 뽑는 일을 반복적으로 진행했을 가능성이 있는데, 특히 땅을 깊게 가는 심경의 깊이를 주의했으니, 「여씨춘추·임지」에 "5번 밭을 갈고 5번 김을 매야 하는데, 이 때 반드시 꼼꼼하게 살피고 온 힘을 다 해야 한다. 농작물

---

24) 「呂氏春秋·任地」
25) 「詩經·大田」
26) 「國語·齊語」
27) 「管子·度地」

을 심는 깊이가 알맞은 정도는 습기가 있는 흙에까지 다다르게 하는 것이니, 이렇게 해야 거친 잡초들이 자라지 못할 뿐만 아니라, 명충䗃蟲과 박각시나방의 애벌레 등 해충이 없게 된다"[28]는 기록이 있을 정도였다. 잡초를 뽑을 때 김매기의 깊이는 습한 흙에까지 도달해야 하며, 너무 얕아서는 안된다. 이러한 경작법이 바로 한비자가 말한 "일꾼은 힘을 다해 밭을 갈고 김을 맨다"[29]는 방법이다. 솎음질의 작용에 대하여, 「여씨춘추·변토辨土」에서는 "무릇 벼에 대한 걱정거리로는 삶은 함께 하지 않아도 죽음은 함께 한다는 것이다. 따라서 살 방도를 먼저 얻는 벼는 낱알이 알차게 여물지만, 살 방도를 나중에야 얻은 벼는 쭉정이만 남게 된다. 이러한 까닭에 김을 매줄 때, 살 방도를 먼저 얻은 벼는 잘 키우고, 살 방도를 나중에 얻은 벼는 뽑아 버려야 한다. ……농사 지을 줄 모르는 자들은 김을 맬 때 살 방도를 먼저 얻은 놈은 뽑아버리고 나중에 얻은 놈을 키워주고, 알곡을 거두지 못하고 쭉정이만 거두고, 모와 땅이 각기 적절한 바를 얻지 못하여 결국 벼가 많이 죽게 된다"[30]고 명확히 지적했다. "살 방도를 먼저 얻는 모를 살리고 살 방도를 나중에 얻는 모를 없애버린다"고 한 것은 튼튼한 모만 남기고 약한 모는 뽑아 곡식이 익은 뒤 '맛 좋은 쌀(美米)'을 얻기 위함이었다.

농사 지을 곡식의 선택과 재배에 있어서, 춘추전국시대에는 지역적 특성에 따라 다른 농작물 재배에 특히 신경썼다. 서주시대 이후 주요한 양식 작물은 기본적으로 정해져 있었다. 「시경·칠월」에 "구월이면 삼씨 줍네." "벼·삼·콩·보리라네"[31]라는 싯구절이 있고, 「시경·주송」에는 "풍년 드

---

28) 「呂氏春秋·任地」
29) 「韓非子·外儲說左上」
30) 「呂氏春秋·辨土」
31) 「詩經·七月」

니 기장이며 벼가 풍성하구나"32)라고 기록했다. 서주시대의 농작물로는 조·삼·콩·보리·저마·찰기장 등 여러 종류가 있었다. 서주 후기에 이르러 「시경·포전」에 '찰기장·메기장·벼·수수'란 글귀를 통해 메기장·벼·수수 등이 늘어났음을 알 수 있다. 장기간의 농사 경험을 토대로 춘추전국시대 사람들은 각종 농작물의 성질에 대해 알게 되어 마침내 '오곡五穀·육곡六穀·구곡九穀'이란 말이 생겨났다. 춘추시대 후기에 공자의 제자 자로子路는 뭇사람들로부터 "사지를 놀리고 일할 줄도 모르니, 오곡 조차 분간할 줄도 모른다"33)는 비판을 받았다. 이를 통해 '오곡'은 이미 당시에 널리 알려져 있었음을 가늠할 수 있다. 「맹자·등문공」상편에서는 "후직后稷이 백성들에게 농사를 가르치고 오곡을 재배하는 법을 일깨워주니, 곡식이 익어 백성들이 먹고 살게 됐다"34)고 했다. 비록 '오곡'이란 단어는 주대까지 거슬러 올라가지만, 실상은 춘추전국시대 당시 상황을 짐작하여 언급한 것이다. 「주례·직방씨」에서는 예주豫州의 상황을 언급하며, "심기에 적합한 다섯 가지 곡식"을 제시했으니, 정현이 주를 달아 "이 다섯 가지는 찰기장·메기장·콩·보리·벼", 즉 '오곡'이라 했으니, 이는 춘추전국시대에 중원 지역의 식량작물에 대해 언급한 것이다. '육곡'에 대하여는 「주례·선부膳夫」편에 기록되어 있으니, '식용 육곡'은 정사농鄭司農이 제기한 '육곡'을 가리킨다.

춘추전국시대 사람들은 농작물과 환경, 기후의 관계에 대하여 폭넓은 지식을 습득했다. 「주례·직방씨」에서는 구주九州 각 지역의 농사 짓기 적합한 곡물 종류를 모두 열거했다. 양주揚州와 형주荊州는 '벼를 심기에 적합'하고, 예주豫州와 병주並州는 '다섯 가지 곡물' 즉, 찰기장·메기장·

---

32) 「詩經·周頌」
33) 「論語·微子」
34) 「孟子·滕文公」

콩·보리·벼를 심기에 적합하고, 청주青州는 벼와 보리를 심기에 적합하고, 연주兗州는 '네 가지 곡물' 즉, 찰기장·메기장·보리·벼를 심기에 적합하고, 옹주雍州는 찰기장·메기장, 유주幽州는 '세 가지 곡물' 즉, 찰기장·메기장·벼, 기주冀州는 '찰기장·메기장을 심기에 적합'하다고 했다. 이러한 상세 설명을 통하여 당시 사람들이 각종 곡물 농사에 적합한 토양과 기후 등의 조건에 대해 상당한 식견이 있었음을 알 수 있다. 특별히 주목해야 할 점은 그 당시 벼농사에 적합한 지역으로 남방의 양주와 기주 외에 북방지역의 예주·청주·연주·유주·병주도 포함됐다는 것으로, 이를 통해 북방지역의 기후가 당시만 해도 비교적 따뜻하고 습윤했으며 수리 관개 시설이 발달하여 여러 지역에서 벼농사를 지을 수 있었음을 알 수 있다. 춘추전국시대에는 농사 지을 시기인 농시農時는 절대로 어겨서는 안된다고 강조했다. 「여씨춘추·심시審時」에서는 각종 농작물을 농시에 맞추어 농사 지어야 한다고 강조하며 농시를 어긴 벼와 콩에 대해 다음과 같이 비교했다.

> 때를 잘 맞추어 심고 가꾼 콩은 줄기가 길고, 줄기의 밑둥이 짧으며, 콩의 꼬투리는 한 줄에 일곱 꼬투리씩 두 줄로 나서 하나를 이룬다. 이러한 콩은 가지도 많고, 마디도 많으며, 잎들이 경쟁듯이 무성해지고, 결실도 풍성하다. 대두콩은 알갱이가 둥글둥글하고, 팥콩은 씨방을 둥글게 똘똘 뭉친다. 이를 저울로 달면 무겁고, 먹으면 숨쉬기가 부드러워지고 향기로운 내음이 난다. 이와 같은 콩은 벌레가 생기지도 않는다. 제때보다 일찍 파종하여 가꾼 콩은 길게 자라서 덩굴이 지고, 잎이 가벼우며 마디가 듬성듬성 성기게 자라나고, 콩꼬투리도 작고 열매가 꽉 차지 않는다. 제때보다 늦게 심고 가꾼 콩은 줄기가 짧고, 마디가 듬성듬성 성기게 자라며, 뿌리가 텅 비고 열매가 알차지 않다.

「여씨춘추·심시」에서는 농시의 중요성에 대하여 "때를 잘 맞추어 농사 지은 곡식은 생산량이 늘어나고, 제때를 놓쳐 지은 농작물은 생산량이 줄어든다"[35]고 했으니, 이는 매우 타당한 말이라고 보인다. 농시에 대한 인식의 중요성은 역법의 24절기에 대한 인식을 완성하는데 직접적인 영향을 끼치게 됐다. 춘추시대에 이미 춘분·추분·하지·동지·입하·입추·입동의 여덟 절기가 있었고, 전국시대 후반에는 24절기의 웬만한 명칭들을 모두 『여씨춘추』에서 찾아 볼 수 있다. 춘추시대의 학식있는 선비들은 종종 농시를 강조하며, 지배자들이 농시를 어기고 멋대로 백성들에게 조세와 부역을 징발하지 말 것을 간언했다. 「관자·산국규」에서는 "봄철 열흘간은 파종을 방해하지 않고, 여름철 열흘간은 김매기를 방해하지 않고, 가을철 열흘간은 추수걷이를 방해하지 않고, 겨울철 스무 날은 농지 정리를 방해하지 않는다. 이것을 때 맞추어 농사 짓는다고 함이다"[36]라고 했는데, 이 구절 원문 중의 '시작時作'이 곧 때 맞추어 농사 짓다는 뜻이다. 순자는 "봄에는 밭을 갈고, 여름에는 김을 매고, 가을에는 곡식을 거두고, 겨울에는 저장한다는 네 가지를 잘 행하면 오곡이 부족함 없어 백성들의 식량은 여유가 있다. 웅덩이나 연못, 소택, 하천에 적절한 시기에 고기잡이를 금하면 물고기와 자라가 더욱 많아지니 백성들은 먹거리에 여유가 생긴다. 나무를 벌목하고 심는 시기를 어기지 않으면, 산에 나무가 나무를 벌채하고 기르는 그 시기를 어기지 않아 민둥산이 되지 않으니 백성들은 땔감에 여유가 생긴다"[37]고 했다. 이는 농사에는 농시를 잘 지켜야 할 뿐 아니라 고기잡이와 벌목까지도 그에 맞는 시기를 정해 지켜야 한다고 강조했음을 알 수 있다. 맹자는 "농부가 농시를 어기지 않으면 양식이 넘쳐 다 먹을 수 없게 됩니다. ……집집마다 100묘의 땅을 주고 농사 지을 때를 빼앗지 아니하면, 여러 식솔들이 굶지 않을 것입니다. ……백성들이

---

35) 「呂氏春秋·審時」
36) 「管子·山國軌」
37) 「荀子·王制」

농사 짓는 시기를 빼앗기면, 거두어들인 양식으로는 부모를 봉양할 수 없게 되어 추위와 굶주림을 겪게 되고, 형제와 처자식은 뿔뿔이 흩어지게 될 것입니다"[38]라고 했다. 이는 '농시'가 농경의 생산과 나라의 안정, 백성들의 생활과 매우 밀접한 관계가 있음을 충분히 설명해 준다.

전국시대 초기 위魏나라의 생산력 수준에 대하여, 이회李悝는 '토지 생산력 높이는 방안(盡地力之教)'을 행할 때 대략 계산해 본 바 있었다. 이회는 "다섯 식구를 끼고 있는 일 부夫 당 경지 100묘를 농사 지으면, 1묘에서 한 석 반의 곡식을 수확할 수 있으니, 100묘에서는 조 150석을 거둘 수 있다. 그 중에서 10분의 1인 15석을 세금으로 내고 나면, 135석이 남는다"[39]고 했다. 이러한 계산 법에 맞추면 위나라 농지 1묘의 단위 생산량은 1.5석이 된다. 제齊나라의 농지 생산량은 위나라보다 낮았던 것으로 보인다. 「관자·산권수」에서는 "상급의 농지에 10석, 중급 농지에 5석, 일반 농지에 3석이고, 나머지는 모두 황무지이다. 농민 한 사람은 100묘를 경작할 수 있다"[40]고 했다. 여기에서 말하는 10석, 5석, 3석은 모두 10묘의 농지 생산량으로, 다시 말해서 1묘의 생산량이 많아야 1석, 적게는 5말, 혹은 3말이 된다는 뜻이니, 이는 「관자·금장」에서 말한 "풍년과 흉년의 해를 평균적으로 계산하면, 1묘에서 한 석을 얻는다"[41]는 내용과 일치한다. 여기서 유념해야 할 내용은 같은 땅에서 똑같은 수고를 하더라도 농업 기술 수준의 차이로 다른 결과가 나올 수 있다는 점이다. 이에 대해 「관자·승마수」에서는 "어떤 이는 농사를 지어 다섯 사람을 먹일 수 있고, 어떤 이는 농사를 지어 네 사람을 먹일 수 있습니다. 어떤 이는 농사를 지어

---

38) 「孟子·梁惠王」
39) 「漢書·食貨志」
40) 「管子·山權數」
41) 「管子·禁藏」

세 사람을 먹일 수 있고, 또 어떤 이는 농사를 지어 두 사람을 먹일 수 있으니, 이것은 똑같이 힘을 써도 땅을 이용하는데 차이가 있음을 뜻합니다"[42]라고 예시를 들었다. 이회는 '토지 생산력을 높이는 방안'에서 "농지를 열심히 가꾸면 1묘에서 3말이나 더 얻을 수 있고, 그러하지 않으면 그만큼을 손해볼 수 있다"[43]고 했다. 이는 1묘의 생산량을 1석으로 계산할 경우 약 3할을 증산 혹은 감산할 수 있다는 뜻이다. 은작산銀雀山 한묘 죽간竹簡의 「전법田法」에서는 "한 해 수확이 중급의 밭에서 20말, ……상급의 밭에서 27말, 하급의 밭에서 13말이다"라고 기록했는데, 이는 같은 1묘의 밭이라도 상급의 밭에서는 2석 7말, 중급의 밭에서는 2석, 하급의 밭에서는 1석3말이 생산됐다는 뜻이다. 여기에서 말한 바는 아마도 전국시대 말기 식량 생산량이 향상된 이후의 제나라 상황을 반영한 듯하다. 몇몇 국가는 토지가 비옥하여 생산량이 몇 배나 높아진 경우도 있었다. 그 예로 정鄭나라에서 인공수로를 만들어 관중關中지역에서 물을 댈 수 있는 논밭을 얻을 수 있게 되어 "4만 여 경頃의 땅에서 1경마다 모두 1종鐘을 수확한다"[44]고 했다. 고대의 계산법에 의하면, '10부釜=1종鐘', '1종=10석'이다. 관중지역 옥토의 생산량이 1묘당 10석에 이르렀으니, 이것은 춘추전국시대에 최고의 생산량이었다. 전문가의 의견에 따르면, 전국시대 후기에 도달한 식량 생산량의 수준은 중국의 기나긴 봉건시대에서 흔히 볼 수 있는 예가 아니라고 한다.

---

42) 「管子·乘馬數」
43) 「漢書·食貨志」
44) 「史記·河渠書」

일찌기 신석기시대부터 여러 종류의 가축들이 나타나기 시작했다. 서주시대에는 말의 사육을 매우 중요시해서 집구례執駒禮를 행하기도 했다. <구준駒尊>에 새겨져 있는 명문銘文의 기록에 따르면, 집구례는 망아지가 일을 할 수 있는 역마가 될 때 치르는 의식을 일컫는다. 이때 망아지는 어미 말과 떨어져 수레를 끌고 일할 정도로 성장한 것이다. 서주시대의 청동기 조형은 대다수가 코끼리·호랑이·봉황·괴수 등이었지만, 소·오리·닭과 같이 집에서 기른 가축들도 적지 않았으니, 이를 통해 목축이 발달했음을 엿볼 수 있다.

농업의 생산 수준이 급속히 발전함에 따라 춘추전국시대의 목축과 밭농사도 비교적 빠른 속도로 발전했다. 상대商代 비해 주대周代의 목축업은 경제생활에서 차지하는 비중이 낮아지긴 했지만, 여전히 발전해 나아갔다. 특히 동주시대에는 사회 구조의 거대한 변화에 따라 목축업이 한층 새로운 면모를 갖추기 시작했다. 이 시기 목축업은 주로 두 가지 차원에서 새로운 면모를 보이고 있으니, 그 하나는 가축 사육의 발달이다. 전국시대에 맹자는 양혜왕에게 "닭과 돼지·개·큰돼지(彘) 와 같은 가축이 번식의 시기를 놓치지 않게 하면, 나이 70이 된 자가 고기를 먹을 수 있고, 100묘의 밭에 농사철을 놓치지 않는다면, 여러 식구가 굶주리지 않을 것이다"[45)]라고 말했다. 이를 통해 당시 100 묘의 밭을 경작하는 일반 농가에서도 닭, 개와 같은 가축을 사육했음을 알 수 있다. 일부 귀족의 집에서는 더 많은 가축을 사육했는데, 「시경·양이 없다(無羊)」편에서 그 전형적인 예를 엿볼 수 있다. 그 첫 머리 두 장은 다음과 같이 시작된다.

---

45) 「孟子·梁惠王·上」

그림 1-5 하모도 유적지의 도주陶豬

그림 1-6 서주 청동 주기酒器 압준鴨尊(오리 모양 술잔)

누가 임에게 양이 없다 하나? 삼백으로 떼를 이룬 것이 여럿일세

누가 임에게 소가 없다 하나? 커다란 소가 아흔 마리나 되는데

그대의 양떼들 돌아오는 것을 보니 화목하게 뿔들이 맞대고 있고

그대의 소들이 돌아오는 것을 보니 양쪽 귀들을 모두 실룩이며 움직이네

혹 언덕을 내려가고 혹 못가에서 물을 마시며

혹 누워 자고 혹은 움직이네

그대의 목동이 오는 것을 보니 도롱이 메고 삿갓 쓰고

양식까지 싸 짊어지고 있네

서른 가지 색깔 다 갖췄으니 그대는 모든 제물을 갖추고 있는 거네

이 집에서 키우는 양은 300마리에 이르고, 순우牸牛(누르고 입술 검은 소) 또한 90마리를 소유하고 있다. 양떼와 소떼가 방목 후 돌아올 때 양들은 서로 뿔을 비비고 소들은 되새김질하며 걸어가고 있는데, 그때마다 귀가 실룩거린다. 방목지에서 산비탈을 오르내리는 소와 양이 있는가 하면, 못가에서 물을 마시기도 하고, 누워 쉬기도 하며, 또 사납게 뛰어다니

기도 한다. 방목이 끝나면 목인은 비를 막아주는 도롱이를 입고 삿갓을 쓰며, 어떤 목인은 마른 양식 자루를 메고 오기도 한다. 자세히 살펴보면 이렇게 방목후 돌아오는 소와 양들의 털 빛깔은 서른 가지가 넘으니, 여러 종류의 가축들이 있었음을 알 수 있다. 이 작품의 마지막 장에서는 "목인이 꿈을 꾸니 황충이 물고기로 변하고 현무기(旐)는 새매기(旟)가 되었도다. 점쟁이가 점을 쳐보니 많은 물고기는 실로 풍년이 들 조짐이요 현무기가 변하여 새매가 됨은 집안 창성할 조짐이로다"46)라고 했다. 여기에서 뜻하는 바는 목인이 꿈에서 살찐 큰 물고기떼를 보았고, 거북과 뱀, 송골매가 그려진 깃발이 있었으니, 꿈 해몽의 결과 이는 길몽으로, 풍성한 한 해와 온 집안의 번성을 예견하고 있는 것이다. '집안 창성할 조짐(室家溱溱)'이라는 문구에서 떼지어 다니는 소와 양들이 귀족 가문의 소유임을 알 수 있다. 목인의 꿈은 목축업 발달의 징조라고 볼 수도 있다. 「시경·더부룩한 찔레나무(楚茨)」편에서는 귀족들이 조상들에게 제사지내는 상황을 묘사했는데, 그 중에는 "여럿이 왔다 갔다 하며 소와 양 청결히 잡아 제사를 지내러 가니 과일을 깎기도 하고 고기를 삶기도 하며, 벌어놓기도 하고 바치기도 하네"47)라고 했다. 「시경·길게 뻗은 남산(新南山)」편은 "하늘의 복을 받으리로다. 맑은 술로 제사 지내고 붉은 수소 통째로 잡아 조상들께 바치네"48)라고 했으니, 제사에 붉은색 수소를 포함한 신성한 가축을 바쳤음을 알 수 있다. 이 내용들은 제사에 풍성한 제물을 바쳤고, 특히 많은 소와 양들이 희생犧牲되었음을 설명하고 있다. 하지만 춘추전국시대의 사회 계층에는 등급의 변화가 찾아왔고, 이에 따라 원래 제사용으로 사용했던 희생물들이 서민 계층으로 흩어지기 시작하면서 밭을

---

46) 「詩經·無羊」
47) 「詩經·楚茨」
48) 「詩經·新南山」

갈고 경작하는 목축이 됐다고 했다. 춘추시대 말기에 진晉나라에서 범씨, 중행씨가 몰락했을 때 사람들은 "범씨, 중행씨는 서민들의 고충은 이해하려 들지 않고 진晉나라에서 멋대로 집권하려 하니, 지금 그들의 후세들은 제齊나라로 유입되고 논밭을 가네. 이는 마치 어제까지도 종묘 제사에 쓰였던 희생물들이 오늘은 농사를 짓고 있는 것과 다름이 없네. 사람이 변하는데 뭐 그리 많은 시간이 필요하겠는가? 그 찰나가 하루 사이라 해도 과언은 아니다"라고 했다. 춘추전국시대에 우경牛耕이 보급될 수 있었던 까닭은 일반 백성들 사이에 소의 사육이 보편적으로 이루어지고 있었기 때문이다. 당시 목축을 소유하는 수량이 서민들의 빈부 격차를 판별하는 하나의 표징이라고 할 수 있을 정도였으니, 「예기·곡례」에서는 "백성들에게 부富를 물으면 가축의 숫자로 대답한다"는 얘기도 있다. 주대에는 일반 백성들도 말을 사육했는데, 초楚나라의 사마 위엄蔿掩이 조세제도를 개혁할 때, "수레를 세금으로 바치고, 말의 소재를 확실히 기록하라"[49]고 명시하며, 백성들에게 징발을 위해 거마車馬를 준비하라고 했다.

일반 백성들의 말 사육 기술은 춘추전국시대에 더욱 발전했다. 말을 방목하고 마구간에 들이는 시간에 관해, 춘추시대 사람들은 정확하게 인식하고 있었다. 노장공魯莊公 29년(BC665년) 봄에 노나라는 '새롭게 마구간을 지었다'고 적혀 있다. 당시 일부 사람은 이 시기가 말을 방목하기 좋은 때이며, 말을 마구간에 넣어둘 가을까지 아직 시간이 멀었으므로, 이때 마구간을 짓는 것은 적합하지 않다고 비평하기도 했다. 『좌전左傳』에도 "무릇 말은 일중日中에 풀어놓았다가 일중에 몰아넣는다"[50]라고 했는데, 여기서 '일중'은 춘분과 추분의 시간을 가리킨다. 춘분에는 꽃들이 만발하여 말을 들판에 풀어놓고, 추분에는 날이 차고 풀들이 말라가니

---

49) 「左傳·襄公·25年」
50) 「左傳·莊公·29年」

마구간에 몰아넣는 것이 옳다. 전국시대 사람들은 일년 내내 말들을 방목하는 규칙을 정하기에 이르렀다. 「주례·어사圉師」에 나오는 어사의 직무에 대한 기록을 보면, "어사圉師는 어인圉人이 말을 키우도록 교육하는 일을 관장한다. 봄에는 짚이나 풀을 깐 깔개를 제거하여 마구간을 소독하고 방목한다. 여름에는 하늘을 가려 주어 시원하게 해 주고 겨울에는 말을 바친다"[51]고 했다. 이를 통해 어사는 그 수하들에게 말 사육에 관한 다양한 기술을 가르치는 일을 책임졌음을 알 수 있다. 봄에 말들을 방목하는 동안 마구간에 깔았던 풀짚을 치우고 말들이 돌아오기 전까지 새 풀짚을 깔아 준다. 만약 마구간을 새로 지을 경우, 마구간에 생혈을 발라 신령에게 잘 보살펴 줄 것을 기원하고 난 뒤에야 비로소 방목할 수 있다. 여름에는 말들을 위해 낭무廊庑를 지어 말들을 시원한 곳에 머물게 하고, 겨울이 되어서야 왕에게 말을 바친다. 주대는 말을 방목하는 곳을 '동坰'이라 칭하고, 그런 연고로 「시경·살찌고 큼(駉)」에서는 "살찌고 튼튼한 수레 끄는 네 마리 말이 먼 들판에서 달리고 있네. 이 살찌고 튼튼한 네 마리 말 중에는 사타구니 흰 검은 말과 흰 털 섞인 누런 말이 있고, 검은 말과 누런 말이 있는데, 수레를 힘차게 끌고 있네"[52]라고 했다. 목장은 전문 관리인 '목사'를 두어 관리를 맡겼는데, 그 직책은 「주례·목사牧師」편에서 "목지牧地를 관장하고, 근엄하게 금지 구역을 알리고 말을 기르는 각종 규칙을 전달한다. 초봄에는 목지에 불을 놓고, 한창인 봄에는 말을 교접시키고 행정을 관장한다"[53]고 기록되어 있다. 「주례·재사」에 따르면 대부분의 목장은 '마을에서 떨어진 근교에 위치'하며 「시경·수레 내어(出車)」에서는 "내가 수레를 내어 교외로 나가노라"[54]고 했다. 이는 곧 "수레를

---

51) 「周禮·圉師」
52) 「詩經·駉」
53) 「周禮·牧師」

그림 1-7 구준駒尊

내어 말을 끌고 목지에 나간다"[55]는 뜻이다. 여기서 말하는 '목지' 역시 '목사'가 관장하는 곳이었다. 초봄이 되면 목사는 목지에 새로운 풀이 돋아날 수 있도록 땅을 태운다. 봄이 한창일 때에는 말들을 교배시킨다. 말들을 교배할 때에는 당시 이미 어린 말들의 관리에 주의를 기울였음을 알 수 있으며, 망아지를 암컷 말과 함께 풀어놓을 경우 함부로 교배하여 생육에 영향을 미칠 수 있는 까닭에 어린 말과 말떼를 따로 분리해 관리했다. 이것을 '집구執駒'라고 칭하는데「주례·교인校人」편을 보면 "봄에 망아지를 잡아서 말의 조상에게 제사를 지낸다"[56]고 했다. 정현은 "망아지를 어미말과 분리시켜 거세去勢를 행하고, 두 살이 된 망아지를 구駒라고 한다"[57]고 했다. 정현이 말한 '집구'도 망아지를 구속시킴을 뜻한다 것이다. 교배가 가능한 봄에 망아지는 아직 약하고 혈기가 부족하여 말들로부터 다칠 수 있다고 했다. 이를 통해 당시에 망아지를 따로 분리시켜 방목하는 일에 대해 충분히 인식하고 있었음을 알 수 있다. 주대 청동기 <구준>에 새겨진 명문이 역시 정현의 관점을 뒷받침해 주는 증거로, 주대 확실히 집구례 의식의 풍습이 존재했음을 증명해 준다.「예기·월령」에서는 한창

---

54)「詩經·出車」
55)『詩經』毛傳
56)「周禮·校人」
57)『周禮』鄭註

여름때에는 "방목하는 짐승의 암컷들을 무리에서 갈라내고 뛰노는 망아지를 묶어야 한다"⁵⁸⁾고 했다. 「주례·수인廋人」에서는 "말의 크기가 8척 이상이면 용龍이라 하고, 7척 이상이면 내騋라 하며, 6척 이상이면 마馬라 한다"⁵⁹⁾고 했다. 그 당시 관부에서 병든 말을 치료하는 일을 책임지는 관직도 있었는데, 이들을 「주례·교인校人」에서는 '무마巫馬'라고 칭한다. 그들의 직책은 "병든 말을 치료하고, 말을 타보고 의원과 함께 약을 써 말의 질병을 치료한다"⁶⁰⁾고 「주례·무마」에 기록 된 바 있다. 그들 밑에서 일하는 이를 「주례·하관夏官·서관敘官」에서는 '의사인醫四人' 이라 칭하는데, 이들은 전문적으로 말을 치료해주는 의사였다.

그 당시에 말 사육 기술에 중대한 발전이 있었으니, 이미 '공특攻特'(후대에 선마騸馬라고도 함)이라는 기술과 상마술相馬術을 능숙히 터득했다. 「주례·교인」에서 정현은 "말은 여름에 교배 후 거칠어져 발질이 잦고 주둥이로 사람을 물기때문에 승마해서는 안된다"⁶¹⁾라고 주석했는데, 이는 곧 수컷 말은 난폭해서 자주 뒷발질을 하고 깨물어 타지 말아야 한다는 뜻이다. 수컷은 여름에 교배 후 거세하는데 그 후에는 성격이 차츰 온순해진다. 선마한 뒤, 말 무리의 암수는 적정한 비율을 유지하게 된다. 이 비율에 대하여 「주례·교인」에 의하면 '말 무리는 4분의 1의 비율로 하라'⁶²⁾고 했고, 이는 암말이 말 무리의 4분의 3을 차지하고, 수컷이 4분의 1을 차지하도록 조절해야 한다는 뜻이다. 춘추전국시대의 귀족들은 자신의 수레를 끄는 말의 털 빛깔이 모두 같기를 원했으니, 「주례·교인」의 기록에 따르면, 왕이 귀족에게 말을 하사할 때에는 '털 색이 고른 말을 내린다'고 했는

---

58) 「禮記·月令」
59) 「周禮·廋人」
60) 「周禮·巫馬」
61) 「周禮·校人」
62) 「周禮·校人」

데, 이는 왕이 하사한 말 네 필의 털빛이 꼭 일치해야 함을 의미한다. 「시경·검정 사마(駉鐵)」에서는 "커다란 검정 사마가 수레 끄는데, 여섯 고삐를 한 손에 쥐었네"[63] 라는 싯구절이 있는데, 여기서 수레를 끄는 말들은 모두 무쇠빛 털을 가진 준마였음을 알 수 있다. 「시경·튼튼한 수레 (車攻)」에서는 "나의 수레는 탄탄하고, 말도 잘 갖추어졌다. 튼튼한 말 네 마리가 끄는 수레 타고, 동쪽으로 달린다"[64]라고 했는데, 여기서 '잘 갖추어졌다'는 뜻은 곧 수레를 끌기 위해 선택한 네 필의 말이 모두 같은 빛깔의 털을 가지고 있었음을 뜻한다. 「시경·유월六月」은 "가지런한 네 마리 검은 말은 길이 잘 들어 질서가 있네"[65]라고 했는데, 이는 곧 네 필의 말이 모두 검은 털을 가진 준마였음을 뜻한다. 말의 좋고 나쁨을 판별할 때에는 털 빛깔 외에 말의 눈매, 이빨, 체형 등을 살피는 것도 매우 중요한 기준이었다. 당시에는 대개 덩치 큰 말들을 준마라고 생각했다. 그래서 「시경·유월」에는 "네 마리 말은 크고도 살쪄 덩치가 큼지막하네"[66] 라는 싯구절도 있는데, 네 필의 수말이 모두 크고 휜칠하며 힘이 세다는 표현을 강조하는 것을 보면, 그 당시 덩치 큰 말이 얼마나 사랑을 받았는지는 가늠할 수 있다. 「여씨춘추·관표觀表」에서는 말이 양호한지 여부를 잘 판별할 줄 아는 사람 열 명을 열거하기도 했다.

옛날에 말의 생김을 잘 볼 줄 아는 이들이 있었으니, 한풍시寒風是는 말의 입가와 이빨을 볼 줄 알았고, 마조麻朝는 양쪽 볼을 잘 보았다. 자녀력子女厲은 눈매를 잘 볼 줄 알았고, 위기衛忌는 말 입가의 털을 볼 줄 알았으며, 허비許鄙는 말의 엉덩이를 잘 보았다. 투벌갈投伐褐은 가슴과 갈빗대를 잘

---

63) 「詩經·駉鐵」
64) 「詩經·車攻」
65) 「詩經·六月」
66) 「詩經·六月」

보았고, 관청管靑은 입술을 잘 볼 줄 알았으며, 진비陳悲는 허벅지와 정강이를 잘 보았다. 진아秦牙는 말의 앞부분을 잘 보았으며, 찬군贊君은 말의 뒷부분을 볼 줄 알았다. 무릇 이 열 사람은 모두가 천하에 널리 알려진 훌륭한 상마 고수이다. …… 그들이 말의 생김새를 보는 데 사용하는 방법은 각기 다르지만, 말의 한 특징만 보아도 뼈마디의 높낮이와 발굽의 유연성, 체질의 건강 생태, 재능의 정도 등을 알 수 있었다.

위에서 말한 10명의 상마자相馬者는 좋은 말인지 아닌지 판별할 때 저마다 판단 기준의 부위가 다르지만, 말의 외관을 통해 좋고 나쁨을 판단하는 것은 모두 같으니, 그들의 재주가 얼마나 출중한 지 잘 알 수 있다. 전국시대에 널리 이름을 떨친 상마자로는 춘추시대 진목공秦穆公 시대의 '백락伯樂'이라는 자가 있었으니, 그는 말의 병을 치유하고 좋은 말인지 아닌지를 판단하는데 매우 뛰어난 기술을 가지고 있다. 「장자·마제馬蹄」에 보면, "말은 발굽이 있어 서리와 눈을 밟을 수 있고, 털이 있어 바람과 추위를 막을 수 있다. 풀을 뜯고 물을 마시며, 땅 위에서 맘껏 달리는 것은 말의 참된 본성이다. 비록 높은 누각과 화려한 침상이 있다 해도 말에게는 쓸모가 없다. 그런데 백락이 나타나 '내가 좋은 말로 다스려 주겠다'고 하면서 털에 낙인을 찍고 깎아내며, 발굽을 깎고 인두로 지져대고, 굴레를 씌워 여러 마리를 묶어 구유와 마판에 매어놓았다"[67]라고 했으니, 백락이 말을 다스리는 데 경험이 매우 풍부한 자였음을 알 수 있다. 백락이 말을 잘 볼 줄 안다는 사실은 널리 알려졌고, 굴원屈原은 백락이 세상을 떠나자 "백락이 이미 죽었으니, 이제 누가 천리마를 판별할 수 있겠는가?"[68]라 하며 그 누구도 천리마를 알아보지 못할 것이라 탄식했다. 춘추전국시대에는 각 제후국마다 말사육 전담 관직을 배치하고 있었으며, 「주례·하관

---

67) 「莊子·馬蹄」
68) 「楚辭·九章·懷沙」

「夏官」에 기록된 바에 따르면, '교인校人'·'취마趣馬'·'무마巫馬'·'목사牧師'·'어사圉師'·'어인圉人' 등 여러 종류의 관직이 있었고, 수레를 모는 관직으로는 '대어大馭'·'융부戎仆'·'제부齊仆'·'전부田仆'·'어부馭夫' 등이 있었다. 오랜 시간을 거쳐 시행하는 과정 속에서, 이들은 말 사육과 상마에 대해 풍부한 경험을 쌓을 수 있었으니, 백락과 구방호九方皐는 그들 중의 일원이었을 가능성이 있으며, 다른 이들보다 출중하고 탁월한 재주를 지니고 있기에 칭송받으며 후대에까지 그 이름을 떨칠 수 있었다.

제3절 양잠, 마麻심기와 과수 재배

후대와 달리 춘추전국시대에는 누에 치고 뽕나무를 가꾸는 일이 중국 남방이 아닌 북방에서도 광범위하게 이루어졌다. 「시경·빈풍豳風」을 보면, 오늘날의 관중평원 북부의 빈지豳地라는 지역에서 "보드란 뽕잎 따러 가세." "누에 치는 춘삼월에 뽕잎 따네." "부드러운 가지 휘어잡고 뽕잎 따네"[69]라는 싯구절이 있다. 또한, 「부엉이(鴟鴞)」편에서는 "뽕나무 뿌리를 가져가네."[70] 「동산東山」편에서는 "꿈틀꿈틀 벌레 기어가는 뽕나무 밑에서"[71]라는 싯구절을 통해 빈지라는 지방에서 뽕나무를 대량 재배하고 있었음을 알 수 있다. 「시경·진풍秦風」의 「수레 소리(車鄰)」편에서 "언덕 위엔 뽕나무, 습지에는 버드나무."[72] 「황조」편에서 "짹짹 꾀꼬리 울며 뽕나무에 앉아있네"[73]라는 싯구절이 있으니, 이 역시 당시 진지秦地에서는

---

69) 「詩經·七月」
70) 「詩經·鴟鴞」
71) 「詩經·東山」
72) 「詩經·車鄰」
73) 「詩經·黃鳥」

뽕나무를 넓게 심고 있었음을 알 수 있다.「시경·용풍鄘風」·「시경·위풍衛風」은 모두 위지衛地와 그 근방에서 전해내려 온 작품으로, 그 중「뽕나무 속에서(桑中)」라는 시편 역시 "어여쁜 강씨네 맏딸이 상중에서 나와 만나네." "어여쁜 용씨네 맏딸이 상중에서 나와 만나네"[74]라는 싯구절이 있다. 여기서 '상중桑中'이라는 단어가 지명을 가리키든 뽕밭을 가리키든 간에, 이 지방에는 뽕나무가 많이 있었음을 연상할 수 있다.「정성定星이 한가운데에(定之方中)」편에서는 "큰 산 높은 언덕을 살피고 내려와 뽕밭을 둘러보네." "날 저물어 별 뜨면, 수레 내어 뽕밭에 나가 쉬자고 했네"[75] 라는 싯구절이 나오고,「한 남자(氓)」편에서는 "뽕잎은 떨어지기 전에는 그 잎이 싱싱하고 윤택하구나, 비둘기야 오디 따먹고 취하지 마라." "뽕잎이 시들어 누렇게 떨어지네"[76] 라는 싯구절 역시 위지에 많은 뽕나무들이 있었음을 증명하고 있다.「시경·정풍」은 정지鄭地의 시작품인데, 그 중 「둘째 도령(將仲子兮)」편의 "둘째 도련님 우리집 담을 넘어와 우리집 뽕나무를 꺾지 마세요"[77]라는 싯구절 역시 정지에 거주하는 이들이 주거지 근처에 뽕나무를 심었음을 알 수 있다. 춘추시대 정나라에 자산子産이 집권할 때, "땅을 개간하여 뽕나무를 심어 양잠을 제창하니, 백성은 그에게 온갖 욕설과 험담을 퍼부었다"[78]고 했다. 이는 자산이 "도시와 시골에는 법규의 구분이 있고 직급의 위와 아래에 따라 그에 해당하는 직무가 있다"[79]는 주장과 같은 시기였다. 춘추 후기에 정나라에서 심한 가뭄을 겪었는데, 그때 "뽕나무 산에서 제사를 지냈다"[80]라는 기록이 있다. 정나라가

---

74)「詩經·桑中」
75)「詩經·定之方中」
76)「詩經·氓」
77)「詩經·將仲子兮」
78)「韓非子·顯學」
79)「左傳·襄公·30年」

뽕나무 가득한 산을 신성한 산으로 받드는 것을 보면 뽕나무를 심은 산을 매우 중요시했다는 것을 알 수 있다. 춘추 전기에 괵공虢公이 "뽕나무 밭에서 융족을 격퇴했다"[81]는 기록도 있다. 그 당시의 괵虢나라에서는 '상전桑田'이라 불리는 곳이 있었으니, 그 지방에 뽕나무를 많이 심었음을 알 수 있다. 춘추 전기 진晉나라 왕자 중이重耳가 제齊나라로 유배되자, 그를 따르는 이들이 "뽕나무 아래서 모의했는데, 누에 치는 잠첩蠶妾이 나무 위에서"[82] 무심코 그들이 비밀리에 모의하는 것을 엿들었다고 한다. 잠첩이 뽕나무 위에 있음에도 불구하고 그 아래 있던 사람들이 전혀 눈치 채지 못한 것을 보면 뽕밭의 뽕나무가 크고 무성했음을 알 수 있다. 「시경·위풍」의 「분수가의 진벌(汾沮洳)」편에서는 "분수강 한 켠에서 뽕을 따네"[83]라고 했으니, 이를 통해 분수강 유역 역시 뽕나무가 적지 않았음을 알 수 있다. 「십묘의 땅(十畝之間)」중 "십묘 넓이의 땅이지만 뽕따는 이들이 유유히 지내고 있네." "십묘 넓이의 땅근처는 뽕따는 이들이 한가롭구나"[84]라고 했으니, 뽕잎 따는 이들이 널리 퍼져 있었음을 알 수 있다. 「시경·넉새 깃(鴇羽)」편에서는 "푸드득 넉새 줄지어 날아 뽕나무 떨기에 내려앉네"[85]라는 싯구절이 있다. 춘추시대 위魏나라와 당唐나라의 도읍이 모두 진지晉地에 위치하고 있었으므로, 그 지역 역시 뽕밭이 많고 양잠이 발달했음을 알려준다. 전국시대 중기에 맹자는 양혜왕에게 "다섯 묘 넓이의 땅을 주거지로 나누어 주고, 그 주변에 뽕나무를 심게 하십시오"[86]라고

---

80) 「左傳·昭公·16年」
81) 「左傳·僖公·2年」
82) 「左傳·僖公·23年」
83) 「詩經·汾沮洳」
84) 「詩經·十畝之間」
85) 「詩經·鴇羽」
86) 「孟子·梁惠王」

했다. 이 때 위나라의 중심 구역은 현재의 하남성 북부와 중부 지역이었으니, 이 지역에도 뽕나무를 보편적으로 심고 있었다는 말이다. 「시경·뻐꾸기(鳲鳩)」편에서는 "뻐꾸기가 뽕나무에 앉아있네, 그 새끼들은 매화나무에 앉아있네." "뻐꾸기가 뽕나무에 앉아있네, 그 새끼들은 대추나무에 앉아있네"[87]라는 싯구절을 통해, 조지曹地에도 뽕나무를 재배했던 지역임을 알 수 있다. 「상서尚書·우공禹貢」에서는 연주兗州·청주靑州·서주徐州·양주揚州·형주荊州·예주豫州 등의 지방에서 바쳤던 공물 중에 모두 견직물이 포함되어 있었음을 알 수 있다. 기록에 따르면 "초나라 변방의 마을 중 비량卑梁이라는 곳이 있었는데, 그곳의 한 처녀와 오吳나라 변방 고을의 다른 처녀가 함께 국경 근처에서 뽕잎을 따고 있었다"[88]라고 했으니, 이를 통해 춘추전국시대에는 중국 남북의 광대한 지역에서 뽕나무를 재배했던 것으로 보인다.

춘추전국시대에 삼마(麻)와 칡(葛)도 백성들이 입는 의복의 주요 재료로 비교적 많은 재배가 이루어졌다. 「시경·언덕 위에 삼밭(丘中有麻)」편에서는 "언덕 위에 삼밭이 있어 자차에게 남겨준다." 「시경·동문 밖 연못(東門之池)」편에서는 "동문 밖 연못은 삼 담그기 좋은 곳, 아름다운 좋은 아가씨와 짝지어 노래하고 있네. 동문 밖 연못은 모시 담그기 좋은 곳, 아름다운 좋은 아가씨와 짝지어 얘기하고 있네, 동문 밖 연못은 왕골 담그기 좋은 곳, 아름다운 좋은 아가씨와 짝지어 말하고 있네"라고 했는데, 여기서 말하는 모시(紵)도 마의 일종이다. 「동문에는 흰 느릅나무(東門之枌)」편에서는 "좋은 날 잡아 남쪽 언덕에서 길쌈은 하지 않고 모여 더덩실 춤을 추네" 라는 표현으로 처녀들이 삼베 길쌈하는 바쁜 가운데 짬을 내어 덩실덩실 춤추는 모습을 묘사했다. 칡은 다년생 덩굴풀의 일종으로,

---

87) 「詩經·鳲鳩」
88) 「呂氏春秋·察微」

줄기에 있는 섬유질을 이용하여 갈포葛布를 짜는데, 이것을 섬세하게 짠 것을 모시라고 한다. 「상서尚書·우공禹貢」에는 청주와 예주 모두 모시의 생산지라고 기록했다. 「시경·칡덩굴(葛覃)」편에는 "칡덩굴은 길게 산골짜기로 뻗어가네." 「시경·높은 언덕(旄丘)」편에서 "모구의 칡덩굴은 마디가 어찌 그리 엉성하게 넓은가?"라고 한 것으로 보아, 칡은 산골짜기와 구릉지역에서 자라는 야생초로 채취만 하면 바로 사용할 수 있었음을 알수 있다.

칠기漆器 제조가 발달하면서 춘추전국시대에는 옻나무의 재배도 서서히 보편화 됐다. 「상서·우공」편에서 열거된 칠기 생산지로는 연주와 예주가 포함되어 있다. 「시경·정성이 한가운데에」편에는 "그곳에 개암나무 밤나무와 의나무 오동나무 가래나무 옻나무를 심어 이를 장차 베어 거문고와 비파를 만들었네"라고 했다. 이를 통해 옻나무를 비롯한 다른 나무들이 모두 거문고와 비파 제작에 필요했던 재료임을 알 수 있다. 고고학적으로 발굴된 유물을 통해 춘추전국시대의 금슬琴瑟은 대다수 옻칠했음을 확인할 수 있다. 「시경·산에는 스무나무(山有樞)」편에서는 "산에는 스무나무 있고 진펄엔 느릅나무 있네." 「시경·수레 가는 소리(車鄰)」편에서는 "언덕엔 뽕나무 진편엔 버드나무." "언덕엔 옻나무 진펄엔 밤나무"라고 했으니, 산간지방에서 옻나무를 재배하고 있었음을 알 수 있다. 장자莊子는 자신이 "몽성蒙城 칠원漆园 지역의 관리직을 맡아본 적이 있다"고 한 것을 보아, 각 제후국 관청에서도 칠원이 존재했을 듯하다. 민간 칠원은 모두 조정에 세금을 납부해야 했으니, 「주례·재사載師」에서는 "칠림漆林은 세금으로 20분의 5를 부과한다"[89]고 했다. 이 수치는 일반 논밭의 세금인 20분의 1보다 높은 세율을 매긴 것인데, 아마도 칠원의 수입이 비교적으로 높았기 때문일 것이다.

---

89) 「周禮·載師」

춘추전국시대에 과수나무의 재배도 이미 보편화됐다. 남방지역에는 대부분 귤, 유자나무를 재배했는데, 당시 초나라의 운몽雲夢지방은 귤과 유자의 생산지로 유명했다.90) 각 지방의 귤은 물, 토양과 기후 등의 영향에 따라 맛이 다르다는 것에 대해 안자晏子는 "귤나무가 회수 남쪽에서 나면 귤이 되지만, 회수 북쪽에서 나면 탱자가 된다 하였습니다. 한갓 잎만 서로 비슷할 뿐, 그 열매의 맛은 다릅니다. 그렇게 되는 까닭이 무엇이겠습니까? 물과 흙이 다르기 때문이지요"91)라고 했다.「상서·우공」편에 기록된 바에 따르면, 구주九州에서 과일을 공물로 바치는 자들은 모두 양주揚州에 생산된 귤과 유자만을 고집했는데, 이는 전국시대에는 양주의 귤과 유자가 가장 유명하기 때문이 아닌가 싶다. "강포江浦의 귤, 운몽雲夢의 유자"92)라는 말도 있듯이, 귤과 유자의 원산지는 모두 양주 지역 내에 있었다. 그 당시 북방지역의 과일로는 주로 대추와 밤을 생산했고, 그 외에 복숭아와 자두가 있었다. "싱싱한 복숭아 나무여! 그 꽃이 나무에 불난 듯 화사하게도 피었네."93) "어찌 저렇게 고울까? 복사꽃, 오얏꽃 같구나."94) "나에게 복숭아를 보내주네." "나에게 오얏을 보내주네.95) "언덕 위에 오얏나무 자라고 있네.96) "동산에 복숭아 나무 있어라"97) 등의 싯구절을 통해 당시 사람들이 복숭아와 자두를 얼마나 선호했는지 알 수 있다. 춘추전국시대에 대추와 밤은 과일의 역할 뿐 아니라 흉년에는 식량

90)「戰國策·趙策·1」
91)「晏子春秋·內篇雜·下」
92)「呂氏春秋·本位」
93)「詩經·桃夭」
94)「詩經·何彼襛矣」
95)「詩經·衛風·木瓜」
96)「詩經·丘中有麻」
97)「詩經·桃有園」

을 대신할 수 있었다. 전국시대 유학자들은 연燕나라가 막강한 국가로 성장하는데 없어서는 안될 유리한 조건 중 하나로 "북방에 대추가 있고 남방에 밤이 있어 백성들이 농사를 짓지 않아도 대추와 밤으로 배부르게 먹을 수 있었기 때문에"[98] 가능한 것이라고 주장했다. 그리하여 사람들은 대추와 밤을 매우 중요시 했으며, 당시 대부 관리 집안에 신부가 시부모를 처음 뵐 때 '대추와 밤(棗栗)'[99]으로 폐백을 삼았다.

제4절 건축

그림 1-8 강채 유적 촌락 복원도

아주 먼 옛날의 선인들은 거주할 장소를 찾는 과정 속에서 차츰 원시적인 가옥을 축조하기 시작했다. 신석기 시대의 반파半坡유적과 강채姜寨유적을 통해 그 시대 사람들의 주거 건축 문화를 엿볼 수 있다.

도시의 출현은 상고시대 평민 생활에 큰 변화를 가져 왔으며, 도시 건설은 옛 선민들의 지혜와 창조 정신의 결정체였다. 그 당시의 건축 수준은 도시를 통해서 집중적으로 구현됐다. 춘추전국시대의 도시 건축은 이미 철저한 측량 조사에 따른 설계와 세밀한 구획을 갖추고 있었다. 그 당시 각 나라에서 특히 도읍지의 건설을 도시 건설의 지극히 중요한 부분으로

---

98) 「戰國策·燕策」
99) 「公羊傳·莊公·24年」

삼아서 거기에 많은 관심을 쏟았다. 「고공기考工記·장인匠人」에서 도읍의 건설 측량과 공사 계획에 대해 아래와 같이 기록했다.

> 장인匠人이 국國을 건축했다. 장인은 땅 위에 수평기를 매달아 높낮이를 측량했다. 말뚝을 세우고 측량기를 달아 해를 관찰하여 규(規: 그림쇠, 둥근 자)를 만들었다. 규로써 태양이 뜰 때의 그림자와 태양이 질 때의 그림자를 표시했다. 낮에는 해가 중천에 이를 때를 유심히 여기고, 밤에는 북극성을 관찰하여 아침과 저녁을 기준으로 했다. 장인은 국國을 측량한다. 측량 하는 데 사방 9리裏 곁에는 삼문三門을 세웠다. 성 안에는 간선도로가 동서와 남북으로 각각 9개가 펼쳐져 있었다. 왼쪽에는 종묘, 오른쪽에는 사직단을 세우고, 궁전 앞에는 신하가 조배하는 곳을, 뒤에는 시장을 두었는데, 각기 사방 일백 보였다.[100]

「고공기」에 기록된 도읍의 형태는 춘추전국시대 각 제후국의 도읍과 상황이 흡사한 것으로 나타났다. 예를 들면, 노나라 도읍은 오늘날의 산동성 곡부시曲阜市에 위치했는데, 고고학적 측량 자료에 의하면 도읍의 면적은 약 10km², 총 둘레 11,771m, 동쪽 성벽 길이 2,531m, 남쪽 성벽 길이 3,250m, 서쪽 성벽 길이 2,430m, 북쪽 성벽 길이 3,560m이고, 성곽의 남, 북 양쪽은 수수洙水강을 해자垓子로 삼았다. 노나라의 도성 성문은 11개가 있었고, 동쪽과 서쪽 그리고 북쪽에 각각 3개씩 있었고 남쪽에 2개가 있었다.

이는 「고공기」에 기록된 '방삼문旁三門' 제도와 대체로 일치하다. 노나라 도성 안에는 10 개의 도로가 있는데, 그 중 동서 방향도로와 남북방향 도로 각기 5 개씩 있다. 그 중 가장 넓은 도로는 15m에 이르렀으니, '경도구궤經塗九軌'라는 제도와 대체로 일치했음을 알 수 있다. 노나라의 도성 안에는 궁궐, 종묘, 사직단, 시장 등이 설치되어 있으며, 종묘가 있는 지역에

---

100) 「周禮·考工記」

는 주문왕의 사당(周文王廟), 주공의 사당(周公廟), 백금의 사당(伯禽廟)
이 포함된다. 당시 노나라의 도읍 안에는 주왕조 사람과 은왕조 사람이
더불어 살고 있었고, 그로 인해 도성에 두 개의 사직단이 세워져 있었다.
전문가들은 "노나라 도성에 은왕조 사람이 서쪽에, 주왕조 사람은 동쪽에
살았다는 설에 의거하여, 도성의 서쪽 유적지는 박사亳社이고, 동쪽 유적지
는 주사周社였을 것으로 추정한다. 그 당시 조정의 집정 대신들은 양쪽
사직단 사이에서 업무를 수행했는데, 이는 그들이 모든 백성을 대표한다
는 뜻을 나타내기 위해서였다. 중앙에 있는 통로는 북쪽으로 통하여 궁궐
과 연결되어 있었으며, 이를 통해 노나라 군주에게 하명下命을 청하는 것
이 가능했다. 두 개의 사직단은 '중성中城(가운데의 성)' 내 종묘 구역의
서쪽에 자리잡고 있었는데, 이 역시 '왼쪽은 종묘, 오른쪽은 사직단(左祖右
社)'이라는 당시의 제도와 부합하는 바이다. 노나라 도성 내에 있는 시장은
궁궐의 뒤쪽에 자리잡고 있었고, 조정의 집정 대신들이 조회朝會를 열었던
곳이 궁궐 앞에 배치된 것 역시 '궁궐 앞에 행정 관청을 두고, 궁궐 뒤에
시장을 배치한다(面朝後市)'는 제도에 부합한다"라고 했다. 다른 예로 제
齊나라의 도읍 임치臨淄를 들 수 있는데, 임치는 치하淄河강 서쪽에 위치하
고, 북쪽은 평야지대이며, 남쪽에는 우산牛山과 직산稷山이 있었다. 동쪽에
는 바다, 서쪽에는 중원 각 제후국이 있었고, 북쪽에는 연燕나라, 남서쪽에
는 노나라까지 사방으로 길이 통하고 연결되어 있는 교통의 요충지대였
다. 임치臨淄는 대성大城과 소성小城 두 개로 나뉘어졌고, 총 면적은 15km²,
총 둘레가 약 21,433m다. 임치의 대성에는 12개의 성문이 있었는데, 이
또한 「고공기」의 '방삼문' 제도와 일치하다. 임치의 궁궐은 소성의 북서쪽
에 세워졌으며, 도시구역은 대성의 서쪽과 소성의 북쪽에 배치되어 있었
고, 대성의 북쪽에는 적지 않은 제철소와 제골소制骨所가 분포되어 있었는
데, 이 역시 「고공기」에 기록된 '면조후시'의 원칙에 부합된다. 노나라와
제나라 도읍의 상황을 보면, 당시 도읍의 건설 측량과 공사 계획을 거쳐

지리적 형세와 하천을 합리적으로 이용하도록 노력했다는 것을 알 수 있다. 「고공기」에 기록된 '건국建國'이나 '영국營國'의 방법과 원칙도 근거가 있는 주장임을 알 수 있다. 최근 몇 년간 춘추전국시대 각국 도성에 대해 진행된 탐사 및 발굴 자료에 의하면, 당시 각국 도읍의 궁궐은 대부분 한 지역에 집중되어 있었고, 뚜렷한 중축선中軸線을 형성했으며, 그 부근에 병기, 화폐 등을 주조하는 관영官營 수공 작업장의 유적이 종종 남아있음을 알 수 있다. 군주가 사는 궁궐지역에는 궁성宮城이 흔하게 건축되어 있었는데, 그 둘레가 대개 수 킬로미터가 된다. 도읍의 외곽성은 그 범위가 비교적 넓고, 성내에는 주거지역과 수공작업장이 분포되어 있었다. 비록 「고공기·장인」 편에 기록된 것처럼 정연하진 않지만 기본적인 배치와 구조는 대체로 일치한 것으로 드러난다.

춘추전국시대의 도시 건설은 이미 상당히 높은 수준을 갖추고 있었다. 부지 선정할 때 일단 자연 환경을 충분히 이용하여 전체적인 기획안을 구상했다. 고고학자들이 제나라 임치 고성故城의 배수체계에 대해 조사, 연구한 바에 따르면, 임치성은 동쪽으로 치하淄河강, 서쪽으로 계수系水강을 마주하고 있어, 강기슭을 기반으로 도성의 동, 서 양쪽에 성벽을 쌓아, 두 개의 하천을 자연적 해자로 삼았다는 사실이 확인된다. 임치성 건설에서 대성의 남과 북 성벽 외곽에 6,140m 규모의 인공 외호外濠를 조성했고, 이와 동시에 소성의 외곽에도 5,780m 규모의 인공 외호를 조성했다. 이는 치하강·계수강과 인공 외호를 연결해 성벽을 사방으로 둘러싸서 완벽한 배수체계를 형성했다. 이와 동시에 남고북저南高北低의 지형대로 과학적인 배수도구排水道口를 설치해서 임치성 내의 3대 배수체계를 통해 성내 폐수를 막힘없이 성 밖으로 배출할 수 있도록 했다. 임치성의 배수 체계의 견고함과 치밀함을 통해, 우리가 설계자의 노고를 엿볼 수 있다. 그로 인해 임치성은 가뭄이 들어도 해자 및 외호에 충분한 양의 물이 고여 있었고, 장마철에도 홍수 피해를 면할 수 있었다. 전국시대의 일반 도시

규모에 대하여는 은작산죽서銀雀山竹書의 「수법」편에서 "전국시대 사람들은 밖으로는 성곽을 건축하고, 안으로는 적들을 관찰할 수 있는 망루를 만들었다. 대국의 성곽은 7리이고, 성은 9리, 성 높이 9인仞이고, 외호의 넓이는 100보, 나라의 성곽 ……사방이 15리, 성은 사방이 5리, 성벽 높이 7인, 외호의 넓이가 80보이다"101)라는 기록이 있다. 이를 통해 그 당시 도시 크기가 상당한 규모를 갖추고 있었다는 것을 알 수 있다.

춘추전국시대 각국의 도시 성벽 건축은 항축夯築기법을 보편적으로 택했다. 시대적으로 비교적 일찍이 세워진 하남성 낙양 주왕성周王城, 산동성 곡부曲阜 노나라 도성, 산서성 후마侯馬 진晉나라 도성 등 옛 도시들의 성벽 토대는 비교적 좁은 편으로, 10m 정도이고, 항토층 매층의 두께는 약 10cm다. 산동성 임치에 위치한 제나라 도성 임치, 하북성 역현易縣 연하도燕下都, 호북성 강릉江陵 기남성紀南城에 위치한 초나라 도성 영郢 등 조금 뒤늦게 건설된 도시의 경우, 성벽의 토대가 약 20m, 항토층 넓이가 층마다 약 20cm 넓어진 것이다. 하북성 한단邯鄲에 위치한 '조趙왕성'의 성벽에는 지금까지도 망치질이 남긴 우묵한 자국과 뚜렷한 마포문麻布紋이 남겨진 것을 확인할 수 있다. 이것으로 볼 때, 당시 성벽 표면을 평평하게 만들기 위해 항축후 부목을 풀어내고, 미관을 고려하여 삼베 심지로 표면을 두드렸음을 알 수 있다. 빗물의 침식을 방지하기 위해, '조왕성'의 성벽은 '요凹'자형 기와로 층마다 서로 끼워 맞추듯 이어지는 층층투접層層套接 기법을 이용해 빗물이 성벽 꼭대기부터 흘러내려 빠지도록 홈을 만들어 내어 더욱 발전된 건축 기술을 선보였다.

---

101) 戰國者, 外修城郭, 內修甲戟矢弩. 萬乘之國, 郭方七裏, 城方九[裏, 城高]九仁(仞), 池□百步, 國城郭……[郭]方十五裏, 城方五裏, 城高七仁[仞], 池廣八十步.(銀雀山 漢墓竹簡整理小組,「銀雀山竹書 '守法''守令' 等十三篇」,《文物》, 1985年 第4期.) 원문 '池口百步'에 결문缺文으로 되어 있는데 앞 문장의 내용에 따라 '광(廣: 넓이)'으로 보충한 것이다.(역자 주)

그림 1-9 연하도燕下都 유적지의 도철문饕餮紋 **그림 1-10** 전국시대 진秦나라의 봉조문鳳鳥紋
반와당半瓦當   와당

　궁궐의 구조에 대해 말하자면 춘추전국시대에는 고대식高臺式 건축이
많이 나타나기 시작했다. 일부 귀족의 궁실은 견고한 고대식 토대를 만들
기 위해 흙을 무수히 쌓아 항축을 한 후, 고대 위에 궁실을 축조했다.
이렇게 지어진 궁실은 햇볕이 잘 들어오고, 습기가 차지 않으며, 또한
귀족들이 높은 곳에 앉아 세상을 내려다 보는 존엄성을 과시하고자 했다.
노장공은 "축대를 쌓고 그 위에 올라 당薰씨네 집을 내려 보았다(築臺臨薰
氏)."[102] 오왕吳王 부차 夫差는 "높은 집과 연못을 갖췄다(臺榭陂池)."[103]
제간공齊簡公은 '단대檀台'[104]가 있었으니, 이는 모두 제후의 누각에 대한
역사의 기록들이다. 전국시대에 맹자는 "대인을 설득함에 있어서, 그를
당당한 마음으로 가벼이 보려 하면서, 그의 위세 좋은 것에 눈길을 주지
말 것이라. 집의 높이가 수십 척이 되고, 서까래가 여러 척이 되는 집은,

---

102) 「左傳·莊公·32年」
103) 「左傳·哀公·元年」
104) 「左傳·哀公·14年」

내가 뜻을 이루어도 짓고 살지 않을 것이리라"105)고 했다. 여기서 말하는 '대인大人'이란 곧 집권을 한 이나 권세가를 뜻하는 것이며, 그들의 집 높이가 수십 척이 된다고 한 것으로 보아, 고대식 건축물이었음을 알 수 있다. 『좌전』의 기록에 따르면, 춘추전국시대에는 이런 형태의 건축물이 매우 보편화 되었다고 했다. 춘추시대의 궁실 건축에는 두공斗拱 기법도 엿볼 수 있다. 노나라 대부 "장문중臧文仲이 집에 큰 거북을 두고 두공에 산을 새기고, 대들보에 무늬를 그려넣었다(山節藻梲)"106)고 했으니 다른 말로 바꾸면, 장문공은 자신이 키우는 거북을 위해 호화로운 건축물을 세워주었다는 뜻이다. '절節'은 두공을 뜻하며 '예梲'는 대들보 위의 짧은 기둥을 가리키는 말인데, 이점을 보아 거북이를 위해 지은 건축물은 산山 모양으로 조각된 두공을 지니고 있으며, 대들보 위에 물과 풀 무늬가 새겨 져 있는 짧은 기둥이 있다는 것을 알 수 있다. 춘추시대의 지붕은 더욱 두터운 구조로 대부분 기와를 사용했고, '비담외도飛檐外挑(처마 서까래 끝에 부연을 달아 기와집의 네 귀가 높이 들린 처마)'도 있었는데, 이는 지붕틀 직교보가 기둥과 연결되는 부분에 가해지는 중력을 분산시키기 위해 네모난 나무토막과 전후, 좌우로 돋은 팔뚝모양의 횡목으로 조립해, 이를 대들보와 기둥 사이에 넣어 받치면서 지붕이 주는 압력을 대들보에 고르게 분산시켜 '비담외도'의 정도를 더욱 높일 수 있도록 축조하기 위한 것이었다. 맹자가 말한 '최제수척榱題數尺'도 바로 바깥쪽을 향해 돋은 처 마를 이르는 말이다.

만약 두공의 사용이 없었더라면 수 척이나 되는 '최제榱題'를 만드는 것은 거의 불가했을 것이다. 두공 기법의 채택은 대형 건축 건설에 반드시 필요한 것으로, 당시 건축 수준의 향상을 알리는 표식이기도 했다. 그

---

105) 「孟子·盡心·下」
106) 「论语·公冶长」

밖에 춘추시대의 궁실은 흔히 기둥을 붉게 칠해 장식했는데, 노나라는 한때 "제환공齊桓公을 모신 사당의 기둥을 붉게 칠했다(丹桓宮楹)." "제환공을 모시는 사당의 서까래에는 장식을 새기었다(刻桓宮桷)"[107]고 했다. 환공을 모신 사당 기둥을 붉게 칠한 것은 미관상의 장식 역할을 하고 있지만, 건축의 기술적인 면에서 볼 때 나무가 썩지 않게 하는 일종의 방부제 역할이기도 하다.

도제陶制 건축 재료는 춘추전국시대에 이미 널리 채택됐다. 춘추전국시대에는 길쭉한 모양의 조형벽돌을 벽면에 부착하거나 바닥을 깔 때 사용했으나, 이때 바닥을 깔 때 쓰이는 벽돌은 손으로 만들어진 것이 아니라 모형틀에 압축하여 만들어진 것으로, 그 위에 여러 종류의 꽃무늬도 새겨져 있다. 예컨대 진秦나라 도성 함양咸陽에서 발견된 벽돌에는 줄무늬·격자무늬·태양무늬·미米자형무늬 등이 새겨져 있고, 연하도燕下都에서는 산자山字무늬, 초楚나라 기남성에는 미자형무늬·반훼蟠虺무늬가 새겨져 있다. 춘추전국시대에 긴 모양의 홈이 패어있는 벽돌을 사용하기도 했는데, 이런 벽돌은 직사각형 모양을 하고 있고, 정면은 비스듬한 격자무늬가 새겨져 있으며, 격자 문양 안에는 미자 모양이나 반달모양 무늬로 장식되어 있다. 벽돌 뒷면 중앙에는 직사각형으로 대략 벽돌 두께의 절반이 조금 안되는 깊이로 홈을 팠는데, 홈은 입구 부분이 작고 밑부분은 크므로 벽면을 만들 때 끼워맞추기 편리하다. 춘추전국시대 건축에 있어서 속이 비어 있는 벽돌은 대부분 대형 건축물의 계단이나 디딤돌로 사용하여 사람들에게 장중함과 위압감을 느끼게 한다. 귀족 고분의 곽실槨室을 속이 비어있는 벽돌로 짓는 이들도 더러 있었다. 당시에는 도제 기와를 건축 재료로 사용하기도 했다. 춘추시대부터 평기와, 반원통형기와 등 다양한 모양의 기와들을 볼 수 있고, 전국시대에 이르러 기와의 활용은 더욱

---

107) 「春秋·莊公23年, 24年」

번창하여 나라마다 각기 다른 모양의 와당瓦當을 만들어 내기도 했다.

춘추전국시대의 귀족들은 궁실 건축에 조예가 깊어, 건축 장식자재로 당시 귀했던 청동 제작물을 적지 않게 사용했다. 1970년대 초에 발굴된 진秦나라 옹성雍城 유적에서는 밧줄 무늬 평기와로 구성된 하수도와 정권井圈, 반원통형기와, 평기와, 와당 등 건축 부자재뿐 아니라, 정교한 청동 부자재 64점도 발견됐다. 이 부자재들은 세 개의 토굴 안에 집중되어 보존된 걸로 보아 일부러 그 자재들을 보존하고자 했음을 알 수 있다. 이 부자재들은 모서리용 양면에 반훼문蟠虺紋이 새겨진 곡척형曲尺形 부자재 2점, 모서리용 삼면에 반훼문이 새겨진 곡척형 부자재 3점, 모서리용 양면에 반훼문이 새겨진 곡척형 부자재 2점, 양면에 반훼문이 새겨진 설형楔形 중공中空 부자재 13점, 양면에 반훼문이 새겨진 단치방통형單齒方筒形 부자재 27점, 단면에 반훼문이 새겨진 단치방통형單齒方筒形 부자재 6점, 양면에 반훼문이 새겨진 쌍치방통형雙齒方筒形 부자재 7점, 단면에 반훼문이 새겨진 쌍치방통형雙齒方筒形 부자재 1점, 단면에 반훼문이 새겨진 쌍치편상雙齒片狀 부자재 1점, 귀장석 2점이 포함된다. 일부 부자재는 주조하거나 쪼아서 만든 못 구멍이 있고, 내부에는 썩은 나무토막이 발견 됐으니, 이 청동 부자재들은 목재 부자재에 씌워 사용했음을 알 수 있다. 전문가들의 연구에 따르면, 이들 장식품은 대들보 사이의 두 기둥을 연결하는 사각 횡목 위에 사용됐고, 외관은 후세에 대들보 위에 그려져 있는 채색된 그림과 비슷하지만, 청동재로 된 귀장석의 구조가 비교적 작은 것으로 보아, 창문이나 문짝에 사용했던 장식품으로 추측된다. 신문 기사에 따르면, 런던의 대영박물관에 전시된 춘추전국시대의 청동 장식품은 문짝 아랫부분의 모서리와 문지도리이고, 이들의 표면에 토설상반훼문吐舌狀蟠虺紋이 장식되어 있다고 한다. 이 장식품은 진나라 옹성 유적지에서 발견된 귀장석의 쓰임과 비슷한 것으로 추정할 수 있다.

도시 건축 구획과 각 나라 궁전 건축 상황을 살펴보면, 당시의 각종 대형 건축물은 모두 평면 설계도가 존재했던 것 같다. 1970년대 후기에 하북성 평산현平山縣에서 전국시대의 중산왕묘中山王墓가 발견됐는데, 이때 출토된 <조폄도兆窆圖>가 바로 중산왕 능원의 전체적인 설계 평면도다. <조폄도>는 구리를 소재로 한 동판銅版으로, 판면의 길이 94cm, 너비 48cm이며, 그 위에 금으로 문자와 왕릉원 구역의 평면 도형이 상감鑲嵌 세공되어 있다. 그림에는 중산왕의 명령도 있는데, 중산국의 승상丞相이 직접 설계도를 제작해야 하며 능원 내부의 각종 건축물 넓이와 크기도 규정하고, 이를 어길 시는 죽음을 피할 수 없고, 심지어 그 자손들까지 죄를 묻는다는 내용이었다. 중산왕의 명령에는 또한 같은 설계도를 두 개 만들어, 하나는 자신의 부장품으로 삼고, 다른 하나는 왕부王府에 숨겨 놓으라고 명령했다. 중산왕릉에서 출토된 설계도는 바로 두 개 중 그와 함께 매장된 설계도일 것이다. <조폄도>에는 왕릉 주변을 에워싼 궁원宮垣과 내부 향당享堂 5곳의 위치, 넓이와 크기, 향당과 향당 사이의 간격까지 매우 상세하게 기록되어 있다. 설계도에 따르면, 왕릉 주변에는 3개의 직사각형 담벽이 있는데, 그 중 가장 바깥쪽에 위치한 담벽을 '중궁원中宮垣'이라 칭하고, 가운데 위치한 담벽을 '내궁원內宮垣', 가장 안쪽에 자리한 무덤을 둘러싼 담벽은 '구감丘坎'이라 칭한다고 했다. 3개의 담벽 사이의 간격에도 제각기 다른 규정이 있다. <조폄도>의 '구감'은 안쪽에 5개의 향당을 배치했는데, 가장 중심에 위치한 향당에는 문자로 '왕당의 크기는 한변이 200척인 정사각형이다(王堂方二百尺)'이라고 표기되어 있다. 왕당王堂의 우측은 왕후당王後堂이고, 문자로 '왕후당의 크기는 한변이 200척인 정사각형이다(王後堂方二百尺)'라고 표기되어 있다. 왕당의 좌측은 이미 세상을 떠난 왕후의 향당으로, 애후당哀後堂이라고 칭하고, 문자로는 '애후당의 크기는 한변이 200척인 정사각형이다(哀後堂方二百尺)'라고 표기되어 있다. 왕후당의 우측과 애후당의 좌측에는 더 작은 규모의 향당이 각기 하나씩 세워져 있다. 그 크기가 모두 '한변이 150척인 정사각형(方百五十

尺)'으로, 중산왕 부인의 향당일 것으로 추측된다. 왕당과 양측의 왕후당, 애후당은 서로 백 척의 거리를 두고 있고, 양쪽의 부인당과 왕후당, 애후당 사이의 거리는 80척이다. 내궁원과 중궁원의 정 중앙에는 왕당으로 통하는 문이 있고, 뒷쪽의 두 궁원 사이에는 한변이 100척인 정사각형 크기의 궁이 4개가 있다. 고고학적 발굴의 자료에 의하면, 당시 중산왕릉원의 건축은 <조폄도>의 기획 시공에 따라 건축됐다. 발굴된 일련번호 M1과 M2인 두 기의 분묘는 <조폄도>의 왕당과 애후당에 해당된다. 중산왕릉에서 발굴된 <조폄도>의 상황을 근거로 살펴보면, 춘추전국시대의 각종 대형 건축물은 모두 건축하기 전에 미리 세밀한 측량과 장기적인 기획 후 시공되었다고 해도 틀린 말이 아닐 것이다.

춘추전국시대 귀족의 생활상이 그려진 청동기의 문양에서 다층건물이 자주 등장한다. 고궁박물원에 소장되어 있는 동방銅鈁에는 춘추전국시대의 궁실도가 그려져 있는데, 궁실은 높은 대기臺基 위에 세워져 있다. 아래층의 방은 두 칸으로 나뉘어 목재로 되어 있으며, 3개의 기둥이 있고, 방마다 두짝문이 있다. 방의 버팀목 윗쪽은 두공斗拱 구조를 채용하여, 대들보 사이의 두 기둥을 연결하는 사각 횡목으로 지탱하며, 그 위에는 양쪽으로 펼쳐진 평좌平坐가 있다. 위층의 다락은 문짝 두 쪽만 있는데, 기둥이 없는 대신 난간으로 둘러싸여 있다. 춘추전국시대의 문헌을 살펴보면 귀족 궁실에 대한 기록이 많이 남아있는데, 전국시대 조趙나라 평원군平原君이 '다락집은 백성들의 집과 가까이 있다'[108]고 했던 것이 가장 유명한 예다. 1930년대에 발굴한 하북성 역현 연하도유적에서는 무려 50개가 넘는 연대燕臺가 발견됐으며, 하북성 한단邯鄲에는 16개나 되는 조왕대趙王臺가 발견됐다. 춘추시대 초영왕楚靈王은 유명한 '장화대章華台'를 건축했는데, 「국어·초어楚語」에 기록된 바로는 초영왕이 장화대를 짓고 오

---

108) 「史記·平原君列傳」

거伍擧와 같이 위로 올라가면서 "고대가 참 아름답도다"라고 감탄하자, 오거는 "제가 듣기로 군주께서는 덕이 있어서 존경을 받는 것을 미덕으로 삼고, 백성들을 편안히 하는 것을 쾌락으로 삼고, 넉넉한 삶의 말을 듣는 것을 청각이 영민하다는 뜻으로 삼고, 멀리 있는 사람을 가까이 돌아오게 할 수 있음을 현명하다 하셨습니다. 웅장한 토목 공사와 거대한 조각 기둥, 대들보를 채화彩畵로 장식한 것을 미로 삼고, 성대한 악사들의 요란한 음악 소리를 쾌락으로 삼고, 보이는 장면이 웅장하다고 여기고 사치스러운 것을 보거나 여색에 빠지는 것을 눈빛이 총명하다 여기고, 음악소리의 청탁을 구분하는 것으로 청각이 예민하다고 하는 예는 들어본 적이 없습니다"[109] 라고 대답했다. 전하는 바에 따르면, 장화대는 그 건축물이 매우 높아 고대의 정상까지 올라가려면 세 번이나 쉬었다 가야 한다고 했다. 오거와의 이야기를 통해 확실히 장화대가 웅장하고 '동누彤镂'의 아름다움이 뛰어났음을 알 수 있다. 장화대의 옛 터는 현재의 호북성 잠강현潛江縣에 위치하고 있다. 1980년대 중반에 발견됐는데, 발견 당시에는 층층 누각으로 구성된 대형의 원림 건축단지였던 까닭에 '장화지궁章華之宮' 이라고도 불렸다. 춘추전국시대의 궁실은 대개 원유園囿가 조성되어 원림식 건축 구조를 띠고 있다. 귀족의 궁실은 화려한 조각과 채색화 장식을 아끼지 않았으니, 춘추 초년에 노장공魯莊公은 "제환공齊桓公을 모신 사당의 기둥을 붉게 칠했다." "제환공을 모신 사당의 서까래에는 장식을 새겼다"라는 기록으로 알 수 있다. 송옥宋玉이 「초혼」에서 묘사한 귀족 궁실의 모습을 통하여, 전국시대 귀족의 실내장식은 춘추시대보다 훨씬 더 화려하고 정교해졌음을 알 수 있다.

"나라의 큰일은 제사와 전쟁에 있다"[110]는 이념을 충분히 실현하기 위

---

109) 「國語·楚語」
110) 「左傳·成公·23年」

하여, 각 제후국은 종묘 건축을 무척 중시했다. 1980년대 초 섬서성 봉상鳳翔 마가장馬家莊에서 춘추시대 중기의 진秦나라 제후 종묘 건축군이 발견됐다. 건축군은 대문, 중정中庭, 조침(朝寢: 전당과 후실), 사직단 등을 남에서 북으로 순서대로 배치하여 건축군의 중축선을 형성한다. 건축군의 동서 양측은 좌우가 대칭되는 곁채가 딸려 있고, 건축군의 동·서·남·북 사방은 담으로 에워싸 폐쇄식의 넓은 공터를 만든다. 전체적으로 질서 정연하고 잘 구획된 구조로 독창적인 장인정신이 담겨 있다. 종묘 건축의 각 구성물은 모두 정교하고 합리적인 구조로 이루어졌으며, 건축군의 대문은 문도門道[111]·동서 사랑채[112]·동서 중사랑채·회랑·침수방지 보호층인 집터서리 등으로 구성되어 상당히 구획적이다. 대문 안의 안마당은 하나인데 가운데가 오목하고, 사방은 약간 높은 공터로 되어 있으며 직사각형이다. 안마당의 북쪽은 '조침'의 건축으로 이루어진다. 전당의 평면은 직사각형이고, 후실은 폐쇄식 직사각형이다. 전당과 후실의 동서 양쪽에는 서로 같은 구조의 협실夾室이 두 칸 있는데, 평면으로 볼 때에는 곡척형 曲尺形이다. 협실마다 전당前堂으로 출입할 수 있는 문이 있고, 각기 전당과 마주치는 동, 서쪽 담벽에 위치하고 있다. 전당 후실과 협실의 북쪽에는 문 3개를 두어 각기 전당 후실, 협실과 통한다. 조침朝寢 건축물 주변에는 회랑이 있고, 회랑 사방에는 집터서리가 있다. 조침 북쪽에 누각 건축 형태의 사직단이 있다. 조침과 안마당의 동서 양측에는 동상방東廂房과 서상방西廂房이 있으며, 각각 전당, 후실, 남북협실, 동(서)삼실 및 회랑, 집터서리 등으로 구성된다. 종묘 건축군 유적에서 두 개의 배수관, 수많은 평기와, 반원통형 기와 및 가옥 건축에 쓰인 구리 자재가 발견됐다. 당시

---

111) 대문 안쪽의 지붕이 있는 통로.(역자 주)
112) 원문대로 번역하면 의미가 통하지 안게 되므로 '동서서(東西墅: 동서사랑채)'로 고쳐 번역한 것이다.(역자 주)

건축물에 사용된 기와는 요凹자형 암키와(평기와)의 와면이 아래로 향하고, 물림자리인 짧은 미구가 있는 면을 위로 향하며, 암키와하고 어울려 쓰이는 수키와(반원통형 기와)의 등은 위를 향해, 이렇게 용마루부터 처마까지 암키와와 수키와를 맞추어 물려서 잇는다. 유적지에서 대형의 반원통형 기와가 발굴되기도 했는데, 이는 용마루에 쓰인 것으로 추측된다. 유적지에서 민무늬 벽돌과 꽃문양의 속 빈 벽돌인 화문공심전花紋空心磚이 발굴된 것으로 보아, 당시의 건축 자재가 상당히 잘 구비되어 있었음을 가늠할 수 있다.

동주시대의 각 제후국은 궁실 건축에 조예가 깊어 건축기술의 발전 상황을 충분히 반영했다. 춘추전국시대의 각 제후국에는 대부분 명당明堂이 있었다. 명당 건축은 오랜전부터 존재한 것이고, 최초의 명당은 결코 화려하거나 웅장한 건축물과는 거리가 멀었다. 「여씨춘추·소류召類」에서 "주왕조 명당은 초가지붕과 쑥으로 된 기둥에다 흙 계단 삼층뿐이었다. 이로써 절검함을 보여주려 한 것이다"[113] 라고 했으며, 「대대례기·명당」에서 명당을 "짚으로 지붕을 이어 집을 지었는데, 위는 둥글고, 아래는 네모나다"[114]라고 기록했으니, 이는 명당은 짚으로 지붕을 이은 방형의 큰 집이었음을 뜻한다. 이런 집은 사방이 넓고 햇볕이 잘 들어오고 밝은 느낌을 받을 수 있다. 고대 학자는 하대의 '세실世室', 주대의 '중옥重屋', 은대의 '명당明堂'이 모두 같은 유형의 건축물이라고 여겼다. 상대 왕실이 공공 제사 장소로써 '중옥'이나 명당과 같이 중요한 역할을 담당했을 것이다. 옛 사람은 "명당은 천자의 종묘인 까닭에 그곳에서 제사 지낸다. 하후씨夏後氏는 세실에서, 은왕조 사람은 중옥에서, 주왕조 사람은 명당에서 향응饗應을 베풀고, 노인을 봉양하고, 학문을 가르치며, 유능한 인재를 뽑

---

113) 「呂氏春秋·召類」
114) 「大戴禮記·明堂」

는다"115)고 했다. 관직을 세우고, 행정에 힘쓰고, 역법을 반포하고, 경작
세금 장부를 관장하고, 경작하고, 포로를 잡아 바치는 등의 일들을 모두
명당에서 진행했다. 앞서 인용한 복사卜辭를 통해 우리는 상왕이 명령을
전달하거나 회의, 제사 등 큰 행사를 진행할 때 모두 '당堂'을 이용했음을
알 수 있으며, 상왕조 때의 당과 문헌에 기록된 명당의 역할이 거의 일치함
을 알 수 있다. 맹자는 명당을 '왕자지당王者之堂'으로 표현했는데, 상대의
당堂 역시 이런 성질을 가지고 있었다. 강정康丁시기의 복사葡辭에 "왕당에
올라가 비신妣辛에게 제사 지내려고 하는데 신묘일에 제삿물을 바치는
게 어떤지 계축일에 점을 쳐보았다"116) 라는 기록이 있는데, 이처럼 아주
오랜전에 이미 '당'을 '왕당' 이라 칭하고, 이는 곧 '왕자지당王者之堂'의
뜻이며 그 당시 왕권이 한층 강화되었음을 알 수 있다. 상대의 당이 당시
유일한 제사 장소는 아니었지만, 복사의 기록에 의하면 당에서 지낸 제사
는 궁실, 침전, 종묘에서 지낸 제사보다 횟수나 규모면에서 모두 월등했음
을 보여주고 있다. 「백호통의·벽옹」에서는 "천자가 명당을 세워 신령과
통하고, 천지를 감동시키어, 사계절 때에 맞추어 운행한다"117)라고 했으
니, 복사에 기록된 대로 상대의 당 역시 명당의 역할을 했다는 뜻이다.
주대에 들어선 후 명당의 건축은 더욱 중요시하게 됐다. 왕국유王國維는
"명당의 규정은 밖에 네 개의 당이 있고, 동서남북에 두 개(兩個)씩 서로
대칭되며, 또한 당의 좌우에 각기 두 개의 당이 있다"라고 했는데, 그
중 '개個'는 정당 양쪽의 측실을 가리키는 말이다. 사당 사실四堂四室의
중앙에는 대정大庭이 있는데, "이 대정 위에 둥근 지붕으로 덮었으니, 이를
태실太室이라고 칭한다"118)는 것을 통해, 명당이 실로 방대한 건축군이었

---

115) 蔡邕, 『明堂月令章句』
116) 癸丑卜, 其登王堂, 于妣辛卯牢. (合集二七四五五片)
117) 「白虎通義·辟雍」

음을 알 수 있다. 1970년대 초 산동성 임치 낭가장臨淄郎家莊 1호 동주묘[119]에서 일련번호M1: 54인 칠기가 발견됐다. 그 위에 명당의 모습이 반듯하게 그려져 있다. 도안의 한 가운데에는 큰 원이 그려져 있고, 원 안에는 세 마리의 금수가 뒹굴며 서로 물고 장난치는 모습이다. 큰 원 밖에는 각각 두 개씩 서로 대칭되는 네 개의 집채가 그려져 있는데, 지붕은 모두 평지붕이고, 짧은 기둥으로 이를 받쳐주고 있으며 기둥의 끝부분에 받침이 달려 있다. 그 중 한 채에는 네 사람이 허리를 굽히고 마주 서 있는 모습을 하고 있는데, 우측에 위치한 이는 양손을 머리 위로 높이 치켜 올리며 물건을 건네주려는 시늉을 하고 있고, 좌측에 있는 이는 양손을 길게 뻗어 물건을 받는 자세를 취하고 있다. 우측에 있는 이 이외 세 명은 모두 단검을 허리춤에 찬 모습이다. 도안에서 두 채씩 대칭을 이룬 네 개의 집채와 큰 원 안에 표시된 '태실'은 바로 고대 '명당'의 축도이며, 이는 왕국유가 고증을 통해 얻은 명당 형제形製와 부합된다. 이로써 각 제후국에서 명당이 궁궐 건축에 있어서 중요한 자리를 차지하고 있었음을 시사한다.

---

118) 『觀堂集林』(卷3). 안어: 1950년대 후기 섬서성 서안西安 서쪽 교외 한대漢代 건축 유적지에서 명당의 실물이 발굴된 바가 있다. 정방형으로 큰 원형 대자 위에 지은 이 건물터는 각면에 각각 네모 벽돌로 마루를 깔아놓은 8칸의 널찍한 복도식 포하(抱廈: 낭랑 건축의 일종)였다. 포하에 들어가면 바로 대청이고 건축물의 주체는 상원하방上圓下方의 형태였다. "서한西漢말 왕망王莽 집권시대 지은 명당벽옹明堂辟雍"으로 추정된다.(劉致平, 「西安西北郊古代建築遺址勘察初記」, 『文物參考資料』, 1957年 第 3期.) 한대 장안성長安城 남중축선 동남쪽에 위치한 이 건물터의 형제는 『대대례기』에 기록된 것과 흡사해 일부 동주시대 명당의 특징을 유지했을 가능성이 크다.

119) 山東省博物館, 「臨淄郎家莊1號殉人墓」, 《考古學報》, 1977年 第1期.

수공 제작업

구석기시대 석기가 다량 제작되는데 개체 석기 제작 외에 집단적으로 수많은 석기 제작 장소도 생겼는데 이를 '석기 제작 공장'이라 불렸다. 신석기시대 수공 제작품 중 손꼽을 수 있는 것은 도기와 옥기의 제작이다. 최초의 도기는 비교적 거칠고 재질이 푸석하며 대부분 협사도夾砂陶이고 기형도 그리 깔끔하지 못했다. 신석기시대 중기에 접어들어 대량의 채도彩陶가 나타나면서 제작수준이 예전보다 많이 높아졌다. 여러 가지 무늬가 그려져 있는 앙소문화 도기가 그 중의 전형적인 제작이라고 할 수 있다. 신석기시대 후기 예기로 얇게 성형된 흑도黑陶가 나타나기 시작했는데 조형이 우미하여 그야말로 신석기시대 도기 제작수준의 절정이었다. 옥기

그림 1-11 계공산유적지雞公山遺址의 제석공장

그림 1-12 앙소문화의 채도 대야

그림 1-13 앙소문화의 반산半山 톱니 도고陶鼓

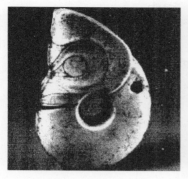

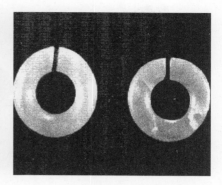

그림 1-14 홍산문화의 옥저룡玉豬龍　　　　**그림 1-15** 흥륭와興隆窪문화의 옥결玉玦

의 제작은 북방지역에서 홍산문화와 흥륭와興隆窪문화의 옥저룡玉豬龍, 옥
결玉玦 등은 아주 특색있는 제작품으로 가장 유명하다.

　은상殷商시대는 청동기 제작은 매우 찬란한 시기였다. 형제가 크고 조형
이 독특하여 내용도 풍부하며 그 시기에 민속문화의 명품이라고 할 정도
로 장인들의 뛰어난 기예수준을 충분히 반영했다. 춘추전국시대에 번창하
며 발전된 각종 수공예 중에서 목기와 칠기제작에 술 담그기 및 소금을
끓이기 등 아주 특색 있는 항목이 반영됐다. 사람들의 일상생활과 밀접한
관계가 있는 대나무 목기 제작은 춘추전국시대에 아주 빠르게 발전했으며
당시 사람들이 사용했던 가구, 선박, 수레, 농기구, 도구, 악기, 병기, 장식
물, 장구 등 모두 대나무 목기로 만들어졌고, 가옥 건축도 목공 장인이
없으면 안될 정도였다. 목기를 제작한 장인도 여러 가지 분류가 있었는데
「고공기考工記」에서는 "나무를 다스리는 직업은 윤輪, 여輿, 궁弓, 노盧, 장
匠, 거車, 재梓가 있다"[120]고 했다. 이 여섯 종류 장인은 각각 윤인輪人,
여인輿人, 궁인弓人, 노인盧人, 장인匠人, 거인車人, 재인梓人이라는 직위를
부여 받았다. 수레바퀴 제작은 당시 가장 복잡한 목공 기예였는데 '윤인'이

---

120) 「考工記·輪人」

그림 1-16 상대 수면문獸面紋
대월(大鉞: 큰 도끼)

그림 1-17 장반墻盤

역시 기예 가장 높은 목공 장인으로써 그가 만든 수레바퀴는 "규規에 맞고 바로잡고 물에 담그고 매달고 헤아려 보고 저울질해 본다"[121]며 여러 가지 엄격한 검증을 거쳐야 했다. 이런 사람을 '나라의 장인(國工)' 이라고 하며 나라 목공기예의 태두가 됐다. 윤인은 수레바퀴 제작을 주관할 뿐만 아니라 수레덮개 제작도 "눈두렁에 가로질러 가도 빠지지 않다"[122]는 높은 수준에 달해야 했다. 그래서 수레덮개에 장막으로 씌우지 않아도 살대 투겁(弓帽)을 끈으로 묶지 않아도 수레 타고 눈두렁 달리면 덮개가 빠지지 않았다. 이런 수레덮개를 만들 수 있는 장인은 '나라의 장인'이라 할 수 있었다. 수레 거여車輿을 만드는 '여인輿人'은 뛰어난 기술을 갖춰 그가 제작한 거여는 "둥근 것은 규規에 맞고 모난 것은 구矩에 맞고 직립한 것은 매달은 것에 맞고 저울대는 수평에 맞으며 곧은 것은 살아있는 것 같고 이어놓은 것은 부착시킨 것 같았다."[123] 병기에 있어서 목공과 직접 관련된 것은 궁전弓箭의 제작이었다. 특히 좋은 활을 만드는 재료를 고르

---

121) 「考工記·輪人」
122) 「考工記·輪人」
123) 「考工記·輿人」

는 것은 더욱 높은 기술이 필요했다. 재료를 고르는 방법은 아래와 같다. "간干을 취하는 방법은 일곱 가지다. 산뽕나무가 최상급이고, 참죽나무가 다음이고, 염상(檿桑: 산뽕나무의 일종)이 그 다음이고, 굴나무가 그 다음이고, 목과木瓜가 그 다음이고, 모형나무가 그 다음이고 죽竹이 최하급이다."[124] 이를 보면 재료 고르는 방법은 아주 까다로웠다. 활을 만드는 장인은 긴 세월의 실천을 통하여 많은 경험을 쌓아 왔고, "간干을 선택할 때는 붉고 검으며 맑은 소리가 나는 것을 고르며 붉고 검으면 간이 중심 쪽으로 향하고 소리가 맑으면 뿌리와 먼 것이다"[125]라고 했다. 병기를 제작하는 '노인爐人'은 병기의 길이가 적당한지 정확하게 알아야 제작한 병기 자루의 검증도 순조롭게 통과할 수 있다. "창 자루를 만들어 시험하는 일은 땅에 심어서 흔들어 보고 창 자루가 휘어지는 상태를 관찰한다. 또 담의 기둥으로 삼아서 휘어지는 상태가 균일한지 관찰한다. 가로로 흔들어서 굳센가 관찰한다."[126] 노인爐人 중 기예가 뛰어난 자를 '나라의 장인'이라고 불렀다. 목공 중 장인은 직책이 상당히 많았는데 주로 도시와 궁전宮殿의 건설, 도로의 건축 및 논밭의 수로 체계의 기획을 책임지었다. 장인의 직책 중에서 목공기술과 직접 관계가 있는 것은 궁실을 건설하는 것이었다. 목공 중의 '거인車人'은 수레를 만들 뿐만 아니라 각종 기물의 제작도 책임지었는데 거인이 제작한 수레는 여러 가지 요구사항에 만족할 수 있어야 했다. 대체로 말하자면 "늪 지대를 다니는 자는 덧바퀴를 벗기고 산을 다니는 자는 덧바퀴를 기울인다. 덧바퀴가 벗겨지면 쉬워지고 덧바퀴가 기울어지며 안전하다."[127] 춘추전국시대 각 나라 국군과 일부 대귀족

---

124) 「考工記 · 弓人」
125) 「考工記 · 弓人」
126) 「考工記 · 爐人」
127) 「考工記 · 車人」

그림 1-18 칠이배漆耳杯 증후을曾侯乙 묘의　　　그림 1-19 전국시대의 흑칠
　　　　　　출토 문물　　　　　　　　　　　　주회빙궤朱繪憑几

은 종종 방대한 악기대와 대형 악기세트를 갖고 있었다. 목제 악기 거치대의 제작은 견고하고 예쁘게 보여야 하며 목공 중의 '재인梓人'이 바로 전문적으로 악기 거치대를 만드는 장인이었다. 필요에 따라 서로 다른 장소에서 사용하는 악기 거치대에 대한 요구도 달랐다. 거치대의 받침대는 보통 각종 짐승의 이미지로 장식되어 있고 이것은 장식효과가 돋보일 뿐만 아니라 음악 연주에도 도움 될 수 있었다. 예를 들면 새와 짐승 모양으로 거치대를 장식하면 연주하는 음악은 "항상 힘이 없고 가벼우며 소리는 맑고 밝아서 먼 곳까지 들린다"[128])는 효과를 거둘 수 있었다. 재인의 기예는 악기 거치대 제작의 견고함과 아름다움을 표현할 뿐더러 거치대와 음악 연주 사이에 알맞게 맞춰야 했다.

　「고공기」에서 언급된 여러 종류의 목공 장인을 제외하고 수많은 실생활 필수 용품을 제작하는 능한 장인도 있었다. 이런 목기는 휴칠(髹漆: 옻칠)을 하여 오랫동안 사용할 수 있을뿐더러 보기에도 아름답다. 춘추전국시대에 귀족들의 목기, 칠기 등 생활용품은 고고에서 많이 발견됐는데, 1950년대 후기에 하남성 신양 장대관信陽長台關 초묘에서 완전하게 보존된 칠기 250

---

128) 「考工記·梓人」

여 점이 출토됐다. 발견된 침대의 길이는 230cm, 너비 139cm, 침대 다리의
높이 19cm[129], 사방에 난간으로 둘러싸 있고 침대에 오르고 내려올 수
있도록 출입구도 남겨 놓았다. 침대는 검은색으로 칠했고 붉은 색의 방형
운문雲紋이 새겨져 있다. 침대 위에 대나무로 엮어서 만든 상체(床雁)가
깔고 있으며 대나무 베개와 함께 배치되어 있다. 그 침대 다리의 높이를
보면 당시의 침대는 비교적 낮다. 발견된 궤(几: 의자의 일종)와 안案은
모두 검은색의 칠로 했다. 궤는 작은 편이고 좁고 길쭉한 형태로 양단에
다리가 있어 대면臺面 위에 물품을 놓을 수 있다. 당시에는 탁자와 의자가
없었기 때문에 거실에서 땅바닥에 앉거나 낮은 침대에 앉는다. 신분이
귀한 사람은 거실에서 앉은 자리에 기댈 수 있도록 반드시 궤几를 배치하
였다. 그 이외 궁실의 안案 위에도 물건을 놓을 수 있는데 장대관 초묘에서
발견된 안은 두 가지로 나눌 수 있으며, 하나는 식안食案으로 장방형과
원형의 두 종류가 있고 원형 안은 작은 발이 세 개가 있고 마치 후세의
쟁반과 같아서 사용하는데 매우 편리하다. 다른 하나는 조안條案으로 장방
형이고 아래에 두 발이 있으며 비교적 높은 곡족曲足이다. 이런 조안은
당시에 물건을 놓거나 글씨를 쓸 때 사용한다. 칠로 된 좌병座屏도 있는데
이는 거실을 아름답게 꾸밀 수 있는 장식품이다.

춘추전국시대 여러 목기의 제작은 이미 갈이틀로 나무를 깎아서 초보적
인 가공을 한 다음에, 조각된 부자재를 부착해서 제작마무리 하는 경우가
나타났다. 호북성 강릉 우대산江陵雨台山 초묘에서 출토된 죽두竹豆, 장병長
柄, 치이侈耳, 원반圓盤 등은 조형이 청신하고 매우 아름답다. 이 목두木豆는
뚜껑, 반盤, 쌍귀, 자루, 좌대 다섯 부분을 포함해 총 여섯 개의 부자재가
있으며 끼워 맞추는 순묘榫卯 방식으로 연결시킨 것이다. 관찰 해본 바에
의하면 반은 목두의 주요 부분이며 갈이틀로 만들었다. 전국시대의 초나

129) 원작에는 19m로 되어 있지만 여러 자료 확인한 결과 19cm로 바로잡음.(역자 주)

라 기물 중 흔히 볼 수 있는 이배(耳杯: 일종의 음주로 사용한 기물)와 원형함(圓盒)도 대부분 갈이틀로 제작했다. 갈이틀을 사용하는 방법보다 더 복잡한 목기 제작 방법은 조각이었다. 조각한 나무 부자재는 손이 많이 가서 기술 요구도 상당히 높아 당시 목기에서 흔히 볼 수 없고, 일부 작은 목기는 그 자체가 조각 예술품이라고 할 수 있다. 예를 들면, 호북성 강릉 우대산 일련번호 M427인 고분에서 출토된 원앙 목두가 바로 이런 작품이다. 이 목두의 덮개와 반은 합치면 한 마리의 원앙이 되는데, 조형은 염시세敛翅势로 발 구부린 채, 머리를 한쪽으로 돌리면서 곁눈으로 보는 모양을 아주 생생하게 표현 한 것이다. 목두의 머리, 몸, 날개, 발, 꼬리 등 부분은 모두 조각되어 있으며 빨간색, 노란색, 금색, 검은색 등 색깔로 문식들이 정교하게 새겨져 있다. 목두 꼬리 부분 양측에 각각 금색 봉황 한 마리가 그려져 있으며, 자루와 좌대에는 삼각운문三角雲紋과 권운문卷雲紋이 그려져 있다. 우대산 지역에서 발견된 초묘 중 엎드린 채로 머리를 옆으로 돌린 조형의 목사슴(木鹿)이 많이 출토됐는데, 목사슴의 발은 배 아래에 움츠리고 있으며 몸과 머리는 따로 조각한 후 끼워 맞춘 것이다. 사슴의 뿔도 순묘 구조로 되어 있으며 제작수준이 대단히 뛰어나다. 호북성 강릉 왕산望山에서 발견된 일련번호 M1인 초묘에서 출토된 목조좌병木雕座屛은 춘추전국시대 높은 기교를 가진 목기 정세품 중의 대표작이라고 할 수 있다. 이 병풍은 전체 높이가 15cm, 좌석 높이 3cm, 전체 길이 51.8cm, 병풍 두께 3cm, 좌석 너비 12cm다. 좌병에는 투조透雕된 봉황, 참새, 사슴, 개구리와 작은 뱀이 있으며 받침에는 부조浮雕된 큰 뱀이 있고, 총 51개의 동물 형상이 조각돼 있다. 동물들은 모두 조각한 후 끼워 맞춘 순묘 방식으로 연결시킨 것이다. 칼질이 능숙하고 각종 동물 형상은 생동감이 넘친다. 쫓고 싸우는 모습, 날을 듯한 모습, 서로 구불구불한 자세로 맞닿으며 각양각색으로 연출돼 있다. 동물 간에 어떤 관계가 있는 듯 보이며 봉황과 참새가 뱀을 잡아 먹고 개구리가 봉황의 배 아래에 숨은 모습을 볼 수 있다. 호북성 강릉 우대산 일련번호 M47인 초묘에서 출토된 반사치(蟠蛇 巵: 술잔)는 표면에 검은 칠을 하고 내면에는 붉은 칠을 했는데 치巵의 덮개에 8마리 구불구불한 뱀이 그려져 있다. 그 중에서 4마리 붉은색 뱀의 머리는 뚜껑 한 가운데를 향하며, 다른 4마리의 노란색 뱀의 머리는 치 덮개의 가장자리를 향하고 있다. 치巵의 몸체 주변에 12마리 뱀이 조각되어 그 중에서 서로 대칭된 붉은색 긴 뱀과 노란색 뱀이 4마리가 있고 굵고 짧은 노란색 뱀이 8마리가 있으며, 서로 구불구불한 자세로 맞닿으며 조각 발상은 매우 교묘하다. 이런 작품들의 목공 투조 기예는 모두 상당히 높은 수준에 이르렀다.

춘추전국시대에 가장 이름난 목공 공예 대가는 바로 공수반公輸般이었다. 「묵자墨子·노문魯問」편에서는 "공수자가 대나무와 나무를 깎아서 까치를 만들었는데 사흘 동안이나 내려앉지 않았다"고 기록했다. 그 기술 수준은 매우 뛰어나 초나라 왕은 '천하에서 대단한 장인(天下之巧工)'[130]이라고 불렀다. 그는 공성攻城 기계 제작에 능하여 예전에 "초나라를 위하여 성을 공격하는 운제雲梯라는 기계를 만들었다."[131] 공수반은 노나라 사람이었고 후세에 노반魯班[132]이라고 불렸으며 목공 장인의 시조로 추앙 받는

130) 「呂氏春秋·愛類」
131) 「墨子·公輸」
132) 유명한 민간장인 공수公輸에 대하여 특별히 설명할 필요가 있다고 본다. 「맹자·이루離婁」상편에서 "공수자의 교묘한 기술로도 원을 그리는 기구와 자를 쓰지 않으면 능히 네모와 원을 그리지 못한다"는 기록이 있다. 한대 조기趙岐는 "공수자 노반이 노나라의 기술이 교묘한 사람이며 노소공의 아들이라는 말도 있었는데 천하에 아주 교묘한 기술자였지만 그래도 규구가 있어야 한다"라고 했다. 이점에서 미루어 보아 공수자는 노소공 때 사람이다. 「예기·단공檀弓」편에서는 "노나라 계강자季康子의 어머니가 죽었다. 그의 매장에 임해서 관을 매만지는 사람들을 지배하는 공수약公輸若이 아직 어렸으므로 공수반은 '내가 연구해 낸 전동기를 사용해서 관을 내리자'고 청하니 그 말에 따르려고 했다. 이때 공견가公肩假가 말하기를 '그것은 불가하다. 대체로 노나라 고유의 고사가 있으니 공실公室은 풍비豐碑

일물이다.

춘추전국시대에 철기가 보급되면서 목공 도구도 많이 개선됐다. 고고
발견에 의하면 당시의 도구로는 도끼(斤), 톱(鋸), 송곳(錐), 끌(鑿), 자귀(錛)
등이 있었다. 묵자는 국가를 다스리는 문제를 목공 장인들이 쓰는 도구에
비유하여 이렇게 설명했다. "비록 여러 공인工人들이 일을 한다 할지라도
이 역시 모두 법도가 있는 것이다. 여러 공인들은 곡척으로써 사각형을
만들고, 그림쇠로써 원형을 만들고, 먹줄로써 곧게 만들고, 추 달린 줄로써
바로잡고, 수평으로써 평평하게 만든다. 기술이 있는 공인이나 기술이 없
는 공인을 막론하고 모두 이 다섯 가지로써 법도를 삼는 것이다. 기술이
있는 자는 법도에 알맞게 잘 할 것이며, 기술이 없는 사람도 비록 알맞게
할 수는 없다 하더라도 이에 따라 일을 해나간다면 더 잘될 것이다. 그러므

에 준하는 것을 사용하고 삼가三家에서는 환영桓楹에 준하는 것을 사용하게 되어
있다. 반般아, 네가 사람이 없다고 해서 자기의 교묘한 기술을 시험하려고 하니
남의 어머니에게 시험을 하면 네 어머니에게도 시험해야 할 것이 아니겠는가?
그때는 난처하겠지, 아, 어리석 사람이다"라고 하며 끝내 시험하지 못했다. 정현
鄭玄은 "반般이 공수약公輸若 가족의 교묘한 기술을 가진 자로서 공수약이 어린
나이로 입관을 맡는 것을 보고, 자신이 대신 하겠다 하며 기술도 두입해 보겠다"라
고 주석했다. 노애공魯哀公 7년(BC488년)에 "계강자가 주邾나라를 정벌하려고 한
다(季康子欲伐邾)"는 기록이 있다. 계강자의 아버지 계환자는 노애공 3년(BC492
년)에 세상을 떠났고 어머니는 노애공 때 세상을 떠났다. 「단공檀弓」편에서 공수반
에 관한 기록을 보면, 그 나이는 틀림없이 공수약보다 많고 계강자와 비슷해서
노소공 때 태어났다는 설은 믿음직하다. 『묵자』에서는 공수반과 묵자가 서로 논쟁
벌인 기록이 있는데, 「묵자·노문」편 중 "노나라 장인 공수자가 노나라로부터 남쪽
초나라로 가 처음으로 수전용 공수攻守 무기를 만들었다. 쇠갈고리 모양 등의 무기
는 후퇴하는 적선을 끌어당기고 진격하는 적선을 막거나 밀어내는 데 유용했다"라
고 기재했다. 「여씨춘추·애류」에 대하여 고유高誘는 "공수는 노반의 호號이고 초
나라에서 송나라 도성을 공격할 기계들을 만들었다"라고 주석했다. 공수반가 초나
라에 머물 때 초나라가 송나라를 공격한 적이 있다. 이 때가 초혜왕 때라는 설도
있는데 믿을 만하다. 여하튼 공수반이 활동하는 시대는 묵자와 비슷하며 대략
춘추전국시대였다.

로 여러 공인들이 일을 하는 데에는 모두 법도가 있다고 하는 것이다."133)

여기서 말한 '직이승直以繩'은 끈으로 직선을 그리는 것으로 후세 사람들이 사용하는 먹통 같은 도구가 그 때 이미 생겼음을 뜻한다. 「장자莊子·마제馬蹄」편에서 "나(목수)는 나무를 잘 다루는데, 굽은 것을 만들면 그림쇠에 딱 들어맞고, 곧은 것을 만들면 먹줄에 꼭 맞는다"라고 기록했다. 소위 '구鉤'는 그림쇠이고 '승繩'은 먹줄이다. 순자荀子가 "다섯 치의 굽은 자를 가지고 온 천하의 네모꼴을 올바로 가늠할 수 있다"134)는 것, 한비자가 "능숙한 목수는 눈짐작만으로도 틀림없이 먹줄을 맞추지만 반드시 먼저 규구規矩를 가지고 잰다."135) "서투른 공장으로 하여금 규구나 잣대를 들게 한다면 만에 하나도 실패가 없다"136)는 것은, 모두 규구規矩나 승묵繩墨의 규준이 장인한테 매우 중요하다는 것을 강조했다. 이러한 도구들을 통해서 장인의 기교와 솜씨를 드러냄에 대하여 「장자莊子·부협胠篋」편에서 "갈고리를 부수고 먹줄을 끊어 버리고 그림쇠와 곱자를 버려야 한다"137)면서 참되고 순박한 마음으로 돌아감을 강조한 것이다. 「고공기·여인輿人」에서는 수레를 만들 때 "둥근 것은 규規에 맞고 모난 것은 구矩에 맞고 직립한 것은 매달은 것에 맞고 저울대는 수평에 맞으며 곧은 것은 살아있는 것 같고 이어놓은 것은 부착시킨 것 같아야 한다"고 했는데, 품질 따위를 규정하는 표준 규구規矩는 꼭 있어야 된다는 것을 말해준다. 당시 굽은 나무를 바로 잡는 도구를 '은괄檃栝'이라 불렀다. 순자는 "곧은 나무가 은괄檃栝을 쓰지 않아도 곧은 것은 그 본성이 곧기 때문이며, 굽은 나무는 은괄檃栝을 이용하고 불길에 쐬어 바로 잡은 뒤에야 곧아지는

---

133) 「墨子·法儀」
134) 「荀子·不苟」
135) 「韓非子·有度」
136) 「韓非子·用人」
137) 「莊子·胠篋」

것은 그 본성이 곧지 않기 때문이다"138)라 했다. 나무를 바로 잡기 전에 장인들은 나무를 삶아서 '은괄隱栝'을 이용해 곧아진 나무는 쉽게 변형되지 않는다. "수레의 바퀴는 태산의 나무로 만든 것인데, 본디 곧은 나무를 나무틀에 끼워 놓아 석 달이나 다섯 달 정도 지나면 바퀴 테나 바퀴 통 모양으로 굽어져 다시는 그 본래 모습으로 되돌아가지 않는다."139) 바퀴를 만드는 나무를 은괄로 변형시켜 3~5개월 거쳐 도(輮: 바퀴 테)와 채(菜: 바퀴 통)를 만든다. 이렇게 하면 바퀴를 만든 후 수레가 낡아져도 '도채輮菜'는 원래 모양으로 돌아가지 않는다. 이것으로 보면 당시 목공 장인 목재의 변형방지 기술이 높은 수준에 이르렀음을 알 수 있다.

당시의 대부분 목기는 옻칠을 하여 더욱 아름답게 만들었다. 수분이 있는 칠즙은 생칠生漆이라고 하고, 햇빛을 쬐여 수분을 뺀 것은 숙칠熟漆이라고 불렀다. 칠을 한 목기의 표면에는 얇은 막이 생겨 보호하는 역할을 할 뿐만 아니라 기물을 더욱 광택나게 한다. 춘추전국시대에 이미 칠과 각종 광물질을 함께 섞어 쓰는 기술을 익혀 칠의 색깔은 검은색, 붉은색, 노란색, 흰색, 녹색 등으로 다양해졌다. 칠기의 목태木胎도 점점 가벼워지고 일부 그릇의 목태에 얇은 나무를 사용하여 이를 휘어지게 하는 방법으로 만들어졌다. 일부 칠기 목태 표면에 마포를 붙이고 옻칠을 하여 옻칠의 효과가 더욱 두드러져 보인다. 당시 칠기 제작은 목태 말고 주태竹胎, 혁태革胎 그리고 등태藤胎도 있었다. 춘추전국시대 칠방패(漆盾), 칠갑漆甲 제작에 소가죽을 피태로 쓰는 경우도 종종 있었다. 수량이 많은 작은 소가죽 조각을 옻칠한 후 꿰매 만든 혁갑革甲은 섬세한 기술이 배어있는 것으로 보인다. 이런 칠도기는 모조 청동기 예기(仿銅禮器)로 사용하는 경우가 많았다. 옻칠을 한 청동기는 춘추전국시대의 고분에서도 발견된 적이 있다.

---

138) 「荀子·性惡」
139) 「荀子·大略」

발견된 춘추전국시대의 칠기 종류는 상당히 많고, 일상 용구로 컵, 반盤, 낮은 책상, 렴(奩: 부인들의 화장용 제구를 담는 그릇), 침대 등이 있고, 병기로는 활(弓), 방패(盾), 창 자루(戈柄), 미늘창 자루(柄戟), 화살집(箭鞘) 등이 있으며, 장구葬具로는 널, 진묘수鎭墓獸 등이 있다. 금, 은박 장식 공예(金銀扣)는 화려한 고급 칠기에서 흔히 볼 수 있는데 칠기 테두리에 금변金邊이나 동변銅邊을 끼워 넣는 작업이다. 춘추전국시대의 많은 칠기에 정미한 무늬로 장식을 하여 이채로운 조형을 더해 보기 드문 진품珍品이 되기도 했다.

죽기竹器는 초나라에서 사용 범위가 매우 넓었다. 물건을 담는 죽통, 글씨를 쓰는 죽간竹簡, 식기로 사용하는 대나무 젓가락, 베개로 사용하는 죽침竹枕 및 대나무로 만든 병기와 악기, 이들 모두 춘추전국시대 초묘에서 많이 발견됐다. 대나무로 만든 악기는 주로 생황(笙), 피리(笛), 배소排簫 등이 있고, 대나무로 만든 병기는 주로 과戈, 모矛, 미늘창(戟) 등 장병기長兵器의 자루와 죽궁竹弓이 있다. 많은 죽기들은 옻칠 후 여러 색깔로 도안을 그리거나 조각 작업까지 했다. 호북성 강릉 박마산拍馬山 3기의 초묘에서 죽치(竹卮: 대나무로 만든 술잔)가 출토됐는데, 치 뚜껑과 구연口沿 부분은 조각을 거친 뒤 튀어나오게 하여 치이卮耳로 삼고, 옻칠된 수족형獸足形 다리도 조각 기법을 사용했다. 당시 죽기는 대량의 대자리, 죽사竹笥, 죽상자, 죽광주리, 죽바구니, 죽부채 등인 기물은 대오리로 짠 것이다. 호북성 강릉 우대산江陵雨台山 초묘에서 출토된 대자리

그림 1-20 증후을묘曾侯乙墓의 옻칠 개두蓋斗

에 사용된 대실(篾丝)의 너비는 0.12cm~0.2cm, 강릉 박마산 초묘에서 출토된 죽 부채에 사용된 대실의 너비는 0.1cm밖에 안된다. 얇게 가른 대실로 엮어서 만든 죽기는 우수한 작품이 많고 엮음 기예도 능숙해서 인자문人字紋, 십자문十字紋, 회자문回字紋, 구형문矩形紋, 투공능형문透空菱形紋 등 여러 종류의 무늬를 엮어 만들 수 있었다.

제6절 **편직과 방직**

신석기시대 중기부터 갈대를 엮어서 만든 편직물이 나타났다. 하모도유적에서 길이 22cm, 너비 16cm의 삿자리 잔편이 발견된 것으로 미루어 보아, 그곳에 살던 민중은 생산량이 높은 갈대를 원료로 이용하여 삿자리를 엮어 간란식 건축물의 거실 바닥에 깔았다는 것을 알 수 있다. 북방 지역에도 이런 상황이 있었는데 1955년 가을에 섬서성 서안시 반파유적에서 출토된 앙소문화 채문 도기의 밑바닥에 석문席紋이 찍혀있다. 이는 도

그림 1-21 하모도유적의 삿자리 잔편

그림 1-22 니조반축법泥條盤築法의 도기
제작도

 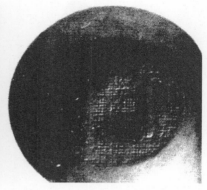

그림 1-23 앙소문화 채도빝바닥의 석문 흔적

그림 1-24 앙소문화 채도밑바닥의 천무늬 흔적

발陶缽을 가마에 넣어 굽기 전 덜 마른 상태로 대자리 위에 올려 놓으면서 찍은 흔적이다. 석문을 보면 당시 삿자리는 인자문人字紋의 편직법으로 엮어 만들었다. 굵기가 골고루 된 날줄과 씨줄을 사용하여 인자형으로 교차하고 2~3줄을 관통시키거나 차례대로 엮으며 완성한 것이었다. 이것으로 당시 편직 기술은 이미 일정한 수준에 이르렀다는 것을 알 수 있다. 앙소문화 시기부터 소재가 거친 삼베를 짤 수 있었다. 반파유적의 채문도기 밑바닥에 포문布紋이 찍혀있는데, 덜 마른 상태에서 도기를 삼베 깔개 위에 올려놓아 그늘에 말릴 때 찍힌 것으로 짐작된다. 포문을 통해 삿자리에 쓰인 굵은 실의 직경은 약 0.4cm이고, 얇은 실의 직경은 약 0.05cm정도 된 것으로 보인다. 이것으로 실과 천의 제작 수준이 아직 낮은 편이었다는 것을 알 수 있다. 반파유적에서 도제 가락바퀴 같은 방직도구들이 많이 출토됐다. 민족학 자료에 따르면 당시 베를 짜는 도구는 수평식 거직기踞织机였고 속칭 '원시요기原始腰机'라고 불렀다.

상대와 서주시대에는 누에를 기르고 직물을 짜는 기술이 이미 일정한 수준에 이르렀다. 상대와 주대 고분에서 종종 청동기물을 감싼 사백絲帛

그림 1-25 원시 직기 베를 짜는 복원도

잔편이 발견됐다. 일부 유적에서는 형태가 박진감이 넘치는 옥누에가 출토됐다. 춘추전국시대 개인 소농 경제의 발전에 따라 집누에와 견직 은 점점 사회경제에 있어 중요한 부분이 됐다. 「관자管子·문問」편에 서는 당시 국가가 조사해야 할 문 제로 "처녀로서 여공女工의 일을 할 수 있는 사람은 몇인가?"라는 질문이 있었다. 여자가 '일을 한다는 것(操工事)'에 관하여 상세한 항목이 있었는데, 「관자管子·삼국궤三國軌」편에서는 "어떤 마을에서 부녀자들이 1년 동안 길쌈을 얼마나 하는가? 그 일은 얼마나 하고, 그 값어치는 얼마나 되는가? 1년 동안 사람이 이것으로 옷을 만들어 입은 뒤, 그 나머지는 얼마인가? "라는 문제가 제시되어 있었다. 이는 시골의 부녀자가 한 해에 완제품을 얼마나 짤 수 있었는지, 그리고 돈으로 환산하면 온가족의 생활 비용을 빼고 나서 얼마나 남았는지를 명백히 알아야 했다는 것을 뜻한다. 이는 당시 제나라 개인 노동자들이 벌써 방직 작업에 참여했다는 사실을 설명해 준다. 당시 가정 방직업에 원료를 제공하기 위하여 가정에서 집누 에를 기르는 일을 무척 중요시했다. 맹자는 "5묘의 대지에 나무를 심되 뽕나무로써 심으면, 50세된 자가 비단옷을 해 입을 수 있을 것이다"[140]라 고 했다. 그는 "5묘의 대지를 가진 집의 담장 밑에 뽕나무로써 심고, 부인 한 사람이 그것으로 누에를 치면, 노인이 비단옷을 해 입기에 충분하 다"[141]고 했다. 이런 환경은 통치자가 백성에게 마련해줘야 한다고 주장했

---

140) 「孟子·梁惠王·上」
141) 「孟子·盡心上」

다. 마당 담장 아래에는 뽕나무를 많이 심어야 하며, 만약 다른 나무를 심으면 양잠의 수요에 영향을 끼칠 수 있으니, 관자는 "밭 한가운데 나무가 심어져 있는 것을 본다면, 이는 양식 생산에 손해가 된다고 알려야 하고, 궁 주변에 뽕나무가 아닌 다른 나무를 심으면, 이는 부녀자의 양잠에 방해가 된다고 알려야 한다"[142]고 말했다. 여기서 언급된 '궁중사영宮中四榮'은 주민들이 사는 가옥의 처마

그림 1-26 평문견絹 흔적이 있는 상대 동편銅片(안양 대사공촌安陽大司空村 상대 유적에서 출토

끝을 가리키며 '여공女功'은 여자들의 방직 수준을 가리키는 말이다. 춘추 전국시대 각 나라에서 모두 넓은 뽕나무 숲들이 있었다. 진晉나라 공자公子 총이重耳가 제나라에 망명할 때 그의 종사가 "떠날 즈음에 뽕나무 아래서 모의를 했는데 누에 치는 종이 그 위에 있다가 강씨에게 이 사실을 일러주었다"[143]는 이야기가 있다. 이야기 중 비계를 꾀하는 장소가 바로 뽕나무 숲이었다. 동주시대 동기銅器 무늬 중 집누에가 많이 있다. 이것으로 당시 집누에 사업이 발전되었음을 잘 알 수 있다. 「여씨춘추·상농」편에서 "후비後妃들은 아홉 명의 빈첩들을 거느리고 성 밖에 나가서 누에를 치고, 나라 소유의 밭에서 뽕잎을 딴다. 그러므로 봄, 가을, 겨울, 여름의 모든

---

142) 「管子·山國軌」
143) 「左傳·僖公·23」

그림 1-27 안양대사공촌 상대 유적에서
출토된 옥잠玉蠶

계절에 길쌈하고 누에 치는 일을 늘 있게 함으로써 아낙들이 교화되도록 부지런히 노력하는 것이다"라는 기록이 있다. 전국 각지 각 계층이 "베와 모시, 명주와 누에고치의 일을 손보는 일"을 열심히 했는데 이것이 바로 '성인聖人이 만든 제도'144)라고 했다.

전국시대 오기吳起가 아내를 시켜 "베를 짜게 하였으나 폭이 치수보다 좁았다."145) 이 때문에 결국 오기는 아내를 내쫓았는데, 이것이 바로 개체 가정이 방직에 종사한 한 예다. 순자는 누에를 위해 이렇게 시를 지었다.

> 여기에 한 물건이 있는데,
> 그 몸은 털도 깃도 없는 모양이나
> 자주 변화하는 것이 신묘하다네.
> 그의 공로는 온 세상에 미치고,
> 영원토록 문식의 재료가 되며,
> 예의와 음악도 이것이 있어 완성되고
> 귀하고 천한 신분도 이것을 바탕으로 구분되며,
> 노인들을 부양하고 어린 아이들을 기르는 일도
> 이것을 이용해야만 잘 된다네.
> 그런데 그 이름은 별로 아름답지 못해
> 난폭하다는 뜻에 가까운 말이네.
> 공로를 이룩하면 그 자신은 죽고
> 사업이 완성되면 그의 집안은 무너진다네.

---

144) 「呂氏春秋·上農」
145) 「韓非子·外儲說右·上」

그들은 늙은이들은 버리고
그들의 후세만을 거두어들인다네.
사람의 무리들은 이로운 것이라 아끼지만
아는 새들은 그것들을 해치고 잡아먹는다네.
저는 어리석어 알 수가 없으니
이것이 무엇인지 오제五帝님께 점을 쳐 알아보고자 합니다.
오제는 거기에 대해 점을 치고 말씀하셨다.
그것은 몸은 부드럽고 머리는 말대가리지?
자주 변하기는 하지만 오래 살지는 못하는 놈이지?
잘 먹고 장성하지만 늙으면 형편없게 되는 것이지?
부모는 계시지만 암놈 수놈 구분은 없는 것이지?
겨울철에는 숨어 있다가 여름철에는 나와 놀며,
뽕잎을 먹고 실을 토하며,
본디 어지러이 얽혀 있는 것을 뒤에 잘 다스리고,
여름에 생장하면서도 더위는 싫어하고,
습기는 좋아하면서도 비는 싫어하며,
번데기는 어머니가 되고
나방은 아버지가 되며,
세 번 잠자고 세 번 깨어 일어나면
하는 일이 곧 크게 이루어지는 것,
그것이라면 바로 누에의 원리일 수밖에!146)

순자는 누에의 형태와 표정을 묘사하는 동시 누에를 기르는 과정에서 겪은 고락을 토로했다. 누에는 '세 번 잠자고 세 번 깨어 일어나'야 토사결견吐丝结茧할 수 있다고 했다. 누에의 명호는 '잔殘'자의 발음과 비슷해서 우아하지 않지만, 유연한 몸으로 "그의 공로는 온 세상에 미치고, 영원토록 문식의 재료가 된다"며 그 업적을 기렸다. 학문가인 순자가 누에에

---

146) 「荀子·賦」

대해 이렇게 세밀하게 관찰한 것을 보면 당시 사회에 누에 기르는 사업은 상당히 발달되었다고 할 수 있다.

누에를 기르고 실을 뽑는 일은 아주 세밀한 일이다. 「고공기」에는 실을 주관하는 직관職官을 기록하였는데, 그들은 연사練絲와 구사漚絲를 책임졌다.

> 명주실을 따뜻한 물에 7일간 담가 놓았다가 땅에서 한 척 정도 높이에 걸어 햇볕을 쪼인다. 낮에는 햇볕을 쪼고 밤에는 우물 위에 걸어 놓은 일을 7일 동안 밤낮으로 하는데 이것을 수련水練이라고 한다. 비단을 누일 때는 난목으로 재를 만들어 비단을 담그고 반질반질 윤이 나는 그릇에 채워서 조개껍질을 태운 재에 담근다.

이런 연사 방법은 먼저 실을 난목 재 섞은 물에 담그고 7일이 지난 후 지면에서 1척 거리의 곳에 두고 햇볕에 말린다. 낮에는 햇볕을 쪼고 밤에는 실을 우물에 담가둔다. 이렇게 7일이 지나면 수련水練이 완성되는 것이다. 백사帛紗를 만들 때에는 난목을 태워 남은 재를 물과 같이 섞은 후 며칠 지난 뒤 물이 짙어지면 백사에다 뿌려 매끈한 용기에 넣어두고 합회(蛤灰: 조개 태운 재)를 바른다. 그 후 매일 아침에 물로 재 찌꺼기를 씻고 짜고 말리며 재를 털어 낸다. 그 뒤 다시 난목 재를 섞은 물을 뿌리고 말린 다음에 밤에 또 한번 난목 재를 섞은 물을 뿌리고 말린다. 합회를 발라 매끈한 용기에 넣어두고, 그 다음 날 아침에 다시 난목 재를 섞은 물을 뿌리고 말린다. 이렇게 반복해서 7박7일을 거쳐야 한다. 이 기록은 당시의 실을 만든 경험에 대한 총 정리라 할 수 있다. 이런 과정을 거치고 나면 실을 더욱 부드럽게 만들 수 있고 백사의 교질이 벗겨져서 염색도 쉽게 할 수 있었다. 실을 말릴 때 지면에서 1척 정도의 거리를 두어야 했으며, 이렇게 하면 지면의 습기를 방지할 수 있을 뿐만 아니라, 너무 높게 두어 건조시킴으로써 실이 꺾일 염려도 없었는데 이는 분명히 생산 경험에서 나온 것이었다. 당시 사람들은 이미 초목회草木灰와 신합회蜃蛤灰

같은 것을 탈교제脫膠劑로 사용할 수 있었다. 이런 과학지식을 익힌다는 것은 그 시대에는 쉬운 일이 아니었다.

　방직업은 춘추전국시대에 보편화 됐다. 전국시대 성서된 「상서尚書·우공禹貢」과 「주례周禮·직방씨職方氏」 등의 기록을 보면 고대의 연주兗州에는 "뽕나무가 자라는 토지에 양잠을 하게 하니 언덕 사람들도 내려와 평지에 살게 된다.……그곳의 공물은 옷칠과 명주실이었고, 그곳의 공물 바구니에는 무늬를 넣어 짠 비단이 들어 있다."[147] 청주青州에는 "공물은 소금과 고운 칡베와 해물이 섞여 있어요, 태산 골짜기에서는 명주실……공물 바구니에 산누에 고치에서 뽑은 실을 바친다."[148] 서주徐州에는 "공물 바구니에 검은 비단과 깁과 흰비단이 있다."[149] 양주揚州에는 "공물 바구니에 조개 무늬 비단을 담는다."[150] 형주荊州에는 "공물 바구니에 검붉은 비단과 둥글지 않은 구슬과 끈이 있다."[151] 예주豫州에는 "공물 바구니에 옷과 삼베와 갈포와 모시이며 가는 솜도 담는다."[152] 이런 기록들을 통해 당시 여러 지역에서 방직업이 발달되어 독특한 품격을 지닌 제품들을 만들어 공물로도 바쳤다는 사실을 알 수 있다. 춘추전국시대 여러 나라의 관청에서 수많은 제사 공장工匠이 있었다. 노성공魯成公 2년(BC589년)때 초나라는 노나라를 공격하고, 노나라는 "맹손孟孫이 초군에게 목수와 직공, 직포공을 뇌물로 보낼 것을 청했는데 그 수는 모두 백 명씩으로 했다."[153] 이렇게 뇌물로 초나라에게 화해를 구하자는 것이었다. 뇌물로 선사하는

---

147) 「尚书·禹贡」
148) 「尚书·禹贡」
149) 「尚书·禹贡」
150) 「尚书·禹贡」
151) 「尚书·禹贡」
152) 「尚书·禹贡」
153) 「左傳·成公·2年」

인원 중 '직공, 직포공'이 바로 노나라 관청의 방직 장인이었다.

춘추전국시대 방직업의 번영과 발전의 중요한 표시는 바로 방직 공예 수준의 향상이라고 할 수 있다. 당시 각 나라의 귀족은 사백을 복식 원료로 사용했고 이는 보기에 매우 화려하고 아름답다. 1980년대 초기에 호북 강릉 마산 벽돌공장 1호 전국 초묘에서 각종 견직물 20여 점이 출토됐는데, 그 중 견지용봉문絹地龍鳳紋의 구채금九彩衾, 채조동물기하문彩條動物幾何紋의 금면면금錦面綿衾, 수라단의繡羅單衣, 수견단의繡絹單衣, 금면면의錦面綿衣, 수견면포繡絹綿袍, 견면협의絹面夾衣, 사면면포紗面綿袍, 갈색 수견면포繡絹面綿袍, 갈색 금면면포錦面綿袍, 갈색 비단겹저고리(錦面夾袄), 붉은 견직자수바지(朱絹繡褲), 견직치마(絹裙), 조대組帶 등이 포함돼 있다. 견직물의 종류는 견絹, 금錦, 라羅, 사紗, 조組, 조條 등으로 나뉘는데 그 중 적지 않은 자수물이 있다. 고분에서 출토된 견은 간단한 수평조직 구조이고 경위 밀도의 차이가 크다. 가장 세밀한 것은 일련번호 N23인 견을 사용하여 만든 겹옷인데 경밀도는 158근/cm, 위밀도는 47근/cm다. 직조자는 느슨하고 팽팽한 방식을 번갈아 교체 사용했는데 그 중 일부의 견은 '밭두둑 무늬(畦紋: 휴문)'의 효과를 나타낸다. 일련번호 N17인 견직 치마에 쓰인 노란색 견은 '밭두둑 무늬'의 효과를 나타내며 그 평균 밀도는 경밀도112근/cm, 위밀도 47근/cm, 사직 실은 균등하고 광택내는 가공 과정까지 거쳐 윤기가 있다. 마산 1호 고분에서 출토된 견직물은 견絹의 수량이 가장 많은데, 당시 사회의 견직물 수준을 보여준다. 고분에서 출토된 금錦은 빨간색, 암홍색, 노란색, 짙은 갈색, 옅은 갈색, 황갈색 등 많은 색깔이 있는데 한 폭은 보통 두 가지 색깔이나 삼색이고 가장 많은 것이 여섯 가지 색이다. 다양한 색깔로 된 금錦은 각기 다른 구역에서 직조해야 하는데, 두 개나 세 개의 색다른 날줄을 두 조나 세 조로 나누어 제화提花 방식으로 짜여지며 매우 순박하고 아름답다. 이런 금錦에 쓰인 일부 날줄은 강화 처리시켜 견직물의 표면에 두드러진 직문織紋이 형성된다. 일부 견직품은 일반 날줄 외에 수량을 더하는 방식을 택하기도 했다. 견직 기술이 비교적 복잡한 예로는 쌍색금雙色錦이 있는데, 앞면과 뒷면에 같은 무늬이면서도 색깔을 다르게 할 수 있다. 발견된 삼색금三色錦은 정면에만 무늬가 있다. 고분에서 출토된 금錦의 도안의 주제는 다양하고 격자문(棋格紋), 능형문菱形紋, S형문形紋, 육변형문六邊形紋 등이 있다. 그 중에서 능형문의 변화가 가장 풍부하고 다채롭다. 동물류 무늬는 용문龍紋, 봉문鳳紋, 호문虎紋, 기린문麒麟紋 등이 있고, 인물형상으로 그려진 무늬는 주로 가무인물문歌舞人物紋이다. 고분에서 출토된 견직물은 종종 잘 구성돼 있으며 여러 폭이 조합된 것도 있어 다채롭고 화려한 효과를 거두어낸다. 일련번호 N5인 채조동물문 금면錦面의 면금綿衾 길이는 267cm, 너비는 210cm, 넓이가 가장 큰 금衾이다. 이 금衾은 다섯 폭의 금錦으로 합쳐서 꿰매져 매 폭의 너비는 50cm다. 금면은 대부분 황토색, 갈색, 옅은 갈색 세 가지 색을 조합한 평형식 채색 줄무늬로 구성되어, 따로 빨간색, 회황색, 옅은 갈색의 날줄을 사용해 제화提花 효과를 드러낸다. 금衾의 도안은 동물문, 삼층 서로 덧씌운 육변형문, 기하문으로 조합해서 구성된 것이다. 그리고 변위 방법(移門)을 이용하여 간결한 도안으로 변화가 많은 문양 효과까지 거두어낸다. 일련번호 N4인 삼색금은 문양이 아주 복잡하고 용, 봉황, 기린 등 성스러운 짐승 또는 가무歌舞 인물도 포함되어 있다. 작은 단원마다 각각 삼각형으로 좌우 대칭 배열되어 모두 7개의 단원조單元組로 전폭을 횡단하는 꽃무늬가 조성되어 있고, 경향經向 길이는 5.5cm, 위향緯向 너비는 49.1cm, 경위 밀도는 156×52근/cm²다. 마산 1호 고분의 견직물을 통해 당시 방직기술과 도안 짜임새가 이미 매우 높은 수준에 이르렀다는 것을 알 수 있다. 고분에서 출토된 많은 평문平紋 직물이 구조가 균등하고 정연하다. 그 중 가장 세밀한 견絹은 서한西漢 중산정왕中山靖王 유승劉勝의 고분에서 출토된 견絹과 비슷한 수준에 도달했으며 경밀도는 200근/cm다. 제화 기술은 예전보다 크게 개선돼 주목을 끌었다. 상주시대의 제화 직물은 대부분 간단한 기하도안이고 변화도 많지 않은 반면에, 춘추전국시대의 제화 직물 도안은 새무늬, 짐승무늬, 용무늬, 봉황무늬, 꽃무늬, 거북무늬 등 다양하게 이루어 내서 마산1호 고분에서 출토된 직물이 바로 그 대표다. 장사 좌가탕長沙左家塘 일련번호 M44인 고분에서 출토된 전국시대의 담황색 추사绉纱 손수건은 날실과 씨실의 꼬임수 및 방향을 다르게 하여 잔 주름을 표현해 표면에는 울퉁불퉁한 효과를 드러낸다. 얇은 추사를 두툼한 질감이 나게 표현한 것이야말로 매우 독창적인 기술이었다.

춘추전국시대 방직업에 있어 마방麻紡은 매우 중요한 항목이었다. 모시는 한 해에 세 번이나 수확할 수 있어서 생산량이 비교적 높고 또 많이 심을 수 있어 당시 흔히 볼 수 있는 복식 재료였다. 장사長沙 일련번호 M406인 전국 초묘에서 출토된 삼베 잔편은 매우 세밀하게 만들었다. 출토된 삼베는 평문조직으로서 매 10cm에 경사 280근, 위사 240근이 있다. 이에 비해 현대의 용두포(龍頭布: 중국 상해시上海市에 생산된 순면 직물의 일종)는 매 10cm에 경선 254근, 위선 248근이 있다. 이것은 일련번호 M406인 고분의 삼베가 용두포보다 3.46% 더 밀집하다는 것을 알 수 있다. 「주례周禮·천관天官」에서 나온 '전시典枲'라는 직관의 직책은 "면직, 베, 끈, 모시 등의 마초麻草로 만든 물건을 관장하며 때에 맞추어 공功을 분배하는데 골고루 재료를 보급한다"고 했다. 여기서 말하는 '포시루저布絁縷貯'는 삼베, 삼실, 고운 모시 등을 가리킨다. 이 기재를 통해 당시 관청 방직업에도 마직이 있었다는 것을 알 수 있다. 관청은 민중에게 삼베 짜는 원료를 거두어 들였는데 「주례周禮·지관地官」에서 열거한 '장갈掌葛'이라는 직관이 바로 전문적으로 이런 원료에 대해서 책임지는 자였다. 그들의 직책은 "때마다 곱고 거친 칡베의 재료를 산농山農에게 세금으로 징수하는 일을 관장한다. 칡의 세금을 받고 초공草貢의 재료를 택농(澤農: 호수 직역의 농사)에서 징수하는 일은 국가에서 세금을 부과하는 행정에 해당된다. 받을 때는 저울과 자로써 받는다." 이런 풀은 산에서 많이 생기기 때문에

'산농'에게 징수했다.

자수刺繡는 방직업에 있어 중요한 구성 부분이었다. 춘추전국시대의 자수공예는 아주 뛰어나고 보편적으로 철바늘과 쇄수법鎖繡法을 사용하여 각종 정미한 문양을 수놓았다. 자수 작품의 문양과 도안은 방직 기술의 영향을 받지 않기 때문에 풍격이 종종 유창하고 우아하며 구도構圖도 생동감 있고 활발했다. 1950년대 후기에 장사 열사공원長沙烈士公園에서 발견된 일련번호 M3인 고분에서 아주 세밀한 사견絲絹에 변수법辮繡法을 사용해서 만든 작품이 출토됐다. 발견된 용무늬 사견에 용이 구름을 타고 올라가면서 용솟음 치는 광경은 자유분방한 입체감에서 생동감을 맛볼 수 있다. 발견된 봉황 무늬 수를 놓은 견絹은 폭이 120cm, 너비34cm다. 사견에 힘찬 봉황은 구름 사이에서 머리 쳐들고 꼬리를 말고 발을 들은 모습으로 춤추고 있어 생동감이 넘친다. 봉황은 구름을 뚫고 가며 균형감이 있게 연출되어 소밀疏密의 조화가 적당해서 아름다움이 한 층 더 돋보인다. 강릉마산 1호 고분의 정미한 자수품은 자연스러운 색조와 능숙한 침법針法으로 특색이 강하다. 고분에서 자수품 수금繡衾 2점, 수포繡袍 3점, 수의繡衣 4 점, 수고繡褲 1점이 출토됐다. 이런 자수품은 대부분 견에 수를 놓은 것으로 자수하기 전에 견에다 먹이나 주사로 도안을 그리고 쇄수법이나 평수법平繡法으로 전체적인 구성에 맞게 띄엄띄엄 수놓기(間繡)도 하고 전체에 수놓기(滿繡)도 한다. 자수의 문양은 대부분 봉황과 용에 관한 주제로 꽃무늬, 만초蔓草무늬, 기하무늬 등으로 보조적인 장식을 하고 어울리는 색조로 분위기를 부각시킨다. 일련번호N2인 용봉문수금龍鳳紋绣衾과 N9의 용봉문수라단의龍鳳虎紋绣羅單衣는 모든 자수품 중에서 가장 아름다운 것이다. 용봉문수금은 20개의 자수품이 꿰메어 이어진 것으로, 길이191cm, 너비190cm다. 용봉문 중 크고 작은 용이 있으며 건장한 큰 용의 몸체 길이 약 90cm, 수금绣衾에 작은 용과 서로 감돌고 하늘로 날아가고 있다. 봉황은 긴 볏과 길쭉한 날개로 부드러운 자세를 취하고 용꼬리 위에 춤춘다. 용과 봉황의 주둥이, 부리, 눈, 발 등 부위는 모두 섬세하게 그려져 있으며, 상상력이 뛰어나고 자연 모방의 제한을 받지 않는 느낌이다. 용봉 무늬 사이사이에 작은 무늬를 넣어 전체 화면과 어울려서 허와 실이 결합된 효과를 얻었다. 사선絲線은 화려한 진홍색, 황금색, 담황색, 담녹색 등을 사용해서 강렬한 색채로 독자적인 경지에 이르렀다. 고분에서 출토된 용봉호문수라단의龍鳳虎紋綉羅單衣의 능형 도안은 두 개의 대칭된 무늬 단위로 조성돼 있고, 능형꽃의 길이는 38cm, 주변에 갈색과 황금색 사선絲線으로 용봉을 수놓은 것이다. 도안 중간에 마주치는 한 쌍의 용과 등을 서로 맞대는 한 쌍의 호랑이가 수놓여 있다. 호랑이 몸체에 빨간색과 검은색 사선으로 교차하면서 얼룩 무늬로 수놓아 연출하고 있다. 화면에 하늘을 나는 용, 춤추는 봉황, 포효하는 호랑이로 구성되어 기세가 비범해서 전국 시대의 자수공예의 대표작이라고 할 수 있다. 산동성 임치臨淄 낭가장郎家莊 1호 동주묘에서 견에 사선을 사용한 쇄수법으로 만든 자수 잔편이 출토됐다. 자수에 사용된 사선의 굵기가 다르고 무늬 양식의 표현력이 강화된 효과를 얻었다. 두 줄이나 세 줄을 합쳐서 괴면塊面 모양 무늬를 만들기도 했다. 이번 발견은 산동 지역에서 전국시대부터 뛰어난 자수공예가 있었음을 보여준다. 순자는 당시 자수에 대하여 많은 칭찬을 아끼지 않고 제목은 「잠(침)箴(針)」라는 부賦를 지었다.

> 여기에 한 물건이 있는데
> 산 언덕에서 나서는
> 집 안에 거처하고 있다네.
> 아는 것이 없고 기술도 없지만
> 옷을 잘 만드네.
> 도둑질도 강도질도 안 하는데
> 구멍을 뚫고 다니며,
> 밤낮으로 떨어져 있는 것들을 합쳐

아름다운 무늬 이룩하네.
세로 합칠 줄도 알고
가로 잇기도 잘 한다네.
밑으로는 백성들을 입혀주고
위로는 제왕들을 장식해 주며,
그의 공적은 매우 넓지만
어질다고 뽐내지 않네.
써 줄 때면 그대로 존재하지만
써 주지 않으면 숨어 버린다네.
저는 어리석어 알지 못하겠으니
감히 임금님께 가르침을 청합니다.
임금이 대답한다.
그것은 처음 생겨날 때엔 컸지만
다 만들어진 다음엔 조그만 것이지?
그 꼬리는 길지만
그 끝은 날카로운 것이지?
머리는 뾰족하면서도
꼬리는 길다란 것이지?
왔다 갔다 하면서
꼬리를 맺음으로써 일하고
깃도 날개도 없지만
위아래로 매우 빨리 움직이며,
꼬리가 생기면 일이 시작되고
꼬리가 감기면서 일이 끝나네.
비녀는 아버지뻘이 되고
바늘통은 어머니뻘이 되며,
옷 겉은 다 꿰매고 나서는
또 안을 대어 주네.
이런 것을 두고서
바늘의 이치라 하는 것이네.

순자가 보기에 자수에 능하는 바늘이 아주 평범하지만 그 업적을 얕보아서는 안되는 이유는 "밤낮으로 떨어져 있는 것들을 합쳐 아름다운 무늬를 이룩한다"는 것이다. 즉 서로 연결하지 않은 물건을 일체로 연결시켜 색채가 있는 무늬를 수놓기 때문이다. 당시의 바늘이 "머리는 뾰족하면서도 꼬리는 길다란 것"으로 보아 바늘이 상당히 예리하고 길쭉한 편이었다. 순자가 말하는 "그의 공적은 매우 넓지만 어질다고 뽐내지 않다"는 것은 분명히 현명한 신하를 비유하면서 자수공예에 대해 찬양한 것이다.

춘추전국시대의 날염기술은 아주 큰 발전을 거두어 방직업이 더욱 밝게 빛났다. 그때 이미 광범위하게 탄닌산이 포함된 식물을 염료로 사용했다. 매염법媒染法에 사용된 매염제는 청기青磯였다. 이런 염철류 화합물을 당시에는 '날涅'이라고 했다. 식물에 있는 탄닌산은 날과 상호 작용해서 검은색 탄닌산철로 바뀌어 견직絹織 섬유에 견고히 부착되어 햇빛에 노출되거나 물로 씻어도 변함이 없다. 이런 염법으로 달성된 색깔 부착 효과가 예전의 단순한 침염浸染이나 검은색으로 바르며 칠하는 방법을 훨씬 능가했다. 『주례』에서 전문적으로 염색을 관장하는 '염인染人'이라는 직관이 있는데 "염인은 명주와 비단을 염색하는 일을 관장한다. 염색을 하는데 봄에는 잿물에 삶아서 물에 빨아 말리고 여름에는 분홍색이나 검은색을 물들이고 가을에는 다섯 가지 색으로 물들이고 겨울에는 완성된 것들을 바친다."[154] 정현鄭玄의 『주례』 주석에 의하면 '폭련暴練'은 '푹 삶아서 물에 빨아서'[155], 실의 색깔을 더욱 부드럽고 순수하고 맑게 만드는 것이다. 이른바 '훈현燻玄'은 제복으로 사용할 수 있는 '천지지색天地之色'이라고 했다. 「염인染人」에 의하면 여름에는 사백을 황적색黃赤色이나 청흑색青黑色으로 염색할 수 있다. '염하染夏'는 가을에 사백을 오색으로 염색할 수

---

154) 「天官・染人」

155) 『周禮注』

있음을 가리킨다. 정현이 말하는 '염하'라는 것은 오색 염색을 말한 것이다. '하夏'는 '하적夏狄'이라는 새의 꼬리색을 가리킨다." 여기에 말하는 '적狄'은 '적翟'과 통하니 즉 '치雉'이다. 치雉의 꼬리는 색채가 화려해서 '염하'라고 하고, 오색으로 염색하는 의미이다. 전국시대 관청 방직업 날염 공예는 이미 세부적인 분업이 있었다. 「고공기」에 의하면 전문적으로 '염우染羽'라는 직종에 종사하는 종씨鍾氏의 직무가 있었다. 단주丹朱와 단수丹秫를 물에 담그고 3개월 후에 불로 찌고 주수朱秫를 찐 국물로 다시 주수에 부어, 또 다시 한번 찌면 염우로 사용할 수 있다. "3번을 담그면 훈(纁: 분홍빛)이 되고, 5번을 담그면 추(緅: 보랏빛)가 되며, 7번을 담그면 치(緇: 검은색)가 된다." 염색하고 나서 나온 색깔은 각각 다르다. 묵자는 고대 염사하는 일에 대하여 크게 감격하여[156] "파란 물감으로 물들이면 파래지고, 노란 물감으로 물들이면 노래지며, 넣는 물감이 변하면 그 색깔도 변한다. 다섯 번 물통에 넣었다 뒤에 보면 곧 오색이 되어 있게 마련이다"[157] 라 했다. 실이 '오색'으로 염색될 수 있는 것을 보아 묵자는 "나라를 다스리는 것도 실을 물들이는 것과 같은 이치이다"는 생각을 하게 됐다. 순자는 "푸른 물감은 쪽풀에서 얻지만 쪽풀보다 더 파랗다."[158] 요람초蓼藍草에서 청람靛藍을 정련할 수 있으며 그 색깔이 요람초보다 더욱 파랗다고 했다. 염색할 수 있는 각종 풀을 징수하기도 했는데, 「주례·지관地官」에 의하면 관청은 '장염초掌染草'라는 직원을 시켜 민중에게 풀을 징수해야 한다고 했다. "장염초는 봄과 가을에 물들이는 염료가 되는 풀들을 거두어 들이는 일을 관장한다. 저울이나 자로써 받아들이고 때를 기다려서 물들

---

156) 「회남자淮南子·설림훈說林訓」에서는 "묵자가 실을 염색한 것을 보고 울었다. 왜 노란색이 될 수도 있고 검정색이 될 수 있나? 이는 「묵자墨子·소염所染」에 의한 것이다.

157) 「墨子·所染」

158) 「荀子·勸學」

이도록 나누어 준다."[159] 이를 통해 관청의 날염업은 필요한 염료 수량이 상당히 많았다는 것을 알 수 있다. 「시경·동문을 나서니(出其東門)」편에서 '흰 옷에 꼭두서니 수건(縞衣茹藘)'이라는 싯구절이 있는데 '여로茹藘'는 바로 진홍색을 염색할 수 있는 풀이다. 『주례』에 기록하는 '장염초掌染草'라는 직관이 징수하는 풀 중에 '여로'도 포함돼 있었다. 당시 사용하는 식물 염료는 주로 파란색을 염색하는 요람蓼藍, 빨간색을 염색하는 꼭두서니(茜草), 자색을 염색하는 자초紫草, 노란색을 염색하는 치자梔子 등이 있었다. 광물염료는 주로 자석赭石과 주사였고 이외에는 석황石黃, 황단 黃丹 등이 있었다.

춘추전국시대에 방직업에 사용된 각종 도구는 이미 높은 수준에 달해 있었다. 1979년 강서성 귀계貴溪에서 춘추전국 말기부터 전국초기까지에 속한 암동岩洞 고분군에서 방직도구와 직기 모두 36점이나 발견됐다. 바디살, 백빔, 말코, 품칼, 날실가로대, 삼베칼, 뱁댕이, 사침대, 타위도打緯刀, 삼톱, 가락바퀴, 잉아대 그리고 죽제 바디, 북, 다올대, 목제 도투마리, 북바늘 및 상아로 만든 날실빗 등이 포함된 실용적인 도구였다. 연구자들은 이런 실물에 의하여 당시의 방직과정을 분석했다. 우선 삼베껍질을 삼베가지에서 벗긴다. 귀계貴溪에서 발견된 품칼의 길이 28cm, 어치형이고 한쪽으로 쏠린 칼날로 평면에 홈이 있고, 홈에 날카로운 골편을 끼워 넣는데, 이는 삼베껍질을 깎아 내는 효과를 강화하기 위해서다. 삼베나무 껍질을 벗긴 후에 평평하고 엷은 삼톱으로 삼베나무 껍질에 끈적끈적한 액체를 깨끗이 긁어 낸다. 귀계 고분에서 대나무로 만든 원륜간圓輪杆 모양 가락바퀴가 발견됐는데, 윤간輪杆의 뾰족한 끝에 작은 홈이 있고 이는 실을 집기에 적합하다. 마선麻線을 집고 나서 실감개와 도투마리로 실을 올려 바디집(結紗釘杆)에 걸어놓는다. 바디집에는 간격이 일정한 작은 대못(竹釘)이

---

159) 「周禮·掌染草」

박혀 있는데, 실을 대못에 걸어놓고 날실빗으로 잘 빗질한다. 발견된 가장 긴 바디집 길이는 234cm, 적어도 동시에 약 백 올의 실을 빗질할 수 있다. 잘 정리된 실은 직기를 통해 견絹, 백帛, 천 등 여러 가지 제품을 만들 수 있다. 귀계에서 발견된 직기의 말코 길이는 64.6cm, 다올대와 비거미의 길이는 모두 70cm 이상이다. 이 직기는 60cm 너비의 견絹을 짤 수 있다. 고분군에서 발견된 견, 마포麻布, 저포苧布는 대부분 이런 방식으로 짜아진다. 그 중 몇 개의 저포는 은백색 무늬가 있는 갈색 천이다. 이는 당시에 이미 방직품 인화 기술을 충분히 장악했다는[160] 것을 알 수 있다. 주목할 만한 것은 귀계 애묘崖墓에서 여성고분 이외에 일련번호M10, M1l, M13, M2 네 기의 남성 고분에서도 방직도구가 발견되었다는 것인데 이는 당시 일부 남자도 가정 방직업에 종사했다는 것을 설명해 준다.

제7절 상업 경영

원시시대 물물교환에서 상업의 싹이 움트기 시작했다. 이리두二裏頭유적에서 바닷물조개, 골조개 모방품, 돌조개가 출토됐는데 이들은 최초의 화폐였을 가능성이 크다. 상대 후기에 조개를 하사품으로 삼고 '붕朋'을 양의 단위로 삼았다. 이는 조개를 본격적으로 화폐의 표시로 삼기 시작했다는 것을 알 수 있다. 상대에 많은 사람들이 농업 종사자였지만 이외에 상업도 경영했다. 「상서尚書·주고酒誥」편의 기록에 따르면 상대의 유민들은 서주 초년에 "곡식을 가꾸기에 힘쓰며 부지런히 공경하며 힘써 수레와

---

160) 江西省博物館, 貴溪縣文化館, 「江西貴溪崖墓發掘簡報」, 《文物》, 1980年 第11期.
劉詩中, 許智範, 程應林, 「貴溪崖墓所反映的武夷山地區古越族的族俗和文化特征」, 《文物》, 1980年 第11期.

그림 1-28 격백궤格伯簋

소를 끌고 멀리 가 장사하여, 부모님을 효도로써 보양한다"고 했다. 서주시대까지 이렇게 장사하는 관습이 그대로 남아 있었다.

서주시대의 상업도 수공업처럼 관청에서 운영했는데 「국어國語·진어晉語」에서는 '공상식관(工商食官: 공인과 상인을 모두 관의 녹을 먹고 청에 소속한다.)'이라는 설이 있다. 서주 중기에 이미 토지거래 현상이 나타났다. <격백궤格伯簋>의 명문에 의하면 격백格伯이 예전에 '삼십전三十田'으로 다른 사람의 준마駿馬 4필을 교환했다고 했다. 또 다른 문헌 기재에 의하면 귀족인 구백矩伯이라는 자는 '10田'으로 구위裘衛라는 자의 80붕朋 값어치의 금장(瑾璋: 옥제 예기의 일종) 한 점을 교환했다고 했다. 그 후에 다시 '30전'으로 구위 20붕 값어치의 옥기, 망토, 폐슬 등을 교환했다. 교역의 값을 비교해 보면, 당시의 옥제품의 값이 비교적 비싸고, 조개는 이미 당시 물가를 판단할 수 있는 표척이 되었다. 화폐 단위로 사용하는 '붕朋'은 약 조개 다섯 개 정도에 상당한 것이었다.

춘추전국시대 사회경제의 발전에 따라 사회 생활에도 변화가 나타나 상업의 지위는 점차 높아졌다. 전국시대의 상업은 이미 춘추시대보다 크게 발전했다. 은작산죽서銀雀山竹書 「시법市法」[161]편에서 "우두머리(王者)

---

161) 銀雀山漢墓竹簡整理小組, 「銀雀山竹簡'守法'與'守令'等13篇」, 《文物》, 1985年 第4期.

는 시장 교역을 하지 않고 권세자(霸者)는 상점을 갖고 있지 않다. 중간 크기의 나라는(中國) 시장 교역에 유리하고, 작은 나라(小國)는 시장에 의지한다. 시장 물품 교역은 화폐를 통해서 이루어진다. 중간 크기 나라 시장에 유리한 자가 강하고, 작은 나라는 시장에 의지한 자가 평안하다. 시장이 잘 되면 유리한 자가 많아지고 화폐 유통도 잘 되므로 백성들은 □162), 제후들은 재물이 많아지고, 이렇게 되면 작은 나라가 부유해진다"라고 했다.163) 여기서 중등 나라와 작은 나라에서 '시市'의 중요함을 특별히 강조하고 있다. 서주춘추시대의 '왕자王者'와 '패자霸者'는 시장교역을 중시하지 않으나 춘추전국시대에 접어들면서 중, 소 나라는 "시장에 유리한 자가 강하고 시장에 의지한 자가 평안하다"는 이치를 아주 중시했다. 「시법」에서는 "시장은 반드시 성읍 안에 있어야 된다"고 말하고 "시장의 크기가 반드시 성읍과 어울려서 출입이 편리하고 교역에 유리해야 한다"164)고 했다. 시장의 크기는 반드시 성읍의 크기와 서로 대칭돼야 함을 고려하고, 시장을 교통 편리한 곳에 설치하는 것은 동주시대 각 제후국이 상업 무역을 발전하는 데 우선 고려해야 하는 문제였다.

서주후대 상인들이 얻은 이윤은 상당히 많아서 당시 사회에서 "장사가 세 배의 이윤이 남는 것을 말하지 않아도 관리는 다 알고 있다"165)라는 말까지 나왔다. 춘추시대 제나라의 상업은 비교적 발달됐고 "공상업을 발전시키셔 어업과 염업에 유리한"166) 전통 아래서 상인들은 비교적 높은

---

162) □: 죽간에 잘 보이지 않은 글.(역자 주)
163) 王者無市, 霸者不成肆, 中國利市, 小國恃市.市者, 百化(貨)之威(隈), 用之量也.中國能〔利〕市者強, 小國能利市者安.市利者化(貨)行, 化(貨)行則民□,〔民口〕則諸侯財物至, 諸侯財物至則小國富.
164) 爲市之廣狹小大之度, 令必稱邑, 便利其出入之門, 百化(貨)財物利之.
165) 「詩経・瞻卬」
166) 「史記・齊太公世家」

사회 지위를 차지하게 됐다. 제환공齊桓公 시대의 관중管仲, 포숙鮑叔은 모두 상업167)을 거쳐서 제나라에 큰 영향을 미친 대신이 됐다. 제나라 상인의 수가 매우 많기 때문에 춘추시대에 상인 전용 주거 공간을 따로 기획하여 상인들이 주거 하도록 하기도 했다. 관중은 제창한 '정민지거定民之居'라는 정책 중 특히 '공상지향육工商之鄕六'을 분류해서 상인에 대한 구체적인 관리법을 아래처럼 제정했다.

> 상인들을 시장에 모여 살게 하여, 흉년과 기근을 살피게 하고, 지역의 재물을 살펴서, 시장의 가격을 알아 조절하게 한다. 짊어지고 안고 메고 들고 소달구지나 수레에 싣고 사방을 두루 돌아다니며, 자기가 가지고 있는 것으로, 자기에게 없는 것과 바꾸고, 싼 것을 사들이고 비싼 것을 팔게 알려 주며, 아침 저녁으로 여기에 종사하며, 자식들을 가르치게 되면 서로 사사로운 이익을 대화의 소재로 삼는다. 서로 간의 얻은 이익을 보여 주고 가격 정보를 알려 준다. 어려서부터 익혀, 마음에 편안히 여기게 되니 다른 물건을 보고서 옮겨 가지 아니했다. 이러한 까닭으로 그 부형의 가르침은 엄숙하지 않아도 이루어지고, 그 자제의 배움은 애쓰지 않아도 능하니 대저 이런 것이다. 그러므로 상인의 아들은 늘 상인이 된다.

관중의 설명을 보면 아래 몇 가지로 요약할 수 있다. 첫째, 당시의 제나라에서 '싼 것을 사들이고 비싼 것을 파는' 자영 상인이 상당히 많고 여가 시간에 능민 종사 경영자 아닌 '아침 저녁으로 여기에 종사한다'는 전업 상인이 많다. 둘째, 상인은 직업이 고정되어 마음대로 변경하는 직업이 아닌 '상인의 아들은 늘 상인이 된다'는 지경에 이르기까지 했다. 셋째,

---

167) 「사기史記·관안열전管晏列傳」에서 관중管仲은 "내가 가난하게 살았을 때 포숙과 장사를 한 적이 있었다. 이익을 나눌 때마다 내가 더 많은 몫을 차지하곤 하였으나 포숙은 나를 욕심쟁이라고 하지 않았다. 그는 내가 가난한 것을 알았기 때문이다" 라고 기록했다. 관중은 포숙鮑叔과 같이 장사했는데 소자본 상인이었다.

제나라 관청에서 상업에 대한 통제를 엄격하게 실시하고 있으며, 상인은 '다른 물건을 보고서 옮겨' 가면 안될 정도였다. 당시 제나라에서 사士, 농農, 공工, 상商 네 가지 신분의 주민이 섞여서 같이 생활하면 안되고, '상인의 거처는 시장 바닥'[168]이며 상인들은 마음대로 이사하는 것이 불가했다. 서주시대부터 '공상식관工商食官'이라는 전통이 큰 영향을 미쳤다는 것으로 볼 수 있다.

　　제나라처럼 춘추시대 정나라의 상업도 매우 발달했다. 춘추 후기에 진晉나라 대신인 한기韓起는 정나라를 방문할 때 상인한테 옥고리 하나를 사서 자신이 원래 갖고 있는 옥고리와 한 쌍으로 맞추려고 한 적이 있었다. 거래가 곧 되기 전에 정나라 상인은 규정대로 관청에 보고해야 한다고 했다. 자산子産은 이 일에 관하여 한기에게 "옛날 우리 선군이신 환공과 상인은 모두 주왕조로부터 와서 함께 어깨를 나란히 하여 이 땅을 정리하여 쑥과 명아주 같은 잡초를 베어 내고 함께 거처했으며, 대대로 맹세하고 서로 믿으며 말하기를 '너는 나를 배반하지 않고 나는 강제로 사지 않을 것이며 혹여라도 구걸하거나 수탈하지 않을 것이다. 네게 팔아서 이익이 되는 보물이 있어도 내 알려고 하지 않을 것이다'라 했습니다. 이 맹세한 말의 신용을 믿기 때문에 서로 보전하여 오늘에까지 이를 수 있었습니다"[169]라고 말했다. 이것은 정나라 상인들이 대단한 영향력을 갖고 있었음을 시사한다. 정나라 관청은 상인에게 의지하려고 해서 그들과 맹세했으며, 상인은 정나라의 이익을 지켜야 하니 정나라 관청은 상인의 무역자유를 간섭하지 말아야 한다는 것이다. 실제로는 정나라 상인은 역시 정나라 관청 규정에 따르기에 관청을 뛰어넘어 직접 옥고리를 한기에게 팔지 못한다. 정나라의 이런 상황은 비록 '공상식관'이라고 할 수 없지만 관청은

---

168) 「国语·齊語」
169) 「左傳·昭公·16年」

여전히 상업무역에 대하여 상당한 영향력을 행세했음이 확실하다. 정나라 상인은 최초로 정환공鄭桓公과 함께 주왕조 지역으로부터 옮겨 와서 정나라의 건국에 있어 공을 세우면서 영향이 매우 컸다. 자산의 이런 말이 돌려 거절하려는 의도가 느껴지지만 기록을 통해 정나라 상인의 활동 상황이 확실히 그랬다는 것으로 보여준다. 춘추 초기에 진秦나라 군대가 먼 길을 고생스럽게 가서 정나라를 기습 공격하자, "활滑나라에 이른 정나라의 상인 현고弦高가 주왕조에 장사를 하러 가려다가 그들을 만나고 가죽 네 장으로 먼저 예의를 표하고 소 열두 마리로 군사들을 위로했다."170) 이런 영리한 행동으로 정나라의 습격을 피할 수 있었다. 기록한 상황을 보면 그는 소를 판매하러 주왕조에 가는 길에서 진秦나라 군대를 만났다. 이것으로 보면 그는 뛰어난 경제 세력을 갖췄기에 정나라의 평화를 위하여 기여할 수 있었다. 정나라 상인은 활동하는 범위가 아주 광범했는데 진晉나라의 장군인 순앵荀罃이 초나라에 잡혔을 때 정나라 상인이 그를 구하려했다. "순앵이 초나라에 있을 때 정나라 상인 중에 그를 자루에 넣어서 빼내려했다. 계획은 했지만 실행을 하지도 못했는데 초나라 사람이 그를 돌려보냈다. 상인이 진나라로 가자 순앵이 그를 잘 보아 실제 자신을 구출한 듯이 했다. 상인이 말했다. '내게 그런 공이 없는데도 감히 실제 있었던 것처럼 할 수 있겠습니까? 나는 소인으로 군자를 완전히 속일 수는 없습니다.' 마침내 제나라로 갔다."171) 이 상인은 초楚, 진晉, 제齊 각 나라에서 활동하고 경대부卿大夫 대신을 만날 수 있는 것으로 보아 큰 영향력이 있는 사람이었다. 하지만 그는 역시 '소인'이라 자칭하고, 자신을 '군자'의 범위 밖으로 구분한 것으로 보아 당시 사회에 상인의 정치 지위가 별로 높지 않았던 것을 설명해 준다. 춘추시대 사회에서 상인

---

170) 「左傳·僖公·13年」
171) 「左傳·成公·3年」

은 부유하지만 정치 지위가 높지 않은 사회 계층이었다. 상인이 자신의 사회 지위를 바꾸려면 상업에서 벗어나고 정치에 종사해야 했다. 앞서 언급한 제나라의 관중과 포숙이 바로 그런 예다. 만약 정치에 참여하지 않으면 부유해도 사회에서 좋은 대접을 못 받는다. 진晉나라의 도읍인 강지絳地에 많은 부유한 상인이 있으며 진나라 태부숙太傅叔은 그들의 상황에 대하여 "강성絳城의 부상들이 조정을 지날 때 가죽제 수레의 휘장과 목제 수레의 처마로 수레를 덮고 상인은 수레 속에 숨었다. 그들의 공로는 별것이 아니다. 그런데도 그는 부유함으로 인하여 능히 금과 옥으로 그 수레를 장식하며, 무늬로 그 옷을 아름답게 꾸미며, 능히 제후들에게 풍부한 예물까지 줄 수 있을 정도다. 그러면서도 적은 봉록도 받지 못하고 있으니, 이는 백성들에게 무슨 큰 공적을 쌓는 것도 아니기 때문이다"[172]라고 말했다. 강지의 상인은 재산이 많고 수레도 매우 화려하게 장식하고 옷차림도 보통이 아니었다. 말 그대로 "금과 옥으로 그 수레를 장식하며 무늬로 그 옷을 아름답게 꾸민다"는 정도였다. 하지만 진나라 조정을 지날 때 가죽제 수레의 휘장과 목제 수레의 처마로 수레를 덮고 상인은 수레 속에 숨었다. 진나라의 통치계층은 이런 상인이 진나라에 별 '공용功庸'이 없고, "백성들에게 큰 공적을 쌓지 못했다"고 여겼다. 비록 부유하더라도 사회로부터 멸시당하는 지경에 이르렀다. 진나라 조정의 경대부들이 "금과 옥으로 그 수레를 장식하며 무늬로 그 옷을 아름답게 꾸민다"는 부상들을 보고서는 마음에 박탈감이 생기게 됐다. 경대부들이 제일 먼저 든 생각은 바로 "상인은 전쟁터에서 싸움도 안하고 집정하지도 않으며 국가를 다스리지도 않는데 왜 부유한가?"라는 문제였다. 하지만 어쩔 수 없는 사실 앞에 경대부들은 장난친 듯 상인에게 명령을 내려 수레가 조정 앞을 지날 때 반드시 숨기고 다니라고 하는 것이었다. "눈에서 멀어지면 마음도 멀어

---

172) 「国语・晉語・8」

진다"는 일종의 자신을 위로하는 방법과 마찬가지다.

상인들의 부유한 자산과 낮은 정치 지위간 큰 격차가 벌어지면서 그들이 관청에 대한 불만 정서를 마음에 품은 것은 당연한 일이다. "초나라의 법에 천한 상인이 임금을 뵙고 싶으면 반드시 큰 선물을 갖추고 인질을 볼모로 삼아야 뵐 수 있게 되어 있었다."173) 상인이 국군을 만나는 조건은 아주 엄격했다. 춘추후기에 위영공衛靈公과 진晉나라 정경正卿인 조간자趙簡子의 관계가 좋지 않아 국군과 대부의 아들을 진나라로 보내 양자가 되는 조건으로 진나라의 토벌을 면할 수 있었다. 양자들이 출발하기 전에 위衛나라 대부인 왕순가王孫賈는 "만약 위나라에 어려움이 있다면 장인匠人과 상인들이 근심을 하지 않은 적이 없으니 모두 가게 하여야 옳을 것입니다"174)라고 제의했다. 이는 위나라 상인의 아들도 진나라의 양자로 보낼 계획을 말한 것이다. 위나라에 재난이 있을 때마다 상인들은 종종 이 기회를 틈타서 골칫거리가 되었으니, 왕순가가 이런 방법을 생각해 내어 그들을 징계하고자 한 것이다.

춘추시대의 상인은 재산을 가진 정도에 따라 여러 사회계층으로 나뉘었다. 소규모 수공업자 같은 계층은 그들이 직접 제품을 만들고 팔았다. "공자가 초楚나라로 가다가 의구蟻丘의 여관에 머물렀다"175)고 했는데 이는 장漿을 파는 자의 집이었다. 장을 파는 자는 자신이 직접 만들고 팔기 때문에 원가가 낮아서 이익이 적은 공상업자였다. 송나라의 집권대신 사성자한司城子罕이 집터 남쪽의 만장鞔匠과 이웃했는데, 사성자한은 자기 집 확장 공사를 하고 싶어도 차마 그 이웃을 내 쫓을 수 없었다. 그는 "남쪽 이웃집은 장인인데 신발을 만드는 사람입니다. 내가 그들에게 이사

---

173) 「韓詩外傳·卷8」
174) 「左傳·定公·8年」
175) 「莊子·則陽」

가라고 하였더니, 그 남자가 말하기를 '저는 신발을 만드는 일에 의지하여 삼대를 먹고 살아왔습니다. 이제 우리를 이사가게 하시면, 송나라에서 신발 구하는 사람들이 내가 사는 곳을 모르게 될 것이고, 저도 장차 먹고 살 수가 없을 것입니다. 승상께서는 제가 먹고 살지 못할 일을 걱정해 주시기 바랍니다'"[176)라고 했다. 만장은 단골 고객이 자신의 집에 와서 제품을 구입했는데 이는 초나라에 장醬을 파는 자의 상황과 비슷하다. 이렇게 개체 수공업자 자신이 직접 만든 제품을 파는 상황은 전국시대까지 여전히 존재했다. 이것이 바로 맹자가 말한 "번거롭고 귀찮게 백공들과 더불어 교역한다"[177)는 것이다.

대상인 계층의 상황은 또한 달랐다. 예를 들면 위나라 사람인 공자의 제자 단목사端木賜(자字 자공子貢)를 공자는 이렇게 평가했다. "공자에게 배운 뒤 물러나 위나라에서 벼슬하고 조나라와 노나라 사이에서 물자를 쌓아 두기도 하고 팔기도 하여 재산을 모았다. 공자의 70여 제자 중에서 자공이 가장 부유했다……자공이 사둔 수레를 타고 기마 행렬을 거느리며 비단을 폐백으로 들고 제후들을 찾아갔으므로 가는 곳마다 왕들이 몸소 뜰까지 내려와 대등한 예로 맞지 않는 자가 없었다"[178) "사賜는 관명을 받지 않는 데서 사재私財를 불리고 있는데 예측이 잘 들어맞는다."[179) 이것으로 보면 경영 재능을 갖춘 자공은 학문을 중요시하지 않지만 상업 시장의 가격 시세 변화에 매우 민감하다. 월나라의 범려範蠡가 은퇴한 후 "도陶는 천하의 중심으로 사방의 여러 나라 통하여 물자의 교역이 이루어지는 곳이다. 그리고 장사를 하며 물자를 쌓아 두었다가 시세의 흐름을 보아

---

176) 「呂氏春秋·召類」

177) 「孟子·滕文公·上」

178) 「史記·貨殖列傳」

179) 「論語·先進」

내다 팔아서 이익을 거두었는데, 사람의 노력에 기대지는 않았다. 그러므로 생업을 잘 운영하는 사람은 거래 상대를 고른 뒤 자연의 시세에 맡긴다. 주공은 19년 동안 세 차례 천금을 벌었다."[180] 자공, 범려[181] 같은 대상인은 춘추 후기에 이미 많이 생겨서 전국시대까지 이런 사람들은 점점 많아져 영향력이 큰 사회계층이 됐다.

높은 상업 이익 때문에 적지 않은 고층 관직과 유명인사도 상업에 뛰어들었다. 이들은 범려처럼 완전히 상인으로 바뀌지 않았지만 자신이 가진 정치 특권을 행사해 상업 경쟁에서 매우 유리한 위치를 차지했다. 고고에 의하여 발견된 전국시대 초나라의 「악군계절鄂君啓節」 같은 자료를 통해

---

180) 「史記·貨殖列傳」
181) 범려가 은퇴 후 상업을 경영하는 상황에 대하여 「사기·월왕구천세가越王勾踐世家」에서 비교적 상세히 기록했는데 "범려가 바다를 떠다니다가 제나라에 이르러 성과 이름을 바꾸고 스스로 '치이자피鴟夷子皮'라고 했다. 그는 해변에서 농사를 짓는데, 온갖 고생을 하고 힘을 다하여, 아버지와 아들이 산업을 다스렸다. 그곳에 산 지 얼마 되지 않아 재산이 수십만 금에 달하게 됐다. 제나라 사람들은 그가 어질다는 것을 듣고서 그를 재상으로 삼았다. 범려는 한탄하며 말했다. '집에 있을 때는 천금의 재산을 얻고, 관직에 있을 때는 경상에 이르렀으니, 이는 보통 사람들로서 정점에 도달한 것이다. 존귀한 이름을 오랫동안 가지고 있는 것은 상서롭지 못하다.' 그리고는 재상의 인수를 돌려주고, 자신의 재산을 모두 나누어 아는 친구들과 마음에 든 사람들에게 나눠 주고, 그 중에서 귀중한 보물만 가지고 몰래 빠져나와 도陶 땅까지 이르렀다. 이곳이야말로 천하의 중심이므로 교역을 하면 각지와 통할 수 있어 장사를 하면 큰 돈을 모을 수 있다고 그는 생각했다. 따라서 스스로 '도주공陶朱公'이라고 했고 다시 부자와 함께 농사를 짓고 가축을 기르며 물건을 오랫동안 쌓아 놓았다가 때가 되면 물건을 내다 팔아 십분의 일의 이윤을 남겼다. 그는 오래 지나지 않아 엄청난 재산을 모았으니 천하 사람들은 그를 도주공이라고 일컬었다." 이 기재를 보면 범려가 부자된 것도 그의 상업 재주가 뛰어나기 때문이기도 하나 또 다른 중요한 원인은 '천하지중天下之中'의 도(陶 : 현재 산동성 조현山東曹縣 서쪽)라는 곳에서 발전을 도모한 것과도 관계가 있다. 사회 환경을 보면 춘추전국 때 상업의 번영은 범려에게 상업 재능을 발휘할 수 있는 큰 무대를 제공해 준 셈이다.

구체적인 상황을 어느 정도 파악할 수 있는데, 「악군계절」 중 '주절舟節'과 '거절車節' 두 가지가 있었으며 '주절'의 명문銘文은 다음과 같다.

대사마 소양邵阳이 양릉襄陵에서 진晉나라의 군대를 격파한 그 해 BC323년 2월 을해乙亥날, 왕께서 재영哉郢의 유궁游宮에 계셨다. 대공 윤이 왕명을 받들어 집윤集尹의 직무를 담당하는 소邵씨와 잠윤箴尹을 담당하는 역자逆者, 잠령箴令을 담당하는 어떤 자에게 명령을 내리면서, 악군鄂君인 계자啓者의 집을 위해 다시 금절金節을 주조하라고 했다. 배 세 척으로 과(艍: 작은 배를 이은 화물선)를 만들고, 과 50척이면 연내에 돌아올 수 있다. 악鄂에서 출발해 호湖를 지나 한漢를 건너고 옌지鄬地로 길을 돌아 다시 기양沍陽으로 길을 바꿔서 갈 수 있다. ……이 금절을 가지고 있으면 세를 징수하지 말고 숙식은 무료로 제공하며, 금절이 없으면 세를 징수한다. 만약 말, 소 따위가 관을 드나들 때는 관에서 징수하지 말고 대부大府에서 징수한다.[182]

'주절舟節' 규정에 의하면 악군계의 무역 선대는 초나라 주요 항로에서 거침없이 통행할 수 있다. 모든 관문에서 금절을 의지하여 세금을 납부하지 않을 뿐더러 좋은 음식 대접도 받을 수 있다. 초나라의 관청은 악군계의 선대에 실린 물품 중에서

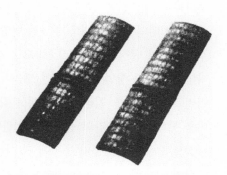

그림 1-29 착금 악군계절鄂君啓節

---

182) 大司馬邵(昭)陽敗晉師于襄陵之歲, 夏夷之月, 乙亥之日, 王 居于哉郢之遊宮. 大攻尹□以王命命集尹邵□, 箴尹逆, 箴令□, 爲鄂君啓之府賡鑄金節. 屯三舟爲一艍, 五十艍, 歲能返. 自鄂往, 逾沽 (湖), 上灘(漢)庚鄬, 庚芑.……見其金節則(毋)(征)毋(毋)舍桴□, 不見其金節則政(征). 女(如)載馬牛羊以出內(入)關, 則政(征)于大府, 母政(征)于關.

말, 소, 양 세 가지만 제한하고 그 이외 다른 물품들은 모두 자유롭게 통행할 수 있다. 「악군계절」의 '거절車節'의 내용은 '주절舟節'과 비슷하다. 악군계는 50대의 화물 운반수레가 관문을 통과할 때 면세될 수 있고, 짐꾼으로 화물을 지면 화물의 무게를 수레 50대가 적재량으로 환산한다. 악군계는 초나라의 봉군封君이고 초나라의 왕이 발포한 금절을 가지고 있으면 무역 우대를 받을 수 있다. 「악군계절」의 내용을 보면 당시 초나라는 수상무역 통로이든 육상무역 통로이든 모두 발달돼 있었다. 이는 전국 중기 초나라의 번영된 상업무역 상황을 설명해 준다. 또한, 초나라 관청은 무역 통로 곳곳에 관문을 설치하고 세금을 징수하며, 관문을 통과하는 선박이나 수레에 실린 화물을 검사하고 일부 무역 물품을 통제했던 것으로 추정된다. 예컨대 '거절'의 명문에서 '금, 피혁, 화살 운반 금지'[183]라는 내용이 있다. 군용품은 관청 이외의 사람이 경영하면 안되는 것으로 규정하며, 초나라로부터 반출 금지 품목으로 지정된 것이었다.

전국시대의 상업은 더욱 발달과 번영의 시대를 맞이했는데 이는 육로와 수상교통의 발전을 통해 집중적으로 설명할 수 있다. 지역 경제 중심이 나타남에 따라 상업무역 중심인 도읍이 남북 각 지역에 두루 펴져 있었다. 이런 도읍은 종종 지리적인 우세로 각종 물품을 교역하는 중추가 되고, 이를 통해 각 지역 간의 경제적인 연관이 더욱 강화됐다. 일부 상업무역을 중심으로 삼은 도시들이 동시에 그 나라의 수도, 정치 중심이며 경제무역 중심이기도 했다. 앞에 언급한 도읍陶邑은 바로 전형적인 예이다. 그밖에 한韓나라의 양적(陽翟: 현재 하남우현河南禹縣), 위魏나라의 온(溫: 현재 하남온현河南溫縣)등도 모두 유명한 상업도시였다. 전국 말년에 진秦나라에서 정치 집권했으며 거대한 성공을 거둔 여불위呂不韋가 바로 '양적대고인陽翟大賈人'출신이었다. 그는 "왕래하며 싸게 사서 비싸게 팔아 집에 천금

---

183) 毋(母)載金, 革, 黾箭.

을 쌓아 두었다."[184] 그렇게 해서 튼튼한 상업자본 기반을 다졌다. 이런 상업무역 중심인 도읍은 대부분 화폐를 주조하고 일부 부차적인 도시에도 화폐를 주조해서 유통시켰다. 예를 들면, 위나라의 많은 도시에서 주조 화폐가 발견됐다. 전국시대 화폐 명문에 의하면 위나라의 도읍인 대량(大梁: 현재 하남성 개봉開封), 구도안읍(舊都安邑: 현재 산서성 하현夏縣 서북쪽)및 포판(蒲阪: 현재 산서성 영제현永濟縣 서쪽), 진양(晉陽: 현재 산서성 영제현 서남), 공(共: 현재 하남성 휘현輝縣), 산양(山陽: 현재 하남성 초작시 焦作市 동남쪽), 우(虞: 현재 산서성 평육현平陸縣 북쪽), 음진(陰晉: 현재 섬서성 화음현華陰縣 동쪽), 원(垣: 현재 산서성 원곡현垣曲縣 서남쪽), 평주 (平周: 현재 산서성 개휴현介休縣 서쪽), 피씨(皮氏: 현재 산서성 하진현河津 縣 동쪽), 고도(高都: 현재 산서성 진성晉城), 택양(宅陽: 현재 하남성 정주시 鄭州市 북쪽) 등도 모두 화폐를 주조한 도시였다. 그 이외에 조趙, 한韓, 제齊, 연燕, 진秦, 초楚 그리고 동주와 서주도 모두 비슷한 상황이었다. 비록 이런 도시들은 모두 당시의 경제무역 중심이 아니지만 화폐를 주조하는 상황을 보면 당시 경제무역은 비교적 발달된 편이었다.

이러한 경제무역 중심 도시를 중추로 삼고 전국시대 각 지역에서 막힘 없는 상업교역 네트워크가 형성됐다. 「관자管子 · 소광小匡」편에서 각 지역 의 상인들이 "소달구지거나 수레에 싣고 사방을 두루 돌아다니며, 있는 수량과 가격을 파악하고 자기가 가지고 있는 것으로 없는 것과 바꾸고, 쌀 때 사서 비쌀 때 팝니다. 그러므로 우모羽旄를 구하지 않아도 이르고, 대나무 화살이 나라에 넉넉해지고, 기괴한 물건이 때에 맞춰오며, 진귀하 고 기이한 물건이 모인다"라고 했다. 먼 곳에 있는 많은 물품들이 모두 상업무역을 통해서 유무 상통할 수 있었다. 전국 말년에 이사李斯는 진시 황에게 「간축객서諫逐客書」를 통해 간언했는데 그 중에서 "지금 폐하께서

---

184) 「史記 · 呂不韋列傳」

곤륜산의 이름난 옥을 손에 넣고, 수隨씨의 진주와 화和씨의 벽璧을 가지고, 명월明月의 진주를 차고 태아太阿의 명검을 지니고 있으며, 섬리纖離의 준마를 타며, 취봉翠鳳의 기발을 세우고 영타靈鼉의 복을 가지고 있습니다. 이러한 수많은 보물들은 진나라에서는 하나도 나지 않는데, 폐하께서 이것을 좋아하시는 것은 무슨 까닭입니까? 반드시 진나라에서 나는 것이라야만 된다면 야광의 벽으로 조정을 꾸밀 수 없고, 코뿔소의 뿔이나 상아로 물건을 가지고 즐길 수 없을 것입니다. 정鄭나라와 위衛나라의 미인은 후궁에 들어올 수 없고, 결제駃騠라는 준마는 바깥 마구간을 채울 수 없으며, 강남의 금과 주석은 쓸 수 없고, 서촉의 단청으로 채색할 수 없을 것입니다"[185]라고 했다. 이사가 언급한 진나라 궁정에서 보유하는 보석, 검고劍鼓, 금석金錫, 단청丹青, 준마駿馬 등, 일부는 전쟁에서 다른 나라를 약탈하고 얻은 것이지만 대부분 역시 상업무역의 결실이었다.

전국시대에 상업의 번영과 장기적으로 무역 기반을 다진 환경 아래, 많은 경영자들이 경영 방법을 연구하는 데 힘을 기울여서 적지 않은 상업무역 이론을 제기했다. 이로부터 상업무역의 가일층 발전이 촉진됐다. 이런 이론을 통해 당시 경영 풍속을 쉽게 찾아볼 수 있으며 전국시대 조나라 희郗의 말을 통해 그 이론 요점들을 파악할 수 있다. "양상良商은 사람과 물건을 사고 팔 때 값을 다투지 않고 조심스럽게 시기를 엿본다. 값싼 시기에 사면 바싸게 사더라도 값싸고, 값비싼 시기에 팔면 값싸게 팔아도 비싼 셈이다."[186] 전국시대에 많은 부자 상인은 기회를 엿보고 큰 성공을 거두었다. 「한비자韓非子·오두五蠹」편에서 "항간의 속담에 말하기를 '소맷자락이 길면 춤을 잘 추고 돈이 많으면 장사를 잘한다'고 한다. 이것은 밑천이 많아야 일하기가 쉽다는 말이다." 매점매석해서 상업무역을 하려

---

185) 「史記·李斯列傳」
186) 「戰國策·趙策3」

면 반드시 '많은 자금'을 기초로 해야하지만, 가장 중요한 것은 시장 시세를 예측하고 시장 변화를 분석하고 제때 결단할 수 있는 것이다. 전국 백규白가 이에 대해 많은 연구를 했다. 기록에 의하면,

> 백규는 시세의 변동을 살피기를 좋아했다. 그래서 백규는 사람들이 버리고 돌아보지 않을 때는 사들이고, 세상 사람들이 사들일 때는 팔아 넘겼다. 풍년이 들면 곡식은 사들이고 실과 옷은 팔았으며, 흉년이 들어 누에고치가 나돌면 비단과 풍솜을 사들이고 곡식을 내다 팔았다. 태음(太陰: 목성 뒤의 세성歲星)이 동쪽에 있는 해는 풍년이 들지만, 그 이듬해는 흉년이 든다. 또 남쪽에 있는 해는 가물고, 그 이듬해에는 풍년이 든다. 서쪽에 있는 해는 풍년이 들고, 그 이듬해에는 흉년이 든다. 그처럼 백규는 풍년과 흉년이 순환하는 것을 살펴 사고 팔았으므로 해마다 물건을 사재기하는 것이 배로 늘어났다. 돈을 불리려면 값싼 곡식을 사들이고, 수확을 늘리려면 좋은 종자를 썼다. 거친 음식을 달게 먹고, 하고 싶은 것을 억눌렀으며, 옷을 검소하게 입고, 노복들과 고통과 즐거움을 함께 했으며, 시기를 보아 나아가는 것은 마치 사나운 짐승이나 새처럼 재빨랐다. 그는 이렇게 말했다. "나는 산업을 운영할 때 마치 이윤伊尹과 여상呂尙이 계책을 꾀하고, 손오孫吳가 군가를 쓰고, 상앙商鞅이 법을 시행하는 것과 같이 한다. 그런 까닭에 임기응변하는 지혜가 없거나 일을 결단하는 용기가 없거나 주고 받는 어짊이 없거나 지킬 바를 끝까지 지킬 수 없는 사람이라면 내 방법을 배우고 싶어해도 끝까지 가르쳐 주지 않겠다." 대체로 천하에서 사업하는 방법을 말하는 사람들이 백규를 그 원조로 보았다."[187]

백규는 상업무역에 관한 이론은 일반적으로 제때 저장하고, 싸게 사서 비싸게 팔기 이외에 가장 두드러진 것은 기상氣象과 수확간의 관계를 이용해서 멀리 시장 예측을 하는 것이었다. 당시의 천문학자는 태음성은 하늘에서의 위치에 따라 풍작인지 흉작인지를 미리 판단해서 일년을 앞당기고

187) 「史记·貨殖列傳」

다음 해 물가 상황을 확정하고, 곡식과 다른 종류의 물품을 저장여부를 결정한다. 백규 이론의 다른 한 특징은 바로 상업무역자가 고통과 어려움을 참고 견디기, 아래 사람과 동고동락하기를 제창하는 것이다. 제때 결단하기에 능해야 하는 것은 백규 상업무역 이론의 중점 중의 하나다. 그는 정치적으로 권력을 도모하기, 전쟁에서 결단을 과감하게 내리기, 나라 다스리는 데 엄격하게 법령을 시행하기 등, 이들을 모두 상업무역과 연결시킨 셈이다. 중국에서 백규를 상업무역의 시조로 여겼는데 이는 그의 심도 깊은 이론의 완정성과 밀접한 관계가 있다고 본다.

상업무역의 발전은 춘추전국시대 사회경제와 생활수준 높이는데 아주 큰 촉진 역할을 했다. 예컨대 춘추시대 사람은 진晉나라에서 필요한 물건을 이렇게 말했다. "소태나무와 가래나무, 피혁은 초나라에서 구입해 왔다."[188] 진문공晉文公 중이重耳는 초나라에 이르자 초나라 성왕成王이 그를 대접하면서 나중에 자기한테 무엇으로 보답할 수 있느냐고 물었다. 중이는 "새의 깃, 짐승의 털, 상아, 가죽은 임금의 땅에서 생산이 됩니다. 진나라에서 파급된 것들은 임금께 남는 것들입니다"[189]라고 물품으로 보답할 수 있는 것이 없다고 했다. 이러한 물질적인 '파급波及'은 상인들이 완성했다. 전국후기의 순자荀子는 당시 형성되는 '사방의 바다 안쪽은 모두 한 가정(四海之內若一家)'이라는 상황에 관하여 다음과 같은 말했다.

북쪽 바다에 잘 달리는 말과 잘 짖는 개가 있다. 그런데 중원中原 지역에서는 이들을 구해 가축으로 사용하고 있다. 남쪽 바다에는 새깃과 상아와 외뿔소 가죽과 증청曾青과 단사丹砂가 난다. 그런데 중원 지역에서는 이것들을 구해 재물로 삼고 있다. 동쪽 바다에는 자초紫草와 칡베와 물고기와 소금이 난다. 그런데 중원 지역에서는 이것들을 구해다가 입기도 하고 먹기도 한다.

---

188) 「左傳 · 襄公 · 26年」
189) 「左傳 · 僖公 · 23年」

서쪽 바다에는 짐승들 가죽과 무늬 있는 쇠꼬리가 난다. 그런데 중원 지역에서는 이것들을 구하여 상용하고 있다. 그러므로 못에 사는 사람도 나무가 풍족하고, 산에 사는 사람도 물고기가 풍족하다. 농부들은 나무를 깎고 다듬지 않고 질그릇을 굽지 않지만 쓰는 용구가 풍족하다. 공인들과 상인들은 밭을 갈지 않지만 양곡이 풍족하다. 그리고 호랑이나 표범은 사납지만 군자들은 그들의 가죽을 벗겨 사용하고 있다. 그러므로 하늘 아래 땅 위에 있는 물건들은 모두가 그의 아름다움을 다하고 그 용도를 발휘하고 있는 것이다. 위로는 그 물건들로 어질고 훌륭한 이들을 장식케 하고, 아래로는 백성들을 먹여 살려 모두 편히 즐겁게 살게 해준다. 이것을 일컬어 위대한 평화라 하는 것이다.190)

순자가 말하는 '북해北海', '남해南海'등 사방의 바다는 중국의 동, 서, 남, 북 사방의 먼 지역을 가리킨다. 이른바 '중국'은 중원지역을 가리킨 것이다. 이런 먼 곳의 특산물을 중원으로 운송할 수 있는 것은 상업무역의 번영 발전과는 떼어 놓을 수가 없다. 각종 노동에 종사하는 민중에게 상업 무역은 없어서는 안되는 부분이 된다. 순자가 언급한 '택인澤人'·'산인山人'·'농부農夫'·'공고工賈'같은 직종 종사자들이 각기 제 자리에서 일 잘하면 여러 노동을 몸소 행하지 않아도 된다. 왜냐하면 상업으로부터 편리를 제공하기 때문이다. 순자가 말하는 '대신大神'은 실제로 전국시대의 상업이 보편적인 번영과 발전에 대한 찬양이었다. 이런 번창한 상업유통은 사회풍속의 변화에 적극적인 촉진 역할을 했다.

주대에 많은 수공업 장인과 일반 민중은 관영 상업에서 일하고 있었다. 춘추시대에 들어서며 공인과 상인을 모두 관청에 소속키는 기존의 '공상식관工商食官' 제도 영향 아래서, 관청 상업이 사회생활에서 중요한 역할을 담당하고 있었다. 각 나라 관청은 통상적으로 여러 관직을 설치해서 자영

---

190) 「荀子·王制」

상업 관리를 강화하고 관영상업을 발전시켰다. 노소공魯昭公 25년(BC517
년)에 노나라 후읍郈邑의 대부가 장회臧会에게 후읍의 '고정賈正'이라는
직책을 임명했는데, 구체적인 업무는 '계부(计簿: 수입, 지출, 세금, 호적을
기록한 수첩)를 계씨季氏한테 송달'191)하는 일이었다. 이것으로 노나라의
시장을 관리하는 고정은 집권 대신에게 장부를 적은 수첩과 세금을 올려
야 했음을 알 수 있다. 『좌전』 소공昭公 3년에 정나라 역신逆臣 공손흑公孫
黑이 반란을 일으켜 목적 달성하지 못하고 죽기 전에 집권대신에게 자신
의 아들 인印을 보살펴 달라고 하며 "아들 인印에게 저사褚師라는 직책을
임명해 주십시오"라고 부탁했다. 『춘추좌전두주春秋傳杜注』에서는 "저사
褚師는 시관市官이다"라고 주석했는데 정나라 시장을 관리하는 관직을 '저
사'라고 불렀다. '저사'라는 직책을 오랫동안 담당해서 일부 사람은 성씨
로 삼기도 했다. 춘추시대에 송宋, 정鄭, 위衛 등 나라에서 저사라고 불리는
자들이 있었는데, 예를 들면 저사자신褚師子申, 저사자비褚師子肥・저사정
자褚師定子・저사성자褚師聲子・저사단褚師段 등 모두 이와 같은 예이며, 이
들 중에 대를 이어 저사 직무를 담당하는 자도 있었다. 『좌전』 문공 11년
의 기록에 의하면 송무공宋武公 때 '적인狄人'이 송나라를 침략하고, 송나
라의 대신인 이반彤班은 적에 저항하느라 공을 세워, "송공이 이 문門을
이반彤班에게 상으로 내려, 세금을 거두어 먹고 살게 했는데, 이 문을 이문
彤門이라고 한다"고 했다. 송무공宋武公은 성문을 이반에게 하사하고 성문
의 세금을 거두어 먹고 살게 한 것이다. 이런 세금은 교통 요로의 관문
세금과 비슷하다.

춘추시대 각 나라는 국가 상업 발전 상황에 대하여 많은 관심을 모아
이것을 국가의 흥망을 판단하는 중요한 표시 중의 하나라고 여겼다. 춘추
중기에 초나라 대부인 자낭子囊은 당시 진晉나라의 상황을 언급하면서

---

191) 「左傳・昭公・15年」

"대부들은 직분을 지키며, 사士들은 군주의 명령 따르기를 다투고, 서민들은 농사일에 힘쓰며, 상공인이나 벼슬이 천한 사람들은 가업을 바꿀 것을 알지 못하고 있다"라고 했다.[192] 연구에 따르면 '상商'은 관청에서 일하는 상인이고, '공工'은 관청에서 일하는 수공업자"[193]라는 학설은 설득력이 있다고 본다. 춘추시대에 각 나라의 관영상업은 종종 관영수공업과 결합됐는데 이는 주로 관청의 필요를 만족시키기 위함이었다. 춘추 초기에 제환공齊桓公은 제후의 맹회에서 "손님과 나그네를 잊지 말라" 그리고 "제방을 구부려 쌓지 말고, 곡식 구입을 막지 말라"[194]는 두 항목인데, 모두 상인에 관한 규정이고 그 중에서 대부분이 각 나라의 관영상업과 관련된 자였다. 춘추 전기에 위나라가 '적인狄人'의 침범을 받고 어쩔 수 없이 초구(楚丘: 현재 하남성 활현滑縣 동쪽)로 옮겼다. 그때 '남녀 유민들이 730명'이 불과하고 제나라와 송나라의 수레 및 짐승 원조를 받아야 겨우 자리를 잡을 정도로 경제 상황이 매우 어려웠다. 하지만 위문공衛文公은 '통상通商, 혜공惠工'(「좌전·민공·2년」)이라는 정책을 취해서 빠른 시일에 국면을 바로잡고 경제회복을 맞이했다. 이른바 '통상'은 상인들에게 혜택이 되는 내용이 더러 있지만 위나라 관청상업 발전도 당연히 포함돼 있었다. 춘추 중기 진晉초楚전쟁 전, 진나라 대신인 수무자隨武子는 초나라 정세에 대한 분석 결과로 초나라가 한창 강성할 때여서 적이 되면 안된다고 했다. 그 원인 중 하나가 바로 초나라에서 "행상하는 사람들, 농사짓는 사람들, 공업하는 사람들, 점포를 꾸미어 장사하는 사람들이, 각기 그들의 가업을 게을리하지 않는다"[195]는 것이었다. 같은 예로 노양공魯襄公 9년(BC564

---

192) 「左传·襄公·9年」
193) 童書業, 『春秋左傳研究』, 上海人民出版, 1983年 p.311.
194) 「孟子·告子·下」
195) 「左傳·宣公·12年」

년)에 진경공秦景公은 사람을 보내 초나라와 연합하여 진晉나라를 토벌하려고 할 때 초나라 대신이 "진晉나라와 적이 되면 안된다"며, 그 주요 원인이 바로 진나라에서 "서민들은 농사일에 힘쓰며, 상공인이나 벼슬이 천한 사람들은 가업을 바꿀 것을 알지 못하고 있다"[196]고 했다. 이것으로 미루어 보아, 당시 사람들은 상인이 국가 정세에 아주 큰 영향을 끼쳤다고 여겼다.

전국시대에 접어들어 전쟁을 대응하는 데 필요한 자금이 대폭적 늘어지면서 각 나라의 관청은 모두 수익을 증가하느라고 상업 발전을 중요한 수단으로 삼았다. 「관자管子・해왕海王」편에서 '산과 바다의 자원을 잘 관리하는 것(官山海)', 이것은 관청에서 산과 바다 출산물을 경영했다는 뜻이다. 관청은 해염을 경영하는 일에 대하여 "10명의 식구가 사는 집에서는 10명이 소금을 먹고, 100명의 식구가 사는 집에서는 100명이 소금을 먹는다. 한 달을 계산하면, 성인 남자는 5되 남짓의 소금을 먹고, 성인 여자는 3되 남짓의 소금을 먹으며, 어린아이는 2되 남짓의 소금을 먹는다. 이는 대략적인 수치이다. 100되의 소금이 1부釜가 된다. 만약 소금의 가격을 1되에 반전(分強)으로 매기면, 1부에 200전이 된다. 1종錘이면 2천 전이고, 10종이면 2만 전입니다. 100종이면 2십만 전이고, 1,000종이면 2백만 전이 된다. 만대의 전차가 있는 나라는 인구가 천만 명이다. 종합하여 계산하면 날마다 2백만 전을 징수할 수 있고, 10일이면 2천만전, 1달이면 6천만 전을 징수할 수 있다"[197]고 말했다. 여기서 소금은 사람들의 필수품이라고 언급했다. 남녀노소가 먹는 소금의 양을 계산하고 만약 해염이 되마다

---

196) 「左傳・襄公・9年」

197) 「管子・海王」의 "적일이백만適日二百萬" 중 '적適'자는 원래 '상商' 자였다. 우성우于省吾 선생은 「관자신증管子新證」에서 '적適'자는 맞지 않다고 지적했는데 마비백馬非百 선생은 "우선생의 지적이 맞다"고 했다. (『管子輕重篇新詮』, 中華書局, 1979年, p.198.)

원가를 빼고 이에 반전을 더하여 100되마다 추가 이윤 50전을 얻을 수 있다. 이렇게 계산한다면 매일 수입한 소금의 이윤이 200만전, 10일 이윤이 2000만, 매달 수입이 6000만이고 관청 측에는 이를 매우 대단한 수입이라 여겼다. 민중들은 일상생활에서 사용한 철기에 대하여「관자·해왕海王」편에서도 관청에서 철기를 팔 때 가격을 더하여 팔라고 주장하는데, 이렇게 하면 많은 수입을 얻을 수 있고 관청의 경제상황을 개선하는 데 도움이 되기도 한다. 관청에서 소금, 철 등을 경영하는 일은 실제로 나라와 부자 상인 그리고 대공업주가 서로 소금, 철에 대한 이윤을 다투는 것과 마찬가지다. 이 점에 대해「관자管子·국축國蓄」편에서는 아주 명백하게 밝혔다, "무릇 물가 정책은 큰 풍년이 들 때는 조정에서 높은 가격으로 값싼 물자를 사들이고, 흉년이 들 때는 조정에서 시장 가격보다 싼 값으로 비축한 재물을 방출하여 물가를 안정시킨다. 각종 물자가 남아돌고 모자람은 때에 따라 바뀌니, 기준을 고르게 하여 물가가 바뀌지 않게 한다. 기준을 잃어버리면 물가가 폭등한다. 군주는 그것을 알기 때문에 기준을 장악한다. 인구가 만호인 도읍에는 반드시 만종万锺의 곡식을 비축할 수 있는 돈 천만 꿰미를 준비하고, 인구가 천호인 도읍에는 반드시 천종의 곡식을 비축할 수 있는 돈 백만 꿰미를 준비한다. 봄에는 농사를 짓기 위해 밭을 갈고, 여름에는 김을 맨다. 가래와 쟁기, 농기구와 씨앗과 양식은 모두 나라에서 넉넉하게 공급하기 때문에 큰 상인들과 부유한 사람이 백성을 약탈하지 못한다"고 했다. 이것으로 국가가 강한 경제실력으로 '대상인(大賈蓄家)'과 민중을 두고 다투었다는 것을 알 수 있다. 백성들이 꼭 필요한 가래와 쟁기, 농기구와 씨앗과 양식은 반드시 관영 수공업과 상업을 통해 수요를 만족시켜 이윤이 모두 관청에 귀속됐다. 운몽진간雲夢秦簡「공률工律」에서는 진秦나라 관청에 기물 제작 요구상에 대하여 이렇게 기록했다. "기물의 크기, 길이, 너비는 반드시 똑 같이 만들어야 된다"[198]고 했다.「금포률金布律」에서는 "'포(布: 당시 유통되던 화폐의 명칭)'

의 길이는 8척, 너비는 2척 5치, 포의 질이 좋지 않으면 유통할 수 없다"[199]고 규정했다. 관영수공업은 제작한 제품이 반드시 규격, 크기, 길이와 너비가 모두 같아야 했다. 이런 제품들은 관청에 공급할뿐더러 일부를 시장에 팔기도 했는데, 관청 상업이 그 판매를 진행했다. 운몽진간 「금포률」에서 "시장 상인 및 관청의 관리들은 똑같이 돈과 포布, 두 가지 화폐에 대해 택할 수 없다"[200]고 기재했다. 여기서 언급한 '관부지리官府之吏'는 시장에서 관청 상품을 파는 관리를 뜻한다. 이들은 보통 상인과 같이 시장 유통의 돈과 포布, 두 가지 화폐에 대해 선택할 여지가 없었다. 운몽진간 「관시률關市律」에서는 "수공 업자들은 관영 시장에 가서 교역할 때, 돈을 받으며 다른 사람들이 보고 있으면서 바로 도기 항아리 속에 돈을 집어넣어야 한다. 만약 이를 준수하지 않으면 처벌로 갑옷을 하나 만들어 와야 된다"[201]고 기록되어 있다. 관청에서 수공업 제품을 판매할 때 받은 돈은 반드시 물건을 산 사람 앞에 돈 담은 질그릇 속에 집어 넣어야 한다고 규정되어 있었다. 만약 판매자가 이 규정을 위반하면 온 집안 모두 처벌 받아야 했다. 이것으로 보아 당시 관청상업은 아직 세밀한 회계제도가 없어서 돈을 받을 때 꼭 파는 사람 앞에서 증명하고 판매자가 독직하지 않도록 했다.

각 나라 관청에서 재정 수입을 증가하는 입장에서 보면, 관청에서 직접 소금, 철 등 민중 생활물품의 제작과 판매를 경영하는 것이 가장 이상적인 방법이었다. 그러나 관청의 독점 경영의 실현여부는 여전히 하나의 문제로 남았다. 이에 관한 경제이익, 통제관리 등 많은 문제점을 해결하지

---

198) 爲器同物者, 其小大短長廣亦必等.

199) 布袤八尺, 福(幅)廣二尺五寸. 布惡, 其廣袤不如式者, 不行.(睡虎地秦墓竹簡整理小組, 『睡虎地秦墓竹簡』, 文物出版社, 1978年, p.69, 56, 57.)

200) 賈市居列者及官府之吏, 毋敢擇行錢, 布.

201) 爲作務及官府市, 受錢必輒人其錢缶中, 令市者見其入, 不從令者赀一甲.

못했기 때문이다. 운몽진간을 통해 관청에서 관노예官奴隸에 대한 통제가
매우 엄격하며 그들의 곡식과 옷은 모두 관청을 통해 통일하게 발급했다
는 것을 알 수 있다. 예를 들어 "옷을 받는 자에게 4월부터 6월까지 여름
옷을 받들고 9월부터 11월까지 겨울 옷을 받들며, 제시간이 지나면 받들지
못하게 되어 겨울 옷을 그 다음 해 장부에 기록한다"[202]는 기록은 관노예
에게 옷을 발급하는 일을 가리킨다. 이것으로 관청은 관노예에 대한 통제
가 매우 엄격한 것을 알 수 있다. 운몽진간에는 적지 않은 관노예의 작업량
에 관한 규정이 있는데 그들에게 잦은 태업이 있었다는 것을 짐작할 수
있다. 「관자管子・경중을輕重乙」편에서 관청은 "산에서 나무를 벌목하고
동철을 주조한다"는 것을 완전히 통제하여 나라의 재산을 보충하기를 도
모하려고 했지만, 관자의 입장으로는 이렇게 하면 문제점이 많다고 지적
했다. "지금 죄인들을 징벌하여 일을 시키면, 도망가고 통제하지 못합니다.
만약 백성을 징벌하면, 백성이 군주를 원망합니다. 변경에 전쟁이 있어도
원망을 품은 사람은 싸우지 않습니다. 그리하여 광산을 개방하여 동철을
주조하는 수익을 보기 전에 안에서부터 붕괴합니다. 그러므로 잘 다스리
는 방법은, 백성이 자유롭게 경영하도록 허락하고, 생산물의 가치를 계산
하고, 이윤을 헤아리면, 백성이 7을 얻고 조정이 3을 얻습니다. 또 군주가
물가 조절 정책을 운용하여 무질서한 물가를 통제해야 합니다. 이와 같이
하면 백성은 열심히 일하고 군주의 생각대로 따를 것입니다"고 말했다.
여기서 말하는 어려움은 주로 관청 노예를 임용하게 되면 많은 노예들이
틈타서 도망치고 민중을 징벌하면 원망 소리가 높기에, 저자가 제의한
해결방법은 관청보다 민중에게 경영을 맡겨 경영자한테 일정한 이익을
징수하는 것이었다. 전국시대의 공상업이 발전하는 상황을 보면 각 나라

---

202) 受(授)衣者, 夏衣以四月盡六月稟之, 冬衣以九月盡十一月稟之, 過時者勿稟, 後計
冬衣來年.

는 대체로 정부경영과 민간경영을 병행하고 민영자에게 세금을 징수할 수 있도록 국가차원에서 조치를 취했다.

상인은 많은 재산과 자금을 가지고 있기 때문에 전국시대 상인의 움직임은 국가 안위에 끼친 영향이 클 수 밖에 없었다. 「한비자韓非子·망정亡征」편을 보면 "상인들은 재화를 국외에 쌓아둔다"는 글이 있다. 그의 말에 의하면 재산을 남의 나라에 저장하는 것은 자신의 나라가 곧 멸망할 하나의 징조로 여겼다. 각 나라에서 상인을 유치하기 위해 대책을 마련하는 것은 국력을 강화하기 위한 중요한 조치였다. 맹자가 "시장에서 전 자리를 주되 세금을 징수하지 않으며, 단속은 하되 전세를 받지 않으며, 천하의 장사꾼들이 모두 기쁜 마음으로 그 시장에 물건을 저장하기를 원할 것이다. 관문에서 기찰만 하고, 세금을 징수하지 않으면, 천하의 여행자들이 모두 기쁜 마음으로 그 길로 출입하기를 원할 것이다"라고 했는데 바로 이런 뜻이다. 일부 나라의 군주는 단지 눈앞의 이익만 보고 상인에게 가혹한 세금을 강제 징수했는데 한비자는 이런 행위를 신랄하게 비판했다. 순자는 "세금부과를 가볍게 하고 관세와 시장세금을 공평하게 하고 상인의 수를 작게 하고 공사 부역을 드물게 일으켜 그 농사짓는 시간을 빼앗지 아니하게 이와 같이 하면 나라는 부유해진다. ……오늘날 세상은 오히려 이렇지 않으니 돈을 거두어 들이기를 두텁게 하여 그들의 재산을 빼앗고 세금을 무겁게 하여 그들의 양식을 빼앗으며 관과 저자의 세금을 가중시켜 그들의 교역을 어렵게 한다"203)고 말했다. 그는 상인의 수량을 감소시켜야 한다고 주장하면서 상인에 대한 '관세와 시장 세금에 대한 징수(關市之征)'를 합리적이게 하고 엄하게 요구하지 말아야 한다고 했다. 순자는 맹자와 같이 "산과 숲, 택량澤梁은 철에 따라 사냥이나 고기잡이를 금하기도 하고 풀어주기도 하지만 세금을 거두지 않다"204)고 주장했다.

---

203) 「荀子·富国」

전국시대에 상인에게 취해야 할 조치에 대하여 각 나라 통치자들은 종종 진퇴양난의 지경에 빠지고 이는 쉽게 해결되지 않았다. 경제 발전은 상인의 지지가 꼭 필요하지만 상인들의 충족한 재산과 그들의 정치태도는 종종 각 나라 군주에게 위협이 되기도 했다. 「관자·경중갑輕重甲」편에서 "만승의 나라에는 만금을 쌓아 놓은 상인이 있고, 천승의 나라에는 천금을 쌓아 놓은 상인이 있고, 백승의 나라에는 백금을 만지는 상인이 있으니, 그들은 군주가 의지할 대상이 아니라 군주가 박탈해야 할 대상입니다. 그러므로 군주 된 사람이 호령을 행사하는 데 삼가지 않으면, 한 나라에 두 군주나 두 왕이 있는 것입니다"라고 했다. 전국시대에 대국이든 소국이든 모든 나라에 상인이 존재했다. 만약 군주의 정책이 합리적지 못하면 상인들은 군주와 상호간에 대등한 지위에 이르거나 위협이 되기도 했다. 「관자·경중갑」편의 이러한 주장은 일부러 놀래는 말로 두려움을 주는 것은 아닌가 하고 생각할 수 있지만, 각 나라 통치자가 상인에 대한 걱정거리가 있었던 것도 사실이다. 이는 춘추 말년 위나라 대부인 손가孫賈가 "만약 위나라에 어려움이 있다면 장인과 상인들이 근심을 하지 않은 적이 없다"[205]는 말과 같은 맥락이라고 할 수 있다. 전국시대에 각 나라는 농업을 중시하고 상업을 억제하는 정책을 취했는데 이는 각 나라 통치자의 걱정거리와 연관된다고 할 수 있다. 상앙商鞅은 "상인은 화려한 의복과 진귀한 노리개로 폭리를 챙기며 실용적인 기물의 경영에 손상을 입힌다"[206]고 상인들에 의해 사회에 해를 끼친다고 주장했다. 그는 곡식 판매를 금지하는 일각에서 의견을 제의했는데 "상인은 쌀을 사들이지 못하고, 농민은 쌀을 내다 팔지 못하게 하십시오. 농민이 쌀을 내다 팔 수 없으면,

---

204) 「荀子·王制」
205) 「左傳·定公·8年」
206) 「商君書·弱民」

게으름 피우는 농민이 부지런히 일할 것입니다. 상인이 쌀을 사들일 수 없으면, 풍년이 들어도 쌀을 사들이는 즐거움을 누리지 못할 것입니다. 풍년이 들어도 즐거움을 누리지 못하면, 흉년이 들어도 큰 이익을 올리지 못할 것입니다. 큰 이익이 없으면 상인은 두려워하게 되고, 상인이 장사를 두려워하면 농사를 짓고자 할 것입니다. 게으름 피우는 농민이 부지런히 일하고, 상인이 농사를 짓고자 한다면, 황무지는 반드시 개간될 것입니다."207) 상앙은 관청에서 상인과 농부를 통해 곡식 판매하는 것을 금지시켜야 한다고 주장해서, 곡식이 없는 게으른 농민과 상인들로 하여금 모두 농사를 짓게 해야 한다고 했다. 그리고 곡식 매매는 전혀 필요없는 일이라고 생각했다. 상인이 곡식만 소모하고 사회에 쓸모 없는 계층이라고 여겨서, 상인의 수량을 반드시 감소 시켜야 한다고 주장했다. "상인 집안의 사람 수에 따라 상인에게 요역傜役의 의무를 할당하고, 그들 집안에서 땔나무를 쪼개는 노비와 수레를 끄는 노복과 여러 노예 및 어린 종들도 반드시 관청에 이름을 등록시킨다"208)고 했다. 상앙 변법에 의하면 "상업에 종사하여 이익만을 추구하는 자와 게을러서 가난한 자는 모두 체포하여 관청의 노비로 삼는다"209)고 했다. 이들에게 관노예로 삼는 엄벌로 "상업에 종사하여 이익만을 추구하는 자"와 게을러서 가난한 자를 처벌했다.

상앙의 이런 정책과 인식이 전국시대 법가학파에 대부분 계승되어 한비자는 당시 '상공업이 비굴하지 않다(商工不卑)'는 사회 인식에 대해 "대저 현명한 왕이 나라를 다스리는 정사란 상공이나 놀고 먹는 숫자를 적게 하여 그들의 명분을 낮추어서 농사일을 재촉하고 상공일을 늦추게 하는

---

207) 「商君書·墾令」
208) 「商君書·墾令」
209) 「史記·商君列傳」

것이다"210)라고 주장했다. 그는 상인의 소유 재산은 국가에는 아무 소용없다고 생각하며 작물이 나지 않은 반석의 땅과 비슷하다고 여겼다. 한비자는 "암석 땅 천리라도 부하다고 일러 말할 수 없고, 허수아비가 백만이라도 강하다고 일러 말할 수 없다. 암석이 크지 않은 것이 아니고 허수아비 수가 많지 않은 것이 아니나 부강하다고 일러 말할 수 없는 것은 암석은 곡식을 산출하지 못하고 허수아비는 적을 물리칠 수 없기 때문이다. 지금 장사 벼슬아치나 기술 가진 사람들이 농사를 안 짓고 먹고 있는데 이는 바로 토지가 개간되지 않은 것으로 암석과 똑같다"211)고 말했다. 그는 '상공업'을 이른바 '오두五蠹' 중 하나라고 했다. "상공업자는 거친 물건을 고치고 호사스런 재물을 모으며 쌓아두고 때를 노려서 농부의 이득을 빼앗고 있다. 이 다섯 가지는 나라의 좀벌레이다. 군주가 이 다섯 가지 좀벌레 되는 민은 제거하지 않고 성실한 사람을 길러 내지 못한다면, 천하에 비록 지고 망하는 나라와 깎이고 멸하는 조정이 있더라도 또한 괴이하게 여길 것이 못 된다"212)고 했다. 한비자는 전국시대에 상업경제가 매우 발달된 상황에서도 여전히 상업무역에 대하여 배척하는 태도를 취한 것은 분명히 편파적이었다고 할 수 있다.213)

---

210) 「韓非子·五蠹」
211) 「韓非子·顯學」
212) 「韓非子·五蠹」
213) 「한비자韓非子·난이難二」편에서는 "이극李克이 중산을 다스릴 때 고경의 현령이 회계 장부를 올리니 수입이 많아 이극이 말하기를 '말을 잘하면 듣는 이 기뻐하지만 정의에 맞지 않으면 경솔한 말이라 이른다. 산과 숲 호수 계곡 등의 이점이 없이 수입이 많은 것을 허황된 재화라 이른다. 군자는 경솔한 말을 듣지 않고 허황된 재화를 받지 않으니 그대는 잠시 물러나 있으라.' 어떤 이가 말하기를, ……계량을 명확히 하고 지형을 조사하여 수레와 배 등의 기계의 이점을 이용하면 힘은 적게 들고 공의 이룸은 커져 수입이 많아진다. 상인들이 시장과 관문을 통행하는데 편리하게 하고 생산이 되는 곳에서 나지 않는 곳으로 생산물을 이르게 하면 손님과 상인은 돌아오고 외부의 재화가 국내에 머물게 하며 재물의 사용을

전국시대 각 나라마다 상업교역에서 보편적으로 관직을 설치하고 직책을 분배하며 관리했다. 화우진火牛陣으로 연燕나라 군을 돌파하고 제나라를 진흥시킨 전단田單은 '임치시연臨淄市掾'(「사기·전단열전田單列傳」)이라는 직책을 맡고 임치의 시장을 관리하는 관료였다. 순자는 "상인은 장삿일에 정통하지만 시사市師가 될 수 없다"[214]고 했는데, 이른바 '시사市師'는 시장에서 거리를 감독하는 벼슬아치였다. 「한비자·칠수七術」편에서는 '시리市吏'라고 기록했는데 이는 '시사'와 직책이 같은 관직이었다. 앞서 언급한 「악군계절」에서는 전국시대 초나라 중앙관청에서 '대부大府' 등인 기구를 설치하고 상업무역을 관리할뿐만 아니라 '대공윤大攻尹'·'집윤集尹'·'잠윤箴尹'·'잠령箴令'등 많은 관직에게 금절 수여도 참여하게 했음을 밝혔다. 또한 각 교통 요점에서 관리를 시켜 세금을 거두었다. 학자는 전국시대 문자 중의 '시市'자를 고증하면서 각 나라에 '시市'의 기본 상황을 연구했는데 "당시 일부 큰 성읍에서 몇 개의 '시市'를 설치했다"고 주장했다. 예컨대 제나라는 '중시中市'·'대시大市'·'우시右市'등 있으며, 연나라에는 '좌시左

검소하게 하고 의복과 음식을 절도있게 하며 가옥의 기물 등도 자본이 쓰이니 취미나 놀이를 일삼지 않으면 수입은 많아진다. 수입이 많아지는 것은 사람이 하는 일이다. ……산림과 저수지 계곡의 이점이 있어서 수입이 많은 것을 일러 허황된 재화라고 하는 것은 분별없는 자의 말인 것이다"라는 기재가 있다. 연구자들은 이 기록에 의하여 한비자가 유가인 이극李克의 주장을 비판하여 정상적인 수공업과 상업의 역할에 대하여 긍정적으로 보고 있다는 결론을 내릴 수 있다. 안어: 한비자가 한 말에 따르면 '시장과 관문을 통행하는데 편리하게' 하는 일은 모두 관청의 행위를 가리키며 상업에 대한 사회적인 역할을 긍정적으로 본 것이 아니고, 관청에서 이를 이용하여 재정 수입을 증가할 수 있다는 뜻이다. 「한비자·난이」편의 '입다入多'는 사회 재산을 증가시키는 것이니 총괄적으로 수입을 증가시키는 것이 아니었다. 여기서 한비자는 전제 집권 통치의 강화를 중점에 두었는데 그는 여전히 농업을 중시하고 상업을 억제하는 정책 주장이며 상업이 어느 정도 관청의 수입을 증가시킬 수 있다 해도 그가 상업에 대한 태도는 바뀌지 않았다.

214) 「荀子·解蔽」

市'·'중시中市'·'장시長市'등이 있었다. 각 나라에서 '시市'를 관리하는 관원의 명칭은 도문陶文, 새인문자璽印文字에 기록되어 있다. 예컨대 '중시지상中市之相'이라는 것은 '중시中市'를 관리하는 시승市丞과 같은 관직이고, '시공市工'은 시를 관리하는 관원의 부하 인원이다. 시를 오랫동안 관리하는 자의 후예는 '시市'를 성씨로 삼을 수 있었다. 전국 중기에 연나라 내란 때 죽은 장군인 '시피市被'가 이중 가장 유명한 사람이다. 「주례周禮·사시司市」에서는 "사시司市는 시장의 정무와 형벌과 자尺와 되와 그 밖의 금지된 것들을 가르쳐서 다스리는 일을 관장한다. 관사에서 차례로 땅을 나누고 시장의 경계를 정하고 점포에 각 물건들을 진열시키고 물건을 판단하며 시장을 평화롭게 하고 법규로써 사치한 물건을 금지시켜 시장을 균등하게 한다. 물건들이 유통되고 매물들이 쏟아져서 돈이 성대하게 돌아 자금이 유통되게 하고 자尺와 되로써 가격이 이루어져서 사고 팔게 하고 어음으로써 신용을 갖게 하여 소송을 중지시킨다. 사고 파는 데 서로 거짓이 없게 하고 속이는 일을 없앤다. 형벌로써 흉폭한 일을 금지시켜 도둑을 제거한다. 천부(泉府: 세금 담당)에서는 백성에게 화폐가 없으면 물건으로 받아서 판매하여 세금을 거두고 외상으로 세금을 유예했다가 물건이 팔리면 세금을 거둔다"고 기재했는데, 전체적으로 시를 관리하는 관원의 직책을 설명했다. 전국시대의 인새, 도문 등의 기록 상황을 보면 「주례·사시」에서 나온 내용들이 어느 정도 근거가 있다고 본다. 그러나 전국시대 각 나라의 관영 시장에서 공업을 경영했는지, 주전鑄錢까지 했는지에 대한 문제는 더 많은 자료가 확보되어야 알 수 있다. 전국시대 각 나라에서 이미 적지 않는 전문적인 시장 관직들이 생겼는데 섬서성 서안西安에서 전국시대 진秦나라의 착금와호錯金臥虎가 발견되고 무게는 6근 2냥이며, 길이 20cm, 너비 13cm, 높이 10.8cm다. 호랑이 몸통에는 착금 무늬가 있고 목에 금색 목걸이가 있으며 밑에는 '등시신鄧市臣, 구근사냥九斤四兩'이라는 일곱 글자가 새겨져 있다. 이 호랑이는 수공업 장인의 제품으로 등지鄧

地 '시신市臣'의 감독을 거쳐 실제 중량이 9근 4냥이며, 시대는 전국 말기에 속한다. 전국시대 임치臨淄의 제나라 도문陶文 속에 '오(어)릉시화절鳥(於)陵市和節'이라는 글이 있는데 오릉烏陵은 바로 전국시대 제나라의 도읍인 어릉於陵이었고 임치에서 멀지 않다. 전문가의 해석에 따르면 이는 주로 어릉 시장에서 사용하거나 판매용으로 '화和'라는 측정기 위에 도장을 찍은 각인이고 '화'는 표준 측정기였다. 이런 '절節'은 바로 어릉 시장의 전문 관리들이 사용한 것이었다.

진秦나라는 농업을 중시하고 상업을 억제하는 정책으로 유명한 나라였지만 전국 후기에 접어들어 진나라도 상품 무역이 발달됐다. 감숙성甘肅省 천수방마탄天水放馬灘 진나라 고분에서 출토된 「일서日書」에서 전문적으로 '고시賈市'를 말하는 조문條文은 다음과 같다. "여러 흉악하고 좋지 않은 물품을 시장에 내놓으면 이것 때문에 다투고 이익을 남기지 못하여 잘못하면 죽을 수도 있다. 외지로 옮겨 판매하게 되면 손실을 당할 것이다. 아주 섬세하게 만든 물품을 시장에 내놓으면 이익을 남기고 외지로 옮겨 판매해도 이익을 볼 수 있다." "화물 유통으로 이익을 남기고 시장에 재물이 들어온다니 대길大吉이다."[215] 이 조문의 일부는 점복占卜에 쓰는 복사卜辭인데 이는 당시 교역을 시작하기 전에 점복을 치는 풍속이 있었고 길일을 택하여 진행했다는 것을 알 수 있다. 당시 '고시賈市'는 신용을 중요시하고 「일서」에서는 '군흉지물群凶之物'을 시장에 내놓지 말아야 하며 그렇지 않으면 죽을 위험이 있을 수 있다고 경고했다. 만약 외지로 옮겨 판매하게 되면 손실을 당할 것이다. "고시에 재물이 들어온다니 대길이다"는 글을 보면 고시는 이미 당시에 이윤을 얻을 수 있는 중요한 방식이었다고 볼 수 있다.

---

215) "諸群凶之物, 盡······下甚少, 爲逐罪賈市, 喪.行則折. 二婁多者爲上, 立賈市, 行則有"(甲131簡), "財門所利, 雖利, 賈市入財, 大吉."(乙215簡)

상업무역의 발전은 나라 군대에 적지 않은 영향을 끼친다. 전국시대에 나타난 '군시軍市'가 바로 좋은 예이다. 상앙은 군시를 관리하는 정책 문제를 아래와 같이 제기했다.

첫째, 영내에 설치된 시장에 여인의 출입을 금하는 명령을 내린다. 둘째, 그곳의 상인에게 명해 소재지 주변 부대가 필요로 하는 병기를 공급하고 늘 부대의 전투상황 등에 주의를 기울이게 한다. 셋째, 영내 시장에 몰래 식량을 운반하는 자가 없게 한다. 그러면 사리를 꾀하는 간교한 계책을 감출 길이 없고, 식량을 몰래 운반하고자 해도 은밀히 저장할 곳도 없고, 경망하고 나태한 자도 영내 시장에서 활동하지 못하게 된다. 식량을 몰래 팔고자 해도 팔 길이 없고, 식량을 운송하는 자도 사리를 도모할 수 없고, 경망하고 나태한 자가 영내 시장에서 활동하지 못하면 농민들은 떠돌아다니지 않는다. 나라의 식량 또한 허비되는 일이 없고 토지도 개간이 될 것이다.[216]

이런 규정을 보면 군시는 군대 행동을 위해 봉사하는 시장이고 판매하는 물품이 엄격한 관리가 이루어져 있었다. 군시에서 상인은 각종 군인이 필요한 물품을 팔뿐더러 군인이 판 물품도 구입했다. 「전국책戰國策 · 제책齊策 · 5」에서는 소진蘇秦의 말을 기록하였는데, "전쟁의 잔폐殘廢한 화禍는, 군사들이 전쟁 소식을 들으면 사재를 옮겨 군시에 보태고, 음식을 나르다 죽음을 각오한 병사를 대접한다"고 했다. 전쟁이 벌어지기 전야에 군인은 종종 개인 물품을 군시에 가져다 놓고 팔기도 했으며, 군시의 상인은 참전할 군인에게 좋은 음식을 팔기도 했다. 이것으로 보아 군시軍市는 당시 군인의 행동에 일정한 영향을 미쳤다는 것을 알 수 있다.

전국시대 각 나라 시장의 상업무역이 매우 번창하여 민중 생산, 생활과 관련된 실용 기물, 도구들도 모두 시장 교역을 통해 얻을 수 있었다. 또한

---

216) 「商君書 · 墾令」

점을 치는 의사(卜医)와 각종 수리 공장工匠도 시장에 가서 일거리를 구하기도 했다. "송사람으로 술 파는 자가 있었다. 되를 전혀 속이지 않았고, 손님맞이에 매우 정중하며 만든 술맛이 대단히 좋고 매단 깃대가 매우 높게 뚜렷이 보였다. 그러나 팔리지 않아 술이 시었다. 그 까닭을 이상하게 여겨 그가 아는 마을 장로 양천楊倩에게 물었다. 양천이 말하기를 '자네 집 개가 사나운가'라고 물었다"[217]는 기록이 있다. 이것으로 보아 시장에서 술을 파는 자가 술을 팔기 위해 여러 가지 준비가 충분하고, 측량 도구도 표준에 부합하고, 손님에 대한 태도도 온화하고, 술맛이 향기롭고, 깃발까지 높이 걸어놓아 잘 팔리는 법이다. 그런데 흉악한 개를 기르기 때문에 사람들이 앞에 가기 무서워서 술을 팔지 못하여 상해서 시큼해지게 된다는 이야기이다. 제신공齊臣公인 손한孫閈은 전기田忌의 정적을 좇아내기 위해 "공손한 사람을 시켜 10금(1금=20냥)을 가지고 시장에 나가 점을 치도록 했다"[218]고 했는데, 이것으로 미루어 보면, 시장에서 점 치는 사람이 있었다는 것을 알 수 있다. 「한비자韓非子・외저설우상・外儲說右上」편에서 시장의 교역 상황을 이렇게 기록했다. "정현鄭縣의 사람 복자卜子의 처가 시장에 갔다가 자라를 사가지고 돌아왔다." "정사람 중에 장차 신발을 사려고 하는 자가 있었다. 먼저 자신이 발의 치수를 재고 자리에 그것을 놓아 두었는데 시장 갈 때 그것을 들고 갈 것을 잊어버렸다." "증자曾子의 처가 시장에 가는데 아들이 따라오며 울었다." 이를 통해 당시의 시장은 매우 번화하고 사람을 유치하는데 좋은 조건을 갖추었다고 할 수 있다. 「한비자・칠수」편에서는 "시장 남문 밖은 우마차가 대단히 많아서 간신히 지나갈 수 있을 따름이다"라는 구절이 있다. 시장을 보러온 사람은 너무 많기 때문에 시장 밖의 소수레들이 길이 막혀서 통과하지 못했으며, 다만

217) 「韓非子・外儲說右上」
218) 「戰國策・齊策・1」

행인들만이 끼어들 수 있을 정도라고 묘사했다. 시장에서는 보기 드문 물건까지 쉽게 살 수 있었다. 춘추 후기 제齊나라는 월형(刖刑: 발꿈치를 잘라 내는 혹형)을 받는 사람이 무척 많기에 평소에 쓰는 가짓발이 시장에서 잘 팔리는 물건이 됐다. "나라의 여러 시장에는 신발은 싸고 의족은 비싸다"[219]라는 상황까지 이르렀다. 또한 제나라에도 전문적인 '육금鬻金'이라는 금시장이 있었다. 「여씨춘추呂氏春秋·거유去宥」편에서는 "제나라 사람에 황금을 갖고 싶어하던 자가 있었다. 그가 맑은 새벽부터 의관을 갖추고 황금을 파는 장소에 가서는 다른 사람이 황금을 가져가는 것을 보고 낚아채서 빼앗았다. 관리가 그를 잡아서 결박했다"고 기록했다. 강탈을 제지하는 상황을 보면 당시 시장에는 질서를 유지하는 관리가 설치되어 있고 수시로 순찰했으며 따라서 금을 약탈하는 자가 만약 손을 대면 즉시 체포되었다는 것을 알 수 있다.

당시 시장 상인끼리 경쟁이 매우 심하는데 고객을 유치하기 위해 상인들이 종종 판매할 물건을 정성껏 장식했다. "초楚나라 사람중에서 정鄭나라에 구슬을 파는 사람이 있었다. 그는 목련으로 상자를 만들고 육계肉桂와 산초山椒로 태우고 구슬과 옥으로 얽어매고 장미색과 비취색의 옥구슬로 조화롭게 했다." 이런 갑이 너무 정미하기에 "정나라 사람은 그 상자만 구입하고 그 구슬을 반환하였다"[220]고 했다. 이것은 상품의 포장이 상품 자체보다 더 좋다는 예라 할 수 있으며 이로 보아 당시의 경영자들은 상품 포장에 신경을 무척 썼다는 것을 알 수 있다. 고고 자료를 통해 전국시대 상업무역을 고찰한 결과로 당시 벌써 후세의 '상표' 같은 것이 생겼다고 판단된다. 1950년대 초기에 호남성 장사長沙 양가만楊家灣 전국 초묘에서 20개 우상(羽觴: 술잔)이 출토됐는데 바닥 한 가운데에 똑같은 낙인이

219) 「左傳·昭公·3年」
220) 「韓非子·外儲說左·上」

찍혀 있고 낙인에는 글자 하나만 새겨져 있다. 1950년대 중기에 장사長沙에서 전국 후기의 목곽고분이 발견됐고 겉널 왼쪽에는 직선으로 배열된 원형 낙인 3개가 찍혀 있다. 낙인의 직경은 5cm이고 낙인마다 음각 문자인 '원역어혹(역)沅易於或(域)'으로 보이는 네 글자는 상품의 생산지나 생산자의 일종 상표 역할을 햇던 것으로 추정할 수 있다.

도량형 제도

선진시대의 도량형 제도는 사회생활에 어느 정도 영향을 끼쳤다고 할 수 있다. 일각에서는 그것도 민속 문화의 한가지 결정체結晶体로 본다. 도량형은 이미 오래전부터 있었던 것으로 처음에는 사람들의 신체기관으로 측정, 도량하고 판단했다. 「대대례기大戴禮記·주언主言」편에서 "손가락을 펴 치(寸)를 알고, 손을 펴 척을 알며, 팔을 펴 심尋을 알게 된다"고 했다. 또 「설문說文」에서는 "성년 여자의 손 크기를 1척으로 보고 성년 남자의 키를 1장丈으로 보았다"는 설이 있는데, 신체의 이러한 길이를 표준단위로 삼은 것이다. 신석기시대부터 벌써 '두豆'라는 용기가 생겼고, 그 후에는 이를 용량 크기로 삼았다. 「고공기」에서 "1두의 고기를 먹고 1두의 술을 마시는 일이 중인들의 식사다"라는 설이 있는데, 두는 이미 측량 단위로 발전됐다. 춘추전국시대 각 나라마다 도량형 제도는 달랐지만 상업무역의 번영과 발전의 필요에 따라 동일화 경향으로 나아갔다. 길이로 말하자면 크고 작은 두 가지 도량형 표준이 있었다. 1930년대 초기에 하

그림 1-30 전국시대 초나라의
왕자동형王字銅衡

남성河南省 낙양洛陽 금촌金村에서 출토된 동자銅尺의 길이는 23.10cm, 다른 제후국의 척도와 비교하면 당시 큰 자로 추정된다. 예컨대 초자楚尺, 진자秦尺의 길이는 대부분 22.50~23.10cm다. 당시 작은 자의 체계도 있는데 연구에 의하면 「고공기」에서 기록한 척도와 같고, 약 19.5~20cm, 통상으로 19.7cm에 상당하는 길이다.

형기衡器는 상업교역에 있어서 아주 중요한 도구다. 춘추전국시대 계량제도는 대폭적으로 발전하던 시기였다. 당시에 이미 무게를 측정할 수 있는 완벽하고 정밀한 형구衡具가 나타났다. 1954년에 발견된 장사 좌가산長沙左家山 전국 목곽묘의 대광주리에서 천칭과 저울추가 발견됐다. 천칭의 목제 저울대 길이는 27cm, 중간에 끈 손잡이가 있는데, 길이는 13.4cm, 목제 저울대 양끝에서 0.7cm의 곳에 구리 쟁반 두 개가 매달려 있다. 직경이 4cm이고, 구리 쟁반은 실로 묶어져 있으며 길이는 9cm다. 저울추가 모두 9개가 있고, 무게는 4냥, 1냥 등 여러 가지 있으며, 각각 1배 차이로 되어 있다. 전국시대의 저울추는 24수銖가 1냥이고 16냥이 1근斤이고, 1근의 실제 무게는 약 현재의 250g이다. 발견된 전국시대의 저울추는 가장 무거운 것은 250g에 못 미친다. 1930년대 초기에 안휘성安徽省 수현壽縣 주가집朱家集에서 천칭과 저울추 6개가 출토됐고, 저울추의 무게는 각 6수, 12수, 1냥, 2냥, 4냥, 반근으로 돼 있다. 명문은 '□자지관子之官□'이라고 새겨져 있는데, 이것으로 보아 당시 관청에서 이미 일정한 무게를 사회의 형구 표준으로 삼았음을 알 수 있다. 1980년대에 호북성湖北省 강릉현江陵縣 구점九店에서 동주 고분 596기가 발굴됐고, 일련번호 M423인

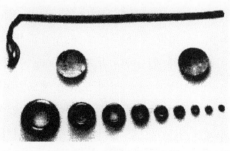

그림 1-31 전국시대 초나라의 천칭과 환권環權

고분에서 저울추 6개가 출토됐다. 무게는 각각 전국시대의 8냥, 4냥, 2냥, 1냥과 12수, 3수이고, 현재 무게로 각각 124.18g, 61.75g, 30.98g, 15.44g, 7.64g, 2.13g이다. 천칭과 저울추는 초나라의 고분에서 가장 많이 출토됐는데, 이것은 초나라 화폐 유통의 수요를 그대로 반영된 것으로 보인다. 초나라 때 청동 의비전蟻鼻錢이 유통되었지만, 이것은 화폐의 보조적인 역할을 할 뿐이었다. 그 당시에 사용한 화폐는 주로 '영원郢爰'이라고 불리는 금화였고 물품을 교환하고 사용할 때 반드시 정확한 무게 측정이 필요해서 천칭과 저울추의 사용은 이런 필요성에 부합했다.

전국시대의 천칭은 이미 막대저울로 발전되어 있었다. 중국역사박물관에 전국시대의 형구 두 개가 수장돼 있는데, 그 저울대의 길이는 이미 고정돼 있으며 모두 23.1cm, 당시의 1척의 길이와 같다. 저울대에는 고정된 눈금이 새겨져 있으며 모두 10등분으로 나눠진다. 1등분의 길이가 당시 1치의 길이와 같다. 이 두 저울대의 끈은 한 끝에 있지 않고 중간에 있으며, 두 형구는 초나라의 기물이고 영원郢爰과 다른 귀중 물품을 저울로 달 수 있게 만들었다. 하남성河南省 낙양 금촌洛陽金村 고분에서 출토된 동방(銅鈁: 고대에 술을 담던 사각 용기)과 동정銅鼎 중 7개에 무게 수치가 새겨져 있다. 이것을 통해 당시의 도량형 상황을 알 수 있다. 당시에 보편적으로 사용한 '원爰'의 실제 무게에 대하여 학자들은 서로 다른 측산을 해봤는데 금촌의 동방銅鈁은 아주 귀한 연구자료였다. 명문과 실제 무게의 측산을 보면 동방의 실제 무게는 한 5000g 정도 되고, 7개 동방은 모두 35186.1g이고, 평균 무게는 5026.5857g이고 명각銘刻 무게가 모두 4~5원爰이다. 이로 볼 때 원爰마다 무게는 1000g 이상이었다.

전국시대에 각 나라의 도량형 제도는 비슷한 면이 많이 있는데 이것은 상업교역의 번영과 발전 추세에 따른 것이었다. 예컨대 각국의 '斤근'의 무게는 기본적으로 일치했다. 섬서성 서안 아방궁阿房宮 유적지에서 출토된 <고노화석동권高奴禾石銅權>의 무게는 30750g이다. 동권의 자명自銘 무게는 '석石'이고, 「설문」에서는 벼(禾: 화) 부部를 "백이십근百二十斤"이라고 해석했다. <고노화석동권>을 통해 1석이 120근이고, 1근은 258.56g이라는 것을 알 수 있다. 이 동권 권벽의 한 면에서는 "3년 칠지漆地 지방의 공사(工師: 감독관)가 승(丞: 주요 책임자)을 시켜 관노예에게 고노高奴에서 화석(禾石: 곡식을 달아주는 형기)을 주조하게 했다"[221] 라는 명문이 주조돼 있다. 다른 한 면에는 진시황 26년에 반포한 조서와 '고노석高奴石'이라는 세 글자가 새겨져 있으며, 그 옆에는 진이세秦二世 원년 조서가 새겨져 있다. 이런 명각銘刻 문자는 전국시대 진나라의 도량제도가 아주 큰 영향을 미쳤고, 진이세까지 여전히 사용하고 있었다는 것을 보여준다. 연구자는 84개 동권의 실제 무게를 측량했는데 그의 단위 수치는 대략적으로 아래와 같다.[222]

> 1석石=120근=30000g
> 1근斤=16냥=250g
> 1냥兩=24수=15.6g
> 1수銖=0.65g

짚고 넘어야 할 점은 전국시대에 각 나라의 도량제도가 통일되는 추세였다는 것이다. 앞서 언급한 장사 좌가산에서 발견된 저울추의 형제衡制는 1근이 250g이다. 1970년대 중기에 발견된 호북성 우대산雨臺山 일련번호 M419인 고분에서 출토된 동권은 각 3수, 6수, 12수, 1냥, 2냥, 4냥, 반근이다. 반근의 저울추의 무게로 추산하면 1근의 실제 무게가 역시 250g이다. 1950년대 후기에 호남성湖南省 상덕常德에서 출토된 동권 중에서 가장 작은 것은 2수이고 가장 큰 것은 2냥이다. 2냥으로 미루어 계산하면 근마다

---

221) 三年, 漆工, 丞□造, 工隸臣□. 禾石, 高奴.

222) 丘光明, 「戰國衡制試論」, 《考古》, 1982年 第5期.

총 249.6g이고 진秦나라의 근과 일치했던 것을 설명해 준다. 1970년대 후기에 하북성 역현易縣 신장두辛莊頭 전국시대 연묘에서 출토된 금 액세서리 배면에 무게를 기재한 명문이 새겨져 있고, 이것으로 실제 무게와 대비할 수 있다. 예를 들어 금으로 새겨진 '이냥입삼주사분주일二兩廿三朱四分朱一'이라는 명문이 있는데 그 실제 무게가 46.2g이고, 현재 무게로 환산하면 당시 1근의 무게가 248.98g, 1냥은 15.5616g, 1수는 0.6484g이 된 것으로 진나라의 제도와 비슷하다. 중국박물관 수장품인 전국시대 삼진三晋 <사마하석司馬禾石> 동권의 무게는 30350g이다. 위에 있는 벽각壁刻된 명문에 의하여 1석이 120근으로 타산하면 1근이 252.9g이니 역시 진나라 제도와 비슷하다. 아무튼 전국시대 각 나라의 기물은 대부분 근斤, 냥兩을 기본 계량 단위로 삼고 가벼운 것에서 무거운 것까지 수銖, 냥兩, 근斤, 균鈞, 석石이라고 단위를 매겼다. 각 중량 단위는 대체로 일치된 환산 비례가 형성됐다. 5근이 1원爰이고 1.5근이 1일鎰이며 대부분 지역에서 이를 받아 드렸다. 이는 상업 경제가 번영된 전국시대 도량형 제도가 점차 필요에 따라 완비돼 가고 있었음을 알 수 있다.

춘추전국시대에 각 나라의 용량 명칭과 단위는 비교적 큰 차이가 있었다. 전국시대의 용량 제도에 관하여 학자들은 고고를 통해 발견된 실물을 측량해 봤는데, 각 나라의 용량 제도는 형제衡制만큼 통일한 경향이 없었다. 이것은 용량 제도가 형제처럼 상업교역에 대한 영향이 크지 않기 때문이다. 삼진三晋 지역에서 나온 <장릉기長陵器> 에 '용일두이익容一斗二益'이라는 명문이 새겨져 있는데, 실제 측량과 계산에 의하여 1익이 9.6ml 된다. 1960년대 중기 섬서성 함양咸陽에서 출토된 <안읍하궁종安邑下宮鍾> 에는 '휘일두일익소반당斛一斗一益少半當'이라는 명문이 새겨져 있는데, 실제 용기의 용적이 24600ml, 1익의 용적은 9.3ml 된다. 산동성 임치에서 도제 측량기 두 개가 출토됐는데 '공구公區', '공두公豆'라는 문자가 새겨져 있다. 1970년대 초기에 산동성 제남濟南에서 제나라의 도제 측량기 두 개가 출토됐는데, 한 연구에 따르면 이것은 제나라 '시市'의 전용 측량기였다. 전국시대의 도제 측량기에 '시두市豆'·'시구市區'·'시부市釜' 등의 도문陶文이 새겨져 있다. 연구에 따르면 이런 도제 측량기는 당시 시장의 전용 측량기였다. 당시 측량기의 교환 비율은 나라마다 구별이 돼 있었다. 춘추시대 제나라는 "예로부터 곡식을 되는 양의 단위를 네 가지로, 두豆·구區·부釜·종鍾으로 했다. 4되는 1두豆가 되고 4두豆를 구區라 하며 4구를 부釜라하고 10부를 종鍾이라고 한다. 그런데 진陳씨는 두豆 구區 부釜의 세가지 양의 단위에 각기 하나씩을 더 붙여, 5되를 두로 하고, 5두를 구로하며, 5구를 부釜로 하여, 1종鍾의 양은 자연 국가의 공식적인 양보다 많다"[223]라고 기록했는데, 이를 통해 당시 제나라의 공량(公量: 국가에서 제정한 양제)과 사량(私量: 시장에서 사적으로 제정한 양제)이 일치하지 않았음을 알수 있다. 국가 도량제에 영향을 끼칠 수 있는 자는 모두 그 나라에서 세력이 센 종족이고 일반 귀족은 그만큼의 힘이 없었다. 전국시대 용기에 종종 그 용량을 임의로 정한 경우가 많이 발생했다. 예컨대 하남 낙양 금촌에서 출토된 동방에는 '용사두容四斗'라는 명문이 새겨져 있다. 춘추전국시대에 제나라의 상업은 매우 발달해서 제나라에서는 측량기 같은 도구가 많이 발견됐다. 유명한 <우리승右裏升>은 전국시대의 4되 반이고, <좌관부左官釜>는 전국시대의 1말이고, <진순부陳純釜>와 <자화자부子禾子釜>는 모두 전국시대의 1휘斛이다. 진나라 상앙변법을 통해 계량기구를 통일시켜 현재까지 보존된 <상앙방승商鞅方升>의 자루에 "진효공 18년 제나라에서 여러 명의 경대부를 파견하고 진을 방문한 것으로 이해 12월 을유일에 대량조大良造 상앙이 1/5-16의 입방촌의 용적을 1승이라 한다"[224]는 명문이 새겨져 있다. 이것으로 미루어 보아, <상앙방승>은 전국시대 진秦나라

---

223) 「左傳·昭公·3年」
224) 十八年齊率卿大夫來 聘, 冬十二月乙酉, 大良造鞅, 爰積十六尊(寸)五分尊(寸)一爲升.

의 1되와 비슷하다.「상앙방승」의 자루 오른쪽 옆면에 '임臨'자가 새겨져 있고 반대 쪽에 '중천重泉' 두 자가 새겨져 있으며, 바닥에 진시황 26년 도량형 제도를 통일시킨 조서가 명각돼 있다. 글씨체를 보면 '중천重泉' 두 자는 네모난 '됫박(方升)의 자루 위에 새겨진 명문과 일치한 것을 확인 된다. 이 되는 진효공 18년(BC344년)때 중천(重泉: 현재 섬서성 포성蒲城 동남쪽)에서 반포했으며, 이를 기준으로 삼았다는 설명이다. '임臨'자는 진시황의 조서 글씨체와 일치하고, 이는 진나라 통일 후에 다시 이 되를 기준으로 삼아 임臨이라는 지역에서 반포했음을 뜻한다. 종합해보면, 진나라가 도량형을 통일시킨 것은 상앙변법에서 정해진 기준을 근거로 해서 진나라 도량형 기준으로 하여 천하 통일시킨 것이었다.

제9절 화폐의 주조와 유통

선진시대 화폐에 대하여 사마천司馬遷은 "금속 화폐로 금을 세 등급으로 나누었으니, 어떤 것은 황黃, 어떤 것은 백白, 어떤 것은 적赤이었다. 또한 어떤 것은 전錢, 어떤 것은 포布, 어떤 것은 도刀, 어떤 것은 귀각龜角과 패각貝角이었다. 진나라에 이르러 전국의 화폐를 나누어 두 등급으로 했는데 금을 상폐上幣로 '일일一溢'이라 하고 무게는 1근(24냥, 약 144g), 동전은 반 냥(12수銖)이라고 표시했다. 그 무게가 반 냥이었기에 하폐下幣라 했다. 주옥, 귀각과 패각, 은석과 같은 종류는 기물이나 장식품 및 진귀한 보물로 감추어 둘 뿐이지, 화폐로는 사용하지 않았다"[225]고 했다. 그는 우하虞夏 이래 유통된 화폐가 금 말고도 전錢, 포布, 도刀, 귀패龜貝도 있었다고 했는데, 이런 기록은 실제 상황과 부합한 서술이다. 양주兩周 시기부터 중국은

---

225)「史記 · 平准書」

화폐 주조 시작 단계에 들어서며 끊임없이 커진 유통 및 경제 발전과 발맞추기 위해 화폐 유통도 많아졌다. 화폐 사용이 시작될 때 각종 화폐 사용 상황은 아마도 「관자管子·지수地數」편에서 나온 "주옥은 상등 화폐로 정하고, 황금은 중등 화폐로 정하고, 도포刀布는 하등 화폐로 정했다"는 상황과 비슷할 것이다. 주폐鑄幣는 주도적 역할을 하지 못한 셈이었다. 초기 주폐는 금속으로 주조한 것으로 경제가 발달된 황하 중류 지역에서 사용했다. 춘추전국시대에 접어들어 주조 범위가 넓어졌다. 춘추시대 금속 주폐는 사회경제, 민중생활과 밀접한 관계를 맺고 있었다. 「국어國語·주어周語」하편 기록에 따르면 주경왕周景王 21년(BC524년)에 '주대전鑄大錢'을 해서 금속 주폐의 가치를 높이자고 했더니, 주경사周卿士 선목공單穆公은 그럴 필요가 없다고 간언했다.

옛날에 하늘의 재앙이 내려왔을 때 재물과 화폐를 헤아려 경중을 저울질함으로써 백성을 구제했습니다. 백성이 우려하는 바는 가치가 떨어짐을 근심하면 중폐重幣를 만들어 통용시킴으로써 모(母: 높은 가치의 화폐)가 자(子: 낮은 가격의 상품)를 저울질함이 이루어져 백성은 모두 원하는 것을 얻게 됩니다. 만약 이러한 중폐를 견디지 못하면 경폐輕幣라도 많이 만들어 통용시키면 이 또한 중폐 효과를 없애지는 않는 것입니다. 그리하여 자子가 모母를 저울질함이 이루어져 대전大錢을 만들던지 소전小錢을 만들던지 간에 백성들이 이익을 얻게 됩니다. 그런데 지금 왕께서 경폐를 폐지하고 중폐를 만들려 하니 이것은 백성들을 하여금 재물을 잃게 하여 능히 다하여 없어지지 않겠습니까?

선목공單穆公은 과거 천재지변으로 인한 물가 폭등과 통화가치 폭락이 일어났을 때, 현행 화폐보다 값어치가 더 큰 것을 주조하고 현행 화폐와 같이 유통 해야 한다고 주장했다. 다만 중폐의 수량이 경폐에 비해 훨씬 많으니 중폐를 위주로 하고 경폐는 보조 화폐로 사용해야 하니, 이것이 바로 "모母가 자子를 저울질함"이라고 했다. 이와 반대로 화폐 가치가 높고 물가가 낮으면 현행 화폐보다 값어치가 낮은 경폐를 만들어야 하는데, 이런 경폐를 위주로 하여 시행시키면서도 중폐를 폐지하지 않아야 하니, 이것은 "자子가 모母를 저울질함"이라고 했다. 소전小錢이든 대전大錢이든 모두 합리적으로 사용해야 된다는 뜻이다. 선목공은 주경왕이 경폐를 폐지하고 중폐를 주조하면 민중들은 재산을 잃게 되고 궁핍해지며 왕실의 수입이 줄어들어 결국 어려움에 빠질 수밖에 없다고 주장했다. 대전을 주조하고 통치자의 소득을 늘리는 방법은 춘추전국시대에 주경왕뿐만 아니라 초장왕楚莊王도 택하였는데, 초장왕은 "화폐가 가볍다 생각하고 작은 것을 크게 만들었다"226)고 했다. 이는 결국 시장 혼란을 일으키고 시장 안전을 되찾기 위해 다시 원래 폐제를 회복시킬 수 밖에 없었다.

전국시대의 각 나라에서 화폐 주조를 매우 중요시했다. 「관자管子·국저國蓄」편에서는 "오곡과 양식은 백성의 생명을 주재하는 것이요, 황금과 화폐는 백성이 유통하는 수단이다. 그러므로 재정을 잘 다스리는 군주는 백성의 유통수단을 움켜쥐고 그들의 생명을 주재하기 때문에 백성이 나라를 위해 힘을 다하게 할 수 있다." 「관자·경중을」편에서 "오곡이란 백성의 생명을 주재하는 것이고, 황금과 도포란 백성의 유통 수단입니다. 선왕은 유통 수단을 잘 통제하여 양식 가격을 조절했기 때문에 백성이 힘을 다 발휘했습니다" 했는데, 여기서 말하는 '통시通施'는 즉 '통화通貨'이고 화폐를 가리키는 말이다. 『관자』의 저자가 보기에는 곡식과 화폐는 통치자가 가장 중요시해야 할 것이었다. 그리고 "유통 수단을 잘 통제하여 양식 가격을 조절했다"는 것을 보면 통치수단에 있어 화폐는 매우 중요한 역할을 할 수 있다고 여긴 셈이다. 그래서 "지금 군주가 화폐를 주조하여 백성에게 유통시킨다"227)는 것은 '인군人君'이 화폐 주조하는 권력을 장악할

---

226) 「史记·循吏列傳」

수 있으면 경제적인 주동권도 가지게 된다는 것을 주장했다. 운몽진간雲夢
秦簡의 「금포율金布律」에서는 전문적으로 화폐, 재물 등에 대한 관리 규정
을 제정했는데, 예를 들어 "관부에서 돈을 받으면 1천 전錢마다 한 분(畚:
흙삼태기)에 담아서 령令, 승丞의 도장을 받고, 1000 전錢에 못 미쳐도 봉함
封緘한 채로 보관해야 하며, 받은 돈의 질이 좋고 나쁘다는 것을 가려선
안되며 똑같이 담아야 한다. 돈을 꺼낼 때 도장을 령令이나 승丞한테서
검사 받은 후 개봉해야 하며 그 후에 사용할 수 있다. 백성들이 교역할
때 원칙적으로 질 좋은 돈을 나쁜 것과 함께 통용시켜야 하며 질을 가려서
는 안된다"는 기록이 있다. 이 규정을 통해 당시 진나라 관청의 화폐 수입
은 항상 있었으며, 지방 장관으로서 돈의 수입, 지출 등 일을 직접 챙기고
도장으로 봉합하고 일에 대한 책임을 짓고 있었음을 뜻하는 것이다. 화폐
유통은 관청 경제와 밀접한 관계를 맺었으며 「사기·진시황본기秦始皇本紀
·진기秦記」에는 진혜왕秦惠王 2년(BC336년)에 진나라에서 "처음으로 돈
을 유통시켰다"고 기록했다. 「사기史記·육국년표六国年表」에는 주현왕周顯
王 33년(BC336년)에 "천자가 돈을 유통시킨 일을 축하했다"고 기재했다.
이 시기에 진시황은 포전布錢과 원전圓錢을 전문적으로 주조하는 제도를
시행하기 시작했고, 주천자周天子는 사람을 보내 축하했다. 이것으로 미루
어 보면, 당시 사람들은 이에 대하여 높은 관심을 갖고 있었음을 알 수
있다.

　민중들의 경제생활에서 화폐는 이미 없으면 안될 정도로 일상에 스며들
었다. 전국 초기에 이회李悝는 농민들의 수입과 지출 상황을 분석하면서
곡식을 돈으로 타산한 바가 있다.

　　지금 1부夫가 다섯 식구를 부양하는데, 100묘의 전지를 경작하면 한 해에

---

227) 「管子·國蓄」

1묘당 1석石 반 정도를 수확할 수 있고, 1부의 생산량은 조(粟) 150석이 됩니다. 그 가운데서 1/10세금인 15석을 제외하면 135석이 남습니다. 끼니로 한 사람이 한 달에 1석 반을 소비하니 다섯 사람이 한 해가 끝날 때까지의 소비하는 곡식은 90석이 되고 그것을 제외하면 45석이 남습니다. 1석을 30 전錢으로 계산하면 1350전이 되고, 사려社閭에 상신제嘗新祭로서 봄가을의 햇곡식으로 제사 지내는 비용 300전을 제외하면 1050전이 남습니다. 옷값으로 한 사람이 대체로 300전을 사용하니 다섯 사람이 한 해가 끝날 때까지는 1500전을 사용하게 되며, 이렇게 되면 450전이 안됩니다.228)

이것은 당시 민중들의 경제생활을 이해하는 데 매우 중요한 기록이다. 당시 세금 제도는 세금을 곡식으로 납부했는데, 농민들의 여타 지출인 '사려社閭에 상신제嘗新祭로서 봄가을의 햇곡식으로 제사 지내는 비용', 옷값 등을 모두 화폐 형식으로 환산해서 총 '450전이 안된다'는 것도 화폐 형식으로 환산했다. 전국시대 각 나라에서 안정된 곡식 값을 유지하는데 신경 많이 쓴 까닭은 당시 화폐가 광범위하게 유통되었으므로 상업경제는 서민들의 일상 생활까지 깊이 관여한 상황 아래, 농민들이 수확한 대부분 곡식을 화폐로 전환해야 통용할 수 있기 때문이었다. 운몽진간의 기록에 따르면 관청 노예도 옷 받을 때 돈을 내야 했는데, 간문簡文에서 "품의稟衣의 남성 대상자는 노예(隷臣)이고, 처가 없는 부예(府隷: 관부에서 복역한 노예), 및 성단(城旦: 변방 지역에서 낮에는 변방을 지키고 밤에는 성을 쌓는 무거운 형벌을 받는 자)이 포함돼 있으며, 겨울에는 한 사람이 110전錢, 여름에는 55전, 소자小者는 겨울에 77전, 여름에 44전. 품의의 여성 대상자는 겨울에 55전, 여름에 44전, 소자는 겨울에 44전, 여름에 33전"229)

---

228) 「漢書·食貨誌·上」

229) 稟衣者, 隷臣, 府隷之母(無)妻者及城 旦, 冬人百一十錢, 夏五十五錢. 其小者冬七十七錢, 夏四十四錢. 春, 冬人五十五錢, 夏四十四錢. 其小者冬四十四錢, 夏卅三錢. (『睡虎地秦墓竹簡』, 文物出版社, 1978年, p.67-68.)

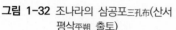

그림 1-32 조나라의 삼공포三孔布(산서 평삭平朔 출토)

그림 1-33 전국시대 삼진 지역의 포폐(布幣: 삽 모양화폐, 포폐와 산폐는 똑같은 화폐였다.)

이라고 적혔다. 여기서 '전钱'에 대한 규정은 위魏나라의 이회가 말하는 '전钱'과 같고 모두 원전圓錢을 가리킨 것이었다.

최초의 주화는 노동 도구의 형제形製를 모방해서 만들었다. 동주화는 주로 동패銅貝, 도폐刀幣, 포폐布幣, 원전 등이 있었으나, 민중생활의 편리함에 있어 각종 금속 화폐 중 원전은 선두자리에 있었다. 원전은 뒤늦게 나타났지만 전국 후기에 접어들어 여러 나라에서 주조됐으며 보급 추세가 빠른 속도로 확산됐다. 조나라 이외 다른 나라에서 거의 모두 원전이 가장 많았다. 연구에 의하면 제齊, 연燕 등 나라의 도폐, 삼진三晉의 포폐, 진秦나라의 원전은 모두 노동 도구나 칼, 포(布 : 산폐鏟幣), 가락바퀴 등을 변화시켜서 만들어진 것이었다. 1960년대 초기에 산서성 태원太原에서 발견된 서주시대의 산폐鏟幣는 길이 13.2cm, 배의 너비 9cm, 손잡이 길이 6cm, 손잡이 너비 2.5cm, 두께 1.3cm, 폐의 두께는 2.5mm, 무게는 191.5g이다. 이 산폐는 어깨를 둥글게 만들되 날이 판판하고 장방형 자루가 달려 있으며 중공中空된 자루 중간 부분 양면에 구멍이 뚫려 있다. 사용한 흔적이 남아있는 것으로 볼 때 이 산폐는 이미 오래되어 후대 포폐의 추형雛形임을 확신할 수 있다. 전국시대 중기의 포폐는 여전히 부삽 모양이고, 이것은 서주시대의 산폐에서 발전해 온 것이었다. 고고를 통해 발견된 화폐의 변형 상황을 보면 시대가 이를 수록 화폐의 모양은 생산 도구와 더 가깝다는 것을 알 수 있다. 예를 들어 짧은 공수포空首布는 실용적인 삽과 유사하며, 나중에 공수포에서 실수포实首布로 변형됐고, 단형포短型布는 중단형포中短型布로, 더 나아가 장형포長型布로 변형되어 모양새는 점점 삽 모양으로부터 멀어졌다. 공수포 자체 변화 방식을 고려해 볼 때, 처음에는 비교적 큰 보폭을 가지고 있었다가 나중에는 점차 작아지며 실용적인 삽과 멀어졌다. 동주 낙읍洛邑의 고고자료를 보면 대형 공수포는 주로 춘추부터 전국 초기까지 유행했고, 중형 공수포는 춘추 말기에 시작하여 전국 초중기까지 유행했으며, 소형 공수포는 단지 전국시대에만 사용했다. 원전은 전국 말기에 주조되기 시작했다. 전국시대에 소형 공수포가 유행했던 원인은 대형포보다 훨씬 더 편하게 사용할 수 있어서 유통하기 쉬웠기 때문이다. 전국 말기에 나타난 원전은 더욱 주조하기 쉽고 사용하기에 편한 화폐였다. 이는 상업경제가 점점 발전되고 활성화된 표시였다.

이런 삽 모양 화폐는 춘추시대에 와서 '포布'라고 불렸다. 노소공魯昭公 26년(BC516년)에 도망가던 노소공은 제경공齊景公의 도움을 받고 노나라에 되돌아가려고 하여 신봉申豐와 여고女賈를 보내 비단 두 필을 가지고 제경공의 총신인 양구거梁丘據가 가장 신임하는 고기高齮를 만났다. 만약 제경공을 설득해서 노소공을 준다면 푸짐한 선물을 안겨줄 거라고 했다. 고기高齮는 비단의 견본을 들고 양구거에게 훑어보라면서 "노나라 사람이 비단을 많이 사서 한 무더기에 백필 씩을 쌓아 두었다. 길이 통하지 않아 먼저 예물로 드렸습니다"[230]라고 했다. 옛날에 비단의 계량법은 고자古尺로 두 장丈을 한 단端으로 했고 두 단端은 한 냥兩이다. 이른바 '백냥일포百

---

[230] 「左傳·昭公·26年」

202 중국민속사

兩一布'의 뜻은 200필의 비단이 단지 1포布의 가격과 비슷하다는 것이다. 실제로 당시 비단은 그렇게 싸지 않았으며, 앞서 고기高麟가 한 말은 모두 양구거를 속이기 위함이었다. 여기 '포布'가 돈을 가리킨 다는 것을 확인할 수 있다.「시경詩經·한 남자(氓)」에서 "어수룩한 남자가 포布를 갖고 실을 사러 왔었다." 모전毛傳에는 "포는 화폐다"고 기록했다. 한대 유학자에 의하면 '포'는 바로 화폐라고 주장했다.「예기禮記·단공檀弓」상편에서 "자류子柳의 어머니가 죽으니 … …이미 장사를 마친 뒤에 자석子碩이 부의로 들어온 돈(賻布)의 나머지로 제기祭器를 마련하려고 했다. 자류가 말하기를, '불가한 일이다. 내 들으니 군자는 상사喪事의 부조금으로 인하여 집안이 이득을 도모하지 않는다고 했다. 청컨대 여러 형제의 가난한 자에게 나누어 주게 하여라'"고 했다. 여기서 언급한 '부賻'는 장례식의 부조금을 가리킨다. '포布'에 대하여 정현鄭玄은 "옛날에 돈을 천포泉布라고 불렀다" 고 주석했는데 이는 화폐를 가리킨다. 자류의 제자 자석은 장례 칠 때 받은 돈으로 제기를 사려고 했는데, 자류는 이 돈을 궁핍한 형제들에게 나눠주라고 했다. 춘추전국 때 묵자는 "지금 선비들이 자기 몸을 다루는 태도는 상인들이 한 필의 천을 다루는 것만큼도 신중하지 않다. 상인들이 한 필의 천을 다루어 팔 적에는 감히 함부로 아무렇게나 팔지 않고 반드시 좋은 것을 고른다"231)고 했다. 묵자는 상인들은 1천의 돈으로 거래하더라 도 신중한데 선비들은 상인의 신중함을 따라가지 못하고 있다고 지적했

---

231)「墨子·貴義」. 묵자의 "상인용일포시商人用一布市" 중의 '시市' 자는 원래 '포布' 이다. 순이양孫诒讓은 "포布 한 필을 물건으로 바꾼다"라고 했다.「주례周禮·천부泉府」에 대하여 정현은 "'포布는 천泉이다'라 했고, 소장할 때는 천泉이며 유통할 때는 포布이다"라고 했다.(『墨子間诂』卷12) 묵자가 말한 '계구이수繼苟而售' 중의 '수售' 자는 원래 '수雠'자와 통하며, 순이양孫诒讓은 『묵자간고墨子間诂』에서 필원畢沅의 설을 인용해 "수售자가 올바르다"라고 했다. 두 가지 의견 모두 설득력이 있다고 본다.

다. 이로 볼 때 '포布'를 돈이라고 부르는 것은 춘추전국시대에 유행했던 것으로 보인다. 이는 옛적에 포필을 교역의 중개물로 삼았고, 나중에 사용 중단 후에 그 명칭은 그대로 보존되어 있었음을 뜻한다.

춘추전국시대의 포전은 생산 도구와 비슷한 원시적인 포전에서 발전해 왔다. 최초에는 '공수포'로 춘추전국시대에 유행했던 것으로 보아 공(釜:삽의 자루를 끼워 고정시키는 구멍)이 길게 늘여져 있으며, 일부 공수포의 어깨와 발부분은 아주 뾰족하게 좁아지는 형태로 원시적인 포폐보다 훨씬 보기 좋은 모양이다. 공수포의 분포 지역은 그리 폭넓지 않았다. 주로 하남성河北省, 하북성河北省 및 산서성山西省, 산동성山東省 등 몇 개 지역뿐이었다. 공수포는 갑, 을, 병 세 가지 유형으로 나뉜다. 갑형 공수포는 양쪽 어깻부분이 평평하고 아랫발부분은 안쪽으로 살짝 우묵하게 들어가 있다. 을형 공수포는 어깨와 발부분 모두 뾰족한 모양이다. 병형 공수포는 갑형과 비슷하고 단지 양쪽 어깻부분이 살짝 아래로 처진 모양이다. 공수포 이후의 포폐는 평평한 동편銅片 모양으로 만들었는데, 머리와 두 어깨, 두 발로 기본 형태를 유지하고 있었으며 무게도 공수포보다 가볍다. 이런 포폐를 전문가들은 '중기포中期布'라고 불렀는데, 춘추 말기와 전국 초기에 유행했다. 공수포와 달리 중기포는 대부분 단위수량을 표시하는 명문이 새겨져 있다. 포면에서 흔히 볼 수 있는 문자로는 '안양일신安陽二新'·'진양일신晉陽一新'·'진양반신晉陽半新'·'안읍이신安邑二新'·'안읍일신安邑一新'·'안읍반신安邑半新'·'양이신梁二新'·'양일신梁一新'·'양반신梁半新' 등이 있다. '만기포晚期布'는 전국시대에 유행했으며 그것은 세 종류로 나뉜다. 갑형은 포폐가 작고 어깨와 발부분이 평평해지고 전문錢文으로 지명이 새겨져 있다. 을형은 어깨와 발부분이 뾰족하고 머릿부분과 몸체에는 직문直紋이 있다. 병형은 어깨와 발부분이 모두 둥글해지고 포폐의 머리와 발부분에 대부분 구멍 세 개가 있다. 춘추전국 말기에 포천을 주조하는 범위가 널리 확산되는 추세였다. 초기에는 황하 유역에 사용했다가 '만기

그림 1-34 전국시대 초나라의
동패폐銅貝幣

그림 1-35 전국시대 초나라의 금폐

포' 시대에 들어와서는 이미 북쪽으로 요녕遼寧, 남쪽으로 하남, 서쪽으로
섬서陝西까지 이르는 광범위한 지역으로 널리 사용됐다. 상업교역은 화폐
의 다양화에 대한 수요가 증가함에 따라 종종 한 지역에서 다양한 형제의
포폐를 주조했다.

　춘추전국시대 화폐는 단순히 노동 도구를 모방한 것이 아니라 자연
물품이나 평소에 사용하는 물품을 모방해서 만든 것도 있었다. 예컨대
초나라의 동폐는 원래 바닷조개의 모양을 모방한 것으로 알려져 있다.
속칭은 '의비전蟻鼻錢', 혹은 '귀검전鬼臉錢'이라고 불렸는데, 실은 무당의
가면을 모방하는 주폐232)였다. 1980년대 초기에 안휘성安徽省 임천 사장촌

---

232) 동패의 음주陰鑄 무늬에 관하여 전문가들이 의견이 분분했다. '고哭', '진晉', '패貝',
　　'손巽' 등 자로 해석한 것이 있고, '패화貝化', '반량半兩', '일패一貝', '일선一選'이라
　　는 합문合文도 있지만 모두가 만족스러운 답은 아닌다. 귀검전의 형제는 보통 상부
　　가 크고 하부가 작은 타원형이고 무당 가면으로 흔히 볼 수 있는 거꾸로 된 사다리
　　형과 유사하다. 귀검전의 무늬 중 상부는 연결된 눈썹과 눈 한 쌍을 음주陰鑄해
　　놓은 것이고 중간 부분은 가로로 된 코와 수염이며 하부는 깊이 파인 원형의 입이
　　다. 이런 무늬는 초나라때 아주 유행였던 무당 풍속을 화폐에 표현된 것이라고
　　할 수 있다.

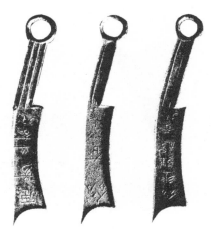

그림 1-36 전국시대 초나라의 도폐

臨泉史莊村에서 발견된 2355개의 초나라 때의 동폐는 무게는 6kg이고, 그 중에서 귀검전만 해도 2318개가 있다. 초나라의 '노금盧金'은 거북의 껍데기를 모방하여 만들었다. 1979년 안휘성 수현 壽縣에서 무게가 5187.25g되는 전국시대의 초나라 금폐 여러 개가 출토됐고, 그 중 두 개의 정면에는 '노금盧金'이라는 음문陰文이 동그랗게 새겨져 있다. 이런 '노금盧金'의 모양은 거북 껍데기와 유사하다. '노금'을 주조할 때 단면 금형에 황금 용액을 붓고 완전히 냉각해서 응고되기 전에 꺼내 황금의 유연성을 이용해 거북이 등 모양으로 만들었다. 이런 '노금'의 발견으로 전국 말기 초나라는 여전히 거북 껍데기나 조개 모양을 모방하여 화폐를 만들었다는 사실을 입증해 준다. 제묘에서도 패폐貝幣가 많이 발견됐는데, 산동성 치박 자촌淄博磁村 춘추시대 제묘에서 완전한 무문 동패銅貝 39개, 훼손된 동패 108개가 발견된 적이 있다. 동패 하나의 무게는 약 2g이다. 학자의 추측에 따르면 제나라 완전화폐의 한 도폐는 약 동패 40개나 패폐 200개와 대등한다. 그러므로 도폐와 동폐를 사용하는 장소도 따로 있었다. 고액의 도폐는 큰 거래에 적합하기에 이는 제나라의 '경중구부輕重九府'와 대상인이 주로 장악하고 있으며, 일반 민중은 대다수 패폐를 사용했다. 전국시대에 가장 값진 것은 금패와 은패였다. 유명한 중산왕릉中山王陵1호 고분에서 출토된 은패의 뒷면에는 오목한 홈이 파여 있다. 1980년대 중반에 하북성河北省 영수현靈壽縣 서자두촌西岔頭村에서 전국시대 중산국 고분이 발견됐는데, 그 중 금패 4개가 출토됐다. 모양은 바닷조개와 비슷하며 정면은 약간 두드러지고 중간에 약 너비 0.1cm의 이틀(牙槽) 모양의 흠이 있으며, 뒷면은 평평하고 한 쪽에 작은 구멍이 있다. 길이 1cm, 가로 너비 0.7cm, 두께 0.4cm, 무게는 3.14g이다. 화학 실험 통해 금 함량이 92%였다는 것을 알게 됐고, 다른 화폐의 가치 비율은 아직 알 수 없다.

초나라의 금폐는 대부분 금판이고 '원금爰金'이라고 불렀다. 금판으로 주조된 원금의 양쪽은 우묵한 장방형이고, 정연하지 않은 방형方形이나 원형도 있다. 금판의 격자 안에는 대부분 '영원郢爰'이라는 글자가 새겨져 있으며, 초나라의 화폐 또한 '영원'이라고 불렀다. '영원'의 출토 지역은 넓고 동주시대 초나라의 영토 이외 산동, 섬서 등 제齊, 진秦 등의 옛지역에서도 발견됐다. 안휘성 부남 삼탑阜南三塔 속에 쌓여 있는 '영원郢爰'이 발견 됐는데 크고 작은 게 모두 42개이고 무게는 1451.5737g이다. 완전한 금판에는 '영원'이라는 도장이 17~19개가 찍혀 있다. 큰 금판을 불규칙한 작은 덩이로 잘라서 사용했다. '영원'을 통해 동주시대 이미 황금을 유통수단으로 삼았다는 것을 보여준다. 연구에 따르면 초나라의 완전한 금판은 전국 시대 초나라의 1근의 중량 단위를 대표했다. 이것은 「한서漢書·식화지食貨志」에서 말한 "활금은 가로, 세로, 높이를 1치로 하여 무게는 1근을 단위로 한다"는 설과 부합한다. 1970년대 초기에 안휘성 부양 임천阜陽臨泉에서 초나라의 금폐가 발견됐고, '영원'이 6개가 있고 무게는 272.9382g이다. 가장 무거운 것은 170.015g이고, 장방형이며 정면에 두 줄로 12개의 도장이 찍혀 있다. 또 다른 곳에서 50개가 발견됐으며, 무게는 799.2067g이고 '진원陳爰' 8개가 포함돼 있다. 이런 발견을 통해 초나라의 화폐는 금폐인 '영원'이 제일 많았고 다른 동패, 포폐, 금빙金餅 등은 모두 초나라에서 화폐로 사용했지만 극소수였다.

춘추시대 제나라의 화폐는 도폐刀幣를 위주로 했으나, 이후 연燕, 조趙지역까지 널리 쓰이게 됐다. 이를 미루어 보아, 제나라의 발달된 상업경제는 연, 조나라까지 영향을 끼쳤다는 것을 알 수 있다. 제나라 관청에서 주조하는 화폐는 '법화法化'라고 불렀는데, 이는 여러 해를 거쳐서 많은 지방에서 출토됐다. 1970년대 초 산동성 해양현海陽縣 왕각장汪格莊에서 출토된 완전한 '법화' 도폐는 1587개가 있으며. 그 중에서 '절(즉)묵지법화節(即)墨之法化'가 29개, '안역(양)지법화安昜(陽)之法化' 40개, '제건방장법화齊建邦長法化'가 3개, '제법화齊法化'가 1469개가 있다. 이런 '법화'는 통상적으로 매우 정교하게 주조됐는데, 힘차게 새겨진 명문 글씨까지 수려하고 동질銅質은 비교적 단단한 편이다. 도폐의 뒷면 주문鑄文 내용을 보면 일부는 기념화폐 성질에 속한다. 예를 들어 '절(즉)묵지법화節(即)墨之法化'가 그런 성질의 화폐였다. 뒷면에 '벽봉辟封', '안방安邦'이라는 주문이 새겨진 화폐도 있는데, 이는 제영공齊靈公이 강토를 개척하고 나라를 안정시킨 공을 기념하기 위해 만든 화폐였다. 즉묵即墨은 원래 춘추시대 내來나라의 땅이었고 제영공齊靈公 15년(BC567년)에 내나라가 멸망하여 제나라에 속하기 시작하였는데 '벽봉辟封', '안방安邦'이라는 것은 바로 이에 대한 기념이었다. 1980년대 초기에 산동성 서하 반가장栖霞潘家莊에서 제나라의 교장窖藏 도폐가 발견됐는데 '절묵지법화節墨之法化' 14개, '안양지법화安陽之法化' 4개, '제지법화齊之法化' 1개, '제법화齊法化' 123개, '제건방장법화齊建邦長法化' 1개가 있다. 전문가들은 제나라 '법화'의 구매력을 연구해 보았더니 제법화 한 개가 조(粟)를 0.825석이나 구매할 수 있었으며, 이는 현재 28.868근에 상당한다. 혹은 소금 1.24구區를 구매할 수 있었는데 이는 현재 10.39근에 상당한다. 이를 통해 제나라의 주요 화폐인 '법화'는 비교적 강한 구매력을 갖추고 있었다는 것을 알 수 있다. '법화'는 그 당시 사회 재부의 중요한 상징이며 상업유통의 주요 도구였다. 이외에 '貝化패화' 및 측정 금속(예를 들어 황금과 구리), 심지어 견絹, 천도 제나라에서 화폐로 사용했지만 가장 중요한 화폐는 법화였다.

춘추전국시대 주폐는 구리와 금이 대다수였으며 은주폐도 있었다. 1974

년 하남성 부구현扶溝縣 고성촌古城村에서 초나라의 은주폐가 발견됐는데 은폐는 모두 18개이며, 형제는 포폐이고, 입이 안쪽으로 모여 배가 통통한 동정銅鼎 속에 숨겨져 있었다. 그 중에서 단형포 6개, 중형포 10개, 장형포 2개가 있고, 단형포 중에서 공수포 1개, 이외에는 모두 실수포實首布였다. 추측에 따르면 단형 공수포의 시대는 춘추 말기였고 중형포와 장형 실수 포의 시대는 전국초기였다.

전국시대 각 나라의 주폐 원료는 주로 본국 광물을 사용했다. 전문가가 전국시대 옛화폐의 납 동위원소를 측정한 결과, 서부와 남부 지역 나라 화폐는 동銅 함유량은 북부와 동부 지역보다 높은 것으로 나타났다. 이는 현지의 풍부한 구리 자원 및 높은 용해 기술과 무관하지 않다고 볼 수 있다. 화폐를 만드는 원료들은 각 제후국 간에도 서로 교류했는데 제齊와 연燕, 위衛와 초楚, 위衛와 제齊 간에 화폐의 납 동위원소가 매우 가까운 것으로 측정되어 제와 초나라 간의 물질 교류가 매우 빈번했던 것으로 추정된다.

화폐의 주조와 유통은 전국시대에 아주 흥성하고 번영됐다. 화폐 유통의 보조 역할로 전국시대 화폐 저장소가 돋보였다. 전국시대 화폐 중 극히 적은 일부를 제외하고는 대부분 저장소에서 출토됐다. 그 저장 수량은 놀라울 정도로 많고 10000 개나 있을 때도 있다. 재물을 저장하는 수단인 저장소들은 대부분 거주지 터에서 발견됐다. 전란이나 재해가 일어날 때 종종 거주 구역 근처 언덕이나 동굴에 화폐를 저장하고 나중에 다시 구지 舊地에 돌아오면 찾을 수 있게 했다. 예컨대 요녕성遼寧省 와방점시瓦房店市 교류도향交流島鄉 봉명도鳳鳴島에서 1980년대 중기 연나라의 도폐, 포폐, 원전 등 세 가지 화폐 총 2415개가 발견됐다. 이런 화폐는 험한 산 허리에 서 발견됐는데 이곳의 북쪽은 바다였다. 화폐를 숨겼던 사람은 땅굴을 파지 않고 이를 자갈 속에 묻은 뒤에 큰 석판으로 덮고 다시 자갈을 이용하여 돌을 쌓은 후 재 빨리 떠났다. 연구자의 분석에 따르면 이 저장소는 연왕燕王 희喜 33년(BC222년)에 진秦나라가 요동遼東을 수복하고 연왕 희를 잡을 때 벌어진 일이라고 주장했는데, 이 또한 설득력이 있는 추측이다. 하북성 난남현灤南縣 마각장麻各莊에서 1970년대 후기에는 한 협사회夾砂灰 도승문관陶繩紋罐에 전국시대의 포폐, 도폐가 40kg 넘게 발견됐다. 이것 역시 전란이 일어나서 급히 매장한 것으로 추측된다. 1970년대 말기에 하북성 흥릉현興隆縣 역수구灤水溝에서 움에 저장된 도폐5000여 건이 발견됐고, 무게는 약 80kg이고 이외에도 도폐 2356개를 수집할 수 있었다. 이들은 원래 항아리 2종 세트에 소장되어 있었으며 시대는 전국 중후기에 속한다. 1960년대 초 산서성 원평현原平縣 무언촌武彦村에서 상자 안에 교장된 도폐가 발견됐고 무게는 64kg, 완전한 도폐 2180개, 포폐 2223개가 있다. 1950년대 말기에 내몽고內蒙古 양성현涼城縣에서 전국시대 화폐가 항아리 채로 출토된 적이 있는데, 400여 건 포폐와 몇 10개 연나라의 명도폐明刀幣가 발견됐다. 전국시대 대량으로 화폐를 소장했던 상황을 보면 당시 화폐는 경제 영역에서 아주 중요한 위치를 차지하고 있었다는 것을 알 수 있다. 사람들의 일상 생활과 아주 밀접한 관계가 있었기 때문에 화폐를 움에 저장했던 것이다.

제10절 도시생활의 출현과 번영

신석기시대 후기에 원시적인 도시가 처음으로 나타났다. 하·상·서주시대 도시는 일반적으로 정치의 중심이었고 그 경제적인 역할은 아직 분명하지 않았다. 춘추전국시대에 접어들어 도시는 점점 정치중심뿐 아니라 경제중심이 됐으며 일반 백성도 도시에 많이 살기 시작했다. 정치구조의 변화와 상업 번영에 따라 춘추전국시대 신흥 도시는 우후죽순처럼 나타났다. 신도시들이 오랜 세월을 거쳐 원근에 유명한 대도읍으로 발전됐다.

「염철론鹽鐵論·통유通有」편에서 다음과 같이 서술했다.

    연燕의 탁涿과 계薊, 조趙의 한단邯鄲, 위魏의 온溫과 지軹, 한韓의 형양滎陽,
제齊의 임치臨淄, 초楚의 완宛과 진陳, 정鄭의 양적陽翟, 삼천三川의 이주二周는
그 부가 천하에 손꼽히는 곳으로서 모두 천하의 명도名都이지만, 이는 그
지역을 도와서 들을 갈고 밭을 일구는 사람이 있기 때문이 아니고, 사방의
제후로 통하는 요충지[233]에 위치하고 큰 도로들에 걸쳐 있기 때문입니다.
그러므로 물산이 풍부한 곳에서는 사람들도 여유가 있고, 집이 시장에 가까
우면 가정도 부유한 것입니다.

여기서 언급한 유명한 도읍들은 한대漢代의 도읍이지만 도읍의 발전은
하루아침의 일이 아니었으니 그 중 많은 곳은 춘추전국시대부터 이름이
나기 시작했다. 연지의 탁(涿: 현재 하북 탁주)과 계(薊: 현재 북경 서남),
조지의 한단(邯鄲: 현재 하북 한단), 제나라 임치(臨淄: 현재 산동 임치),
모두 당시 제후국의 도읍이 되는 지역이었다. '이주二周'는 삼천三川 지역
에 있는 낙양洛陽과 공鞏 두 곳을 가리키는데 전국시대 동주와 서주의
도읍이었다. 위나라의 온(溫: 현재 하남성 온현溫縣 서남쪽)과 지(軹: 현재
하남성 제원현濟源縣 동남쪽), 한韓나라의 형양(滎陽: 현재 하남성 형양 동
북쪽), 초나라의 완(宛: 현재 하남성 남양南陽)과 진(陳: 현재 하남성 회양淮
陽), 정나라의 양적(陽翟: 현재 하남성 우현禹縣)등 지역은 대부분 교통요지

---

233) 「염철론鹽鐵論·통유通有」편의 '거오제지충居五諸之衝'은 원래 '거오제후지충居五諸
    侯之衢'이라고 되어 있는데 왕행기王行器가 제기된 주장에 의해 고쳤다.(『鹽鐵論校
    注』, 中華書局, 1992年, 卷1) 이른바 '오제五諸'은 '오도五都'이고, 발음이 비슷해서
    저지른 잘못이다. 전국시대에 이미 '오도五都'라는 호칭이 있었다. 「사기史記·연소
    공세가燕召公世家」에서 '오도의 병력(將五都之兵)'이라고 했던 것이 유력한 증거이
    다. 전국시대부터 유명한 다섯 도읍을 합쳐서 '오도'라고 불렀다. 「한서漢書·식화
    지食貨誌」하편에 의하면 '오도'는 낙양洛陽, 한단邯鄲, 임치臨淄, 완성宛城과 성두成
    都를 가리킨다.

나 물산이 풍부한 중심 지역에 처했다. 이런 도시는 정치 중심지로서 교통 요지가 되어 상업 발전에 의지하여 점점 인구가 밀접한 대도시로 발전됐다. 우월한 지리적인 위치에 있는 상업 도시 도읍陶邑은 특히 언급할 가치가 있다. 춘추 말년의 범려范蠡는 "도陶는 천하의 중심으로 사방의 여러 나라가 통하여 물자의 교역이 이루어지는 곳이다"라고 했다. 그래서 그는 공명을 이루고 은퇴한 다음 도읍陶邑에서 거주했으며 "19년 동안 세 차례 천금을 벌었다."[234] 그래서 사람들은 이를 '도주공陶朱公'이라고 불렀다. 도읍은 현재 산동성 정도定陶에 있었으며, 예전에는 조나라의 도읍이었고, 전국시대 송나라에 의해 멸망되어 진秦나라의 권력자 양후穰侯 위염魏冉의 봉읍이 됐다. 진소양왕秦昭襄王 36년(BC271년)에 양후穰侯는 상국相國의 직위에서 해직됐고, 이와 동시 출관出關할 때 봉읍을 얻었다. "그의 짐수레는 천대가 넘었다. 양후는 도읍에서 죽어 그곳에 장사 지냈다. 그 뒤 진나라에서는 도읍을 거두고 군郡을 두었다."[235] 도읍에서 서쪽으로 가면 위나라의 대량大梁과 주왕조의 낙읍雒邑을 지나 진나라의 함양咸陽에 갈 수 있었으며, 동쪽으로 가면 제나라와 노나라에 도착할 수 있었다. 춘추 말년에 굴착된 운하도 도읍을 경유했다. 도읍이 춘추전국시대에 유명한 상업 도시가 될 수 있는 원인은 결코 우연이 아니었다.

도시의 건축 규격에 대하여 춘추시대에 전통적인 봉건 등급 제도로 인한 영향이 여전히 컸기 때문에 서로 다른 등급의 귀족들이 건립한 도시의 등급도 달랐다. 춘추 초기에 정나라의 대부인 제족祭足이 이런 상황에 대하여 언급한 적이 있다. 그는 "한 도성의 성이 백 치를 넘으면 나라에 해가 된다. 선왕의 제도에는 큰 도읍이라 할지라도 국도의 3분의 1을 넘지 못하고, 중간 도성은 5분의 1, 작은 도성은 9분의 1을 넘지 못하게 되어

---

234) 「史記·貨殖列傳」
235) 「史記·穰侯列傳」

있다"236)라고 했다. 일반 귀족이 거주하는 도시의 규모는 국가의 수도보다 작아야 했고 대도시라도 수도의 3분의 1을 넘으면 안된다. 중간 등급은 수도의 5분의 1, 작은 등급은 9분의 1을 넘으면 안된다. 제후국의 수도와 일반적인 도시 간의 차이로 제후와 대부의 등급 차이까지 엿볼 수 있다. 이런 등급 제도의 차별에 의하여 대부가 살고 있는 '도都'는 그 성벽 길이는 '백치百雉'를 초과하면 안된다고 말했다. 고대의 제도에 의하면 성벽 길이 1 장丈, 높이 1길, 합해서 도堵라고 했으며, 3도堵는 치雉가 된다. 100 치雉라면 300장의 길이를 가리킨다. 만약 대부의 도읍이 100치를 넘으면 그 세력도 커지게 되기 때문에 제후국에 해가 될 수 있다는 판단이다. 정장공鄭莊公의 동생인 태수단太叔段은 자신이 살고 있는 경京을 아주 크게 짓었기 때문에 부정당한 마음이 드러나 제족이 이 계기로 정장공鄭莊公에게 경계를 높이라는 암시였다. 제족의 말을 통해 당시 도都와 성城 사이에 사회 등급에 의한 차별 의식이 여전히 존재하고 있었음을 시사한다. 노나라 삼환三桓의 세력이 강할 때 공자는 '타삼도墮三都'라는 사건을 벌여놓았는데, 그 방법은 바로 "대부의 집에는 무기와 갑옷을 숨겨서는 안되며, 읍에는 백치百雉의 성을 쌓아서는 안된다."237) 경대부의 집에는 병갑을 숨기면 안되고 그 도읍이 100치를 초과하면 안된다. 공자 때 세력이 강한 경대부들은 이미 이 규격을 무시한 상황이 꽤 많았지만, 사람들의 의식속에 여전히 남아있는 것으로 해석된다. 전국시대 조나라의 명장군인 조사趙奢는 "옛날에는 사해四海 안이 만국으로 나뉘어져 있어서 성이 크다고 해야 300 장丈을 넘지 않았고, 사람이 많다 해도 3000 가구를 넘지 않았습니다.……지금은 1천 길이나 되는 성과, 만가萬家의 읍이 서로 마주 볼 정도입니다"238) 라고 했다. 이로 볼 때 도시의 전통 건축 규격을 어긴

---

236) 「左傳·隱功·元年」
237) 「公羊傳·哀公·12年」

일은 전국시대부터 이미 있었다.

춘추시대 등급이 가장 높은 도시로 주왕조의 왕성王城을 우선으로 손꼽을 수 있다. 주평왕周平王이 낙읍洛邑으로 옮긴 후 춘추시대 주향왕周襄王, 주영왕周靈王, 주경왕周敬王이 몇 번에 거쳐 수리했다. 노희공魯僖公 11년(BC649년)에 낙읍의 동문東門은 이를 침략하는 여러 '융족戎族'에게 불태워졌다. 노희공魯僖公 13년(BC647년)에 제환공齊桓公은 제후국을 불러모아 복원 공사를 했는데 주령왕周靈王 시절에 곡수穀水, 낙수洛水가 범람하는 바람에 낙읍 서북 성벽이 무너졌고 "왕궁까지 위협했다."[239] 노양공魯襄公 24년(BC549년)에 "제나라 사람이 주왕조 겁郟에 성을 쌓았다"[240]는 것은 서쪽 성벽을 복원했다는 것이었다. 춘추시대 왕성에 대한 가장 큰 수리 공사는 주경왕周敬王 때 진행했다. 노소공魯昭公 32년(BC510년)에 진나라 경대부인 위서魏舒, 한불신韓不信이 제후국들로부터 인부를 불러모아 사미모士彌牟를 파견하여 성을 수리하는 설계 방안을 작성했다. "길이를 계산하고 높낮이를 쟀으며 두께를 재고 도랑의 깊이를 쟀으며, 흙을 가져올 곳을 살피고 거리를 의논했다. 일의 기일을 헤아리고 역부를 헤아렸으며 자재를 생각하고 양식을 적어서 제후들에게 인부를 나누게 했다." 이듬해 "성을 30일만에 쌓기를 끝마쳤다."[241] 주왕성은 여러 차례 수리를 했고 모두 제후국의 힘에 의해 진행했는데 이는 주천자 경제 실력의 쇠약을 말해 주는 것이다. 그러나 춘추전국시대 사람의 의식속에는 주천자를 여전히 '천하공주(天下共主)'로 삼고 있었고, 중심 위치에 처한 주왕성이 편리한 교통과 정치, 경제 중심의 위치로 일반 도시와는 비교할 수 없었다.

238)「戰國策·趙策·3」
239)「國語·周語·下」
240)「左傳·襄公·24年」
241)「左傳·定公·元年」

춘추전국시대 신도시의 대표를 말하자면 여러 개를 열거할 수 있는데, 그 중에서 가장 특색있는 명성名城은 제나라 도성인 임치다. 임치는 대성과 소성으로 나눠져 있고, 성문 13개, 성 안에 또 여러 '리裏'로 구분됐으며, '어리魚裏', '장리莊裏', '악리岳里' 등을 문헌에서 찾아볼 수 있다. 번화한 임치성의 풍요로운 삶은 소진蘇秦에 의해 자세하게 기록되어 있다.

　　도읍 임치는 7만 호나 되는데 제가 헤아려 보건대 한 집에 장정 3인 이하는 아닐 것이니, 장정만도 삼칠三七은 이십일二十一, 21만 명이나 되어 먼 현縣에서 모집해 오기를 기다리지 않아도 임치의 사졸士卒만 21만 명이나 됩니다. 임치는 심히 부유하고 실實한 곳으로 백성들이 누구 하나 취우吹竽와 고슬鼓瑟과 격축탄금擊筑彈琴과 투계주견鬪雞走犬과 육박六博과 답국踏鞠 등의 놀이 즐기지 않는 자가 없습니다. 또 임치의 거리는 번화하여 수레가 서로 부딪치고 길가는 사람들의 어깨가 닿아 걸을 수 없고, 옷깃이 이어져 휘장을 이루고, 소매를 들면 장막을 이루며, 땀을 뿌리면 비가 오듯 합니다. 이렇게 집집마다 풍요롭고 부유하며 의기양양합니다.[242]

임치는 제나라의 정치와 경제 중심지로 튼튼한 발전 기반이 갖춰져 있으며, 특히 제나라의 수공업과 상업 발전의 흐름은 도시 발달에 유리한 환경을 제공해 주었다. 임치성 안에 이런 소란스러운 광경은 전국시대의 많은 도시에서 볼 수 있었다. 초나라의 도읍인 영郢은 매우 번화하고 "수레 바퀴가 서로 부딪치고 사람들의 어깨가 서로 스치며, 시장 거리에서는 서로 밀치고 부딪치고 하여 아침 나절에 입은 새 옷이 저녁 무렵이면 누더기가 되어 버린다고 한다"[243]고 했다. 아침에 새로운 옷을 입고 영도의 길에 가면 사람이 많고 붐비기 때문에 밤이 되면 옷이 헐어졌다. 이는 '땀을 뿌리면 비가 오듯' 하는 임치와 막상막하였다. 송옥宋玉의 「대초왕문

---

242) 「戰國·齊策·1」
243) 桓譚, 『新論』. (『北堂書鈔』卷129 "衣冠部", 『太平御覽』卷776, 引用)

對楚王問」에서는 "영郢에서 노래를 부르는 나그네가 있었습니다. 처음에 이르기를, '하리파인下裏巴人'을 부르자 그 나라 사람 중에 모여들어 따라 부르는 사람이 수 천명이었습니다. '양아해로陽阿薤露'를 부르자, 나라 사람 중에 회답하여 부르는 자가 수 백명이었습니다. 다시 '양춘백설陽春白雪'을 부르자, 나라 사람 중에서 같이 부르는 사람이 불과 수 십명이었습니다. 상성을 길게 늘어뜨리고 우성을 짧게 하여 중간에 격렬한 치성을 넣자, 나라 사람중에 따라 부르는 사람이 몇 명에 불과했습니다"라는 기록이 있다. 이것으로 볼 때 초나라 도성의 문화 분위기는 아주 좋았다는 것을 알 수 있다.

노나라의 도성은 현재 산동성 곡부曲阜였다. 도시 구성이 아주 규범적이어서 이는 주례에 준하는 정신을 반영하려 노력한 결과로 보인다. 문헌 기재에 의하면 노나라의 도성은 12개의 성문이 있었고, 전문가들은 문헌과 고고학 자료를 통해 그 명칭과 방위를 대략 확정할 수 있었다. 동문 근처는 대다수 노나라의 귀족들이 거주하는 곳으로 일부 귀족은 '동문東門'이라는 칭호를 성씨로 삼았다. 예컨대 노장공의 아들인 동문양중東門襄仲이 바로 이런 예다. 동문은 노나라 도성의 동성벽의 가운데 문이고 북쪽의 동성문東城門을 '상동문上東門'이라고 하며, 남쪽의 동성문은 '석문石門'이라고 불렀다. 노정공魯定公 8년(BC502년) 노나라 양호陽虎의 난難이 일어날 때 "공렴처보公斂處父가 성읍의 사람들을 거느리고 상동문에서 들어와 양씨와 남문 안에서 싸웠다."[244] 노나라 도성의 서성벽에 3개의 성문 중 가운데는 '이문吏門', 북쪽은 '자구문子駒門', 남쪽은 '서문西門'이라고 불렀다. 도성의 남성벽에도 성문 3개가 있었으며 가운데의 문은 '남문南門'이라 했다. 노희공 20년(BC640년)에 "새로 남문을 지었다."[245] 이 성문 규모가

---

244) 「左傳·定公·8年」
245) 「春秋·僖公·20年」

다른 성문보다 훨씬 더 크고 웅장하게 지어서 노나라 도성의 정문이 됐다. 전하는 말에 의하면 제나라는 예전에 "제나라 여자 중에서 80명의 미인을 뽑고 모두 아름다운 옷을 입혀 강락무를 추게 하여 무늬 있는 말 120필과 합계 노나라 군주에게 보냈다. 여악들과 아름다운 수레들을 노나라의 도성 남쪽의 높은 문밖에 늘어놓았다"[246]고 했다. '남문'은 크고 높기 때문에 '고문高門'이라고 불렀으며, 우단雩壇과 물을 사이에 두고 마주보고 있어서 '우문雩門'이라고도 불렀다. 남문 서쪽에 있는 성문은 '직문稷門'이라고 불렀는데 직문 안에는 대부분 상인들이 모여 있던 곳이었다. 남문 동쪽에 있는 성문이 아마 문헌에 기록되어 있는 '녹문鹿門'이었을 것이다. 노나라 도성의 북쪽의 성벽 가운데 처하는 성문은 북문이라 하며, 북문 서쪽에 있는 성문은 '쟁문爭門'이었다. 『공양전公羊傳』 민공閔公 2년의 기록을 보면 제환공이 노나라 내부 사무에 참여했는데 "희공을 세우고 노나라의 도성을 건축하라고 했다. 어떤 이가 말하기를 '녹문鹿門에서부터 쟁문爭門에 이른 것이 이것이다"라고 했다. 노희공이 재위 기간에 제나라가 노나라를 도와주고 남성벽의 쟁문에서 동성벽을 거치고 북성벽의 쟁문까지의 아주 긴 성벽을 건설했다. 북문의 동쪽에 있는 성문이 바로 내문萊門이었다. 『좌전』 애공哀公 6년의 기록에 의하면 노나라에 머물고 있던 제공자 양생陽生은 예전에 '내문萊門을 나가' 제나라에 돌아갔다. 이런 성문들 간에 모두 교통 요도로 연결되어 있어 편리한 도로 체계가 구축됐다. 노나라 도읍에서 주동鑄銅, 야철冶鐵, 제도制陶, 제골制骨 등인 수공업 공장이 있었고 경제와 상업교역이 모두 발달됐다. 공자가 노나라의 대사구大司寇를 맡았을 때 "정치에 참여하고 정사를 들은 지 석 달이 되자 양과 돼지를 파는 사람들이 값을 속이지 않았고 남녀가 길을 갈 때 떨어져 갔으며, 길에 물건이 떨어져도 주워가지 않았다"[247]고 했다. 노나라 도성 사람들은

---

246) 「史記·孔子世家」

예의가 아주 바르며 이는 제나라 도성인 임치의 "옷깃이 이어져 휘장을 이루고, 소매를 들면 장막을 이루며, 땀을 뿌리면 비가 오듯 한다"는 상황과 비교가 됐다. 이것은 노나라에서 더욱 예의를 중요시했음을 시사한다. 남쪽에 있는 성문은 '이문吏門'이었다. 노나라 도성 사면에 가운데 성문은 모두 방위로 명명됐고 다른 성문들을 따로 명칭을 붙였다. 『좌전』소공昭公 5년에 "숙중자叔仲子가 계손季孫에게 일러 말했다. '제가 자숙손子叔孫에게 명을 받았는데 선종善終을 못한 사람은 서문으로 나간다 했습니다.' 계손이 두설杜泄에게 명하자 두설은 '경卿의 상은 조문朝門에서 나가는 것이 노나라의 예입니다'라고 했다." 예절에 따라 노나라의 경卿의 장례는 노의 도성의 남문으로 나가야 했고 단지 제 명대로 살지 못한 '선자鮮者'만 서문으로 나가 매장했다는 뜻이다. 여기서 서문은 남문과 대응해서 서쪽 성벽에 가운데에 있는 정문을 가리킨다.

춘추전국시대에 "사방 3리 되는 내성과 사방 7리 되는 외곽"[248)]이라는 설이 있었는데 이런 중, 소 도시는 비교적 번화했고, 귀족 경제와 민중 생활에 중요한 영향을 끼쳤다. 따라서 경대부 귀족은 사읍私邑으로 삼은 중, 소도시의 건설과 관리에도 많은 관심을 기울였다. 진양晉陽은 진경晉卿 조간자趙簡子의 사읍 도시였다. 그는 윤탁尹鐸을 시켜 진양을 다스리게 하니 윤탁은 "견사繭絲로 삼을까요? 아니면 보호하고 울타리로 삼을까요?"[249)]라고 물었다. 이것으로 보아 진양은 조씨의 경제 기지이자 발전 세력의 보루였다. 진양은 아주 굳게 건축되고 범范씨, 중행中行씨 등이 진양을 공격할 때 성에 물을 대어 성 안에는 "아궁이가 물에 차 개구리가 나온다"[250)]는

247) 「史記·孔子世家」
248) 「孟子·公孫醜·上」
249) 「國語·晉語·9」
250) 「國語·晉語·9」

지경까지 이르러도 성은 함락되지 않고 견고했다. 이와 같은 성읍의 견고함은 성城의 설계와 시공이 높은 수준까지 도달했던 것과 밀접한 관계가 있다. BC598년 초나라의 영윤令尹 위애렵蒍艾獵이 책임지고 기(沂: 현재 하남성 정양현正陽縣)를 건설했다. 『좌전』 선공宣公 11년에 기록한 상황에 의하면, "봉인으로 하여금 공사를 계획하게 하고서 사도에게 보고하게 했다. 공력을 가늠하여 일자를 헤아리고, 재료와 용구를 분배하며 널과 지주를 고르게 했다. 삼태기와 절굿공이의 균형을 맞추며 흙과 재목을 계산해 보고, 멀고 가까움을 논의하며 성의 토대를 순시하고, 건량과 양식을 갖추며 유사를 헤아린다. 30일만 일하면 완성되는데 원래의 계획과 어그러짐이 없다"는 기록이 있다. 이처럼 축성 공사는 섬세한 계획이 짜여 있었으며 계획에 따라 얼마나 시공해야 하는지를 추측하고 완성하는 시간을 계산한 다음 재료와 도구를 나누어 제공했다. 건축 과정에서 성벽을 정연하게 만들기 위해 일단 "쌓는 흙의 높이를 평탄하게 하여 축성을 고르게 한다"고 했다. 즉 축성할 때 쓴 협판과 성벽을 쌓을 때 양 끝에 세운 현판을 고정시키는 기둥을 수평 수준으로 유지하고 성벽을 고르게 한다는 것이었다. 그 다음에는 축성하는 데 필요한 흙과 목재의 양을 계산해 보고, 준비된 목재와 흙의 양을 비슷하게 운송하고 부족하거나 넘칠 상황을 피했다. 구체적으로 순서대로 시공하며 시공 인원의 거리와 역부의 식량까지 모두 꼼꼼하게 확인한 뒤 예정된 삼순 안에 완공을 보증했다.

성읍은 경제 발전에 있어서 점점 더 중요한 역할을 담당했기에 전국시대 각 나라 모두 성읍을 차지하려 치열한 싸움이 끝임 없었다. 예를 들어 송나라의 도(陶:현재 산동성 정도定陶)는 교통 요지에 위치하고 있어 아주 풍요로운 상업 도시였다. 제齊, 진秦, 조趙, 위魏 등 나라들은 항상 도읍을 가지고 다투었고 특히 제나라의 전문田文, 진秦나라의 위염魏冉, 조나라의 이태李兌, 위魏나라의 위무기魏無忌 등 봉군들은 모두 도陶를 자신의 봉읍을 만들려고 도모했다. 또한 초나라의 원(宛: 현재 하남 남양)은 철을 제련하는 것으로 유명하고 기름진 땅에 위치하고 있었는데, 전국 중기에 제나라가 한韓, 위魏 두 나라와 연합하고 초나라를 공격하여 원宛을 수복하다가 그 뒤에 진秦나라가 다시 출병해서 원을 수복하였던 역사가 있다. 전국시대 중앙 집권을 강화하는 정세 아래서 각 나라 군주들은 도시에 대한 통치도 매우 중요시했으며 이미 공취攻取한 성읍은 통상적으로 귀족에게 식읍食邑으로 분봉하지 않고 직접 관직을 설치하고 운영했다. 한비자는 "대신大臣의 봉록이 크다 할지라도 도성의 세금까지 거두어들이게 하지는 않는다"251)고 주장하여 대신들의 사익과 도시의 경제 수입을 구별시켰다. 전국시대 중엽에 이르러 열국의 침략 전쟁은 종종 도시를 점령하는 것을 주요 전략 목표로 삼았고, 도시가 사회 정치와 경제 분야에서 담당하는 역할, 일반 민중의 생활에 미치는 영향은 날로 커지고 있었다.

---

251) 「韓非子·愛臣」

제2장
물질 생활에 관한 민속

음식

복식과 교통 등의 풍속에 비해 음식풍속은 인류의 각종 풍속 중 가장 긴 역사를 가지고 있다고 볼 수 있다. 선전시대 음식풍속은 사회 경제적 생산력의 발전에 따라 끊임없이 변하고 있으나 일정한 역사 시기에 상대적으로 비교적 온전한 상황도 있었다. 문명 사회에 들어서면서 사람들의 음식풍속은 사회 경제 발전 수준 이외에, 사회 등급 제도로부터도 큰 영향을 받았다고 할 수 있다.

1. 원시시대의 음식

중국 원고시대의 민속 중에서 음식풍속은 중요한 내용이라 할 수 있다. 중국 구석기시대와 신석기시대에 관한 고고학적 조사 결과 및 고문헌에 관련된 기록들은 원시시대 음식 상황을 알아보는데 귀중한 자료를 제공해 준다.

(1) 불로 음식을 익힌다

불의 사용은 원시 인류의 발전에 아주 중요한 역할을 했다. 이 기간에 불로 음식을 익히는 일은 가장 결정적인 것이다. 마르크스주의에 의하면 인류사회 미개 시대의 초보 단계는 잡아온 물고기와 짐승을 불로 구워먹는 것으로 끝난다고 했다. 불의 사용으로 원시 인류의 음식종류가 늘어났을 뿐만 아니라 소화에도 유익하여 음식 영양분이 흡수되어 인류 체질의 개선에도 크게 도움이 됐다.

고고학자와 고인류학자에 따르면 중국 원고 인류 최초 불 사용은 거금 170만년 전 원모원인元謀猿人시대까지 거슬러 올라갈 수 있다. 원모원인 화석의 지층은 위에서 아래로 두께 약 3m의 3개 층면에서 숯가루(炭屑)가 채취됐다. 평면적으로 보면 성기게 널리 산재된 것도 있고 닭장 모양으로 쌓인 작은 조각도 있다. 그중에서 제일 집중된 곳은 두 군데가 있는데 모두 주변 점토와 뚜렷한 분계선이 있다. 이 숯가루들이 포유 동물 화석과 한 곳에 있으며 같은 층위에 있는 경우가 많다. 색깔이 거무스름해진 뼈다귀 몇 조각도 발견됐는데 전문가의 검정에 의하면 일부가 소골燒骨인 것으로 판정된다. 일부 전문가는 이 같은 발견에 의하면 원모원인이 이미 불을 사용했다는 것을 알 수 있다고 했다.[1] 산서성 예성 서후도芮城西侯度에서 발견된 고대인류 유적은 시대상으로 원모원인과 가깝거나 약간 앞선 것으로 보인다. 이 유적에서 몇십 개 석기石器와 인공 가공을 통해 만든 불완전한 녹각鹿角 이외에 진한 회색 포유류 동물의 늑골肋骨, 늑각, 마아馬牙가 발견됐다. 전문가들의 검증을 통해 이들은 모두 다 소골燒骨이라는 것으로 알려진다. 이는 원고 인류가 불로 음식을 익혀 남긴 유존遺存으로 보는 것이 마땅하다. 원모원인 이후의 남전원인藍田猿人 유적에서도 원고 인류

---

1) 賈蘭坡, 「從工具和用火看早期人類對物質的認識和利用」, 《自然雜志》, 1978年 第5期.

가 불을 사용했을 가능성을 가진 유존이 발견됐다. 1964년에 섬서성 남전현藍田縣 공왕령公王嶺 원인 뼈다귀 지층 속에서 몇 군데 범위가 작고 소량 산재된 분말상粉末狀 탄립炭粒이 발견됐다. 일부 전문가는 이를 남전원인의 불 사용과 관련된 것으로 추측했다.

중국 원시인류가 불로 음식을 익혔다는 제일 풍부한 고고자료는 북경원인유적에서 발견됐다. 여기서 면적이 비교적 크고 아주 두껍게 쌓인 회신층灰燼層이 4개나 있고 일부 두께는 6m에 이른다. 이 회신층 속에서는 목탄 불로 태운 귀열문龜裂紋이 꽉 찬 돌덩어리 및 석기, 불로 태워서 찌그러진 늑각, 구운 팽나루 열매, 각종 수골獸骨을 수습한 적이 있다. 현재까지 발견된 것 중에서 내용물이 제일 풍부한 고대 인류 불 사용 유존으로 손꼽을 수 있다. 이 유적에서 발견된 나무 열매와 수골을 보면, 당시 원시인류가 채집과 수렵으로 얻은 성과들을 불로 익혀서 먹었음을 알 수 있다. 북경원인유적 회신층에서 발견된 돌덩이리와 석기도 불로 음식을 익힌 것과 관련된 것으로 보인다. 북경원인이 채집한 식물과 수육獸肉을 불로 태운 돌덩어리 위에 올려 익혔을 가능성도 배제할 수 없다.[2] 북경원인은 끊임없이 화톳불을 태운 방식으로 불씨를 보존했던 것으로 추정된다. 끊임없이 불을 태웠기에 아주 두꺼운 회신층을 남길 수 있었다. 북경원인 이후 일부 원인 유적에서도 불을 사용한 유존이 발견됐지만 북경원인유적만큼 두꺼운 회신층까지 생기지는 않았다. 이는 당시 사람들이 이미 인공

---

[2] 「예기禮記 · 예운禮運」편에 이르기를, "그 예라는 것의 시초는 음식에서 비롯됐다. 옛날 그들은 찰기장쌀을 소석燒石 위에 얹어서 굽고 돼지고기를 찢어서 소석 위에 놓아 익혔으며, 땅을 파서 웅덩이를 만들어 물을 담고 손으로 떠 마셨다." 정현鄭玄은 "고대에는 아직 쌀을 찧고 고기를 굽는 솥과 시루가 없어서 돌 위에 불을 가해 그 쌀과 고기를 먹었는데 지금은 북적北狄이 오히려 그러하다. '와준汙尊'은 땅을 파서 그릇을 삼는다. '부음杯飮'은 손으로 그것을 움켜잡음이다"고 했다. 이러한 '돌 위에 불을 가해서 구어 먹는 방법'은 아주 오래 전에 있었던 일이다.

으로 불씨를 얻는 기술을 익혔기 때문이다. 인공으로 불씨 얻는 기술은 원시인류가 음식을 익혀먹는데 분명히 긍정적인 역할을 했다.

육류 음식은 원시인류의 발전에 있어서 중요한 의미를 지녔다고 할 수 있다. 중국 원시시대의 사회발전과 육류 증가 간에는 일정한 관련이 있다고 본다. 구석기시대 전기에 원시인류의 음식은 생산력 수준의 제한을 받아 주로 식물 열매와 줄기를 먹었고 육류는 비교적 작은 비중을 차지했다. 구석기시대 후기에 들어 수렵 기술이 발전함에 따라 육식 비중이 증가됐다. 이런 상황은 거금 10만 년쯤에 허가요인許家窯人의 물질 문화에서 상당히 전형적으로 나타났다. 1970년대 중기에 산서성 양고陽高縣 허가요 일대에서 10만 개 개체의 원시인류 화석 자료, 대량의 석기와 골기骨器가 발견됐다. 특별히 이목을 끄는 것은 대량의 석구石球들이다. 구면을 골고루 두드려 동그랗게 만든 석구들은 허가요유적에서 1500여개 발견됐다. 제일 큰 것은 약1284g, 제일 작은 것은 약112g이다. 민속학과 민족학의 자료에 의하면 석구를 사용할 때 막대기나 그물 주머니를 보조로 함께 던지면 수렵의 능력을 크게 높일 수 있다. 대체로 원시유적에서 발견된 석구는 모두 사람이 먹던 큰 동물의 골격 화석과 함께 나타났다. 허가요 일대에서만 300마리 넘는 야생 말의 유골이 발견되었는데, 거기에는 털코

그림 2-1 허가요許家窯유적의 석구石球

뿔소, 영양羚羊 등의 몸집이 크고 빠르게 달리는 동물 유해도 있다. 많은 관심이 쏠린 것은 허가요유적에서 발견된 톤급 대형 동물 유해는 완전한 개체가 하나도 없다. 심지어 완전한 두골 하나도 발견되지 못했으며, 모두가 사람이

고기만 발라먹고 뼈를 부셔 골수까지 빨아먹은 후 버려진 것들이다. 이것으로 당시 수렵업의 신속한 발전을 보여준 동시에 음식풍속의 변모 양상, 예를 들어 다양해진 면도 보인 것이다. 1970년대 초기 북경 주구점周口店 용골산龍骨山 신동新洞 유적에서 북경원인과 산정동인 사이에 처한 조기지인早期智人 단계의 '신동인新洞人'이 발견됐다. '신동인' 유적에서 포유 동물 화석 40여 종, 총 몇천 개 개체를 수습한 적이 있다. 신동 안에 있는 소골燒骨은 사슴류가 제일 많고 그 다음으로는 쥐, 코끼리, 개구리, 새 등이 있는데 모두 당시 사람들이 익혀 먹고 남긴 것이다.

원고시대에 직접 불로 굽기 이외에, 음식 익히는 방법으로서 '서庶(끓이다, 자煮와 같음)'도 사용했다. '서庶'자는 최초의 조자본의造字本義에서 이런 의미를 드러낸다. 갑골문 '서庶'자는 집 아래에서 불로 돌을 태우는 형태나, 오직 불로 돌을 태우는 형태다.[3] 금문金文은 갑골문 '서庶'의 조자 형태를 이어받아 집 아래서 돌을 태우는 형태다.[4] 고문헌에서 '서庶'자와 '자煮'자는 발음이 같다. 「주례周禮 · 추관秋官 · 서관敍官」에서 나온 '서씨庶氏'에 대하여 정현鄭玄은 "서庶를 약을 끓이는 자煮로 발음하는데 서관敍官은 독고毒蠱를 제거하는 일을 한다"[5]고 해석했다. '서庶'자를 '자煮'로 읽는 내재적인 원인에 대하여 단옥재段玉裁의 『설문해자주說文解字註』에서 다음과 같이 해석했다. "'뭇 서庶'자를 '삶은 자煮'로 발음하는 것은 그 음音을 본뜬 것이다. '독고毒蠱를 제거하는 일(驅除毒蠱)'을 말하는 것은, 독고毒蠱의 '고蠱'자는 같은 음의 '서庶'자를 빌려 의미를 나타낸 것이다. 먼저 '자煮'로 읽게 되어 '서庶'자와 '고蠱'자는 발음이 같다. '고蠱'자는 고음古音대로 발음하며 '거居'의 상성上聲으로 읽게 되니 '자煮'의 발음과 비슷하다. '서씨

---

3) 『京都大學人文科學研究所藏甲骨文字』第2674片.

4) <毛公鼎>, <中山王鼎>.

5) 庶讀如藥煮之煮, 驅除毒蠱之言.

庶氏'는 독고毒蠱를 제거하는 일을 관장해서 '고씨蠱氏'라고도 했다. 그런데 문헌에서 '고蠱'자가 아닌 '서庶'자를 쓴 것은 둘이 발음이 같기에 '서씨庶氏'라고 했다."[6] 이것으로 보면 주대의 직사職司 중 원래 독충(蠱)을 방제하는 관직이 있었으며, '고蠱'자의 옛 발음이 '자煮'와 같아서 '약자藥煮'라는 직업도 있었다. 약을 끓여 그 기운으로 독毒과 충蠱을 없애는 일을 맡은 직관은 원래 '자씨煮氏'라고 불려야 했는데, '서庶'와 '고蠱' 두 자의 음과 뜻이 다 통하기 때문에 '서씨庶氏'라고 부르게 되었다. 정현과 단옥재의 해석은 천 년의 허울을 벗긴 듯 미해결 과제를 밝혔고 대가들의 통찰력을 보여준다. 그리고 '약자藥煮'는 나중에 생긴 직업이 마땅하며 처음에 '서庶'는 음식을 익히는 일을 가리켰던 것으로 추정된다. 즉 도기陶器가 생기기 전에 옛사람은 불로 돌멩이를 태워서 음식을 구워먹거나, 불로 태운 돌멩이를 물 담은 기물에다 던져 음식을 삶아서 먹은 것으로 보이며, 원고시대의 음식풍속은 이를 통해 어느 정도 엿볼 수 있는 바이다.

(2) 식인食人의 풍습

원시시대 일부 지역에서 식인의 풍습이 있었을 가능성이 크다. 일부 고고학자와 고인류학자는 북경원인의 유골이 대부분 두골이고, 신체 다른 부위의 골격 유존이 드물며, 발견된 두개골에 대부분이 상처가 남아 있다고 주장한다. 이 상처들은 돌칼로 찍고 두피頭皮를 벗길 때 생겼을 가능성이 있다고 본다. 이러한 비정상적인 상황들에 대하여 학자들은 원고시대 식인 풍습을 반영한 것이라는 의견을 제기한다. 북경원인의 동혈 중 두골

---

6) 庶讀如煮, 擬其音耳. 雲驅除毒蠱之言者, 以蠱與庶同音為訓, 必先雲'讀如煮', 而後庶與蠱同音也. 蠱今音讀如古, 古音如 '居'上聲, 是以與 '煮'略同. 庶氏既掌除毒蠱, 則其官曰蠱氏可矣, 而書不作蠱字者, 庶與蠱音同, 是以作庶氏.

이 많고 신체 다른 부위의 골격이 적다는 문제에 대하여 학자는 다음과 같은 의견을 제시했다.

> 내가 보기에 그들이 이렇게 행동하는 목적은 분명하다. 바로 그들은 두개頭蓋를 물 담는 용기로 사용했다는 것이다. 발견된 비교적 완전한 두골은 두개 부분만 보존되었고, 겉으로 보면 바가지와 비슷하다. 이외에도 많은 사슴의 두골이 있는데 뿔, 얼굴, 뇌저腦底 부분은 제거됐다. 이는 또한 같은 목적으로 가공 처리한 것이다. 사람의 두개를 물 담는 용기로 사용하는 일은 근세에 와서도 있었다. 나는 한 라마묘喇嘛廟 안에서 그것을 직접 눈으로 확인한 적이 있다. 토마스 헉슬리(Thomas Huxley, 1825-1895)의 『자연계에 인류의 위치』 중 호주 사람의 두골 특징에 대하여 말할 때도 비슷한 지적이 있다. "나는 이런 특징적인 두골을 대부분 남호주 애들레이드 항구에서 보았다. 현지 사람은 이런 두골을 물 담는 용기로 사용한다. 물 담기 위하여 얼굴 부분을 때려 빠지게 했다."[7]

위의 분석은 매우 일리가 있다. 조기지인早期智人 단계에 속한 허가요인許家窯人 유적에서 발견된 인류 화석은 모두 깨진 상태이고, 심지어 한 개체 유골 화석이 수십 여 미터의 거리에 이르렀다. 연구에 따르면 식인 풍습은

---

7) 賈蘭坡, 「遠古的食人之風」, 《化石》, 1979年 第1期. 안어: 원시시대 사람의 두피를 벗기거나 두개골을 컵으로 사용하는 풍습도 식인 풍습과 관련된다. 하북성 한단 간구邯鄲澗溝의 용산문화유적에서 반지혈 집터 두 채가 발견됐는데, 각각 3사람의 두개골이 놓여있었다. 이 두개골들은 모두 눈두덩부터 관자놀이뼈를 거쳐 후천문까지 잘라내서 완전한 두개를 얻으려고 한 것이다. 이들은 젊은 여성의 두개골에는 모두 칼로 벗길 때 남긴 칼집이 있다. 그리고 모두 두개頭蓋의 한 가운데부터 두피를 벗긴 갓이다. 두개를 컵으로 사용하는 풍습은 오랫동안 전해지고 있었다. 정주鄭州 상성 궁전구商城宮殿區의 한 도랑 속에 백 개 가까이 된 두개골이 쌓여있었는데, 모두 눈두덩부터 귓가 상단까지 가로질러 톱질로 잘라낸 것들이다. 춘추전국시대에 "조양자가 지백을 가장 미워하여 그의 머리를 술잔으로 만들었다."(「戰國策·趙策·1」) 서한西漢 때 "흉노는 월지를 격파하고 왕의 두개골로 술잔을 만들었다"(「史記·大宛列傳」)라는 기록은 모두 증거라고 할 수 있다.

원고 시기에 있었던 일종의 보편적인 현상이다. 토머스 헌트 모건(Thomas Hunt Morgan, 1866-1945) 말하기를, "고대의 식인 풍습이 보편적으로 유행했다는 점은 이미 입증되었다."[8] 엥겔스는 식인 풍습이 인류 몽매시대蒙昧時代의 중기부터 시작된다고 추측한 적이 있다. 엥겔스는 "베를린 사람들의 선조인 벨레타브인(Weletaben)이나 빌츠인(Wilzen)들은 10세기에도 여전히 부모를 먹었다"고 주장했다. 식인 풍습은 고대사회 생산력의 저하와 일정한 관련이 있지만 특정적인 풍속과도 연관될 가능성이 크다. 신석기시대의 하모도문화유적에서 음식을 삶는 도기 항아리가 발견됐는데, 물고기 뼈, 아이의 골격이 항아리 속에 들어 있다. 하모도시기에 사회 생산력이 이미 크게 발전했는데도 당시 아이를 먹는 것은 아마도 어떤 신앙 때문이었는지 모른다. 광서廣西 계림 증피암桂林甑皮巖 동혈 유적에서 14개의 두골이 발견됐는데, 그 중에서 6개 두정골頭頂骨에 인공으로 구멍을 뚫은 흔적이 남아있다. 청해성靑海省 민화현民和縣 양산陽山 신석기시대 유적의 묘지에서 죽은 성인의 두정골 왼쪽에 지름 1cm 되는 원형 구멍이 하나 있다. 연구에 의하면 이렇게 두정골에다 구멍뚫은 것은 당시 사람들이 죽은 자의 뇌수腦髓을 빨아먹었기 때문이다. 이는 단순한 뇌수를 음식으로 삼는 것이 아니라 어떤 종교 관념으로 인한 결과로 볼 수 있다.

(3) 사회의 발전과 음식풍속의 변화

중국 원고시대 선민들은 상당히 긴 세 월 동안 짐승을 잡아 털과 피까지 날것으로 먹는 생활을 해왔다. 당시 음식풍속은 아주 낮은 수준에 처했다. 이런 상황에 대하여 고문헌에 다음과 같은 기록이 있다. "아직 불이 없어서 초목의 열매와 조수의 고기를 먹고, 그 피를 마시고, 그 털을 씹었다."[9]

---

8) 摩爾根 『古代社會』(上), 商務印書館, 1977年, p.20.

「한비자韓非子 · 오두五蠹」에서 '상고지세上古之世'의 음식 상황을 이렇게 말했다.

> 민民은 나무열매, 풀씨, 조개를 먹었으나 비린내 나고 더러운 냄새로 뱃속이 상하여 병을 많이 앓았다. 어느 성인이 일어나 부싯돌로 불을 일으켜서 비린내를 없앴다. 그래서 민이 좋아하여 천하의 왕으로 삼고 이름하여 수인씨라 불렀다.

위 서술은 중국 구석기시대의 상황과 맞아떨어지는 것으로 보인다. 불로 음식을 익혀 먹기를 알기 전에 확실히 "비린내 나고 더러운 냄새로 뱃속이 상하여 병을 많이 앓았다." 그런데 이런 음식풍속의 발전은 수인씨燧人氏라는 성인에게만 공을 돌리면 타당하지 않다. 불로 음식을 익히고

---

9) 「禮記 · 禮運」. 공영달孔穎達은 『예기소禮記疏』에서 "날짐승과 길짐승의 고기가 있는데 배부르게 먹지 못할 때 털까지 먹으면 배부르게 먹는 데에 도움이 된다. 이는 한대 소오蘇武가 눈과 털을 섞어서 먹는 경우와 비슷하다"라고 설명했다. 안어: 이렇게 '여모茹毛'를 해석하는 것은 적절하지 못하다고 여긴다. '모毛'는 짐승의 털일 수 있지만 고대 사람은 풀을 '모毛'라고 하기도 했다. 『좌전左傳』 은공隱公 2년에 "진실로 진정한 신의信義가 있다면야, 산골짜기에 흐르는 냇물이나 못가에 난 물풀, 물 위에 뜬 풀, 백쑥, 마름 등이나, 좋게 만들지 않은 네모지거나 둥근 대광주리나 세발 솥 같은 기물, 또는 물구덩이에 잠겨 있는 물이나, 길에 고인 빗물 같은 깨끗하지 못한 물이라도, 선조에 제사상에 바칠 수 있고, 또 천자나 군주에게도 드릴 수가 있는 것이다"라고 기록했다. 진晉나라 두예杜預는 '모毛를 풀 초草'라고 해석했다. 『공양전公羊傳』 선공 12년에 '불모지를 하사했다'고 기록했고, 하휴何休는 '오곡이 나지 않는 곳을 불모지'라고 해석했다. 후세에도 '모毛'를 이같은 용법으로 사용했다. 제갈량諸葛亮의 「출사표出師表」에서 "오월에 노수瀘水를 건너고 불모不毛에 깊이 들어간다"는 말를 통해 뒷받침된다. 그래서 '여기모茹其毛'는 선민들이 풀로 음식을 삼았다는 뜻으로 보는 것이 타당하다. 「관자管子 · 사과辭過」편에서는 "옛날의 백성들이 초근목피를 살것으로 그대로 먹고 제각기 흩어져서 여기저기 살았다"고 했고, 「관자管子 · 칠신칠주七臣七主」편에서 "과일과 채소류 농사 10석에 해당한다"고 했는데, 모두 고대 선민들이 채집으로 먹고 사는 상황을 가리키며 '여기모茹其毛'라는 설과 일치하다.

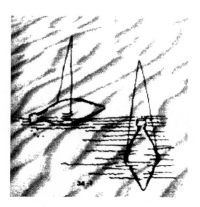

그림 2-2 앙소문화의
소구첨저도병小口尖底陶瓶

그림 2-3 소구첨저도병小口尖底陶瓶
으로 물을 퍼 올린 설명도

'비린내를 없앴다'는 일은 당시 사람들이 오랜 세월 동안 실천한 결과였고, 어느 한 사람의 발명이 아니었다. 신석기시대 사람들은 식용수 위생에 비교적 주의를 기울었으며 당시 입이 좁고 바닥이 뾰족한 병으로 자주 물을 퍼 올린다. 끈으로 뾰족한 병을 묶어 물에 던지면 병이 저절로 물에 도치하게 되어 물을 가득 채운 후 다시 저절로 세워짐으로써 퍼 올린 물은 비교적 위생적인 편이다.

사회 생산력이 발전함에 따라 신석기시대에 들어서며 음식풍속은 큰 발전을 이루었다. 신석기시대 사람의 음식은 채집과 수렵한 야수 대신에 농작물과 기른 가축, 잡은 물고기와 새우를 위주로 먹었다. 이 때는 전설 중의 신농씨神農氏, 열산씨烈山氏, 복희씨伏羲氏의 시대에 해당한다. 고사古史 전설에 의하면 신농씨가 뇌사耒耜를 만들어 백성들에게 농사를 가르쳐 주며 각종 곡물을 심었다. 열산씨는 아주 유능한 제자인 '주柱'에 의하면 "백종의 곡물과 채소를 기를 수 있다"[10]고 전해왔다. 복희씨는 "매듭을

---

10) 「國語·魯語」

매고 그물을 만들어 사냥을 하고 고기를 잡았다."[11] 이들 상황은 고고
발견과 맞아떨어진다. 당시 북방 지역에서는 조(粟) 농사를 주로 하고 있
었다. 유명한 반파半坡 유적에서 일부 옹기(甕) 항아리(罐)가 발견되었다.
실내 작은 움(窖) 안에서는 조의 유존이 발견됐고, 많으면 여러 말(斗)에
달했다. 마가요문화에 속한 청해성青海省 악도류완樂都柳灣유적의 고분에
는 대부분 조를 가득 채운 옹기가 수장돼 있는데 적으면 1개 많으면 4개까
지 달한다. 반파유적에서 발견된 작은 항아리 속에는 갓씨와 배추씨가
저존貯存돼 있는데, 이는 당시 이미 채소 기르고 있으며 음식에서 중요한
위치를 차지했음을 입증해 준다. 감숙성 진안 대지완秦安大地灣유적의 한
움 안에서 유채씨가 발견됐다. 앙소문화에 속한 하남성河南省 남정용강南
鄭龍崗유적에서도 채소씨가 발견됐다. 이것으로 당시 사람들에게 채소를
주 식재료의 한가지로 삼았다는 것을 알 수 있다. 남방 지역에서는 벼농사
를 주로 했고 하모도유적에서 보편적으로 벼, 도각稻殼, 도간稻稈, 벼잎사귀
등의 퇴적堆積이 발견됐고 제일 두꺼운 곳은 1m가 넘는다.

　신석기시대에 사람들이 먹는 육식은 가축 사육이나 어렵과 관련된다.
당시 주요 가축 품종은 개, 돼지, 염소, 소, 닭, 말 등이 있다. 돼지가 제일
많고, 이는 음식을 개선하는 데에 많은 도움이 되었다. 가축 사육은 이미
신석기시대에 나타났고
그 후에 점차 발전해 왔
다. 신석기시대 문화유
적에서는 보편적으로 돼
지가 많이 발견됐으며,
남쪽에서 북쪽까지 많
은 유적에서 모두 돼지

그림 2-4 용산문화의 돌돼지

---

11) 「周易・係辭・下」

뼈다귀가 발견됐다. 돼지는 식용으로 제공될 뿐만 아니라 제물로도 제공됐고, 부유함을 드러내는 표시가 되기도 했다. 용산문화에 속한 한단 간구邯鄲澗溝유적의 한 구덩이 안에 제물로 삼던 21마리 돼지가 발견됐고, 대문구문화에 속한 산동성 교현膠縣 삼리하三裏河유적의 한 고분에서 부장품인 32개의 돼지 하합골(下頜骨: 아래턱 뼈)이 발견됐다. 배리강문화裴李崗文化와 하모도문화에서 모두 도소陶塑 돼지상이 발견됐으며, 이들은 천진한 표정을 짓고 생동감 넘친다. 이는 선민들이 돼지를 중요하게 여겼음을 알 수가 있다. 하북성 서수남장두徐水南莊頭 신석기시대 초기 문화유적에서 19개의 뼈다귀(적어도 닭 3마리에 상당)가 발견됐다. 하북성 무안현武安縣 자산磁山문화유적에서도 닭의 뼈가 발견됐다. 검정에 따르면 자산磁山에서 발견된 닭은 현대 야생 닭보다 크고 현대 집닭보다 작고 대부분이 수탉의 뼈다귀다. 이는 인공으로 암탉만 골라 계란을 낳게 하고 수탉을 식용으로 한 결과로 볼 수 있다. 닭의 사육은 비교적 보편화된 것으로 배리강문화의 가호賈湖 유적, 북신北辛문화의 북신北辛유적, 앙소문화의 보계북수령寶雞北首嶺유적, 서안西安의 반파유적, 대문구문화의 산동 태안山東泰安 대문구유적, 비현邳縣의 대돈자大墩子유적 등 여러 곳에서 모두 닭 뼈다귀가 발견됐다. 신석기시대에 닭, 돼지 이외에 개의 사육도 있었다. 많은 유적에서 개뼈들이 발견되었다. 자산유적에서 발견된 개 뼈다귀들은 보편적으로 깨진 상태였고 두골도 때려 부순 것으로 보인다. 이는 사람들

그림 2-5 앙소문화에서 발견된 소라껍질

그림 2-6 신석기시대의 작살

이 고기를 먹고 나서 개 뼈다귀를 때려 부순 결과로 보인다. 신석기시대에 소는 이미 황소와 물소가 구별되어 있었다. 자산유적에서 발견된 작은 황소, 대둔자유적의 하층 문화에서 발견된 물소를 예로 들 수 있다. 대량 고고 자료를 통해 당시 이미 황하유역에서 황소 사육, 화남華南지역에서 물소 사육이라는 기본적인 구도가 형성되었음이 확인된다. 각지방의 신석 기시대 전기 문화유적 중 염소 뼈다귀의 발견은 상대적으로 적지만, 일부 유적에서는 비교적 집중돼 있으며 하남성 남정용강사南鄭龍崗寺에서 발견 된 반파유형에 속한 유적에서 61개의 염소 뼈다귀가 발견됐다. 이들을 검정한 결과는 모두 집 염소였고, 이곳은 염소를 제일 많이 사육했던 곳으 로 볼 수 있다. 신석기시대 후기에 접하면서 염소 사육이 점점 보편화되어 용산문화의 많은 유적에서는 염소 뼈다귀가 발견됐다.

사양업의 보충으로써 어렵은 경제영역에 있어 중요한 위치를 차지했다. 용산문화에서 발견된 꼬리 부분에 구멍 뚫린 쌍도자雙倒刺, 삼도자三倒刺의 작살(魚鏢), 아질牙質 낚시바늘, 각촉角鏃, 그물추 등의 어렵 공구들은 모두 잘 만들어진 것이다. 많은 유적에서 발견된 날짐승과 길짐승의 골격은 당시 수렵물의 유해다. 신석기시대의 문화유적에서 흔히 낚시바늘 및 석 제나 도제 그물추 등 물고기 잡는 공구들이 발견됐다. 대량의 소라껍질, 조개껍질, 물고기나 자라 등을 먹고 남긴 폐기물들이 발견됐다. 하모도문 화유적에서 발견된 도관陶罐 안에는 물고기 뼈 가 보존돼 있다. 반파유적 에서는 21개의 마제 골격으로 만든 단도구單倒鉤나 쌍도구雙倒鉤의 어차魚

그림 2-7 자산磁山문화의 돌갈판(石磨盤: 돌맷돌)과 석마방石磨榜

그림 2-8 배리강裴李崗문화의 돌갈판(石磨盤: 돌맷돌)과 석마방石磨榜

叉, 골질骨質 도자倒刺 낚시바늘, 작살(魚鏢), 300여개 넘는 돌로 만든 그물추가 발견됐다. 하모도유적에서는 더미로 쌓인 도토리, 마름, 멧대추, 율무쌀, 버섯, 해초, 호리병박의 열매 등이 발견됐으며, 이 중 일부는 인공양식한 것으로 보인다. 또한 수렵할 때 야수들을 유인하는 골피리도 있다. 이 골피리들은 골관 속에 움직이는 지골肢骨 하나를 꽂고 움직임에 따라 아름다운 소리를 낼 수 있다. 하모도문화유적에서 대량의 사슴유골이 발견됐다. 이는 사냥하는 사람이 골피리로 '메메' 소리를 내서 사슴을 유인한 것과 관련이 있는 것으로 보인다.12) 양저문화유적에서 많은 식물 종자들

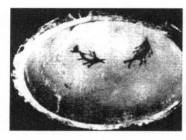 

그림 2-9 앙소문화의 어문도분魚紋陶盆   **그림 2-10** 배리강문화의 절견도호折肩陶壺

이 발견되었다. 검증을 통하여 이 중에서 땅콩, 깨, 잠두蠶豆, 양각릉兩角菱, 참외, 복숭아, 멧대추, 호리병박의 열매 등이 있다는 것을 알 수 있었다. 이것들은 남부 지역 특유한 음식 종류로 추정된다. 이것으로 원시인류의 음식 종류는 사회 생산력의 발전에 따라 점차 많아졌다는 것을 알 수 있다.

신석기시대에 식량 가공 도구도 나타났다. 그 당시 사람들은 통째로 곡식을 먹지 않았다. 신석기시대에 속한 배리강문화유적에서 발견된 부장품 중에서 돌판(石磨盤), 돌봉(石磨棒)의 사용이 확인됐고, 제가문화유적

---

12) 메메 사슴이 울며 들의 다북쑥 뜯고 있네. (「詩經·小雅·鹿鳴」).

에서 돌절구(石杵)가 발견됐다. 이것들은 모두 곡식을 빻아서 부수거나 정밀 가공할 때 썼던 공구들이다. 신석기시대 북방지역 사람들의 주요 식량은 조와 기장이다. 조를 심기 시작한 것은 배리강문화와 자산문화 시기로 거슬러 올라갈 수 있다. 하북성 무안현 자산유적에서 345개의 교혈 窖穴 중 탄화된 조가 발견된 교혈이 80개나 있다. 구덩이 안에 보통 두께 30cm에서 2m까지의 퇴적이 있으며 두께가 2m이상 된 것은 10개가 있다. 이는 당시 많은 조가 있었다는 것을 입증해 준다. 앙소문화 시기의 반파유적에서 여러 해의 조(粟) 유존이 발견됐으며 이를 통해 조가 반파 사람들의 주요 식량이었다고 단정할 수 있다. 노관대老官臺문화에 속하는 감숙 진안 대지완유적에서 기장이 발견된 적이 있다. 식량은 가공을 통해 식용에 제공됐다. 반파유적에서 발견된 더미로 쌓인 회백색의 반투명 상태 썩은 속각粟殼의 두께는 18cm, 무게는 여러 말에 달한다. 반파유적 한 분묘의 부장품 중에 2개의 대구도발對扣陶鉢이 발견됐으며, 사발 안에는 조가 담겨있었다. 이것들은 모두 가공된 곡식 유존이라고 할 수 있다. 맹자의 말을 빌리면 순 임금은 민간에서 농사할 때 "마른 밥과 거친 채소를 먹었다(飯糗茹草)."[13) '구糗'는 곡식을 빻아서 부수거나 눌러서 만들어진 가루 상태이고 '초草'는 채소를 가리킨다. "마른 밥과 거친 채소를 먹었다"는 것은 신석기시대 사람들이 이미 곡식 가공과 채소 재배 방법을 깨달은 후에 발생한 일반 백성의 음식 상황을 말한 것이다.

당시 사람은 일부 음식의 특성에 대하여 어느 정도 파악한 것으로 보이며 어느 정도 규칙적인 내용을 정리해 놓은 것으로 보인다.

그림 2-11 승문권족繩紋圈足 도완陶碗

13)「孟子·盡心·下」

예를 들면『산해경山海經』에는 다음과 같은 기록이 있다. 황하의 남쪽은 '숭오산崇吾山'이라는 곳인데 "이곳의 어떤 나무는 둥근 잎에 꽃받침이 희고 붉은 꽃에 결이 검은데 열매는 탱자 같으며 이것을 먹으면 자손이 번창한다"고 했다.[14] 이 식물의 열매는 분명 생식生殖에 유리한 음식이다. 또한 '곤륜구昆侖丘'라는 곳의 "어떤 나무는 생김새가 아가위 같으며, 꽃이 노랗고 열매가 붉으며 맛은 오얏 같으나 씨가 없다. 이름은 사당沙棠이라고 하며 물을 막을 수 있어서 이것을 먹으면 물에 빠지지 않는다. 또한 이름이 빈초蘋草라고 하는 풀이 있는데 생김새는 해바라기 같고 맛은 파와 같으며 먹으면 근심이 멎게 된다"[15]고 했다. 여기서 언급된 두 가지 식물 모두 먹으면 특별한 효과가 있어 기록된 것이다.

제도업制陶業이 빠른 속도로 발전함에 따라 신석기시대에 많은 도제 취사 도구와 식기들이 나타났다. 당시 취사 도구들은 통상적으로 석영石英 과립, 사립砂粒, 운모편雲母片 등의 재료들이 섞인 진흙으로 만든 협사도夾砂陶다. 이런 취사 도구의 기벽 내에는 미세 구멍이 있으며, 수증기가 빠져 나올 수 있다. 이는 취사할 때 도구가 쉽게 깨지지 않도록 하기 위해서였다. 그리고 불에 강하고 전열이 빠르기 때문에 신석기시대에 취사도구로 자주 사용된다. 신석기시대 초기에 속한 배리강문화와 자산문화에서 발견된 도기들은 바리 모양의 정鼎, 우(盂: 대야), 반盤, 쌍이호雙耳壺, 관罐, 사형정斜形鼎, 권족발圈足鉢 등 여러 종류가 있다. 신석기시대 중기에 속하는 앙소문화에서는 부釜, 조灶, 분盆, 완碗, 병瓶 두豆, 첨저병尖底瓶, 항缸 등 여러 종류의 도제품이 발견됐다. 신석기 후기에 와서는 도제의 배杯, 궤簋, 력鬲, 옹甕 등과 밥을 질 때 쓰는 도증(陶甑: 질그릇 솥 또는 시루)이라는 취사 도구도 등장했다. 당시 도제 취사 도구와 식기 위에는 흔히 각종

---

14) 『山海經』
15) 『山海經』

무늬로 장식되어 있었다. 사람들의 심미와 음식관념을 거기서 볼 수 있다. 도증은 당시 취사 도구의 큰 발전이라고 할 수 있다. 증甑의 모양은 분盆, 발鉢과 같이 표면에는 빨간색이나 회색, 민 무늬이며 윤택이 난다. 보편적으로 뚜껑이 있고 바닥에 여러 구멍이 있으며 이는 후세의 시루 바닥과 비슷하다. 사용할 때는 증을 협사도관夾砂陶罐 위에 올려놓고 도관 속에 물을 부어 끓이면서 시루바닥에 있는 구멍을 통해 음식을 증기로 익힌다. 당시 식사할 때 쓰는 수저를 '비匕'라고 했다. 수골獸骨로 만들거나 도제품이고 모양은 긴 자루형 혹은 작형勺形으로 돼 있다. 하북성 무안현 자산문화유적에서 발견된 300개 넘는 골기骨器 중 뼈 숟갈(骨匕)이 23개가 있다. 조형과 제작은 비교적 원시적이고 끝 부분은 첨자형尖刺形 혹은 원호인형圓弧刃形으로 돼 있으며, 모두 길다란 모양이다. 대문구문화 시기에 길다란 모양 외에 수저형도 있다. 대문구문화 고분에서 뼈 숟갈이 죽은 자와 같이 매장되는 경우가 많고, 손에 뼈 숟갈을 잡고 있는 자도 있다. 하모도유적에서 손잡이가 조수형鳥首形으로 된 상아로 만든 국자 하나가 발견됐다. 이 식기는 매우 정교하고 아름다운 예술품이라고 할 수 있으며 뼈 숟갈, 뼈 국자(骨勺)의 역할과 비슷하다. 신석기시대에 포크도 나타나는데 감숙성

그림 2-12 용산문화의 도증陶甑

그림 2-13 용산문화의 도언陶甗

무위현武威縣 황낭낭대皇娘娘臺 제가문화유적에서 출토된 골제 포크는 납작하고 이빨이 3개 있다. 사용방법은 아마도 뼈 숟갈과 같았을 것이다. 구석기시대 음식을 구워먹는 방식에서 신석기시대 도제 취사도구와 식기도구 사용까지 음식문화 발전 차원에서 보면 극대한 발전이 이루어졌다고 할 수 있다.

요리 방법에 있어서도 끊임없이 발전으로 이어진다. 수육獸肉이나 식물 열매 등을 직접 불로 구워 익혀먹기 이외에도 불의 복사輻射로 음식을 익혀먹기도 한다. 이런 방법은 취사 도구 필요없이 수육이나 곡식 등의 음식을 직접 불더미 옆에 놓아 구우면 된다. 또한 수육을 점토로 싸서 불더미 위에 놓아 굽기도 한다. 반파유적에서 발견된 입 크고 바닥이 작은 자루모양의 소갱燒坑은 입구의 지름과 깊이가 모두 0.5m이고 바닥의 지름은 1m도 안되는 것이다. 소갱 안벽에는 고운 흙을 한 층 발라 불로 태워 더욱 견고하게 만들었다. 이는 당시 호떡을 구울 때 썼던 가마였을 것으로 추정된다. 조가루로 만든 호떡을 협사도관夾砂陶罐, 도정陶鼎의 안벽에 붙여서 구워먹을 수도 있었다. 도제 취사 도구의 개선과 보급은 당시 사람들이 음식을 익혀먹을 수 있게 했다. 도관과 도정은 주로 죽을 끓일 때 사용됐으며, 조 말고도 수육, 물고기, 자라, 조개, 소라 및 야생 나물로도 죽을 쑤었다. 앙소문화에 속하는 북수령北首嶺유적에서 협사도관 두 개가 발견되었는데, 하나는 닭 두 마리가 있고, 다른 하나는 물고기 두 마리가 들어 있었다. 닭 뼈, 물고기 가시가 흩어져 검은색 물질과 엉켜 썩은 상태로 남은 것을 보면 분명히 당시 사람이 음식을 끓여 익히기만 하고 먹지 않아서 남긴 흔적이다. 여하튼 태우기, 굽기, 끓이기, 짓기 등은 이미 당시 사람들이 자주 사용하는 요리법이라는 것을 알 수 있다. 당시 정교하게 제작된 도조陶灶도 있다. 1957년 하남성 섬현陝縣 묘저구廟底溝 앙소문화유적에서 조립식 도부陶釜와 도조陶灶가 발견됐다. 재질은 협사조홍도夾砂粗紅陶이고 불에 강하고 쉽게 깨지지 않는 특성을 가지고 있다. 이는 당시 사람들이 음식 민속에 있어 취사도구에 신경을 많이 썼다는 증거가 된다.

신석기시대에 사람들은 비록 곡식과 가축을 주 음식으로 삼았지만 채집과 수렵은 여전히 중요한 위치를 차지고 있었다. 하모도문화유적에서 발견된 야생동물들은 포유류, 조류, 파행류, 어류, 연체 동물을 포함한 44종에 달한다. 그 중에서 사슴과(鹿科) 동물의 수량이 제일 많고 사슴뿔만 400여종이다. 그리고 비교적 보기 드문 아시아코끼리, 코뿔소, 사불상, 짧은 꼬리 마카크도 있다. 북방 지역의 부하富河문화유적에서 멧

그림 2-14

돼지, 사슴류, 몽골가젤, 여우, 다람쥐, 오소리 및 동각류洞角類, 견류犬類, 조류 등 야생동물도 발견됐다. 이것으로 당시 수렵은 음식에 있어서 중요한 위치를 차지했음을 시사한다.

상고 사람의 음식 상황에 대하여 묵자墨子는 다음 같이 설명을 했다. "옛 성왕들은 먹고 마시는 법을 만들어 족히 허기를 채우고 기운을 북돋우고 체력을 튼튼히 하고 눈과 귀가 총명할 수 있으면 그것으로 그치게 했다. 그러므로 갖가지 맛과 향기를 갖춘 사치한 음식을 먹거나 먼 나라의 특이하고 진귀한 음식들은 들여오지 않았다. 어떻게 그것을 알 수 있는가? 옛날 요임금이 천하를 다스릴 때 남으로는 교지交趾까지, 북으로는 유주幽都까지 동쪽과 서쪽으로는 해가 떠서 지는 데까지 복종하지 않는 자가 없었으나, 재물을 매우 아껴서 밥은 찰기장(黍)과 메기장(稷)이 두 가지를 한꺼번에 먹지 않았다. 고깃국과 고기를 겹치지 않았으며, 밥은 토류土溜에 담고 국은 토형土形에 담았으며, 술은 국자로 손수 떠서 마셨다고 한다. 또 고개를 올리고 내리며, 몸을 굽혔다 폈다 하며 위의威儀를 갖추는 예절

등등 인민의 이용에 보탬이 되지 않는 모든 낭비는 하지 않았다."16) 묵자의 말을 따르면 상고시대 사람의 음식은 족히 배를 채우는 것에 그치게 되어 있었다. 그리하여 특이하고 진귀한 음식을 아예 먹지도 않았다. 요임금의 음식으로 예를 들면 밥은 찰기장과 메기장을 한꺼번에 두 가지를 먹지 않았고, 육식을 많이 섭취하지 않았으며, 식기도 와기瓦器를 사용했다. 여기서 주목받을 점은 묵자가 상고 성왕들은 음식을 먹을 때, '고개를 올리고 내리며, 몸을 굽혔다 폈다 하며 위의를 갖추는 예절'이 없었다는 점인데, 음식의 예절화는 후세에서 생긴 것으로 판단할 수 있다.

2. 하夏 · 상商 · 주周 시대의 음식

중국 상고 사회의 하 · 상 · 주 시대는 상고 문명 기반을 다지면서 신속히 격상하는 단계로 볼 수 있다. 이 시기 사회구조를 전과 비교하자면 근본적인 변화가 생겨 사회제도에 따른 예절을 점차 갖추게 됐다. "예절은 음식부터 시작한다"17)는 옛말이 있는데, 음식풍속에서 갈 수록 더 많은 예절과 사회 등급의 차별이 보이고 있어서 음식 예절은 이미 사회 예속의 중요한 부분이 되고 있었다.

(1) 음식의 예의화

하夏왕조 시기에 사회예절은 아직 시작 단계에 머물고 있어 음식에 대한 규정이 그리 많지 않았다. 『묵자墨子』에서 하후계夏後啟 승리 경축 행사에 사람들이 모여서 술을 마시는 장면을 기록했다.

---

16) 「墨子 · 節用」
17) 「禮記 · 禮運」

계啟는 지나치게 편안히 즐기고 들에 나가 먹고 마시며, 피리와 경磬소리를 덩그렁덩그렁 울리기에 힘을 쓰고 술에 빠져 들판에 나가 구차히 음식을 먹었으며(湛食於野), 너울너울 춤을 추어 하늘에까지 밝게 들리니, 하늘은 그것은 법도가 못 되는 일이라 하셨다.[18]

이른바 '유식여야湛食於野'에 대하여, 손이양孫詒讓의 『묵자간고墨子間詁』 권8에서는 "변할 '우湛'자는 훔칠 '투偸'자로 읽어야 되고, 같은 음의 자를 빌려 의미를 기탁하게 된 것이다(同声假借字). 「예기禮記·표기表記」에 대하여 정현鄭玄은 훔칠 '투偸'자를 '구차苟且'라고 해석하며, 이는 야외에 주연酒宴을 베풀고 놀며 구차히 음식을 먹는 뜻이다"라고 했다. 하후계夏後啟는 이런 야외 식사 장면이 아주 거창하며 악기 반주까지 있어 하늘 가득 소리가 퍼진다고 했다. "하후계가 구초九招[19]를 추었다" 는 옛문헌 기록이 있는데, 하후계가 음식을 먹으면서 "너울너울 춤을 추어 하늘에까지 밝게 들렸다"고 하였고, "들에 나가 먹고 마신다"고 한 상황을 보면 축하 의례가 많이 포함되었을 가능성이 크다.

상대 각종 의례는 이미 제도화 됐으며, 음식을 먹는 것이 단순히 배고픔을 해결하려는 일상적 필요를 넘게 되었다. 전설에 의하면 상탕商湯은 이윤伊尹이라는 보조를 얻었는데 이윤은 "맛있는 음식으로 탕에게 유세했다."[20] 『여씨춘추呂氏春秋』에서 그는 음식의 좋은 맛을 통하여 군주와 신하의 의례를 설명하고 있다.

　　무릇 세 무리의 동물들이 있는데, 물에 사는 동물들에게서는 비린내가 나고, 다른 짐승을 잡아먹는 동물들에게서는 누린내가 나며, 풀을 먹고 사는

---

18) 「墨子·非樂·上」
19) '구초九招'를 '구대九代'라고도 했는데 악무의 명칭으로 곧 구소九韶를 뜻하며, 순임금이 제정한 음악이다. (「山海經·海內西經」)
20) 『呂氏春秋』

동물들에게서는 노린내가 납니다. 냄새 나는 것, 더러운 것, 유초獝草, 감초甘草 등은 모두 나름대로 쓸모가 있습니다. 무릇 맛의 근본은 물을 가장 주된 요소로 삼습니다. 다섯 가지의 맛과 맛을 결정하는 세 가지 재료에는 아홉 개의 변하는 단계가 있는데, 이때 불이 이 단계를 조절하고 결정하는 요소가 됩니다. 때로는 불길을 세게 올리기도 하고 때로는 불길을 낮추기도 하여 비린내, 노린내, 누린내 등을 제거하는 것인데, 반드시 이러한 냄새를 억제함으로써 맛의 가장 적절한 정도를 잃지 않게 해야 합니다. 양념으로 맛을 내는 일은 반드시 단맛, 신맛, 쓴맛, 매운맛, 짠맛들을 먼저 치느냐 나중에 치느냐, 많이 치느냐 등의 요소로 결정되는데, 이 같이 시간과 양을 조절하는 일은 매우 미묘한 것으로 모두 나름대로 지켜 따라야 할 규칙이 있습니다. 솥 안에서 일어나는 변화는 정묘하고 섬세하여 입으로 능히 설명할 수 없고 의지로 아무리 헤아려 보아도 능히 깨우쳐 말해줄 수가 없습니다 ……천사는 억지로 되는 것이 아니라, 반드시 먼저 도를 알아야 합니다. 도란 내가 아닌 사람에게 미치면서도 자신에게 있는 것으로, 자신이 이를 이루면 천사가 이루어지며, 천사가 이루어지면 지극한 진미를 모두 갖출 수 있습니다. 그러므로 가까운 것을 살피는 것은 먼 것을 알기 위한 방도요, 자기 자신을 이루는 것은 남을 이루어주기 위한 방도인 것입니다. 성인의 도는 간략하니 어찌 힘이 들고 일이 많을 수 있겠습니까?[21]

이윤伊尹은 요리할 때 비린내, 노린내, 누린내를 제거하는 방법, 요리할 때 정鼎 안에 일어나는 정교한 변화에 대해 설명하고 있다. 그는 사물의 표면 현상만을 논하지 않고 이를 통하여 사물의 본질을 고려하여 군주가 나라를 다스리는 법을 설파한 것이다. 음식의 도道는 나라 통치의 대례大禮를 보여주는 상징이 된다. 이 기록은 은상시대의 원작을 후세 사람들이 윤색했을 가능성이 있기도 하지만, 은상시대 음식풍속과 예속 간에 밀접한 관계가 있다는 사실을 부인할 수 없게 한다. 이윤이 요리사였다는 것은

---

21) 『呂氏春秋』

여러 역사에 기록되어 있다. 또한 은상 왕조 멸망 직전에 미자微子가 다음과 같은 설명을 통해 당시 음식 예례가 망가진 상황을 묘사했다. "하늘이 독하게 재앙을 내리셔서 은왕조를 황폐하게 하시거늘 바야흐로 일어나 술에 빠져 주정하도다. 두려워할 것을 두려워하지 아니하여 나이 드신 어른으로 오래도록 지위에 있는 사람을 어기도다. 이제 은왕조 백성이 하늘의 신과 땅의 신에게 올릴 짐승인 희생을 빼앗고 훔치고 먹는데도 죄가 없도다"22)고 했다. 이 때 은상 귀족은 무절제하게 술을 마시고 백성은 제사 희생을 훔쳐먹고 음식의 예례는 완전히 망가지니 은상 왕조도 멸망의 궁지에 빠지게 됐다. 미자같은 은왕조 귀족은 음식의 예례를 유난히 중요시했다.

하상 왕조와 비교하면 주周 왕조는 음식과 예절을 결합하는 것을 최우선 순위에 두고 있었다. 일찍 주왕조가 건립되기 전부터 주족周族 선조 공류公劉 때 이미 예절을 음식풍속에 융합시키기 위해 노력해왔다. 『시경詩經』에서 공류가 주족을 이끌고 빈지豳地로 옮기는 상황을 다음과 같이 서술했다.

> 경 고을의 들에 살 곳을 정하고,
> 거기에 머물러 살며 서로 곧은 말 해주고,
> 서로 의논하며 살아가게 되었네.
> 공류께서 경京 땅에 기거하시며,
> 따라온 신하들 안석 벌여놓고 잔치 베푸니,
> 모두 잔칫자리에 나와 안석에 기대어 앉네.
> 돼지 떼 있는 곳으로 가서 우리 돼지 잡으며,
> 바가지로 술을 떠서 먹고 마시며,
> 임금님 받들고 존경하네.23)

---

22) 「尚書·本味」

공류는 빈지에서 성대한 잔치를 벌인다. 돗자리를 깔고 안석을 준비하며 돼지를 잡고 술을 빚었는데, 이는 군신과 종족의 예례를 관철하기 위함이다. "바가지로 술을 떠서 먹고 마시며, 임금님 받들고 존경하네"라는 싯구절은 이 작품의 주제라고 할 수 있다.

음식의 예의화는 일정한 물질을 기반으로 해야 건립할 수 있다. 춘추시대 사람은 이런 점을 이미 충분히 밝혔다. 묵자가 말하기를,

> 공자가 진陳나라와 채蔡나라 사이에서 쫓기고 있을 때
> 싸라기도 없는 명아주 국물로 열흘을 견디어야 했다.
> 제자인 자로子路가 돼지고기를 구하여 삶아주자
> 공자는 그 고기를 어디에서 훔쳤는지 묻지도 않고 먹었다.
> 또 남의 옷을 빼앗아 술을 사다 주자
> 공자는 술이 어디서 났는지도 묻지 않고 마셨다.
> 그리고 나서 노나라 애공哀公이 공자를 맞아들이니
> 그는 방식이 반듯하지 않으면 앉지 않았고
> 고기를 바르게 썰지 않았다고 먹지 않았다.
> 자로가 딱하여 물었다.
> "진나라와 채나라 사이에서 고생할 때와 왜 그토록 다릅니까?"
> 공자가 대답했다.
> "오너라! 내 너에게 말해 주리라."
> 그때는 그대와 구차하게라도 살아남는 것이 급했지만
> 지금은 그대와 진실로 의로움을 행하는 것이 급하다."
> 누구나 굶주리고 곤궁할 때는 속여서라도 빼앗아
> 자기 몸을 살리기 위해 사양치 않는 법이며,
> 살찌고 배부르면 거짓된 행동으로 자기를 꾸미는 것이다.[24]

---

23) 「詩經·公劉」
24) 「墨子·非儒」

여기서 묵자는 공자의 입을 빌려 이치를 알리고 있다. 꼭 공자가 한 것이 아닐 수도 있지만 이야기 속에는 깊은 뜻이 담겨 있다. 배고플 때는 찬밥 더운밥 가릴 여유가 없다는 것은 보통 사람뿐만 아니라 공자같은 성인도 예외가 아니다. 공자도 튼튼한 물질 기반 위에서는 "고기를 바르게 썰지 않았다고 먹지 않을 수" 있지만 배 채우지 못할 때는 음식 예절 문제는 어림도 없다. 전국시대 맹자는 이런 문제를 더욱 깊이 있게 논했다. "고대의 명군은 민생을 안정되게 하고, 모든 백성들로 하여금 반드시 위로는 족히 부모를 잘 봉양할 수 있게 하고, 아래로는 족히 처자를 잘 양육할 수 있게 했습니다. 그래서 풍년에도 평생토록 배불리 먹고 잘 살며, 흉년에도 나라에서 구황을 함으로 굶어죽는 것을 면했습니다. 그런 다음에 백성들을 교육하고 독려하여 착한 길을 가게 했습니다. 고로 백성들이 윤리도덕을 따르고 행하기가 용이했습니다. 오늘의 임금들은 민생을 억압하고 있으며, 따라서 위로는 부모조차 족히 봉양할 수 없고, 아래로는 처자조차 족히 양육할 수 없습니다. 풍년에도 평생을 두고 고생해야 하고, 흉년에는 죽음조차 면할 수 없습니다. 고로 죽음에서 벗어나려고 해도 족히 할 수 없으니, 어느 여가에 예의를 돌보고 다스리겠습니까?"[25] 예의 배우려면 일단 배를 곯으면 안되고, 부모나 처도 돌봐주지 못하는 상황이어도 안되며, 죽음에서 벗어나야 예절을 따질 처지가 되고 배울 여유도 생기게 된다. 맹자는 이러한 관점을 통해 예절과 물질상황의 관계에 대하여 깊이있는 설명을 해주고 있다.

주대에 음식과 예절은 서로 어우러지고 분리할 수 없었다. 예를 들면 분봉제후分封諸侯, 경공상사慶功賞賜, 보첩헌부報捷獻俘, 신령제사神靈祭祀, 군대검열軍隊檢閱 같은 중요한 행사 때마다 거의 향연饗宴이 열리곤 했다. 주대 적전례籍田禮 행할 때의 상황은 다음과 같다.

---

25) 「孟子·梁惠王·上」

경작을 시작하기 5일 전에는, 고고瞽가 협풍協風이 불어오고 있다고 알리고, 왕은 재궁으로 나아가고 백관이 정사를 다스리며 각기 사흘간의 재계齋戒에 들어갑니다. 그런 뒤에 왕은 목욕하고 단술을 흠향합니다. 경작하는 그 날이 되면 울인郁人이 창주鬯酒를 올리고 희인犧人이 단술을 올리고, 왕은 창주를 붓고 단술을 흠향한 뒤에 적전籍田 음식을 행하는데, 백관과 서민들이 모두 참여합니다. 밭을 갈기 시작하면 후직後稷이 이를 감독하고 선부膳夫와 농정農正이 적례를 상세히 진술하며, 태사가 왕을 인도하니 왕은 공손히 그 들을 따라합니다. 왕이 한 삽을 경작하면 차례로 그 세 배씩 경작하여 서민이 천 묘畝의 경작을 마무리합니다. 후직이 그 결과를 살피면 태사가 이를 감독하고, 사도가 백성을 살피면 태사가 이를 감독합니다. 모든 일이 끝나면 재부宰夫가 잔치를 준비하고 선재가 이를 감독합니다. 선부와 왕을 인도하면 왕께서 태뢰太牢를 흠향하시고 차례로 그 음식을 맛보고 서민이 마지막으로 식사를 합니다. 26)

적례籍禮는 주천자周天子가 농신農神을 존중하고 농사에 관심을 표하는 예례로 처음부터 음식과 관련돼 있다. 행례하기 5일 전에 주천자는 재계齋戒해야 하고, 다른 관원들도 3일 전에 재계해야 한다. 그 후에 주천자는 목욕하고 예주醴酒를 마셔야 한다. 적례 행하는 날이 되면 '울인郁人'이라는 관원이 주천자에게 '창鬯'이라는 향주香酒를 올리며, '희인犧人'이라는 관원이 예주醴酒를 올리고, 주천자가 이 술을 마시고 나서 본격적으로 적례가 시작하게 된다. '농정農正'이라는 관원이 참석할 뿐만 아니라 '선부膳夫'도 참석했다는 점은 특별이 주목할 만하다. 선부는 주왕의 음식을 책임 짓는 사람으로써 적례가 끝나자마자 바로 준비된 음식을 진열하고 올려야 한다. '선재膳宰'라는 음식을 관리하는 관원이 직접 검사하고 나서 주왕이 음식을 흠향歆饗한 후, 각급 관원도 마음껏 먹고 마지막으로 서민들의 차례가 되어 그 음식을 먹는다.

---

26) 「国語·周語·上」

주대 거의 모든 사회 계층에서 음식은 예속과 융합된 양상으로 나타났다. 보통 백성마저 귀족이 족인族人들을 위한 향연에 참석했다. 『시경詩經』에서 이런 잔칫상에 관한 기록이 있는데, 작품 「칠월七月」 끝부분에서 민중들이 일년 내내 고생하며 농사를 짓는 상황을 묘사하고 있다.

> 섣달엔 탕탕 얼음 깨어
> 정월엔 그것을 얼음 창고에 넣네.
> 이월엔 이른 아침에 염소와 부추로 제사 지내고 얼음 창고 문 여네
> 구월엔 된서리 내리고, 시월엔 타작 마당 치우는데,
> 두어 통 술로 잔치 벌이고, 염소 잡아 안주 마련하네.
> 그리고는 임금 처소로 올라가 술잔 들어
> 만수무강을 비네.[27]

매 년 주력周歷 4월 중춘仲春이 되는 날에 "염소와 부추로 제사 지냈다." 해마다 이맘때면 마당을 깨끗이 쓸었는데 이를 '타작마당 치운다(滌場)'라고도 한다. 이 후 귀족은 향례饗禮를 행할 때 염소를 잡아 술을 마련해서 민중들은 '공당公堂'에 모여 서로 술잔을 들어 만수무강을 빈다. 이렇게 '임금 처소로 올라가 술잔을 든다'는 향연은 주족周族이 "먹고 마시고 임금님 받들고 존경한다" 는 향례와 맞아 떨어지며, 이는 주대 민중 음식이 이미 귀족의 예례에 포함시켰다는 것을 말해준다.

주왕조 건립 후 분봉제分封制와 종법제宗法制를 실시함에 따라 향례는 주왕이 자주 행하는 예례가 됐다. 이런 향례는 흔히 사례射禮, 제례祭禮와 같이 열렸다. 주무왕周武王 때 이기 명문彛器銘文에서 "정추丁醜 날에 성대한 의제宜祭를 지낼 때 향례를 거행 했다."[28] 주목왕周穆王 때 이기 명문에

---

27) 「詩經·七月」
28) 丁醜, 王饗大宜. '의제宜祭'는 익힌 고기로 제사 지내는 뜻. (역자 주)

서 "목왕은 고경鎬京의 큰 연못에서 고기를 잡도록 했다. 그런 후에 왕은 연회를 베풀었다"29)는 기록이 있다. 이는 주목왕이 물고기를 잡고 나서 예주醴酒를 사용하는 향례를 거행했다는 뜻이다. 또 주목왕 때 다른 이기 명문에서는 "목왕이 향례 후 형백邢伯, 대축大祝 등 신하와 같이 사례射禮를 행했다"30)는 기록이 있다. 이 번 향례에 사용하는 예醴라는 술은 맥아로 양조되어 즙과 찌꺼기를 분리시키지 않고 맛이 연하고 혼탁하여 달짝한 맛이 난다고 했다. 주공왕周共王 때 한 이기 명문에 "정월 기생백既生霸 정유丁酉 날에 왕이 향례를 열고 예주를 마시며 사거師遽의 공로와 이력을 설명했다"31)는 기록이 있다. 이름이 사거師遽라는 자가 공적을 세워서 주공왕이 그를 위해 향례를 열고 예주를 마셨다. 향례 때 사거의 공로와 이력을 설명하고 포장襃奬하는 것을 '멸력蔑歷'이라 한다. 술을 마실 때 주공왕이 특별히 사거를 불러 같이 술을 마셨는데, '유宥'는 같이 술을 마시는 뜻이며, 이를 통해 당시 음주는 이미 단순히 술을 마시는 일이 아닌 한가지 예절과 등급의 상징이 됐음을 엿볼 수 있다. 이런 상황은 춘추시대까지도 여전히 유지되어 있었다. 고문헌은 노장공魯莊公 18년 (BC676년) 괵공虢公과 진헌공晉獻公이 주혜왕周惠王을 조근朝覲할 때의 상황을 이렇게 기록했다.

　　괵나라 군주인 공작과 진나라 군주인 후작이 천자를 찾아뵈었다. 천자께서는 그들에게 단술을 대접하시고 선물 줄 것을 명하여, 옥玉 다섯 쌍, 말네 필씩을 하사하셨다. 그것은 예에 맞지 않는 일이었다. 천자께서 제후를 삼으심에는, 둘의 지위가 같지 않으니 하사하시는 예물의 수량 또한 달라야

29) 穆王在鎬京, 乎漁於大池, 王飱酉(酒).

30) 穆王在下, 穆王飱醴, 即井(邢)伯大祝射.

31) 唯正月既生霸丁酉, 王在康寢飱醴, 師遽蔑歷, 友(宥). 기생백既生霸은 한달 중에 8·9-14·15일 사이. (역자 주)

한다. 신분에 맞지 않게 예물을 사람에게 하사하는 것이 아니다.32)

　주왕周王이 향례를 거행할 때 예절대로 주천자周天子의 명령이 있어야
제후들이 답례할 수 있다. 향례 때 주왕은 예의에 따라 서로 다른 지위의
사람한테 물품을 달리 하사 해주어야 마땅하다. 주혜왕周惠王이 이런 구별
을 없애고 같은 물품을 하사했는데, 이는 '예에 맞지 않는 일'이라고 비방
을 받았다. 이를 통해 주대의 예절은 등급과 명분을 강조했음을 알 수
있다. "지위가 같지 않으니, 하사하시는 예물의 수량 또한 달라야 한다"는
것은 당시 음식풍속과 예절을 결합시킬 때 매우 중요한 원칙이었다.

　앞서 예증을 통해서 알 수 있듯, 향례는 다른 예례와 같이 거행할 경우,
향례를 먼저 할 때도 있고 나중에 할 때도 있었으며, 서로 번갈아 가면서
하기도 했다. 주이왕周夷王 시기에 왕이 험윤獫允을 징벌 전쟁에 이기고
나서 기념용 이기彝器에 "주왕실이 선사宣榭에서 향례를 열었다"33)는 명
문이 새겨져 있다. 「이아爾雅·석궁釋宮」에서 "벽이 없는 집은 '사榭'라고
한다." 『춘추春秋』 선공宣公 16년에 "여름에 성주의 선사에 화재가 발생했
다"는 기록이 있다. 두예杜預는 "선사는 군사나 병법을 강습하는 방"이라
고 해석했다. 사榭는 통상적으로 토대 위에 지은 벽 없는 집이며 군사나
병법을 강습하고 활 쏘기를 연습하는 장소를 가리킨다. 명문銘文에 '사원
향榭爰饗'은 사례射禮와 향례饗禮를 동시에 행하는 뜻일 가능성도 배제할
수 없다. 주대 후기 한 명문에 다음과 같은 기록이 있다. 악국鄂國의 군주
어방馭方이라는 자가 "왕으로부터 단술을 하사받고 이를 받아마셨는데
어방은 왕에게 답보答報했고, 어방이 사례를 마치자 왕은 향연을 베풀어
모두 함께 마셨다"34) 고 했다. 이번 향연은 사례와 번갈아 가면서 진행했다.

---

32) 「左傳·莊公·18年」
33) 周廟宣榭爰饗.

주대의 음식풍속은 또한 식사 과정의 복잡한 예절을 통해 알 수 있다. 귀족 사이에 술잔치를 열 때 통상 몇 가지 예절을 필수적으로 행했다. 「시경詩經·박잎瓠葉」편에서 다음과 같이 서술하고 있다.

> 펄렁펄렁 박잎을 따다 삶네.
> 군자에게 술 있으니 술 따라 주며 권하네.
> 머리 하얀 토끼를 굽고 지지네.
> 군자에게 술 있으니 술 따라 손님에게 권하네.
> 머리 하얀 토끼를 지지고 볶네.
> 군자에게 술 있으니 술 따라 주고 받네.
> 머리 하얀 토끼를 볶고 굽네.
> 군자에게 술 있으니 술 따라 잔질하네.

여기서 반복적인 음송을 통해 술잔치의 몇 가지 기본적인 의절儀節을 설명하고 있다. 이른바 '상嘗'은 연회 때 주인이 먼저 술을 맛보고 빈객들은 자리에 앉은 후 주인이 주작酒爵을 들고 빈객석에 가서 술을 권한다. 이것을 '헌獻'이라고 한다. 그리고 빈객은 다시 주작을 들고 주인에게 술을 권하는 일은 '작酢'이라고 하고 '수酬'는 주인이 술을 술잔(觶)에 따라서 먼저 스스로 마신 다음에 빈객에게 권하는 것을 가리킨다. 술잔치의 예절에 있어 '헌獻, 작酢, 수酬' 각각 한번 마친 것을 '일헌一獻'이라고 지칭한다. 「의례儀禮·향음주례鄕飮酒禮」에 의하면 잔치 때 주빈 사이에 '일헌'을 마친 후에 주인과 배객陪客 사이, 주인과 중빈(衆賓: 주빈 이외에 여타 내빈)사이에 또한 각각 '헌獻, 작酢'을 진행해야 한다. 그리고 나서 흥을 돋음으로써 악공樂工들이 연주하고 기쁨을 다 할 때까지 술을 마신다. 앞에 인용한

---

34) 內(納)壺於王, 乃裸之, 馭方友(有)王. 王休宴, 乃封. 馭方會王射, 馭方休闌. 王宴, 鹹飮.

싯구절을 보면 박잎과 토끼 고기로 안주를 삼았는데, 향연 참석자는 그리 고급 귀족이 아닌데도 술을 마시는 과정에서 여전히 '상觴, 헌獻, 작酢'의 절차가 포함돼 있다. 이를 통해 당시 음식풍속의 예절화가 이미 보편적이 었음을 알 수 있다. 주대 음연飮宴 과정의 각종 예절은 후세 예서禮書에서 많은 기록을 찾을 수 있다. 『의례儀禮』의 '향음주례鄕飮酒禮'·'공식대부례 公食大夫禮'·'특생귀식례特牲饋食禮'·'소뢰귀식례少牢饋食禮' 등이 지금까 지 전해 왔다. 『예기禮記』의 '향음주의鄕飮酒義'·'교특성郊特牲' 등은 모두 전문적으로 음연 예절을 설명하는 장절章節이다. 이들 외 다른 편장에 산 재된 것도 적지 않게 기록돼 있다. 짚고 넘어가야 할 것은 주대의 이런 음주풍속은 오늘의 연회까지 유존遺存 흔적을 찾을 수 있다는 점이다.

(2) 음식 등급화

하·상·주 시대에 삼엄한 등급제도를 형성함에 따라 각 등급의 음식상 황도 덩달아 크게 구별됐다. 이를 음식풍속이 사회 구조로부터 크게 영향 을 받을 수 있는 전형적인 예증이라고 할 수 있다.

피라미드식 사회 구조의 멘 꼭대기에 있는 왕은 음식에서도 으뜸 자리 에 위치한다. 웅장한 장면과 음식의 예절은 다른 계층과 비교할 수 없을 정도다. 고문헌에서 다음과 같은 주왕의 음식을 기록했다.

선부膳夫는 왕의 음식과 음료와 선(膳: 희생의 고기)과 수(羞: 맛이 있는 음식)를 관장하고 왕이나 세자를 봉양한다. 왕에게 올리는 음식에는 6가지 곡식을 사용하고 선膳은 6가지 희생을 사용하고 마시는 음료는 6가지 맑은 것을 사용하며 수羞는 120 가지 품목을 사용하고 진미에는 8가지 동물을 사용하고 장醬은 120 옹(甕: 항아리)을 사용한다. 왕은 하루에 하나의 희생을 죽여 음식을 만들어 먹으며 정鼎에는 12가지 동물이 있으며 다 도마를 사용 한다. 음식을 먹을 때는 음악을 연주한다. 선부는 먼저 숟가락을 떠서 신에게 감사 표시를 하고 왕이 음식을 먹기 전에 맛을 보며 선부가 맛본 후에 왕이 음식을 먹는다. 식사가 끝나면 음악을 연주하여 상을 치우게 한다. 왕이 재계하는 날에는 3번 희생을 죽여 음식을 만든다.

주왕의 음식이 얼마나 풍성한지를 여기서 구체적으로 설명하고 있다. 왕의 음식의 종류는 조, 찰기장, 메기장, 수수, 보리, 콩이 포함된 6가지 곡식이고, 말, 소, 양, 돼지, 개, 닭이 포함된 6가지 희생이고, 맑은 음료는 물, 미음, 단술, 맑은 미음, 술, 맑은 술이 포함된 6가지 음료이다. 그 이외에 "수羞는 120 가지 품목을 사용하고 진미에 8가지 동물을 사용한다"는 것은, 복잡하고 풍성한 산진해미를 위해 '맛을 더 하기' 위해서다. 이른바 '장醬은 120 항아리를 사용한다'는 것은 조미료가 많다는 것을 뜻한다. '거擧'는 여기서 살생성찬殺牲盛饌을 가리킨다. '왕일일거王日一擧'는 매일 동물을 죽여서 왕의 음식을 준비한다는 뜻이다. 주왕의 이같은 낭비는 실제로 은대부터 이어진 것으로, 상주왕商紂王은 "술로 채워진 연못을 만들고 매단 고기로 숲을 만든다"[35]고 전해왔다. 주대의 '왕일일거'는 은대와 그리 많은 구별이 없다고 볼 수 있다.

왕 밑에 각급 귀족 및 보통 백성의 음식은 등급에 따라 하강된다. 각 등급의 제사와 궤찬饋饌의 규격에 대하여 고문헌에 다음과 같이 기록했다.

제사 때 군주의 성찬보다 더 많은 희생을 쓴다. 천자의 성찬盛饌은 대뢰를 쓰고, 제사 때는 회(會: 사방에서 올린 공물로 세 벌의 대뢰)를 사용하며, 제후의 성찬은 특우特牛를 사용하고, 제사 때는 대뢰를 쓴다. 경卿의 성찬은 소뢰(少牢: 양과 돼지)를 쓰고, 제사는 특우를 사용한다. 대부의 성찬은 특생(特牲: 한 마리의 돼지)을 쓰고, 제사 때는 소뢰를 사용한다. 사士의 식食은 구운 물고기를 사용하고, 제사는 특생을 쓴다. 서민은 야채를 먹고 제사

---

35)「史記·殷本紀」

때는 물고기를 올린다. 상하존비上下尊卑의 등급대로 하면 백성들은 경만하지 않는다.[36)

성찬盛饌은 '거擧'이고 '회會'의 규격은 삼대뢰三大牢라고 한다. 대뢰는 소, 염소, 돼지 등의 삼생三牲을 가리킨다. 이 기록은 천자부터 서민까지의 음식 차이를 설명한 준 셈이다. 고대 용정제도用鼎制度를 분석해 보면 음식 습속의 등급 차이도 엿볼 수 있다. 고대 사람은 "천자는 구정九鼎을 쓰고, 제후는 칠정七鼎을 쓰고 경대부는 오정五鼎을 쓰고 원사元士는 삼정三鼎을 쓴다"고 했다. 이는 고고 발견을 통해 입증됐으며, 당시 귀족은 확실히 엄격한 음식습속 차별이 있었다는 것을 설명해 준다. 당시의 '예禮'에 의하면 이와 같은 차별이 뒤섞이면 안되고, 이는 "상하존비上下尊卑의 등급대로 하면 백성들은 경만하지 않는다"는 결과를 이루기 위한 것이다. 그러나 이런 차별은 설계자의 소원과 어긋나기 십상이었다. 상층 귀족과 하층 민중의 음식습속 사이에 천양지별이 있기에 하층 민중들이 귀족의 사치스로운 생활을 비난하는 주 원인이 되기도 했다. 이에 관하여 묵자墨子는 아주 냉정히 말했다.

옛날의 백성들이 아직 음식을 요리할 줄 몰랐을 때에는 초근목피를 날것 그대로 먹고 제각기 흩어져서 여기저기 살았다. 그러므로 성인이 나와 남자들에게 밭을 일구어 씨뿌리고 심고 가꾸는 법을 가르쳐 주어 백성들의 양식으로 삼게 했다. 그것으로 사람의 기력을 높이고 허기를 채워주며 몸을 강하게 하고 배를 만족시켜 줄 따름이었다. 그러므로 그것을 위한 재물의 사용이 절약됐고 그것을 통한 스스로의 보양이 검소하여, 백성들은 부유하고 나라는 평안하게 다스려지는 것이다. 지금은 그렇지 않다. 백성에게서 무겁게 세금을 거둬들여서 이로써 음식을 즐기는데 꼴芻을 먹여 기르는 소나 양,

---

36) 「國語·楚語」

곡식을 먹여 기르는 개, 돼지, 기타 육류의 찐 음식, 구운 음식, 물고기 종류나, 자라 등에 이르기까지 큰 나라의 임금은 음식의 그릇이 백 개나 되고 작은 나라의 임금이라도 열 그릇의 음식은 쌓아놓아 그 성찬盛饌의 모습이 사방 일장이나 진열된다. 너무나 음식이 많기 때문에 자기 눈으로 다 볼 수 가 없고, 손으로 잡을 수가 없고, 입으로 남김없이 맛을 볼 수가 없으므로, 겨울이면 음식이 얼고 여름이면 상하고 쉽게 된다. 임금이 음식을 이와 같이 먹는 까닭에 좌우의 신하가 이것을 본받게 되고, 이리하여 부귀를 누리는 자들은 사치를 일삼고 고아나 과부같은 의지할 데 없는 사람들은 추위에 떨고 굶주리게 되는데, 비록 나라가 평안하고 난이 없기를 바란다 할지라도 그것을 이룰 수가 없는 것이다.37)

군주가 누리는 식전방장食前方丈의 사치스러운 음식풍속은 사회 발전에 있어 실은 일종의 해害가 됐다. 묵자는 "임금이 음식을 이와 같이 먹는 것은 비록 나라가 평안하고 난이 없기를 바란다 할지라도 그것을 이룰 수가 없는 것이다"라고 했다. 음식풍속과 사회 치란 간의 관계를 깊이 있게 제시한 것이다.

춘추전국시대에 사회등급의 분화에 따라 하층 민중과 상층 귀족 사이에 음식 차이가 갈수록 심해졌다. 춘추 말년에 공자의 제자 자로子路가 감개 깊은 어조로 다음과 같이 말했다. "슬픈 일이로구나, 가난이란 것은 어버이가 생존하는 동안은 봉양할 것이 없고, 어버이가 죽어서는 예를 행할 수가 없구나."38) 자로의 말에 공자가 말하기를, "콩을 씹고 물을 마실지라도 그의 마음을 기쁘게 하면 그것을 효도라 하고, 어버이가 죽었을 때 겨우 머리와 발의 형체만을 염습하되 예제에 정해진 기간을 기다리지 못하고 곧 장사 지내며 곽槨도 쓰지 못하더라도 자기의 재산에 맞게 하면

---

37) 「墨子·辭過」
38) 「禮記·檀弓·下」

그것을 예라도 한다"39)고 했다. 보통 사인士人으로써 자로는 부모님을 공양할 식품이 없어 한탄했는데 공자는 부모님을 위하여 콩을 삶아서 먹여드리고 물을 끓여서 마실 수 있게 해드린 것도 효도라고 했다. 이것으로 보통 백성들의 생활이 얼마나 가난했는지를 알 수가 있다. 춘추 중기에 진晉나라 경卿인 조선자趙宣子가 "수산首山에서 사냥했을 때 예상翳桑에서 숙박했다. 그때, 그는 영첩靈輒이라는 자가 굶주리고 있는 걸 보고 무슨 병이 있느냐고 물었다. 그랬더니 영첩이 대답하기를, '사흘 동안 아무것도 먹지 않았습니다"라고 했다. 그래서 그 까닭을 묻자 그는, "나라에 3년간 봉사해 왔으나, 어머니가 잘 계시는지 어쩐지를 모르고 있습니다. 지금은 어머니 계시는 곳이 가까우니, 이것을 어머니에게 보내게 해주십시오"라고 대답했다. 조선자는 남은 밥을 먹게 하고 그를 위해 밥과 고기를 표주박에 담아, 전대에 넣어 주었다.40) 3일 동안 밥을 먹지 못한 영첩靈輒이 말하는 '환宦'은 후세 뜻하는 벼슬직이 아닌 일종의 관노예였다. 그 때문에 3년 동안 집으로 돌아가지 못했고 집에 돌아가는 도중에 먹을 것이 없어 굶주림에 빠지게 됐는데, 이때 어머니가 굶주리고 있을지도 모른다는 생각을 한 것이었다. 전국 중기에 장의張儀가 한韓나라 왕에게 유세하면서 "조나라 땅은 험악한 산중에 있어서 오곡이 난다고 해야 고작 보리 아니면 콩 정도요, 백성이 먹는 것은 그저 콩밥 아니면 콩잎국 정도이며, 한 해만 농사가 시원찮아도 백성은 조강糟糠도 배불리 못 먹는 형편이요, 국토는 방方9백 리도 넘지 못하며 2년 먹을 식량도 비축하지 못하는 나라입니다"41)라고 했다. 민중들은 콩으로 만든 밥에다 콩잎을 넣어 끓인 콩잎국 같은 거친 음식만 먹는다. 수확이 좋지 않은 해에는 조강糟糠마저

---

39) 「禮記·檀弓·下」
40) 「左傳·宣公·2年」
41) 「戰國策·韓策·1」

먹지 못한다. 전국시대 하층 민중들은 대부분이 "위로는 부모조차 족히 봉양할 수 없고, 아래로는 처자조차 족히 양육할 수 없으며 풍년에도 평생을 두고 고생해야 하고, 흉년에는 죽음조차 면할 수 없어 고로 죽음에서 벗어나려고 해도 족히 할 수 없다"[42] 는 간난한 상황이어서 숙속菽粟조차 배부르게 못 먹는 지경이었다. 맹자가 당시 통치자들을 위해 설계한 '인정仁政'은 민중들을 배부르게 먹여주는 일을 최우선으로 여긴다. 그는 "사람들은 물과 불이 아니면 살지 못한다. 어두운 밤에 남의 집 문을 두드리고 물과 불을 달라고 해도 주지 않는 사람이 없다. 그 까닭은 물과 불이 충분히 있기 때문이다. 성인은 천하를 다스림에 있어 백성들이 먹고 살 곡식을 물과 불같이 충분히 해야 한다. 곡식이 물과 불같이 충분하면 백성들이 어찌 어질지 않겠느냐?"[43] 라고 했다. 민중들이 충족한 식량이 있는 것은 '인정仁政'의 기초이자 맹자가 바라는 목표다. 이를 통해 당시 백성들에게 숙속은 그리 총족하지 못했음을 알 수 있다. 맹자가 추鄒나라의 국군인 추목공鄒穆公에게 "흉년이 들고 굶주릴 때에 임금이 다스리는 백성들은, 노약자는 굶주려 죽고 도랑이나 구덩이에 떨어져 굴렀으며, 젊은 사람은 뿔뿔이 흩어져 사방으로 간 사람의 수가 수천 명이나 되었습니다. 그러나 임금의 곡물 창고에는 곡식이 가득 차 있었습니다. 그래도 백성을 다스리는 관리들은 임금에게 고하지 않았습니다"[44]라고 말했다. 이것으로 전국시대의 하층 민중들의 생활이 얼마나 가난한지를 엿볼 수 있다.

---

42) 「孟子·梁惠王·上」

43) 「孟子·盡心·上」

44) 「孟子·梁惠王·下」. 안어: "흉년이 들고 민중들이 굶주려 죽었다"는 것을 가리킨다. 맹자가 제읍齊邑 평륙平陸에 갈 때 평륙대부平陸大夫에게 다음과 같이 언급했다. "그대가 대오를 이탈함이 역시 많다. 흉년이 들어 굶주리는 해에는 그대의 백성들 중에 노약자들은 죽어서 하수구 웅덩이에 구르고, 장성한 자들은 흩어져 사방으로 가는 자가 몇 천 명이나 되는가?"(「孟子·公孫醜·下」)

그림 2-15 상대 쌍이雙耳 수면문獸面紋
삼족 청동정三足青銅鼎

그림 2-16 상대 청동 우존牛尊

(3) 식기의 진보

원시사회와 달리 문명시대에 들어서며 청동 기명器皿은 식사하는 데
갈 수록 많이 사용된다. 백성들에게 질그릇은 여전히 일상적인 식기이지
만 귀족 계층은 주로 청동기를 사용했다. 각종 청동기들은 용도에 따라
각각 취자기炊煮器, 성식기盛食器, 취식기取食器 등 3가지로 나뉜다. 흔히
볼 수 있는 식기는 생선을 끓여 담아놓는 정鼎, 물을 끓이고 음식을 담아놓
은 격鬲, 음식을 쪄먹을 수 있는 분盆, 서黍·직稷·도稻·량粱을 담을 수
있는 궤簋, 둔敦, 두豆 등이 있다. 또한 작爵, 각角, 고觚, 치觶, 존尊, 굉觥,
유卣, 이彝, 호壺 등 주기酒器와 어울려 사용할 수 있어서 종류가 풍부하고
다채롭다.

원시시대의 뼈숟갈(骨匕)이 은대에 와서 보기 드물고 대신에 청동비青
銅匕가 많아졌으면 형태는 비교적 큰 편이다. 산서성 석루石樓에서 사수형
蛇首形 동비銅匕가 출토된 적이 있으며, 손잡이 부분은 루공鏤空된 뱀머리
모양으로 몸체는 장설상長舌狀 원인圓刃이고 길이는 25~32cm다. 섬서성
수덕綏德에서 출토된 은대 청동비는 길이가 46cm에 달하며 양측은 모두

그림 2-17 서주 쌍이雙耳 청동궤靑銅簋

칼날로 돼 있다. 출토된 위치를 보면 상왕조 서북 지역 부족 나라의 유물로 추정된다. 하북성 고성 대서촌橋城臺西村 은대 유적에서 출토된 염소 머리 모양의 청동비靑銅匕는 양측에 둥근 꼭지와 사슬 고리가 있으며 길이는 25.5cm이고 칼날이 있다. 이런 칼날이 있는 청동비는 밥을 먹을 수도 있고 음식을 자를 수도 있다. 서주시대에 유행했던 청동 작형비勺形匕의 수저 부분은 첨엽상尖葉狀으로 손잡이 부분이 납작하고 넓적하다. 전문가들의 고찰에 의하면 "첨엽작형비尖葉勺形匕는 동주시대에 상당히 보편적으로 사용됐으며 전국 말년에 와서야 점점 사라졌다"45)고 했다. 춘추시대 청동비의 형태는 은대와 서주시대에 비해 작아진다. 호북성 수현隨縣 유가애劉家崖에서 발견된 두 개의 춘추시대 청동비 길이는 불과 12.5cm, 16.5cm다. 물론 이 시기에 비교적 큰 청동비도 있다. 예를 들면, 하남성 철천하사淅川下寺 1호 춘추묘에서 출토된 큰 청동비의 길이는 57cm이고 다른 청동비와 같이 사용한 것이다. 같은 시기에 출토된 두 개의 작은 청동비의 길이는 불과 6.5cm다. 안휘성 수현壽縣 체후묘蔡侯墓에서 출토된 15개의 청동비도 크고 작은 종류로 나뉜다. 큰 청동비는 모두 7개, 길이는 25.5cm, 작은 청동비의 길이는 9.6cm다. 큰 청동궤靑銅簋는 정鼎과 한 곳에 놓여 있는데, 이는 개인 식사 식기가 아니고 음식을 담을 수 있는 공용 정鼎으로 추측된다. 전국시대 청동비들은 대부분 좁은 손잡이 모양의 설형작舌形勺으로 바뀐다. 이 시기에 칠기 공예가

---

45) 王仁湘,「中國古代進食具匕箸叉硏究」,《考古學報》, 1990年 第3期.

발달되어 식비食匕 종류의 칠기제품도 나타난다. 사천성 청천 학가평青川郝家坪 전국 중기 고분에서 앞뒤 양면에 채문彩紋이 그려진 칠비漆匕 한 점이 출토된 적이 있다. 유명한 증후을묘曾侯乙墓에서 출토된 누공鏤孔 금비金匕는 금잔과 같이 사용한 것으로 추정된다. 하남성 휘현輝縣 유리각琉璃閣 전국장에서 출토된 여러 점의 누공 동비銅匕에 관하여, 전문가는 이를 '소비疏匕'로 지칭하기도 했는데, 국에 있는 고기를 건질 때 사용한다. 이런 식비食匕를 통하여 당시 사회 풍속의 여러면을 파악할 수 있다.

상주시대에 귀족의 식탁 위에 각종 식기와 수저 이외에 포크도 나타났다. 전문가에 의해 발굴된 차형기叉形器에 관한 체계적인 연구를 통해 이것이 포크라는 결론을 내렸다. 이런 종류의 차형기는 흔히 골기骨器, 청동 식기와 한 곳에 놓여있다. 하남성 정주 이리강鄭州二裏崗 은대유적에서 세 갈퀴 동물뼈 포크가 출토된 적이 있는데, 갈퀴의 길이는 2.5cm, 전체 길이는 8.7cm, 너비는 7cm, 손잡이와 갈퀴 부분에 선명한 분계선이 없다. 동주시대의 골제 포크는 대부분 손잡이가 가늘고 핸들 끝이 2갈래로 갈라져 있으며, 여러 갈래로 갈라진 것은 대부분 동제 포크였다. 하남성 휘현 유리각琉璃閣 일련번호 M1인 고분에서 출토된 포크는 3갈래로 갈라져 있다. 갈퀴는 3cm, 전체 길이는 25cm다. 산서성 장치 분수령長治分水嶺 일련번호 M2040인 고분에서 출토된 포크는 핸들 끝이 4갈래로 갈라진 것이다. 일부 동제 포크 손잡이 끝에 구멍(鑿)이 발견되는데 나무 손잡이를 맞출 수 있어 직접 식사용 식구로 사용했던 것이 아닌 것 같다. 강소성 육합 정교六合程橋에서 출토된 춘추시대의 문양이 새겨진 동편銅片에 귀족 연회 때 하인

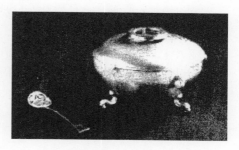

그림 2-18 금잔金盞 금국자(金漏匕)

이 음식을 바치는 그림이 발견됐다. 그림 속에서 한 사람이 손에 긴 손잡이 포크를 쥐고 있는데, 그것은 마치 큰 솥이나 기타 기물 속에 음식을 건져 올릴 때 쓰인 것 같다.

(4) 술, 고기 및 음식습관

신석기시대 후기부터 술이 생겼는데 하대에 와서 이미 고급 술을 만들 수 있었다. 술을 잘 빚는 유명한 사람도 나타났다. 고대 문헌에서 '도강杜康 빚은 술', '의적儀狄 빚은 술', '태강太康 빚은 고량주' 등의 기록이 있다. 은대 사람들에게 음주는 보편화되어 있었다. 은상 말년에 백성들은 음주에 빠져 망국을 초래했다. 주대 사람은 이를 거울로 삼아 금주 문고까지 발포하고 엄중한 처벌로 강제 금주를 실시했는데, 주공은 은상의 교훈을 정리하며 다음과 같이 말했다.

> 내 들으니 또한 이르기를 지금 후사왕後嗣王에 있어 몸을 술에 빠뜨려 명령이 백성에게 드러나지 못하고, 공경하여 원망에 미치는 데도 이를 바꾸지 않으며, 음일淫洪함을 떳떳하지 않은 일에 크게 방종하게 하여 안일로써 위의威儀를 상실했다. 그리하여 백성들이 모두 상심해 하지 않는 이가 없는데도 황폐하여 술에 빠져 스스로 안일함을 그칠 것을 생각하지 않으며, 그 마음이 미워하고 사나워서 죽음을 두려워하지 않으며, 허물이 상대 도읍에 있어 은왕조가 망하는데도 근심하지 않으니, 덕으로 말미암은 향기로운 제사가 하늘에 올라가 알려지지 못하고, 그게 백성들이 원망하여 술로부터 풍겨나 오는 모든 더러움이 하늘에 알려졌다. 그러므로 하늘이 은왕조를 망하게 하여 은왕조를 사랑하지 않으니, 이는 안일한 탓이라, 하늘이 사나운 것이 아니라 사람들이 스스로 허물을 부른 것이다.[46]

---

46) 「尚書·酒誥」

풍속은 사회 여러 요소로부터 큰 영향을 받지만 반대로 사회 여러 층면에 영향을 끼치고 심지어 나라의 안전까지 영향을 끼친다. 은상 망국 교훈은 이에 좋은 예가 되기도 한다. 주대에 금주를 실시했으나 일률적으로 적용하지 않고, 일부 음주한 사람한테는 관대한 조치를 취했다. 옛 은상시대의 장사꾼들은 자신의 부모가 기분이 좋을 때에만 술을 마실 수 있었다. 옛 은상의 대신과 공장工匠을 비롯한 음주 모임에 벌을 내린 것 이외에는 따로 엄중한 형벌을 취하지는 않았다.

한가지 사회 풍속으로써 행정 명령으로만 제지 혹은 제창하게 되면 뚜렷한 효과를 보기 어렵다. 주대 초기에 금주 명령이 바로 그러한 좋은 예증이다. 귀족들은 주공의 금주 명령으로 술주정을 멈추지 않았다. 『시경』의 일부 편장에서 귀족이 술주정하는 장면을 다음과 같이 묘사하고 있다.

> 손님 모여 잔치 시작하니 점잖고 공손하네.
> 취하지 않았을 적엔 위엄과 예의에 조심하더니
> 술 취한 뒤엔 위엄과 예의가 불안해지네.
> 자리를 떠나 옮겨 다니며 자주 너울너울 춤추네.
> 술 취한 뒤에도 가지 않으면 덕을 망치는 짓이 된다네.
> 술이 매우 좋다는 것은 오직 예의를 잘 지킬 때일세.[47]

귀족들이 술에 취한 후 '소리치고 떠들고' 하는 모습에는 예의를 지키는 점잖은 모습이 하나도 남아 있지 않다. 음주는 주대 귀족간에 드문 현상이 아니다. 상주商周 청동기 술그릇 수량이 많고 규격이 복잡한 것도 당시 귀족의 술주정 풍속을 실물로 입증해 준다.

선진시대의 술은 아주 독하지 않은 것으로 추정된다. 옛 문헌에 의하면

---

47) 「詩經·小雅·賓之初筵」

그 때 사람은 군주의 명령을 받고 술을 마시는 상황을 "군자가 임금 앞에서 술을 마실 때에는 한 잔을 받으면 태도를 밝고 엄숙하게 하고, 두 잔을 받으면 태도를 기쁘게 하고, 석 잔째는 예의상 그만두며 삼가 자리로 물러간다"[48]고 했다. 연속으로 석 잔을 마셔도 여전히 엄숙하고 정중하며 멋스러웠다. 음주의 양에 관한 상황을 동주시대 순우곤淳于髡은 "1 말을 마셔도 취하고 1석을 마셔도 취한다"고 말을 한 적이 있다. 이는 각각 다른 음주 장소와 분위기로 인한 것이다. 그가 말하기를,

> 대왕의 어전에서 술을 받을 때 집법執法이 옆에 있으며, 어사가 뒤에 있을 때는, 저는 두려워 엎드려 마시기 때문에 한 말을 마시면 그 자리에서 취해 버리고 맙니다. 만약 귀한 손님이 많이 앉아 있는 아비 앞에서 제가 소매를 걷어 올리고 팔꿈치가 닿도록 몸을 굽혀 무릎을 꿇고 나아가 술자리를 하고 있을 경우, 때로 남의 잔을 받아먹기도 하고, 가끔 일어나서 손님의 장수를 빌며 잔을 들게 되면 두 말을 다 마시기 전에 취합니다. 만일 오랫동안 만나지 못했던 친구나 서로 교제 하는 사람을 뜻밖에 만나서 즐겁게 추억담을 하거나 사사로운 일까지 허물없이 주고받으면서 술을 마시면 대여섯 말이면 취합니다. 만약 마을의 모임에서 남녀가 한자리에 앉아 술잔을 돌리고 놀이를 즐기며 서로 손을 잡아도 벌을 받지 않고 서로 추파를 던져도 말릴 자가 없으며, 앞에는 귀걸이가 떨어져 있고 뒤에는 비녀가 빠져 있는 형편이 되면 저는 이것이 은근히 즐거워 여덟 말쯤 마시지만 2, 3 할 정도 밖에 취하지 않습니다. 다시 날이 저물어 술자리가 막판에 이르고 술통은 한 곳에 밀려나 버리며 남녀가 한 자리에서 무릎을 맞대고 신발이 뒤섞이며, 술잔과 그릇이 어지럽게 흩어지고, 대청 위의 촛불은 꺼지면 아름다운 주인 여자는 저 한 사람만 붙들고자 다른 손님들을 보내고 나서 은은히 향기를 풍기며 비단 속옷의 옷깃을 헤치면 저는 마음이 아주 즐거워져서 1석 술도 마다 않고 마시게 됩니다.[49]

---

48) 「禮記 · 玉藻」
49) 「史記 · 滑稽列傳」

이는 당시 한 폭의 술연회 풍속 그림을 생생히 표현한 듯하다. 순우곤의 말을 통해 당시 사회에 적지 않는 자리에 술을 마셔야 된다는 것을 알 수 있다. 국군 앞이나 종족, 손님이 모인 자리, 향리 및 친구 모인 자리에 술은 이미 없으면 안되는 우물尤物이 되고 있다.

그림 2-19 상대의 삼련언三聯甗

하·상·주 시대에 대부분 귀족들은 고기 종류를 즐겨 먹었다. 그래서 귀족은 또한 '육식자'라고 불리기도 한다. 동주시대에 맹자가 양혜왕에게 이상적인 경지를 말할 때 한가지가 바로 "닭, 돼지, 개 같은 가축을 제 때 먹여주고, 제 때 새끼를 낳아 번식하게 하면 칠십이 되면 고기를 먹을 수 있다"[50]는 것이다. 일반 민중들은 노년에 와서 70 고령이 되어야 고기를 먹을 수 있었다. 맹자는 이를 현명한 군주가 천하의 왕으로 자칭할 수 있는 기준으로 삼았다. 다른 한편으로, 당시 사회 빈부 분화가 매우 심했다는 것을 보여준다. "개나 돼지가 사람이 먹을 것을 먹는데도 단속할 줄 모르고, 길에는 굶어 죽은 시체가 있는 데도 창고의 곡식을 풀 줄 모른다"[51]는 상황이었다. 동주 사회에서는 일부 선비도 어려운 처지에 머물고 있었다. 「논어論語·옹야雍也」편의 기록에 따르면 공자가 안회顏回를 칭찬하며 "거친 밥과 한 표주박의 물, 누추한 집, 사람들은 그 시름을 견디지 못하거늘 회回는 그 즐거움을 바꾸려 하지 않는구나"[52] 라고 했다. 당시 술과 고기는 일반 백성에게 얻기 어렵다는 설명이다. 월왕구천越王勾踐은

---

50) 「孟子·梁惠王章句·上」
51) 「孟子·梁惠王章句·上」
52) 「論語·雍也」

술과 고기로 아기 낳는 사람에게 "사내 아이를 낳으면 술 두 주정자, 개한 마리, 여자 아이 낳으면 술 두 주정자, 돼지 한 마리"53)를 상으로 주기도한다. 주대 가축 양식은 그리 많지 않았다. 그래서 "국군은 까닭없이 소를 죽이지 않고 대부는 까닭없이 염소를 죽이지 않으며 사는 까닭없이 개나돼지를 죽이지 않는다"54)는 말이 있다. 각 계층의 사람들은 모두 육류를좋아하고 중요시했다.

하·상·주 시대의 백성은 통상적으로 죽을 끓이거나 밥을 짓는 방식으로 음식을 익힌다. 상대商代 도기 중 많이 사용된 격鬲은 용적이 그리 크지않다. 겨우 한 사람이 죽을 마실 수 있는 정도다. 적은 쌀과 많은 양의물을 같이 격에다 넣고 죽을 끓인다. 당시 일부 정鼎 명문에 "이것으로묽은 죽을 쑤어 내 입에 풀칠하였도다"55)라고 적혀 있다. 정은 죽 끓이기에 사용되었는데, 여기서 죽은 당시 민중이나 귀족이 흔히 먹을 수 있는음식이라는 점은 분명하다. 상대에 밥을 짓는 도구로는 격鬲과 증甑이 있는데 이들은 모두 두 절로 나누어져 아래 절은 중공中空의 다리 3개가있으며 이에 물을 담을 수 있다. 위 절과 아래 절 사이에 시루 깔개로막고 밥 질 때 쌀을 시루 깔개 위에 놓은 후, 불을 때서 끓인 물의 증기로쌀을 익힌다. 주족의 사람은 이런 밥 짓는 방법에 대하여 매우 익숙해서사시史詩 속에는 밥을 짓는 장면을 이렇게 서술하고 있다.

> 제사는 어떻게 지내셨나? 찧고 빻고 해서
> 불리고 비비고 한 뒤, 설설 그것을 일어
> 푹 쪄놓았네.56)

---

53) 「國語·越語·上」
54) 「禮記·王制」
55) 「左傳·昭公·7年」
56) 「詩經·大雅·生民」

이런 방법에 따르면 밥을 짓기 전에 먼저 곡식을 찧고 쌀겨를 제거한 후 밥을 짓는다. 밥지을 때 찰기장·메기장·조·벼쌀·콩 등 많은 종류의 곡식을 사용한다. 언甗이나 증甑은 격鬲 보다 훨씬 더 많이 발굴되는데 이는 당시 사람들이 주로 밥 대신에 죽을 더 많이 먹었음을 설명해 준다. 주족周族의 사시史詩 속에도 제사 때 밥을 지은 상황을 서술했다. 평상 시 일반 사람은 밥을 지어 먹기가 어려웠다.

춘추전국시대 귀족의 음식은 이미 상당히 높은 수준을 갖추고 있었다. 1970년대 후기에 산동성 등주滕州 설薛나라 일련번호 M1인 춘추 초기 고 분에서 동궤銅簋가 출토됐는데, 그 속에 삼각형 모양의 음식이 한 박스가 가득 채워져 있다. 발견 당시 음식 위에 하얀 색 분상물이 한 층 덮여 있다가 바람에 날리면서 삼각형 모양 음식의 실체가 드러난다. 매 변의 길이는 5~6cm, 각 꼭지점에서 변의 중점까지 길이 3.5~4cm, 음식이 비록 탄화碳化되었지만 죽첨竹簽으로 살살 바르니 삼각형 음식 안에 부스러기 모양으로 된 속이 보인다. 이 음식들은 물만두나 훈둔餛飩이었다는 것이 확인된다.[57)]

주대 사람의 음식풍습 속에 격식을 따지는 것은 적지 않았다. 이들은 예禮의 규정에 속한 것도 있고 위생 습관 문제도 포함되어 있다. 공자가 말하기를,

> 밥은 흰 것일수록 좋아하셨고 회膾는 가늘게 저민 것일수록 좋아하셨다. 밥이 쉬어 냄새가 나고 생선과 고기가 오래되어 상하면 잡숫지 않고 빛깔이 나쁜 것, 냄새가 나쁜 것은 잡숫지 않았으며 알맞게 익지 않은 것은 잡숫지 않고 제시간을 벗어나면 잡숫지 않았으며 칼질이 바르게 되지 않은 것은 잡숫지 않고 간이 맞지 않으면 잡숫지 않았다. 고기는 많이 드시지만 밥맛이

---

57) 山東省濟寧市文物管理局,「薛國故城查勘和墓葬發掘報告」,《考古學報》, 1991年 第4 期.

가시지 않을 정도로 하셨다. 술은 제한하지 않으셨지만 어지러워질 때까지 드시지는 않았다. 사온 술이나 포를 드시지 않았고, 생강 드시는 것을 거두지 않았으며, 음식은 많이 드시지 않았다.[58]

'뇌餲'나 '폐敗'는 모두 음식이 오래 방치하다가 부패된 것이며 그것들은 먹지 말아야 한다. '색악色惡'과 '취악臭惡'은 음식이 변색되어 악취가 나는 것이며 이것들도 당연히 먹으면 안된다는 뜻이다. 옛 사람은 아침, 점심, 저녁 세 끼를 먹고 이때가 아니면 먹지 않았다. 식사할 때 골고루 먹고 고기를 많이 먹는 탐욕을 내면 안되고 과음해도 안된다. 공자의 이런 음식 습관에 관한 주장들은 어느 정도 과학 이치에 맞는 것이다.

동주시대 사람들은 요리할 때 불 상태의 파악과 요리 기술에 대하여 이미 높은 수준에 이르렀다. 『좌전』 소공昭公 20년 기록에 따르면 제나라의 안영晏嬰은 육갱肉羹을 만드는 방법에 대해 이렇게 말한 적이 있다. "마음을 맞추는 화和는 마치 국을 만드는 일과 같은 것입니다. 국은 물·불·초·장·소금·매실의 신맛을 넣어 물고기나 고기를 삶음에, 나무를 때서 삶아 요리사가 맛을 맞춤에, 조미료로 맞추어 맛의 부족함을 채우고 지나친 점을 덜게 합니다. 그리하여 위에 계시는 어른이 그 국을 드시고서는, 그 마음에 화평스러운 것을 느끼는 것입니다."[59] 불 상태의 파악과 보조 재료를 어울리게 택한 것은 생선, 고기 요리의 관건이다. 공자가 말한 '실임失飪', '불식不食'은 음식을 알맞게 익히지 않은 것은 먹지 않다는 뜻이다. 동주시대 사람은 고기를 '해醢', 즉 젓갈인 육장肉醬을 만들기도 했다. 「주례周礼·해인醢人」의 기록에 따르면 육장 만드는 방법은 먼저 마른 고기를 잘게 썬 후, 곡식 가루와 소금을 거기에 섞고 술을 첨가해서 용기에

58) 「論語·鄕黨·10」
59) 「論語·鄕黨·10」

담그고 백일 지나면 먹을 수 있다. 1950년대 전기에 하남성 낙양에서 발견된 전국시기 도기 추와垂瓦에 '차기모장장추와此綦母張醬垂瓦'라는 글이 있는데, "이 추와垂瓦로 이름 기모장綦母張이라는 사람이 육장을 담았다"는 뜻이다. 귀족 연회에 육장은 없으면 안되는 음식이었다.

상주시대에 식기는 이미 크게 발전했다. 귀족들이 쓰는 식기들의 형태는 화려할 뿐만 아니라 정미한 문양까지 장식돼 있다. 1990년 하남성 안양 곽가장郭家莊에서 발견된 은허 문화 3기에 속한 일련번호 160인 무덤에서 많은 예기와 식기가 발굴됐는데, 그 중 제량提梁과 뚜껑 있는 사족정四足鼎 속에 아직 다 삭하지 않은 고기가 남아 있다. 이같은 정교한 사족정은 당시 귀족이 사용하는 식기였음을 알 수 있다. 주대에는 통상적으로 귀족이 식사할 때 음식 나열 위치에 대한 관례가 있었다. 옛문헌에 의하면 "모든 음식을 올리는 예는 효肴를 왼쪽에 놓고, 자胾를 오른쪽에 놓으며, 밥은 사람의 왼쪽에 놓고 갱羹은 사람의 오른쪽에 놓는다. 회膾와 구운 고기(炙)는 바깥쪽에 놓고, 식초(醯)와 장醬은 안쪽에 놓는다. 총예葱渫는 끝에 두고, 술과 미음은 오른쪽에 둔다. 포脯와 수脩를 놓는 자는 왼쪽에 굽혀서 놓되 오른쪽을 향하게 놓는다"[60]고 했다. 이렇게 음식을 나열한 착안점은 먹는 사람을 편하게 하기 위해서였다. 공자가 "밥을 먹을 때, 침대에 누워 있을 때 말을 하지 않는다"고 했다. 또한 식사할 때 손을 깨끗하게 씻어야 한다. 이는 당시 식사 때 젓가락(箸)을 쓰지 않고 손으로 밥을 집어 먹기 때문이다. 이미 자기 손으로 집은 음식은 공용 음식 그릇에 다시 넣지 않고 자기 손으로 집은 고기, 생선도 다시 내려 놓지 않는다. 밥을 먹을 때 바로 고기뼈를 개한테 던지지 않는다. 국이나 고기를 먹을 때 조용히 먹고 소리를 내지 않는다. 음식을 먹을 때 서로 양보하며 남을 배려하고 혼자서만 먹는 것을 옳지 않게 여긴다. 만약 밥이나 고기 생선이

---

60) 「禮記·曲禮」

자기 입에 맞지 않는 것이 있어도 손님으로서 바로 지적해서는 안되고, 싫고 불만한 태도를 직접 표시해서는 안된다. 「예기·곡예」 상편은 "남과 함께 음식을 먹을 때에는 배부르도록 먹지 말 것이며, 남과 함께 밥을 먹을 때에는 손을 적시지 말아야 한다. 밥을 뭉치지 말며, 밥 숟가락을 크게 뜨지 말고", "음식을 먹을 때에는 혀를 차는 소리를 내지 말아야 하며, 뼈를 깨물어 먹지 말아야 하며, 먹던 고기를 도로 그릇에 놓지 말아야 하며, 뼈를 개에게 던져 주지 말아야 하며, 어느 것을 굳이 자신이 먹으려고 하지 말아야 한다"[61] 고 했다. 이는 바로 음식 예절 관습에 대한 설명이며 이를 통해 당시 체계적인 음식풍속이 이루어졌다는 것을 알 수 있다.

짚고 넘어가야 할 것은 각 지역이나 제족諸族 간에 생활 조건이 다르고 나름대로 각각 특색을 가지고 있다는 점이다. 예를 들면, 남부지방 호수가 많은 지역의 일부 지방 사람은 비린내나 누린내가 나는 동물을 선호한다. 1979년 강서성 귀계貴溪 동굴 안에서 춘추 후기나 전국 초년의 간월족干越族 고분군이 발견됐다. 일련번호 M8인 고분내 경도관硬陶罐에 퇴소堆塑된 한 쌍의 염소뿔 모양의 귀가 달려있다. 일련번호 M5인 무덤에서 발굴된 경도정硬陶鼎에는 독특한 풍격을 지닌 소뿔 손잡이가 달려있다. 일련번호 M5인 묘장에서 발굴된 경도담硬陶壇에는 퇴소된 뱀 모양 귀 장식이 있다. 이미 수습한 애묘崖墓마다 거의 한 두 개 거북이 껍질이 관목 옆에 나열돼 있다. 염소, 소, 뱀, 거북이 등은 모두 상고시대 간월인이 좋아하던 비린내나 누린내가 나는 동물이다.

---

61) 「禮記·曲禮」

복식

복식은 인류 물질문명과 정신생활의 한가지 표현이라고 할 수 있다. 실용 가치 이외에 복식은 관상이나 생활 미화를 해주는 역할을 하고, 서로 다른 시대 사람의 사회 관념이나 마음을 내비치기도 한다. 역사가 긴 신전 시대 복식 발전은 중국 고대 복식민속의 기반을 마련했다. 따라서 이는 중요시되어야 하며, 주의 깊게 연구되어야 할 것이다.

1. 원시시대의 복식

원시시대의 복식은 무無에서 유有를 창조하며 졸렬한 수준으로부터 정교한 수준까지 발전하는 과정을 거쳤다. 고고학의 발전과 고고 자료를 통해 점차 원시시대 복식의 대체적인 상황을 알 수 있게 됐고 옛문헌에 관련된 기록도 검증됐다.

(1) 새나 짐승의 털과 털가죽에서 포백布帛까지

중국 상고시대 선민의 복식에 대하여 고문헌에서 최초로 "마麻나 명주도 없었기 때문에 오로지 새나 짐승의 털과 털가죽으로 몸을 감쌀 따름이었다"[62]라는 기록이 있다. "마麻나 명주실이 만들어져 옷감이 짜여지게 되었다"[63]는 것은 그 이후의 일이다. 원인시대에는 나뭇잎과 동물 가죽이 아마 최초에 추위를 막아주는 '옷'이 되었을 것이다. 나뭇잎과 동물 가죽을 꿰맬 때 쓴 바늘이 나타난 후 원고 인류 복식에 중요한 영향을 끼쳤다.

---

62) 「禮記·禮運」
63) 「禮記·禮運」

현재까지 알려진 중국 원고인류가 사용한 골침은 산정동인山頂洞人유적에
서 발견됐다. 골침의 잔존 길이는 82mm, 최대 지름은 3.3mm이며, 둥글고
끝이 예리하며 통채로 매끄러워 깎아 내거나 마제 방법으로 만든 것이다.
이전에는 산정동인시대를 통상적으로 거금 18000년 전이라고 여겼는데,
근년 일부 전문가들은 거금 27000년 전후로 측정한다. 산정동유적 중 시대
가 제일 오래된 구멍혈의 아래부분은 거금 34000년 전으로 추정한다. 이런
측정은 당시 기후 및 산정동에서 발견된 동물화석 상황과 맞아떨어진다.
연구에 따르면 당시는 비교적 따뜻한 아간빙기亞間氷期에 처해 있으며,
산정동 동물 화석군에서 사향 고양이와 사냥개 등 열대, 아열대 동물의
흔적이 발견됐고, 화북華北지역 만빙기晩氷期에 흔한 털코뿔소, 매머드 등
추위 안 타는 동물은 보이지 않는다. 만약 이 측정이 오차가 없다면 중국
원고시대 뼈바늘 최초 사용 시간은 지금부터 2~3만 년전이나 되는 것이다.
1980년대 초기 고고학자들은 요녕성 해성 소고산海城小孤山의 선인동 안에
서 원고 인류의 화석과 함께 여러 개 뼈바늘을 발견해서 이목을 집중시킨
적이 있다. 여기서 발견된 뼈바늘은 아주 정교하게 마제 됐는데 이는 산정
동인이 사용한 뼈바늘보다 길이가 짧고 약간 굵은 편이다. 바늘 구멍은
파내는 방법으로 만들었고 가시 모양의 바늘끝은 아주 예리하다. 소고산

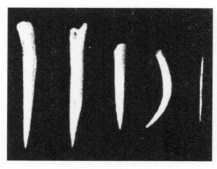

그림 2-20 신석기시대의 뼈바늘과 골제 송곳

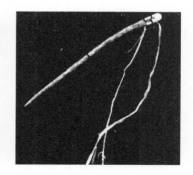

그림 2-21 국경 주구점 산정유적의
뼈바늘

유적의 시대는 구석기 말기에 속하며, 뼈바늘의 발견은 당시 사람들이 이미 골기를 제조했다는 것을 입증해 줄 뿐만 아니라. 그 당시 사람들이 산정동인처럼 뼈바늘로 동물 가죽 따위를 꿰매서 최초로 입는 의복을 만들었다는 것도 입증해 준다.

신석기시대 사람들의 최대한의 변화를 말하자면 당연히 천을 봉재해서 옷을 만든 일을 손꼽을 수 있다. 원시 인류의 편직 기술은 천의 나타남에 직접적인 영향을 끼친다. 신석기시대 초기에 속한 자산磁山문화유적에서 발굴된 도기 밑바닥에 많은 석문席紋, 남문籃紋, 격자 망상문網狀紋 등이 있는 것은, 도기를 가마에 넣고 굽기전에 편직물 위에 소태素胎를 올려놓고 말리는 동안 남긴 흔적이다. 최초의 편직 기술은 아마 이런 종류의 편직부터 발전된 것으로 추측된다. 도기 빝바닥 편직물의 흔적을 보면 최초의 편직품은 대략 제곱센티미터마다 날실과 씨실 각 10오리를 사용하여 서로 수직으로 교차시키며 엮은 평직천이다. 발굴된 도제 가락바퀴는 당시 사람이 실꼬기로 썼던 공구다. 신석기시대 초기에 속하는 배리강문화, 신석기시대 중기에 속하는 하모도문화 등 곳에서 모두 형식이 복잡한 도제 가락바퀴가 발굴됐는데, 같은 문화층에서 수 십 개까지 발굴된 적도 있다. 대문구문화유적에서 발굴된 골사(骨梭: 뼈북)는 납작한 수골兽骨로 만들었다. 한쪽은 뾰족한 칼날로, 다른 한쪽은 뚫린 구멍로 돼 있으며 씨실을 꿸 수 있고 원시 직기織機의 부품으로 추정된다. 전문가들에 의하면 원시 직기는 아마도 나무 막대기를 사용해서 날실을 홀과 짝 수로 나누어, 나무 막대기 하나를 올리면 모든 홀수(혹은 짝

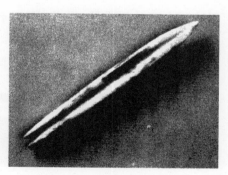

그림 2-22 대문구문화의 골사骨梭

수) 실이 같이 올려져 북에 감은 씨실이 가로 질러갈 수 있었던 것이다. 이런 원시 직기를 이용해 칡, 마 등의 원료로 굵은 베를 짤 수 있다. 절강성 오흥현吳興顯 초화산草鞋山 신석기시대 유적에서 발굴된 삼베 짜투리도 아마 이런 식으로 짜냈을 것이다. 이런 삼베는 그 당시 사람이 봉제할 때 사용한 옷감이다.

신석기시대에 이미 가죽이나 천으로 모자를 봉제할 수 있었다. 섬서성 부풍안판扶風案板 앙소문화유적에서 도기 인물 소상 8체가 발굴됐는데, 일련번호 H7:1인 소상은 콧대가 높고 눈이 둥글며 입이 크고 머리에 쓴 동그란 평정모平頂帽는 약간 기울어진 형상을 하고 있다. 일련번호 1:77인 소상은 콧대가 높고 눈이 둥글며 입이 작고 귀가 크며 머리에는 동그란 첨모尖帽를 쓰고 있다. 일련번호 H4:10인 소상 제작 공예는 간략하지만 머리에 높은 모자가 뒤로 꺾이며 기울어진 모양을 하고 있어 눈에 띈다. 모자 높이는 머리 높이와 비슷하고, 전체 높이는 2.7cm인데 모자의 길이만도 1.4cm다. 이를 통해 그 당시 모자는 사람한테 아주 중요한 추위 막는 물품이자 장식품이어서 원시 조소가들이 중요한 창작 소재로 삼았다는 것을 알 수 있다.

대략 신석기시대 후기부터 사직품絲織品을 옷감으로 쓰기 시작했다. 절강 오흥현 양저良渚문화유적에서 잔존된 모시 직물과 사직품이 발견된 적이 있다. 모시 직물에는 삼베 짜투리 잔편殘片과 가늘한 삼끈이 있으며, 관찰에 의하면 평직 삼베의 직물 밀도는 센티미터마다 16오리에서 24오리 까지, 날실은 31 오리, 씨실 20 오리인 경우도 있다. 발견된 사직품 중에서 명주 조각, 명주끈, 명주 실이 있는데 섬유원료들은 모두 집에서 나온 가잠 사家蠶絲다. 명주의 밀도는 센티미터마다 날실과

그림 2-23 객성장客省莊문화의 골사骨梭

씨실이 각각 48오리, 생사蠶絲의 섬도纖度가 가늘고 날실과 씨실의 수를 늘리는 방법으로 명주 직물을 더 세밀하게 만들 수 있다. 당시 누에를 키워 실을 뽑는 일은 남부 지방뿐만 아니라 북쪽도 비슷한 상황이다. 북서 지방에 자리한 제가齊家문화유적에서 홍도紅陶 재질의 이연관二聯罐 안벽 배부분에 5 마리 누에가 음각으로 새겨져있어 서로 다른 자세로 꿈틀거리고 있다. 이것으로 제작자가 누에의 습성에 대하여 아주 잘 알고 있다는 것을 추정할 수 있다. 여하튼 구석기시대 초기와 중기는 "마麻나 명주도 없었기 때문에 오로지 새나 짐승의 털과 털가죽으로 몸을 감쌀 따름" 이었는데 구석기시대 후기에는 이미 "마麻나 명주실이 만들어져 옷감이 짜여지는" 시대에 들어서게 된 것이다. 이러한 발전이 사람의 복식에 끼친 영향의 중요성은 말할 필요도 없다.

고고 발굴 과정에서 원시시대의 방직 봉제 공구들이 많이 발견됐는데, 예를 들면 1970년대 후기 대련시大連市 곽가촌郭家村에서 발굴된 신석기시대 유적[64]의 문화층 하층에서 방직 봉제 공구만 360건이나 발굴됐다. 이중에는 도제 가락바퀴, 도제 송곳(陶錐), 골사, 뼈바늘, 골제 송곳(骨錐), 각추 등이 포함돼 있고, 도제 가락바퀴 142개가 있으며, 대부분 협사 홍도夾砂紅陶이다. 골사의 횡단면은 납작하고 동그란 모양으로 원추가 뾰족하며 구멍은 네모로 나 있다. 각추角錐는 사슴의 뿔과 뿔조각을 깎고 갈아서 만들었다. 상층 문화 유적에서 발굴된 방직 공구는 231건으로, 돌로 만든 가락바퀴, 골사, 뼈바늘, 도제 송곳, 도제 가락바퀴가 있다. 11건의 도제 가락바퀴에는 중환문重環紋, 망상문網狀紋, 점열방사문點列放射紋, 와문渦紋, 삼각문三角紋, 직선문直線紋, 점열직선문點列直線紋 등이 새겨져 있으며 제작은 비교적 세밀한 편이다. 이 방직 공구들은 바로 당시 사람들이 복식을 제작할

---

64) 遼寧省博物館·旅順博物館,「大連郭家村新石器時代遺址」,《考古學報》, 1984年 第3期.

때 사용했던 도구였다.

(2) 노리개의 출현 및 고급화

사회 생산력이 발전함에 따라 원고 인류에게 아름다움을 추구하는 마음이 생기기 시작했다. 노리개의 출현이 유력한 증거가 된다. 현재로서 최초의 물증은 산정동인까지 거슬러 올라갈 수 있다. 산정동유적에서 노리개로 된 구멍뚫린 자갈돌, 바다 새꼬막 껍질, 초어 눈언저리 윗뼈, 동물 이빨, 돌구슬 및 문양 새긴 골관骨管 등이 발견됐다. 이들은 거의 뚫린 구멍을 관통해 가죽끈으로 꿰어 만든 작은 노리개다. 발견된 이런 노리개의 수량이 비교적 많고 천공 동물 이빨만 125건이나 있다. 대부분 노리개의 구멍 뚫린 부분에 적철석赤鐵石 가루로 인해 빨간색 흔적이 남아있다. 이 노리개들의 가장자리와 구멍 뚫린 부분은 아주 매끄러워 오래 착용했던 것으로 보인다. 산정동인은 뼈바늘로 옷을 봉제할 수 있고 목거리 같은 노리개까지 착용했다. 이러한 것은 이미 복식 수준이 크게 발전했음을 보여준다. 요녕성 해성 소고산유적에서 출토된 구멍 뚫린 조개껍질 노리개에는 한면의 가장자리에 여러 줄 홈이 파여져 있으며, 중심에 있는 구멍을 둘러싼 방사 모양으로 돼 있다. 그리고 빨간 물감으로 물들여 더욱 눈에 띈다. 그 홈 속에는 아직까지 빨간 물감이 남아있다. 구석기시대 후기 사람들은 이미 초보적인 심미의식을 지니고 있었다는 증거이다.

신석기시대 각 지방 문화유적에서 질이 다른 노리개들이 많이 발견됐다. 대부분이 옥석, 마노, 수정, 비취 등의 재료로 만들었다. 노리개의 조형은 거의 용, 호랑이, 거북이, 새 등의 모양으로 되어 있으며, 원형, 삼각형 등의 기하학적 도형인 것도 있다. 대문구문화유적의 발굴로 볼 때 당시 남녀 모두 돼지 덧니 한쌍으로 만든 '속발기束髮器' 혹은 '아약발牙約髮'이라고 불리는 머리핀을 착용했음을 알 수 있다. 대문구문화에 속한 산동성

그림 2-24 홍산문화의 옥제 머리띠(玉髮箍) **그림 2-25** 용산문화의 옥제 비녀玉笄

연주 왕인兗州王因 유적의 고분에서 발견된 죽은 자의 두 팔에는 10 쌍
넘는 도제 팔지를 끼고 있는 경우가 많다. 대문구문화에 속한 강소성 비현
邳縣 대둔자大墩子유적 고분에서 꽃 모양을 새긴 뼈구슬 한 꿰미가 발견됐
다. 대문구 묘지의 133기 고분에서 비녀, 팔찌, 반지, 상아빗 그리고 여러
종류의 늘어뜨린 장식품이 발견됐다. 신석기시대 사람들은 머리띠로 머리
를 묶거나 머리카락을 위로 올려 비녀로 고정했다는 사실을 알 수 있다.
이런 스타일은 그로부터 오랫동안 유행했다.

　대문구문화유적에서 발견된 거북이 껍질 노리개는 등딱지만 쓴 것도
있고 등딱지와 배딱지를 쌍으로 쓴 것도 있으며, 구멍을 뚫어 두 딱지
합한 것도 있고 안에 돌멩이나 뼈바늘이 있는 경우도 있는데, 이는 장식품
으로 허리에 매는 딱지 주머니라고 추측된다. 이런 노리개는 그 뒤에 안휘
성 함산 능가탄含山凌家灘 신석기시대유적에서도 발견되는데, 이는 옥으로
조각된 등딱지와 배딱지를 조합한 옥거북이다. 일부 연구자에 의하면 거
북이 딱지는 장식품이 아니라 점복占卜할 때 쓴 도구라고 주장하고 있다.
홍산문화유적에서는 옥룡이 많이 발견됐다. 내몽고內蒙古 옹우특기翁牛特

旗 삼성타라三星他拉에서 출토된 옥룡은 돼지 머리, 뱀 몸체, 뱀 꼬리로 구성돼 있으며 통째로 구부린 모양이다. 몸체에 뚫린 구멍은 분명히 더 편리하게 머리 묶기 위해서다. 홍산문화의 옥룡은 대부분 무덤 안의 죽은 사람의 가슴 부위에 놓여 있으며, 이는 죽은 자가 생전에 목에 걸어 가슴까지 늘어뜨린 장식품이라고 추측할 수 있다. 홍산문화에서 용모양 옥결玉玦과 구운형勾雲形 옥패玉佩가 많이 발견되기도 했는데 누에, 물수리, 새, 물고기 모양, 삼연벽형三聯璧形, 갈고리형, 구슬꿰미형도 있으니, 이는 모두 당시 사람들이 애용하던 노리개다. 중국 남동지역의 양저문화 옥기는 매우 정교한 제작 공예로 유명세를 타고 있다. 여기서도 적지 않은 옥제 장식품이 발견됐으며 장식품에는 머리카락만큼 가느랗게 음각으로 복잡한 이미지가 새겨져 있기도 한다. 이는 머리 부분을 주로 형상화하고 눈, 코, 이빨을 강조한 흔적이 남아있다. 신인神人이나 수면獸面을 주요 소재로 표현하고 매미, 개구리, 물고기, 새, 거북이가 새겨져 있는 것도 있다. 이를 통해 양저良渚문화시대 사람들이 신령을 숭배했던 사회 풍속을 엿볼 수 있다.

신석기시대 사람들의 머리 장식품은 주로 골계(骨笄: 비녀)와 골소(骨梳: 뼈빗)였다. 마가요문화와 제가문화유적에서 골계로 장식한 자가 발견됐는데 여자뿐만 아니라 남자도 이를 착용했다. 앙소문화에 속하는 원군묘元君廟유적의 발굴을 통해 당시 사람들은 남녀 모두 비녀와 빗으로 머리 장식

그림 2-26 홍산문화 구운련勾雲形 옥패

그림 2-27 홍산문화 옥효玉鴞

했다는 것을 알 수 있다. 골계의 길이는 20~30cm, 너비 3~4cm, 두께 0.1~0.2cm, 다른 지역과 차이 있는 규형圭形으로 돼 있으며, 이는 그 씨족의 특유 장식이라는 것을 알 수 있다. 감숙성 진안 대지완유적 앙소문화에 속하는 제 9구에서 여러 종류의 비녀가 발견됐고 도계陶笄 74개, 석계石笄 64개, 골계骨笄 2개도 같이 발견됐다. 석계는 모두 경도와 밀도가 높은 석재를 골라 정교하게 제작한 것이다. 골

그림 2-28 상아 빗

계 제작 공예는 높은 수준에 달하여 끝부분에 파여진 봉요형蜂腰型 홈으로 둘러싸여 있다. 이는 당시 사람이 비녀로 장식품을 삼는 경우가 많다는 것을 설명해 준다. 1970년대 초기 감숙성 영창 원양지永昌鴛鴦池 신석기시대 고분에서 장식물이 박힌 골비녀가 발견됐다. 이 골비녀는 동그란 막대기 모양으로 끝부분은 원추형이며 검은색의 교질膠質 원료로 만들었는데, 그 위에 36개의 작은 흰색 뼈구슬이 박혀져 있다. 그리고 손잡이 끝에 타원형 뼈조각을 박아넣는데 그 조각에는 다섯 바퀴 동심원까지 새겨져 있어서 매우 정교한 작품이다.

원시시대 사람은 흔히 머리카락을 빗고 나서 핀이나 비녀로 머리를 위로 올리는 얹은 머리를 했다. 대문구문화유적에서 발견된 상아 빗은 길이가 16.7cm다. 16개의 가느다란 빗살이 빽빽하게 차 있으며 끝은 얇은 편이다. 손잡이는 두껍고 끝에 4개의 갈라진 틈이 있으며 간격마다 3개의 원형 구멍이 있다. 이 정교한 상아빗은 돼지 이빨로 만든 반월형 속발기束髮器, 돌계와 함께 동시에 출토됐다. 이로써 당시 사람이 머리를 빗은 후 어떻게 스타일을 연출했는지 상상할 수 있다.

당시 머리 장식품으로 골계 외에도 가죽끈으로 머리를 묶어 위에 매단 장식품을 걸어놓은 경우도 있다. 원군묘의 일련번호 N420인 고분에서 여성 두골에는 너비 3cm의 흑회색 흔적이 남아 있는데, 이는 이마부터 귓가를 지나 침골枕骨 아래까지 머리에 감싼 장식끈이 부패되어 남긴 흔적일 가능성이 크다. 홍산문화 우하량牛河梁 '여신묘'의 한 두상頭像에는 이마부터 머리 뒤통수까지 둘러싼 둥근 테 모양의 머리 장식품이 남긴 흔적이 발견됐는데, 이는 머리를 둘러싼 머리띠 흔적일 가능성이 크다. 감숙성 예현禮縣 고사두高寺頭 앙소문화유적에서 발견된 도소陶塑 인두상에는 이마부터 뒤통수까지 튀어나온 궁형 진흙 띠가 만들어져 있으며, 이는 바로 착용할 수 있는 장식품의 끈을 표현한 것이고, 그 위에 다른 장식품까지 걸어놓을 수 있다. 동북 지역 서단산西團山문화에 속하는 길림시吉林市 소달구騷達鉤 유적에서 일련번호 M4인 고분에서 발견된 머리 장식품은 주로 구부린 모양으로 구멍 뚫린 멧돼지 이빨 4개와 연주상連珠狀 청동 장식 9개를 끈으로 촘촘히 꿰어 있는데, 이마나 귀골(耳骨) 양측에다 그것을 단단히 묶을 수 있다.

신석기시대에 들어선 후 독특한 목 장식품이 나타났다. 마가요문화와 제가문화유적에서 구슬꿰미가 발견됐다. 대개 여러 뼈구슬을 끈으로 꿴 모양이고 죽은 자의 목에 둘러싼 경우가 많다. 예를 들면 감숙성 호란미지 현皐蘭糜地峴 일련번호 M4인 신석기시대 고분에서 2구의 인골 목부분에 1830 알의 뼈구슬이 착용되어 있으며, 그 중에서 1구의 인골 목에는 5바퀴로 얽힌 1000알 넘는 뼈구슬을 착용하고 있다. 황하 중류지역 신석기시대 문화 유물 중, 목 장식용 구슬은 돌, 뼈 재질 외 도주陶珠도 많이 발견됐다. 이는 그 지방 제조업의 발달과 관련이 있다고 본다. 앙소문화 고분, 특히 부녀자, 아이들의 고분에서 관주管珠 꿰미가 자주 출토됐다. 수량이 적으면 몇십 개 많으면 몇천 개까지 차이가 난다. 대문구문화와 하모도문화 등 황하 하류와 장강 하류 신석기시대 문화 유물 중, 목 장식품의 재질은

돌과 옥이 많고 추형錐形, 요고형腰鼓形, 관형管形, 원패형圓牌形, 원주형圓珠
形으로 조합해 늘어뜨린 복합적인 장식걸이가 되어 더욱 아름답다. 대계大
溪문화 일부 고분에서 황璜 및 작은 고리로 된 장식들도 발견됐는데, 인골
의 가슴과 목 사이에 놓인 경우가 많고 이는 그 당시 사람의 목 장식품이었
을 가능성이 크다. 1980년대 초기 상해上海 청포 복천산靑浦福泉山 양저문
화 묘지 일련번호T27 M2인 고분에서 부장품이 170 점이나 발견됐다. 무덤
주인 가슴에 옥 장식품 한 꿰미가 있으며, 옥구슬 47알, 옥추형기玉錐形器
6점, 옥관玉管 2점, 아주 예쁜 목거리로 조합될 수 있다. 1960년대 중기
영하고원寧夏固原 제가문화 일련번호 M1, M2인 두 고분에서 인골의 목부
분에 모두 뼈구슬 목거리가 놓여 있다. 뼈구슬의 지름길이는 0.2~0.37cm,
구명의 지름은 0.1~0.15cm, 모두 1000여알의 뼈구슬이 있다. 복합형 목거
리는 서단산西團山문화에 속하는 길림시吉林市 소달구산騷達溝山의 대관大
棺 속에도 발견됐다.[65] 묘주의 가슴과 목 사이에 정교한 하얀 석관石管
22건이 발견됐고 옥, 비취, 마노, 홍석 등 원료로 제작된 펜던트 25건이
있다. 이 펜던트는 하얀 석관으로 조합되어 목거리에 걸어놓을 수 있는
장식품이다. 북경시에서 발견된 신석기시대 초기 '동호림인東胡林人' 고분
에서 소녀용 뼈팔찌와 목걸이가 출토됐는데, 목걸이는 소라껍질을 갈아서
만든 것이다. 껍질의 윗쪽 부분에 마제된 작은 구멍이 있다. 긴 것과 짧은
것을 서로 번갈아 꿰어낸 목걸이는 엇갈림의 배열에 제법 정취가 있다.

신석기시대 사람은 손목, 팔 및 손가락의 장식품도 아주 중요시 했다.
청해 유완靑海柳灣 묘지에서 출토된 대리석 팔 장식품은 고리모양이나 통
모양으로 되어있고 지름은 6~11cm다. 크기를 보면 성인의 팔에 들어가기
가 쉽지 않지만 발견 당시 죽은 자의 팔이나 손목에 착용하고 있다. 이런

---

65) 吉林省博物館, 吉林大學考古係, 「吉林省騷達溝山大棺整理報告」, 《考古》, 1985年 第
10期.

그림 2-29 홍산문화 옥팔찌

팔 장식품은 아마 어릴 때부터 벗지 않고 계속 착용해던 것 같다. 홍산문화유적에서 연한 초록색 옥으로 만든 팔 장식품이 출토됐다. 정면에 와구문瓦溝紋으로 반듯하고 고르며 출토 당시 인골의 팔 윗부분에 있었는데 이는 죽은 자가 생전에 착용했다는 것을 보여준다. 황하 유역 신석기시대 문화 유물 속에도 손, 팔 장식품으로 도제 고리가 많이 발견됐는데, 빨간색, 회색, 검은색과 하얀 도제 고리 등이 있다. 위에 대부분 문양이 새겨져 있으며 빨간색이나 검은색으로 문양을 그린 경우도 있다. 이런 도제 고리들은 원형, 다각형, 나선형螺旋形, 치륜형齒輪形 등으로 절단면은 원형이나 타원형으로 되어 있는데 연구자들에 의해 채집한 데이터는 다음과 같다.

반파유적 3~13cm(지름)
묘저구廟底溝유적 3.6~5cm(안지름)
백영白營유적 3.1~4.7cm(안지름)
앙소유적 3.5~5.5cm(안지름)
앙소유적 5~7.4cm(겉지름)

이런 장식품들은 어릴 때부터 벗지 않고 계속 착용했을 가능성이 크다. 일부 고분에서 인골 왼손 무명지에 정교한 방蚌으로 만든 반지를 끼고 있다. 산서성 양분襄汾 도사용산陶寺龍山 문화유적에 일련번호 M271인 고분에서 죽은 자의 팔에 종琮을 끼고 있는데, 이런 종은 후세에 예기로 쓰였다. 당시 종을 장식품으로 쓴 것은 그 때 사회 변화와 관련이 있다고 본다. 황하 하류와 장강 하류 지역 신석기시대 고분에서 골천骨釧, 팔찌가 많이 나타났고 대계문화 한 고분에서 일부 여성 골격의 팔부분에 110여 개의 도제 팔찌가 끼워져 있었다. 1980년대 중기에 발굴된 호북성 황강黃 岡 나사산螺螄山유적에서 돌팔찌 5개가 발견됐는데 출토시 묘주의 팔에 끼워져 있었다. 그 중 일련번호 M7:12인 둥근 돌팔찌는 절단면이 물방울 모양이며 경도가 높은 청석으로 만들어졌는데 겉지름은 8cm이고 안지름 은 5.6cm다. 일련번호 M8:12인 두 점 역시 원형이지만 양면이 평평하고, 질박하며 두께는 고르지 않다. 가장자리는 원호圓弧로 돼 있으며 미황색의 돌 재질이고 겉지름은 7cm, 안지름은 5.6cm다. 손목 장식품으로 뼈팔찌도 발견됐는데, 1960년대 중기 북경 문두구門頭溝 동호림 신석기시대 고분 유적에서였다. 거기서 출토된 여성 유골 손목 주위에서 7개의 납작한 골관 이 발견됐다. 이는 소의 늑골肋骨을 자른 다음 갈아서 만든 한쌍의 뼈 팔찌인데, 긴 것과 짧은 것을 서로 뒤섞어 끈으로 꿴 것이다. 1970년대 초기 감숙성 영창永昌 원양지鴛鴦池 신석기시대 고분66)이 발견됐는데, 일 련번호 M58고분에서 앙신직지장仰身直肢葬의 형태를 취하는 자의 유골이 나왔다. 왼팔 윗부분과 오른팔 아랫부분에 각각 뼈로 만든 팔찌를 끼고 있었다. 하나의 길이는 15cm, 너비 0.7~1.4cm, 총 26개의 뼈조각으로 만들 어졌고, 다른 하나는 작은 뼈자루를 가로와 세로 엮어서 만들었는데 길이 는 11.5cm, 너비는 10.5cm다.

대문구문화에서 허리 장식과 발 장식이 비교적 많이 발견됐다. 남성 고분에서 허리에 착용한 조통雕筒이 발견됐으며 뼈나 이빨로 만들어진 것이다. 이 조통들은 대부분 세밀하게 누각되고 녹송석綠松石이 박혀있는 경우가 많다. 홍산문화에 속하는 동산취東山嘴유적에서 한 인물 소상 잔괴

---

66) 甘肅省博物館文物工作隊, 武威地區文物普查隊, 「永昌鴛鴦池新石器時代墓地的發 掘」, 《考古》, 1974年 第5期.

殘塊가 발견됐는데, 허리 부분에 따로 장식돼 있으며 장식띠는 순서대로 허리에 감겨 미적 감각을 더 한다. 강소성 비현邳縣 대둔자大墩子유적 일련 번호 M218인 여성 고분에서 인골의 왼발 뼈 옆에 10알 예쁘게 누각된 작은 뼈구슬이 발견됐으며, 연구자들의 의견에 의하면 이는 발에 착용했던 장식품이라고 추정한다.

원시시대 장식품은 세트로 한사람 몸에 장식된 경우가 많다. 길림성 영길현永吉縣 성성소星哨유적 D구 일련번호 M16인 고분의 여성 묘주가 패용한 장식품을 보면, 여자 머리에는 5개의 크고 동그란 동포銅泡가 있고 동포 중심에 반짝거리는 빗이 머리카락 위에 꽂혀 있으며, 빗은 동편銅片으로 둘러싸여 거꾸로 된 사다리형이다. 가슴에 고리와 동포로 꿰어진 목걸이가 걸려 있고 손목에 귀중한 청동 팔찌가 껴 있다.

신석기시대에 각종 장식품의 제작은 정밀할 뿐만 아니라 지역 씨족의 특색을 드러낸 경우가 많다. 감숙성 광하지 파평廣河地巴坪 반산유형半山類型 고분에서 출토된 유골을 보면 죽은 자의 손목에 통모양 뼈고리가 걸려 있다. 이런 뼈고리는 흑색 교상膠狀 물질로 작은 뼈조각 여러 개를 이어만든 것인데 다른 지역에서는 발견하지 못했다. 아마 당시 씨족의 독특한 제품인 듯하다. 운남성雲南省 원모 대둔자元謀大墩子 신석기시대 고분에서는 10조각의 동물뼈를 마제하여 접착한 예쁜 팔찌 하나가 발견되기도 했다.

2. 하夏 · 상商 · 주周 시대의 복식

옛 조상들은 "황제皇帝, 요, 순이 옷이나 치맛자락을 땅 위로 길게 늘어뜨린 이후부터 천하가 잘 다스려진 것"67)이라고 여겼다. 이로 옷을 만드는

---

67) 「역易 · 계사系辭」하편 공소孔疏에서 이르길, "옷이나 치맛자락을 땅 위로 길게 늘어뜨린 것은 예전에 입던 가죽은 짧고 작았는데, 이제는 명주실과 삼실로 만든 옷을

일은 이때부터 시작한 것을 알 수 있다. 복식풍속은 하·상·주 시대에 들어선 후 발전했는데 의상 제작에 쓰이는 원자재가 질이 좋아지고 복식도 점점 정형화됐다.

(1) 옷의 모양과 옷섶(衽), 소매(袂)

옛사람은 의衣와 상裳이 각각 전문적인 용도가 있는 두 부분이라고 여겼다. 『설문해자』에서 "의衣는 의依이다. 위를 의衣라 하고, 아래를 상裳이라 한다"고 하며 의衣와 상裳을 명확히 구별했다.

이렇게 구별하면 몸통을 보호하는 부분을 '의衣'라고 하는 것이다. 하·상·주시대 '의衣'는 대부분 교령우임(交領: 옷깃이 가슴에서 겹침. 右衽: 옷섶이 오른쪽으로 향함.)으로 되어 있었다. 은허에서 발견된 궤자인跪坐人은 돌로 만든 조각상으로 그가 입은 '의衣'는 바로 이런 교령우임이다. '의衣'의 길이는 거의 무릎까지 오도록 하고, 뒷자락(後裾)이 발뒷꿈치를 닿게 하고, 겉에 허리띠로 묶는다. 귀족들은 허리띠 한가운데 위쪽에 장식물을 하나 패용하곤 했다. 비교해 보면 상대의 '의衣'는 작은 편이고 소매

입을 수 있기에 길고 크게 만들어서 옷가락을 땅 위에 길게 늘어뜨린 것이다"고 했다. 황제, 요, 순 이전에는 수피를 옷으로 삼았는데 황제, 요, 순 때 명주실, 삼실, 포백으로 옷을 만들었다는 의견에 대하여, 과거에는 의심이 갔지만 근세부터 지금까지 신석기시대에 대한 고고자료에 의하면 「역·계사」에서 나온 주장이 맞다고 증명해 준다. 이는 아직 의상의 초창 시기라 후세와 한데 섞어 논할 수 없는 바이다. 「회남자淮南子·범론훈氾論訓」에서는 "백여伯余가 처음으로 의복을 만들었을 때 삼을 째고 실을 뽑고 손가락에 걸어 천을 짰기 때문에 완성품은 그물과 같았다. 후세에는 길쌈하는 도구가 생겨나서 의복을 만드는 데도 더욱 편리해졌으므로 민중은 몸에 걸쳐 추위를 막을 수 있게 된 것이다"라고 했다. 전설에 의하면 백여는 황제의 대신이며, 그때에는 베틀이 아직 없어서 옷을 '그물'같이 잘 만들지 못했다. 이로 볼 때 「회남자」 중 북을 사용한 것은 황제 이후의 일이다. 베틀의 북 사용은 하상주 시대 돼야 정양해지기 시작한 것으로 추측된다.

그림 2-30 상대 옥인玉人　　　　**그림 2-31** 상대 패식佩飾-옥봉玉鳳

도 좁다. 주대에 들어서면 옷은 널찍한 특징을 지니며 길이도 거의 무릎
아래까지 늘어나게 된다. 일부 '의衣'의 소매는 비교적 좁지만 대부분 소
매가 크고 넓어 그 당시 넓쩍한 '의衣'와 잘 어울린다. 소매의 너비와 길이
가 비슷한 것을 보면 얼마나 넓었는지 짐작할 수 있다. 주대의 '의衣'는
상대의 교령交領 양식을 기초로 더욱 발전되어 옷깃은 목 아래부터 더

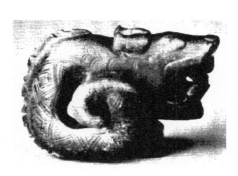

그림 2-32 상대 패식佩飾-옥룡玉龍

밑쪽에 위치하게 된다. 옛문
헌에 "교령交領은 즉 옷깃의
이름"[68]이라 했는데 이는 마
땅히 상주시대 옷깃의 상황
을 가리키는 것이다. 주대 귀
족 허리에 묶인 조임끈은 상
대보다 복잡해졌으며 대부분
나비 모양으로 묶는다.

사천성 광한 삼성퇴廣漢三

---

68)「釋名·釋衣服」

星堆에서 발견된 청동 인상人像의 복식은 상대 후기 촉지蜀地 복식에 관한 귀한 사례이다. 청동 인상의 겉옷은 한쪽 소매만 있는 무릎 닿는 옷(單袖齊膝衣)이며, 왼쪽은 어깨선과 소매가 없고, 오른쪽은 어깨 솔기가 없는 반팔 소매이다. 옷깃은 오른쪽 어깨에서 왼쪽 겨드랑이 밑을 걸쳐 다시 오른쪽 어깨와 연결되어 있는데 후세의 가사袈裟와 비슷하다. 청동 인상 중의中衣의 총 길이는 겉옷보다 짧다. 양쪽의 반팔소매 통이 약간 길고 소맷부리에 장식이 없고 넓다. 왼쪽 소매는 겉옷으로부터 완전히 노출되어 있고 오른쪽 소매는 반만 반팔 겉옷 밖으로 노출돼 있다. 목둘레는 크게 파여 있고, 등은 삼각 목둘레(브이넥)로 겨드랑이를 둘러싼 겉옷의 옷깃의 곡률과 일치하다. 전문가는 이를 '계심령반수중의雞心領半袖中衣'라고 칭한다. 청동 인상의 두 소매와 목둘레를 통해 노출된 내의를 보면, 내의의 목둘레도 역시 계심령이라는 것을 알 수 있다. 내의의 소매길이는 팔뚝까지 내려오며, 소맷부리에 3줄의 홈질이 파여 있고 팔 꿈치 부분에 수놓은 큰 꽃 장식이 있다. 청동 인상의 아랫도리 부분은 윗도리와 연결된 심의深衣가 아니고 의衣와 상裳이 분리되어 있다. 아랫도리는 앞, 뒤 두 폭으로 나뉘어져 있으며, 앞폭의 끝부분은 평평하고 기장이 약간 짧다. 뒷폭의 아랫부분은 중간이 평평하지만 양측 끝이 연미형燕尾形으로 기장은 앞쪽보다 길다. 청동 인상 양측의 봉재선을 보면 아랫도리는 입을 때 앞폭을 먼저 허리에 묶고 뒷폭을 앞폭 겉에 다시 한번 묶고, 앞과 뒤 두 폭을 서로 구합扣合시킨 것이다. 아랫도리의 문식紋飾은 테두리에 가로로 대칭회문對稱回紋, 뢰문雷紋 한 줄이 있고, 그 아래는 수불문垂黻紋 띠 장식으로 둘러싸고, 아래 테두리에는 홈질이 두 줄 있다. 이 청동 인상은 큰 무당이 제사 치르고 있는 모양이며 이에 따라 그의 복식은 매우 정성들인 것이라 할 수 있다. 이는 족히 상대 말기 예복 복식의 형태를 대표할 수 있다.

상주시대 '의衣'에 관한 풍속에는 '옷섶(衽)'이 아주 중요한 위치를 차지한다. 옷섶은 최초의 제의製衣 습관에서 비롯된 것으로 추측된다. 최초에

그림 2-33 상성퇴三星堆 청동
입인상立人像

사람들은 재단하지 않고 원폭의 천을 가슴 앞 오른쪽 어깨에 걸쳐 목을 지나 다시 오른쪽 겨드랑이 아래로 돌려 허리에 둘러싸고 띠로 묶었다. 이는 오른손 사용하는 데 편리하기 위한 것이다. 주대에 화하족華夏族의 각 제후국에서 옷이 모두 우임右衽의 특징을 가지고 있지만 당시 각 소수민족들은 다 좌임左衽이었다. 제나라 제환공齊桓公이 관중管仲의 도움으로 오랑캐의 침습을 물리친 일에 대하여 공자가 이를 칭찬한 적이 있다. 「논어論語·헌문憲問」 편에서 공자는 "관중이 없었더라면 우리는 머리를 땋지 않고 옷을 좌임으로 입고 있을 것이다"[69]라 했다. 그가 말한 '좌임'이 즉 오랑캐 제국의 옷섶의 모양을 가리킨 것이다. 화하 제국의 옷섶은 상복만 좌임이며 예서禮書에서 "소렴과 대렴에 있어서 유체遺体에 의복을 입힐 때 제복祭服은 거꾸로 입히지 않고 또 옷섶은 모두 왼편으로 여미고 마지막에는 천으로 묶고 끈을 사용하지 않는다."[70] 이는 당시 사람의 생사관념과도 부합한다. 당시 사람들은 살아있을 때 오른손으로 옷섶을 풀었지만 죽은 후에는 옷섶을 다시 풀지 않는다는 뜻으로 이를 좌측으로 바꾼다. 화하 민족의 우임 습속은 당시 사회관념으로부터 나온 것이다. 상주시대에 옷을 예쁘게 하기 위해 귀족들은 자주 옷깃이나 옷섶의 테두리를 레이스로 장식했

---

69) 「論語·憲問」
70) 「禮記·喪大記」

는데, 이는 옷 테두리를 보호하는 역할을 할 뿐만 아니라 옷이 쉽게 닳지 않게 하기도 한다. 소맷부리는 '몌袂'라고 한다. 상대에 이미 몌가 있었다고 하는데 고문헌에서 "제을이 누이를 시집 보내는데 부인의 소맷부리가 아래 외동서의 소맷부리가 아름다운 것만 못하다"71) 라는 기록이 있다. 소맷 부리가 옷의 아름다움을 더 할 수 있는 중요한 부분이라고 여긴 것이다. 소맷부리는 보통 비교적 길어 테두리 위와 아래로 수직된 두 가닥으로 되어 있고, 후세의 희곡 의복인 수수(水袖: 전통극 의상의 덧소매)와 같다. 그런데 소매가 너무 길면 일하는데 불편해서 공자는 "오른쪽 소맷부리를 짧게 하라"는 주장을 했다. 오른쪽의 소맷부리를 짧게 하는 것은 분명히 실용적 입장에서 출발한 것이다.

서주와 춘추전국시대 옷의 형태는 더욱 다양해졌다. 짤막한 옷은 평민 들과 아이들이 많이 착용했는데 이는 일하는데 편하기 때문이다. 이런 옷을 유襦라고 하며 유襦와 상裳은 합해 전국시대 남부지방에서 군유裙襦 라고 지칭한다. 운몽수호지雲夢睡虎地 일련번호 4호인 진秦나라 고분에서 출토된 두 개의 전국 말기 목독木牘에서 가신家信의 내용을 보면, 군대 사병이 집에 '군유裙襦'를 보내달라고 한 것이며, 여름용 두 벌의 '군유'가 필요해서 '좋은 천으로 적어도 2장 5척'의 옷감이 있어야 된다고 했다. 상앙商鞅 도량제에 의하여 진나라 1척은 23.1cm로 환산하면, 당시 '2장 5척'은 5.775m에 상당하는 두 벌의 '군유'를 만드는데 필요한 옷감이다.

이런 짤막한 옷과 달리 당시 귀족들은 잠잘 때 입는 긴 잠옷이 있다. 춘추전국시대 잠옷의 '길이는 일신유반一身有半'이라고 했는데 이는 몸길 이의 1.5배이다. 사계절에 필요한 것으로 단의單衣와 복의復衣가 있는데 겉감만 있고 안감이 없는 옷을 단의라고 하고, 겉감과 안감이 다 있는 옷을 '복의'라고 한다. 겨울철은 복의만으로 추위를 이기지 못하기에 복의

---

71) 帝乙歸妹, 其君之袂不如其娣之袂良.

사이를 솜으로 채워 이런 복의를 '포袍'라고 한다. 공자가 자신의 제자 중유仲由를 칭찬하면서 "남루한 면 두루마기(敝袍)를 입은 채 모피를 두른 사람 옆에 있으면서 부끄러워하지 않다"[72]고 했다. 여기서 '폐敝'는 거친 풀솜을 가리키며 '폐敝'로 채운 두루마기는 일반 평민들이 추위를 막는 옷이며, 복의를 채우는 고운 새솜은 '광纊'이라 한다. 춘추시대 초장왕楚莊王이 송나라 여국소與國蕭를 토벌할 때 상대쪽 빈틈없는 수위 때문에 초나라 군대는 오래 공격했지만 승리를 거두지 못했다. 초장왕은 전선에 친히 가서 군사들을 위로했는데 때마침 겨울이라 군사들이 많이 추워했다. "왕은 삼군을 순시하고 무마하고 격려하니 삼군의 군사들이 모두 솜옷(纊)을 입은 것 같았다"[73]라는 기록이 있다. 여기서 광纊은 따뜻하게 하기 위해 옷을 솜으로 채운 것이다. 고운 새솜을 사용했는데 이를 백帛이라고도 한다. 그래서 전국시대 맹자는 "50세가 되면 솜(帛)이 아니면 따뜻해지지 않는다"[74]고 했다. 솜은 흔하지 않아 일반 백성은 입을 형편이 안되고 이를 입을 수 있는 사람은 사회적 지위가 비교적 높은 사람들이었다고 추측된다. 백성의 복의를 채우는 재료는 다분히 헝클어진 삼실의 가닥이나 갈대꽃 등에 불과했다.

(2) 구의(裘衣: 갖옷)

추위를 막기 위해 하·상·주시대에 여전히 구裘라는 가죽옷을 입는 풍속이 있었다. 이는 상고시대 수피 입는 습관과 연관이 있지만 그것보다 제작이 더욱 정교해졌다. 갑골문의 '구裘'자는 바깥쪽에 털이 있는 가죽옷

---

72) 「論語·子罕」
73) 「左傳·宣公12年」
74) 「孟子·盡心上」

의 상형이다. 갑골문 '구裘'자의 형체를 보면 은대부터 이미 가죽을 직령우임直領右衽으로 제단하여 입기 적합한 갖옷이 있었던 것 같다. 구裘로 만든 옷은 일련의 가공과정을 거쳐야 하는데 고문헌에 따르면 주대 사회 수공장인의 직업 종류는 '가죽 가공 하는 일이 5가지'가 있다고 했다. '포인鮑人'·'위씨韋氏'·'구씨裘氏' 등은 마땅히 전문적으로 부드러운 가죽 가공을 관장했을 것이다. 주대 귀족의 갖옷은 가죽의 품질에 대하여 높은 수준을 요구했는데 고문헌은 다음과 같이 기록했다.

> 포인鮑人이 멀리서 가죽을 관찰할 때 띠처럼 백색이어야 한다. 나아가서 직접 손으로 비벼볼 때 부드럽고 매끄러워야 한다. 말아서 둥글게 하면 비스듬히 세워지지 않아야 한다. 가죽을 몸에 붙여보아 가죽이 얇은지 본다. 선을 관찰하는 일은 선을 감추고자 하는 것이다. 가죽이 띠처럼 희기를 바라는 이유는 빨리 세탁하면 견고해지기 때문이다. 가죽이 부드럽고 매끄럽기를 바라는 이유는 기름질을 하면 유연해지기 때문이다.[75]

귀족들이 구의를 만든 위혁(韋革: 날가죽)은 멀리서 보면 색깔이 씀바귀 꽃 같이 하얗고 손으로 매만지면 부드러워야 하고, 말리면 비틀어지지 않아야 하고, 필 때는 쫙 펴져야 하며 두께가 균일해야 한다. 좋은 가죽으로 재봉해야 바느질 흔적이 솔기로 가려져 보이지 않는다. 이런 가죽은 반복 세탁하지 말아야 부드러운 질감을 유지할 수 있다. 질이 좋은 가죽은 오일을 많이 바를 필요없다. 그렇게 하면 지나치게 부드러워질 수 있기 때문이다. 갖옷은 당시 귀족들이 입는 고급 의복이라 일반 백성들은 상상조차 못하는 일이었다.

당시 진귀한 갖옷 모색毛色을 유지하고 아껴서 입기 위해 겉에 덧옷을 걸쳐 입었는데 이것을 석의裼衣라고 한다. 춘추시대 귀족의 요구대로 갖옷

---

75) 「周禮·考工記」

에 보호 덧옷을 입혀야 할 뿐만 아니라 다른 복식과 꼭 걸맞게 입어야 했는데, 특히 석의와의 배합을 신경 써야 했다. 「논어論語·향당鄕黨」에서 공자는 검은색 석의는 자고紫羔 털가죽과 어울리고, 하얀색 석의는 아기 사슴 털가죽과 어울리며, 노랑색 석의는 여우털 가죽과 어울리니 집에서 입을 구의는 길게 만들어야 하지만 오른쪽 소매는 짧게 해야 편리하다고 주장했다.

주대 귀족들은 갓옷과 석의를 매우 중요시했고 이것을 등급과 신분의 표시로 여겼다. 공자가 말하는 치의緇衣, 소의素衣, 황의黃衣 및 고구羔裘, 녹구鹿裘 등은 일반 귀족의 복장이고 군주은 이보다 더 고급스러운 것을 즐겼다. 고대 예서에는 "호백구에 비단 등거리를 입는 것은 제후의 복장이다"76)라고 했는데 호백구에다 비단을 배합시킨 복장은 백성들이 착용할 수 있는 것이 아니었다.

석의는 털가죽을 보호하는 역할 외 특별한 장소에서 예절과 심미관을 드러내기도 한다. 때로는 꼭 석의 위에 다른 겉옷을 하나 더 입는 경우도 있고 일부러 석의의 아름다움을 뽐낼 때도 있다. 「예기禮記·옥조玉藻」는 이를 다음과 같이 기록했다.

> 갖옷 위에 입는 석의는 그 위에 다른 옷을 입더라도 그것을 드러나게 하여 석의의 미美를 나타내 보이는 것이다. 조상吊喪할 때에는 애哀를 위주로 하고, 미를 보이는 것이 위주가 아니다. 그러기 때문에 습襲하고 식飾을 보이지 않는 것이다. 신하가 임금 앞에 있을 때에는 문식文飾을 다하는 것이다(盡飾). 의복을 습襲한다는 것은 미美를 덮는 것이다(充美). 그러므로 시尸 앞에서는 습한다.77)

---

76) 「禮記·玉藻」
77) 「禮記·玉藻」

갖옷을 꼭 석의와 어울려서 입는 것은 아름다움을 뽐낸 것이나 문상 때에는 석의의 미를 뽐내면 안되고 그것을 '습襲'해야 한다. 즉, 그 위에 덧옷을 하나 더 입어서 미를 감춘다는 뜻이다. 고대 예서에 부모, 시부모 앞에서는 '추워도 옷을 바로 더 입을 수 없다(寒不敢襲)' 고 했다. 군주가 있는 장소에서 신하들은 되도록 경사스러워 보여야 하기에 될 수 있는 대로 석의의 미를 드러내야 한다. 이른바 '진식盡飾'이라고 하여 군주에 존경함을 보이기 위해서다. 석의 위에 옷을 하나 더 입는 것은 '충미充美'라 고 하며 이는 석의의 미를 감춘다는 뜻이다. 주대 사람이 석의, 갖옷에 대한 중요시와 정성스런 마음씀이를 통해, 당시 복식풍속은 사회 등급 관념으로부터 강한 영향을 받고 있었다는 것을 엿볼 수 있다.

(3) 상裳, 행전(邪幅), 습갑(芾)

하·상·주 시대의 복장은 바지가 없었다. 하체를 보호하는 옷을 상裳이 라고 했는데 어떤 고서에서는 '상常'이라고도 했다. 상裳의 기원을 한대 유명한 경학자 정현鄭玄은 다음과 같이 해석했다.

　　옛사람은 수렵과 물고기 잡는 일로 생활한다. 수피를 입으니까 먼저 앞을 가리고 그리고 나서 뒤를 가린다. 후세 왕이 포백으로 이를 바꿨다. 앞을 가리기만 했는데 이는 옛 도의를 지키고 근본을 잊지 않는 것이다.[78]

원시시대 사람들이 '먼저 앞을 가린다(先知蔽前)'는 것은 수치심 때문이고 그래서 수피獸皮로 앞을 가린다. 상裳은 이와 같은 앞뒤 두 폭의 천에 서 비롯된 것이다. 주대에 들어서며 상裳은 점점 양측에 접힌 부분이 생기게 됐고, 앞쪽 정중앙은 네모랗게 돼 있어 걸을 때 편하고 보기도 좋았다.

---

78)「左傳·桓公·2年」(孔疏引鄭玄「易緯乾鑿度」)

행전(邪幅)이 나타난 것은 비교적 오래전 일이다. 고대의 상裳은 신체의 치부를 감추는 역할을 할 뿐만 아니라 한편으로 보온 효과도 있기 때문이다. 그런데 아주 추울 때 두 다리를 보호하기에는 아직 많이 부족했다. 그래서 옛사람은 좁은 천으로 다리를 감싸 발부터 무릎까지 비스듬하게 감아올린다. 추위를 이기기 위해 여러 겹으로 감았는데 이는 후세의 각반脚絆과 유사하다. 주대에 이런 각반을 행전(邪幅)이라고 칭했다. 『시경詩經』에서 "다리에 붉은 슬갑을 하고 행전을 그 아래에 했도다"79)라고 했으며, 이는 행전이 확실히 다리 아래부분에 쓰인 것을 설명해 준다.

주대 귀족들은 예쁘게 하기 위해 자주 상裳 위에 폐슬蔽膝과 비슷한 포백을 덮어 쓰고 이를 슬갑(韍)이라고 했다. 『시경』에서 "저 사람은 적불赤韍 한자가 3백 명이나 되도다"80)라고 한 것을 빨간색 슬갑을 착용한 일에 대한 것이다. 숙피熟皮로 이런 폐슬을 만들어서 제복祭服 위에 착용하기도 했는데, 슬갑에 각종 무늬를 그려서 아름다움을 더 할 수도 있고 등급의 차이를 나타낼 수도 있다. 복상 동안에 색깔이 있는 슬갑을 착용하면 안되고 백색으로 된 것을 착용해야 한다. 그래서 『시경』에서 "흰 무릎가리개를 하고 있는 것을 보니 내 마음 엉겨 맺혔도다"81)라고 했다.

대략 춘추전국시대에 후세의 덧바지(套褲)와 비슷한 복장이 확립됐다. 좌우 각각 바짓가랑이가 하나씩 있고 서로 연결되지 않아 경의脛衣라고 불렀다. 춘추 후기 노나라의 가요에는 "공이 건후乾侯에 있는 바지와 저고리를 징수한다"82)고 했다. 이는 노군魯君이 가난해서 입을 옷조차 없다고 비난하는 것인데 건襃은 바로 바지를 가리키는 것이다. 전국시대에는 바지가

---

79) 「詩經·小雅·采菽」
80) 「詩經·曹風·候人」
81) 「詩經·檜風·素冠」
82) 「流求歌」

발전되어서 중간 부분이 점차 일체로 되고 풀솜으로 채워 솜옷을 만들기
도 했다. 호북성 강릉 마산江陵馬山 전국 고분에서 풀솜이 출토된 적이
있다는 것도 하나의 물증으로 삼을 수 있다.

(4) 심의深衣와 호복胡服

상주시대의 복장은 통상적
으로 상의上衣과 하상下裳으로
구성됐다. 이런 복장의 제작
과정은 손이 많이 갈 뿐만 아
니라 입기도 복잡하고 편리하
지 못하다. 대략 서주 후기부
터 귀족 사이에 점점 '심의深
衣'라는 넓은 옷이 유행하기
시작했다. 심의의 주요 특징
은 상의와 하상을 연결시켜
일체가 되게 한 것이다. 남녀

그림 2-34 주대의 곤복袞服

노소를 막론하고 다 입을 수 있다. 예서에는 심의 형제形製에 대하여 아래
와 같이 자세히 말했다.

옛날에는 심의가 대개 제도가 있어서 규구승권형規矩绳权衡에 응했었다.
짧아도 살이 보이지 않게 하고, 길어도 땅에 닿지 않게 했다. 깃을 이어서
갓에 꿰맨다. 허리를 꿰맨 것은 아래옷 넓이의 반으로 한다. 겨드랑이 솔기의
높고 얕은 것은 팔꿈치를 움직일 만큼하고, 소매의 길고 짧은 것은 소매를
돌려 구부려서 팔꿈치에 닿도록 한다. 띠는 아래로 배꼽을 덮지 않게 하고,
위로는 겨드랑이를 감추지 않게 하며, 뼈가 없는 데 닿도록 한다.[83]

그림 2-35 주대 귀족복식

심의의 길이는 대체로 신체와 부합한다. 짧아도 살이 보이지 않게 하고 길어도 땅에 닿지 않게 한다. 심의는 상의와 하상을 연결 시켜 일체가 되어 치수가 꼭 커야 각종 요구에 따른다. 이런 넓은 옷은 심오한 느낌을 줘서 심의라고 한다. 옛문헌에 의하면 심의

하상의 하단 너비 1장 4척이 넘는다. 하상의 허리는 7척인데 하단 폭 너비의 반만 큼 되니, 허리 양측에 두 가닥의 천을 더하여 의衣의 옷깃이 상裳으로 이어지 도록 하고 가장 자리에 감치질로 처리해서, 이른바 '속임구변續衽鉤邊'이라고 한다. 심의의 소매도 특색이 있는데, 소매의 너비는 팔꿈치를 움직일 만큼하고, 소매의 길이는 사람의 팔 길이와 일치해야 하며, 걷어올리면 접은 곳이 바로 팔꿈치 굽은 부분이 되어야 한다. 심의는 허리띠가 있어야 하고 허리 중간은 허리띠를 묶으면 위로는 사람의 갈비뼈에 닿아선 안되며, 아래로는 사람의 무명골에 닿아선 안된다. 이러한 길고 하단이 폭 넓으며 허리 졸라매는 심의를 옛사람은 "그 때문에 문文이 될 수도 있고, 가히 무武가 될 수도 있다. 가히 빈상擯相을 할 수도 있고, 군려軍旅를 다스릴 수도 있다. 완전하고 또 허비하지 않으니, 선의善衣의 다음 가는 옷이다"[84]라고 찬사를 보냈다. 여기서 말한 '선의'는 조회朝會나 제사 때 입는 옷을 가리킨다. 선의는 귀족들이 일상에 입을 수 없는 옷이고 심의는 일상에 입는 옷이다. 의衣와 상裳을 분리했던 상황과 비교하면 심

83) 「禮記·深衣」
84) 「禮記·深衣」

의는 하상시대 의복의 중요한 발전이라고 할 수 있다.

전국시대에 귀족 복장이었던 심의에 있어서 중대한 변혁이 있었다. 조무령왕趙武靈王은 '호복胡服'을 보급시키는 데 힘썼다. 심의는 입기 편하지만 운동할 때 불편하고 행군, 전투할 때는 더욱 그렇다. 전국 중기 조무령왕은 조나라를 진흥하기 위해 호복을 선택했는데, 이는 복식에 한 차례 혁명을 일으킨 셈이다. 많은 보수 세력은 이를 반대했다. 보수적인 옛귀족들이 호복을 반대하는 최대 이유는 호복이 고대로부터 이어온 예법과 어긋났기 때문이다. 조무령왕은 그들과 맞서 호복에 관한 변혁 관점을 아래와 같이 제시했다.

고금의 풍속이 같지 않은데, 어떤 고법을 따라야 하며, 제왕의 예제禮制가 서로 같게 이어지지 않았는데 어떤 예제를 따르라 합니까? 복희·신농씨는 백성을 가르치되 주벌誅罰한 적이 없었으며, 황제·요·순은 사람을 죽였으나 이를 두고 노하는 사람이 없었습니다. 이어 삼대三代에 이르러서는 때를 보아 법을 정하고, 일에 맞춰 예를 정했습니다. 그리하여 법도法度와 제령制令이 각각 그 마땅함을 따랐고, 의복과 기계가 각각 쓰기에 편리하였던 것입니다. 그러므로 치세治世에는 반드시 한가지만 고집할 것이 아니요, 나라를 편리하게 하면 꼭 고인을 본받아야 하는 것도 아닙니다. 성인이 일어남에 서로 답습하지 않아도 왕천하王天下였고, 하夏·은殷이 쇄퇴함에 예를 바꾸지 않았어도 망하였던 것입니다. 그러니 고인과 반대 된다고 하여 꼭 그르다고 할 수 없으며, 고법古法만 준수하였다고 해서 꼭 칭찬할 것도 못됩니다. 또 옷이 기이하면 지기誌氣가 음사淫邪해진다고 하시는데, 그러면 추鄒·노魯 사람들은 이상한 옷을 한번도 입는 자가 없었겠습니다. 그리고 풍속이 사벽하면 백성의 성품이 바뀐다고 하였는데 그렇다면 오吳·월越 같은 땅에서는 준수한 인물이 전혀 나올 수 없는 곳이겠습니다. 그래서 성인은 몸을 이롭게 하는 것을 일컬어 복服이라 하였고, 일을 편히 하기 위한 것을 일컬어 교教라 하였으며, 진퇴進退의 예의를 일컬어 절節이라 한 것입니다. 의복을 제정하는 것은 백성을 평등하게 하기 위한 것이지 어짊의 여부를 논하기 위한 것이 아닙니다. 그 때문에 성인은 세속에 따라 변천하고 현인은 변화에 따라 진퇴하는 것입니다. 속담에 '책에 쓰인 대로만 수레를 몰면 말의 능력을 완전히 알 수 없고, 옛법의 규정만 따르면 시사時事의 변천을 알 수 없다'라 하였으니 옛 방법만 지켜 이룩한 공적은 당대에 높게 드러날 수 있는 것이 아닙니다. 결국 옛날만 본받는 학설은 현재를 제압하기 부족합니다.[85]

조무령은 복장 풍속 변혁에 대한 언급을 통해 중국 상고시대 복장 습속과 사회의 발전, 그리고 사회 수요 간의 관계를 심도있게 다루고 있다. 당시 조나라는 심각한 지경에 빠져 조무령왕은 "지금 중산군은 우리 나라의 중심에 위치하고 북쪽으로는 연나라, 동쪽으로는 동호東胡가 있으며 서쪽으로는 임호林胡, 누번樓煩, 진나라, 한韓나라의 국경과 접하고 있는데 강력한 무력이 없어 이러다가는 사직社稷이 망하게 된다"[86]라고 깊은 우려를 하고 있다. 그가 호복을 주장한 것도 나라의 강병을 위해서다. 호복의 특징은 상의가 짧고 긴 바지, 숙대(束帶: 관冠을 쓰고 띠를 맴), 대구帶鉤, 그리고 단화短靴, 피변皮弁을 착용한다. 이런 복장은 북쪽 지방 소수민족이 장기간 유목하던 상황에 적합하다. 호복의 바지는 중원지방의 하상보다 훨씬 더 편하고 이런 옷은 유목과 수렵을 하는데 아주 편리하고 행군과 전투하는데도 유리하다. 조무령왕이 호복을 견지한 것은 조나라의 전투력을 키우기 위함이다. 산서성 장치 분수령長治分水嶺 전국묘와 하남성 급현汲縣 산표진山彪鎭에서 출토된 기물을 보면, 당시 무사들이 짧은 상의를 입으며 칼을 차고 있는 것을 확인할 수 있다. 이런 고고학 자료를 통해 조무령왕이 호복을 주장했던 정책이 탁월한 성과를 거두었다는 사실을 알 수 있다. 조나라의 복장 풍속은 조무령왕의 정책을 통해 바뀌었다는 것도 확인된다.

---

85) 「戰國策·趙策2」
86) 「史記·趙世家」

(5) 관冠·변弁·면冕·주冑

추위를 이기고 머리를 보호하기 위해 최초에 사람들은 포백으로 만든 건모巾帽를 썼다. 옛사람은 "옛날 두건을 쓰고 깃 없는 의복을 걸친 채로 천하를 다스리던 왕이 있었다"[87]고 여겼다. 이 중 '무鍪'는 후세의 모자다. 최초의 모자는 아주 간단했으며 상대에 들어서도 다만 포백으로 머리를 묶고 약간의 장식을 했을 뿐이다. 주대 사람은 관을 특별히 중요시하고 전문적인 '관례冠禮'까지 생겼다. 주대 아이들은 통상적으로 머리카락을 눈썹까지 내려놓고 양측으로 빗어 '양모兩髦'[88]라고 했는데, 양모를 묶으면 두 개의 뿔모양 발결髮結이 되는데, 이것이 바로 『시경』에서 말하는 '총각總角'이다. 주대 귀족들은 성년이 될 때 머리카락을 틀어올려 상투(髻)를 만들어야 한다. 여자는 비녀로 상투를 꽂아 고정하고 남자는 먼저 관을 쓰고 나서 비녀로 관과 계髻를 같이 고정했는데, 남자가 관을 쓸 때 의식을 치르는 것을 관례라고 한다. 주대 사람은 '관은 예의 시작'이라고 여겨 관을 매우 중요시했음을 알 수 있다.

주대 사람이 자주 쓰던 관은 변弁이라고 했는데 변은 크게 작변爵弁과 피변皮弁으로 구별된다. 제사나 예례 거행할 때 작변을 쓰고 수렵, 공벌과 평상시에는 피변을 쓴다. 이런 구별은 주대 초기에 이미 확립된 것으로 보인다. 주공周公이 섭정하고 왕을 칭하는 행동에 대하여 주성왕周成王은 이해하지 못했는데, 나중에 주공이 수장한 금등지서金縢之書를 친히 보게 되면서부터 비로서 주공의 마음쓰임을 알게 됐다는 역사 기록이 있다. "가을이 크게 익어 아직 수확하지 않았거늘 하늘이 큰 우레와 번개를 치면서 바람을 일으키니 벼가 다 쓰러지며, 큰 나무가 이에 뽑히거늘 나라

---

87) 「淮南子·氾論訓」
88) 「詩經·柏舟」. 『모전毛傳』에 이르기를, "머리털이 눈썹까지 이르름인데 부모를 섬기는 자식의 꾸밈이다."

사람들이 크게 두려워하더니 왕이 대부들과 피변皮弁을 쓰고서 금등金縢의 글을 열어 보았다."[89] 당시 하늘이 큰 재난을 내려 주성왕과 대부들이 곧바로 피변을 쓰고 금등지서를 폈다는 기록이다. 평상시 쓴 피변을 주성왕이 공식 장소에서도 착용한 것을 보면, 이는 하늘이 내린 벌을 공손히 받아들인다 표시이다. 주대 아이들은 피변을 쓰면 성인이 된다는 뜻이기도 했다. 「시경詩經·보전甫田」편은 이렇게 말했다.

> 얼마간 헤어졌다 만나니 갑자기 관 쓴 어른 되었네.[90]

원래 머리에 두 개의 발결髮結을 묶었던 아이가 이제는 변弁을 쓴 성인이 되어 그를 축복해 주고 칭찬 해주는 뜻이다. 보통 백성들이 쓴 변弁은 양손을 합변合抃할 때의 형상과 비슷해서 대체로 꼭대기가 뾰족하고 밑단은 넓다. 필요한 만큼 노루 가죽을 여러 폭으로 쪼개서 폭마다 모두 아래 부분은 넓고 위는 뾰족하여 한폭 한폭씩 꿰매 주면 양손 합변하는 모양을 이루게 된다. 봉제선에다 각양각색의 옥장식을 박아넣기도 했다. 「시경詩經·뻐꾸기(鳲鳩)」편은 춘추 사람의 변弁에 대하여 이렇게 말했다.

> 숙인 군자여, 그 띠는 흰 비단으로 만들도다.
> 그 띠를 흰 비단으로 하니 그 관은 옥으로 장식한다.

위 시작품의 '숙인 군자淑人君子'는 비단띠를 매고 있으며 피변은 검은 옥으로 장식되어 있는데 곧 선인군자의 모습이다. 작품에서 또 다른 군자의 피변皮弁 솔기에는 많은 미옥으로 장식하여 마치 별빛같이 찬란하다고

---

89) 「周書·金縢」(14-16章)
90) 「詩經·齊風·甫田」

했다. 특히 군자의 피변 양측 귀퉁이는 비단띠로 미옥을 이어매고 장수長穗가 달려있어 더욱 아름다웠다.

주대 등급제도의 영향 아래서 변弁의 규격에 대한 구별이 엄격해졌다. 주왕의 변弁은 솔기를 오채미옥으로 장식해야 했는데, 말하는 바에 의하면 한 꿰미는 12알이 있어야 하고, 변弁 아래 테두리는 코끼리 뼈로 장식해야 하며, 꼭 옥비녀를 써서 머리를 묶어야 한다. 왕은 조상 갈 때 피변에다 마麻로 만든 띠를 더하고 변弁을 둘러싸야 한다. 제후와 경대부가 쓴 위변韋弁은 피변과 규격이 다르고 변弁에 장식된 옥구슬의 개수와 색깔 모두 등급에 의하여 체감된다. 말하는 바에 의하면 대체로 후백侯伯 7알, 자남子男은 5알, 고경孤卿은 4알, 삼명지경三命之卿은 3알의 옥구슬로 장식할 수 있고, 재명대부再命大夫는 2알의 옥구슬로 장식할 수 있다. 오직 주왕의 변弁만 오채미옥으로 장식할 수 있고 다른 등급은 많아도 2 가지 색 밖에 쓰지 못한다.

하·상·주시대는 변弁에 대하여 서로 다른 명칭을 가지고 있었다. 그래서 고대 예서는 '주변周弁·은변殷弁·하수夏收'라는 이름이 있다. 하·상·주 시대에 변弁의 색깔과 형제는 다소 구별이 되어 고대 예서에는 "주周나라에서는 위모委貌라 부르고, 은殷나라에서는 장보章甫라고 했으며, 하후씨夏后氏의 세대에서는 무퇴毋追라 하였다"[91]고 했다. 이는 아마도 주대의 변弁은 검은색이며 은대의 변은 남자의 기개와 멋스러움을 드러내기 위해 빨간색 같은 선명한 색깔을 즐겨 사용했을 가능성이 크다. 주대에는 예의상으로 변弁을 쓰고 벗을 때 엄격한 격식에 따라야 한다. 동주시대 위헌공衛獻公이 신하들을 불러 접견했는데 그는 정작 원포園圃 안에서 기

---

91) 「禮記·郊特性」. 안어: 「백호통白虎通·불면紱冕」에서 '위모委貌'는 구부린 모양으로 된 관이며 귀족들이 조정에서 정사를 처리할 때 쓴 모자다. 옛날에 그런 모자의 챙을 '위무委武'라고 했으며 주대 이런 예모를 위무로 장식하기에 '위모'라고 부르게 된다고 했다.

러기를 사냥하는 것만 즐기고 오래 기다린 신하가 화낸 김에 원포에 뛰어들어 "피관도 벗지 않고 그에게 말을 했다"[92])는 기록이 있다. 피변을 벗지 않은 채로 말하는 것은 바로 국군에게 불만을 내색하는 것이었다. 춘추후기 초영왕楚靈王은 건계乾豀에 군대를 주둔시켰는데 그때 "눈이 오고 왕이 피관을 쓰고 있었다가 신하를 만나서는 관을 벗었다"[93])는 기록을 통해, 초영왕의 신하에 대한 경중한 마음을 엿볼 수 있다. 피관은 군주에게 특수한 표시가 되기도 한다. 「좌전左傳·소고昭公·20년」에서 사냥을 떠나는 제경공齊景公 이야기를 다음과 같이 기록했다.

> 12월에 제齊나라 군주가 패沛에서 사냥했다. 그 때 군주가 우인虞人을 활로 가리키며 부르자 우인은 군주 앞으로 나아가지 않았다. 군주가 그를 체포하려 하자 우인은 나아가지 않은 사유를 말했다. "옛날에 우리 선대 군주님께서 사냥하실 때는 깃발로써 대부大夫를 부르고, 활로써 사士를 부르고, 피관皮冠으로써 우인을 부르셨습니다. 신臣은 군주님께서 피관으로써 부르지 않았기 때문에 감히 앞으로 나아가지 못하였습니다."[94])

군주가 사냥 도중에 물품을 손에 든 채 하중에게 흔들어대면 앞으로 나와 청명하라는 뜻이다. 피관으로써 우인虞人을 부르는 일은 관례가 돼서, 이를 지키느라 벌을 받을 이유가 없다는 것은 우인의 입장에서 틀린 말이 아니다. 이 기록을 통해 군주가 사냥 도중에 피관을 착용했다는 것을 알 수 있다. 전국시대에 초나라에서 높고 우뚝 솟은 모자가 나타났는데 굴원屈原은 자신의 작품에서 다음과 같이 묘사하고 있다.

---

92) 「左傳·襄公·14年」
93) 「左傳·昭公·12年」
94) 「左傳·昭公·20年」

나는 어려서부터 기이한 복장을 좋아하고 늙어서도 여전히 변하지 않았도다, 눈부시게 반짝이는 장검을 차고 아슬하게 우뚝 솟은 절운관을 머리에 썼도다.95)

작품을 통해 굴원은 보수적인 인물이 아니었다는 것을 알 수 있다. 그는 복식을 선호하는 방식을 통해 주관없이 시대 흐름에만 따라가지 않겠다는 뜻을 내비쳤다. '절운切雲'은 당시 모자의 이름이었는데 이름과 같이 모자가 높고 우뚝 솟은 모양이며, '절운'이란 말처럼 하늘 끝까지 치솟다는 뜻이다. 호남성 장사 탄약고(長沙子彈庫)의 전국시대 초묘 일련번호1인 인물어룡백화人物

그림 2-36 관을 쓴 청동 인두상

禦龍帛畫를 보면, 이런 절운관의 모양을 볼 수 있다. 그림 속의 귀족은 용를 타고 있는데, 그가 착용한 모자 아랫부분은 상투를 덮어 쓰고, 양측은 맬 수 있는 끈이 있으며 중간 부분에 약간 조여지며 윗부분은 말리면서 우뚝 서있는 모양이다. 이런 길다란 관식이 바로 굴원이 말하는 절운관이다.

변弁은 한 발짝 더 나아가서 면룡이 됐다. 은대에는 이미 평정모平頂帽가 확립됐다. 또한 통상관筒狀冠 한가지가 있었는데 이것이 면룡의 추형雛形이라 추측된다. 사천성 광한 삼성퇴廣漢三星堆유적에서 출토된 청동 입인상立人像은 머리에 통상관筒狀冠을 쓰고 있으며, 양측에 두 바퀴 무늬 장식이

---

95) 「楚辭 · 九章」

있고, 모자에는 수면獸面 장식 조각이 달려있다. 이런 통상관은 주대의 면冕인 통상면筒狀冕의 몸체와 비슷하다. 면冕은 주대 예관 중에서 제일 존귀한 종류로 겉은 검고 속은 붉게 되어 있다. 그 위는 장방형의 천판天板을 얹어놓고 있는데 천판의 앞은 높고 뒤는 낮아 약간씩 앞으로 숙여진 형태다. 앞챙 끝에 주옥珠玉을 꿰어 조영(組纓: 드리운 주옥을 꿴 술)을 늘어뜨렸는데 이를 '류旒'라고 한다. 귀족 등급의 높고 낮음에 따라 류旒의 수량도 차이가 있는데 천자의 면관은 12류, 제후의 면관은 9류. 상대부의 면관은 7류, 하대부 면관은 7류다. 통상적으로 면의 양측에 노란색 비단 방울이 달려있고 귀퉁이까지 늘어져 있다. 면은 주대 일부 귀족만 소유할 수 있으며 이는 그들이 높은 곳에 앉아 내려다보는 높은 지위를 뜻하며 권위의 존엄을 말하기도 한다. 면을 제작하는 데는 주로 마麻와 비단을 사용한다. 춘추시대 면의 형제와 질료는 이전보다 어느 정도 발전되었다. 공자는 "삼마로 짠 면류관이 예인데, 지금은 순純으로 짜니 검소하다. 나는 지금 사람들이 하는 것을 따르겠다"[96]고 했다. 마麻로 면을 만들어야 전통에 들어맞는 것인데 공자 때는 검은색 비단, 즉 '순純'으로 만들었다. 마실은 굵어서 아주 세밀하게 짜야 요구상에 부합될 수 있었지만, '순純'을

그림 2-37 대형 청동 탈

면의 질료로 하면 실이 가늘어서 손이 덜가고 쉽게 짤 수 있어서 더욱 절약되기도 했다. 그리하여 일반 상황에는 꼭 전통을 따르던 공부자도 할 수 없이 사람들을 따라 '순純'으로 만든 면을 착용했던 것이다.

---

96)「論語·子罕」

군대에서 전쟁 때 쓰기 적합한 관을 주胄라고 하고 도무兜鍪라고도 하며 후세의 투구頭盔와 비슷하다. 은허에서 발견된 동구銅盔에는 깃털을 꽂을 수 있는 가느다란 관(細管)이 있고, 앞에는 호랑이 머리 무늬가 새겨져 있고, 후두부後頭部에는 목의 둘레를 둘러쌀 수 있으며, 투구의 양측에는 귀고리(珥)가 늘어져 있어서 볼을 보호하는 역할을 한다. 이런 투구는 비교적 무거웠기 때문에 주대에 들어선 후 가죽으로 만든 투구를 많이 쓰게 된다. 군대나 전쟁터에서 투구를 착용하면 보호 역할을 할 뿐만 아니라 위엄감까지 들게 한다. 투구를 벗는 것은 경의를 표현하는 뜻이다. 춘추 중기에 진나라와 초나라의 군대가 언릉鄢陵에서 전투를 벌였다. 진나라 장령 극지卻至는 "세 번이나 초나라 군주의 친위대와 상대가 됐는데, 그는 초나라 군주를 보면 반드시 전거戰車에서 내려, 투구를 벗고 바람같이 빨리 달려 갔다." 뒤이어 초공왕楚共王이 사람을 보내 극지를 위로하며 "극지가 객을 만나 보고는 투구를 벗어 명을 받았다" 97)고 했다. 극지가 두번이나 투구을 벗은 것은 경의를 표하는 뜻이다. 주대 전쟁에서 국군이나 장병의 투구가 적에게 벗기는 것은 엄청난 치욕이었다. 춘추 초년 노나라와 주邾나라 사이에 전쟁이 있었는데 노희공魯僖公은 패배하여 "주왕조 사람이 공의 투구를 노획하여 어문에 걸어 놓았다"98)고 했다. 주왕조 사람은 노나라 국군의 투구를 전리품으로 얻어 그것이 무척 자랑스러워 이를 성문에 걸어놓고 과시했다. 투구가 이토록 중요한 역할을 했기 때문에 동주 시대 각 나라에서 각별한 주목을 받았다. 이에 대하여 고사 기록에서 아주 전형적인 사례가 있는데 춘추 말년 초나라에서 백공지란白公之亂이 일어나 섭공葉公이 군대를 이끌고 난을 평정하면서 다음과 같은 재미있는 애피소드를 겪었다.

---

97) 「左傳·成公·16年」
98) 「左傳·僖公·22年」

섭공葉公 또한 이르러 북문에 이르렀을 때 어떤 이가 그를 만나 "그대는 어찌하여 투구를 쓰지 않았소? 나라의 백성들이 그대를 바라기를 인자한 부모를 바라듯 하는데 도적의 화살이 그대를 다치기라도 하면 이는 백성들을 절망케 하는 것이니 부디 투구를 쓰고 나아가소서" 라고 하자 섭공은 투구를 썼다. 또 한 사람을 만나 그가 말하기를 "그대는 어찌 투구를 썼소? 나라의 백성들이 그대를 바라기를 풍년을 바라듯 하여 날마다 기다리고 있어 그대의 얼굴을 보면 안심을 하게 될 것이다. 백성들은 죽지 않을 줄 알아 또한 분투하려는 마음이 있어 그대를 표식으로 하여 나라에 돌리려는데 그대는 얼굴을 가리어 백성을 절망케 하니 또한 심하지 않습니까?"라고 하자 다시 이에 투구를 벗고 나아갔다.[99]

이 기록을 보면 당시 투구는 전투 상해 예방을 위해 비교적 튼튼하고 세밀하게 만들었다는 것을 알 수 있다. 그래서 투구를 쓰면 다른 사람이 알아보기도 쉽지 않았다. 당시 사람들이 섭공한테 권한 말을 보면 투구를 쓰든 안쓰든 그냥 넘어갈 수 있는 일이 아닌 듯하다. 이는 복식의 풍속 문제일 뿐만 아니라 사람들의 사회관념을 내비치기도 한다. 전국시대 투구에는 적지 않은 장식품까지 있었는데, 1980년대 초기에 산서성 노성潞城 일련번호 M7인 전국 전기의 한묘韓墓[100]에서 전투 장면을 새긴 동기銅器가 발견됐다. 그림에 있는 군사들은 모두 갑옷을 입고 있지만 동기 가운데 배 부분에 한 장관처럼 생긴 자만 투구를 쓰고 있으며, 뒤통수에 장식품으로 기다란 술(長纓)이 세워져 있다. 이 사람은 손에 창을 잡고 있으며 적의 머리를 들고 있다. 잡고 있는 창 아래는 머리 없는 적의 시체가 가로 누워 있는 것을 보면 투구를 쓴 사람한테 살해 당한 모양이다. 화면을 통해 당시 군대 내부에서 투구 쓴 사람이 높은 자리에 있었음을 시사한다.

---

99) 「左傳·哀公·16年」

100) 山西省考古硏究所·山西省晉東南地區文化局, 「山西省潞城縣潞河戰國墓」, 《文物》, 1986年 第6期.

관면을 말하자면 상주시대 사람의 머리 스타일을 덧붙여 말할 필요가 있다. 은허 출토 인상을 보면 남자들은 대부분이 변발辮髮을 했는데 통상적으로 뒤통수 아래부분의 우측부터 머리카락을 세 가닥으로 가늘고 길게 땋아, 시계 반대 방향으로 돌려 정수리에 얹은 다음에 관을 착용했다. 상대에 정수리부터 머리를 딴 후 늘어뜨리고 관을 안 쓰는 경우도 있다. 머리카락은 눈썹까지 잘라 끝을 말아올려 전갈 꼬리처럼 한 후 비녀를 꽂는 경우도 있다. 주대 화하 제국에서 머리를 묶고 관을 쓰는 것이 통례였으나 각 소수민족은 머리를 풀고 있는 상태였다. 이런 풍속은 일찍부터 확립됐다. 『산해경山海經』에 기록된 '백민지국白民之國', '장구지국長股之國'[101], '거비지시據比之屍'[102] 사람들은 모두 '머리 푼 상태(被髮)'라고 했다. 「산해경山海經·서산경西山經」에 의하면 서왕모西王母의 머리는 봉발蓬髮에 머리꾸미개를 꽂고 있다(蓬髮戴勝)고 했다. 곽박郭璞은 "봉발蓬髮은 흐트러진 머리털이고, 승勝은 옥으로 만든 머리 장식품을 뜻한다"며 주를 달았다. 서왕모의 머리모양도 머리카락을 풀어헤친 봉발형이며 머리 위에 옥 장식품을 쓴 모습이었던 셈이다. 춘추 초년 중원지역 '융적戎狄'의 각 민족은 여전히 풀어헤친 머리카락이었는데 「좌전左傳·희공僖公·22년」의 기록에 의하면 "전에 평왕平王이 도읍을 동쪽의 낙양으로 옮겼을 때, 주왕조 대부인 신유辛有가 이천伊川으로 갔다가 머리를 풀고 들판에서 제사 지내는 사람을 보고 말하기를 앞으로 백년 못가서 이 땅은 융戎오랑캐가 갖게 되겠구나"라고 했다. 여기서 풀어헤친 머리카락이 '융족戎族'의 풍속이라고 명백히 제시하고 있다. 춘추 말에 공자는 제환공과 관공 패업 공적에 대해 "관중이 없었더라면 우리는 머리를 땋지 않고 옷섶이 왼쪽으로 향했을 것이다"[103]라고 했고, 이를 통해 춘추 말년까지 해도 풀어헤친

---

101) 「山海經·海外西經」

102) 「山海經·海外西北經」

그림 2-38 상아 빗

머리카락이 여전히 일부 소수민족의 풍속이었다는 것을 알 수 있다. 동주시대 북방과 북동쪽 일대 동호족東胡族의 경우 깎은 머리(髡)가 유행했는데, 전문가 의견에 의하면 고고 발견된 하가점夏家店 상층문화가 바로 그러한 것을 보여주는 동호족의 유물104)이다. 1950년대 후기에 내몽골 영성 남산근寧城南山根 하가점 상층문화유적에서 단검 하나가 발견됐는데, 손잡이 끝에 그려진 인물상의 머리는 광택나며 빡빡 깎은 스타일이다. 1960년대 초기 남산근 일련번호M: 102인 석곽石槨 안에서 문식을 새긴 골판骨板이 발견됐는데 거기에 새긴 수렵자의 머리는 다 깎은 머리인 무발이다. 1930년대 중기 적봉 홍후산赤峰紅後山에서 발견된 하가점 상층문화 인면형동패人面形銅牌의 인물상도 깎은 머리다. 1980년대 초기 내몽골 주가周家 하가점 상층문화에 속한 일련번호 M45인 고분에서 죽은 자의 머리 앞쪽 양측과 왼편의 뒤쪽에서 각각 땋은 머리의 뿌리가 발견됐지만 정수리 부분은 머리를 땋은 흔적이 없고 머리 기른 흔적도 없다. 이런 자료들을 통해 동호족이 모두 정수리에 머리를 기르지 않고, 정수리 주변이나 양측에서 머리를 작게 땋았다는 것을 알 수 있다. 동호족의 이런 머리 스타일도 풀어헤친 머리카락에 속한다.

1980년대 중기에 산동성 태안 강가하촌泰安康家河村 전국 전기 고분105)에서 도용陶俑이 5점이나 발견됐는데, 이를 통해 당시 사람들의 복식과

---

103) 「論語·憲問」
104) 靳楓毅, 「夏家店上層文化及族屬문題」, 《考古學報》, 1987年 第2期.
105) 山東省泰安文物局, 「山東省泰安康家河村戰國墓」, 《考古》, 1988年 第1期.

머리 스타일을 알 수 있다. 한 점은 검은 옷에 홍채紅彩를 입혀 나팔형 긴 치마에다 머리를 두 가닥으로 나누었는데, 한 가닥은 뒤통수 왼쪽부터 오른쪽으로 둘러 다른 한가닥과 합해 한 묶음이 되어, 머리 오른쪽에 납작한 원형 쪽머리(发髻)로 고정시켰다. 또 다른 3점의 머리 스타일은 앞의 한 점과 일치하고 옷만 다를 뿐이다. 2점의 도용이 검은 옷에 홍채紅彩를 입혀 나팔형 긴 치마가 땅에 닿고, 겉에 또 좁은 소매 긴 두루마기를 입고 허리를 졸라맸다. 다른 한 점은 흰 옷에 홍채紅彩을 입혀 안에 긴 치마를 입고 겉은 좁은 소매 긴 두루마기를 입고 허리를 졸라매고 있으며 망토를 걸쳤다. 머리 스타일은 다 첫번째와 같이 납작하고 치우친 쪽머리다. 남은 한 점은 검은 옷에 홍채을 입혀 안에는 긴 치마가 땅에 닿고 겉은 두루마기를 착용하며 두루마기의 뒤폭 아래는 활 모양으로 머리 스타일이 자연스럽게 늘어뜨린 상태며 어깨 뒤로 넘겨 앞에서 언급한 4점과는 다르다. 이런 납작하고 치우친 쪽머리는 아마 전국시대 제齊나라 일부 지역의 스타일이고 어깨 뒤에 늘어뜨린 긴 머리도 당시 사람의 한가지 머리 스타일이었을 것이다. 원래 소수민족들이 하던 '풀어헤친 머리카락(被髮)'이 전국시대에 들어서면서 점점 범위가 넓어지는 추세였다. 이것으로 미루어 당시 '화이華夷' 사이에 경계선이 점점 사라지고 있었음을 알 수 있다.

주대 사람은 머리단장을 매우 중시했다. 고분에서 골빗이나 나무빗이 자주 출토됐는데 빗살의 굵기에 따라 빗을 구별 할 수 있다. 1970년대 중기 산동성 창악 악가하昌樂嶽家河 일련번호 M104인 주묘[106]에서 정교한 골빗이 출토됐다. 빗은 등마루와 빗살이 두 부분으로 구성되어 2개의 쐐기못으로 연결되어 있다. 온전한 뼈다귀로 절마된 빗살은 위는 넓고 아래는 좁다. 비교적 넓은 데에 구멍이 뚫어져 있고 제작은 세밀하고 반듯하다.

---

106) 山東省濰坊市博物館·山東省昌樂縣文物管理局, 「山東昌樂岳家河周墓」, 《考古學報》, 1990年 第 1期.

일련번호 M136인 고분에서 출토된 4점의 골빗도 온전한 뼈다귀로 만들어진 것이다. 등마루는 약간 휘여진 모양으로 양 끝을 각지게 자르고 호로형葫蘆形을 만들어 장식 효과도 돋보인다. 이 4점의 빗의 빗살 사이사이는 모두 비교적 넓은 편이고, 일련번호 M104인 고분에서 나온 1점과는 뚜렷한 차이점을 보인다. 춘추전국시대 고분에서 다분히 나무빗, 나무 참빗이 발견됐음을 통해 우리는 당시 사람이 머리 단장을 매우 중요시했다는 것을 알 수 있다. 호북성 지강 요가항枝江姚家港 전국 초묘에서 출토된 나무빗 1점을 예로 들 수 있는데, 이는 타원형이며 너비는 7.6cm, 전체 높이는 8.6cm다. 윗 부분은 손으로 잡기 쉬운 나무 손잡이가 있으며 그 위에 용무늬가 있다. 아랫부분 빗살은 총 27개이고 균일하게 정열돼 있으며 간격도 적당하여 사용하기 아주 편리하다. 1970년대 초기 산동성 장도長島 주대 고분군 일련번호 M4인 고분에서 1점의 골빗이 출토됐는데, 등마루에 마주보는 새 한쌍 있고 골강(骨腔: 뼈속의 빈공간)에 뚜껑이 덮혀 있어 매우 정교하다. 등마루에 꽂아 있는 빗살은 총 36개로 매우 세밀하며, 전체 길이는 10.6cm, 빗살 길이는 6.6cm다. 이들은 빗질용 빗인데 장식용 빗도 있다. 1970년대 후기 산동성 등주滕州 일련번호 M9인 전국묘에서 골빗 1점 발견됐는데, 머리부분에 마주보며 노래하는 새 한쌍 문양이 있고, 몸체에는 번원문蟠虺紋이 있으며 꼬리 부분은 물고기 꼬리 모양으로 돼 있다. 빗살이 촘촘히 정열돼 전체 길이가 9.5cm이고, 머리에 꽂으면 아주 아름다운 장식품이 된다.

머리 장식에 있어 덧붙일 이야기로 상대의 목 장식품인 목걸이를 언급할 필요가 있다. 1977년 요녕성 대련 우가촌大連於家村에서 상대와 주대 12기의 적석積石 묘장군 안에서 돌구슬로 만든 목걸이 부장품이 발견됐다. 돌구슬의 크기는 아주 작고 길이는 0.1~0.4cm, 지름길이는 0.2~0.4cm다. 그 중에서 99개의 돌구슬과 네모 형석螢石 팬던트로 구성된 1점이 있고, 153개 돌구슬과 녹송석 팬던트로 구성된 1점이 있다. 우가촌 적석묘 8기

그림 2-39 마노패식   **그림 2-40** 옥패식

고분에서 도주陶珠 목거리가 출토되기도 했는데, 도주의 길이는 0.2~
0.5cm, 지름길이는 0.3~0.5cm이고 돌구슬보다 약간 크다. 220개 돌구슬로
구성된 것도 발견했다. 마노 팬던트, 녹송석 팬던트, 백옥 팬던트로 부장된
고분도 발견됐는데 모두 목걸이에 달린 장식품이다.

　머리 단장과 목 장식을 언급한 김에 거울과 검鑒도 빠질 수 없다. 춘추시
대에는 거울을 검鑒이라고 하기도 한다. 『좌전』장공 21년에 "전에 정나라
군주인 백작이 천자에게 잔치를 베풀어 대접할 때 천자는 왕후가 쓰는
거울이 달린 띠를 주었다"라는 기록이 있다. 진晉나라 도예杜預는 '후는
왕후이며 동경은 자신의 장식품'이라고 해석했다. 이른바 검鑒은 거울인
셈이다. 청동거울(銅鏡)의 기원은 아주 오래됐는데, 제가문화에 속하는
감숙성 광하 제가평廣河齊家坪 유적에서 소면경素面鏡이 출토되고 청해성
귀남소마대貴南尕馬臺에도 청동거울이 출토되었다. 뒷면에는 칠각성문이
있고, 칠각성문의 바탕에는 빗줄 지문地紋이 있으며, 동경의 제일 바깥
쪽에 두 개 구멍을 뚫어 끈을 걸어놓을 수 있다. 상대와 서주시대를 거쳐
춘추시대에 들어선 후 청동거울의 제작은 점점 발전된 셈이다. 하남성

삼문협 상촌령三門峽上村嶺에서 3점의 춘추 청동거울이 발견됐는데, 일련 번호 M1612인 고분에서 지름 6.7cm의 쌍교형雙橋形 꼭지 청동거울이 출토 됐고, 위에는 호랑이, 사슴, 새 등의 무늬가 있다. 그리고 꼭지 소경素鏡 2점도 있다. 전국시대의 청동거울은 초나라에서 제일 많이 발견되어 삼진 三晉과 제로齊魯 지역에서도 전국 청동거울이 발견된 적이 있다. 이는 거울 을 보면서 머리 단장을 하는 것이 춘추전국시대에 이미 흔했던 일이라는 점을 설명해 준다.

(6) 이履와 석舃, 그리고 양말

원시시대부터 사람들이 가죽으로 발을 감아 자상刺傷이나 동상을 예방 했다는 것은 이해하기 어렵지 않다. 하·상·주시대 신발은 점점 사람들의 복식에서 중요한 부분이 됐다. 은허 후가장 고분에서 궤좌석인상跪坐石人 像이 출토됐는데 석각상을 통해 이履의 모양을 뚜렷이 볼 수 있다. 석인상

그림 2-41 청동 양면 신인神人 두상頭像

의 이履는 앞이 위로 뾰족하게 솟아 오른다. 이는 그 시기 이履의 일반적 양식으로 추측된다. 1970년대 후기 하남성 자성 맹장柘城孟莊에서 상대 유적 일련번호 H12인 재구덩이(灰 坑)의 남쪽 검은 잿더미에서 조상早 商 시기 이履의 바닥이 발견됐다. 이 履 바닥의 모양은 현재 짚신바닥과 유사하고, 가운데가 좁아들어 날실 4 줄, 씨실 1줄로 된 끈으로 꿰어 엮은 것이다. 끈은 두 올의 실로 꼬여져 날실 굵기는 0.5cm이고, 이는 최초의

이履 실물의 유존이다.

주대 이履의 모양과 질료는 비교적 풍부한 편이다. 고대 예서에서 주대 귀족들의 관례에 이履와 복장을 어떻게 어울려 입어야 하는지에 대하여 비교적 상세한 설명이 있다. 관습에 따르면 주대 귀족의 여름용 이履는 칡을 질료로 삼는다. 검은색 제복에는 검은색 이履를 신어야 하고, 이履의 코 장식은 억(繶: 끈)으로 하고, 신울과 바닥 사이 장식끈은 청색으로 이어야 하며, 입둘레의 둥근 실끈의 너비는 약 1치다.[107) 만약 하상이 소색이면 하얀 이履를 신어야 했는데, 이履를 아주 하얗게 하기 위해 괴魁, 즉 신합(蜃蛤: 패류)가루를 신발에 바른다. 하지만 이履의 신코 장식(絇), 신울과 신창을 꿰맨 솔기 위에 올린 끈장식(繶), 신목 테두리 장식(純)은 모두 검은색(緇)으로 한다. 입둘레의 둥근 실끈의 너비는 1치로 했다. 만약 작변爵弁, 즉 무유(無旒: 검은색과 붉은색으로 배색된 관모)를 쓰면 옅은 붉은색(纁) 이履를 신어야 하고 구絇, 억繶, 순純은 검은색으로 이어야 한다. 입둘레 둥근 실끈의 너비도 역시 1치다. 겨울용 이履는 가죽으로 만들 수 있다. 종합해보면, 귀족들은 이履의 외관과 색깔, 이履와 복장 색깔의 어울림을 매우 중요시했다.

고대 습속에 따르면 이履는 아무리 중요하고 예쁘다고 하더라도 발에 착용하는 것이니 여전히 고아한 물건이 못 돼서 등당입실登堂入室하게 되면 이履를 벗어야 한다. 「예기禮記·곡례曲禮」에서는 이에 대해 아래와 같이 언급했다.

마루에 올라가려고 할 때에는 반드시 소리를 높여서 말해야 하며, 문 밖에 두 사람의 신이 놓여 있을 때에는 말소리가 들리면 들어가고 말소리가

---

107) 석舄의 형제에 대하여 손이양孫詒讓은 "석려舄屨이라는 것은, 신코 장식은 구絇라고 하고, 신울과 신창을 꿰맨 솔기에 있는 장식끈은 억繶이라고 하고, 신목 테두리 장식은 순純이라고 한다"라고 했다.(『周禮正義』卷16)

들리지 않으면 들어가지 말아야 한다. 문 안으로 들어설 때에는 반드시 아래를 내려다 보아야 하며…… 자기를 뒤따라 들어오는 사람이 있으면 문을 완전히 닫지 말아야 하며, 남의 신을 밟지 말아야 한다.

예속에 따르면 많은 사람들이 함께 방문할 때에는 제일 연장자만 이履를 실내에 벗어 놓을 수 있고, 나머지는 다 밖에다 두어야 한다. 「예기禮記 · 소의少儀」에서 "방문을 열고 두 사람 이상이 들어갈 때에는 그 문안에 신을 벗어 놓는 것은 한 사람 뿐"이라고 했다. 그리고 밖에 두 사람의 신이 보이면 안에 세 사람이 이야기를 나누는 중이니, 들어가려면 먼저 안에 있는 사람이 들리게 큰 소리로 말하고 대답이 오면 들어갈 수 있는 법이다. 당연히 신을 밖에 벗고 들어갈 때 사람이 많으면 남의 신을 밟지 말아야 한 것은 당연한 일이다.

이履는 신발의 통칭이고 세부적으로 구별 하자면 이履는 바닥이 얇고 석舃은 바닥이 두꺼운 것을 가리킨다. 그리고 석舃은 이履의 밑바닥에 다시 나막신 굽을 더해 습기를 막는 역할도 했다.

석舃은 이履의 밑바닥에 다시 나막신굽을 더해 땅바닥의 습기를 막아주고 천자는 붉은색의 석을 신고 백성의 석은 의복의 색에 따라 정한다.[108]

석舃은 습하지 않게 유지할 수 있다. 주천자는 통상적으로 상裳의 색깔과 어울리게 붉은색의 석을 신었다. 고대 예서의 기록에 의하면 주대에 '구인屨人'이라는 관직이 있었는데 그의 직책은 "왕과 왕후가 신는 신발을 관장하는 것이다. 구인은 적석赤舃, 흑석黑舃, 적억赤繶, 황억黃繶, 청구青句, 소구素屨와 갈구葛屨를 제작한다"[109]고 했다. 주왕의 이履와 석舃은 종류가

---

108) 崔豹, 『古今註』(上)
109) 「周禮 · 屨人」

매우 많았는데 그 중에서도 붉은색의 석을 제일 아꼈다. 서주 후기에 주왕이 한후韓侯한테 준 기물 하사품 중에 바로 '현규적석玄圭赤舃'이 있다. 「시경·詩經·낭발狼跋」에서는 서주 초년에 "공은 도량이 넓으시고 붉은 신을 신고 걸음걸이 의젓하시네"[110]라는 싯구절이 있다. 모전毛傳이 이를 해석하기를 '적석은 군주가 신은 대단한 신발이라'고 했으니 일반사람이 신기 불가능한 것이다. 석은 복장과 어울리게 신어야 하는데 통상적으로 면복冕服이면 적석을 신어야 마땅하고 피변皮弁이면 백석, 검은색 제복이면 흑석을 신어야 한다. 귀족들은 평일에는 이履를 신고 경사난 날에 비로서 석을 신는다. 선비와 서민은 이履만 신고 석은 귀족 전용이다. 춘추시대 초영왕은 포석豹舃[111]을 신었는데 이는 표범의 가죽으로 만들어져 얼마나 진귀한지 가늠할 수 있다.

이履와 석舃 외에 당시 사람은 양말을 신었다. 겨울에는 보온하기 위해 양말은 다분히 가죽을 질료로 삼았다. 『설문說文』은 "말襪은 발의 옷이고 위韋의 의미를 따른다. 멸蔑과 같이 발음한다"고 했는데 위韋는 옛날에 가죽을 가리킨 것이다. 말(襪, 韤)은 족의足衣로써 위韋의 질료도 당연히 가죽이다. 당시 사람들에게 양말은 이와 같이 역시 고아한 물건이 될 수 없어 공식적인 장소에서는 이履뿐만 아닌 양말도 같이 벗어야 했다. 『좌전』에 의하면 춘추말년 위衛나라에서 양말 벗는 일이 크게 문제를 일으킨 적도 있었다.

> 위후는 적포에 영대를 만들고 대부들과 함께 그곳에서 술을 마셨는데, 저사성자褚師聲子가 버선을 신고 자리에 올라가자 공이 노했다. 변명하여 말하거늘 "신은 병이 있어 다른 사람과 다르며, 만약 그것을 보신다면 임금께서 토하실 것 같아 이 때문에 감히 하지 못하였습니다"라 하자 공은 더욱

---

110) 「詩經·韓奕」
111) 「左傳·昭公·12年」

노했다. 대부들도 변명해 주었지만 어림도 없었다. 공은 손가락을 갈래 창처럼 피며 "반드시 네 다리를 자를 것이다!"라 말했다.[112]

위왕이 부른 연회에서 위나라 대부 저사성자가 양말을 벗지 않기 때문에 왕은 크게 노했다. 자기 발이 병들어 보기 흉하여 그런 것이며 이는 절대 왕을 존경 하지 않는 뜻이 아니라고 변명을 했지만 왕은 용서는커녕 그의 발을 자를 것이라며 크게 소리를 쳤다. 이것으로 보아 당시 귀족간 양말을 벗어야 하는지는 크게 신경 쓸 문제였다는 것을 알 수 있다. 노애공魯哀公 25년(BC470년)에 위나라에 대란이 나서 위군이 외국으로 도망쳤는데 이 사태의 발화점이 바로 저사성자의 양말이었다고 볼 수 있다.

비교적 추운 지역에서는 보온을 위해 가죽 부츠도 만들었다. 심양시沈陽市 정가와자鄭家窪子에 일련번호 M6512인 춘추전국묘에서 묘주 정강이뼈 주위에서 큰 동단추 124개가 발견됐고, 발뼈 주위에서는 작은 동단추 56개가 발견됐다. 큰 동단추의 지름은 2.4cm, 작은 동단추의 지름은 1.7cm이고 모두 무늬가 없는 철면凸面 모양이다. 단추 밑에 있는 정강이뼈와 발뼈 사이 검은색 유기물질이 한 겹 있는데 이는 가죽으로 추측된다. 발견자의 추측에 의하면 묘주는 긴목 가죽 부츠를 신고 있었으며 동단추는 바로 부츠의 장식품이었다.[113] 북쪽 추운 지역에 있는 가죽 부츠와 달리 남방에는 짚신이 있어 더운 날씨에 적합하다. 1980년대 중기에 발굴된 호북성 당양 김가산當陽金家山 일련번호 M248인 춘추 초묘楚墓에서 짚신 한 켤레가 발견됐는데, 길이 26cm, 너비 16cm로 이는 비교적 이른 시기에 나타난 짚신의 실물이다.

---

112) 「左傳·哀公·25年」
113) 沈陽故宮博物館·沈陽市文物管理辦公室, 「沈陽鄭家窪子兩座靑銅時代墓葬」, 《考古學報》, 1975年 第1期.

(7) 탈

탈은 특수 복식으로써 기원이 아주 오래됐다. 앙소문화에서 적지 않은 수면문獸面紋탈이 발견됐는데 얼굴의 윤곽이 실제 사람과 구별되기 힘든 정도다. 탈은 통상적으로 거꾸로된 사다리형이나 네모형, 둥근 눈, 넓은 코로 흉악함이 가득찬다. 연구에 의하면 이는 원시시대 무당이 굿을 할 때 쓴 탈로 추측된다. 「산해경·해외동경」에 기록된 동쪽의 '구망句芒'이라는 신령은 '조신인면鳥身人面이라 했는데 몸은 새의 몸이요 얼굴은 사람 모양이다. 곽박郭璞은 '목신木神이요, 네모난 얼굴이다'라고 해석했고, 「묵자墨子·명귀明鬼」편에서도 '구망'이라는 신령의 '얼굴이 정사각형'이라고 했다. 이는 앙소문화 신상의 얼굴과 아주 유사하다.

이런 탈을 상대 갑골문으로 교묘하게 표현하는 상형문이 하나가 있는데 이 글자의 아랫부분은 사지가 구비된 사람 인자형이고, 머리에 높고 뾰족한 모자를 쓰고 얼굴에 네모난 눈구멍이 투각되어 양측은 각각 뿔(附耳)을 더해서 구성되며 귀 밑에 늘어뜨린 장식물이 있다. 전문가들은 고증을 통해 이 글자를 '사람이 탈쓰고 있는 모양'이라고 추측했다. 이는 바로 고대 귀신을 내쫓는 탈이다.[114] 때문에 그 위에 흉악한 이미지를 만들어야 했고 실제 사람의 얼굴보다 머리가 크다. 「태평어람太平御覽」 예의부禮儀部에서 「풍속통風俗通」의 기록에서는 "민간에 죽은 사람의 혼이 떠돌아 다녀 이를 거두기 위해 머리 큰 기두魌頭를 만들었다"고 했다. 한대漢代 사람은 이런 머리가 귀신의 '혼기魂氣'를 담을 수 있어서 구마용으로도 사용했다. 상고시대 사람도 이렇게 생각 했는지는 모르겠지만 '큰 머리'를 볼 때 상고 사람의 상황과 부합된다고 할 수 있다. 양저문화 신상의 얼굴, 삼성퇴三星堆유적에서 나온 청동탈 및 갑골문자도 이를 증명해 준다. 주대에는

---

114) 郭沫若, 『卜辭通纂』, 科學技術出版社, 1982年, p.131.

이런 탈을 곰가죽으로 만들기도 했다. 「주례周禮·방상씨方相氏」에서 아래와 같이 기록했다.

> 방상씨方相氏는 곰 가죽을 뒤집어 쓰고 황금으로 된 네 개의 눈을 붙인 가면을 쓰고, 검은 저고리와 붉은 하상下裳을 입고서 창을 잡고 방패를 흔들어 대며, 많은 노예를 거느리고 '나(儺: 귀신을 쫓는 의식)'로써 궁실의 역귀를 물리친다.

'몽웅피蒙熊皮'라는 것을 정현은 '곰 가죽을 뒤집어 쓴 것은 역귀를 놀라게 하여 쫓아내려 한 것이다'라고 해석했다. '방상方相'이라고 부를 만큼 기두魌頭를 네모나게 한다. 이런 탈은 '황금으로 된 네 개의 눈'이었던 것을 볼 때 상고나 상대의 두 눈을 가진 기두보다 어느정도 발전이 보인다. 상대 탈을 만드는 재료는 다분히 나무, 가죽을 사용했고 이들은 모두 역귀를 내쫓는 데 쓰인다.

이런 무당 구마탈은 전국시대에 와서도 여전히 존재하고 있다. 1970년대 후기에 강소성 회음시淮陰市 고장高莊 전국 중기 고분[115]에서 발견된 일련번호 1:114-1인 동기銅器에 새긴 그림을 보면, 가운데 한 신인은 두 마리 용을 밟고 손에 두 마리 용을 이끌며 머리에 납작하고 네모난 탈을 쓰고 있다. 탈 위 5점의 장식품은 세로로 박혀있으며 윗부분은 가늘고 아래는 굵다. 탈의 이미지는 눈이 동글고 입이 크며 콧대는 위로 뻗혀져 있다. 또 다른 한 신인은 이와 유사한 이미지로 똑같이 네모난 탈을 쓰고 있다. 일련번호 1:114-2인 동기 무늬에서도 이와 같은 이미지를 볼 수 있는데, 머리에 쓴 네모난 탈이 매우 인상적이다. 일련번호 1:03138인 무늬 새긴 동비銅匕 복내벽腹內壁에 탈 쓴 신인이 하나 있는데, 그는 한 손에 창을 높이 들고 다른 한 손에 뱀을 잡으며 질주하고 있다. 다른 한 신인은

---

115) 淮陰市博物館, 「淮陰高莊戰國墓」, 《考古學報》, 1988年 第 2期.

머리에 조형鳥形 탈을 쓰고 역시 한 손에 창을 높이 들고 다른 한 손은 뱀을 잡으며 질주하고 있다. 또 다른 한 신인은 머리에 조형 탈을 쓰고 허리에는 날개가 달려 있다. 그는 어깨에 긴 막대기를 매고 있는데 막대기의 맨끝에 4개의 산이 있고, 반대 쪽에 5개의 산이 있으며 역시 질주하고 있다. 그가 산을 짐지고 있는 것을 보면 산을 옮길 수 있는 법력을 지녔기에 귀신을 물리칠 수 있는 듯하다. 고장묘高莊墓 동기의 무늬에서 흔히 인수쌍마신人首雙馬身 신인 이미지가 등장했다. 또한 두 마리 뱀을 귀에 걸어놓고 머리를 네모나게 뿔 모양으로 곧게 세운 장식품까지 만들기도 했다. 고장高莊 동기에 새겨진 무늬가 있는 탈의 조형은 다양하지만 주로 네모형으로 되어 있다. 이는 『주례』에서 나온 '방상方相'이라는 이름과 일치한다. 전국시대 초나라 동폐銅幣인 귀검전鬼臉錢, 의비전蟻鼻錢의 문식에 대해, 일부 전문가는 이를 문자로 여겨 각종 해석을 시도 해봤는데 설득력이 없다. 이런 동폐의 형제는 거꾸로된 사다리꼴의 타원과 가깝다. 문양에 튀어나온 두 개의 삼각형 큰 눈과 쑥 들어간 둥근 입은 마땅히 무당의 탈에 대한 모방으로 간주할 수 있다. 이를 민간에서는 귀검전이라고 했는데 문양의 이미지를 살아 있는 언어로 형상화한 표현이다. 당시 초나라 무풍巫风이 얼마나 센지 화폐를 통해 짐작할 수 있다. 상대 청동탈은 고고과정에서 이미 많이 발견됐다. 1960년대 중기에 섬서성 한중漢中 지역 성고현城固縣 소촌蘇村에서 청동 수면탈 14점이 발견됐다. 1970년대 중기 소촌에서 또 다시 청동 인면탈 23점, 청동 수면탈 11점이 발견됐다. 1970년대 초기에 섬서성 기산현岐山縣 하가촌賀家村 1호 고분에서 청동 인면탈과 청동 수면탈 각각 1점씩이 발견됐다. 1980년대 중기에 섬서성 노우파老牛坡 상대 고분에서 청동 인면탈과 청동 수면탈이 3점씩이나 발견됐다. 이들 청동 인면탈과 수면탈은 바로 상주시대 무당굿에 쓰인 탈이다.

(8) 갑주

고대의 갑주는 전쟁시 필수품의 한가지로 특수성을 가진 복장과 관면冠
冕이다. 전문가들은 중국 고대 갑주에 대하여 꾸준히 체계적으로 연구해
왔다. 상주시대는 주로 피갑皮甲을 방호 장비로 사용했다. 오늘날까지 발견
된 최초의 갑주는 하남성 안양 후가장安陽侯家莊 일련번호 1004호인 고분
에서 나온 피갑이며, 흑색, 붉은색, 하얀색, 노란색으로 된 4가지 무늬가
있다. 춘추 후기 호남성 장사 유성교長沙瀏城橋 1호 고분에서 흩어진 피갑
1점이 발견됐는데 피갑의 갑편은 짙은 갈색으로 6가지 서로 다른 양식이
며 크기와 모양이 모두 다르다. 전문가들의 추측에 의하면 갑편의 길이를
15cm로 계산하고 위에서 아래까지 7층을 꿰매어 엮고, 겹친 부분을 제외
하면, 피갑의 길이는 적어도 80cm 정도이며 이는 충분히 몸체를 보호할
수 있는 길이다. 동주초묘東周楚墓에 속한 강릉등점江陵藤店 1호묘, 강릉백
마산江陵拍馬山 6호묘, 장사좌가공산長沙左家公山 54호묘에서도 모두 피갑
이 출토됐다. 피갑의 갑편들은 대부분 직사각형이고 두 겹의 가죽으로
합성된 '합갑合甲'도 있는데, 이는 보호 기능이 더욱 강화된다. 갑편 겉에
휴칠되어 있으며 갑편 사이는 가늘한 가죽끈으로 엮어진다. 1980년대 전
기에 호북성 당양조가강當陽曹家崗에서 발견된 5호묘 중 춘추시대의 초
묘[116]에서 두 개의 산더미처럼 쌓인 완전한 영갑領甲이 발견됐는데, 갑의
한 면은 휴칠된 어두운 갈색이고 광택이 난다. 갑편마다 구멍이 뚫려 있어
모두 이어맬 수 있고 일부 구멍 안을 가죽끈으로 묶었던 흔적이 남아있다.
작은 사다리형, 큰 사다리형, 치우친 사다리형, 호각弧角 사다리형, 도면형
刀面形, 직사각형의 유사형, 곡자형, 정사각형의 유사형 등으로 갑편 형제
가 다양하다. 일부 갑편에 금속이 붙어 있어 그 위에 금속 장식품이 있었다

---

116) 湖北省宜昌地區博物館,「當陽曹家崗5號楚墓」,《考古學報》, 1988年 第4期.

는 것을 입증해 준다. 고고에서 발견된 동주시대 피갑은 목태木胎도 있었는데 1970년대 후기에 호북성 강릉 전국 중기에 속한 천성관天星觀 1호 초묘[117]에서 출토된 피갑은, 가죽을 목태木胎에 붙인 후 휴칠해서 만든 것이다. 이 피갑은 신편身片만 있고, 투편青片과 수편袖片이 없고, 갑신甲身은 흉갑, 배갑背甲, 늑갑肋甲, 갑군甲裙으로 구성되어 총 66편이다. 갑군甲裙은 4개 갑편으로 구성돼 줄마다 13편이 있으며, 갑군편甲裙片마다 모두 위는 좁게 아래는 넓게 만들어져 있어, 4줄의 군편裙片은 위에서 아래로 내려 갈수록 길이가 차례대로 체감되고 너비는 체증되며 테두리부분이 겹쳐지게 만들어져 있다. 같은 줄의 갑군편의 크기와 형제는 모두 같고, 전체 갑군은 원통형으로 위는 작고 아래는 크다. 갑신甲身 길이는 90cm, 어깨 너비는 64cm, 갑군 아래 끝부분의 너비는 90cm다. 이런 피갑은 전투 중 비교적 무겁지만 매우 튼튼하다. 춘추시대에 피갑은 자주 착용하는 편이었다. 노선공魯宣公 2년(BC607년) 송나라 축성築城 민중들이 피갑을 잃은 화원華元을 보고 "갑을 버리고 돌아왔다네 수염 덥수룩한데 갑을 버리고 돌아왔다네." "소에는 가죽이 있고 코뿔소(犀)와 무소(兕)가 아직 많으니 갑옷을 버린들 어떠하랴?"[118]하며 비웃었다. 이로 미루어 볼 때 그 당시 사람들에게 피갑을 잃은 것은 체면을 잃은 것과 마찬가지로 수치 스럽다.

전국시대 들어 갑투 제작은 더욱 정교해졌다. 1970년대 후기 발견된 유명한 증후을묘曾侯乙墓에서 12점의 피갑이 깨끗이 정리된 채로 출토됐다. 이들은 대부분 투青와 같이 있고 소량의 마갑馬甲도 발견됐다. 출토된 피갑은 모두 여러 가지 갑편으로 꿰매어 엮은 것이다. 가죽 갑편 겉에 휴칠하였는데 두께는 균일하지 않다. 일부 붉은색 제외하면 모두 검은색

---

117) 湖北省荆州地區博物館, 「江陵天星觀 1號楚墓」, 《考古學報》, 1982年 第1期.
118) 「左傳·宣公·2년」

휴칠이다. 연구자가 여러 종류의 갑편을 유형대로 나누어 이를 복원해 봤는데, 예를 들면 3호 갑투의 갑편 12형-25식은 183편을 가지고 완전한 피갑을 구성할 수 있다. 11형-14식은 18편을 가지고 또다른 피투 하나를 구성할 수 있다. 이들 중 가로줄의 갑편이 거의 같은 것을 제외한 나머지는 같은 것을 찾지 못했다. 이로 미루어 볼 때 당시 제작할 때 여러 가지 틀로 가공했던 것으로 추측되며, 공예도 상당히 정밀하고 높은 기술력이 필요했던 바이다. 「고공기」에서 피갑 제작 설명대로 하면 제혁制革, 단혁鍛革, 천공鉆孔 등 제조 과정을 거쳐야 한다고 했다. 이미 발굴된 전국시대 피갑의 상황으로 미루어 볼 때 「고공기」의 기록이 근거있는 설명이라 할 수 있다.

「고공기考工記·함인函人」에서 "함인函人은 갑옷을 만든다. 서갑犀甲은 7속屬, 시갑兕甲은 6속, 합갑合甲은 5속……"119)이라는 기록이 있는데, '속屬'이란 '이어서 엮는 것(連綴)'을 뜻하며 갑편이 튼튼하면 좀 적게 연철해도 되는 반면, 갑편이 약하면 여러 겹을 더 연철해야 한다. 길이가 똑같으면 연철 더 할 수록 피갑이 두꺼워지고 반대로 적게 하면 얇아진다. 여기서 말하는 '칠속七屬'은 7층의 갑편을 뜻하는 것이 아니고 윗줄부터 아래줄까지 일곱 개의 갑편으로 연철한다는 뜻이다. 물소의 갑옷은 튼튼하지 못하기에 7속으로 연철해야 하고, 들소 갑옷은 물소보다 튼튼해서 6속으로 연철하면 되고, 합갑合甲은 제일 튼튼하기 때문에 5속으로 연철해도 되고,120) 피갑을 휴칠하면 더욱 튼튼해진다. 그래서 「고공기·함인」에서는

---

119) 「考工記·函人」
120) '7속屬', '6속屬', '5속屬'에 대하여 정현이 『주례주소周禮注疏』에서 "속屬이 관주灌注의 주注로 읽고, 즉, 갑의甲衣(上旅)와 갑상甲裳(下旅)에 단 조각(札)의 수량을 거리킨다. 혁갑이 튼튼할 수록 찰札을 더 길게 단다"라고 했다. 여기의 '찰札'은 갑편을 말한 것이다. 손이양孫詒讓의 『주례정의』 70 권에서는 "혁편革片이 '찰札'이며 갑의를 만들 때 조백組帛으로 단다. 이는 조갑組甲과 피련(被練: 조갑 겉에의 연포)을

'물소의 갑옷의 수명은 100년이고, 들소 갑옷의 수명은 200년이며, 합갑合甲의 수명은 300년이다"라고 했다. 동주초묘東周楚墓에서 출토된 피갑을 보면 이런 주장이 근거없는 말이 아니라는 것을 알 수 있다. 철제 갑옷은 아마도 전국시대에 확립됐을 것으로 추측된다. 「여씨춘추呂氏春秋·귀졸貴卒」에서 "조趙나라가 중산中山을 공격할 때 중산 사람 가운데 오구구吾丘鳩이라고 불리는 힘센 자가 있었다. 그는 쇠로 만든 갑옷을 입고 쇠몽둥이를 들고 싸웠다"[121]는 기록이 있는데, 이는 전국 중기에 이미 철갑이 생겼다고 명백히 언급하는 바이다. 「전국책戰國策·한책韓策」과 「사기史記·소진열전蘇秦列傳」에 언급된 '철막鐵幕'도 바로 철갑을 가리키는 것으로 보인다.

전국시대 군대의 무사들은 모두 갑옷을 입었으나 주胄를 다 착용하는 것은 아니다. 1980년대 초기 일련번호 M7인 전국 전기 한묘韓墓에서 출토된 동기에 전쟁 장면으로 된 무늬 장식을 보면 그 전사들이 모두 갑옷을 착용하고 있지만 주를 쓴 사람은 단 한명 뿐이다. 땅에 누워있는 죽은 자의 머리는 이미 승리자에 의해 잘려 나갔다. 몸에 비록 갑옷을 착용하고 있지만 두 개 화살이 꽂혀 있다. 이를 통해 당시 갑옷이 화살을 방어하는 데 별 큰 효과가 없었다는 것을 알 수 있다. 갑옷의 효과적인 기능 강화 문제는 아마 당시 시대에 중요한 화제였을 것이다.

상주시대 청동기 주조업이 발달되면서 청동 투구(胄)도 비교적 일찍 확립됐다. 1930년대 중기 하남성 안양 후가장 일련번호 1004인 고분이 발굴됐을 때, 남묘도南墓道의 북구에서 140점이나 넘는 청동 투구가 꺾창(戈) 투겁창(矛)과 같은 곳에 놓여 있다. 투구의 형제는 거의 같고 주범鑄

가리킨다"라고 했다. 『좌전』에 말한 칠찰七札은 갑옷의 겉과 속의 두께, 그리고 층을 쌓인 수이다, 칠속七屬, 육속六屬, 오속五屬은 갑편의 위와 아래를 연결한 층의 수이다"라고 했다. 안어: 이 모든 것은 '속屬'을 연철한다는 뜻으로 파악할 수 있다는 증거다.

121) 「呂氏春秋·貴卒」

范에서 제작된 투구의 중선中線은 종절縱切된 능척棱脊이 이루어진다. 투구 면에 있는 무늬 장식은 이 능척을 중선으로 삼아 좌우 대칭으로 전개된다. 투구의 형제는 실제 방호 수요에 따라 좌, 우, 후두부를 빙 둘러 아래로 연장되어 귀와 목둘레를 보호하는 역할을 한다. 은대 청동 투구의 무늬 장식은 영감한 상무 정신의 재현이라 할 수 있다. 청동투구 정면에는 수면 문獸面紋이 있고 이마 가운데에 납작한 원형 수비獸鼻가 있으며, 위쪽으로 야수의 눈 모습이 있고, 눈썹은 코에서 좌우로 뻗어나가 두 귀와 연결된 다. 두 개의 뿔을 더 한 경우가 있고, 꼭대기에 세워진 동관銅管로 술장식 을 꽂는 경우도 있다. 주대 청동투구는 은대의 형제와 별차이가 없다. 북경, 요녕, 내몽고 등 지방의 주대 고분에서 더러 발견됐다. 주대 투구 능척이 뚜렷이 드러나지 않다는 점은 은대와 다른 것이다. 투구 테두리에 한 줄의 대두정大頭釘이 볼록 튀어나와 은대 투구보다 간단하다. 은대와 주대 청동투구는 모두 잘 다듬어서 광택을 충분히 내주었지만 안쪽은 울 퉁불퉁하다. 이로 볼 때 투구 안쪽에 부드러운 직물을 덧대고 썼을 것으로 추측된다. 동주시대 청동투구는 은대, 주대보다 잘 만들지 못했다. 1950년 대 후기 요녕성 금서오금당錦西烏金塘의 동주묘에서 출토된 청도 투구는 총길이 19cm이며 제작도 비교적 간단하다. 고대 투구의 제작은 전쟁 형식 의 변화, 쇠의 사용과 무관하지 않았을 것이다. 전국시대에 철제 도무兜鍪 가 이미 확립됐는데 1960년대 중기 하북성 역현易縣 연하도燕下都 일련번 호 M44인 고분에서 철제 도무 1점이 발견됐다. 이는 89개의 철제 갑편을 이어서 엮어진 것으로 총길이가 26cm이며, 꼭대기는 두 개의 반원형 갑편 으로 엮어진 원형 평정平頂이고, 아랫 부분은 원각 방형 갑편으로 위에서 아래로 차례차례 7속屬까지 달고, 윗층이 아래층을 내려누르고 전편이 뒤편을 내려누르는 방법으로 마무리진다. 턱, 이마를 보호하는 5개의 갑 편은 구부린 형태로 되어 있고, 이마 가운데 한 조각이 아래로 내리며 미간을 보호한다. 이런 철제 두무는 가볍고 행동하기 편해 청동 투구보다 더욱 효율적이다.

(9) 패옥

옥으로 꾸미기는 상고시대부터 유행했으며 주대에 와서 패옥으로 멋을 내는 일은 더욱 널리 유행했다. 주천자가 자주 패옥을 대신들에게 하사했는데, 서주 후기 사관史官인 송頌이라는 자가 주강소궁周康邵宮에서 책명을 받은 적이 있다. 이기 명문에 다음과 같이 기록했다.

> 왕은 3년 5월 기사패既死霸 기간인 갑술 일에 주왕성의 강소궁康昭宮에서 의례를 거행한다. 아침에 왕은 태실에 이르러 제나라에 위치했다. 재관宰官인 인引은 송頌을 인도 입실하여 중정中廷에 섰다. 내사內史 윤尹씨가 왕명을 기록한 간책簡冊 영서令書를 왕에게 전달하자 왕은 사관 괵성虢生으로 하여금 간책을 읽어 송에게 명령을 하달하도록 했다. 왕은 말했다. "……너한테 검붉은색 예복, 가장자리에 자수가 놓여진 비단, 붉은 패슬, 주홍색 옥패 등을 하사하노니……" 송이 배알하고 머리를 조려 예를 행하고 영서를 받은 후 이를 몸에 간직한 채 밖으로 나왔다.[122]

하사품 중 '현의玄衣', 즉 검은색 옷이 있으며 이는 '불순黻純'이라는 비단에다 수를 놓은 옷이다. '주황朱黃' 중 황黃은 '행珩'이며 즉 옥패라고도 할 수 있어서 주황색 옥패를 뜻한다. 송頌은 간책簡冊 영서令書를 받고 주황색 옥패까지 받았으니 대단한 영광이 아닐 수가 없었다. <모고정毛公鼎> 명문 기록에 의하면 주선왕周宣王이 대신 모공毛公한테 많은 물품을 하사했는데 그 중 '총황蔥黃', '옥환玉環'도 포함돼 있다. 총황은 「시경詩經·차조 캔다(采芑)」에서 나오는 '푸른 옥패가 잘랑거린다(有瑲蔥珩)'과 같

---

122) <頌鼎>

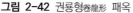
그림 2-42 권룡형卷龍形 패옥   그림 2-43 용봉인물龍鳳人物 패옥

은 것으로 푸른색의 옥패를 가리키는 것이다.

　주대 귀족에게 패옥은 복장처럼 자신의 신분 표시로 여겨, 복장에 패옥
장식이 꼭 필요했다. 「예기·옥조」에서 "옛날에 사대부는 반드시 옥을
찼다"고 했다. 장례식이나 일부 특수 장소를 제외하고 "사대부는 이유없
이 몸에 지닌 옥을 벗지 않는다"며, 마치 덕의처럼 항상 몸에 달고 있다.
사람의 등급에 따라 착용할 패옥의 규격에 대하여 「예기·옥조」에 자세히
기록되어 있다. 주대 '명命'의 본의는 주왕이 신하나 제후를 책명冊命한다
는 뜻인데, 나중에는 책명 때 받은 기물, 복식 등도 '명命'이라 불린다.
그리고 '명'의 수량에 따라 신하와 제후의 관작官爵과 위계位階가 일명一命
부터 구명九命까지 나누어진다. 고대 예서 기록에 의하면 공公과 후백侯伯
의 사士, 자남子男의 대부大夫는 '일명一命'이고, 공公과 후백侯伯의 대부大
夫, 자남子男의 경卿은 이명二命이고, 공公과 후백侯伯의 경卿은 '삼명三命'
이다. '일명'은 주황색朱黃色 슬갑에 검은 패옥을 차고, '이명'은 붉은 슬갑
에 검은 패옥을 차고, '삼명'은 붉은 슬갑에 푸른 패옥을 찬다. 천자부터
각급 귀족까지, 그들이 패용할 수 있는 패옥 및 패옥에 달린 실끈의 색깔도
엄격한 규정에 따라 나누어져 있다. 「예기·옥조」는 아래와 같은 기록이
있다.

천자는 백옥白玉을 차는데, 검은 끈으로 수를 만든다. 공公과 후侯는 산현옥山玄玉을 차는데, 붉은색 끈으로 수를 만든다. 대부는 수창옥水蒼玉을 차는데, 명주실로 꼰 끈으로 수綬를 만든다.

그림 2-44 옥패식

귀족들은 신분에 따라 착용한 패옥이 모두 다르고 죽은 후 부장품도 그 규칙을 어기면 안되는 법이다. 『좌전』 정공定公 5년 기록에 따르면 춘추 후기 노나라 대신 계평자季平子가 죽었다. 가신인 양호陽虎는 군주의 자격으로 패용할 수 있는 옥을 부장시키려고 했는데, 계씨의 또다른 가신인 중량회仲梁懷는 그것을 내주지 않으면서 '걸음걸이가 바뀌면 옥도 바뀌어야 한다(改步改玉)'라고 하며 이를 막았다. 주대 예절에 따르면 지위가 존귀할 수록 걸음걸이도 늦추게 되고, 지위 변함에 따라 걸음걸이의 급서急徐와 장단長短도 변해야 패옥 규격에 맞게 바꿀 수 있었다. '걸음걸이가 바뀌면 옥도 바뀌어야 한다'라는 구실을 통해 패옥은 주대 귀족들의 한가지 신분 표시였음을 확인시켜 준다.

주대 패옥의 형제와 규격은 귀족 등급에 따라 엄격히 구별돼 있을 뿐만 아니라 질료도 매우 다르다. 「고공기考工記·옥인玉人」에서 "천자는 전(全: 순옥)을 사용하고 상공은 용(龍: 잡색)을 사용하고 제후는 찬(瓚: 잡색)을 사용하고 백伯은 장(將: 잡색)을 사용한다"고 했다. '전全'에 대하여 정사농鄭司農은 '순색'으로 해석하고, 정현鄭玄은 '순옥'으로 해석 했는데 두 설을 대조해 보면 정현의 해석이 더 믿음직하다. 『설문』에서 "옥부玉部의 찬瓚을 3옥 2석(옥 60%, 돌 40%)이라고 했는데, 구슬 옥변의 뜻을 나타내는

구슬 옥변과 음을 나타내는 찬贊으로 이룬다.『주례』에서 천자가 '전全'을
사용한다는 뜻은 순옥을 가리키고, 상공上公은 '방駹'을 사용한다는 뜻은
4옥 1석(옥 80%, 돌 20%)를 가리키고, 백伯은 '날埒'을 사용한다는 뜻은
옥 반, 돌 반(옥 50%, 돌 50%)을 가리킨다"고 했다. 고고학적 발견은 이런
주장의 정확성을 이미 입증해 준다. 섬서성 장안 풍서 장가파長安澧西張家
坡 서주 고분군에서 전체 다 진옥이 있는 고분이 하나도 없고, '전全(순옥)'
을 사용한 사람이 하나도 없다는 설명이다." 서주시대 대신 정숙묘井叔墓
에서 출토된 옥기들에 대한 검증결과에 따르면 진옥이 90% 가까이 되고,
가짜는 10%가 넘는다. 이는 '4옥 1석'이라는 비율과 맞아떨어지고 정숙의
'상공上公'이라는 신분과도 부합한다. 이 사실들을 미루어 볼 때「주례
·옥인」에 기재된 제도는 주대에 실시되고 있었다는 것을 알 수 있다.[123]
전문가들은 풍서澧西 옥기 말고도 양저문화 옥기를 4등급으로 나누어 봤
다. 여항 반산묘余杭反山墓는 전부 진옥으로 1등급이며, 상해청보복천산上
海 青浦福泉山은 진옥이 많으며 가짜도 섞여 있어 2등급으로 '방駹'과 '찬贊'
을 쓴다는 설에 맞아 떨어진다. 해녕하엽지海寧荷葉池 두 고분은 진옥과
가짜가 반반 섞인 것으로 3등급인 '날埒'을 쓴다는 것과 부합한다. 하엽지
荷葉池 또 다른 두 고분에서 전부 다 옥을 쓰지 않은 4등급도 나타난 것이
다. 홍산문화의 우하량牛河梁유적 묘지는 옥 쓴 상황을 3등급으로 나눌
수 있다. 전문가는「주례·옥인」에서 말하는 등급을 나누어 옥과 돌의 비율
대로 쓴다는 것은 신석기 말기의 양저문화부터 이미 확립된다고 주장하
며, 홍산문화에서 옥을 쓰는 여부, 그리고 진옥과 가짜를 가리는 등급
차별이 이미 확립되었다. 즉「주례·옥인」에서 말하는 등급대로 옥을 쓰는
일이 이때부터 이미 모습을 드러내고 있었다고 전문가는 주장하고 있다.
필자는 연구자들이 풍서 및 주대 여타 고분 유적의 옥을 쓴 상황대로

---

123) 聞廣·荊志淳,「澧西西周玉器地質考古研究」,《考古研究》, 1993年 第2期.

분석할 때, 「주례·옥인」에서 말하는 등급
대로 옥을 쓰다는 결론이 식견 있는 주장
이라 생각하지만, 이를 근거로 신석기시
대 양저문화와 홍산문화까지 거슬러가는
것은 더 깊히 검토할 필요가 있다고 여긴
다. 양저문화와 홍산문화 시기에 사회등
급의 모습을 드러내고 있긴 하지만, 주대
처럼 등급대로 옥을 쓰지 않았을 것이다.
여항반산묘余杭反山墓에서 '순옥을 쓴다'

그림 2-45 옥조

는 것과 청포복천산青浦福泉山에서 '60%옥인 찬璜을 쓴다'는 것만 근거로
삼아 두 묘주의 신분 차이를 설명할 수 없고, 현재까지 묘주 사이에 어떤
관련이 있는지를 설명할 수 있는 자료는 없다.

　패옥은 복식미를 돋보이게 할뿐만 아니라 움직일 때마다 쟁그랑 딸랑
소리내 울리므로 더욱 멋있고 활기차게 보인다. 「예기·옥조」에서는 주대
귀족이 '걸어갈 때에는 패옥佩玉 소리를 들었다(行則鳴佩玉)'고 했는데,
이는 '사악한 마음이 들어오지 못하게 하는 것(非辟之心無自入之)'에 목적
을 두고 있는 것이다. 패옥이 쟁그랑하며 울리는 소리가 마치 덕의 소리와
같아서 사람이 들으면 사악한 관념의 침입을 막을 수 있다는 주장이다.
「대대례기·보부」편에서 "집에 있으면 예문을 배우고 밖에 있으면 패옥의
쟁그랑 소리를 듣고 마차를 타면 수레 위에 매단 화란和鸞 소리를 들으면
사악한 마음이 들어오지 못한다"[124]고 했다. 여기서도 패옥의 쟁그랑 소리
가 사악한 관념의 침입을 물리치는 데 중요한 수단이라고 언급했다. 주대
사람들의 이런 생각은 실제 생활과 거리가 먼 것으로 추정된다. 패옥의
쟁그랑 소리로 꼭 이런 대단한 효과를 볼 수 있는 것도 아니지만, 주대

---

124) 「大戴禮記·保傳」

사람이 이를 도덕교육에 주입시킨 것은 예절과 습속을 융합시키려는 노력을 해 나가고 있었음을 시사한다. 춘추시대에 초나라 대부大夫인 왕손어王孫圉가 진晉나라를 빙문聘問하게 되어 연회 때 "조자간趙簡子이 패옥의 쟁그랑 소리를 내면서 서로 만난다. 그리고 왕손어한테 '초나라는 그 미옥을 아직 간직하고 있느냐?' 고 물었다. 상대방이 '그렇다'고 하자 조간자는 '그것은 보물이니 가치가 어떻게 되냐'고 물었다"[125]고 했다. 국군의 연회석에 진나라 경卿인 조간자가 상례자로서 자신의 패옥이 울리는 소리를 자랑거리로 여기며, 초나라의 보옥을 알아보았다. 이것으로 보아 그 당시 사람이 패옥이 쟁그랑 울리는 소리를 중히 여겼음을 엿볼 수 있다.

귀족 간에 서로 선물을 주고 받을 때도 패옥은 최우선이었다. 「시경詩經 · 위양渭陽」에서는 "무엇으로 선물을 하겠느냐, 옥구슬과 옥 패물이다"[126]라는 싯구절 있다. 주대 예제를 따르면 귀족 신분따라 패옥의 규격이 다를 뿐더러 옥을 드는 자세까지 신경을 썼다. 춘추 후기에 주邾나라 은공隱公이 노나라에 조빙朝聘 할 때 노애공魯哀公과 주은공邾隱公이 옥을 드는 자세가 올바르지 않아 당시 사람한테 비의를 일으켰던 일이 있었다. 역사 기록에 의하면,

주왕조 은공이 와서 조현하였는데 자공子貢이 그 예를 보았다. 주자가 옥을 높이 들면 그 얼굴이 우러르고, 공이 옥을 낮게 받으면 그 얼굴을 숙였다. 자공이 말했다. "예로 살펴 보건대 두 임금은 모두 곧 죽을 것이다. 예라고 하는 것은 사생과 존망의 주체로 좌우와 주선, 진퇴, 부앙俯仰을 여기에서 취하며, 조회와 제사, 상례와 전쟁을 여기에서 살피게 된다. 지금 정월에 서로 조현하면서 모두 법도에 맞지 않으니 마음이 이미 잃은 것이다. 아름다운 일에 예를 쓰지 않으니 어떻게 오래갈 수 있겠는가? 높고 우러르는 것은

---

125) 「國語 · 楚語」
126) 「詩經 · 渭陽」

교만한 것이며, 낮고 숙이는 것은 쇠퇴하는 것이다. 교만하면 난에 가깝고, 쇠퇴하면 병에 가까운데, 임금이 주인이니 먼저 죽을 것이다!"[127]

자공의 말을 통해 그의 관심의 초점은 바로 옥을 드는 '도度'였다. 주은공과 노애공이 옥을 드는 자세가 '규칙에 맞지 않다(不度)'고 해서 둘 다 재화를 당할 수 있다고 예측하고 있다. '집옥執玉'이란 고대 예서를 따르면 춘추시대에 제후들이 만날 때, 공작公爵, 후작侯爵, 백작伯爵 등급은 규圭를 들고 자작子爵, 남작男爵은 벽璧을 든다고 했다. 주은공과 노애공 둘 다 규칙을 어긴 자세로 집옥했으니, 자공은 이를 죽기 전에 나타나는 징조로 보고 있다.

춘추전국시대에 여러 패옥을 세트로 만드는 경우도 적지 않았다. 1990년대 초기에 발견된 춘추초기 고분에서 적지 않은 옥패 세트가 출토됐다.[128] 일련번호 M92:83인 4점의 황璜과 4점의 행珩으로 구성된 연주옥패

그림 2-46 용모양 옥패

그림 2-47 수면 모양 옥패

---

127) 「左傳·定公·15年」
128) 北京大學考古係·山西省考古研究所, 「天馬-曲村遺址北趙晉侯墓地第5次挖掘」, 《文物》, 1995年 第7期.

聯珠玉佩는 묘주의 가슴 부위에서 발견되었는데 목에 걸어둔 것으로 보인다. 4점의 옥행玉珩, 4점의 옥황玉璜, 4점의 옥규玉圭, 4점의 속요형束腰型 옥편玉片, 2점의 옥패와 옥주, 22점의 옥관, 193점의 마노화관瑪瑙和管, 1점의 녹송석관綠松石管, 149점의 요주화관料珠和管 등 모두 282점으로 구성되어 있다. 옥패의 양측에는 마노, 옥, 요주料珠로 만든 꿰미가 있고 맨 아래에는 옥패로 만든 펜던트가 있다. 옥패 중간에 위에서 아래로 4점의 행珩과 4점의 황璜이 있으며 행珩의 양쪽에는 각각 2점의 옥규가 매달려 있다. 행珩의 양끝에는 용머리가 하나씩 있으며 마주보고 있고 용꼬리는 서로 휘감겨 있다. 옥기는 임랑정묘하고 제작은 아주 세밀하다. 호북성 강릉무창의지江陵武昌義地에서 발견된 전국 후기 초묘에서 채색 목용木俑 2점이 출토됐다. 붉은색과 검은색 묵墨으로 그린 복식은 조형이 아담하고 생생하며 세련된 조각 솜씨로 균형감 있게 느껴진다. 목용木俑의 정면 가슴부분에 걸어놓은 꿰미 패물은 좌우 각각 한 개씩 있고 환環, 주珠, 황璜 등이 포함돼 있다. 두 목용에 착용한 악세사리는 거의 같으나 꿰미의 나열순서만 다르다. 1970년대 초에 산동성 임치 낭가장臨淄郎家莊 1호 동주묘에서 대량 패옥세트가 출토 됐는데, 주요 기형器形은 환環, 주珠, 황璜, 벽璧, 잠형기璽形器 등이 있다. 질료는 옥수玉髓, 육홍옥수肉紅玉髓, 마노, 수정水晶, 자정紫晶, 귤홍석橘紅石, 유리 등 여러 종류가 포함된다. 모두 가공 기술이 정밀하고 탁마공예가 능숙하며 기신器身은 순결하고 투명해서 광채가 눈부시다. 이런 세트로 결합된 패옥은 모두 20세트가 있는데 그 중 옥수 노리개 6세트가 아주 전형적이다. 옥수 노리개의 조합과 꿰는 방법은 두 가지가 있다. 하나는 옥환玉環과 옥잠형玉璽形을 조립한 것으로, 환環을 목거리(네크리스)로 삼아 머리 마주친 모양의 잠형璽形 펜던트를 한쌍씩 여러번 환에 달아주는 방법이다. 옥잠玉璽 머리에 부딪친 흔적이 있는 것을 보면, 조립할 때 서로 마주치게 했다는 것을 알 수 있다. 이 옥패 세트는 6점의 옥환과 11점의 옥잠으로 구성됐는데, 출토 당시 골격의 다리와 발부위에 널려 있어서 아마 하반신에 다는 장식이었을 것으로 추측된다. 또 다른 한 세트는 26개 환으로 구성돼 꿰는 방법은 일단 큰 옥환을 목거리 (네크리스)로 삼아 작은 환環 펜던트를 이어지게 3줄을 달고, 줄마다 8개 환이 있으며 중간 줄의 8개 환이 약간씩 크다. 이는 3줄로 꿴 '옥련환玉連環' 모양의 옥펜던트 목거리 세트다. 낭가장 1호 묘장에서 출토된 수정 노리개 는 14세트나 있으며 꿰는 방법과 조립 형식이 다양하다. 이들은 대략 4가 지로 나눌 수 있는데 첫번째 꿰는 방법은 수정환을 목거리와 끝장식으로 삼아 각종 수정, 자정주, 혹은 적은 양의 귤홍석주橘紅石珠와 육홍옥수주肉 紅玉髓珠 펜던트를 꿰어 만든 것으로 하반신에 달린 장식이다. 두번째 꿰는 방법은 수정환水晶環과 옥수황玉髓璜을 목거리와 끝장식으로 삼고 각종 수정, 자수정, 다른 구슬들 펜던트를 꿰어 만든것 인데, 이는 가슴부위에 거는 장식이다. 셋번째 꿰는 방법은 5~8개의 수정환으로 구성되어 첫번째 방법과 같지만 이는 하반신에 달린 장식이다. 네 번째 꿰는 방법은 수정환 과 옥수잠형기玉髓蠶形器를 목거리와 끝장식으로 삼고 꿰어만든 것인데, 이는 출토 당시 목에 걸려 있는 장식이라 옥거리로 추정된다. 낭가장 1호 묘장에서 출토된 옥수玉髓와 수정 위주로 만든 옥 펜던트 목거리들은 아주 정미하고 일부 펜던트에는 부딪힌 흔적이 남아 있다. 이것으로 미루어 볼 때, 이들은 당시 귀족이 차고 다녔던 실용적인 장식품이고 명기가 아니 라는 것을 알 수 있다. 이런 장식품은 사람 몸에 착용하면 빛나고 걸어다닐

그림 2-48 백수정 구슬

그림 2-49 자수정 구슬

때마다 영롱한 구슬 소리가 나서 귀족은 이것들을 아주 고급 장식품으로 간직한다. 1994년 하남성 신채 갈릉新蔡葛陵 전국 후기 초나라 봉군封君인 평야군성平夜君成의 고분에서 출토된 백수정과 자수정 장식품은 모두 투명하고 영롱하며 정미함이 가득하다. 이를 통해 전국시대 사람들이 주옥 장식을 얼마나 선호했는지 알 수 있다.

3. 하·상·주 시대에 복식 습속의 특징과 지역 특색의 확립

사회적인 화락과 너그러운 분위기에 맞게 이 시기의 복장도 다분히 관대한 스타일이었고 박포관대博袍寬帶가 유행하고 있었다. 물론 하·상·주 시대에는 복식 또한 사회 등급의 한가지 표시가 됐다. 특히 주대 분봉제도와 종법제도의 보완과 엄격한 사회 등급의 구별로 인해 복식에서 더 많은 차별이 드러나고 있었다. 귀족과 서민의 복식이 다를 뿐만 아니라 귀족 사이에 등급에 따라 복식도 높고 낮은 급으로 구별됐다. 한대漢代 사람은 "대부와 유생이 가죽 두루마기와 봉액의縫腋衣를 입고 소매에 표범가죽 장식을 달며 서민은 털덧바지와 반바지, 그리고 짧은 윗도리를 입고 숫염소 가죽 옷을 입는다"[129]고 했는데, 당시 주대 상황을 설명해 준다. 피라미드 꼭대기에 있는 주왕의 복식은 그야말로 최고 등급 귀족 복식의 집중 연출로 눈길을 끌었다. 「주례周禮·사복司服」에서 아래와 같이 설명했다.

왕의 길복吉服은 호천昊天의 상제上帝에게 제사지낼 때도 이와 같이 한다. 선왕先王에게 제사지낼 때 곤면袞冕하고 선공先公에게 제사 지낼 때나 연회를 베풀어 빈객을 접대하거나 활쏘기할 때는 별면鷩冕한다. 사망四望이나

---

129) 「鹽鐵論 散不足」

사천에 제사지낼 때는 취면毳冕하고 사직社稷이나 오사五祀에 제사지낼 때는 희면希冕하고 모든 소소한 제사에는 현면玄冕한다. 군사의 일에는 위변韋弁을 쓴 예복을 입고 조회 볼 때는 피변皮弁을 쓴 예복을 입는다. 사냥할 때는 관변冠弁을 쓴 예복을 입고 모든 흉사兇事에는 복변服弁으로 쓴 예복을 입고 조사吊事에는 변질弁絰한다.130)

주왕의 복식은 장소에 따라 다르고 뒤섞이면 안된다. 그래서 전문적으로 왕의 복식을 돌보는 '사복司服'이라는 직관까지 설치 돼 있었다. 왕후의 복식을 맡은 사람은 '내사복內司服'이며 왕 밑에 있는 각급 귀족의 복식을 왕과 헷갈리게 하면 안된다. 이는 역시 여러 등급으로 나누어진다. 고대 예서에 이하와 같이 설명하고 있다.

공公의 의복은 곤면袞冕부터 아래로 왕이 입는 것과 같고 후작侯爵이나 백작伯爵의 의복은 별면鷩冕부터 아래로 공公이 입는 것과 같고, 자작子爵이나 남작男爵의 의복은 취면毳冕부터 아래로 후작과 백작이 입는 것과 같고, 고孤의 의복은 희면希冕부터 아래로 자작과 남작이 입는 것과 같고 경卿이나 대부大夫의 의복은 현면玄冕부터 아래로 고孤가 입는 것과 같다. 그 흉복兇服은 대공大功이나 소공小功을 더하고 사士의 의복은 피변皮弁부터 아래로 대부의 복과 같고 그 흉복은 또한 같다. 그 재복齊服은 현단玄端과 소단素端이 있다.131)

여기서 주왕 밑에 있는 공公, 후작侯爵, 백작伯爵, 고孤, 경卿, 대부大夫, 사士 등 여러 등급의 복식을 나열하고 그들 간의 차이를 명확하게 설명하고 있다. 주대 귀족은 복식 규정을 철저히 지켜야 하며 그렇지 않으면 사회 여론의 비난 받고, 심지어 목숨을 잃는 재앙까지 당했다. 춘추시대에

---

130) 「周禮·司服」
131) 「周禮·司服」

귀족이 이 때문에 죽음 초래한 사례가 있다.

> 정나라 자화子華의 동생 자장子臧이 송나라로 도망가 있었는데 황새 털을
> 모아 만든 관冠을 좋아했다. 정나라 군주인 백작이 그 소문을 듣고 그를
> 미워하여 악한 자로 하여금 그를 유인하여 8월에 진陳나라와 송나라의 경계
> 선에 그를 죽였다.132)

이른바 휼관鷸冠은 전해진 바에 의하면 도요새 털로 만들어서 천문 현상
을 맡은 전문직이 쓰는 모자다. 정나라의 자장이 이 모자를 잘 못 썼기
때문에 국군한테 미움을 사 목숨까지 잃게 되었다. 이와 같이 춘추시대
사회에서 휼관을 써서 중형을 받은 다른 기록도 있다. 호북성 강릉 장가산
江陵張家山 일련번로 M: 24인 고분에서 출토된 「주헌문奏讞書」에 기록한
노나라 사례가 있다.133) 간문簡文을 따르면 "옛날에 노나라의 법은 1전에
서 20전까지 훔치면 1양의 벌금을 물어야 한다"134)고 했다. 좌정佐丁은
곡식을 3말을 훔치고 3전錢의 가치에 상당한 1금金의 벌금을 물어야 한다.
그런데 주 책임자인 유하계柳下季는 좌정의 처자까지 노비로 강등하라는
판결을 내린다. 이런 양행은 원래 200에서 1000금을 훔칠 때 받는 처벌인
데 왜 이렇게 엄하게 처벌했을까? 유하계는 다음과 같이 설명했다. "좌정
이 처음 잡혀왔을 때 머리에 휼관鷸冠을 쓰고 있었는데 경력을 보니까
'예의를 가르칠 수 있다'고 적혀 있다. 유복을 입는 유생이면 예로써
원래 군자의 학문을 알고 군자의 절개를 지켜야 한다. 도둑은 덕이 없는
사람이고 타고난 성질을 지닌다. 좌정은 원래 덕 없는 사람이며 오히려

---

132) 「左傳·僖公·24年」
133) 江陵張家山漢簡整理小組「江陵張家山漢簡<奏讞書> 釋文」(2),《文物》, 1995年 第3
    期.
134) 异时鲁法：盗一钱到卄, 罚金一两.

군자의 절개를 지닌 척 하고 군자의 학문을 아는 척 하니 가짜 경력까지 만들어 우리에게 사기를 친 것과 마찬가지다"라고 하며 중형을 가한 것이다. 좌정이 쓴 '관冠'은 바로 흉관이고 춘추전국시대 벼슬자리에 있는 사람이 쓰는 관이다. 장자는 「장자莊子 · 천지天地」편에서 "가죽 관冠이나 물총새 깃털로 된 갓, 띠에 꽂은 홀笏이나 길게 늘어뜨린 대대大帶로 밖에서 몸을 묶는다"고 하면서 벼슬살이를 하고 있는 사람 겉모습의 특징을 말해 주고 있다. 좌정은 이런 모자를 쓰면서 도둑질을 하니, 유하계의 성질을 건들려 상례를 깨고 더 엄중한 처벌이 내려진 것이다. 전국시대에 옛귀족 등급은 깨졌지만 새로운 등급 구별이 여전히 존재하고 있었다. 그래서 상앙변법 때 "존비봉록尊卑俸祿의 등급을 분명하게 하여 각기 차등을 두었다. 한 가정이 점유하는 전택田宅의 넓이와, 신첩노비臣妾奴婢의 수, 그리고 의복의 제도도 집안의 직위의 등급에 따라 차별이 있다"[135]고 했다. 선전시대 사람의 복장에 대하여 한대 사람은 "그래서 서인庶人들을 포의布衣라고 불렀던 것입니다. 그 후세에 이르러서도 비단 속감에 베로 겉감을 하고, 곧은 옷깃에 무릎덮개는 만들지 않았으며, 도포를 잇는 데 장식을 두르지 않았습니다. 무릇 가벼운 비단과 섬세하게 짠 비단과 문양을 수놓은 비단은 군주나 왕후, 왕비의 의복입니다. 멧누에실로 짠 두꺼운 비단과 겹사 비단과 흰 견사로 짠 비단도 혼인식 때나 사용되는 좋은 옷감입니다. 그래서 수놓은 비단과 섬세하게 짠 비단은 시장에서 팔지 않았습니다"라고 하였는데, 이는 실제 상황과 아주 가깝다고 할 수 있다.

주대 귀족은 공식적인 자리에서 단정하고 깔끔한 복식에 신경을 쓰고, 옷차림을 단정하고 멋스럽게 꾸며야 예법에 대한 특별한 마음을 드러낼 수 있다고 여겼다. 「맹자孟子 · 공손추公孫醜」상편에 "한 고을의 향인과 더불어 서있을 때에 그의 관이 바르지 않다고 생각되면 앞으로만 보고 뒤도

---

135) 「史记 · 奏讞書商君列传」

돌아보지 않고 떠나가, 마치 장차 그들에 의하여 더럽혀질 듯이 여긴다"[136]고 했다. 옷차림이 단정하지 못한 사람은 무시당하고, 다들 자신을 더럽힐 까봐 멀리했다. 한편으로 당시 귀족이 융통성이 없지는 않았다. 예를 들어, 「순자荀子·대략大略」에서 "제후가 그 신하를 부르거든, 그 신하는 수레가 준비 되기를 기다리지 않고 허둥지둥 바지와 저고리를 바꿔 입으면서도 달려가는 것이 예禮이다.『시경』에 '옷을 거꾸로 입었으니 관청에서 급히 불러서라네'[137]라고 했는데, 이는 옷을 제대로 단정히 입지 못한 채 달려가는 것이 군주에 존경을 표한 행동으로 여긴 것이다. 사람들은 그것을 당시 예법에 걸맞는 행동으로 여겼다.

사회 발전에 따라 사람들은 복식과 습속 간의 관계에 대하여 점차 깊은 인식을 가지게 됐다. 춘추 말년에 공자는 복식은 그 고장에 가면 그 고장의 풍속을 따라야 한다고 주장한 적이 있고, 제자들에게 옷차림을 예법에 맞게 해야한다고 하기도 했다. 『사기』에서 아래와 같이 설명했다.

> 자로子路는 성질이 거칠고 용감했으며 의지가 굳건했다. 수탉의 깃털로 만든 관을 쓰고 수퇘지 가죽으로 만든 칼집을 찾으며, 공자를 업신여기며 폭행조차 하려고 했다. 그러나 공자가 예로써 점차 중유를 유도했던 까닭에 나중에는 유가의 옷을 입고 폐백을 드린 다음 문인들을 통해 공자의 제자가 되기를 원했다.[138]

옷차림에 별 신경 안쓴 자로가 드디어 예법의 요구대로 '유복儒服'을 차려 입었다. 복식이 사회 습속과 사상에 미친 영향에 대하여, 공자는 「순자荀子·애공哀公」편에서 다음과 같이 깊이 있게 논했다.

---

136) 「孟子·公孫醜」
137) 「荀子·大略」
138) 「史記·仲尼弟子列傳」

노나라 애공이 공자에게 물었다.

"내가 우리 나라 선비들과 함께 나라 다스리는 것에 대해 논하고자 하는데 감히 묻습니다만 어떻게 취하야 합니까?"

공자가 대답했다.

"지금의 세상에 태어나서 옛날의 도에 뜻을 두고 지금의 세상에 따라 살며 옛날의 복장을 입으면서 옛것들을 버리고 옳지 않은 일을 하는 자는 또한 드물지 않겠습니까?"

"그렇다면 은殷나라 관을 쓰고 신코를 장식한 신과 큰 띠를 매고 홀笏을 꽂은 자라면 이들을 어질다고 할 수 있습니까?"

"반드시 그렇지는 않습니다. 대저 단정한 옷에 조복을 입고 갓을 쓰고 수레를 탄 자는 마음이 훈채를 먹는 데 있지 않고 상복을 입고 짚신을 신고 상장喪杖을 짚고 죽을 먹는 자는 마음이 술이나 고기에 있지 않은 것입니다. 지금의 세상에 태어나서 옛날의 도에 뜻을 두고 지금의 풍속에 살며 옛것을 버리고 옳지 않은 짓을 하는 자는 비록 있다 하더라도 또한 드물지 않겠습니까?"

애공이 말하기를, "좋은 말입니다."

공자 입장에서 옷차림은 사람의 행동과 규제와 관련된다. 옛옷을 입는 사람이라면 옛 예법에 따를 것이니 옛 옷을 입고 나쁜 짓을 하는 사람은 상상하기 힘들다. 옷차림은 사람으로 하여금 자신의 책임을 잊지 않게 한다. 장복을 입고 복상服喪하고 있는 사람이 매일 죽만 먹으니 고기, 술 생각을 하지 않을 것이다. 공자가 관을 쓰고 신코를 장식한 신과 큰 띠를 매고 홀笏을 꽂은 사람이 꼭 현자라고 할 수 없지만, 이런 식으로 옷차림을 하는 사람은 원대한 포부를 가진 자가 많다는 주장이다. 노애공이 공자에게 큰 띠 두르고, 위관委冠, 장보관章甫冠을 쓰는 것이 '인仁'에 이롭냐고 물어봤는데, 공자는 엄숙한 표정으로 다음과 같이 대답했다. "상복을 입고 상장을 짚는 이가 음악을 듣지 않는 것은 귀가 능히 들을 수 없어서가 아니라 그 복장이 그렇게 시키는 것입니다. 제복을 입은 이가 파나 마늘을 먹지 않는 것은 입이 능히 맛볼 수 없어서가 아니라 그 복장이 그렇게 시키는 것입니다"[139])라고 했다. 공자는 대답을 통해 옷차림이 '인仁'에 미친 적극적인 영향을 시인했다. 여하튼 하·상·주 시대 사람들의 복식과 사회 습속 간의 밀접한 관계에 대한 논의는 점차 성숙한 단계에 접어들었음을 보여준다.

사회 발전에 따라 복식도 변화하는 법이다. 하·상·주 시대는 특히 등급 제도의 변함에 따라 복식의 변화에서도 중요한 역할을 했다. 예를 들어 관은 귀족의 한가지 표시이고 평민들은 두건巾幘만 쓸 수 있다. 그래서 옛사람은 '서민이 두건을 쓰고 유생은 관을 쓴다(庶人巾, 士冠)'고 했다. 이런 상황은 전국 후기가 돼서야 변화하기 시작했는데, 전국 말년의 성서된 「여씨춘추呂氏春秋·상능尚農」에서는 다음과 같이 말했다.

> 농사철 바쁠 때는 토목 공사를 일으키지 않고 전쟁을 벌이지 않는다. 서민들은 관을 써 성년 의례를 치르거나 부인을 맞이하거나 딸을 출가시키거나 제사를 지내거나 하지 않고 술을 빚어서 여러 사람을 모아 잔치를 베풀지도 못한다. 농민들은 군주에게 알린 자를 제외하고는 감히 개인적으로 일꾼을 사서 일을 시킬 수 없다. 이러한 일들은 농사 철에 해가 되기 때문이다.[140])

'서인불관庶人不冠'에 대하여 이전 연구 성과에 따르면 '서민들은 관을 안쓴다'고 해석했지만, 지금 다시 분석하면 상황이 오히려 달라질 수 있다. 『여씨춘추』에서 나온 이 말의 뜻은 농사일이 바쁠 때 서민은 각종 농사 이외의 행사들을 하지 않다는 뜻이다. 예를 들어 장가가거나 시집가거나 관례를 거행하는 일도 포함된다. 전국 말년에 와서 상황이 많이 바뀌어

---

139) 「荀子·哀公」
140) 「呂氏春秋·尚農」

이로 인해 복식도 달라졌다. 원래 귀족만 쓸 수 있는 관을 서민들도 쓸 수 있게 되고 관례도 서민까지 보급됐다. 그렇지만 관례를 행할 수 있는 서민은 비록 귀족은 아니지만 비천한 노작을 하는 사람은 역시 못하며, 서민 중의 부자라는 점에 유의해야 한다. 조무령왕趙武靈王은 호복기사胡服騎射의 사례를 통해 새로운 사회가 요구하는 것은 복식 발전의 원동력이 될 수 있다고 말했다. 순자荀子는 전국 말년 사회에 이같은 상황에 대해 말한 적이 있다.

> 이제 세속의 난군亂君들과 향촌의 경박 소년들이 아름답고 곱게 단장하고, 여자처럼 고운 옷을 입고, 그 고운 혈색과 태도가 여자같이 곱다. 부인들은 모두 남편 못된 것을 한하고 처녀들은 자기 신랑감이기를 원하여, 집을 버리고 도망쳐 따라가려는 여자들이 가끔가끔 나타난다.141)

전국 말년 사회에 경박하고 교혜한 남자들이 이상한 옷차림으로 여자처럼 요염하게 꾸몄는데 이런 남성이 오히려 당시 여자들한테 인기가 최고였다. 젊은 여자들은 이런 남자를 신랑감으로 삼고 싶고, 심지어 함께 가출할 각오까지 하기도 했다. 기특한 복장의 광범위한 영향 아래서 남성들에게 그에 대한 선호도가 더욱 높아지고, 빠른 속도로 발전하는 도시의 변화로 인해 주민의 복식은 점점 화려해졌다. 기특한 복식에 대한 관심이 복장 발전의 원동력이 되고, 복식 습속의 발전은 막을 수 없는 추세로 변해갔다.

하·상·주시대 각 지역 간에 연관이 점점 많아짐에 따라 상당히 광범한 지역의 복식이 서로 융합되는 경향이 나타나기 시작했다. 남부지방 초지楚地에서도 중원 화하華夏 제후국의 복식을 선호했다는 점이 바로 이 사실을 설명해 준다. 호북성 강릉마산江陵馬山 벽돌·기와 공장 1호 고분에서 출토

---

141) 「荀子·非相」

된 옷과 이부자리(衾)가 모두 19점, 금금錦衾 3점, 협금夾衾 1점, 비단 두루마기 8점, 단의 3점, 겹옷 1점, 치마 2점, 비단 바지 1점이 있고, 복장들의 형제는 중원 지역과 거의 일치한다. 그 중 두루마기는 고서에 기록된 중원 지역에서 유행했던 심의深衣의 '속임구변續衽鉤邊' 특징도 가지고 있다. 초나라는 항상 '만이蠻夷'의 행세를 했지만 복식면에 있어 중원 지역 복식 습속의 영향을 받아들인 셈이다. 그리고 북방지역의 중산국中山國은 고대 호인胡人 계통에 속한 '백적白狄'의 후예였지만 복식면에 있어 호복胡服의 특징이 없다. 1970년대 하북 평산현平山縣 중산국 왕실 고분에서 발굴된 인상人像를 예로 들면, 은수인용銀首人俑, 옥인玉人에 나타난 복장은 모두 너른 옷과 큰 도련(寬衣博裾)을 지니고 있어서 화하족 복식과 같은 형제로 보인다. 이런 복식습속은 중원지역과 매우 닮아 보인다.

복식습관을 서로 융합하면서도 당시 지역적인 차이가 드러났다. 오吳나라, 월越나라 지역에는 문신습속이 바로 전형적인 예가 되고 있었다. 오월吳越 지역에서 문신습속은 아주 오랜 전부터 있었다. 전한 바에 의하면 늦어도 상대 말에서 주대 초에 오태백吳太伯, 중옹仲雍이 오지吳地에 왔을 때 이미 이런 문신습속이 있었다. 『좌전』애공7년의 기록에 의하면,

> 태백太伯은 현단玄端과 위모委貌로 주례를 다스렸고, 중옹仲雍이 그 뒤를 이었는데 머리를 자르고 문신을 하고 벌거벗고 장식을 했다.[142)

이 기록을 통하여 오태백이 그 고장에 가면 그 고장의 풍속을 따라야 한다는 조치를 취했음을 알 수 있다. 한편으로 오지吳地 복식의 지역특색도 짐작하게 된다. 오태백 시대에는 검은색 예복(玄端)을 입고 오나라를 다스렸지만, 중옹 시대에 와서는 머리카락을 자르고 몸에 물고기와 용무

---

142) 「左傳·哀公·7年」

늬를 새김으로써 오지의 옛습속을 따르게 한 셈이다. 이것으로 미루어 볼 때 일직 오태백 이전부터 문신이 이미 그 지역 주민들의 습속이었다고 볼 수 있다. 몸뿐만 아닌 이마에도 무늬를 새겨, 고대에는 이를 '조제雕題' 라고 했는데 오월 지역에서 이런 문신, 조제 습속이 전국시대에 들어서도 여전히 존재하고 있었다. 그래서 전국시대 문헌에는 다음과 같은 기록이 있다.

> 머리를 짧게 자르고 몸에 문신을 하고 팔에 무늬를 아로새기고 옷깃을 왼쪽으로 여미는 것은 구월甌越 백성의 관습입니다. 이를 검게 물들이고 이마에 무늬를 새기고 물고기 가죽으로 만든 모자를 쓰고 조악하게 만들어 진 옷을 입는 것은 오나라의 풍습입니다. 예법이나 복장은 같지 않으나 편리 한 것을 추구하는 것은 마찬가지입니다.143)

여기서 '흑치黑齒'는 풀로 이빨을 검게 물들임이다. 이는 역시 오지 주민 들의 한가지 습속으로써 그 지역 주민 사이에 아주 보편화 되어 국군이라 도 예외가 없었다. 옛문헌에서 '월왕 구천이 머리를 자르고 문신을 새겨서 나라를 다스린다'144)라는 설까지 있다. 「장자莊子 · 소요유逍遙遊」편에서는 "송宋나라 사람이 장보章甫라는 관冠을 밑천삼아 월越나라로 갔으나, 월나 라 사람은 머리를 짧게 깎고 문신文身하고 있어서 관이 소용없었다"145)라 고 했다. 송나라 사람은 장보라는 은대 관면을 가지고 오지에서 팔려고 했지만, 뜻밖에도 월나라 사람은 머리를 짧게 하는 습속이 있어 큰 코 다친 셈이다. 여기서 '단발斷髮'은 짧은 머리 단장이다. 1979년 강서성 귀계 貴溪에서 암동묘장군巖洞墓葬群146)이 발견됐는데 춘추 후기나 전국 초기

---

143) 「史記 · 趙世家」
144) 「墨子 · 公孟」
145) 「莊子 · 逍遙遊」

간월족干越族의 무덤에 속한다. 일련번호 M2인 고분에서 남성 골격의 두 골 우측에 대략 5cm 길이인 머리카락 한 가닥이 발견됐다. 머리카락의 양끝이 비교적 정연하고 죽은 자 생전에 머리를 깎아 놓고, 죽은 후에 널에다 부장시킨 것으로 추정된다. 이는 고고과정에서 발견된 '단발'의 실물이다.

오·월 지역에서 짧은 머리와 문신습속의 확립은 그 지역의 자연환경과 연관되어 있었다고 판단할 수 있다. 짧은 머리는 습열한 기후에 노작하는 데 필요하고, 문신은 물고기잡이에 적합하며 종교 신앙과도 무관하지 않다. 「회남자淮南子·원도훈原道训」에서는 "구의九疑 남쪽은 육상에서 하는 일이 적고 수중水中에서 하는 일이 많아 사람들은 짧은 머리에 문신을 하여 물고기 비늘과 비슷하게 한다"147)고 했다. 이를 통해 문신은 '수사水事' 노작을 위한 것으로 볼 수 있다. 월지越地 주민이 "바다가에 자리를 하고 속국에 처하며 교용도 우리와 다투어서 머리를 짧게 깎고 문신해서 빛나고 화려하게 해 마치 용자龍子처럼 보임으로써 수신水神를 피할 수 있다"148)고 여겼다. 그 지역의 주민들은 머리 깎고 문신하는 것이 '수신'의 재앙을 피할 수 있다고 생각한다. 이 같은 습속이 실은 종교 영향의 요소도 있다고 본다. '빛나고 화려하게 한다(爛然成章)'는 말을 통해 문신으로 당시 사람 심미 의식에 부합된 효과를 보았다고 할 수 있다. 이러한 습속을 화하족 지역에서는 찾기 어렵고 화하 제후국의 사회관념과 일정한 관계가

---

146) 江西省歷史博物館·貴溪縣文化館,「江西貴溪崖墓發掘簡報」,《文物》, 1980年 第11 期.

147) 「淮南子·原道訓」

148) 「說苑·奉使」. 안어: 주대 중국 남부 지방 구월甌越 지역 사람은 실제로 문신 풍속이 있었다. 광서廣西 무명현武鳴縣 마두원용파馬頭元龍坡 일련번호M101인 주묘周墓에 서 장방향 납작한 구리바늘 두 개가 출토됐다. 바늘의 한쪽의 끝에 길이 0.8cm의 침자針刺가 있는데 발굴자는 이를 낙월駱越 사람의 문신 도구로 추정했다. (馬頭發 掘組,「武鳴馬頭墓葬與古代駱越」,《文物》, 1988年 第12期.) 이는 믿음직 한 주장다.

있다고 본다. 유가 사회 윤리관념에 의하면 "무릇 신체는 부모님에게서 받은 것이니 함부로 훼손하지 않는 것이 효도의 첫 걸음이며, 몸을 세워 도를 행하고, 이름을 널리 알려 부모를 돈보이게 하는 것이 효도의 끝이다"[149]라고 했다. 이런 관념의 지배 아래서 머리 깎고 문신하는 일은 부모한테 받은 신체를 훼손시키는 일이며, 어떤 상황에서라도 해서는 안되는 일로 여겼다. 우리는 이를 통해 복식습속의 차이를 알 수 있으며, 이 역시 서로 다른 지역과 다른 족속 사람의 사회관념의 차이로 인한 것으로 인식된다.

춘추전국시대 각 나라 군주의 복식은 지역적 차이만이 아니라 호감에 따라 다르기도 했다. 「묵자墨子·공맹公孟」에 이런 언급이 있다.

> 옛날에 제齊나라 환공桓公은 높은 관을 쓰고 넓은 띠를 띠고서 금칼을 차고 나무 방패를 들고 그의 나라를 다스렸는데 그 나라는 잘 다스려졌소. 옛날 진晉나라 문공文公은 거친 천으로 만든 옷과 암양 갖옷을 입고 가죽끈으로 칼을 띠에 차고서 그의 나라를 다스렸는데 그 나라는 잘 다스려졌소. 옛날의 초나라 장왕莊王은 화려한 관에 색실로 짠 관끈을 달고 풍성한 웃옷에 넓직한 용포를 입고서 그의 나라를 다스렸는데 그 나라는 잘 다스려졌소. 옛날 월나라 임금 구천勾踐은 머리를 깎고 문신을 하고서 그의 나라를 다스렸는데 그 나라는 잘 다스려졌소 이 네 임금들은 그들의 옷이 같지 않았지만 그들의 행동은 한결같았소.[150]

제환공, 진문공, 초장왕, 월왕구천 4명의 군주의 복식이 각각의 특색을 지닌 것은, 제, 진, 초, 월 4개의 나라에서 서로 다른 복식습속과 관련되고 개인적인 성격과 선호도와도 관련된다는 것이 틀림없다. 춘추시대는 예절이 성행하는 시대였지만 복식상 일부 사람은 예절을 벗어나 마음대로 할

---

149) 「孝經·開宗明義」
150) 「礼记·王制」

수도 있었다고 본다.

　주대 화하 제후국의 통치자들은 복식의 차이에 대하여 다음과 같이
서로 다른 두 가지 태도를 취했다. 하나는 화하족 거주지역의 주민들에게
'기이한 옷'을 금지시키는 것이다. "음란한 음악(淫聲), 괴이한 의복(異服),
기이한 재주(奇技), 기이한 재물(奇器)을 만들어서 민중을 의혹시키는 자
는 이를 죽인다"고 했다. 기이한 옷을 만든 사람은 대역 무도로 여겨 반드
시 죽여서 이를 금지시켰다. 규격에 맞지 않거나 색깔을 요구대로 하지
못한 제작용 포백도 나타나서는 안되었다. "포백의 곱고 거칠음이 정해진
승수升數에 맞지 않고 너비의 넓고 좁음이 규정된 양量에 맞지 않는 것을
저자에서 팔아서는 안되며, 간색奸色 즉, 정색正色을 어지럽게 만드는 물건
을 저자에서 팔아서는 안된다"151)는 규정이었다. 이러한 규정들은 분명히
사회 등급 제도를 유지하기 위한 것이었다. 앞서 기이한 옷때문에 죽음을
당한 사례를 통해, 이들의 규정이 비교적 엄격하게 실시되었다는 것을
알 수 있다. 복식에 대한 또다른 한가지 태도는 변방 지역과 다른 족속
사람의 복식에 대하여 너그러운 정책을 실시한 것이다. 그들에게는 꼭
일치하지 않아도 된다는 태도였다. 이런 내용에 대해 유가 학설에서 다음
과 같은 논술이 있다. 「예기禮記·왕제王制」에는,

　　무릇 백성의 일용 필수품을 저적儲積하여 수용에 대비하는 일은 반드시
　천지의 춥고 따뜻함과, 건조하고 저습함과 넓은 골짜기와 큰 하천에 따라
　그 형태를 달리한다. 그 사이에 살고 있는 백성들은 풍속이 다르며, 그 성질
　과 기풍의 강유剛柔와 경중輕重과 지속遲速이 같지 않으며, 오미五味의 조화
　가 다르고 기계의 제작이 다르며, 그 의복이 그 기후에 따라서 다르다. 그러
　니 마땅히 제작이 다르며, 그 의복이 그 기후에 따라서 다르다. 그러니 마땅
　히 그들의 교화를 닦을 뿐 그 습속을 바꾸지 않으며, 그들의 정치를 정제整齊

---

151) 「禮記·王制」

할 뿐 그 마땅한 바를 바꾸지 말아야 한다. 중국과 사방의 오랑캐 그 오방五方의 백성들은 모두 각기 특성이 있어서 그것을 변역變易할 수 없다. 동방의 오랑캐를 이夷라고 한다. 그들은 머리털을 풀어헤치고 몸에는 문신文身을 새겨넣었으며 화식火食을 하지 않는 자도 있다. 남방의 오랑캐를 만蠻이라고 한다. 이마에 먹물을 넣어 새기고, 양쪽 발가락을 서로 향하게 하고 걷는 습성이며, 화식을 하지 않는 자도 있다. 서방의 오랑캐를 융戎이라고 한다. 그들은 머리털을 풀어헤치고 가죽옷을 입으며, 곡식을 먹지 않는 자도 있다. 북방의 오랑캐를 적狄이라고 한다. 그들은 새의 깃과 털로 옷을 만들어 입으며, 땅굴에서 살고 곡식을 먹지 않는 자도 있다. 중국과 동이東夷·남만南蠻·서융西戎·북적北狄이 모두 그들 나름대로 편안히 사는 집이 있고, 적절한 의복이 있고, 이롭게 쓰이는 기물이 갖추어진다. 5방 백성의 언어가 불통하고, 욕구도 같지 않다. 그 뜻과 욕구를 소통 하게 한다.

지역에 따라 자연 조건이 다르고 복식 포함된 각종 풍습의 차이가 있다는 것은 당연한 일이다. 개명한 통치자라면 발전 추세에 따라 유리한 방향으로 이끌고, 꼭 만장일치하게 억지로 강요하지 않는다. '옷이 다르면 좋은 점이 많다(衣服異宜)'는 말은 각 지역의 환경 조건에 적합한 결과다. 이른바 "교화를 시키고 그 풍속을 바꾸지 않았으며, 그들의 정치를 정제시키고 그 마땅한 것을 바꾸지 않았던 것이다."[152] 이러한 태도는 실용적일 뿐만 아니라 개명한 주장이기도 한다. 이는 유가 학설 중 화하족 풍습문제에 대한 너그럽고 넓은 도량과 포용력을 보여준다.

---

152) 「禮記·王制」

선진시대 사회 생활풍속에 있어서 거주는 매우 중요한 사항이고 당시 사람의 사회 습속 관념을 환경에 투영한 한가지 표현이라고 할 수 있다. 오랜 동안 생산력이 저하된 상황 아래서 점점 발전해 나가면서 다진 이 시기의 거주 환경에 대한 연구는 선진 민속 연구에 있어서 매우 의미 있는 작업이라고 여긴다.

1. 구석기시대 사람의 거주 상황

사회 생산력이 무척 저하된 구석기시대 초기와 중기에 사람들은 집을 짓는 방법을 터득하지 못해서 혈거穴居와 소거巢居가 주요 거주 방식이 되었다. 집을 짓기 시작한 것은 신, 구석기 교체 시기부터였다고 본다. 이런 상황에 대하여 고대 예서禮書에는 다음과 같은 설이 있다.

(1) 구석기시대 사람의 거주 상황

> 옛날 왕들에게도 아직 집이란 것이 없었을 때에는 겨울에는 동굴에서 살고 여름에는 나뭇가지를 모아서 만든 보금자리 위에 누워서 잤다. ……이윽고 그 후에 성왕聖王들의 세상이 되고 불의 이용이 시작됐다. 금속 기구가 만들어지고 벽돌이나 도자기가 구워졌으며, 그것들과 재목을 사용해서 가옥이 세워졌다.[153)]

'영굴營窟'과 '소巢'는 바로 혈거와 소거를 가리키며 이는 최초의 거주

---

153) 「禮記·禮運」

방식이었다. 이런 거주 방식은 후세에 와서도 특수 상황일 때는 여전히 이런 거주 방식을 선택하곤 했다. 전한 바에 의하면 요순堯舜시대 홍수가 범람했을 때 사람들은 할 수 없이 나무 위에나 동굴에서 살았다. 맹자는 "바로 요임금 때에 물이 역류하여, 나라 안에 범람하여 뱀과 용이 여기서 살거니, 백성들이 정착할 데가 없어서 낮은 지대에 사는 사람들은 나무 위에 둥지를 틀고, 높은 지대에 사는 사람들은 땅굴을 파고 살았다"[154]고 했다. 한대 사람은 "순舜임금 때 공공共工이 홍수를 불러일으키어……, 백성들은 모두 구릉丘陵과 나무 위로 피난했다"[155]고 했다.

중국 구석기시대에 대한 고고 만으로는 소거의 유적을 찾을 수도 없으며 아예 찾을 가능성도 없다. 그러나 혈거는 종종 발견됐다. 그중에서 북경 원인北京猿人이 거주한 동굴이 제일 유명하다. 이 동굴의 길이는 140m, 너비는 20m, 그 안에는 두께 40m 넘은 문화적층이 발견됐다. 면적이 비교적 크고 두께가 두꺼운 4층의 회신층灰燼層도 발견됐다. 일부 회신층의 두께는 6m에 이른다. 이런 귀중한 자료를 통해 우리는 원고 인류가 여기서 50만년이 되는 긴 세월을 보냈다고 추정할 수 있다. 유명한 금우산 원인金牛山猿人은 요녕성遼寧省 영구현營口縣 금우산金牛山 산동굴에서 발견됐다. 원인 화석이 발견된 동굴에서는 불을 사용한 흔적이 남아

그림 2-50 관음동觀音洞 서쪽 입구

---

154) 「孟子·滕文公下」
155) 「淮南子·本經訓」

있어 그것이 원고 인류의 거주지였던 것을 알 수 있다. 북경 원인이 발견된 북경 주구점周口店 용골산龍骨山에서 1970년대 초기에 새로 발견된 동굴이 있다. 동굴에서 두께 1m의 회신층, 태운 동물의 뼈, 대량의 동물뼈 조각 화석이 발견되어 여기도 원고 인류의 거주지였던 것을 설명해 주는 바이다. 1970년대 초기에 요녕성 각좌현喀左縣 대릉하반大凌河畔의 비둘기 동굴에서 구석기시대 후기의 문화 유존이 발견됐다. 안에는 두껍게 쌓인 문화층이 있으며 두께 0.5cm의 회신층 속에 태운 뼈조각, 숯, 태운 흙덩어리, 석기가 있다. 비둘기 동굴 안에서 발견된 포유류 동물 화석은 20여종에 달하며 히말라야 들양, 털 코뿔소 등이 포함돼 있기에 당시 기후가 비교적 춥던 편이라는 것을 설명해 준다. 이는 추운 기후에 동굴 속에서 거주하는 것이 주 거주방식이었을 가능성이 크다고 짐작할 수 있다.

구석기시대 말기 산정동인의 거주습속을 주목할 필요가 있다고 생각한다. 산정동인 유적은 주구점 용골산 꼭대기에서 발견됐는데, 이 동굴은 입구, 상실, 하실, 하움下窨으로 구성돼 있으며, 입구는 4m, 아래 너비는 5m, 동굴의 상실上室은 거주하는 곳으로 당시 사람의 주요 생활 장소로 보인다. 상실의 경우 남북의 너비는 8m, 동서의 길이는 14m, 석순형石筍型 바닥 가운데에 한 잿더미가 있다. 상실의 입구에서 유아의 잔뼈, 뼈바늘, 장식품과 소량의 석기가 발견됐다. 동굴 하실의 서반부는 약간 아래 쪽에서 수직된 벼랑으로 상실과 차단되어 있다. 하실에서 완전한 인두골 3구와 일부 골격 화석이 발견됐으며 각각 청년 여성, 중년 여성, 노년 남성 세 사람의 것이다. 인골 주위에 적철석赤鐵石 가루가 흩어져 있고 많은 장식품까지 있다. 동굴 하실의 깊은 곳에 수직갱도식의 깊은 둥굴 즉, 하움이 있고 거기에서 완벽하게 유존된 짐승 골격이 많이 발견됐다. 이 동굴은 사람의 생활 장소이자 죽은 자의 묘장이다. 이것으로 미루어 보면, 당시 사람들에게 이미 명확한 거주 관념이 확립되어 있었다고 할 수 있다. 이 때문에 죽은 자도 계속 거기서 '거주'하고 있었던 것이다. 산정동인의 생활

시대에 대하여 거금 18000여년 전이라는 의견이 있는데 근래 일부 전문가들은 다른 의견을 내세우며, 거금 27000년 전으로 추정하기도 한다. 시대가 제일 이른 하움은 거금 34000년이 되었을 가능성이 크다고 한다. 이런 추정은 당시 기후 상황 및 산정동에서 발견된 동물화석 상황과 부합된다. 연구에 따르면 당시는 비교적 온화한 아간빙기亞間冰期여서 산정동 동물화석군 속에 줄머리사향삵, 사냥개 등 열대와 아열대 동물이 발견됐지만 만기빙기晚間冰期때 화북 지역에서 흔하게 발견되었던 털 코뿔소, 매머드 등 추운 날씨를 선호하는 동물은 없다. 산정동인 시대의 기후 조건은 그들의 거주습속이 확립된 중요한 요소다. 산정동인 시대와 가까운 것으로는 운남성 보산시保山市 용왕당龍王塘 구석기 말기 문화유적이 있는데, 이는 용계산龍溪山 동쪽 기슭에 위치하고 있는 원고 동굴이며 높이는 3m, 너비 8.5m, 깊이 11m다. 동굴 안에는 석기, 골기, 동물화석 및 대량의 태운 뼈, 숯가루, 잿더미, 붉은 소토燒土 등이 발견되어 당시 사람이 거주 생활했던 동굴이라고 확인된다.

혈거 이외에 당시 사람이 야외 거주 영지營址를 통해서도 구석기시대 사람의 거주 상황을 알아볼 수 있다. 현재까지 발굴된 최초의 자료는 1980년대 초기 하얼빈哈爾濱 서남부에 위치한 엄가강閣家崗에서 발견된 구석기시대 만기 유적이다. 여기는 차례대로 정열된 500여 점의 각종 포유동물 화석의 뼈로 서로 겹쳐 쌓인 거금 22000여년 전의 원고 인류 야외 영지다. 근년에 호북성 강릉 형주진江陵荊州鎮에서 구석기시대 원시 인류 거주 유적이 발견됐는데, 이 가운데 5개의 조약돌과 동제품으로 둘러 이루어진 원형 석권石圈이 있고, 지름이 4m, 석권 안에는 세밀하게 가공되어 있고 형제도 반듯한 첨상기尖狀器, 감작기砍斫器가 산재돼 있다. 이것으로 우리는 구석기시대 사람들이 평야 지역에서 생활했던 장면을 초보적으로 엿볼 수 있다.

그리고 구석기시대 말기 일부 지역에서는 이미 초보적이고 간략한 집의

건축이 확립되었을 가능성이 있는데, 1980년대 중기에 운남성 보산시保山
市 당자구塘子溝 구석기시대 유적에서 집의 유적이 발견됐다. 화당火塘,
주동柱洞, 항토면夯土面이 있고, 화당은 불규칙형으로 돼 있으며 내부에
여전히 소토, 숯가루, 태운 뼈가 남아 있다. 주동柱洞은 항토면夯土面 주변
에 분포돼 있으며 지름길이는 10cm, 서로의 간격은 1~1.3m, 동굴의 벽은
매끄럽고 튼튼하며 동내에 부식토와 동물뼈가 있다. 지금까지의 고고 자
료를 보면 구석기시대의 집건축은 아직 매우 드물었으며 신석기시대에
들어서야 많이 드러나기 시작했다.

2. 신석기시대 사람의 거주 상황

신석기시대 혈거는 여전히 중요한 거주방식이고 당시 사람은 이미 자연
조건에 의하여 혈거 방법을 선택할 수 있었다. 황토고원 지역에서는 보통
도랑과 두둑, 낭떠러지를 이용해서 토굴집을 파낸 것이다. 보도한 자료에
의하면 감숙성 영현寧縣, 산서성 석루차구石樓岔溝, 산서성 양분도사襄汾陶
寺, 감숙성 진원상산鎭原常山, 내몽고 양성원자구涼城圓子溝, 영하寧夏 해원
현海原縣 채원촌菜園村에서 각각 이런 토굴집이 발견됐다. 그 시대는 앙소
문화와 용산문화 시기다. 영하 해원현 채원촌에서 발견된 토굴식의 집터
는 4개가 있다.[156] 각각 방, 문도, 장지場地 등 3부분으로 구성되어 있으며,
방은 모두 황색 생토층生土層 안에 만들어지고 바닥, 벽, 지붕을 포함해
세로는 길이가 4m 넘고, 면적은 17m², 높이는 3.2m 쯤이다. 토굴집 안에
골따비(骨耒)가 있고 벽에 골따비로 토굴을 팠던 흔적이 남아 있는데, 이
는 골따비가 당시 토굴을 파는 공구로 쓰였다는 것을 알 수 있다. 방 바닥

---

156) 寧夏文物考古研究所, 中國歷史博物館考古部, 「寧夏海原縣菜園村遺址墓地發掘簡
報」, 《文物》, 1988年 第9期.

에는 4개의 요혈窯穴이 있으며 거주자는 이를 물품의 저장공간으로 썼다. 방안에는 무너진 지붕에 깔려죽은 자가 두 명이 있는데 한 명은 45~50세 남자이고 한 명은 6개월의 아이였다. 이들을 보면 당시 토굴을 파는 기술 이 아직 수준이 낮아 튼튼하게 만들지 못했다는 것을 알 수 있다. 토굴 건축은 복잡해져 횡천식橫穿式 토굴 건축군의 확립은 토굴 건축 기술발전 의 표시라 할 수 있다. 1980년대 초기 섬서성 무공 조가래촌武功趙家來村에 서 발견된 건축이 전형적이라 할 수 있다.[157] 여기서 발견된 신석기시대 건축 유적은 굴식(橫穴式) 토굴집 4채, 항토 담장 6 둘레, 그리고 평탄한 항토 마당으로 적어도 두 채의 마당집이 있는 원락院落이 포함돼 있다. 원락은 높은 평지(塬)의 허리 부분에 위치하고 방은 파원(坡塬: 높은 평지 의 산비탈)을 등지고 좌동조서坐東朝西 식의 건물이다. 북쪽에 있는 작은 원락은 방 2칸, 가축 사육장 1개가 있으며 가축사육장 북쪽은 작은 마당집 의 출구이다. 남쪽의 작은 마당집은 방 1칸이고 두 개의 원락 밖에는 방 2칸이 따로 있다. 북쪽 작은 마당집에 속한 일련번호 F11인 방의 평면은 철자형凸字形으로 돼 있으며 볼록 튀어 나온 부분은 작은 거실 같기도 하다. 문도門道는 튀어나온 부분의 가운데 바깥 쪽에 설계되어 안전성과 부합된다고 할 수 있다. 토굴 방의 입구는 제일 쉽게 무너질 수 있으며 입구를 두드러지게 만듦으로써, 원파塬坡의 경간이 늘어나게 되어 안전지 수가 높아진다. 동서의 세로 길이는 2.2m, 남북 벽의 서쪽 끝에는 너비 0.6m의 항토장夯土墻이 있다. 문도는 서쪽 담의 한가운데에 있고 너비는 0.65m다. 방의 밑바닥 부분은 15cm의 화항토花夯土를 건물의 토대로 삼으 며 그 위에 진흙, 지푸라기, 석회를 섞어 발라 방바닥을 만들었다. 방 가운 데에 원형 아궁이가 있다. 조가래촌의 횡천식橫穿式 토굴 건축은 견고한 항토 벽체를 사용했으며, 원락 구조까지 돼 있어서 건축 짜임새와 기술은

---

157) 梁星彭, 李森, 「山西省武功趙家來院落居址初步復原」, 《考古》, 1991年 第3期.

그림 2-51 지혈식 집

비교적 발전된 편이다.

평야 지역에서 거주하는 선민의 수혈(豎穴: 땅 아래로 파 내려간 구멍)은 통상적으로 대지臺地 위에서 입구가 작고 밑으로 갈 수록 넓어진 대상요혈袋狀窯穴을 파낸 것이다. 신석기시대 초기에 속한 배리강裴李崗문화와 자산磁山

문화유적에서 이런 요혈의 유존이 발견됐는데, 요혈 안에 흔히 도기, 붉은 소토가 자주 발견됐고, 일부 요혈 내부에서 2층짜리 대자臺子도 발견됐다.

대상요혈은 파기 쉽지만 습하고 공간이 좁기 때문에 신석기시대에 들어오면서 이런 거주 유적은 흔하지 않았다. 그 대신에 반지혈식半地穴式의 집이 확립됐는데 이런 집은 한 가운데에 지붕을 지탱하는 기둥이 있고, 지혈 사방은 새끼풀로 이어진 작은 나무 기둥들이 있다. 겉에는 진흙을 바른 담벽이 있는데 이를 '목골장木骨墻'이라고 한다. 신석기시대 초기에 속한 노관대老官臺 문화의 보계북수령寶雞北首嶺유적에서 반지혈 집이 많이 발견된 적이 있다. 이들은 흔히 사각형으로 돼 있으며 두드러진 실외에 길쭉하고 좁은 비탈이 있고 일부에는 계단형 문도가 있기도 한다. 실외 면적은 한 12~30m²가 되고 실내 바닥과 벽은 진흙, 지푸라기, 석회, 자갈을 섞어서 바른 다음에 불로 구워 딱딱하게 만들었다. 다른 지역에서 발견된 이 시기의 반지혈식 집은 사각형 이외에 원형도 있다. 비탈에 있는 문도는 출입할 때 꼭 필요한 통로로 사람이 넘나들 때 반드시 거쳐야 할 곳이다.

반지혈식 집은 신석기시대에 제일 흔했으며 이는 자산문화에 속하는 하북성 무안자산武安磁山 유적, 배리강문화에 속하는 하남성 무양 가호舞陽 賈湖유적과 하남성 장갈석고長葛石固 유적, 대지만大地灣 문화에 속하는 태안대지만泰安大地灣유적, 섬서성 임동백가臨潼白家유적 등 여러 곳에서 발

견됐다. 집터는 모두 50여
채가 있고 이들은 일부만
사각형이나 직사각형으로
돼 있으며 대부분은 원형
이나 타원형이다. 산동성
장도현長島縣 북장北莊에서
발견된 대문구문화 거주
유적 일련번호 F11인 집터

그림 2-52 대지완大地灣 집터 유적

는 반지혈식 원각 사각형으로 돼 있다. 동서의 길이 4.4m, 너비 4m, 동남각
東南角에서 비탈문도를 두고 문도 위에는 시렁이 걸려 있다. 집 방바닥은
지면보다 0.5m나 낮고 바닥에는 황회색 진흙이 깔려 있는데 두께는 4cm이
고, 위에 자갈돌 가루도 뿌려 놓아 아주 견고하고 매끄럽다. 방바닥의
동쪽과 문도의 북쪽에는 동서 방향으로 된 키 모양(箕形) 부엌이 있다.
이는 조면灶面, 조갱灶坑, 불이 밖으로 튀어나오지 않게 하는 조권灶圈으로
구성돼 있다. 방바닥 주위에는 물건 놓을 수 있는 토대가 있다. 이런 집의
지붕은 집터모양과 주동柱洞 상황으로 추측할 때 찬첨정攢尖頂이었을 것
같고, 지붕의 무게는 주로 사변과 가운데에 분포된 기둥으로 지탱했다.
이런 집의 거주 면적은 20m²에 달하며 비교적 넓은 편이다. 북장北莊의
대문구문화 거주 유적에서 일련번호 F16인 집터가 동서의 길이는 6.2m,
남북의 너비는 5.2m, 면적은 32.24.m²으로 지금으로부터 발견된 대문구문
화 중에 제일 큰 집터다.

비교적 전형으로 삼을 수 있는 고급 반지혈 집은 유명한 서안西安 반파
유적에서 발견됐다. 반파유적에서 발견된 반지혈식 집은 지하 부분이 약
간 얕으며 보통 50~80cm, 실외에 있는 비탈모양 문도 위에는 인자형의
시렁이 걸려 있으며 문도와 실내가 만나는 곳에는 한 자락의 낮은 담이
있다. 이는 빗물이 실내에 흘러내리지 않게 하기 위한 것이다. 집의 담벽은

역시 '목골장木骨墻'으로 돼 있으며, 집 가운데는 4개의 기둥이 지탱하고 지붕은 뾰족한 원추형이며 위에는 진흙, 지푸라기, 석회를 섞어 발랐다. 방 중간 출입 문에 가까운 곳에 표형瓢形이나 원형의 조갱이 있곤 했다. 실내 바닥은 진흙, 지푸라기를 섞어 골고루 바른 다음에 견고하게 다졌다. 이런 반지혈 집과 달리 반파유적에서 발견된 원형집은 통상적으로 지면 위에 건설되어 지름은 4~6m다. 사각형 집과 달리 두드러진 실외 문도가 없으며 출입구 양측만 버팀벽을 세웠다. 집 안으로 들어갈 때 버팀벽 사이에 반드시 거쳐야 할 복도가 만들어졌는데, 이것으로 찬바람과 냉기를 막을 수도 있다. 반파 유적에 또 다른 큰 집 한 채가 있는데 4개의 세워진 굵은 기둥으로 지붕의 하중을 견디고 집안은 목골장으로 4부분이 나뉜다. 그중에서 제일 큰 곳은 앞 부분이고 뒤의 3부분은 3개의 작은 방이며, 1당堂 3실室의 건축 구조인 셈이다. 이 대형집의 면적은 160m²나 됐는데 반파유적의 모든 작은 집이 이 큰집과 마주치고 있어, 당시 전 씨족이 활동하는 중심이었을 가능성이 크다. 큰 집의 제일 큰 방은 '당堂'이라고 불릴 수 있으며 전 씨족이 모여 회의하는 장소였을 것이다. 3개의 작은 방은 씨족의 노인, 아동, 장애인들이 거주할 수 있게끔 해 놓았다. 반파유적에서 작은 방의 규모 및 구조는 거의 일치해서 고저귀천高低貴賤이 구분되지 않았다. 반파유적의 거주습속을 보면 당시 사회는 모든 사람이 평등한 것을 알 수 있다. 다시 말하자면 바로 이런 원시적인 민주 평등 사회로부터 당시의 거주습속이 형성되었다고 할 수도 있다.

앙소문화 시대의 반파 유형보다 시기가 약간 늦은 묘저구廟底溝 유형 유적

그림 2-53 앙소문화 집터

을 보면 거주건축이 이미 어느정도 발전되었다고 볼 수 있다. 그들은 주로 방바닥에 석회를 발랐다. 1985년 산서성 후마동성왕촌侯馬東誠王村에서 발견된 묘저구廟底溝 유형의 유적158)에서 일련번호F1인 집터는 평면이 원각 사각형으로 변장邊長이 5.4m정도다. 건축할 때 먼저 사각형 구덩이를 하나 파서 바닥에는 밀도가 높은 회황색 진흙을 깔고 견고하게 다진 후, 그 위에 다시 약 1cm 두께의 지푸라기와 진흙을 섞어 깐 후, 다시 0.3cm 두께의 백석회를 발랐다. 이렇게 건설한 집은 바닥이 깔끔하고 매끄러워서 습기까지 막을 수 있었다. 이 집터 방바닥 중간에는 지름이 1.15m의 원형 조갱이 하나 있으며 겉은 이미 불에 타 청회색인데 조갱의 평면은 방바닥보다 약간 낮고, 조갱 표층 밑으로는 15cm 두께의 소결층燒結層이 있다. 조갱의 구조를 통해 당시 거주자들의 생활 장면을 연상할 수 있다.

씨족의 공공 활동 장소로 삼은 큰 집은 당시 건축 기술의 집중적인 반영이라고 할 수 있다. 고고 과정에서 발견된 신석기 중기에 속한 많은 유적들에 모두 이런 큰 집이 있다. 유명한 강채姜寨 유적의 큰 집 실내는 반파유적처럼 몇 부분으로 나눠지지 않지만, 입구 양측에는 각각 높이 9cm의 낮은 대자臺子가 있으며 노인이나 아동이 사용할 수 있게 만들었다.

그림 2-54 앙소문화 집터

그림 2-55 천호촌泉護村 집터 유적

158) 山西省考古研究所, 山西大学历史系考古专业, 「山西侯馬東星王新石器時代遺址」, 《考古》, 1991年 第2期.

감숙성 진안 대지만秦安大地灣유적의 큰 집이 한 채 발견 됐는데, 주실은 직사각형으로 돼 있으며 주실 양측은 좌우대칭된 측실이 있고 주실과 서로 통한다. 주실 뒤에 또 하나의 후실이 있으며 그의 담벽은 주실 뒷 벽이고 양측으로 연장된 측벽도 있다. 이 큰 집의 면적은 131m²에 달하며 북쪽에 자리 잡고 남쪽을 향하며, 실내 바닥 표층 밑에 15~20cm 두께의 모래와 자갈 등의 혼합 재료로 다져진다. 더 밑으로는 10~15cm 두께의 지푸라기 섞은 진흙 소토층燒土層이 있으며, 그 밑에는 깔끔하게 다진 황토 기초가 있다. 이렇게 만든 실내 바닥은 견고하고 청흑색 빛이 나기까지 하여 현대 시멘트 바닥과 같다. 이런 집의 건축 특징은 실내의 대목기둥, 부벽기둥과 실외의 기둥으로 하중을 지탱하고 담벽은 비바람을 막는 역할만 하고 지붕 하중을 견디지는 않는다. 모든 기둥 사이를 양가(梁架: 중국 전통 목조구조 건축물의 골격 중 하나)로 연결해 일체가 되어 온정성이 더 강해진다. 양가 위에 서까래가 밀집하게 부설되어 있으며 그 위에는 황색 지푸라기를 섞은 진흙이 있다. 대지만유적의 큰 집은 5개의 문이 있다. 정면 앞벽에 1개의 정문, 두 개의 옆문, 동서 양측 측벽 조금 뒤 쪽에 각각 1개의 측문이 있다. 대지만유적 제 5 발굴 지역에 일련번호 F405인 집이 있다.[159] 이는 평지에서 세운 건축이고 집터 면적은 270m², 실내 면적은 150m², 사파정四坡頂이며 양측은 2층 처마로 되어 있다. 지붕 높이는 3.8m이며 그 당시에는 몹시 웅장하고 아름다워 기개가 비범하여 이를 상주시대 사아중옥(四阿重屋: 네모난 지붕을 가진 2층 건물)식 궁전 건축의 전신前身이라고 해도 과언이 아니다. 흥륭와興隆注문화유적에서 200채 가까이 되는 집터가 발견됐는데 모두 반지혈식이고, 보통 원각 네모형이나 직사각형으로 면적이 약 50~70m², 큰 집은 140m²까지 달한다. 당시 이런 큰 집은 씨족 사회

---

159) 甘肅省博物館文物工作隊,「秦安大地灣405號新石器時代房屋遺址」,《文物》1983
年 第11期.

공공 활동 필요상 적합했
으며 고문헌에 기록된 '명
당明堂'류 건축군이었을
가능성이 크다. 신석기시
대 고고 문화에서 발견된
취락聚落 유적에서 이미 최
초의 선민 촌락이 확립됐
는데 많은 원시 민속이 바

그림 2-56 흥룡와문화 취락 유적

로 이런 촌락에서 이루어졌다고 할 수 있다.

　신석기시대 거주습속에 있어 중요한 점은 각 지역 구체적인 실정에
맞게 적절한 대책을 세워 집을 지었다는 것이다. 북방 지역에 보편적으로
존재했던 반지혈식 집과 다르게 남방 지역은 간란식干欄式 건축을 선호했
다. 이런 건축은 신석기시대 중기에 속하는 하모도문화유적에서 아주 두
드러지게 나타났다. 이 유적의 건축들은 다분히 언덕을 등지고 물을 마주
한 완만한 비탈에 지었다. 건축할 때 먼저 여러 말뚝을 이어서 지하에
박아 놓고 말뚝 지면 위의 높이는 보통 80~100cm, 말뚝의 상단에는 순묘榫
卯와 가룡목橫梁이 연결되어 있다. 가룡목 위에 널빤지가 부설되고, 널판지
사이에 은촉붙임하여 엄밀히 맞붙이고 말끔한 층면이 이루어지게 한다.
이 널판지 위에 기둥을 세우고, 들보를 얹고, 정개頂蓋 지붕을 올려놓고
나무 골격 집을 만든다. 하모도유적에서 삿자리 잔편이 발견되었던 것으
로 추측하면 지붕을 일 때 먼저 삿자리를 깔고 그 위에 지푸라기로 만든
거적을 덮었던 것으로 보인다. 집 밖에 나무 사다리가 있고 한 계단씩
내려가면서 지면까지 닿을 수 있다. 이런 집의 건축 규모는 통상적으로
넓은 편인데, 예를 들면 어느 한 집의 가로길이는 23m, 세로 길이 7m로
문과 마주치는 측에 1.3m 너비의 긴 복도를 만들었다. 이런 간란식 건축은
절강성, 강소성 등 많은 신석기시대 유적에서 많이 발견됐다. 간란식 건축

은 습기나 뱀, 벌레따위까지 막을 수 있어서 생활하기에 아주 편했다.

여기서 짚고 넘어야 할 것은 그렇다고 해서 남방 지역이 모두 간란식 건축을 한 것은 아니었다는 점이다. 선민들은 실제 상황에 따라 융통성을 가지고 다양하게 집을 지었다. 1980년대 중기에 강소성 오강룡남吳江龍南에서 발견된 신석기시대 촌락 유적의 집 건축에 대하여, 전문가 연구결과를 따르자면[160] 먼저 물가 훤한 곳에 집터를 정하고 대략 길이 7m, 너비 3m, 깊이 0.5m로 된 혈을 파고, 사벽을 깔끔하게 깎은 후 바닥을 평평하게 만들어 방바닥으로 삼는다. 그리고 나서 굵은 나무 가지를 서로 교차해서 남북 두 개의 경사된 면, 동서 두 개의 수직된 골격을 만든 후에 그 위에 나무가지, 대나무 및 갈대를 같이 묶고, 겨와 흩어진 지푸라기를 섞은 황색 진흙을 바르고, 지푸라기나 띠풀을 사용해서 아래부터 위쪽으로 한 층씩 겹겹이 깔아 모임지붕이 생기면 큰 도편陶片을 깔고 이를 용마루로 삼는다. 이런 목골니장木骨泥墻의 붕가식棚架式 건축은 태호太湖 유역에서 자리잡았다. 당시 촌락은 물에 가까운 곳이나 물을 사이에 두고 서로 바라볼 수 있는 천연 하류를 중심으로 지었는데 훤한 곳에 건설하니까 간란식 집이 필요 없게 되는 것이 당연한 일이었다. 태호 지역은 강, 호수, 지류들이 그물처럼 뒤얽혀 있지만 평야, 고지, 언덕, 소택 등 다양한 지형도 있다. 그곳에 선민들이 각 지역의 구체적인 실정에 맞게 적절한 대책을 세우며 집을 지은 것은 지리 환경에도 적합한 현명한 조치였다.

남부지방 각 지역에 구체적인 실정에 맞게 적절한 대책을 세우며 간란식 건축을 만들어 습기를 막는 상황과 유사한 점이 바로 북방지역에서 화단火煅으로 습기를 막는 것이었다. 주족周族 사시史詩의 기록을 따르면 "고공단보가 왕업을 창시하여 기와 구들을 이중으로 놓고 토실土室에 살았으나 아직 실가가 없었다"[161]고 했다. 고공단보 시대만에 해도 주족은

---

160) 錢公麟,「吳江龍南遺址房址初探」,《文物》, 1990年 第7期.

요혈에 살았는데 이런 요혈은 도기를 소제燒制한 것처럼 불로 구워 습기를 막을 수 있었다. 이런 '도복도혈陶複陶穴'[162] 식 거주습속은 고고 자료를 통해 이미 입증된다.

여기서 주목 할 만한 점은 신석기시대 후기에 일부 지역은 집을 건설할 때 사람 희생제물인 인생人牲으로 정초定礎하는 습속이 확립되었다는 것이다. 하남성 안양후강安陽後崗 용산문화 유적 15채의 집터에서 정초한 인생 27구가 발견됐다. 이들은 담장 토대 밑 혹은 외곽의 집터서리 밑, 건물 토대 밑, 혹은 흙담장 안에도 묻혀 있다. 하남성 등봉 왕성강登封王城崗 용산문화유적에서 한 전기갱奠基坑에 7구의 인생이 있다. 반파유적의 한 큰 집의 거주 바닥 밑에 1개 인두골이 있으며, 그 옆에 거칠게 깨진 도관陶罐 하나가 있는 것을 보면, 이 사람은 누군가에 의해 살해당해 건축자의 부장품으로 쓰였다는 것이 분명하다. 하북성 한단시邯鄲市 간구澗溝 용산 문화유적 한 집터 안에서 4개의 인두골이 발견됐는데, 인구골에는 베인 상처와 두피를 벗긴 흔적이 뚜렷하다. 하남성 탕음현湯陰縣 백영白營 용산 문화유적의 집터에서는 아이로 집을 정초했던 경우도 발견됐는데, 이런 습속은 물론 사회 계급의 맹아와 관련있다고 할 수 있다. 이것을 통해 사람 고저귀천의 차별화를 엿볼 수 있으며 일부 지역의 종교관념을 내비

---

161) 「詩經·綿」. 안어: '복復'과 '혈穴'에 대하여 당나라 공영달孔穎達은 「예기정의禮記正義」권16에서 "복複자와 혈穴자는 굴거窟居이다. 옛사람의 굴거는 아무 곳에 만든다. 평지에서는 파지 않고 흙을 쌓아 만들어 '복複'이라 하며, 그뜻은 지상에서 반복적으로 쌓아 만든다는 것이다. 고지에서는 땅을 파 감(坎: 구덩이)을 만들어 '혈穴'이라고 하며 모양은 도조陶灶와 같다. 그래서 『시경』에서는 '기와 구들을 이중으로 놓고 토실土室에 살았으나'라는 싯구절이 바로 이런 상황에 대한 설명"이라고 했다. 공영달의 설은 정현鄭玄의 설에 의해 관점이 진전된 부분이 있어서 납득할 수 있다고 여긴다.

162) 흙을 쌓아 부뚜막을 만들고 움집을 만든다는 뜻이다. 곧 움집 안에 흙을 이겨 쌓고 흙손질하여 화덕이 있는 부뚜막을 만든 것이다.(역자 주)

치기도 한다.

여하튼 신석기시대에 남방이나 북방을 막론하고 모두들 보편적으로 혈거에서 벗어났는데 고서에는 이런 이야기가 있다.

> 순舜은 가옥을 짓고 담을 쌓았으며 지붕을 잇고 황무지를 개간하여 곡물을 심었다. 그리하여 백성들은 암혈巖穴에서 나올 수가 있었고 각자 자기집을 가질 수가 있었다.[163]

이른바 '담을 쌓았으며 지붕을 잇다(築牆茨屋)'는 목골장木骨牆을 만들어 위에 모초 띠를 덮어놓은 집이다. 옛사람의 관점에 따르면 순임금 때 사람은 이미 '황무지를 개간하여 곡물을 심다(辟地樹谷)'는 일을 알고 있었다. 이는 신석기시대 원시 농업이 막 시작했을 때의 일이었다. 거주습속이 혈거에서 반지혈식 집건축으로 바뀐 것은 사회 생산력 발전 상황을 전제로 한 것이다. 그럼에도 불구하고 상고시대 사람들은 지역의 구체적인 실정에 맞게 적절한 대책을 세우며 거주환경을 만들었다. 한대 사람은 "옛날에는 떡갈나무 서까래에 띠풀로 이엉을 잇고 살거나, 동굴을 파거나 땅에 움집을 짓거나 해서 살았으며, 추위와 더위를 막을 수 있고 바람과 비를 가릴 수 있으면 족할 뿐이었습니다"[164]라 했다. 모초 집과 동혈이 당시에 병존했던 것은 고대 거주 상황과 맞아 떨어진다.

여기서 주의해야 할 점은 혈거는 고대 사람이 장기간에 유지해온 거주 습속인데 비록 문명 시대에 들어온 다음에도 혈거 습속은 여전히 있었다. 원고 시대 사람의 거주습속은 여러 방식으로 긴 세월에 지속적으로 전해지고, 후세 사람의 거주습속을 통해 전통 습속의 그림자를 볼 수 있는 바이다.[165] 예를 들면, 남방에 보편적으로 존재 했던 간란식 건축은 원고

---

163) 「淮南子・修務訓」
164) 「鹽鐵論・散不足」

사람의 소거巢居 습속과 일정한 연원 관계가 있다고 본다.

3. 하·상·주 시대 거주습속

중국 상고 사회가 문명시대에 들어온 후부터 사람들의 거주습속은 사회 구조의 변함에 따라 꾸준히 변화하고 있었다. 그 중에 제일 두드러진 것은 거주습속의 사회등급화라고 할 수 있다. 서로 다른 사회등급이면 거주 상황도 상당한 차별이 있곤 했다.

(1) 하·상 시기의 궁전과 교혈窖穴

하·상·주시대 거주습속은 크게 발전됐다. 사람은 혈거, 반혈거에서 지면 위로 이전하고 심지어 높은 고당까지 지었다. 귀족들의 주택은 돌이나

---

165) 거주습속의 연속성에 대하여 학자 여사면呂思勉은 다음과 같이 지적했다. "동우棟
宇는 소거에서 변해온 것이고, 담장은 혈거에서 변해온 것이다. 『좌전』은 정나라
백유伯有가 술을 좋아하여 움을 파고 술을 마셨고 (양공·30년), 오나라 공자 광光이
지하실에 갑사甲士를 매복시켜 놓고 왕려王僚를 죽이려고 했는데(소공·27년), 이는
모두 옛 혈거의 유적이다. 「예기禮記·월령月令」에서는 가을이 한창일 때 움(竇窖)을
판다고 했는데, 정현은 이를 다음과 같이 해석했다. '지평 아래로 내려가며 타원형
으로 파면 두竇이고, 네모형으로 파면 교窖이었다.' 이 또한 혈거에 대한 기록이다.
「여람呂覽·조류召類」에서는 '천자가 정사 처리하는 명당은 모초 띠로 지붕을 잇고
쑥으로 기둥을 만들고 진흙 계단을 3개만 만들면 절약하는 바이다'라 했는데 고유
高誘는 이를 해석할 때, '모초 띠로 집 지붕을 이을 수 있지만 쑥으로 기둥을 만들어
지탱할 수는 없다. 절약이라고 할 수 있지만 이는 정말 들어본 적이 없는 일이다'라
고 말했다. 실은 이는 소거巢居의 유적이며 고씨는 이를 몰랐다. 그래서 「대대례기
大戴禮記·성덕盛德」에서 '주왕조 은혜 가득하고 화목하여 쑥도 우거지고 크게 잘라
서 궁전의 기둥으로 삼아 이름은 호궁蒿宮'이라고 했다. 이미 올바르게 해석하지
못한 일이니 고씨를 더 이상 힐책하지 말라라." (『先秦史』, 上海古籍出版社, 1982,
p.347.)

구리로 기둥을 만들어 높고 큰 집의 목골을 지탱하여 상당한 규모를 갖추고 일정한 짜임새가 있는 궁전을 짓곤 했다.

통상적으로 이리두二裏頭 문화의 절대시간은 하대夏代와 일치한다고 여긴다. 하남성 언사현 이리두촌 일대에 위치한 궁전 유적이 바로 하대의 궁전이었다. 여기서 1호 궁전 기지基址는 약간 정사각형으로 동서의 길이 108m, 남북의 길이 100m, 기지 중간 약간 북쪽에 직사각형 대면臺面이 하나 있는데 이것이 전당의 기지로 보인다. 대면 위에 가지런히 배열된 주혈柱穴들이 남북 각각 9개, 동서 각각 4개가 있으며, 간격은 3.8m다. 주혈의 밑에는 조약돌을 깔아 주초柱礎로 삼고, 주초 외곽에 또 2개의 약간 작은 주초가 있어 전당의 비첨을 받쳐준다. 이 전당의 당시 모양을 복원시킬 수 있는데 이는 표면 넓이가 8칸이고 들어가는 깊이는 3칸이 있는 사아중첨식四阿重檐式 전당이다. 이 전당과 어울리는 건축물이 여러 채가 있는데, 첫 번째로는 건축물이 잔당 남쪽에 약 5000m^2 크기의 정원이고, 그 다음으로 전원 사변에 지어놓은 일면 경사지붕이나 양면 경사지붕의 낭무廊庑이고, 낭무 밖에는 엔담이 있다. 그리고 너비 34m의 대문은 남쪽 담장의 한가운데에 있고, 9개의 대문 기둥 기초가 가지런히 자리잡혀 배열돼 있다. 주초 간격은 3.8m이고 전체 너비는 8칸으로 된 패방식牌坊式 건축이다. 1호 궁전의 동북쪽에 직사각형으로 된 2호 궁전이 있는데 이 궁전의 남북 길이는 73m, 동서의 너비 58m다. 형제는 1호 궁전과 대략 일치하여 사변에도 엔담 및 낭무 건축이 있다. 동랑東廊 밑에서 도제陶制 배수관이 발견되기도 했는데 건축기술의 수준이 제한적이라 당시 기와로 궁전의 지붕을 만들지 못했다. 이 두

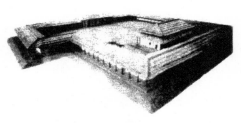

그림 2-57 언사偃師 이리두二裏頭 궁전 복원도

개의 궁전 기지 안에 기둥의 재와 지푸라기가 섞인 진흙 덩어리가 발견된 것으로 미루어 보아, 집 건축 구조가 여전히 목골, 지푸라기 섞은 흙 지붕의 형제였다는 것을 알 수 있다.

두 개 궁전 규모가 웅장하고 기개가 비범하여 아마 당시 귀족 집회, 제사, 각종 행사를 거행하던 장소인 것 같다. 궁전의 공사규모가 커서 항토 대기臺基 만드는 데 필요한 흙이 적어도 20000m²나 된다. 궁전 건축은 후세 것보다 덜 화려하지만 이는 중국 고대 궁전 기본적인 구조의 기반을 들어낸 것이라고 할 수 있다. 예를 보면 높은 대기, 전당이 북쪽에 자리잡고 남쪽을 향한 전원과 낭무 등이 모두 후세에 지속적으로 사용됐다.

상대 궁전 건축은 하대보다 더욱 발전됐다. 조상早商에 속하는 정주상성鄭州商城 유적에서 궁전 지역이 발견된 적이 있다. 이 지역은 상성의 동북쪽에 자리잡고 궁전 기지는 모두 홍토와 황색 항토로 만들었다. 큰 궁전의 기지는 2000m²나 되고, 작은 궁전의 기지는 100m²나 된다. 궁전은 대기 평면이 직사각형으로 되어 표면에 가지런히 배열된 주혈柱穴이 있으며 간격이 2m 정도다. 기둥의 기초는 석제이고 일부는 깨진 자갈로 만들었다. 궁전의 대기 표면은 견고하지 못한 백석회이고 일부는 황색 흙지면이다. 상대 초기에 속하는 하남성 언사현偃師縣 시향구 상성屍鄉溝商城유적에서도 궁전 기지가 발견됐다. 궁전은 시향구 상성 구역 남쪽에 자리잡고 있고 중앙 한 궁전의 평면은 정사각형이며 길이와 너비 각각 200m, 총 면적은 40000m² 넘고, 기지 사변에는 두께가 2~3m의 엔담이 둘러쌓여 있다. 시향구 궁전은 정전正殿, 동무東廡, 서무西廡, 남무南廡, 남문南門, 정원庭院 등 건축으로 구성돼 마당 안에 완벽한 용수用水와 배수 시설이 갖추어져 있다.

만상晚商 시기 은허 궁전의 규모는 조상早商시기보다 더욱 웅장하고 구조도 보다 완전해져 더욱 체계적이었다. 은허 안에 각종 집 기지가 56채나 발견되었는데 대부분 직사각형이다. 큰 기지의 길이는 40m, 너비는 10m다. 발굴 상황에 의해 추측하면 당시 건축 절차를 알 수 있다. 먼저

1m 깊이의 땅을 파서 다시 흙으로 메우며 겹겹이 견고하게 다지고 지면 위 1m 높이까지 만든다. 기지를 다진 목항木夯의 지름길이는 4~5cm, 한 겹 항토의 두께는 7~8cm정도가 되어 항토층이 많을 때는 19겹까지 있다. 이것으로 미루어 보아, 당시 궁전 건축은 높은 대기를 쌓는 일에 신경을 많이 썼다. 대기의 마지막 두어 겹 항토에 절차대로 주초柱礎를 메우며 그 주변을 항토로 견고하게 다졌다. 주초석柱礎石 위에 구리제 주초를 세운 경우도 있다. 갑골문자 속에 당시 궁전 혹은 집의 상형문자가 적지 않는데, 예를 들면 갑골문 속에 있는 궁宮, 실室, 경京, 고高 등이 다 그렇다. 만상晚商 궁전 형제가 여전히 목골로 뼈대를 삼아 지푸라기 섞은 흙으로 지붕을 이으며 지붕은 두 개 경사면(부섭지붕) 이었다. 은허 궁전 건축은 평면 구조에 신경을 많이 썼고 배수 시설을 강화시켰다. 발견된 도제 배수관의 지름길이는 21cm 넘고 도제 'T'자관도 발견됐다. 고대 문헌 기록을 따르면 만상 궁전 건축 장식은 아주 화려한 편이었다. 전국시대 사람이 아래와 같이 은주왕殷紂王의 궁전 및 생활을 묘사하고 기술했다.

옛적에 주紂가 상아로 젓가락을 만들어서 기자箕子가 두려워했다. 생각하기를 '상아젓가락이라면 질그릇에 얹어놓을 수 없고 반드시 서각犀角이나 옥그릇을 써야 될 것이다. 상아젓가락과 옥그릇이라면 반드시 콩잎으로 국 끓일 수 없으며 반드시 모우旄牛나 코끼리 고기나 어린 표범 고기여야만 될 것이다. 모우나 코끼리 고기나 어린 표범 고기라면 반드시 해진 짧은 옷을 입거나 띠지붕 밑에서 먹을 수 없으며 반드시 비단옷을 겹겹이 입고 넓은 고대광실이라야만 될 것이다.[166]

상주왕의 '광실고대廣室高臺'에 대하여 다른 문헌에도 기록이 있다. "주紂는 녹대鹿臺에 술지게미가 산처럼 쌓였고, 술로 물 대면 연못이요, 고기

---

166) 「韓非子·喩老」

를 쌓으면 숲이 되는 주지육림酒池肉林에, 궁실과 담벽은 온갖 문채와 그림으로 치장하였으며, 옥돌을 조탁하고 기물에는 고운 문채를 새기고 금수 비단으로 궁실에 옷을 입혔다, 금옥에 진귀한 구슬에 묻혀 지낸다"[167]고 했다. 예년에 발견된 은허의 조각 상황을 보면 상왕 궁전이 드러난 목제 부속품은 '옥돌을 조탁하고 기물에는 고운 문채를 새긴(雕琢刻鏤)다'는 것을 보여줄 가능성이 크다. 실크 비단은 귀하지만 상왕의 궁전에서는 이를 휘장 따위의 장식품으로 쓰는 것이 충분히 가능한 일이었다.

하상夏商시대 사회에 일반 평민과 하층 백성들은 대부분 평지에 지은 집이나 반지혈식 집에서 거주했다. 언사 이리두유적에서 평지에 지은 집 한 채가 발견됐는데 기초는 항으로 다졌고 담벽은 지푸라기 섞은 진흙으로 도백해서 비교적 매끄럽고 깔끔하다. 정주鄭州 상성商城에서 40여처의 반지혈집이 발견된 적이 있다. 전문가 의견에 의하면 초기 반지혈식 집의 문은 다분히 남쪽을 향하고 비교적 넓은 면에 문을 만든다. 화당火塘은 집 안쪽에 문과 마주치는 한 구석에 설치돼 있다. 일부 지혈의 가장자리는 담장으로 이어짓고 담장 위에 작은 창문도 남겨둔다. 또한 물건을 놓을 수 있게 네모나 원형의 작은 감실(龕)을 만들기도 한다. 초기 반지혈 집 바닥은 보통 실외 지면보다 1.4~2.2m 낮았는데 말기 반지혈식 집의 바닥은 지면과의 간격이 예전만큼 크지 않고 지하로 파는 깊이는 얕아진다. 말기 집의 담벽은 대부분 판축법版築法을 취하여 담벽의 두께는 0.5m~1m, 판마다 길이는 1.33m다. 집 바닥은 항축을 취하여 표면에 백강석분니 白姜石粉泥가 있다. 일부 집의 항토는 화단火煅 방식을 통해 습기를 막아준다. 비교적 큰 집은 격벽을 만들어 집을 내부와 외부 두 부분으로 나눈다.

은허 이외의 상대 평민 거주 유적으로는 하북성 고성대서橋城臺西유적이 가장 전형적이다. 대서유적의 시대는 대략 조상早商이나 만상晩商에

---

167) 「說苑·反質」 引『墨子』

속한다. 이 유적에서 반지혈 집은 직사각형으로 보통 길이는 1.5m, 너비 1.6m, 집 바닥은 지하로 20~70cm 내려가고, 가운데는 낮은 담벽이며 실내를 크고 작은 방 두 개로 나넌다. 약간 큰 방의 서남각에는 원형 요혈을 팠고 약간 작은 방에는 두 개의 조갱灶坑을 파낸다. 집의 남쪽의 문에 4개의 생토 계단이 있다. 대서유적에서 평지에 지은 집도 발견됐다. 직사각형, 요자형凹字形, 타원형과 곡자형曲尺形 등 몇 가지로 나누어지며 한 칸집, 두 칸집, 세 칸집이 있다. 일련번호 6호인 일체로 연결된 세 칸 집의 집터는 남북의 길이가 14.2m, 남쪽의 너비는 4.35m, 북쪽의 너비는 4m, 중실의 문이 동쪽을 향하고 비교적 넓으며, 남북 두 칸 방의 문은 모두 서쪽을 향하고, 아주 좁아서 한 사람만 통과할 수 있다. 대서유적에 이런 평지에 지은 집은 인생人牲이나 소, 돼지, 염소로 삼생三牲을 희생시켜 제사물로 삼았다. 일련번호 2호인 집은 남, 북 두 칸 방의 서쪽 담벽 안에 소, 염소, 돼지 삼생이 묻혀있다. 다른 구덩이 안에는 인골격이 3구나 있으며 인골에 밧줄로 묶었던 흔적도 남아있다. 그밖에 남쪽방 실내의 동, 남, 서 3개의 담벽과 가까운 곳에 사람의 머리 4개가 묻혀있다. 이런 건축 풍속은 당시 종교관념과 밀접한 관계가 있다고 판단된다. 생활의 편리를 위하여 거주지역 부근에 우물을 파놓기도 한다. 대서유적에서 발견된 우물은 원형이나 원각직사각형으로 안에서는 목제 정반井盤이 발견됐는데, 원목으로 두 개씩 겹겹이 짓누르며 총 4겹으로 만들어진 것이다. 우물 안에서 당시 주민들이 물을 길을 때 빠뜨린 도관陶罐, 목제물통 등 유물도 발견됐다.

고문헌에 은대 사람의 거주습속에 대한 기록도 있다. "은대 사람들은 중옥重屋이다. 당수堂修는 7심尋(8척)이고 당의 높이는 3척이며 아阿가 4개인 중옥이다."[168] 이는 은대 사람이 거주한 집이 겹처마, 모임지붕을 갖췄

---

168) 「周禮・考工記」

다는 것을 뜻하며, 집을 대기 위에 지었고 심지어 3척 높이까지 되는 경우도 있었다는 것이다. 상대 귀족들은 집건축에 있어 위에서 설명한 것을 거의 갖췄다.

(2) 서주시대의 거주 상황 및 특징

주족周族은 고공단보古公亶父 때부터 이미 대규모 궁전 및 각양각색의 집을 짓기 시작했다. 이는 주족 시사 속에 상당히 멋지게 기술되어 있다.

> 고공단보가 아침에 말을 달려 와서 서쪽으로 물가를 따라서 기산 아래에 이르시니 이에 강녀와 더불어 마침내 집터를 보셨느니라.……
> 이에 시작하고 이에 도모하시며 이에 거북으로 점쳐보시고, 이에 그쳐서 이에 집을 지으라 하셨느니라.
> 이에 편안하고 이에 거처하며, 이에 좌로 하고 이에 우로 하며, 이에 큰 경계도 하고 이에 작은 경계도 하며, 이에 흩어서 이에 이랑을 만드니, 서쪽으로부터 동쪽으로 가서 두루 이에 일을 집행 하니라.
> 이에 사공을 부르며 이에 사도를 불러 집을 세우게 하니, 그 먹줄이 곧거늘 판자를 묶어서 이으니 사당 짓는 움직임까지 정제하도다.[169]

주족 시사에서 위와 같이 고공단보가 씨족 사람을 이끌고 중원으로 옮긴 후 궁전을 건설하는 장면을 서술하고 있다. 이를 통해 당시 궁실을 지을 때 먼저 점을 치고 집터를 선택해야 한다는 것을 알 수 있다. '거북으로 점쳐 보신다'라는 싯구절을 통해 당시 거북점으로 길흉을 가렸음을 시사한다. 집터를 정한 다음에 구체적인 측량이 필요한데 줄로 직선을 그리고 판축법으로 담장을 쌓아둔다. 작품 속에서 "흙 던지는데 횡횡거리며, 다지는데 텅텅거리며, 울툭불툭한 곳을 깎는데 핑핑거렸다"고 했는데

---

169) 「詩經·緜」

이들 모두 담장을 쌓는 소리다. 공사 참여하는 사람은 많기 때문에 여러 사람이 같이 하게 되어서 소리도 커질 수 밖에 없다. 그래서 '북소리가 이기지 못하도다(馨鼓弗勝)'라며 이 소리가 북소리 보다 더 크게 울렸음을 뜻한다. 당시 건축이 체계적으로 진행됐다는 것을 작품 속에서 나타난 고문皐門, 응문應門, 총토(冢土: 사직) 등을 통하여 알 수 있다.

주족이 중원지역에 지은 건축으로 1970년대 중기에 중요한 발견이 있었는데 이는 당시 거주습속 연구에 큰 도움이 됐다. 섬서성 기산현岐山縣 봉추촌鳳雛村에 있는 대규모 주대 건축 기지가 한 항토대기에 자리잡고, 대기 남북의 길이는 45.2m, 동서의 길이는 32.5m, 면적은 약 1500m² 다. 이는 경사된 지형이라 대기 남단을 인공으로 높이 쌓아 대기를 같은 수평선에 있게 했다. 대기의 높이는 약 1.3m이며 건축물의 구조가 상당히 엄밀해서 문도門道, 전당前堂, 과랑過廊, 후실後室을 중축으로 동서 각각 곁채가 배치 되어 있으며, 전과 후 동시 들어갈 수 있고 동과 서가 대칭하는 밀패식 원락이 구성되어 있다. 이 원락의 문도는 남쪽 한가운데에 있으며 너비 3m, 길이 6m다. 문 밖에 문도와 마주치는 문벽이 있는데 후세는 이를 '병병屏'이라고도 한다. 문도 양측에 동서 두 개의 문방門房 즉, '숙塾'이 있다. 이는 각각 길이 8m, 너비 6m, 바닥보다 0.5m 더 높다. 문 안쪽 전당 앞에 중정中庭이 있으며 동서의 너비는 18.5m, 남북의 길이는 12m, 정원의 양측에 각각 두 계단으로 동, 서 곁채와 통한다. 전원의 북쪽에는 3개의 경사된 계단이 있으며 길이와 너비가 모두 2m이고, 이를 통해 정원의 전당前堂으로 올라갈 수 있다. 전당은 온 정원 건축물의 주체이며 전당의 대기가 주변보다 30~40cm나 더 높다. 전당 동서에 7줄로 늘어선 기둥이 있으며 기둥 사이 간격이 3m다. 전당 남과 북에 4줄로 늘어선 기둥이 있으며 기둥 사이 간격이 2m다. 이 기둥들의 주혈柱穴은 모두 자갈로 주초柱礎를 만들었다. 이렇게 계산하면 전당의 정면 너비는 6칸, 총길이 17.2m, 들어가는 깊이는 3칸, 너비는 6.1m다. 전당 뒤에 후정後庭이 있으며 후정 가운데

과랑過廊이 있고 여기서 후실로 들어갈 수 있다. 과랑은 길이 7.85m, 너비 3m, 후정은 과랑을 통해 동과 서 무려 8m의 정방형 뜰 2개로 나누어진다. 양 뜰의 북쪽에는 각각 계단이 있으며 후실과 통한다. 후실은 대기 제일 북쪽에 있으며 동, 서 한 줄로 배치된 5칸 방이 구성된다. 총길이 23m, 세로 길이 3.1m이며, 동과 서 양쪽에 자리 잡은 후실의 뒤담벽에 각각 문이 하나가 있어서 밖으로 통할 수 있다. 정원의 동서 양측에 곁채가 있으며 동과 서는 대칭되어 각각 8칸방이 있고 크기가 일치하지 않는다. 정원의 후실과 동, 서 곁채는 복도로 연결되어 있어 서로 통한다. 이 정원 건축에서 두 군데의 배수관이 발견됐다. 관로는 맞물린 도제陶製 배수관을 사용했으며 조약돌로 쌓아 만든 부분도 있다. 정원 건축물의 바닥과 담벽은 모두 슬러리 이장泥漿과 잔모래를 섞거나 석회를 발랐기 때문에 겉에는 매끄럽고 광택나며 견고하다. 전당 각 방의 용마루를 기와로 덮어 놓은 것은 건축기술 면에 있어서 중요한 진전이라 할 수 있다. 하지만 이 건축물은 확실히 고공단보 때 건축이라고 장담할 수 없다. 그래도 주족 시사 속에 나타난 서술은 여전히 봉추鳳雛에서 발견된 이 대형 건축물의 건설 장면으로 볼 수 있다.

기산봉추촌岐山鳳雛村의 대형 건축과 유사한 섬서陝西 부풍현소진촌扶風縣召陳村의 서주시대 건축 기지군도 잘 보존되어 복원 가능했다. 그의 형제는 봉추에서 발견된 것과 비슷하다. 그런데 유적에서 각종 유형의 판와板瓦, 통와筒瓦가 발견됐고, 반와당半瓦當도 발견되어 이 건축물의 기와 용량이 봉추촌 서주 건축보다 많았던 것으로 보인다.

서주시대 일반 평민의 거주 유적도 발견됐는데 섬서성 서안西安 부근에 있는 풍서灃西와 풍동灃東에서 발견된 초기의 집은 직사각형 반지혈식이었다. 담벽에 장식이 없으며 실내는 평평한 바닥으로 깔끔하고 불로 구웠던 것으로 보인다. 담벽 가까운 곳에 지면 아래로 오목하게 들어간 타원형 부엌이 있다. 말기의 집은 대부분 원형 반지혈식의 구덩이다. 담벽 겉에 부드러운 흙을 바르고 거주하는 실내 바닥에도 한 겹의 부드러운 황토를 발라서 깔끔하고 견고하게 만들었다. 그러나 불로 구운 흔적이 없고, 실내에 조갱이 있고 실외에 경사된 출구가 있다. 이 두 가지 집은 여전히 '도복도혈'의 유제遺制를 유지했으며 비교적 간단한 집이다. 섬서성 청간현清澗縣 이가애李家崖에서 상주 때 고성이 발견된 적이 있는데 성내에서 발견된 집터는 사다리형으로 북쪽에 자리 잡고 남쪽을 향하며 항축된 엔담으로 담벽과 거주면은 모두 불로 구웠던 것으로 보인다. 그리고 앵두색의 석분으로 담벽 겉을 발라 지역특색을 드러냈다.

고고 과정에서 발견된 서주시대 궁실 유적들을 통해 당시 거주습속의 중요한 특징을 파악할 수 있다. 주왕실 거주 상황을 말하자면 '전조후침前朝後寢'의 건축 구조가 이미 확립됐다. 섬서 기산현 봉추촌의 주대 대형 건축 기지가 바로 중국 고대 '전당후실前堂後室', '전조후침前朝後寢' 식 궁전 건축이고 지금까지 발견된 최초의 실물이다. 봉추촌 유적지의 전당은 바로 귀족을 조현하는 곳이고 후실은 고대에서 '침寢'이라고 한다. 춘추전국시대 묵자墨子는 이런 고대 건축된 궁실에 대하여 다음과 같이 기록했다.

성왕은 궁궐과 집을 짓도록 했는데 집을 짓는 법은 다음과 같았다. 집의 높이는 습기를 피하는 것으로 만족했고 벽은 바람과 추위를 막는 것으로 만족했고 지붕은 눈, 비, 서리, 이슬을 대비하는 것으로 만족했고 담장의 높이는 남녀의 예의를 분별하는 것으로 만족했다.[170]

서주시대의 궁실 건축은 모두 이런 '위궁실지법爲宮室之法'에 부합된 것으로 보인다. 봉추유적의 상황을 보면 당시 궁실이 아직 화려하지 못했으나 주왕조 건국 후 점점 변화하기 시작했다. 주로 궁실 내부 배치에 갈수록 더 신경 쓴다. 주강왕周康王 왕위 계승 때 대규모 궁궐 전례를 거행했

---

170) 「墨子·辭過」

는데, 고문헌에서 궁전 내부 배치 상황을 다음과 같이 기록했다.

문과 창 사이의 남쪽으로는 대껍질로 만든 자리를 겹으로 깔았는데 도끼
무늬 병풍의 가장자리는 검고 흰 비단으로 둘렀으며, 오색의 구슬로 장식된
평소에 쓰던 안석을 놓았다. 서쪽 행랑의 동쪽으로는 가는 대로 총총히 짠
대자리를 겹으로 깔았는데 자리 위에는 그림이 짜여 있으며, 무늬 있는 조개
로 장식된 평소에 쓰던 안석을 놓았다. 동쪽 행랑의 서쪽으로는 왕골자리를
겹으로 깔았는데 그 위에는 구름이 형상이 그려져 있으며, 조각한 구슬로
장식된 평소에 쓰던 안석을 놓았다. 서쪽 옆방의 남쪽으로는 푸른 대껍질로
만든 대자리를 겹으로 깔았는데 검은색의 비단실로 가장자리가 달려져 있으
며, 그 사이에 칠을 한 평소에 쓰던 안석을 놓았다.171)

고문헌에 기록된 상황을 통해 우리는 주왕 궁전의 기본적인 진열 구조,
즉 병풍, 장막, 안석 등을 주로 장식 기물로 사용했다는 것을 알 수 있다.
주왕은 전당 위에 병풍 앞에 앉고 남쪽을 향해 정사를 처리해야 했으므로
고문헌에서는 "주공이 성왕을 대신하여 무왕을 이어서 천자의 자리를 밟
고, 천자의 병풍을 등지고 앉아 있자, 제후들이 당하堂下에서 총총 걸음으
로 달려간다"172)고 했다.

(3) 춘추전국시대의 거주습속

춘추전국시대 사회 생산력의 빠른 급증, 특히 대량 도시의 생성은 거주
환경의 개선에 튼튼한 기반을 마련하게 됐다. 서주시대만 해도 기와는
흔하지 않았는데 춘추전국시대에 들어서며 점점 흔한 건축 자재가 돼 가고

---

171) 「尚书 · 周书 · 顾命」
172) 「荀子 · 儒效」

있었다. 많은 집이 벽돌로 벽을 쌓고 실내, 실외 장식도 점점 화려해졌다. 일부 신개발된 건축기술로 정자亭子, 누대와 누각을 건축하는 데 별돌이 사용되었는데 모두 다 역사상 유례가 없는 일이었다.

춘추시대 초기에 '와옥瓦屋'이라고 불리는 지방 이름이 있었다.[173] 이 지역은 기와집 건축이 유명하여 이렇게 이름한 것이다. 당시 기와집 건축은 아직 많지 않았다는 것을 알 수 있다. 기와가 보편적으로 사용된 것은 춘추 중기 쯤의 일이다. 이때 진나라에서 통와 및 다른 형제의 기와가 나타나기 시작했다.[174]

전국시대 기와의 사용은 상당히 흥성해 각 나라에 서로 다른 형제의 와당까지 확립됐다. 한韓나라의 와당은 대부분 소면이고 일부만 운문雲紋이 있다. 조나라에는 소면素面 반와당이 많고 일부 녹문鹿紋과 변형운문變形雲紋의 원와당도 있다. 위나라에는 권운문卷雲紋 와당이 있고, 연나라는 '산山'자형의 권운문 반와당과 도철문饕餮紋 와당이 있으며 중산국에는 원형 작은 와당이 있다. 제나라에서는 수림문樹林紋과 쌍수권운문雙獸卷雲紋 원형 와당이 유행했다. 초나라에는 소면 반와당이 많으며 원형 와당도

---

173) 『춘추春秋』 은공隱公 8년에 "송공宋公, 제공齊侯, 위후衛侯가 와우瓦屋에 모인다"고 기재했다.

174) 송나라 사람이 쓴 「승수연담록澠水燕談錄」에서는 "진무공秦武公이 봉상鳳翔와 보계寶雞의 지계에서 우양궁羽陽宮을 지었다. 세월이 흘러 어디인지 알 수 없었는데 원우元右 6년 정월에 직현문直縣門 동쪽에서 100보 떨어진 곳에 권씨라는 사람이 땅을 깊이 파다가 동기와(銅瓦) 5개를 얻게 됐다. 깨진 것 중에서 온전한 것이 하나만 남았는데 지름이 4치 4분이며, 표면에 '우양천세羽陽千歲'라는 4개 글자가 음각돼 있다. 전각 글씨는 마음 가는 대로 새겨 네모나고 반듯하지 못했다. 이것으로 미루어 보아, 우양의 옛집터라는 것을 알게 됐다." 진무공은 춘추 초기 사람이며 우양궁은 바로 그때 지은 것이었다. 고고 자료에 의하면 진나라 수도 옹성이 바로 현재 섬서 봉양 일대이며 우양궁에 대한 고문헌 기록은 믿음직스럽다. 1980년대 초기 이 일대에서 궁전 건축 옛집터가 발견됐으며 각종 도와陶瓦 및 동제 부재품이 출토됐다.

있는데 수량이 많지는 않다. 진나라에는 문식이 아주 풍부하고 분록奔鹿, 모자록母子鹿, 비홍飛鴻 등 모양이 있는 와당이 있다. 동주 왕성東周王城은 반와당이 많으며 그 위에 운문, 와문渦紋, 쌍기문雙麒紋 등 문식이 있다. 이 와당들은 실용적 가치를 갖추면서 궁전 외관의 아름다움까지 더한다. 춘추전국시대 기와의 형제는 판와, 통와, 와당, 와정瓦釘 등이 있으며 이런 기와로 지은 지붕들은 상주시대와 비교 할 수 없는 것이다.

춘추전국시대의 대기台基는 이전보다 현저히 발전됐다. 귀족 궁실 전당殿堂은 흔히 높은 대기가 갖춰져 있었다. 이를 고대 문헌에서는 '당고수인堂高數仞'이라고 불린다. 인仞은 길이의 단위로 옛날 8척尺이 '1인仞'이다. 수 인이 되는 당기 위에 지은 건물이 바로 당시의 '대臺'를 가리킨다. 춘추전국시대에 대를 높게 쌓는 풍조가 강했다. 1930년대 하북성 역현易縣 연하도的燕下都유적이 발굴됐을 때 연대燕臺 50여 개가 보존되어 있고 한단邯鄲의 조왕성趙王城에는 16개가 있다. 역현 노로대老姥臺의 면적은 1200m², 높이 8m나 된 대기 위에는 나무 기둥, 석편石片, 동초銅礎, 난간전闌干磚, 통와, 와당, 도제 하수관 및 낮은 담장의 흔적이 남아있는 것으로 미루어 보아, 당시 대臺 위에 건축물이 있었다는 것이 확인된다. 한단 조왕성에 이른바 '용대龍臺' 위에는 줄로 늘어선 초석 및 석회질이 섞인 항토 지기地基가 남아있어, 이 또한 그 당시 건축물이 존재했다는 것을 설명해 준다.

높은 대기는 실용적인 가치가 있기도 하지만 춘추전국시대 귀족들의 만족감과 의기양양함의 표현이라 해도 좋다. 『좌전』에서 남성편력으로 유명한 노장공魯莊公의 이야기가 있다. 노장공이 이름이 맹임孟任이라는 당씨黨氏 여자에게 반해 끈질기게 쫓아다니다가 끝내 백년호합을 이루었다. 그 중요한 원인이 바로 노장공이 그 당시 '축대築臺'를 만들어 대기 위에서 맹임의 우아한 자태를 잘 볼 수 있었기 때문이다. 춘추전국시대의 대臺와 사榭 또한 다르게 흙을 높이 쌓아 대기가 되어 그 위에 집을 지은 것을 '대臺'라 하고, 그 위에 입목立木을 세워 건물을 지탱하는 것을 '사榭'

라고 한다. 대나 사는 인력과 재력이 모두 많아야 지을 수 있는 것이라 일반 평민에게는 불가능한 일이다. 귀족에게 대사臺榭는 거주, 연회, 심심풀이로 쓴 장소다. 춘추 중기 "진영공晉靈公은 군주 노릇을 제대로 하지 않고 과다한 세금을 거두어 들여 담장까지 조각하고, 궁전 위에서 사람들에게 팔매질을 하여, 사람들이 피하고 허둥거리는 광경을 보고 좋아하곤 했다."175) 전해진 바에 의하면 진영공은 대부들 보고 내조內朝에 와서 조배하라고 했는데 자신은 대台 위에서 높은 곳에 내려다 보며 기분에 따라 탄환으로 사람을 쏘아대고 대부들이 난처해서 탄환을 피하는 모습을 보며 그것을 심심풀이로 삼았다. 이런 축대 행동은 춘추전국시대에 거의 사회 풍조가 되고 있었다. 대사臺榭의 건축은 많은 인력과 재력을 투입할 뿐만 아니라 외관상으로도 귀천의 차별이 심하게 느껴져 당시 사회 언론은 이를 반대하는 태도였다. 역사 기록에 따르면 노장공 31년 (BC663년) 한 해 동안에 노나라 국군은 '낭郎에다 대를 쌓다', '설薛에다 대를 쌓다', '진秦에다 대를 쌓다'176)고 했다. 그리하여 모두 세 군데 대사를 건축했다는 것에, 당시 노나라 사서에서 비웃기라도 하듯이 이걸 기록했다. 춘추 말년 제나라 전田씨 귀족 세력이 강해지면서 강姜씨 국군의 지위를 빼앗아 대신 들어설 기세가 보인다. 그런데 강씨 국군이 여전히 잘못에서 깨달음을 얻을 줄 모르고 전씨 형제가 수레를 몰고 궁중에 쳐들어 갔는데도 불구하고 제간공齊簡公은 그때까지 '부인과 단대檀臺에서 술을 마신다'177)고 했다. 끝내 잡힐 수 밖에 없어 전씨가 제나라의 국군을 대체했다. 전해진 바에 의하면 '단대'는 임치臨淄 동북 1리 떨어진 원유피지園囿陂池 속에 만들었을 가능성이 크다. 대사 따위의 건축은 군주 향락으로 쓰임 외 존귀

---

175) 「左傳·宣公·2年」

176) 「左傳·莊公·32年」

177) 「左傳·哀公·14年」

한 손님의 초대 장소로 쓰기도 했다. 맹자가 등滕나라에 갈 때 관대를 받아 누각에서 머물렀다고 한다.

춘추전국시대 귀족 궁실 내부 진설은 상당히 화려하게 장식되었다. 국군의 궁전은 거의 대단한 규모를 갖추어서 보는 사람들로 하여금 감탄을 금할 수 없게 만들었다. 1980년대 초기 발굴된 진도함양秦都鹹陽의 궁전 유적에서 많은 통와, 판와, 와당, 포장용 직방체 벽돌, 장방형 공심전 및 대나무, 널판지, 대자리 등의 흔적이 발견됐다. 발견된 궁전의 계단용 공심전의 대다수 표면에서 용龍, 봉鳳을 새긴 문식이 있다. 유적에서 벽화도 많이 발견됐으며 내용은 인물, 동물, 식물, 건축, 신과 괴물 등이 있다. 벽화 테두리에는 정미한 문식이 있고 벽화의 색채는 홍紅, 흑黑, 백白, 주朱, 자홍紫紅, 석황石黃, 석청石靑, 석록石綠 등 여러 가지가 있다. 이런 발견을 통해 충분히 당시 진나라 궁전의 화려함과 장려함을 엿볼 수 있다. 춘추시대에 초영왕楚靈王은 유명한 장화대를 만들었는데 고서에 다음과 같은 기록이 남아 있다.

> 초영왕이 장화대를 짓고 오거伍擧와 같이 위로 올라가면서 "고대가 참 아름답도다!"라고 감탄하자, 오거는 "제가 듣기로 군주께서는 덕이 있어서 존경을 받는 것을 미덕으로 삼고, 백성들을 편안히 하는 것을 쾌락으로 삼고, 넉넉한 삶의 말을 듣는 것을 청각이 영민하다는 뜻으로 삼고, 멀리 있는 사람을 가까이 돌아오게 할 수 있음을 현명하다 하셨습니다. 웅장한 토목 공사와 거대한 조각 기둥, 대들보를 채화彩畫로 장식한 것을 미로 삼고, 성대한 악사들의 요란한 음악 소리를 쾌락으로 삼고, 보이는 장면이 웅장하다고 여기고 사치스러운 것을 보거나 여색에 빠지는 것을 눈빛이 총명하다 여기고, 음악소리의 청탁을 구분하는 것으로 청각이 예민하다고 하는 예는 들어 본 적이 없습니다"[178]

---

178) 「國語·楚語」

전해온 바에 의하면 장화대 건축의 제일 높은 고대高臺 꼭대기까지 올라가려면 3번이나 쉬어야 한다고 했다. 장화대는 정말 '숭고', '동루(彤鏤: 칠하고 새김)'의 아름다움으로 유명하다. 장화대 고지가 현재 호북성 잠강현潛江縣에 자리 잡고 있으며 1980년대 중기에 발견됐다. 층층이 쌓아 올린 우뚝 선 정자로 구성된 대형 원림 건축군이어서 '장화지궁章華之宮'이라고도 불렸다. 『좌전』 조공昭公7년 기록에 의하면 초영왕이 장화대 낙성落成 때 일부 제후국 국군들을 초대해서 축하받던 적이 있다. 열국간 교류가 많아짐에 따라 정대누사亭臺樓榭도 자주 서로를 모방하며 축조했다. 전해온 바에 의하면 노양공魯襄公이 초나라에서 화려한 궁실을 보고 노나라에 돌아와서 '초궁楚宮'을 만들었다고 했다. 진시황이 6국을 통일하며 "제후들을 무찌를 때마다 그 궁실을 모방하여 함양의 북쪽 산기슭에 궁실을 지었는데 남쪽으로는 위수에 닿아 있고 옹문雍門 동쪽에서부터 경수·위수까지 이르며 궁전 사이는 구름다리와 주각周閣이 서로 연결되어 있고 제후들에게서 얻은 미인과 종고鐘鼓가 안에 꽉 들어차 있었다"[179]고 했다. 제나라는 춘추시대에 '천대擅臺'를 만들었고 제경공齊景公은 "높은 집을 짓고 깊은 못을 파며 악기를 울려 음악을 연주하고 무녀가 춤춘다"[180]고 했으니 자의로 향락했음을 알 수 있다. 춘추시대에 장기간 중원 화하 제후국 패주였던 진晉나라의 궁실 건축은 더욱 근사해 궁실이 낙성 후 각 제후국을 초대해서 축하받으며 건축의 화려함을 자랑했다.

건축의 구조를 보면 춘추전국시대 궁실은 흔히 원유園囿가 부설되어 원림식 건축이라고 한다. 궁실의 내부 장식을 보면 글씨나 그림 등 여러 가지 모양을 아로새겨 색깔로 칠하고 명주비단 장막까지 치며 진주와 보석처럼 눈부시게 빛난다. 담벽에 내용이 풍부한 벽화도 그려져 있어서

---

179) 「史记·秦始皇本紀」
180) 「左傳·昭公·20年」

더욱 비범한 기세를 내보인다. 잘 보존되어진 전국시대 한 동방銅鈁에 건축 도안이 새겨져 있는데, 도안을 보면 건축물이 2층으로 돼 있으며, 건물 밑에는 대기가 있고 대기 위에는 목제木製 구조가 있고, 집안에는 3개의 세운 기둥이 있으며 방은 두 칸으로 나누어져 칸마다 각각 두짝의 문이 설치 되어 있다. 세운 기둥의 맨 위는 두공鬥拱 구조를 택하는데 이것으로 횡목(枋)을 견디어 받치는 작용을 한다. 상층 누각은 두 개의 문이 있고 난간과 비첨도 지닌다. 또한 다른 하나를 보면 전국시대의 탁배欂杯인데, 거기에는 대사臺榭 무늬가 새겨져 있으며 떠받친 누각도 가설하는데, 기둥 3개를 세워 누각을 지탱한다. 양측 기둥 외측에는 각각 계단 5개가 있다. 누각에도 세운 기둥이 있으며 기둥 위는 두공 구조를 택하는데 이것으로 횡목(枋)을 견디어 받치는 작용을 하고, 그 외 내민 긴 처마도 있다. 귀족은 누각에서 술잔치를 벌리고 투호射壺하고 누각 밑에서는 춤추고 반주하는 사람도 있다. 전국시대 궁실의 호화스러운 상황에 대한 묘사는 일단 사대부 송옥宋玉을 손꼽을 수 있다. 그는 다음과 같이 묘사했다.

높은 집, 깊숙한 방
가로지른 난간 위에 들러친 널조각이라
층층이 쌓아 올린 우뚝선 정자
높은 산마루에서 아래를 굽어보면

주색으로 꾸며진 그물 같은 문짝에
곱게 새긴 모서리를 서로 이어 붙였도다
겨울에는 추위 막을 아늑한 온실
여름에는 더위 막을 서늘한 냉방

가는 실로 엮어 짠 비단 끈을 매고
주렁주렁 옥구슬로 휘장을 꾸몄도다
방안을 한 바퀴 빙 둘러보니

갖가지 보배와 괴상한 것이 많도다
......
붉고 푸른 물총새 고운 것으로
덩그렇게 높은 당에 휘장을 꾸미고
붉고 흰 벽칠에 단사로 그린 난간
대들보는 유별한 흑옥으로 꾸몄도다

붉고 들어 서까리를 쳐다보니
용 그림, 뱀 그림 문채어려 눈부시고
당 위에 올라앉아 난간에 엎드리니
굽이쳐 흐르는 연못이 보이도다

못 속에는 몽실몽실 연꽃이 피어나
마름과 한데 얼려 곱게 떠있고
보라빛 줄거리의 물풀이 한들거리니
잔물결 이는 대로 문채를 이루는구나

문 앞에는 빽빽이 난초를 심어놓고
옥수를 둘러 심어 울타리를 해놓았다
혼이여, 돌아오시라
어째서 그렇게 먼 곳으로 가야 했던가[181]

이는 송옥이 쓴 초혼곡招魂曲으로 귀족의 혼백을 고향으로 돌아오게 하기 위해 그들의 옛집을 상세히 묘사했는데, 그의 글에 나온 귀족 궁실이 정말 그들의 마음을 트이게 하고 유쾌하게 하는 존재라고 할 수 있다. 노양공魯襄公이 초나라에 가면 한 달이나 머물며 돌아갈 생각조차 안한다는 원인도 여기에 있다. 그는 노나라에 돌아간 다음 바로 초나라 궁실을

---

181) 「楚辭 · 招魂」

모델 삼아 궁실을 지었다. 송옥의 묘사를 통해 당시 귀족의 궁실이 이미 보편적으로 화려하게 장식되었다는 것을 알 수 있다.

궁실 건축이 발전되고 화려해짐에 따라 전통예습에 대한 파괴도 그만큼 생기기 시작했다. 고서 속에 이런 전형적인 예가 있는데, 노장공이 한 때 '사당의 기둥을 붉게 칠한다(丹桓宮楹)', '사당의 서까래에는 장식을 새긴다(刻桓宮桷)'[182]고 했다. 당시 사람들은 이를 예에 어긋난 것이라고 여겨 못마땅해 했다. 경慶이라는 장인이 직접 노장공에게 이를 사치스러운 행동이라며 대놓고 지적했다. '영楹'은 궁실의 기둥을 가리키는데 고대 예절에 따르면 제후 집의 기둥이 옅은 청흑색, 대부는 청색, 사는 황색으로 해야하는데 노장공이 붉은색으로 칠하니까 예절에 어긋난다는 비난을 받을 수 밖에 없었다. '각桷'은 궁실의 네모난 서까래다. 주대 예습에 따르면 등급이 다른 사람은 궁실의 각桷도 규격이 다른데, 천자 궁실의 서까래는 제일 정미하게 가공해야 하고, 제후의 서까래는 나무 껍질을 벗기거나 갈고 닦을 필요가 없다. 대부의 서까래는 쪼갠 나무로 하면 되고, 사士의 서까래는 나무 뿌리로 하면 된다. 노장공은 서까래를 정미하게 가공했을 뿐만 아니라 조각까지하여 이는 옛 주천자 마저도 하지 않았던 일이라 규칙에 어긋나는 행동으로 여겨진다. 건축면에 있어 전통 예습이 파괴되는 일은 역사의 흐름이라 막을 수 없는 일이다. 사회 생산의 발전은 궁실 건축 창신의 물질적 기초를 마련해준다. 사회 구조의 변천, 정치 권력의 쇠약은 궁실 건축 창신을 위해 사회환경을 제공해 준다. 전통예습을 파괴하는 입장에서 보면, 노장공이 '사당의 서까래에 장식을 새긴다(刻桓宮桷)'는 행동은 적극적인 의미를 갖고 있지만, 통치자들은 민력을 아끼지 않고 마음가는 대로 화려한 궁실을 지어 노동자들에게 무거운 짐을 지게 했다. 이러한 행동은 극도로 사치스럽고 탐욕적이라 비난을 받아야 마땅

---

182) 「春秋·莊公·23年, 24年」

하다. 춘추전국시대 일반 백성들은 대부분이 반지혈半地穴이나 아주 초라한 주건환경에서 생활했는데, 이른바 "떡갈나무 서까래는 깍지 않고 띠풀로 이은 이엉은 자르지 않았으니, 깎아 다듬는 일이 없었고 갈아 다듬는 공이 없었다. 대부大夫의 집은 기둥을 네모나게 가공하는 것이 고작이었고 사士의 집은 기둥의 머리 부분만을 가늘게 다듬었으며 서인庶人들의 집은 도끼로 찍어낸 목재를 그냥 썼을 뿐이었다"[183]고 했다. 이는 대체적으로 하·상·주 시대의 거주 상황과 부합한다.

춘추전국시대 사람은 생활지역의 확대에 따라 각 지방 사람은 다분히 자연 조건을 의지하여 자신의 거주지를 계획하고 만들곤 했다. 예를 들면 북방 황토 고원지역에서는 요동(窰洞: 토굴집)을 많이 팠고 남방 덥고 물이 많은 지역에서는 간난식干欄式 집을 많이 지었다. 1978년 광동성 고요현高要縣 모강茅崗에서 전국시대 수상水上 목제구조 건축군이 발견됐다. [184] 수상 목책木柵 건축 유적이 2구區 3조組 있고, 조마다 건축 평면 구조가 모두 직사각형이다. 건축할 때 먼저 구덩이를 파서 나무 기둥을 꽂아 넣거나 직접 말목을 지층 밑으로 툭툭 쳐서 꽂아놓은 후, 기둥과 말목 위에 원목과 널빤지를 가설하고 그 위에 다시 붕가棚架를 가설해 나무껍질이나 띠풀로 지붕을 잇는다. 이런 수상 건축의 한쪽은 산을 의지하고 한쪽이는 물 가까이에 있으며 산을 의지하는 면은 약간 높고 물을 가까이 있는 쪽은 비교적 낮아 계단식 거주면으로 구성된다. 비교적 높은 곳에서는 사람이 거주할 수 있고 낮은 곳에서 물고기 따위를 사냥 할 수 있다. 이런 수상 건축은 당시 지역의 자연 환경과 아주 잘 어울린 것이라고 할 수

---

183) 「鹽鐵論·散不足」. '작삭斫削'은 조각한다는 뜻이고 '마갈磨礱'은 문질러 간다는 뜻이다. 이는 모두 건축업에서 무언가를 세밀하게 새기는 작업이다. '달릉영達棱楹'은 기둥을 4능의 모양으로 만드는 작업이고 '영수頴首'는 기둥의 가장 높은 꼭대기 부분을 예쁘고 세밀하게 조각하는 작업이다.

184) 廣東省博物館·楊豪·楊耀林,「廣東高要縣茅崗水上建築」,《文物》, 1983年 第12期.

있다.

(4) 집안 배치와 생활습속

서주시대 귀족의 집안 배치는 주로 대자리와 궤(几: 안석)였다. 앞서 고서에 기록된 주강왕 왕위 계승 때 궁전의 배치 상황을 언급했는데, 그 밖에도 배치된 많은 옥석과 보물이 더 있다.

> 또한 옥을 다섯 겹으로 진열했으며 보배를 펼쳐놓았으니, 적도赤刀와 대훈大訓과 홍벽弘璧과 완염琬琰은 서쪽 행랑채에 두고, 대옥大玉과 이옥夷玉과 천구天球와 하도河圖는 동쪽 행랑채에 두고, 윤胤나라에서 만든 무의舞衣와 대패大貝와 분고鼖鼓는 서쪽 방에 두고, 태兌씨가 만든 창과 화和씨가 만든 활과 수垂씨가 만든 대나무 화살은 동쪽 방에 두었다. 천자의 의장용 큰 수레는 서쪽 계단에 있어 서쪽 계단을 향하고, 천자의 유개차有蓋車에 구슬이 늘어진 수레는 동쪽 계단에 있어 동쪽 계단을 향하며, 천자의 무개차無蓋車는 왼쪽 숙의 앞에 있고, 천자의 장막차는 오른쪽 숙의 앞에 있느니라.[185]

이 기록을 보면 당시 주왕실에서 배치된 옥기는 5세트로 구성된다. 여기서 '진보陳寶'는 옥과 돌 사이의 재질이며, '적도赤刀'는 붉은색 띄는 옥칼이고, '대훈大訓'은 선왕의 훈화訓話를 새긴 옥이며, '홍벽弘璧'이라는 대옥과 '완琬'이라 불리는 위쪽이 동글게 생긴 옥규, '염琰'이라 불리는 위 쪽은 뾰족하게 생긴 옥규가 있다. '대옥大玉'은 화산의 옥, '이옥夷玉'은 동이東夷 지역의 미옥, '천구天球'는 서북지역의 하늘색의 미옥, '하도河圖'는 황하지역의 천연 무늬의 미옥으로 이 옥석들이 각각 동, 서 곁채에 배치돼 있다. 서쪽 방에서는 윤胤이라는 사람이 만든 무의舞衣와 수레 바퀴 같은 큰

---

185) 「尚書·顧命」

조개와 커다란 북이 배치돼 있으며, 동쪽 방에는 태兌씨의 창과 화和씨의 활과 수垂씨의 대나무 화살이 배치돼 있다. 옥으로 장식된 큰 수레는 손님들이 쓰는 계단, 즉 서계西階 앞에 세워져 있으며, 금으로 장식된 천자가 탄 수레는 주인이 쓰는 계단, 즉 동계東階 앞에 세워져 있다. 상아로 장식된 천자나 제후가 탄 수레는 대문 좌측의 당堂, 즉 좌숙左塾 앞에 세워져 있으며, 목제 보조 수레는 대문 우측의 당堂, 즉 우숙右塾 앞에 세워져 있다. 집안 배치와 실외에 세운 수레를 통해 주왕실의 호화와 예절을 엿볼 수 있다.

침대는 집안의 주요 침구였으며 아주 오래 전부터 사용했을 가능성이 크다. 은허 갑골문 속에 침대 상床의 변방자가 적지 않다. 「역경易經·박剝」에서는 '침대의 다리가 없어졌다(剝床以足)', '침대의 가로로 댄 나무가 없어졌다(剝床以辨)'라고 했는데 이것은 모두 아픈 사람이 침대 위에 누워서 발, 무릎, 팔로 침대를 두드리고 소리치는 모습을 묘사한 것이다. 「시경詩經·산골짝의 시냇물(斯干)」에서는 '아들을 낳으면 침상에 누이고', '딸을 낳으면 대자리에 누인다'라 했는데 여기서 '지地'는 바닥에 깔린 대자리를 가리킨다. 침구 중 침대와 대자리를 비교하면 침대가 훨씬 더 귀해서, 침대는 귀족들의 집안 필수품이며 일반 백성도 널리 사용했다. 백성의 집은 초라하고 습하기 때문에 침대가 더욱 필요했다. 「시경詩經·칠월七月」에서 '귀뚜라미가 내 침대 밑으로 왔다'는 말을 통해 보통 백성도 침대를 사용했다는 것을 알 수 있다. 1986년 호북성 형문시荊門市 포산包山에서 발견된 전국 후기의 초묘에서 구상이 교묘하고 제작이 정미한 접이용 침대가 발견됐다.

그림 2-58 착금錯金 쌍익신수雙翼神獸

접이용 침대는 침대 받침, 호란, 다리로 구성되어 침대 받침은 두 개의 똑같은 네모 골격으로 맞춰진 것이다. 골격마다 다시 8개의 부재로 분리할 수 있으며 접이용 침대의 총길이는 220.8cm, 너비는 135.6cm, 총 높이 38.4cm, 호란의 높이 14.8cm, 침대 깔판의 높이는 23.6cm다. 양쪽 호란의 가운데에 57.6cm의 흠이 남겨있어 올라가고 내려올 때 사용한다. 접이용 침대 출토 당시 그 위에 놓인 물건으로 볼 때 침대 위는 먼저 대발을 깐 후 짚자리를 깔고 풀솜 이불을 깐 것이다. 전국시대에 침대밑에 설기(褻器: 요항)로 삼는 호자虎子를 놓기도 했다. 1980년 장사長沙 새 기차역 부근에 전국시대에 속하는 토광수혈土壙竪穴 목곽묘木槨墓에서 채색으로 칠한 호자가 하나 출토됐다. 총 길이 29.5cm, 총 높이 16.5cm, 두 조각의 목재로 맞춰진 것이다. 기형은 머리를 쳐들고 눈을 크게 뜨고 엎드린 호랑이 같으며, 주둥이부터 배까지 뚫려 있다. 눈, 귀, 코 부위에 정밀하게 무늬를 새기고 있고 꼬리는 위로 말려 뒤통수까지 닿아 호자의 손잡이가 된다. 용기의 겉과 속은 통채로 칠을 했으며, 겉은 노랑색과 갈색으로 운봉문雲鳳文이 그려져 있다. 이는 지금까지 발견된 최초의 호자다.

귀족 궁실 안에 주로 궤几, 안(案: 책상의 일종), 병풍, 도마(俎) 등인 실내 용품을 배치했다. 춘추전국시대에 궤, 안, 병풍, 도마, 침대는 대부분 칠기이지만 구리로 된 것도 있다. 1980년대 말에 운남성 등충騰沖 곡석향曲石鄉에서 발견된 동주시대의 동안銅案은 천판과 받침대로 구성돼 있다. 천판의 양 끝은 넓고 중간은 약간 좁아지며 오목하고 4개 모서리는 약간씩 위로 쳐들린 호형으로 돼 있다. 천판 밑은 대칭된 '산山' 형 받침대가 연결되어 있고, 받침대 사이는 두 개의 가름대로 고정시킨다. 동안 높이는 11.4cm, 천판 양끝 길이는 38.6cm, 양끝 너비 각각 24.3cm, 중간 너비는 15.2cm, 두께는 0.35~0.4cm, 제작이 상당히 정밀하고 천판 위에 12조의 대칭된 와문渦紋과 운뢰문雲雷紋이 새겨져 있다. 4개 모서리의 테두리에는 거치문鋸齒紋이 새겨져 있으며 동안의 받침대에는 능형문菱形紋과 운뢰문

雲雷紋이 새겨져 있다.

동주시대 집안에 배치된 칠기에 대한 발굴은 1950년대 후기에 이루어졌다. 하남성 신양 장대관信陽長臺關의 초묘는 제일 풍부하고 거기서 잘 보존되어진 250점의 칠기가 출토된 적이 있다. 발견된 큰 침대는 길이가 230cm이며, 너비 139cm, 다리 높이 19cm로 주변에 난간이 있으며 침대를 오르내릴 때 쓴 출구도 남겼다. 흑색으로 칠한 침대에 붉은색의 방형운문이 새겨져 있다. 침대 위에 대나무로 엮은 침대 깔판이 깔려 있고 죽침竹枕과 어우러져 있다. 다리 높이를 보면 당시 침대는 비교적 낮은 편이었다는 것을 알 수 있다. 발견된 몇 개 안案도 흑칠이 되어있다. 궤几는 비교적 작고 길쭉한 모양으로 양끝에 다리가 있으며 위에 물건을 놓을 수 있다. 당시는 책상과 의자가 없어서 집안에서는 바닥에 앉거나 낮은 침대 위에 앉았다. 존귀한 사람의 집안에는 꼭 궤가 있어야 했는데 기댈 곳이 있기 때문이다. 궤 이외 궁실안에 배치된 안案 위에도 물건을 올려 놓을 수 있는데 장대관長臺關 초묘에서 발견된 안案은 두 종류가 있다. 식안食案은 직사각형이나 원형으로 되어 있으며, 원형으로 된 세 다리 안案은 후세의 작은 쟁반과 같고 비교적 가벼운 편이다. 다른 한가지는 직사각형으로 된 조안條案인데 이는 굽은 두 다리가 가진 경우가 많다. 이런 조안은 당시 물건을 놓거나 글쓰기로 사용하였을 가능성이 크다. 발견된 칠한 좌병座屛도 있는데 이는 집안 장식 역할을 했다. 1970년대 후기에 발견된 호북 강릉 천성관天星觀 1호 초묘186)에서 많은 전국 중기 초나라 귀족 실내 용품이 출토됐다. 좌병만 해도 5점이나 있는데 이 5점 좌병은 모두 나무 소재이고 철형凸形 받침대와 직사각형 병풍으로 구성돼 있으며, 중간은 나무를 세워 두 짝으로 나누어진다. 양측에는 각각 용 한 마리를 투조透雕하거나 용 4마리를 투조한 경우도 있다. 투조된 용은 두 마리가 서로

---

186) 湖北荊州地區博物館,「江陵天星觀1號楚墓」,《考古學報》, 1982年 第 1期.

등을 대고 꼬리가 닿아 엉킨 모습이며, 모두 눈을 크게 뜨고 혀를 내밀며 몸을 앞으로 굽혀 발을 휘감아 날아오르려는 자태를 취하고 있다. 좌병은 통째로 흑색을 칠하여 받침대 양측의 빗면에 음각된 운문과 붉은색, 노랑색, 금색으로 그려진 그림이 있다. 받침대 양끝의 옆면 및 입목立木도 삼각 운문 장식 있고 용 몸체에는 붉은색, 노랑색, 금색으로 그려진다. 좌병의 너비는 50cm에 가까이 되어 높이는 대략 13cm정도다. 천성관 초묘에서 또한 궤 3점, 안案 7점이 발견됐다. 궤의 윗면 중간은 약간 파여 있으며, 양측의 세운 판넬 위 쪽은 말리면서 구부러져 있다. 가운데 장붓구멍을 파서 궤면에 있는 장부와 맞물린다. 통째로 흑칠되어 있고 궤의 윗면과 양측 모두 무늬가 새겨져 있으며, 궤의 높이와 너비는 모두 50cm가 넘는다. 발견된 안案은 모두 직사각형으로 윗면 중선 양측에 각각 직사각형의 구련권운문勾連卷雲紋이 한 바퀴가 새겨져 있고, 내측에는 기울어진 직사각형 홈 한 바퀴가 있고 윗면을 좌, 우 대면臺面으로 구성된다. 대면 양끝에는 부각 권운문이 있다. 안案의 길이는 120cm, 너비는 50cm 가까이 된다. 1960년대 중기에 호북성 강릉 기남성江陵紀南城 전국묘에서 작은 채색 목조 병풍이 발견됐다.[187] 높이는 15cm, 길이는 51.8cm, 윗너비는 3cm, 아래 너비는 12cm다. 작은 병풍의 받침대 높이가 3cm, 양끝이 바닥에 닿아 중간 부분은 낙착이 안되게 했다. 받침대는 주로 부각 뱀과 이무기 문양으로 되어 있고, 직사각형 테두리가 있으며, 중간에 각종 동물이 새겨져 있다. 총 20마리의 이무기, 17마리의 뱀, 개구리 2마리, 그리고 사슴, 봉새, 참새 각각 4마리가 있다. 흑칠한 작은 병풍에 주홍朱紅, 회록灰綠, 금은金銀 등 채칠을 사용해서 무늬를 그려 넣으며, 좌병의 테두리에도 주홍, 금과 은색 칠로 풍문鳳紋 등 무늬를 그려 넣는다. 작은 병풍은 여러 종의 생생한

---

187) 湖北省文化局文物工作隊,「湖北江陵3座楚墓出土大批重要文物」,《文物》, 1966年 第 5期.

동물이 서로 싸우는 모습으로 생동감이 넘친다.

집안 내부의 궤와 안案 등 실용기물 외 귀족 집안에 예술품까지 배치하여 품위를 뽐내곤 했다. 1970년대 중기 안양 은허 소둔촌小屯村에서 옥거북이, 돌호랑이, 돌오리, 돌자라 등인 작은 입체 옥조玉雕와 석조石雕가 발견됐다.[188] 이 공예품들은 옥돌 자체가 지닌 색깔과 무늬의 특징을 살리면서 창조적으로 만들었다. 예를 들어 옥재의 무늬 있는 부분을 호랑이의 등으로 만들어 더욱 생생하고 핍진성을 높였다. 작은 옥자라의 눈알과 눈썹은 옥재 원래 지닌 색깔을 살리면서 더욱 선명하게 보이며, 자라의 등딱지는 검은색, 머리와 목과 배부분은 옥재 자체가 지닌 색깔을 이용해 회백색으로 교묘하게 살아 움직이는 듯한 효과를 재현했다. 옥자라는 눈을 크게 뜨고 머리를 들며 앞 다리를 쭉 뻗어 기어가는 모습으로, 타원형 등딱지 가운데는 볼록하게 튀어나와 있고, 네 발에 모두 발톱을 3개씩 조각하고 짧은 꼬리는 등딱지 밑에 숨겨 놓았다. 옥자라는 아주 매끄럽게 다듬질하고 살을 통통하게 표현해서 생동감이 넘쳐난다. 이 공예품들은 은대 귀족 집안에 배치된 물건으로 추측된다. 천성관 1호 초묘에서 발견된 호좌비조虎座飛鳥는[189] 높이가 108cm이며 목조품을 조합시켜 만든 것으로 전체를 흑칠하고 붉은색, 노랑색, 금색 3색으로 채색되어 있다. 그중에서 호랑이가 눈을 크게 뜨고 머리를 들며 쪼그리고 앉아 꼬리는 밑으로 말린 모습을 하고 있다. 등 위에는 머리를 들고 날개 펼친 봉황이 세워져 있으며, 봉황의 등에는 대칭된 한 쌍의 사슴 뿔이 꽂혀 있다. 이런 예술품을 집안에 배치함으로써 시각적인 아름다움을 한층 돋우었다.

평민의 집은 방과 부엌이 합채된 일체형이었다. 그래서 반지혈 집이나

---

188) 中國社會科學院考古研究所安陽發掘隊,「1975年安陽廢墟的新發現」,《考古》, 1976年 第4期.

189) 湖北荊州地區博物館,「江陵天星觀1號楚墓」,《考古學報》, 1982年 第 1期.

초라한 평민집 유적에서
온돌이 많이 발견됐는데
이곳이 바로 평민들이 도
기陶器로 밥을 했던 곳이
었다. 귀족의 집에는 부엌
이 따로 설치되어 있다는
것에 대하여 고문헌에서

그림 2-59 착금은錯金銀 호서녹虎噬鹿 기물 받침

"군자는 요리장을 멀리하고, 모든 피가 순환하는, 살아 있는 것을 자기
스스로 죽이는 일이 없다"[190]고 했다. 1950년대 중기 안휘성 수현壽縣 춘추
시대 채후묘蔡侯墓에서 청동기 486점이 출토됐다. 그중에서 큰 정鼎 하나가
있는데, 총 길이가 62cm, 지름은 62cm이며, 정의 바닥은 검게 탄 흔적이
있어서 당시 실용적인 물건, 즉 희생을 요리하던 확(鑊: 큰 가마솥)이었던
것을 입증해 준다. 다 완성된 희생요리는 숟가락(匕)으로 건져서 도마에
놓은 후 집안 앉은 자리에 진열한다. 밥따위 음식도 밖에서 시루나 솥(甑,
甗, 鬲)으로 끓인 다음에 접시나 그릇(盘, 簋, 鬥)에 담아서 자리에 올린다.
귀족의 식기들은 아주 복잡했으므로 그에 따라 필요한 궤几와 안案의 종류
도 많다. 이것으로 보아 연회 규모가 대단했던 것을 알 수 있다.

집안에서는 연회석과 좌석 배치 순서도 많이 따지는 편인데 규정 상으
로는 천자가 참여하는 자리는 5중重이고, 제후가 참여하는 자리는 3중이
며, 대부가 참여하는 자리는 2중이다. 좌석 배치도 존비尊卑의 차별이 있으
며 남북 방향으로 배치된 자리에서는 서방이 윗자리이고, 동서 방향으로
배치된 자리에서 남방이 윗자리다.[191] 좌석의 예속에 대하여 고대 예서에

---

190) 「禮記·玉藻」

191) 「예기禮記·곡례曲禮」에서는 "돗자리가 남향이나 북향일 때에는 서쪽을 윗자리로
삼고, 동향이나 서향일 때는 남쪽을 윗자리로 삼는다"라 했는데 정현鄭玄은 "윗자

서는 다음과 같이 말했다.

신하가 임금 옆에 시좌侍坐할 때에는, 만일 곁에 물러갈 만한 별석別席이 있으면 반드시 물러가 별석에 앉는다. 그러나 만일 별석이 없고 또 임금이 물러가라고 명하지 않는다면 반드시 자문하고 모의하는 일이 있을 것이므로 임금에게서 멀리 떨어지지 않고, 임금의 친당親堂의 자리 아래에 가서 시좌侍坐한다. 자리에 오를 때 앞으로 가면 타인의 좌석을 밟게 되므로 뒤로 올라가야 한다. 도좌徒坐할 때에는 자리의 앞을 1척쯤 남겨두어야 한다. 글을 읽을 때, 식사할 때에는 간격을 둘 필요가 없다. 앞에 찬구饌具가 있으므로 모두 자리에서 사이를 1 척쯤 떼어 놓아야 한다.[192]

이는 모두 입석의 원칙을 말한 것이며 신하가 군주를 실내에 모시고 있을 때 군주와 같은 좌석에 있으면 안되고, 군주의 친당親黨 자리 아래에 물러서 시좌해야 하며 자리에 오를 때 앞으로 가면 타인의 좌석을 밟게 되므로 예절에 어긋난 일이니 뒤로 올라가야 한다. '도좌徒坐', 즉 빈손으로 자리 올라갈 때 자리의 앞을 한 척 쯤 남겨두고 겸손한 뜻을 보여야 하며, 글을 읽거나 음식을 먹을 때에는 자리를 가까이 하여 사이 둘 필요가 없는데 이래야 글이 잘 안보여 음식을 떨어뜨릴 염려가 없기 때문이다. 음식을 담는 그릇은 가장자리까지 1 척쯤이 있어서 멀리 앉으면 많이 불편하다. 이는 귀족이 연향지례燕享之禮를 열 때 신분이 다른 사람은 서로 다른 자리에 앉아야 하며 존비尊卑의 차별을 보여준 것이었다. 고대 예서에 다음과 같은 말이 있다.

제후연례諸侯燕禮의 의의義에 국군國君은 조계阼階의 동남쪽에 서서 남향하

리는 돗자리 상단이고 태양을 향하고 앉을 때에는 왼쪽을 윗자리로 삼고, 태양을 등지고 앉을 때에는 오른쪽을 윗자리로 삼는다"고 했다.

192) 「禮記 · 玉藻」

며 경卿과 대부에게 읍揖하며 앞으로 나오게 한다. 모두 조금씩 앞으로 나아가서 자리를 정한다. 국군이 조계 위에 자리 잡는 것은 주인의 자리에 있는 것이다. 국군이 홀로 올라서 자리 위에 서고 서면西面하며 혼자 서는 것은 감히 대등對等할 자가 없다는 뜻이다.

자리는, 소경小卿은 상경上卿에 다음하고, 대부는 소경에 다음하며, 사士와 서자庶子는 그 다음으로써 아랫자리에 나간다.[193]

연례燕禮를 치를 때 주천자의 권위를 과시하면서 주왕의 자리가 주위主位이니 이와 대등할 자리가 없다. 각급의 귀족은 상경, 소경, 대부, 사, 서자의 순서대로 입석하고, "자리가 반듯하지 않으면 앉지 않는다"[194]는 것이다. 이것에는 두 가지 의미가 담겨 있다고 본다. 하나는 궁실 안의 좌석은 적당한 위치에 배치해야 하며 비뚤어져서는 안된다. 또한 자신이 앉을 자리에 앉아야 하니 등급을 뛰어넘으면 안된다. "자리가 반듯하지 않으면 앉지 않는다"는 말은 당시 귀족 거주습속에 있어서 반드시 지켜야 하는 내용이었다.

귀족 사이에 서로 방문할 때 좌석에 대한 예의도 많이 따진 편이었다. 손님이 올 때 음식 대접을 하려고 초청한 손님인지 만나서 얘기를 나누는 손님인지 먼저 구별을 해야 했다. 고대 예서에는 다음과 같이 말했다.

만일 상대방이 음식 대접이나 하려고 초청한 손님이 아닐 경우에는 자리를 펼 때 자리와 자리 사이를 1장丈 정도의 간격을 둔다. 주인이 꿇어앉아서 자리를 바로잡으면 객이 꿇어앉아서 손으로 자리를 잡아 중지시키며 사양한다. 객이 포개서 깔아놓은 자리를 걷으려고 하면 주인이 군이 그렇게 하지 말라고 사양하며, 객이 자리에 앉은 뒤에야 비로소 주인도 앉는다.[195]

---

193) 「禮記·燕義」
194) 「論語·鄕黨」
195) 「禮記·曲禮·上」

여기서 자리를 펴는 과정을 설명했는데 만약 음식을 대접 하려고 초청한 손님이 아니면 펴놓은 자리에 주석과 객석 사이에 1장丈의 거리를 유지해야 이야기 나누기도 편하고 거리도 그리 멀지 않아 편리하다. 주인이 손님에게 존경을 표하기 위하여 직접 자리를 똑바로 펴 주기도 하는데, 이때 손님은 겸손과 공경한 마음을 표하기 위하여 손으로 자리를 누르면서 주인의 뜻을 사양한다. 일반적으로 손님을 위해 펴놓은 자리가 여러 겹이 있는데, 손님도 여러 겹이 된 자리에 앉을 자격이 없다면서 몇 겹을 빼놓으려고 하지만 주인이 오히려 손님의 뜻을 말리는 경우가 많다. 그 다음에서야 손님이 정식으로 자리에 오른다. 이러한 내용을 통해 우리는 당시 귀족들이 입석하는 방식을 매우 중요한 예속으로 삼았으며 이것을 알지 못할 경우 비웃음까지 당하기도 했다는 것을 알 수 있다.

집안 내외의 조명도 중요한 문제였다. 원시시대에 사람들은 실내를 온돌의 불로 밝게 비쳤다. 하상시대에 와서 점점 횃불이나 초로 조명했다. 당시의 횃불이나 초를 정료庭燎라고도 했는데, 『주례』에서 "나라가 큰 일이 있을 때 분초墳燭나 정료를 제공해 준다"[196]고 했다. '분초'에 대해 마초麻燭라는 설이 있고, 문 밖에 세운 큰 촛불이라는 설도 있으나 마초라는 설이 더 적당한 것 같다. '정료'는 초와 별 차이가 없으며 다만 방치된 곳이 다를 뿐이다. 정원에 세운 것이 바로 마초를 가리킨다. 초는 갈대나 싸리나무 채로 심을 만들어 겉에는 천이나 마麻를 감아서 꿀에 담겨 놓으면 오랫동안 불을 붙일 수가 있다. 이런 초를 크게 만들면 정원 가운데 세울 수 있고 밤새 불을 붙일 수가 있다. 「시경詩經·정료庭燎」편에 주선왕周宣王 시기의 이야기가 있다.

밤이 어떻게 되었나? 밤이 다하지 않아

---

196) 『周禮』

횃불을 비치네. 제후들이 당도하느라
방울 소리만 쩽으렁쩽그렁

주왕의 정원에는 '밤 새기전(夜未央)'부터 '밤이 새벽에 가까울 때(夜鄕晨)'까지 정료의 빛이 반짝거리고 있다. 주대 등급제대로 정료 사용량에 대하여 주천자는 백 개, 공公은 50개, 후백자남侯伯子男은 30개로 제한된다. 춘추시대에 와서 등급 질서가 깨지면서 정료 사용량도 어느정도 바뀐다. 고서에 의하면 "밤에 궁중으로 사람을 맞이할 때에는 뜰에 백 개의 횃불을 사용하는 것은 제齊나라의 환공桓公에서부터 시작되었다"[197]고 했다. 대체로 제환공 때부터 이미 주천자의 정료 사용량을 초과했을 것이다. 정료의 비용이 아주 커서 흔한 조명재료로 사용하지 않았다. 춘추시대 진문공晉文公이 패권을 차지하면서 "주양왕이 태재 문공文公과 내사 흥興을 파견해서 진문공한테 임명장을 반포했는데 진나라의 상대부가 변경으로 맞이하러 나와 진문공이 교외에 와서 맞이하며 위로하였느니, 그들을 위해 종묘에 객사를 준비하고, 구뢰九牢를 차려 대접하였으며, 정료庭燎까지 밝혀 성의를 다하였다"[198]고 했다. 여기서 이미 정료를 밝히는 것을 특수 예우로 여겼음을 확인 할 수 있다.

일반 귀족에게는 주천자와 제후국 국군만큼 정료 사용량이 많지 않으며 하인에게 횃불을 들게 하여 조명의 효과를 올리는 경우가 많았다. 고대 예서에게 귀족이 연례를 치르는 상황을 아래와 같이 기록했다.

밤이 되면 서자가 횃불을 들고 동쪽에 있는 계단에 서 있고, 사궁이 횃불을 들고 서쪽에 있는 계단에 서 있고 전인(甸人: 눈밭을 장관하는 사람)은 횃불을 들고 중정에 서 있고 혼인(閽人: 궁문을 지키는 사람)이 횃불을 들고

197) 「禮記·曲禮郊特牲·上」
198) 「國語·周語·上」

문 밖에 서 있다.199)

손으로 든 횃불은 사용하기 편해서 이런 조명 방법을 많이들 택한다. 특히 실내 조명용으로 정료는 적당하지 않다. 역사 기록을 따르면 춘추 말년에 공자의 제자인 증자曾子가 병든 상황을 다음과 같이 기록했다.

> 증자가 병으로 병상에 누웠는데 위독했다. 그 병상 아래에 약정乐正 자춘 子春이 앉았고, 발치에 증원曾元과 증신曾申이 앉아 있었으며, 또 동자가 방구 석에서 촛불을 잡고 있었다. 동자가 말하기를, "선생님의 자리는 아름답고 훌륭하군요. 대부가 사용하는 것이 아닙니까?"라고 했다.200)

하인 동자가 '방구석에 앉아있다'는 것을 통해 손에 촛불을 잡은 채 화재를 예방하기 위해 외진 구석에 앉아있다. 이 주인을 모신 '집초執燭' 동자는 증자曾子가 계손씨季孫氏로부터 하사받은 삿자리를 깔고 있는 것을 보고 예의에 어긋난다고 여긴 것이다. 집안에 촛불을 드는 것은 아주 힘든 일이라 전문적으로 이를 책임지는 사람이 있다. 고대 예서의 기록에 의하면 주왕실은 "침실의 잡일들인 청소, 촛불 들기, 겨울에 화로 연탄을 공급하는 일"201)을 했는데, '궁인宮人'이라는 직책을 맡은 사람이 이 모든 힘든

---

199) 「儀禮 · 燕禮」
200) 「禮記 · 檀弓 · 上」
201) 「周禮 · 宮人」. 안어: 이런 방 안에서 촛불을 들고 조명하는 방식은 후세에도 오랫동안 사용했다. 「북사北史 · 여사례전呂思禮傳」의 기록에 따르면 여사례가 군사 임무 많아도 손에서 책을 놓지 아니하고, 낮에는 정사를 처리하고 밤에는 책을 읽었다. 종을 시켜서 촛불을 들어주고 밤새 타고 남은 재는 여러 승升이 된다"고 했다. 그가 쓴 초는 선진 시대의 초와 별 차이가 없다고 본다. 후세에 이런 초는 보편적으로 사용하게 돼서 당나라 때 시인 도부杜甫는 "홀로 성도成都에서 묵는데 촛불 가물가물하네"(「杜工部草堂詩箋」卷22, 「宿府」) 라는 싯구절이 있는데, 여기서 말한 '납거蠟炬'는 바로 '납촉蠟燭'이고 '초'를 가리키는 것이다.

일을 책임진다고 했다.

전국 중기에 와서 귀족 집안에서 사용한 등불은 이미 조명기구로 확립됐다. 하북성 평산平山 중산국묘에서 출토된 은수인용등銀首人俑燈은 두 팔을 벌린 상태로 두 손에 모두 작은 용(螭: 뿔이 없는 용)을 잡고 있다. 오른손에 잡고 있는 용으로 고주高柱 등반을 받들며, 왼손에 잡고 있는 한 쌍의 용은 엉켜져 있는 모습으로 위, 아래의 2층 등반과 연결돼 있다. 등반은 모두 둥근 요조형凹槽形으로 안에 각각 심지 3 개씩이 있으며 조형까지 매우 화려하고 고귀하며 기품있어 보인다. 중산왕묘에서는 십오연지등十五連枝燈이 출토됐는데 등좌는 3마리 쌍신雙身 호랑이가 받들고 있으며 기용문夔龍紋이 새겨져 있다. 등주燈柱에서 뻗쳐나온 곡지曲枝에는 아기 원숭이 무리가 매달려 장난 치는 모습을 하고 있다. 나무 밑에는 두 명의 윗 몸이 노출된 사람이 손에 과실을 잡고 원숭이들을 놀리고 있는데 조형이 아주 생생하고 활발하다. 등주에서 뻗쳐나온 곡지 끝은 등반을 받들며 등반 안쪽에 심지가 있다. 이런 귀한 등燈은 당시 중산왕만 누릴 수 있는 특권이고 귀족과 평민은 상상도 못하는 것이다. 중산왕묘에서 출토된 동등銅燈은 고급 조형으로 아름다움의 극치를 보여준다. 「초사楚辭·초혼招魂」에서 "난초향 기름불이 유난히 밝은데 아름답게 장식한 촛대 위에 놓았네(蘭膏明燭, 華鐙錯些)"라는 싯구절이 있는데, 여기서 나온 '화등華鐙'이 곧 후세의 화등華燈'으로 보인다. 전국 중후기 일반 귀족과 평민은 아마 '두형등豆形燈'을 사용했던 것으로 추측된다. 이런 등잔의 조형은 예기禮器 중 한가지인 '두豆'에서 유래됐는데 위에는 얇은 등반이 있고, 등반 안에는 심지가 있으며 손잡이는 가느다란 호로형이나 호로형에 가까이 만들어지며 받침대는 나팔 형태로 되어 있다. 두형등은 형제가 간결하고 제작이 간단하며 사용할 때도 비교적 간편해서 일반 백성이 흔히 사용했던 물품이다. 전문가 연구에 따르면 '등燈'이라는 명칭도 '두豆'에서 유래됐을 가능성이 크다고 한다. 「의례儀禮·공식대부례公食大夫禮」에서는 '대갱大羹'이 "등

잔에 담아 재우宰右가 이를 책임진다"고 했다. 정현鄭玄은 와두瓦豆를 등鐙이라고 해석했다. 호배휘胡培翬는 「의례儀禮·정의正義」 권19에서 "와두瓦豆가 등鐙이라고 한 것은 「이아爾雅·석기釋器」에 나온 것이며, 거기서는 '등鐙'을 '등㽅'이라고 했는데 호郝씨 「의사義疏」에서는 "등㽅이라는 자는 차자여서 옛날에 등㽅이라 ……등鐙과 통용하기 때문에, 「아이爾雅·석문釋文」에도 '등㽅이 곧 등鐙'이다" 라고 했다. 최초에 아마 갱羹을 담던 와두를 촛불받침으로 쓰기에 이것이 점점 등燈으로 변했을 가능성이 크다. '두豆'와 '등鐙'은 옛날에 통용하여 등燈을 처음에는 '등鐙'이라고도 썼다. 전국시대 고분에서 도제 두豆가 출토됐는데 손잡이가 가늘고 그릇의 몸통 부분이 얕은 것이 특징이다. 원래는 바닥이 납작했는데 점점 반盤 밑바닥의 가운데를 젖꼭지처럼 융기하는 돌기상突起狀 모양으로 바뀌어간다. 그 안에 심지를 꽂아서 원래 갱을 담던 두豆가 점점 등잔으로 변화되었다.

주대 귀족은 집에 손님을 초대할 때도 많은 예속을 따라야 했다. 후세 사람은 이런 예절을 정리해서 예서에 기록하여 오늘날까지 우리가 이런 상황을 엿볼 수 있는 기회를 제공해 준다. 예를 들어 손님이 문안으로 들어와 자리에 오를 때 다음과 같은 규정에 따라야 했다.

무릇 객을 인도해 들어가는 사람은 문 앞에서 객에게 먼저 들어가라고 사양한다. 객이 침문寢門에 이르면 주인이 객에게 말하고 들어가 자리를 편 뒤에 나와서 객을 맞아들인다. 객이 주인에게 먼저 들어가라고 굳이 사양하면, 주인이 앞에서 객을 인도하여 들어간다. 주인은 문안에 들어가서 오른쪽으로 가고 객은 문안에 들어서서 왼쪽으로 간다. 주인은 계단 동쪽으로, 객은 계단 서쪽으로 향한다. 만약 객이 주인보다 지위가 낮으면 주인이 오르내리는 계단인 계단 동쪽을 향하여 간다. 주인이 굳이 사양하면, 객은 다시 계단의 서쪽으로 오른다. 주인과 객이 서로 먼저 올라가기를 사양하다가 주인이 먼저 올라가면 객이 뒤따라 올라가는데 한 계단마다 두발을 모아가면서 걸음을 이어 올라간다. 계단 동쪽으로 올라갈 때에는 오른발을 먼저 내딛고 왼쪽으로 올라갈 때에는 왼발은 먼저 내딛어야 한다.

이와 같은 복잡한 예속 절차는 당시 귀족들이 꼭 알아 두어야 하지만 너무 지나치게 귀찮아서 그들을 정확히 알아두기가 쉽지 않았다. 박학한 공자 마저도 "태묘에 들어가면 매사를 꼬치꼬치 물으셨다."202) 어쩔수없 이 이런 예절을 꼭 잘 아는 사람에게 전문적으로 배워야 비로소 요구대로 할 수 있었다.

궁실 전당 위에서는 귀족의 걸음걸이도 예속에 맞게 해야 했다. 고대 예서에는 다음과 같은 규정에 따라야 했다.

> 장막과 주렴 밖에서는 빠른 걸음으로 걷지 않으며(帷薄之外不趨), 마루 위에서는 빠른 걸음으로 걷지 않으며, 옥玉을 들고는 빠른 걸음으로 걷지 않으며, 마루 위에서는 발자취를 서로 붙이고, 마루 아래서는 발자취가 서로 떨어지게 걷는다. 방안에서 팔을 벌리고 빨리 걷지 않는다(室中不翔). 남과 나란히 앉을 때에는 팔을 옆으로 벌리지 않는다.

'유帷'는 장막이고 '박薄'은 주렴이다. '趨추'는 빠른 걸음으로 뛴다는 뜻이다. 존귀자나 어른께 경중한 마음을 보여주기 위해서는 그들 앞에 지나갈 때 빠른 걸음으로 걸어야 하고 평온한 양반 걸음으로 걸어선 안된 다. 춘추전국시대 진晉나라와 초나라가 언릉鄢陵에서 싸우고 있었는데 진 나라 대장인 각지郤至가 "세 번 초자楚子의 친병을 만났는데 초자를 보면 반드시 내려서 투구를 벗고 바람처럼 달라간다"203)는 것은 초공왕楚共王 에 대한 공경심을 표하는 것이다. 『논어』에서 공자의 아들인 공리孔鯉는 자신의 아버지가 "홀로 서 계셨는데 저는 종종 걸음으로 마당을 지나간 다"204) 라는 기록이 있다. 이것 또한 공리가 아버지한테 불려가서 빠른

---

202) 「論語·八佾」
203) 「左傳·成公·16年」
204) 「論語·季氏」

걸음을 하는 상황을 설명한 것이며, 아버지께 공경심을 보여주기 위함이다. 예서의 규정을 따르면 장막이나 주렴 밖에서는 존자를 아직 만나지 못하기에 빠른 걸음으로 안 가도 되고, 등당입실한 후에는 당실이 좁아서 빠른 걸음으로 안 가도 된다고 했다. 공리가 '빠른 걸음으로 정원을 지나갔다'는 것은 당실이 아닌 정원에서나 가능한 일이다. 만약 손에 귀중한 예옥禮玉을 들고 있을 때는 정원이나 당실을 가리지 않고 모두 빠른 걸음을 해선 안되는데 이는 옥기가 깨질 염려가 있기 때문이다. 당실에서 걸을 때는 큰 걸음 하지 않고 '접무接武'를 해야한다. 무武는 발자국이라는 뜻이고 '접무接武'는 뒷발이 앞발자국의 절반을 밟도록 걷는 일을 가리킨다. 당실에는 존자들이 있으니까 접무를 하고, 당실에서 나오면 상황이 달라져서 '포무布武'를 할 수 있는데, 이는 뒷발이 앞발자국을 밟지 않는 것을 가리킨다. '상翔'은 두 팔을 들고 빠른 걸음을 간다는 뜻인데 이는 마치 진나라 대장인 각지의 '취풍趣風'처럼 빨리 달려간다는 것이다. 당실에서는 좁아서 그렇게 빨리 걸으면 안된다. 궁실에서 자리에 오를 때는 '횡굉橫肱', 즉 팔을 옆으로 벌리면 안되는데 이는 나란히 앉는 사람한테 방해가 될 수 있기 때문이다.

이같이 번다하고 쓸데없는 예법은 고대 예서에서 조작한 것이 아니고 주대 귀족들이 확실히 실천했다. 공자는 노나라 군주를 배견할 때의 상황을 다음과 같이 기록했다.

제후의 대궐 문을 들어가실 때는 구부정하게 몸을 구부리시는 것이 마치 문이 낮아 들어갈 수 없어서 그러시는 것 같았다. 멈추어 서실 때는 문 가운데 서지 않으시고 다니실 때는 문지방을 밟지 않으셨다. 임금의 자리를 지나가실 때 표정은 갑자기 정색을 하시고 발걸음이 빨라지셨으며 그의 말은 마치 기력이 부족하신 것 같았다. 옷자락을 걷어쥐고 대청에 오르실 때는 몸을 구부정하게 굽히시고 숨을 죽여 마치 숨쉬지 않는 것 같았다. 나가실 때는 층계를 한 계단 내려가서야 얼굴에 긴장한 표정을 풀고 즐거운 자태를 지으셨고, 층계를 다 내려가서 종종걸음으로 나아가실 때는 새가 두 날개를 펼친 듯 태도가 단정하셨다.[205]

공자의 시대는 이미 주대 예속들이 많이 파괴되고 폐기된 상태였지만 공자는 여전히 이렇게 엄밀하고 조심스러웠다. 이것으로 미루어 볼 때 춘추 말년까지만 해도 그 당시 사회에서 예속을 엄격히 지키는 귀족들은 여전히 옛 전통을 수행하고 있었다. 주대의 일부 실내 예속은 중국 고대 사회에서 장기간 유지해 왔다. 공경심을 보이려고 집안 손님을 초대하거나 손님으로 초청받을 때, 무릎을 구부린 뒤 엉덩이에 발뒤꿈치가 닿도록 꿇어앉은 자세를 유지해야 했다. 평상시에는 발바닥이 바닥에 닿게 양 무릎을 세우며 허벅지를 아래로 향해 바닥에 닿지 않고 마치 쪼그리고 앉은 자세처럼 할 수 있어야 했다. 실내에서 '기거箕踞'를 해서는 안되는데 이는 엉덩이가 바닥에 닿아 두 다리를 뻗고 앉는 것이 마치 키(箕)처럼 보이며 이런 자세가 정중하지 못하기 때문이다. 이것은 귀족의 등급 제도 하에서 생긴 것이며 또 다른 한편으로는 당시 집안에 아직 책상이나 의자가 없어서 그럴 수 밖에 없었기 때문이다. 당시 사람들의 실내 습속은 후세에 와서 많은 변화가 일어났다.

제4절　교통

선진시대의 교통 상황은 두 개의 면에서 큰 의미를 갖추어진다고 여긴다. 하나는 교통수단의 진보상황, 다른 하나는 각 지역, 민족간의 왕래 상황인데, 둘은 깊은 연관이 있다고 본다. 원시시대 사람들은 활동 범위가

---

205) 「論語·季氏」

좁고 뒤떨어진 교통수단으로 인해 각 지역과 민족간의 왕래는 제한적일 수 밖에 없었다. 하·상·주 시대에 들어서며 사회 생산력이 높아짐에 따라 교통 발전도 빨라졌다. 그와 동시에 민속 변화에도 촉진적인 효과를 가져 왔다.

1. 원시시대의 교통상황

원시시대에는 교통수단이라고 하기도 무리할 정도로 사람들은 먼 길을 고생스럽게 갈 때 손에 잡고 있는 지팡이가 고작이었고 이것이 최초의 교통수단이 됐다. 원시 사람들은 걸어서 먼 곳까지 가고 싶어서 이를 시도 하기도 했다. 놀랄 만큼 아름답고 특이한 신화 전설로 유명한 『산해경山海經』에 나온 '과보추일誇父追日' 이야기가 있는데, 많은 신화 전설 요소가 있긴 하지만 실제로는 원시인의 교통상황에 대한 한가지 설명이라고 할 수 있다.

> 과보가 태양을 쫓아가서 태양이 지는 데까지 갔다. 목이 말라서 물을 마시려 하여 황하와 위수渭水의 물을 마셨는데 황하, 위수가 물이 부족하여 북쪽을 가서 큰 호수의 물을 마셨다. 도착하기도 전에 길에서 목이 말라 죽었다. 지팡이를 버렸는데 그것이 등림(鄧林: 복숭아 숲이라고도 한다)이 됐다.206)

---

206) 「山海經·海外北經」. '과보추일誇父追日'에 대하여 「대황북경大荒北經」에서 "대황의 한 가운데에 성도재천이라는 누런 뱀을 귀에 걸고 두 마리의 누런 뱀을 손에 쥔 사람이 있는데 이름은 과보라고 한다. 후토가 신을 낳고 신이 과보를 낳았다. 과보 가 자신의 힘을 헤아리지 않고 해를 쫓아가려고 하다가 우곡에 이르렀다. 황하를 마시려 했으나 양이 안차 대택으로 가려했는데 도착하기도 전에 이 곳에서 죽었 다." 이는 「海外北經」의 기록과 다르다.

전해진 바에 따르면 과보는 후토後土의 후예였고 후토는 염제炎帝의 후예다. 과보는 염제 부락의 후예 중 잘 걷기로 이름난 부족이었다고 추론할수 있다. 과보는 사람의 이름이자 부족의 이름이기도 한 것이다. 이 부족사람들은 빨리 걸을 수 있어서 다른 부족의 사람들은 이들이 해와 빨리걷기 시합을 했다고 소문까지 냈다. 이 부족은 원래 황하유역에서 거주하다가 서쪽 위수유역으로 이전해서 '황하와 위수의 물을 마셨다'는 것이다. 과보가 '북쪽으로 가서 큰 호수의 물을 마셨다'는 위치에 대하여 「산해경山海經·해내서경海內西經」에서는 "대택大澤은 사방 100리인데 뭇새들이 태어나고 깃털을 가는 곳이며 안문의 북쪽에 있다"[207]고 설명했다. 또 고대서북쪽 지역에 위치한 한해翰海일 수도 있으며, 옛책에서 말하는 주목왕周穆王이 북쪽 징벌 때 도착했던 곳일 수 도 있으니 이는 "사막 땅을 천리가고 적우積羽 땅을 지나 천리 가는 곳"[208] 이다. 이 전설에 의하면 과보의부족은 이미 굉장히 넓은 범위에서 활동하고 있었다. 여기서 과보가 '길에서 목이 말라 죽었다'는 것은 『산해경山海經』의 다른 과보의 이야기와 다른것으로 확인된다. 이에 의하면 과보는 응룡應龍한테 죽임을 당했을 가능성도 있다. 전설마다 차이가 있는데 이는 더 이상 깊이 조사할 방법이 없다. 그러나 과보 부족은 걸어서 멀리 가는 도중에 멸망 된 것이 아니라 부족간의 전쟁에 의해 다른 부족으로 융합되지 않았을까 추측해 볼 수 있다. 여기서 중요시해야 할 점은 바로 과보 손에 쥔 지팡이다. 이 지팡이가나중에 등림鄧林이 된다는 얘기가 전해지는데, 이는 고서 기록에 있어서최초의 교통수단이라고 봐도 좋다.

원시시대에 높은 산 가까이 살거나 산악지역에 거주하는 부족들은 대부분 등산을 잘해서 유명해진 사람이었다. 상고시대에 곤륜산崑崙山은 아주

---

207) 「山海經·海內西經」

208) 古本 『紀年』

유명한 산으로 알려졌는데 이는 지금의 태산일 수도 있다. 곤륜산은 그의 높이 솟아오름 때문에 사람들에게 주목을 받아왔으며 많이들 등반해 왔다. 『산해경』에서 이런 이야기가 있다.

> 곤륜허는 사방이 800리이고 높이가 만 인仞이다. 산 위에는 높이가 다섯 심尋, 둘레가 다섯 아름이나 되는 목화木禾가 자라고 옥으로 난간을 두른 아홉 개의 우물이 있다. 앞에 아홉 개의 문이 있고 문에는 개명수開明獸라는 신이 지키고 있는 이곳은 뭇 신들이 사는 곳이다. 그들은 여덟 구석의 바위굴과 적수의 물가에 사는데 동이東夷의 후예 같은 사람이 아니면 아무도 이 구름 위 바위에 오를 수 없었다.[209]

사람들의 인상 속에 많은 높은 산들은 하늘을 찌를 듯 우뚝 치솟은 높이 때문에 더 가보고 싶었던 모양이다. 그래서 높은 산에 올라가는 사람은 '하늘'에 오른다고 생각했다. 전한 바에 의하면 조산肇山이라는 산에 "백고柏高라는 사람이 있는데 백고는 여기로부터 오르내려 하늘까지 올라간다"[210]고 했다. 염제炎帝부락의 후예 호인지국互人之國 사람도 "하늘에 오르내리길 잘했다"[211]고 했다. 당시 사람들의 등산 풍습은 그들의 관념과 깊은 관련이 있다고 본다. 고고 자료에 의하면 신석기시대 모든 제사장 건축은 산꼭대기에 있다. 절강성 여항 안계향餘杭安溪鄉에서 발견된 양저문화 시기의 제단을 예로 들 수 있는데, 제단이 그 지방의 요산瑤山 산꼭대기에 위치한다. 요녕성 객좌현喀左縣 동산취東山嘴의 홍산문화 시기 제사 유적은 대릉하大淩河 서안 산골짜기의 튀어나온 대지臺地 위에 있고, 요녕

---

209) 「山海經·海內西經」. 안어: 본 장의 "인예仁羿"는 바로 전설 시대에서 아주 유명한 "동이족東夷族"의 수령인 후예後羿다. 후예지족이 활도 잘 쏘고 높이가 '만인萬仞'이나 되는 곤륜산도 잘 등반했다.

210) 「山海經·海內經」

211) 「山海經·大荒西經」

성 능원현陵源縣과 건평현建平顯 인접 지역에 유명한 홍산문화 시기 '여신묘女神廟'도 산꼭대기에 있다. 원시시대 사람들은 서로간 왕래하는 교류 이외에도 푸르고 드넓은 하늘과 가까이 있는 산꼭대기에 올라가 하늘신과 왕래하고 싶어한다. 이 풍습은 은대에 와서도 그대로 보존되고 있었다.

원고시대 선민들에게 가장 큰 교통 장애는 강하호박江河湖泊의 조격이 었다. 사람들은 최초에 박을 이용해서 강을 건넜을 가능성이 크다. 이것은 박을 몸에다 묶고 부력을 높여서 물을 건너는 원리다. 사람들이 박이나 다른 자연현상의 부력 작용을 보고 배를 만들 생각을 하게 된 것이다. 고서에서는 "자네는 크기나 다섯 석이나 되는 박을 쪼개 배를 만들어 강이나 호수에 띄워 즐기려 하지 않나?"212) "옛사람은 속이 빈 나무가 뜨는 것을 보고 배 만드는 것을 알았다."213) "옛사람은 낙엽을 보고 배 만드는 것을 알았다"214)고 했다. 마상이는 최초의 수상 교통수단으로 추측되고 고문헌은 다음과 같은 기록이 있다.

황제와 요순은 의상으로써 천하를 다스렸으니. 이것은 건곤으로부터 취한 것이다. 나무를 파고 깎아 배와 노를 만들고, 이것을 이용해 물자를 서로 통하게 하여 천하를 이롭게 하니, 이것은 환괘渙卦에서 취한 것이다.215)

'고刳'는 '후벼파다', '발라 내다'는 뜻이고, '섬剡'은 '뾰쪽하게 깎는다'는 뜻이며, '집楫'은 '배를 젓는 긴 막대기'이다. '나무를 파고 깎아 배와 노를 만든(刳木爲舟)' 것은 황제, 요임금, 순임금 시기에 해당한다. 고고 시대의

---

212) 「莊子·逍遙遊」
213) 「淮南子·說山訓」. 안어: 금본今本에서 '고인古人' 두 자가 없다. 『초학기初學記』 '기용부器用部'에서 '고인' 두 자가 있다.
214) 『世本』
215) 「易經·系辭·下」

분기를 대조해 보면 바로 신석기시대다. 1970년대 후기에 절강성 여요현餘姚縣의 하모도문화유적에서 발견된 노는 온전한 나무로 깎아서 만든 것이며, 이는 지금까지 최초로 '나무를 베어 노를 만든(剡木爲楫)'것에 대한 실물 예증이 된다. 민족학 자료에 의하면 마상이를 만들 때에는 먼저 굵직하고 곧은 나무 한 그루를 벤 다음, 마상이를 만드는 부분에 질박한 진흙을 바르고, 불로 진흙을 바르지 않은 나무 줄기부분을 초탄焦炭상태까지 구운 후에, 돌도끼로 깎고 뚫는 작업을 한다. 초탄 상태에서는 별로 힘을 들이지 않아도 쉽게 작업을 진행할 수 있다. 처음에는 뱃머리와 꼬리가 대부분 네모난 모양이었는데 나중에 뱃머리 부분을 위로 올라가게 깎고 잘라, 물속에서 빨리 갈 수 있도록 뱃꼬리 부분도 위로 올라가게 깎고 자른다. 만들기 쉽고 혼연일체가 된 선체는 물이 잘 세지 않기 때문에 사람들이 오랫동안 사용한 주요 수상 교통수단이 됐다. 1950년대 중후기에 절강성 오흥吳興에서 발견된 양저문화에 속하는 전산양錢山漾유적216)에서 출토된 갈참나무로 만든 노는 약간 휘어진 긴 나무 막대기 식으로, 길이는 96.5cm, 너비는 19cm다. 노의 튀어나온 면의 중간부분은 등마루처럼 생겼고 등마루부터 양쪽으로 기울어진 모양을 하고 있다. 자루가 되는 부분은 평직平直하고 노깃부분은 짧아 사용하기가 불편했을 것이다. 이는 비교적 초기 양상으로 볼 수 있다. 1950년대 후기에 발견된 양저문화에 속하는 절강성 항주 수전판水田畈유적217)에서 나무 노가 4개나 발견됐다. 관익식寬翼式과 착익식窄翼式 두 가지가 있는데, 관익식 노는 몸체가 넓고 납작하며 너비가 6cm, 두께는 1.5cm, 노깃 끝부분이 뾰족하게 깎여 있으며 따로 손잡이를 만들어 같이 묶인다. 착익식 나무 노는 몸체가 10~14cm, 노깃과 손잡이는

---

216) 浙江省文物管理委員會, 「吳興錢山漾遺址第一第二次發掘簡報」, 《考古學報》, 1960年 第2期.

217) 浙江省文物管理委員會, 「杭州水田畈遺址發掘報告」, 《考古學報》, 1960年 第2期.

한 나무 줄기로 깎아서 만들고 손잡이는 원추형圓錐形으로 되어 있다. 수전 판水田畈유적에서 발견된 나무 노는 전산양錢山漾유적에서 발견된 것보다 개수가 더 많고 형제도 더욱 발달되어 비교적 복잡한 양상이 나타난다. 이를 통해 수로가 종횡縱橫하는 남부 지역에서 주집舟楫 제작이 빠른 속도 로 발전하고 있었음을 시사한다.

최초의 다리를 석강石杠이라 하는데 「이아爾雅·석궁釋宮」에서 "석강에 이르러 징검다리라 한다"고 했다. 곽박郭璞은 "돌을 물속에 모아 돌다리로 삼아 물을 건너다"고 했다. 계곡 물이 얕을 때 큰 돌을 물에 넣어서 사람이 이를 밟고 건너갈 수 있고, 이렇게 나열된 돌들을 석강이라 한다. 이런 방법은 후세에 와서도 많이 사용했다. 전국시대에 맹자는 "11월에 사람들 이 건널 수 있는 작은 다리를 놓는다"[218]고 했다. 여기서 도강徒杠이란 걸어서 건널 수 있는 돌다리를 가리켰을 가능성이 크다. 11월은 물이 제일 적을 때라 이때 공사를 실시한 것이다. 석강 위에 한 그루의 나무를 얹으면 마상이가 되고 석판을 깔면 돌다리가 된다. 이것들은 모두 원시시대에 가능했던 교통수단이다.

원시사회 후기에 와서 교통수단의 종류는 이미 여러 가지로 많아졌을 가능성이 크다. 전해진 바에 의하면 우禹임금은 물을 다스릴 때 여기저기 곳곳을 다녔다고 했는데 「사기史記·하본기夏本紀」은 우임금의 행정에 대 하여 다음과 같이 기록했다.

육로는 수레를 타고 다니고, 수로는 배를 타고 다녔으며, 진흙 길은 썰매 를 타고 다니고, 산길은 바닥에 쇠를 박은 신을 신고 다녔다. 왼손에는 준승 準繩을 쥐고, 오른손에는 규구規矩를 잡은 채, 춘하추동 사계절과 같이 어김 없이 일을 행하며 구주九州의 땅을 개간하고, 구주九州의 길을 열고, 구주九州

---

218) 원저를 '십일월十一月'로 바로 잡음. (역자 주)

의 연못에 제방을 쌓고, 구주九州의 산들을 측량했다.[219]

貫匈國

그림 2-60 관흉국貫匈國 그림

우임금은 구주의 길을 열며(通九道) 수레, 배, 썰매, 덧신 등의 교통수단도 이용했다. '교교橋'에 대해 『사기史記』 '집해集解' 맹강孟康의 해석을 인용하면 이른바 "교교橋의 모양은 키箕같이 진흙 위에 내던져서 행하는 것"이다. 『사기史記』 '정의正義'에서는 "교교橋는 배같이 짧아서 양끝은 약한 위로 오르고 사람이 진흙 위를 다닐 때 내던져서 행한다"고 했다. 이런 진흙 위를 행할 수 있는 교교橋는 지금의 눈썰매와 비슷할 것이다. '교교橋'를 '교橋'라고 해석할 수도 있으며 모두 가마류 물건인 것 같다. 『산해경』 중의 '관흉국貫匈國' 사람은 "가슴에 구멍이 나 있다"고 했는데, 대나무로 가슴을 구멍 내서 꿰어들고 다닌다고 했다. 말하는 바에 의하면 대나무 막대기 같은 것을 넣어 가마를 메 듯 다닌것이다.[220] 아마 관흉국은 최초로 대나무 막대기로 사람을 메고 다닌 부족이며 가슴을 구멍 내 꿰어들고 다녔다는 것은 잘못 전해진 것 같다. 우임금이 탄 '교교橋'를 '교橋[221]'로 해석하면 아마 후세 남부

219) 「史記·夏本紀」
220) 관흉국이 「산해경·해외남경」에 기록됨. 원元나라 주치중周致中이 쓴 『이역지異域誌』에서는 "천흉국이 성스러운 바다 동쪽에 있으며 신분이 높은 사람은 웃옷을 벗고 천민들로 하여금 대나무로 가슴을 꿰어들고 다니게 한다"고 했다.
221) 「사기史記·하거서河渠書」에서 우임금의 치수에 대하여 "산행 할 때 '교橋'로 다닌

지역에서 발견된 활간滑竿 같은 것이며 이것으로 두 사람이 메고 산 위로 올라갈 수 있다.

2. 하대와 상대의 교통상황

하왕조 건립 후 각 지역간 없었던 교류가 강화됐다. 전한 바에 의하면 우임금이 물을 다스린 후에 "동쪽은 바다까지 연이어졌고 서쪽은 유사택으로 덮여 있으며 북쪽과 남쪽까지 이르러 교화와 덕이 천하에 퍼졌다"[222]고 했다. 각 민족간에 교류가 갈 수록 많아지고 교통수단도 미증유의 발달을 맞이하게 됐다.

하대에 수레를 만드는 사람 중에 제일 유명한 사람은 해중奚仲이다. 고문헌의 기록을 의하면 "우리 설나라 군주의 조상이신 해중께서 설 땅에 계시어 하왕조의 거정車正이 되셨다"[223]고 했다. 해중이 하대 수레 제작 분야의 '거정'이라는 관직을 맡을 수 있는 이유는 그가 수레 제작에 있어 최고의 기술을 갖고 있기 때문이다. 옛 문헌에서 말한 것과 같이 "해중이 수레를 만들면 각과 곡선과 직선들이 모두 규격에 맞았는데 그러므로 기機와 축(旋)이 서로 맞아 사용할 때 견고하고 빠르며, 천체구조가 견실했다."[224] 해중이 수레를 발명한 첫 사람이 아닐 수도 있다. 해중 이전에 이미 수레가 있었던 것 같다. 이는 옛 문헌에 황제黃帝가 수레를 만들고 우임금이 '육지에서 수레를 타고 다닌다(陸行乘車)'는 이야기 이미 존재

다"고 했다. 「사기·하본기」 집해集解 서광徐廣의 말을 인용하면 '교橋'로 해석해야 마땅하다. 여기서 '교橋'는 아마도 최초의 가마(轎)이며, 대나무로 만들고 사람을 태워 다닐 수 있다.

222) 「尚書·禹貢」
223) 「左傳·定公·元年」
224) 「管子·形勢解」

하기 때문이다. 해중의 수레 만드는 기술이 아주 뛰어났기에 옛 문헌에 '해중이 수레를 만든다(奚仲作車)'고 기록한 것이다. 『좌전』에 의하면 해중은 주왕조 때의 설薛나라의 시조이며 하왕조의 설족薛族이 수레를 잘 만드는 민족이었을 가능성이 크다. 수레의 기원에 대하여 상고시대 성인이 "봉초蓬草가 날아 굴러다니는 것을 보고 수레 만드는 것을 알았다"[225]고 전해진다. 봉초가 바람 따라 빙빙 도는 것을 보고 사람으로 하여금 원목을 이용해서 수레를 만들 생각을 하게 된 것이다. 많은 자료를 종합해 본 결과 이런 연상은 도리가 있다는 것을 증명해 준다. 최초의 바퀴는 바로 나무썰매 밑에 있는 원목이다. 원목 굴러다니는 힘을 빌려 나무 썰매를 움직이며 이런 원목 형제를 개조하면서 점차 바퀴살이 없는 널빤지를 도려 만든 수레바퀴(輇)와 바퀴살(輪)이 생기게 됐다. 『설문說文』중 수레에 관하여 "바퀴살 복輻이 있으면 수레바퀴라고 하고 없으면 수레바퀴 전輇이라고 한다"고 하였는데, 바퀴 전輇은 목판으로 이어 맞춘 비교적 원시형태의 거칠게 만든 원형 바퀴이고, 살복이 있는 수레바퀴는 비교적 고급스러운 것이다.

하대의 상족商族도 수레를 만들 수 있었는데 수레는 적어도 말, 소처럼 무거운 물건을 실어줄 수 있기에 교통 왕래도 편리해졌다. 상족의 삼세조三世祖 상토相土는 활동 범위가 넓고, 『세본世本』에는 '상토가 승마를 만든다'는 이야기도 있다. 그러면 '승마乘馬'는 무슨 뜻일까? '말 타다', '4필의 말이 수레를 이끈다'는 뜻으로 해석할 수 있는데[226] 모두 신빙성이 있는

225) 「淮南子‧說山訓」. 안어: 근년에 전문가들은 수레가 서북쪽으로부터 외래문화의 유입을 통하여 들어왔다는 주장도 있다.

226) "상토相土가 승마를 만들었다"는 이야기에 대하여 「주례周禮‧교인校人」에서 "가을에 마사馬祀에게 제사를 지낸다"고 했다. 정현鄭玄은 "마사馬祀는 처음으로 말을 탄 사람"이라고 해석했다. 「세본世本‧작作」에서는 '상토가 승마를 만들었다'고 했다. 마사에게 제사를 받들게 한 것과 상토에게 제사를 받들게 한 것은 같다고

주장이라는 생각이 든다. 하지만 「역경易經·계사系辭」에서 "소를 길들이고 말을 타 무거운 것을 끌고 멀리 보낸다"라는 글을 보면 뒤의 해석과 더 가깝다고 할 수 있다. '인중引重'은 물건 실은 수레를 이끈다는 뜻이고, 말에다 무거운 물건을 실어놓는다는 해석은 마땅하지 않다. 상족 칠세조七世祖 왕해王亥는 소로 수레를 끌고 다녔는데 옛 문헌은 다음과 같이 기록했다.

> 은왕조가 천하를 다스릴 때, 소와 말을 기르고 백성을 위해 이익을 도모하여, 천하가 교화됐다.[227]

여기서 말하는 '복우마服牛馬'는 우마로 수레를 이끌다는 뜻이다. 고고 발견에 있어서 상족은 수레 제작 공예가 매우 정교했으니 하대 상족은 수레 만드는 기술을 이미 갖췄다고 볼 수 있다.

상대 갑골문과 이기彝器 명문銘文에서 적지 않은 '거車'의 상형 문자가 있다. 갑골 복사에 상대 수레 사용 상황에 대한 기록도 있다. 상왕商王 무정武丁 때의 갑골을 보면, 상왕과 귀족들이 수레를 이용해 사냥하는 상황을 기록하는 복사에는 두 개의 '거車'가 있으며 모두 상형문자로 상대의

여긴 것이다. 가공언賈公彦의 소疏에서 "가을에 말은 살이 쪄 근육이 발달되어 승마용으로 매우 적합하다. 그래서 처음으로 말을 타는 사람에게 제사를 받게 한다"고 했다. 「순자荀子·해폐解蔽」에서 "해중奚仲이 수레를 만들어, 승도乘杜가 작승마作乘馬를 했다"고 했다. '승도乘杜'가 바로 상토相土였다. 양애楊倞는 "승마는 4필의 말이고, 4필 말이 수레를 이끈 것은 상토부터 시작했고 이를 '작승마作乘馬'라고 한다"고 했다. 안어: 「해폐解蔽」에서는 해중奚仲이 수레를 만드는 것과 상토가 말을 탄 것을 연결시켜서 서술한 것으로 봐서 순자는 '승마'를 말로 하여금 수레를 끌게 한다는 것으로 여겼다.

227) 「管子·輕重戊」. '입백뢰立帛牢'에 대하여 왕념손王念孫은 『독서잡지讀書雜誌』에서 "'백帛'자는 여기서 오타로 보고 '조皀' 자가 맞다. '조(皀: 말구유)로 말을 기르고 뢰(牢: 외양간)로 소를 기른다. 그래서 '입조뢰立皀牢'라고 해야한다"고 주장했다.

이룬 수레 형태를 생생하게 그리고 있다.228) 이 복사는 먼저 점을 치는 상황을 기록했으며, 이름이 구殼라는 정인貞人이 이 순旬에 재화가 있냐고 묻자, 상왕은 이 복조卜兆를 보면서 오늘 밤에 재화가 있을 것이라고 단정했다. 갑오甲午 날에 왕이 수렵하러 갔다가 신하의 수레가 비뚤게 나가 왕의 수레를 쳤다. 이 사고로 왕의 수레에 타고 있던 이름 자앙子央이라는 사람이 수레에서 떨어졌다. 수레가 달리며 비뚤어져 나간 상황을 보면, 당시 수레 제작 기술이 아직 정교하지 못했던 것을 알 수 있다. 또한 이를 통해 수레가 이미 상왕과 귀족들이 사냥할 때 쓴 주요 교통수단이었다는 것도 알 수 있다.

상대 수레 실물은 은허殷墟 일대에서 20채 가까이 발견됐다. 비록 땅속에 오랫동안 묻혀서 수레 목질 구조가 이미 썩었지만 고고 인원들은 지층에 썩은 목질 흔적에 의해 박척剝剔, 청리, 복원까지 할 수 있었다. 복원된 자료에 의하면 상대의 수레는 독주(獨輈: 끌채 하나)였다. 바퀴 살복은 18개이고, 객실의 평면은 직사각형으로 마무리 부분이 원형에 가깝고 면적도 비교적 작다. 보통은 길이가 1.3m, 너비 0.8m인데, 2~3 사람이 탈 수 있는 크기였다고 추정된다. 은허에서 출토된 수레의 객실은 키(箕) 모양으로 돼 있으며 좁은 면이 앞에 있고 넓은 면은 뒤쪽에 있다. 사람은 수레 뒤쪽에서 타고 내릴 수 있다. 일부 객실의 앞 부분은 원형으로 돼 있다. 어떤 거마갱車馬坑속에 있는 수레에서는 세트로 된 병기도 발견됐다. 이를 통해 그 당시의 병거兵車는 수렵에 쓰일 뿐만 아니라 대외 정벌 때도 썼다는 것을 알 수 있다. 거형(車衡: 가로장)은 대부분 곧은 나무 막대기인데 그 양측을 각각 말의 목에 가로 얹는 '인人' 자형의 막대(軛: 멍에)로 묶어 말을 끌 때 사용했다. 은허 거마갱에서 발견된 수레들은 대부분 2마리 말이 한 수레를 끄는 형제다. 이를 통해 상대 수레는 2마리의 말을 끌채에

---

228) 「甲骨文合集」 第10455片.

메워 수레를 끄는 식이었다고 추정할 수 있다. 상대 말년에 와서 비로서 4마리 말을 끌채에 메워 수레를 끄는 상황이 나타났다. 독주獨輈수레는 중국 고대에 오랫동안 사용했던 수레의 기본 형제였고, 후세에 와서 어느 정도 개량이 있기도 했지만 기본 형제는 상대 수레의 기반을 다졌다고 할 수 있다. 상대 민중들은 수레를 이미 많이 사용했다. 주대 초기에 주공周公이 '주고酒誥'를 내릴 때 특별히 일부 상족 사람이 특수 상황에 술을 마실 수 있다고 했는데 상족 사람은 "힘써 수레와 소를 끌고 멀리가 장사하여 효성으로 그 부모님을 봉양하여 그대들 부모님이 기꺼워 하시며 스스로 깨끗하고 풍성히 하며 술을 드시도록 하시오"[229] 라는 기록이 있다. 상족 사람이 우거牛車를 끌고 먼 곳으로 가서 장사를 했다는 상황을 통하여 그들에게 수레 같은 교통수단의 이용이 상당히 보편화 돼 있었다는 결론을 내릴 수 있다. 공자는 '은왕조 때에 수레를 탔다'[230]는 것은 은대의 수레 제작이 비교적 소박했기 때문이다.

도로의 기원에 대해 이미 황제 시기에 "산을 개간하여 길을 뚫느라 일찍이 편하게 지낸 적이 없었다"[231]고 했다. 우임금 때 와서 또한 "구주의 땅을 개간하고, 구주의 길을 열었다"[232]고 했다. 상대 각 제후국 간에, 각 제후와 상왕조 간에의 관계가 전례없이 강화되어 그간에 도로 교통도 과거에 비해 큰 발전을 이뤘다. 갑골 복사에 제을帝乙 때 인방(人方: 동방 민족)을 징벌하기 위한 출병 일정을 기록했다. 이 기록을 통해 상왕조의 진군 노선이 교통 간선을 따라서 갔었다는 추측을 할 수 있다. 상왕조의 후인後人은 다음과 같은 시를 통해 상왕 무정武丁 시기 강성한 모습을 노래

---

229) 「尚書 · 酒誥」
230) 「論語 · 衛靈公」
231) 「史記 · 五帝本紀」
232) 「史記 · 夏本紀」

로 예찬했다.

> 이 나라 1000리의 넓은 땅 백성들이 사는 곳이니
> 사해로 경계를 넓히자 사해가 모두 조공을 바치네
> 조공하러 오는 제후들 끊이지 않고 이 대국의 경계는 바로 황하라
> 천명을 바르게 받들었으니 온갖 복록 누리심이 마땅하네.[233]

상왕조 천리나 되는 왕기王畿의 땅에 민중들이 많이 살고 있으며 상왕조의 영향이 사해四海까지 전파돼서 사해 내의 제후들이 모두 조공하러 온다. 조공하러 온 사람들은 온갖 복록을 누리며 이 물가에 모인다. 갑골 복사에 기록 된 제후국이 상왕조에 조공하는 상황을 보면, 이 싯구절들은 결코 빈 말이 아닌 것을 알 수 있으며 그 당시 각 지역의 교통 상황이 이미 초보적으로 규모를 갖췄다는 것을 알 수 있다.

주선舟船은 상대 수로 교통에 있어서 중요한 위치를 차지했다. 상왕조 건립전 상족은 이미 여러 차례 옮겨 다녔으며 왕조 건립 후 도읍도 여러 차례 옮겼다. 빈번히 옮겨다니는 과정은 많은 수레가 필요할 뿐만 아니라 주선도 필요했다. 반경盤庚이 은殷으로 옮겨갔을 때 '오직 하수를 건너 민중을 옮겼다'고 했다. 그리고 민중들을 타이르는 훈사訓詞에 "너희들 스스로 곤궁하고 너희들 스스로 괴롭게 하는 것이다. 마치 배를 타는 것과 같으니, 너희들이 제 때에 건너가지 않으면 실로 물건을 부패시키고 말 것이다. 너희들의 정성이 이어지지 않으니, 서로 침몰할 뿐이다"[234]고 당부했다. 그는 동주공제同舟共濟의 정신으로 민중들이 순조롭게 옮겨갈 수 있도록 설득했다. 그가 말하는 '취궐재臭厥載'는 제때에 건너가지 않으면 배에 실은 물건들이 부패하고 말 것을 가리킨 것이다. 이것으로 볼 때

---

233) 「詩經·玄鳥」
234) 「尚書·盤庚」

그 당시에 배는 사람을 태울 뿐만 아니라 화물 운송에도 쓰였다. 역사 기록에 의하면 상왕商王 무정武丁은 여러 차례 황하를 건넜다. 그는 "신명神明을 통하고 먼저 하주河州에 정착하다가 다시 하주로부터 박

그림 2-61 갑골문의 거車와 주舟

지亳地로 돌아갔다"235)고 고서에 기록되어 있다. 상왕 무정이 유능한 부열傳說을 얻어서 자신을 보좌해달라 진지하게 부탁하며 "내가 검이면 당신은 숫돌이다. 내가 강물이면 당신은 배이다. 내가 가뭄이면 당신은 계속 내린 비이다"236)라고 했다. 무정이 비유적인 표현을 사용한 것을 보면 배는 이미 '진수津水'를 건널 때 자주 사용하는 교통수단이었다. 갑골문자 속에 매우 생동적인 '주舟'자가 있는데 사람이 배 위에 서 있으며 배를 젓는 상형자다. 갑골 복사 자료를 통해 배는 이미 상대의 교통수단으로 쓰였다는 것을 알 수 있다. 아래와 같은 복사가 있다.

을추乙丑 일에 신정神鼎으로 점을 치더니 상왕이 장하漳河에 배 타고 다니는 것은 재앙이 없다.
을추 일에 신정으로 점을 치더니 상왕이 황하에 배 타고 다니는 것은 재앙이 없다.237)

---

235) 「國語‧楚語上」
236) 「國語‧楚語‧上」
237) 乙丑卜, 行貞, 王其尋舟於滴, 亡災. 乙丑卜, 行貞, 王其尋舟於河, 亡災. (「甲骨文合集」第24608片, 第24609片.)

시대상으로 두 복사는 2기 복사로 본다. 복사에 나온 '심주尋舟'는 물에 배를 띄운다는 뜻이다. '적滴'은 장하漳河를 뜻하는 것 같다. '하河'는 큰 강, 즉 황하를 뜻한다. 이 두 개 복사 정문(貞問: 점 칠 때 일정의 문답 형식)은 상왕이 장하나 황하에 배를 띄울 때 재앙의 유무를 묻는 것이다. 복사에 또한 '석주析舟'라는 기록도 있는데, 이는 '배의 닻줄을 풀고 배를 띄운다'238)는 뜻이다. 이 복사 정문에 '큰일' 혹은 '사소한 일'을 할 때 점을 치고 묻자, 이름이 육陸이나 과戈라는 자가 사람을 시켜 닻줄을 풀어 배를 띄우라고 했으며 이는 '석주析舟'와 일치하다. 복사에 '색주索舟'라는 기록도 있는데 배를 강가에 묶으라는 뜻이다. 갑골문에 반영된 배의 형제를 보면 상대에 이미 마상이가 아닌 나무로 이어맞춘 목판배를 사용했던 것을 단정할 수 있다. 이런 배는 양 끝이 위로 치솟아 현호를 이루어 선저가 작고 선판이 크며 중간 부분은 약간 넓고 양 끝은 비교적 좁으며 선두와 선미에 각각 한 두 개의 횡목이 있어 선체를 견고하게 만들었다. 상왕조 때 주선은 자주 이용되었던 한가지 교통수단으로 목판 사이에 순묘榫卯로 짜 맞추는 기술이 비교적 세밀했다.『시경詩經』은 상족 조상이 "상토가 열렬하여 다른 곳의 제후들이 귀의해 왔다"239)고 하였고, 상왕 무정은 "초나라를 쳐부수고 그 험한 땅까지 깊이 들어가 초나라의 군사들을 잡았다"240)고 했다. 이런 명성과 위세가 드높은 행사들은 많은 주선이 있어야 완성할 수 있었으니, 이를 통해 상대의 주선 제조업은 비교적 이른 시기에 발달됐으며 기술도 뛰어나고 믿음직스러웠다는 것을 추론할 수 있다.

---

238) "解纜以行舟."(于省吾,『甲骨文釋林』, 中華書局, 1979年, p.284.)
239)「詩經‧長發」
240)「詩經‧殷武」

3. 주대의 수레

상고시대의 수레는 비교적 간단한 편이었다. 한대漢代 사람은 "옛날 통나무 바퀴를 단 수레는 외륜이 없고, 대나무를 엮어서 만든 수레는 난간이 없다"[241]고 했는데, 주대에 이르면서 수레 제작 기술은 큰 발전을 이뤘다. 서주시대에 수레 형제는 비록 상대 이래의 독거獨車 모양을 유지하고 있지만 수레의 구조는 어느정도 개선됐다. 제작 기술의 개선으로 수레가 더욱 견고해지고 오래 쓸 수 있었다. 수레 장식도 상당히 화려하고 아름다웠다. 여러 해를 거쳐 고고 발견된 서주시대의 거마갱車馬坑은 아주 많았다. 그 중에서 풍호澧鎬에서 발견된 것은 제일 온전하고 전형적이다. 관중關中의 풍하澧河 서안의 장가파張家坡에서 발굴하고 정리된 서주시대 거마갱은 10여곳이 있다. 통상적으로 수레 1채, 말 2필, 많은 경우 수레 4채까지 이르며 거마갱마다 순장 여자(輿者: 수레를 끈 사람, 마부) 1명이 있다. 장가파에서 발견된 수레들은 모두 쌍륜독주雙輪獨輈로 주輈의 앞부분 끝은 위로 치켜 올라가 있고, 수레의 가로장(車衡)은 직형直衡과 곡형曲衡 두 가지가 있다. 곡형은 비교적 길고 멍에 양 끝으로 가면서 점점 가늘어지며 위로 치솟은 모습이다. 형衡의 말단에는 동모銅矛를 가로 꽂은 상태로 놓여 있으며 거여車輿는 대부분이 직사각형이고 두 앞모(前角)를 원각圓角으로 하는 경우도 있다. 장가파에서 마구 한 세트가 출토된 적이 있으며 고삐(絡頭), 재갈(絡嘴), 마관馬冠 및 혁제품革製品이 있는데, 이는 비교적 온전한 마구 세트다.

서주시대 작은 수레의 끌채(輈)는 대부분이 휘어진 원목으로 만들었다. 길이는 보통 2.8m~3.2m 사이로 돼 있다. 이런 끌채는 춘추시대에 와서도 계속 사용했다. 춘추 초년에 정장공鄭莊公이 군대를 이끌어 허許나라를

---

241) 「鹽鐵論・散不足」

공격했는데 정나라 장군인 "공손알과 영고숙이 전차를 가지고 다투었는데 영고숙穎考叔이 수레의 끌채(輈)를 끼고 달아났다"[242]고 난리 법석을 쳤다. 끌채는 수레의 주요 부품이어서 두 장군이 전차로 다투는 과정에서 영고숙이 끌채를 끼고 달아났다는 것은, 끌채만 있어도 전차를 차지하는 표시였기 때문이다. 이것으로 끌채가 충분히 수레를 대표할 수 있었다는 것을 설명해 준다. 주輈도 끌채라고 할 수 있지만 원(轅: 큰 수레의 끌채)과 구별이 된다. 주輈와 원轅의 뒤쪽은 모두 굴대와 연결돼 있는데, 주輈는 굽은 나무 한 자루로 가운데에 있으며 양측에 말 2필이 있고, 원轅은 직목直木이 두 개로 되어 있으며 수레를 끄는 짐승이 이 두 직목 사이에 있다. 화물 운반용 수레는 원轅을 쓰고 승용 수레는 주輈를 쓴다. 주輈는 수레의 품질에 아주 중요한 역할을 하기 때문에, 잘 만든 주輈는 더욱 자유자재로 수레를 몰 수 있었다. "나아가면 말과 함께 꾀하고 물러나면 사람과 함께 꾀한다. 종일토록 말을 달리더라도 말이 피곤하지 않고 하루에 수천 리를 가더라도 말이 머뭇거리거나 쉬지 않는다. 한 해가 다 가도록 수레를 운행해도 의복이 떨어지지 않는다. 이것은 오직 주輈가 잘 조화되었기 때문이다. 위에 올라서 마력을 권장하고 마력이 이미 다해도 주輈는 오히려 하나같이 나아간다."[243] 주輈의 품질은 전단前端의 굽은 정도의 표준 여부에 달려 있다. 주輈를 굽게 만들기 위해 공장들은 목재의 문리紋理에 따라 약한 불로 구워서 상응하는 호도弧度까지 만들었는데 이런 방법을 '유揉'라고 한다. 고문헌에서는 "유주揉輈는 그 순리를 따르면 호弧의 깊이가 없어진다"[244]고 했다. 요구에 부합한 주輈는 '간전(頎典: 헌걸차고 굳센 모양)' 해야 하는데, 이는 궁륭(穹隆: 활 모양으로 가운데가 높음)의 모양을 이루어

---

242) 「左傳·隱公·11年」
243) 「周禮·輈人」
244) 「周禮·輈人」

튼튼하게 만드는 것을 가리킨다. 이러한 굽은 주輈의 우월성에 대하여는 옛 조상부터 이미 깊이 인식했다. 「고공기考工記」에서 끌채가 곧은 소수레 (큰 수레)와 끌채가 구부러진 수레(작은 수레)를 비교했다.

지금 큰 수레의 원轅은 그 상판이 낮아지면 끌기 어렵고 그 상판이 올려지면 수레가 전복되기 쉽다. 이것은 다른 까닭이 없다. 오직 원轅이 곧기만 하고 휘어지지 않았기 때문이다. 큰 수레는 평지를 달릴 때는 알맞지만 높고 낮은 곳에서 버티거나 비탈진 곳을 오를 때는 끌채가 전복되지 않으면 반드시 소의 목을 조이게 된다. 이것은 다른 까닭이 없다. 비탈을 오를 때는 힘을 갑절이나 들여서 밀어야 오르고 비탈 아래로 내려갈 때는 수레 밑을 끌어당기거나 반드시 소꼬리에 건 끈을 당겨야 한다. 이것은 다른 까닭이 없다. 오직 원轅이 곧기만 하고 휘어지지 않았기 때문이다.

여기서 말하는 '큰 수레'는 소수레(牛車)를 가리킨다. 소수레의 원轅이 곧은 직목이어서 균형을 이루기 위하여 끌채를 낮게 해야 한다. 원轅이 낮으면 언덕 위로 올라가기 어려우며 쉽게 전복될 수 있다. 특히 언덕 위로 올라갈 때 원轅이 높이 치솟아 마치 소가 매달려 있는 듯 하기에 안전적이지 못하다. 이는 다른 원인이 아닌 바로 원轅이 곡선 형태가 아닌 직선으로 만들기 때문이다. 주대 귀족들이 타고 다니는 곡주(曲輈: 구부러진 끌채) 수레가 더 편안하고 안전적이다. 그러나 곡주를 만드는 공예는 복잡하고 재료에 대한 요구도 높았기 때문에 보통 민중들은 화물운반을 하는데 소수레를 많이 썼다.

주輈와 관련된 부품은 가로장(衡)이며 이는 주輈 전단前端 멍에(軛: 말목 덜미에 얹는 구부러진 막대)에 묶어 말을 부리는 횡목이다. 서주시대의 형衡은 곡형曲衡이며 길이 2.5m 내외인데 가운데에 반 타원형이나 교형橋形의 뉴鈕가 있으며, 이를 피혁끈으로 액軛과 같이 묶는다. 형衡 위에는 4개의 반타원형의 동환銅環이 있으며 여기에 말고삐를 꿸 수 있다. 형衡은 수레 앞 정 중앙에 위치해 수레에 타고 있는 사람은 이를 첫 눈에 볼 수 있다. 춘추시대에 공자의 제자 장뢰張牢가 공자의 교훈을 마음속에 새기면서 "서있을 때는 충직함과 경순함이 바로 앞에 서있는 듯해야 하며 수레에 탔을 때에는 충직함과 경순함이 가로장(衡)에 새겨 있는 듯 본다면 그런 후에야 어디를 가든 막힘없이 통하는 법이다"245) 라고 했는데, 공자의 교훈은 마치 수레 앞 횡목에 새겨져 있는 듯했다. 옛 예속을 잘 지켰던 주대 귀족들은 수레를 탈 때에도 규범을 잘 지켰는데 그들은 수레를 탈 때는 옆을 바라보지 않았다. 이 때문에 장씨는 "충직함과 경순함이 가로장에 세겨있는 듯 본다"는 느낌이 들었던 것이다.

앞서 액軛을 언급했지만 수레 끌채 끝에 목덜미에 얹는 인(人)'자형의 가로막대는 멍에(軛)라고 한다. 비교적 고급 수레의 멍에는 일부나 전부를 동박銅箔으로 감싸고 금빛이 반짝거리게 장식한다. 액수軛首를 형衡의 좌우 양측에 묶고 액각軛脚은 말목덜미에 묶는다. 이렇게 단단히 묶기 위해 두 액각은 부드러운 피혁끈으로 연결한다. 이 피혁끈을 '경단頸靼'이라고 한다. 주대 귀족의 수레는 액수軛首나 가로장에 때로는 둥글고 납작한 방울을 장식하며, 이를 '난鸞'이라고 한다. 안에 탄환彈丸이 있고 밑에 받침이 있어서 수레가 행할 때 흔들림에 따라 딸랑이는 방울소리가 마치 난조鸞鳥우는 소리 같아서 '난鸞', 또는 '난鸞'이라고도 불린다. 난鸞은 수레의 주요 부품이 아닌 장식일 뿐이지만 수레의 대칭代稱으로 삼는 경우가 많다. 후세 임금 수레는 아예 '난령鸞鈴'이라고 하고, 난鸞의 개수까지 신경을 쓴다. 보통 수레는 액수에만 난령 4개를 부착하고, 고급 수레는 가로장 끝에 난령 4개를 더해 모두 8개의 난鸞이 있다. 서주 선왕宣王 시기에 번후樊侯 중산보仲山甫가 왕명을 받고 축성築城하러 제나라로 갈 때 "네 필의 숫말이 쉬지 않고 달리며, 8개 난령이 딸랑거린다"246)고 했는데, 8개의 난령이

---

245) 「論語·衛靈公」

달려 있는 것을 일종의 고귀 신분의 표시이며 아주 위풍당당한 모습을 보여주는 것이다.

수레의 객실을 '여輿'라고 한다. 상대와 비교하면 주대 수레의 여輿가 더 크다. 여輿의 사변에 세워진 난간이 있으며 난간의 횡목은 '지軹'라고 한다. 여의 뒷면 횡목에는 빈틈이 있는데 이는 수레를 탈 때 사용한다. 지軹에는 고삐가 묶여 있는데 이것을 '수綏'라고 하며, 수레를 타는 자는 이를 잡고 수레에 올라탈 수 있다. 서 있을 수 있는 수레의 경우는 좌우 양측의 지軹에 각각 가로로 된 손잡이를 설치하였으며 이를 '교較'라고 한다. 용감한 자는 수레를 탈 때 때로는 지軹 뒤에 있는 빈틈으로 뛰어올라 타는데 이를 '초승超乘'이라고 한다. 일반 귀족은 이런 용기가 없어서 뛰어 올라 타기는 커녕 디딤돌을 밟고 타며 여자는 디딤판을 밟고 올라탄다. 또 수綏는 수레를 탈 때 잡는 손잡인데 수레 위에 서 있을 때에 더욱 수綏를 잡아야 할 필요가 있었다. 이는 수레가 달리고 있으니 전복으로 떨러질 위험을 막아줄 수 있기 때문이다. 그래서 수레타는 사람은 온 정신을 집중해야 한다고 강조하기도 했는데 공자는 다음과 같이 주장했다.

> 수레를 오를 때는 반드시 바로 서서 고삐를 잡고 수레 안에서는 안을 돌아보지 않으며 큰 소리로 말하지 않고 손가락으로 직접 가리키지 않았다.[247]

전국시대에 장의張儀가 거짓말로 초회왕楚懷王을 속이고 진秦나라로 돌아온 후, "거짓으로 수綏를 붙들고 올라가다 놓쳐 수레에서 떨어져, 석 달 동안 조정에 나아가지 않았다"[248]고 했다. 수綏를 꼭 잡아야 수레에서

---

246) 「詩經·烝民」
247) 「論語·鄕黨」
248) 「史記·張儀列傳」

떨어질 위험을 피할 수 있는 것이다. 수레에 탄 사람의 안전을 위하여 거여車輿에는 많은 부품을 부착하고 있으며 타는 사람이 기대거나 잡을 수 있게 한다. 여輿 양측에 있는 난간(軨)도 기댈 수 있고, 서 있을 때 수綏 말고도 객실 양측 횡목 위에 설치된 손잡이 교較도 잡을 수 있다.

　수레 여輿의 앞턱 가로 댄 횡목을 '식軾'이라고 한다. 어떤 거여車輿는 삼면에 다 식軾이 있는 U자형이다. 수레에 탄 사람은 수레 앞턱 횡목 식軾을 잡고 고개를 숙이는 방식으로 누군가에게 경의를 표할 수 있으며 이를 '식軾'이나 '식式'이라고 한다. 거여車輿의 구조에 대하여 앞서 언급한 지軹, 수綏, 식軾 말고도 거여 사변에 네 개의 횡목이 있는데, 이를 '진軫'이라고 하며 진 사이에 있는 목량木梁은 '광桄'이라고 한다. 여輿의 바닥은 널빤지로 깔고 이 목판은 '음판陰板'이라고 한다. 음판陰板 위에 돗자리를 깔고 이를 '거인車茵'이라고 한다. 최초의 거인車茵은 갈대풀로 짠 것인데 나중에 목화류 명주로 짠 직물을 깔고, 고급 귀족 타는 수레는 수피를 깔기도 한다. 귀족이 탄 수레의 여輿에는 지붕이 있으며 우산 모양이라 '산개傘蓋'라고도 부르고, 햇빛을 가리고 비를 피할 수 있다. 수레 지붕 외에도 거의車衣가 있다. 춘추시대 제나라의 관중管仲은 집을 나갈 때 '붉은색 덮개에 푸른색 가리개를 한다(朱蓋靑衣)'고 했는데, 멀리서 보기에도 화려하고 고급스럽다. 현재까지 발견된 최초의 거개車蓋 실물은 북경 유리하琉璃河 서주 유적 거마갱에서 출토된 수레 지붕으로 지름이 1.5m다. 산동 거남 대점莒南大店과 호남성 장사 유성교長沙瀏城橋 등의 지역에서 발견된 춘추시대에 제작된 수레 지붕은 아주 잘 만들어져 있으며 보통 우산형으로 이의 자루는 '강杠'이라고 하며, 맨 꼭대기 부분은 팽창해져 '부部'라고 하는데 '개투蓋鬥'나 '보투保鬥'라고도 한다. '부部' 위에는 장부구멍을 뚫어서 수레 덮개 살(蓋弓)을 고정시킨다. 개궁의 중간과 말단부분에도 작은 구멍을 뚫어 이는 끈을 꿰어 각 개궁을 잇기 위함이다. 「고공기考工記」와 「대대례기大戴禮記·보부保傳」편에 의하면 원형의 수레 덮개 살은

28개로 열성列星 28수宿를 상징한다. 고고로 통해 발굴된 춘추전국시대 수레 덮개의 개궁이 때로는 열 몇 개나 20개에 불과하니 이는 고문헌에서 말한 경우와 다르다. 개궁의 말단에 구리로 만든 개궁모蓋弓帽가 있는데 전국시대부터 일부 개궁모는 아주 정미하게 만들었다. 하남성 휘현輝縣 고위촌固圍村 1호 전국묘에서 출토된 개궁모는 은으로 만든 맹수 머리 모양이다. 이마의 외뿔을 멈춤쇠로 삼는 구사가 아주 교묘하다. 춘추전국시대의 수레 덮개는 대부분 분리시킬 수 있고 거강車杠은 여러절로 돼 있으며 구리테(銅箍)로 이어질 수 있다. 하남성 낙양 중주로中州路 전국 거마갱에서 출토된 수레 중 착금은錯金銀의 구리테도 있다.

수레의 바퀴와 굴대 제작은 주대에 와서 큰 발전을 이루었다. 주대 수레 여輿의 밑에는 받침 작용하는 방목이 있으며 모양은 엎드린 토끼와 닮아서 '부토伏兎'라고도 한다. 이것을 피혁끈으로 아래의 굴대와 연결한다. 굴대 테두리에는 구리 차세車軎를 둘러 고정 시켜 바퀴가 밖으로 이탈한 것을 방지한다. 차세車軎는 원통형圓筒形으로 만든 후 구멍을 뚫어 할轄, 즉 빗장(銷釘)을 거는 막대를 끼워서 굴대를 고정시킨다. 빗장(銷釘)은 구리로 만들어서 납잡한 직사각형이고, 윗부분은 흔히 짐승머리와 사람 모양으로 길이는 약 서너 치가 된다. 수레가 달릴 때 바퀴 이탈 방지를 하기 위해 할轄의 가장자리에도 구멍이 많이 뚫려져 있으며, 이것을 피혁끈을 꿰어 꽉 묶을 수 있게 하기 위함이다. 바퀴의 제작은 수레 제작에 있어서 중요한 부분이라 품질이 좋은 바퀴를 만들려면 견목堅木을 사용해야 한다. 바퀴의 지름은 보통 1.4m 안밖이고 바퀴는 바퀴살(輻)과 바퀴테(輞)로 구성된다. 바퀴 한 가운데에 구멍을 뚫은 원목이 있으며 이 구멍들을 '호중壺中'이라 고 하고 굴대를 꽉 낄 수 있도록 만들어진다. 상당히 큰 무게를 견뎌야 해서 그 위에 금속 부재를 더해 견고하게 만든다. 바퀴의 외륜을 만들 때는 먼저 나무를 불로 구어 휘어지게 호형弧形을 만든 후 다시 이어맞춘다. 이때 더욱 견고하게 만들기 위해 나무와 나무 이어진 곳을 먼저 치아상

齒牙狀으로 깎아야 하는데 그래서 바퀴의 외륜은 '아牙'라고도 한다. 아牙 위에는 모두 장부구멍을 파는데 이를 '착鑿'이라고 한다. 아牙와 연결한 바퀴살은 '복輻'이라고 하며 복輻은 나무막대기로 만들고, 아牙와 가까운 쪽이 가늘고 다른 한 쪽은 비교적 굵어 이를 '고股'라고 한다. 장부구멍으로 복輻와 아牙가 연결이 되는 법이다. 착鑿에 꽂은 장부도 중요한 역할을 하고 이는 '조蚤'라고 한다. 고고학 발견 자료를 보면 바퀴살의 개수가 점점 증가하는 추세였으며 서주 초기는 보통 18~24 자루였는데 춘추전국 시대에 와서는 점점 많은 바퀴살을 단 수레가 등장했다. 노자의 말에 '30복 三十輻'[249)라는 이야기가 있다.

바퀴의 제작 수준에 따라 수레의 품질이 결정된다. 주대 사람은 바퀴 제작을 아주 중요시 했다. 「주례·고공기」에서 여러 종류의 공장工匠을 논할 때 '윤인輪人'을 첫번째로 논하는 도리도 여기에 있다고 본다. 바퀴의 제작은 기술 요구가 높아서 그 당시 수공업 종합공예 수준의 기준으로 삼아도 남는다고 할 수 있다. 고품질의 바퀴 표준에 대하여 옛사람은 다음 과 같이 몇 가지를 논했다.

> 그러므로 바퀴의 중규中規에 알맞은 일은 그 환圜을 관찰하는 것이다. 수레바퀴를 바르게 하는 일은 광(匡: 방정하다)을 관찰하는 것이다. 수레바 퀴에 매다는 일은 바퀴살의 곧음을 관찰하는 것이다. 바퀴살을 물에 담그는 일은 고르게 떠오르는가를 관찰하는 것이다. 수藪를 헤아려서 기장으로써 매 끄럽게 하는 일은 동일한가를 관찰하는 것이다. 양쪽 바퀴를 저울질하는 일은 가볍고 무거운 것이 균등한가를 관찰하는 것이다. 그러므로 규規에 맞고 바로잡고 물에 담그고 매달고 헤아려보고 저울질해 보는 사람을 국공 國工이라고 이른다.[250)

---

249) 『老子』11章. 고고 발견에 의하면 은대의 수레바퀴 살은 이미 26개에 달했고, 춘추 시대는 28개에 달했는데 전국 중기에 여전히 26개로 하는 경우가 많았다. 이른바 '30복'은 대략의 성수成數를 말한 것이다.

짐승의 힘으로 끄는 수레 외에 주대에 인력으로 끄는 수레, 즉 연(輦: 손수레)도 있었다.『설문說文』에서 "연輦은 인력 수레이다, 수레(車)와 부夫로 구성되고 수레 앞에서 이끈다"[251]고 했다. 1986년에 섬서성 용현隴縣 변가장邊家莊 춘추 초기 고분에서 잘 보존된 그 시기의 손수레가 발견됐으며, 이는 주대 손수레 형제에 대한 연구에 진귀한 실물을 제공해 준다[252]. 이 손수레의 굴대 정 가운데는 끌채로 덮어 눌려져 있으며 끌체의 절단면은 원형이다. 끌채와 굴대 만난 곳에서 후단까지는 24cm이고, 끌채 길이는 182cm, 후단 지름은5cm, 전단의 지름은 3cm다. 이 끌채는 곡원曲轅이고, 끌채와 앞, 뒤의 뒤턱나무(軫)가 만나는 곳에 모두 요입凹入된 흠이 있다. 끌채 객실 아래쪽을 누른 부분은 수레 밑받침의 높이와 같으며, 거여에서 나오면서 점점 위로 치솟아 올라있다. 이런 끌채는 독주獨輈수레의 끌채보다 짧고 가늘어서 인력으로만 사용한 손수레이고 축력으로 끄는 수레는 아니다. 손수레 바퀴의 지름은 115cm로 일반적인 축력 수레보다 작고 윤아輪牙도 좁은데, 이는 수레가 행할 때 균형 유지에 도움이 된다. 이 손수레가 출토되었을 때 가로장의 양측에 각각 목용木俑이 하나씩 있는데 수레를 끄는 역할을 하고 있다. 이 수레에는 가로장(衡)이 있고 멍에(軛)가 없는 것을 보면 이를 끄는 사람은 아마 두 손을 가슴 앞에 모아 수레를 밀어서 앞으로 전진했던 것으로 추측된다. 손수레가 부장된 변가장邊家莊 5호 묘에서 출토된 오정사궤五鼎四簋 동예기銅禮器 세트를 통해, 우리는 묘주가 대부급의 인물이었던 것을 알 수 있는데 손수레가 주대에서 적어도 대부급의 귀족이어야 누릴 수 있는 것으로 보인다.

---

250) 「周禮·考工記」

251) 『說文』

252) 山西省考古研究所寶雞工作站·寶雞考古工作隊, 「山西隴縣邊家莊5號春秋墓發掘 簡報」,《文物》, 1988年 第 11期.

4. 주대의 도로, 역마와 부절

주대의 분봉제도 아래서 각 제후국 간의 관계는 비교적 밀접하고 교통 상황도 과거보다 많이 발전됐다. 천하의 공주共主인 주왕도 각 제후국과의 왕래가 많아졌다. 주왕조에 호경鎬京 및 동도東都 낙읍洛邑이 조성되면서 도로도 만들었다. 각 제후국 내부에도 많은 도로가 생겨 각 지방과의 왕래도 가능하게 됐다. 주여왕周厲王 시기 <산씨반散氏盤>명문에는 귀족 산散씨가 토지 배상을 받는 상황을 기록한 것이 있다. 이명彝銘에 상대방이 배상해준 토지 강계疆界를 기록했는데 당시 도로명으로 표시된 이름이 적지 않게 나타났다. 여기서 언급된 도로들은 '추도芻道'·'원도原道'·'이도履道'·'정읍봉도井邑封道' 등 특히 '주도周道'가 언급되어 당시 배상받던 토지는 "주도周道의 동쪽에 위치한다"고 했다. '주도'라는 이름은 여러 고문헌에 기록을 남겼다.

> 한길은 숫돌처럼 평평하고 곧기가 화살 같네.
> 관원들은 밟고 다니지만 낮은 백성들은 보기만 하는 것.253)

이 싯구절의 내용을 보면 '주도'는 아마도 동방 각국이 주왕조의 도읍 호경으로 통하는 주요 도로였을 가능성이 크다. 동방 각 제후국의 민중들이 때로는 끝없는 조세와 부역 때문에 주도를 왕복하느라 쉴 틈이 없다고 원망했다. 당시 이런 싯구절이 있다.

> 외뿔소와 호랑이가 넓은 들을 쏘다니고 있네.
> 슬프게도 이 나그네는 아침이고 저녁이고 쉴 겨를 없네.
> 텁수룩한 여우가 무성한 풀밭을 쏘다니네.
> 높다란 수레가 한길을 달리고 있네.254)

---

253) 「詩經·大東」

이른바 '높다란 수레(有棧之車)'는 즉 옻칠하지 않은 보통 수레를 가리킨다. 이 수레들은 넓은 들판과 '주도'를 달리고 있는 동방 각국 평민 수레였을 가능성이 크다. 여기서 재미있는 현상은 '주도'와 주왕조의 흥쇠 간에 밀접한 관계가 있다는 것인데, 당시 주왕조가 번창할 때 '주도는 숫돌처럼 평평하고 곧기가 화살 같다'고 했다. 주왕조가 외래 침략에 대응하기 바쁠 때는 '주도 멀리 돌아 아득하다(周道倭遲)'고 했으며, 주왕조가 쇠망할 때는 '무성한 풀이 가득하도다(鞫鞫為茂草)'라고 했다. 원래 평평하고 넓은 길에 풀이 가득 자라 온통 쇠폐한 경치였다. 춘추시대 선양공單襄公이 주정왕周定王의 명령을 받고 먼저 송나라에 가서 빙문聘問하고, 또 다시 송나라에서 진나라를 거쳐서 초나라에 가서 빙문했는데 고문헌에서 이러한 기록이 있다.

> 그 일을 완성하고 나면 진陳나라 길을 빌려 초나라까지 사절로 다녀 오도록 했다. 그가 진나라 길로 들어 섰더니 아침에 심성心星이 보이는 10월인데도, 도로는 잡초가 우거져 걸을 수 없을 정도였고, 외빈을 안내할 책임을 맡은 자는 국경에 나와 있지도 않았으며, 사공司空은 길의 보수 여부에 대한 시찰도 없었고, 호수와 늪은 제방도 없이 그대로 있으며, 강에는 다리도 없다. 들에는 곡식을 야적해 놓은 그대로였으며 타작 작업도 제대로 마치지 않은 채 방치해 두었고, 길에는 늘어선 가로수도 없었으며 능지에는 무성한 가을풀이 무성했다.[255]

선양공은 이런 상황을 보고 돌아와서 주정왕에게 "진후陳侯 본인이 재난을 피할 수 있어도 진나라는 반드시 멸망할 것이다"라고 보고했다. 선양공 보기에 진나라가 망국할 하나의 중요한 징조가 바로 심숙心宿에서 하력

---

254) 「詩經·何草不黃」
255) 「國語·周語」. '예예'자는 왕인지王引之의 『경의술문經義述聞』 권20에 의해 고침.

夏歷 10월에 도로 위에 풀이 무성하고, 도로 양측에 길을 보호하는 나무도 없었기 때문에 이로 미루어 보면, 진후가 나라를 다스리는 방법이 없다고 생각한 것이었다. 이 때문에 그는 진나라가 멸망할 것이라 예언했다. 이를 통해 우리는 교통과 국운 사이에 이렇게 긴밀한 관계가 있다는 것을 알 수 있다.

춘추시대 제齊나라와 노魯나라 사이에 '노도魯道'라는 큰 도로가 있었으며, '주도周道'와 같이 잘 만들어진 길이었다. 당시에는 "남산은 높다란데 숫여우가 어슬렁거리고 있네. 노나라로 가는 길 평탄하니, 문강文姜이 이 길로 시집갔다네."[256] "노나라로 가는 길 평탄하니, 제나라 공주님 그 길을 지나갔네"[257]라는 싯구절이 있다. '노도魯道'는 제나라 군주가 사냥길에 경유하는 곳이다. "노나라로 가는 길 평탄하다" 라는 싯구절을 통해 길이 아주 평평하고 통창通暢하게 만들어졌던 것으로 보인다. 춘추시대 제양공齊襄公과 이복 여동성 문강(노환공魯桓公 부인)은 부적절한 행위에 빠져 둘이 빈번히 수레타고 노도로 왕래했다. 이를 당시 사람은 시를 지어 아래와 같이 그 상황을 서술했다.

수레 타고 달각달각 오는데, 대로 엮은 가리개에 붉은 가죽 장식했네.
노나라부터 오는 길은 평탄한데, 제나라 여인 새벽에 떠나왔다네.
멋진 네 마리 검은 말이 수레를 끄는데, 늘어진 고삐가 치렁치렁하네.
노나라부터 오는 길은 평탄한데, 제나라 여인 의젓이 수레타고 노닐 듯하네.
문수汶水는 넘실넘실 흐르고, 길가는 사람들은 웅성웅성하네.
노나라부터 오는 길은 평탄한데, 제나라 여인 의젓이 수레타고 노닐 듯 오네.[258]

---

256) 「詩經·南山」
257) 「詩經·南山」
258) 「詩經·載驅」

시작품에 언급한 '점簟'은 대자리, '불茀'은 수레 뒷쪽 타고 내릴 곳, '주곽朱鞹'은 붉은색의 피혁으로 만든 수레 가리개를 가리킨다. 이 노도라 는 길은 비교적 길어 보이고 넘실넘실 흐르는 문수汶水까지 건너야 한다고 했다. 그 당시 문수 위에 다리를 놓았던 것으로 추측된다. "노나라부터 오는 길은 평탄하다"라는 싯구절을 통해 이 길은 아주 평평하고 넓게 만들어져 제양공이 한밤에도 도로를 달릴 수 있다고 했다.

주대 길가에는 전사傳舍가 있었고 출행하는 관원들은 이곳에서 머물수 있었다. 그 당시의 전사傳舍는 일반적으로 규모가 크지 않고, 전국시대 위魏나라 대신인 관비管鼻와 적강翟強이 전사를 이용한 기록이 고문헌에 적혔다. "지금 관비가 진나라 전사로 갔더니 가는 곳마다 묵을 자리가 부족했는데 적강이 들어갔건만 진나라에서 그를 제대로 덮어줄 잠자리도 마련해 주지 못했다"[259)]는 것으로 미루어 보면, 진나라의 전사 주거시설은 많이 열악해 보인다. 전사 내 식사가 준비돼 있기도 했는데 기록에 따르면 맹자가 열국을 유력遊歷할 때 "수레를 수십 승, 따라 걸어가는 자 수백 인이 제후의 전사에서 식사를 하였다"[260)]고 했다. 각 제후국 전사에 통상 적으로 수레와 말이 준비돼 있으며 이를 '거遽'라고 한다. 춘추 초기 진秦나 라 군대가 정鄭나라를 공격하려고 했는데, 정나라 상인 현고弦高가 그들을 만나 진나라 병사를 진정시키면서 "역驛의 빠른 말로 달려가 정나라에 보고하게 했다."[261)] 이것으로 '거전遽傳' 속도가 얼마나 빠른지를 짐작할 수 있다. 제후국 군주도 특수한 상황에 거전 수레를 타는 경우가 있었다. 춘추 초년에 노나라와 제나라의 전쟁에서 노나라가 졌는데 노장공魯莊公 이 "병거를 잃어버리고 다른 수레를 타고 돌아왔다"[262)]고 했다. 거遽를

---

259) 「戰國策·魏策·4」
260) 「孟子·滕文公·下」
261) 「左傳·僖公·33年」

통해 소식을 전달하고 길을 달리는 상황에 대하여 『좌전』은 이렇게 기록했다.

> 양산이 무너지자 진경공晉景公이 전거를 보내 백종伯宗을 소환했다. 백종이 화물을 실은 수레를 비켜가며 "전거傳車를 위해 길을 피하라!"고 외쳤다. 마부가 대답했다. "피하기를 기다리느니 지름길로 가는 것이 더 빠를 것입니다."[263]

진나라에서 산사태가 일어났는데 진경공은 대신 백종을 소환하기 위해 급하게 전거를 보냈다. 돌아가는 길에서 백종은 화물 수레를 만나 운전자 보고 길을 비키라고 하자, 그쪽은 빠른 지름길로 가라고 권해준다. '전거傳車를 위해 길을 피한다'는 것을 보면 당시 전거 우선으로 통행할 수 있는 관례가 있었을 것으로 본다. 전거는 군주 명령 전달이나 상급자에게 보고할 때 쓴 빠른 교통수단이다. 춘추시대 "조양자趙襄子가 신치목자新稚穆子에게 적나라를 공격하도록 했는데 그는 승리를 거두고 좌인左人과 중인中人 두 고을을 빼앗았다. 그 후 거인을 시켜 이를 조양자에게 보고하게 했다"[264]고 했다. 이는 장군이 '거인遽人'을 시켜 군주에게 승리의 소식을 보고했던 사례다. 춘추 말년 중원에서 쟁패爭霸의 혼란 속에서 황지지회黃池之會 회합 때 오왕吳王 부차夫差에게 "변경으로부터 전거傳遽가 와서 월越나라가 침입한다는 소식을 전했다."[265] 월나라가 기회를 틈타서 오나라를 공격하겠다는 소식을 전한 사례다. 황지(黃池: 현재 하남성 봉구현封丘縣 내)에서 오나라까지는 비교적 먼거리인데 전거가 달리는 범위는 본국

---

262) 「左傳·莊公·9年」. '전傳'자를 '역전驛傳'의 '전傳'이고, '전승傳乘'은 역참驛站의 수레다.(洪亮吉, 『左傳詁』)

263) 「左傳·成公·5年」

264) 「國語·晉語·9」

265) 「國語·吳語」

이 관할한 땅의 제한을 받지 않았던 것으로 본다. 춘추 후기에 와서는 정나라 국내에서 내전이 일어났는데 나라 밖에서 집정했던 자산子産이 "그 소식을 듣자 일이 나기 전에 도읍에 들지 못할까 걱정하여, 역마차를 타고 달려 도읍에 도착했다."266) 자산은 소식을 듣고 재빨리 도읍에 돌아가 내전을 진압했다.

주대 귀족은 통상적으로 전거傳車를 타지 않았으며, 고급 귀족의 신분과 맞지 않기 때문에 전거를 타고 군주를 조견하면 안되었다. 이 때문에 한선자韓宣子가 임시적으로 기해祁奚와 수레를 바꾼 일도 있었다.

전국시대의 전사傳舍는 어느정도 체계화되어 있었다고 본다. 옛문헌에 주왕조 '유인遺人'이라는 직관에 대하여 다음과 같은 내용을 기록했다.

> 빈객 접대나 회동이나 군사 훈련 때는 도로의 위적委積를 관장한다. 국가에 있는 야野의 길에는 10리마다 여廬가 있고 여에는 음식이 있다. 30리마다 숙宿이 있고 숙에는 노실路室이 있으며 노실에는 위委가 있다. 50리마다 시市가 있고 시에는 후관候館이 있으며 후관에는 적(積: 창고)이 있다.267)

여기서 '위委', '적積'은 땔감이나 사료풀을 가리킨다. 도로 위에 30리나 50리 간격으로 필요한 것을 준비해서 제공해 주는 것이다. 전사傳舍를 이용하는 인물은 주로 제후국의 빈객, 회맹會盟을 참석한 제후, 봉명奉命을 받아 파견된 장군이나 사병이었다. 옛사람들은 "군대가 30리裏 행진하면 1사舍 한다"268)고 했다. 주요 도로 위에 30리의 간격을 두고 머물 수 있는 전사를 준비되어 있었다. 장거리 달리는 도중에 수레 굴대가 마손磨損이 되지 않도록 하기 위해 유지油脂를 자주 발라줘야 하는데, 돼지 기름 같은

---

266) 「左傳·昭公·2年」
267) 「周禮·遺人」
268) 「呂氏春秋·不廣」, 高誘註

동물 유지는 각 전사에서 당연히 상비품으로 준비되어 있었다.

주대 교통 풍습에 있어 빼놓을 수 없는 것이 부절符節의 사용이다. 춘추 전국시대 각 제후국은 "변경에 경비를 강화하고, 요새를 정비하고, 관문과 다리의 검문을 철저히 하고, 샛길의 사람 왕래를 금지시켰다."[269] 길에 관문을 설치하여 검사를 거쳐야 통과할 수 있기 때문에 많은 불편함을 가져왔다. 관새關塞를 통과할 때는 관부로부터 받은 부절이 있어야 했다. 전국시대 초楚나라 유명한 「악군계절鄂君啓節」은 대나무 모양을 본뜬 청동으로 제작한 부절로, 모두 5개의 부절 조각을 하나의 셋트로 합쳐 원통형의 허리부분이 볼록한 대나무 모습이 된다. 「악군계절」은 주절舟節과 거절車節 두 가지로 나뉜다. 이는 착금錯金 문자로 초회왕楚懷王이 악군계가鄂君啓家에게 반포해 준 수로와 육로 교통 관새를 통과할 수 있는 우대 규정이 기록되어 있다. 악군계가의 배는 현재 호북湖北, 하남河南, 안휘安徽, 호남湖南 등 지방의 수로 관새만을 통행할 수 있었으며, "금절을 보면 징세하지 말라."[270] "금절金節을 제시하지 않으면 징세하도록 하라, 만약에 말, 소와 양을 싣고 관소를 출입하는 경우에는 대부가 세금을 징수하도록 하고, 관소가 세금을 징수하지 않도록 한다"[271]는 내용이다. 이에 따르면 말, 소, 양을 제외하고 다른 물품을 운반할 때는 세금을 면제할 수 있으나 배 150척이 넘으면 안된다. 거절車節의 내용은 주절과 비슷한데 무기 이외에 다른 화물의 세금을 면제할 수 있지만 수레 50채를 넘으면 안된다. 금절은 대나무 모양을 본뜬 것으로 보면, 당시 일반 귀족이나 평민도 죽절을 대량 사용했음을 추정된다. 그 이외에 또한 옥절玉節, 각걸角節 등이

---

269) 「呂氏春秋·孟冬」

270) 見其金節則毋(母)政(征).

271) 不見金節則政(征), 女(如)載馬牛羊以出內(入) 關, 則政(征)於大府, 母(毋)政(征)於 關.

있다. 춘추 말년에 제나라 공자인 양상陽生이 도망갈 때, 권세를 잡는 신하 전걸田乞이 "그에게 옥절을 건네서 달아나게 했다"[272]고 했는데 여기서 말한 옥절이 바로 옥으로 만든 부절이다. 주대 부절은 재질, 형제, 용도에 따라 여러 종류로 나뉜다. 부절에 관한 이런 상황들을 고문헌은 다음과 같이 기록했다.

> 방국邦國을 수호하는 자는 옥절玉節을 사용하고 도都와 비鄙를 수호하는 자는 각절角節을 사용한다. 큰 나라와 작은 나라의 사절(使節 : 사신의 신표) 은 산이 많은 나라에서는 호절(虎節 : 호랑이 그림이 새겨진 신표)을 사용하 고 평지가 많은 나라에서는 인절(人節 : 사람이 그려진 신표)을 사용하고 연 못이 많은 나라에서는 용절(龍節 : 용이 그려진 신표)을 사용하는데 모두 금 으로 만들며 금은 국가에서 보관하는 금으로 보조한다. 사문司門이나 사관司 關에서는 부절符節을 사용하고 사시司市에서 화폐나 옥이나 포목 등을 거래 할 때는 새절璽節을 사용하고 도로에서는 정절旌節을 사용하는데 서로 기일 을 정할 때 절반을 쪼개서 사용한다. 천하를 왔다갔다 하는 자는 반드시 부절이 있어서 관문을 통과하는데 통부通符를 주어서 보좌한다.[273]

여기서 말하는 '방국邦國을 수호하는 자(守邦國者)'는 제후들인데 제나라의 전걸田乞이 옥절을 갖고 있다는 것은 분수에 지나친 일이었다. '도비都鄙를 수호하는 자(守都鄙者)'는 경대부를 가리키고 '각절'은 당연히 옥절보다 한 층 낮은 것이었다. 각 제후국의 사신은 서로 다른 형제의 절을 갖고 각 지방 관새를 통과했다. 유명한 악군계절이 바로 고문헌에 기록된 '부절'에 대한 실물의 증거로 볼 수 있다.

---

272) 「公羊傳·哀公·6年」
273) 「周禮·掌節」

5. 주대의 도로 수리와 승차 예속

주대 주요 교통 도로는 평야에 있었으며 4마리 말이 끄는 큰 수레가 통행할 수 있는 넓고 평평한 도로가 많았다. 도로 수리에 대하여 각 나라 통치자들은 비교적 중요시했다. 일찍이 상왕조부터 이미 전문적인 인력을 시켜 도로 공사를 하게 했다. 전해진 바에 의하면 상왕商王 무정武丁의 제상인 부열傅說은 "죄를 지어 노역에 끌려가 부험傅險에서 길을 닦았다"274)고 했다. 여기서 '축築'은 험한 곳에 간수澗水로 인해 파괴된 도로를 수리하는 일이다. 주족은 예전부터 도로를 수리하는 일을 중요시했다. 고공古公 단보亶父가 족민을 이끌어 주원周原에 갈 때 집을 짓는 동시 교통 상황에도 주의를 기울였다. "갈참나무 백유나무 뽑아내어 사방으로 길 통하게 하자"275)라는 싯구절은 바로 당시 도로 수리 상황에 관한 묘사다. 고공단보부터 시작한 중원 지역의 도로 공사는 이후에도 잘 유지해 왔다. 주족 묘당廟堂의 악가는 이를 별도로 기록한 시작품이다.

> 하늘이 높은 산을 만드셨는데, 태왕께선 그것을 다스리셨네.
> 태왕께서 일으키신 것을 문왕께서 다스리어 편안케 하셨네.
> 태왕께서 가시니 기산으로 평평한 길이 났네.
> 자손들은 이 유업 잘 보전하네.276)

작품에서 주족의 자손들이 이 평탄한 길이 잘 보호되기를 기대하는 심정도 담겨 있다. 전해진 바에 의하면 주왕조 관부官府에 이름이 '사험司險'이라는 관직을 설치하고 있었다. 그의 지책은 "구주九州의 지도로써

---

274) 「史記 · 殷本紀」
275) 「詩經 · 綿」
276) 「詩經 · 天作」

산림山林이나 천택川澤의 막힌 곳을 두루 알아서 그 막힌 곳을 뚫고, 다리가 필요한 곳에는 다리를 놓아 통행할 수 있게 만드는 일을 관장하는 것이다. 국가의 오구五溝와 오도五途를 건설하고 울타리를 조성하여 견고한 방어시설을 만든다. 모든 곳에 경비하고 금지하는 법을 두어 그 도로를 통과하는 자에게 적용한다. 국가에 변고가 있으면 번藩을 막고 길을 막아서 통행을 중지시킨다. 그 소속 관원들에게 경비하게 하여 부절符節이 있는 자만 통과시키게 한다"277)고 했다. 그 외 '야려씨野廬氏'라는 관직도 있었는데 "야려씨는 국가의 도로를 소통시켜 사방의 경기 지방으로 나갈 수 있도록 관리하는 일을 관장한다. 국가의 교郊와 야野의 도로를 살피고 숙식宿息과 우물과 울타리를 검열한다."278) 야려씨는 도읍에서 사방으로 외진 곳, 야외까지 이어진 길을 통달하게 했다. '숙식宿息'은 앞에서 언급한 전사傳舍이고 '정井'은 우물을 파서 왕래하는 사람에게 마실 물을 제공해 준다. 주대에는 도로의 보호, 수리 및 관리에 대하여 이미 비교적 적절한 조치를 취하고 있었던 것으로 본다. 도로 상황을 순시巡視하는 일까지 관련된 관원의 직책이 있었다.

주대에는 많은 승차 예속을 갖고 있었으며 그 중에서 아주 전형적인 것으로 '식軾'과 '식式'으로 꼽을 수 있다. 공자는 '상복을 한 사람에게는 수레 위에서도 몸을 굽혀야 하고 판목을 진 사람에게는 몸을 굽혀야 한다"279)고 주장했는데, 이것을 통해 건경虔敬한 마음을 표하는 것이다. 수레를 타고 있는 사람은 슬플 때 종종 '난간(軨)'에 기대어 울어 눈물이 앞의 '식軾'을 적신다. 그래서 옛사람은 "수레를 타고 하마 돌아가시니 뵙지 못해 내 마음만 찢어진다. 수레 난간에 기대어 길게 한숨 쉬니 줄줄 흐르는

---

277) 「周禮·司險」
278) 「周禮·野廬氏」
279) 「論語·鄕黨」

눈물 떨어져 수레 가로막이를 적시네"280)라는 시를 지었다. '식軾'은 선진시대 아주 중요한 예속이다. 고문헌에 동주東周시대 위문후魏文侯가 현자를 우러러 바라본 일에 대한 기록이 있다.

> 위문후가 단간목段幹木이 사는 마을을 지나갈 때 수레 위에서 앞터의 가로막이를 쥐고 절을 하는 의례를 행하자, 그의 마부가 "임금님께서 왜 수레위에서 절을 하는 의례를 행하셨습니까?"라고 물었다. 문후가 대답하기를 "이곳은 단간목이 사는 마을이 아닌가? 단간목은 현자인데 내가 어떻게 감히 수레 위에서 절하는 의례를 행하지 않을 수 있겠는가? 또한 내가 듣기로 단간목은 결코 자신의 품덕을 과인의 자리와도 바꾸지 않으려 한다고 하니, 내가 어떻게 감히 그에게 오만무례하게 굴 수 있겠는가? 단간목은 덕에 있어서 넓고 과인은 땅에 있어서 넓을 뿐이다."281)

위문후의 입장에서 단간목이 사는 곳을 향해 식례軾禮를 행하는 것은 현자에 대해 존경하는 마음을 표하기 위함이다. '광후지光乎地'는 위문후가 식례를 행하는 행동이 단간목이 사는 곳을 더욱 빛나게 한다는 뜻이다. '식軾'은 수레에 타고 있는 사람이 객실에 기대지 않고 두 손으로 식軾을 잡으며, 주의를 기울여 집중해서 듣는 자세나 주의 깊게 살피는 자세를 취하는 것으로 어떤 사람, 장소, 사물에 대한 경의를 표하는 것이다. 당시는 현자에게 식례를 행할 뿐만 아니라 사람 많이 모인는 곳을 지나갈 때도 식례를 행해 겸손하고 공경한 마음을 표했다. 그러나 특수한 상황에는 이런 예속을 행하지 않아도 괜찮았다. 전해진 바에 의하면 공자에게 다음과 같은 일이 있었다.

> 형荊나라가 진陳나라를 쳐서 진나라의 서문이 무너지자 항복한 진나라

---

280) 「楚辭·九辯」
281) 「呂氏春秋·期賢」

백성을 부려 그것을 수리하게 했다. 공자는 그곳을 지나가다 앞터의 가로막이를 잡는 예(式)를 표하지 않았다. 그러자 자공子貢이 고삐를 잡은 채 공자에게 물었다. "「의례儀禮」에 세 사람을 지나칠 때는 수레에서 내리며, 두 사람을 지나칠 때는 수레 앞터의 가로막이를 잡고 예를 표한다 하였습니다. 지금 진나라의 성문을 고치고 있는 사람이 저렇게 많은데 선생께서 예를 표하진 않으시니 어찌 된 일입니까?" 이에 공자가 설명하였다. "나라가 망했는데도 모르는 것은 지혜로움이 아니요, 알면서도 맞서지 않는 것은 충성이 아니며, 망했는데도 죽지 않는 것은 용맹이 아니다. 문을 고치고 있는 자가 비록 많아도 이 가운데 하나도 실행하지 못했으니, 이 때문에 예를 표하지 않은 것이다."282)

식례를 올리는 것을 존경의 마음을 표출하는 일이라고 생각하는 공자는 망국을 앞둔 진나라 사람이 지혜롭지 못하고 충성하지 않고 용감하지 않으니 식례軾禮를 받을 자격이 없다고 했다. 이것으로 우리는 공자가 예속에 대하여 어느정도 변통變通했다는 것을 알 수 있다. '식軾'은 수레의 앞 가로막이어서 전쟁할 때 그 옆에 서서 적의 상황을 더 잘 관찰할 수 있었다. 춘추시대 노장공魯莊公이 제나라의 침공을 막아 싸울 때 조귀曹劌가 진간進諫을 하면서 전쟁 승부의 관건에 대하여 논한 적이 있다. 노장공은 조귀에게 전쟁에 참석하여 작전 짜는 데 도움을 주라고 요청했다. 이는 바로 유명한 장작지전長勺之戰이다. 전쟁터에서 노나라 군대가 공격을 시작할 무렵에 조귀는 "수레에서 내려 제나라 군의 수레바퀴자국을 살펴보고, 또 수레의 앞 가로막이 나무 옆에 올라서서 적군을 바라보았다"283)고 했다. 그는 제나라 군대 진영이 무너진 것을 확인하고서야 노나라가 승리했다며 소식을 전했다.

주대 귀족 등급제도 아래 식례는 많이 복잡해졌다. 고대 예서에는 이에

282) 「韓詩外傳 · 卷1」
283) 「左傳 · 莊公 · 10年」

대하여 아래와 같이 집중적으로 설명했다.

> 나라의 임금이 수레 위에서 예를 하면 대부는 수레에서 내리고 대부가
> 수레 위에서 예를 하면 사士는 수레에서 내린다.
> 군용 수레에는 예를 표하지 않는다.
> 군자는 누런머리 빛의 노인에게 예를 표하며, 경卿의 벼슬자리에 있는
> 사람이 있을 때는 수레에서 내린다.
> 마을에 들어와서는 반드시 예를 표한다.
> 임금이 타는 수레에 타게 되면 감히 왼쪽을 비우지 못하며 왼쪽은 반드시
> 예를 하는 것이다.
> 말꼬리를 보며 돌아보는데 수레의 바퀴통을 넘지 않는 것이다.
> 나라의 입금은 재계시킨 소(희생으로 쓰일 짐승)를 보면 수레에서 내리며
> 종묘에 예를 하고 대부와 사는 대궐문에서 내리며 노말路马에 예를 하는
> 것이다.284)

대부의 등급은 국군 아래여서 국군이 식례를 행할 때 대부는 수레에서
내려야 한다. 똑같이 대부가 식례를 행할 때 이를 따르는 사士도 수레에서
내려야 한다. 식례를 행하는 것보다 수레에서 내리는 일이 더욱 존중을
표하는 행동이다. 군용수레에 타고 있는 사람은 위풍당당하게 보여야 하
므로 겸손함, 공경함을 표하는 식례를 행하지 않는다. '황발黃發'은 노인을
가리키며 그들을 만나면 식례를 행해야 하니 이는 연장자께 존경을 표하

---

284) 「禮記·曲禮·上」. '하종묘下宗廟 식제우式齊牛'는 금본今本에서 '하제우下齊牛 식종
묘式宗廟'로 돼 있다. 그러나 「주례周禮·제우齊右」에서 「곡례曲禮」를 인용할 때 '하
종묘下宗廟 식제우式齊牛'로 돼 있어서 이에 근거해 고친 것이다. 이는 '종묘宗廟'는
'제우齊牛'보다 더욱 중요시하기 때문이다. 뒷문장의 '하공문下公門 식노말式路馬'로
미루어 추측해 보면 금본『예기禮記』에 실린 것은 오도인 것 같다. 공영달孔頴達은
『상서정의尚書正義』에서 옹명래熊明來의 학설 및 손이양孫詒讓『주례정의周禮正義』
권61의 주석을 인용하면서 이를 분명히 가리어 말한 적이 있다.

는 행동이다. 경위卿位는 고급 귀족인 경卿이 공문(公門: 나라의 행정관청)에 처한 벼슬자리를 가리키고, 수레 타고 있을 때 경위를 만나면 식례를 행해야 할 뿐만 아니라 반드시 수레에서 내려야 경卿에 대한 특별한 존경의 마음을 표할 수 있다. 이를 통해 예속에 미친 등급 제도의 영향을 충분히 설명해 준다. '리裏'는 민중과 귀족이 모여서 살고있는 곳으로 수레가 이곳을 지나갈 때 타고 있는 자가 식례를 행해야 이읍裏邑의 현자에 대한 존경을 뜻한다 것이다. 국왕이 외출할 때 통상 수레 5채로, 하나는 왕을 태우고 나머지는 수종 귀족들을 태운다. 수레 탈 때 왼쪽은 지위가 높다고 해서 국군을 따라 수레 탈 때는 왼쪽의 자리를 비워서는 안된다. 이는 당시 장례 수레만 왼쪽 위치를 비우기 때문이다. 그래서 국군을 따라 수레 탈 때 왼쪽 자리에 타고, 그리해도 마음이 놓이지 않으니 항상 식례하는 자세를 취해야 하는 것, 이른바 '좌필식左必式'이다. 식례를 행할 때 먼곳에 시선을 두면 안되고 앞의 말꼬리까지만 볼 수 있다. 고개를 뒤로 돌릴 때 시선을 두는 곳은 바퀴통을 넘으면 안된다. 이는 이렇게 해야 건경虔敬한 자세를 유지할 수 있다고 생각하기 때문이다. '제우齊牛'는 제사할 때 쓰는 소를 가리킨다. 국군은 종묘를 지나갈 때 수레에서 내려와 존경하는 마음을 표해야 한다. 소는 제사 때 제일 중요한 희생으로 여기는데 이는 '제우'는 신령과 조상에게 받치는 것이기 때문이다. 그리하여 국군이 길에서 제우를 보아도 식례를 행하여 존경하는 마음을 표해야 한다. 여기에서는 상당히 '애옥급오愛屋及鳥'의 의미가 담겨져있는 것으로 본다. '공문公門'은 원래 제후국 국군 궁실의 현관을 가리키고 대부들은 여기를 지나갈 때 수레에서 내려 존중하는 마음을 표해야 한다. '노마路馬'는 제후국 국군의 수레를 모는 말이며, 대부가 이를 만나도 식례를 행하야 하는데, 이는 제후에게 존경하는 마음을 표하기 위함이다.

주대 남자는 수레를 탈 때 디딤돌을 밟고 탔고 여자는 낮은 받침대를 밟고 탔다. 고대 예서에는 왕을 위해 일하는 관직인 '예부隸僕'를 기록했는데 주왕이 외출할 때 미리 '디딤돌을 세척하는 일'285)을 한다고 했다. 이른바 '승석乘石'은 왕이 수레를 탈 때 밟고 오르는 디딤돌이다. 일반 귀족이 수레를 탈 때도 디딤돌을 밟고 탔다. "나지막한 돌이 있어 밟는 이도 천해 보인다"286)라는 싯구절이 있는데 서주시대 어떤이가 밟는 디딤돌이 너무 납작하고 낮아서 수레타기 불편했음을 묘사한 것이다. 이렇게 보니 주왕이 밟았던 '승석'은 아마 무척 높고 큰 것으로 추측된다. 주대 초기 주공周公이 섭정攝政하여 왕으로 자처할 때 "황태자의 지위를 밟아 승석을 밟고 천자의 지위를 대신해 병풍을 등지고 제후들을 조회했다."287) 여기서 '승석'을 밟다는 일은 이미 왕을 자처하는 표시가 됐다. 또 디딤돌을 밟고 수레를 오르는 것은 귀족 관원들에게도 하나의 신분표시라고 할 수 있다. 동주시대 조무령왕趙武靈王이 주소周紹에게 "과인이 처음에 각 현縣을 순시하면서 번오番吾땅을 지날 때 그대는 아직 어린 아이였는데, 그때 천석踐石을 밟고 수레에 오르는 관리들이 모두 그대의 효를 말했다"288)라며 칭찬했다. '천석踐石을 밟고 수레에 오르는 관리'는 즉 일정한 지위가 있는 귀족 직책을 가리킨다.289) 주대 여자가 수레를 오를 때에 수종하는 사람은 받침대를 준비해야 한다. 고대 예서에서 "신부가 궤几를 밟고 수레에 오르

---

285) 「周禮·隸僕」

286) 「詩經·白華」

287) 「淮南子·齊俗訓」

288) 「战国策·赵策·2」

289) '천석踐石'을 밟고 수레 오르는 습속은 이미 오래됐다. 현대까지도 여전히 이런 습속이 유존되고 있다. 마서륜馬敘倫은 "경사京師 세가대족世家大族들의 대문 밖에 서로 마주치는 돌이 두 개 배열돼 있으며, 대개 수레 탈 때 사용하고 이름 승마석乘馬石이라고 불렸는데 이는 옛부터 있었다. 『전국책戰國策』의 조무령왕趙武靈王은 '천석踐石을 밟고 수레에 오르는 관리'와 같다고 했다. '마대馬臺'라고도 한다. …… 현재 경사京師 대족 집안의 마대들은 대부분이 조문雕文 장식 있는 돌로 쓴다."(『讀書續記』卷1)

는데 수행하는 두 사람이 앉아서 양쪽에서 서로 마주하고 궤几를 잡아준다"290)고 했다. 받침대를 밟고 수레를 오르는 일은 이미 오랜 역사를 가지고 있다. 한대 초연수焦延壽라고 탁명托名한 『역림易林』의 기재에 따르면 한대에 와서도 '등궤상여登几上輿'하는 방식이 계속 연용되고 있었다.

주대에 수레를 탈 때 통상적으로 어자馭者가 가운데 있으며 존자尊者가 우측에 있고 배승陪乘하는 사람은 좌측에 있었는데 이들을 '참승驂乘'이나 '거우車右'라고 한다. 전국시대에 위魏나라 신릉군信陵君이 현자 후영侯嬴에 대한 존경을 표하기 위해 "수레와 말을 몰고서 왼쪽 자리를 비어둔 채 스스로 이문夷門에 나가 후생을 맞이했다."291) 신릉군은 수레의 좌측 자리를 비워두고 후생을 맞이하러 나간 것이다. 전쟁터에서 군주와 주요 대장은 가운데에 있고 말을 모는 자가 좌측에 있으며 배승하는 사람은 우측에 있다. 주요 대령이 가운데에 있는 것은 전고戰鼓를 두드려서 울릴 때 편리하기 때문이다. 주요 대장은 군용 수레 위에 있고 전고戰鼓는 수레 가운데에 있고 대장은 수레 옆에 서 있어야 한다. 예컨대 노성공魯成公 2년(BC589년)에 제齊나라와 진晉나라 병사들이 큰 싸움을 벌였는데 진나라 군대의 주요 장령이 "화살에 맞아 부상하여 흐르는 피가 신발을 적셨으나, 진격을 독촉하는 북소리는 끊이지 않았다"292)고 했다. 이런 승차 예속은 전쟁터에서 임기응변할 때도 있는데 이것에 의해 의외로 좋은 결과를 얻은 일도 있었다. 역시 노성공魯成公 2년(BC 589년)에 제齊와 진晉 두 나라의 격전 끝에 제나라 군대가 패하여 달아나자 진나라 장군이 수레를 타고 제경공齊頃公 타고 있는 수레를 추격해 거의 잡히기 전에, 거우車右 봉추보逢醜父가 재빨리 '경공과 자리를 바꾸었다.' 추격한 진나라 장군이

---

290) 「儀禮·士昏禮」

291) 「史記·魏公子列傳」

292) 「左傳·成公·2年」

봉추보를 경공으로 오인하여, 경공은 이 틈을 타 수레에서 내려서는 물을 마시는 척하다가 탈출했다. 진나라 장군이 이러한 실수를 한 이유도 승차 예속에만 주의를 기울였기에, 제나라 거우가 재빠르게 변화한 것을 생각하지 못했던 것이다.

6. 춘추전국시대 남방지역의 주집舟楫과 수로 교통

주집舟楫은 오래전부터 이미 존재했다. 「역경易經·태泰」괘卦의 구이지효九二之爻에서 "박을 텅 비게 파서(包荒) 물을 건널 때 썼다"293)고 했는데 이는 상주시대의 일이지만, 전국시대에 와서도 이런 방법으로 물을 건너는 사람이 있었다. 「장자莊子·소요유逍遙遊」에서 "자네는 크기나 다섯 석이나 되는 박을 쪼개 배를 만들어 강이나 호수에 띄워 즐기려 하지 않나?"294)라고 했고, 『석문釋文』은 사마씨司馬氏의 말을 인용해 "준樽은 술통이고 몸에 묶어서 강호江湖에 띄우면 물을 건널 수 있다"295)고 했다. 이렇게 물을 건너기 위한 도구로 사용된 것은 나중에는 '요주腰舟'라고 불렀다. 이는 아마도 허리에 묶는다는 뜻에서 본을 딴 것같다. 최초의 배는 요주에

---

293) '포황包荒'의 뜻에 대하여 왕필王弼은 다음과 같이 해석했다. "건강한 몸으로 중中에 거하여 태泰를 쓰니 거칠고 더럽거나 홀몸으로 강을 건너는 무모한 이도 받아들일 수 있는 자이다"라고 했다. 이는 아무래도 억지로 갖다 붙인 것 같다. 고형高亨은 "'포包'자가 '포匏'의 차자인 것 같다. 『설문說文』에서 '포匏'는 '호瓠'이다."『석문釋文』에서 "'황荒'에 대하여 정현은 '강康'으로 읽고 비어 있다는 것을 뜻한다"라고 했다.(『周易古經今註』卷1, 中華書局, 1985年.) 「국어國語·오어吳語」에서는 '황성불맹荒成不盟'이라 했는데 위소韋昭는 "'황荒'은 텅 빈 것이고 '호황匏荒'은 박이 텅 빈 것이다"라고 해석했다. 또한 "옛사람은 물을 건너갈 때 자주 박을 텅 비게 파서 허리에 묶어 요주腰舟로 썼다"고 했다. 안어: 고씨의 주장이 옳으며 따를만하다.

294) 「莊子·逍遙遊」

295) 『釋文』

서 아이디어를 얻고 제작했을 것이다. 강도 많고 호수도 많은 중국 남방 지역에서 선민들은 교통 수요에 따라 일찍 주집舟楫을 제작했고, 춘추전국 시대에 와서는 발전된 모습이 보인다. 강소성 무인武進의 암성奄城에서 잇따라 춘추시대의 마상이[296] 4척이나 발견됐다. 그중에서 제일 큰 것의 길이는 11m, 선구 너비 0.9m, 선저 너비0.56m, 깊이0.42m다. 강소성 익흥宜興 지역에 잇따라 춘추시대의 마상이 8척이나 출토된 적도 있는데, 선체는 대부분 단단한 남목楠木으로 만들어졌다. 강소성 오강吳江에서 전국시대의 마상이 1척이 출토됐는데 마상이 외에 남부지방에서 비교적 규모가 큰 뗏목(桴)도 있었다고 추정된다. 역사 기록에 의하면 월왕구천越王勾踐이 "처음에 낭야琅琊로 옮길 때 수군(楼船卒) 2800명을 시켜서 솔나무를 베어 뗏목을 만들었다."[297] 이런 뗏목은 이미 간단한 목벌木筏이 아닌 무거운 물건을 실을 수 있는 대형 수로 교통수단으로 쓰였다.

춘추시대 남방 초楚·오吳·월越 등 나라에서 이미 여러 선박으로 구성된 주사舟師를 전쟁에 투입했다. 춘추 중기 초강왕楚康王은 "여름에 초나라 군주인 자작은 수군을 편성하여 오나라를 정벌했다."[298] 여기서 말한 '주사舟師'가 바로 수군이다. 춘추시대 수군 구성에 대하여 오왕吳王 합려闔閭 시기 오나라 '선군船軍'의 구체적 장비 및 분업 상황이 고문헌에 기록되어 있다.

합려闔閭가 오자서여伍子婿를 만나 수군 준비 어떻게 되고 있는가를 물었다. "선박은 각각 대익大翼, 소익小翼, 돌마突冒 루선樓船, 교선橋船이라고 이름을 붙였다. 선군에게 가르쳐 주신 육군의 병법을 활용해서, 대익大翼은 육군의 큰 수레에 해당되고 소익小翼은 육군의 작은 수레에 해당이 됩니다. 돌모

---

296) 謝春祝, 「奄城发现战国时期独木船」, 《文物》, 1958年, 第11期.

297) 「越絕書·卷8·越地傳」

298) 「左傳·襄公·24年」

突冒는 육군의 충거(沖車: 예전에 성을 공격할 때 쓰던 수레)에 해당되고 루선樓船는 육군의 루거樓車에 해당되며, 교선橋船이 육군의 경기병에 해당됩니다"[299]라고 오자서가 답했다.

당시 수군은 국군이 탄 선박을 지휘함指揮艦으로 삼았다. 오나라 왕이 탄 선박을 '여황餘皇'이라고 불렀다. BC525년 초나라 군이 "공격하여 오나라 군사를 크게 쳐부수었다. 오나라 왕이 탄 배인 여황餘皇을 빼앗았다"[300]고 했다. 그 후 오나라 사람이 밤중에 다시 여황을 되빼앗았다. '여황'은 오나라 수군의 지휘함으로써 아주 중요한 위치를 차지하기 때문에 오나라 사람은 목숨을 걸어서라도 도로 빼앗아야 했다. '대익大翼', '소익小翼'은 주함主艦을 따라다니면서 경호하는 전함戰艦이며 마치 육군의 중형重型과 경형輕型 군용 수레와 같다. 교선橋船은 육군의 경기병에 해당하고 돌모突冒는 적을 공격할 때 쓴 소형 전선戰船이고 누선樓船은 육군의 누거樓車에 해당한다. 전선 형제에 대하여 하남성 급현汲縣 산표진山彪鎭에서 출토된 전국시대의 수륙공전문감水陸攻戰紋鑒과 성도成都 백화담百花潭에서 출토된 전국 동호銅壺의 문식을 통해 대충 알 수 있는데, 당시의 누선은 위와 아래 2층으로 나누어지며 선체는 비교적 좁다. 아래 층의 선창船艙 내 서너 명의 단검을 차고 있는 사병은 몸을 앞으로 구부려서 힘차게 노를 젓고 있다. 전선의 윗 층에는 네다섯명의 무사가 서서 격고擊鼓, 사전射箭, 휘과揮戈, 무검舞劍을 하고 있으며 온 힘을 다해 적과 전투하고 있다. 이런 74인이 탑승할 수 있는 전함戰艦은 일종의 소형 누선에 해당한다. 전해진 바에 의하면 오나라에서 "대익大翼 한 척의 너비는 1장 5척 2치이며, 길이는 10장이다. 병사 26명, 도졸(棹卒: 노 젓는 병졸) 50명, 키잡이 3명, 갈고리창

299) 『太平禦覽』 卷770 『越絕書』
300) 「左傳·昭公·17年」

및 도끼 잡는 사람 각각 4명, 리吏·박僕·사射·장長301) 각 1명, 모두 91명이
된다. 갈고리창과 긴도끼를 가진 자는 각각 4명이고 큰 활 32개, 화살
3300발, 투구 32점이 있다.302) 이런 '대익大翼'은 아마도 당시 규모가 비교
적 큰 누선에 해당할 것이었다. 남방 각 나라 수군 중에서 누선樓船 복역자
가 아주 많고 월나라 왕 구천勾踐은 한번에 '누선졸樓船卒'을 2800명이나
징용해서 그들을 위해 뗏목을 만들게 했다.

　수운 교통과 정전征戰 필요에 따라 춘추전국시대에 이미 운하가 개착됐
다. 그중에서도 오나라가 뛰어난 성과를 거두었다. 노애공魯哀公9년(BC
486년)에 오나라 왕 부차夫差가 한성(邗城: 현재 강소성 양주시揚州市 북쪽)
을 짓고 장강, 회하와 연결된 한구邗溝를 개착하여, 북쪽으로 제齊나라을
정벌하기 위한 준비를 했다. 노애공 13년 (BC482년)에 부차는 군대를 이끌
고 한구로부터 북쪽으로 올라가 기수沂水를 거쳐 제수濟水를 통해 황지(黃
池: 현재 하남 봉구현河南封丘縣 남쪽)에서 진정공晉定公, 노애공 및 주왕조
경사卿士 선평공單平公와 회맹했다. 이렇게 위세가 드높은 먼 거리 수사水
師 작전은 당시 수상 교통의 큰 발전을 입증해 주는 바이다. 오吳·월越의
주사舟師는 운하를 통해 먼 항행을 했을 뿐만 아니라 바다에서도 멀리까지
갈 수 있었다. 역사 기록에 의하면 BC485년에 제도공齊悼公이 살해 당했을
때 오나라 왕 부차는 "사흘 동안 군문 밖에서 곡례를 올린 후, 서승徐承이
별도로 수군을 거느리고 바다로 항행하여 제나라 땅으로 들어가려 했는데
제나라 사람이 그 수군을 쳐부수자, 오나라 군사는 돌아갔다"303)고 했다.
이번 원항은 산동반도 동쪽의 성산각成山角을 둘러싼 바다로 제나라 땅에
진입하려는 행동이었다. BC482년에 월왕 구천은 오왕 부차가 북상해서

---

301)　고대 관직 명칭. (역자 주)
302)　「越絕書·逸文」
303)　「左傳·哀公·10年」

황지지회黃池之會에 참석하는 틈을 타서 오나라를 대거 징벌했다. 역사에 이렇게 기록이 되었다.

> 그 동시에 월왕 구차가 범려范蠡, 설용舌庸을 명령해서 병력을 이끌고 바닷가를 따라 회하까지 거슬러 오나라 군대 되돌아가는 길을 막았다. 오나라 고웅이姑熊夷가 왕자 우友를 이겨서 외성까지 들어가고 고소대姑蘇臺를 불태워 큰 배도 뺏어갔다.[304]

월나라 주사는 바닷가를 따라 회하까지 거슬러 오왕 부차가 이끈 군대가 되돌아가는 길을 막았다. 구천이 직접 이끈 군대도 주사舟師 위주로 구성되어 있는데, 그들은 오나라 수도 고소姑蘇를 침공한 후 먼저 오나라의 '대주大舟'를 뺏어갔다. 우리는 이 전쟁이 얼마나 큰 규모의 수로 군사 행동이었는지 상상할 수 있다. 오·월 지역에서 조선업은 옛날부터 발달되어 고문헌은 "주성왕 때 월나라는 주왕에게 배를 바쳤다"[305]는 기록까지 있을 정도다. 춘추시대에 월나라에 '주실舟室', '선궁船宮'[306]이 있었는데 이는 바로 배를 만드는 공장이었다. 당시 대규모 주사 선대도 바로 여기서 만들어진 것으로 보인다.

7. 배다리舟橋

춘추시대 사람은 「하령夏令」을 인용하여 "9월이면 농사일이 다 끝나고 비가 더 이상 오지 않으므로 여행객들이 편하게 다닐 수 있도록 도로를 정비하고, 10월이면 물도 마르므로 교량 공사를 하여 백성들이 걸어서

---

304) 「國語·吳語」
305) 周成王時, 於越獻舟.「藝文類聚」卷71引「周書」
306) 「越絕書·記越地傳」

물을 건너지 않도록 해야 한다"고 했다. 또한 "선왕께서는 가르침을 전하면서 말씀하시기를 '장마철이 끝나면 길을 닦아 수리를 하고, 물이 마르기 시작하면 다리를 놓어야 한다'고 했다."307) 이에 대하여 위소韋昭는 "「하령」은 하후씨夏後氏의 월령月令이며 주왕조가 이것을 답습한 것이다. 외지로 편리하게 다닐 수 있도록 길을 내고 맨발로 강을 건너지 않도록 배다리를 만들었다"308)고 해석했다. 여기서 기록된 '양梁'을 다리로 보는 것은 별 문제가 없지만, 이 다리는 주교舟橋가 아니다. 특히 하대에 이미 주교가 있었는지는 쉽게 결론을 내릴 수 없다. 이런 '양'은 하력 10월이 되야 건설할 수 있는 것으로 보아 규모가 크지는 않았을 것이다. 전국시대의 목독木牘에서는 "9월에 길가의 잡물들을 청소하고 구덩이의 위험을 없애고 10월에 다리를 만들어야 한다"309)는 기록이 있는데, 이는 서로 입증하는 바이며 「하령」에서 언급한 '양梁'이 바로 다리라는 것을 확실히 입증해 준다. 이런 다리를 건축할 때에는 돌과 나무로 교각橋墩을 만들었을 가능성이 있으면서도 주선舟船을 사용했을 가능성도 배제할 수 없다.

주대에 배다리를 가설했다는 사실은 이미 확실한 증거를 찾았다. 전해진 바에 의하면 주문왕이 신부를 맞이할 때 "위수가로 나가 친히 신부를 맞으셨는데, 배를 이어 다리를 놓으셨다"310)고 했다. 여기서 '조주造舟'는 진晉나라 학문가 곽박郭璞의 관점에 의하면 바로 '배를 잇대어 다리를 만든다'311)고 했는데 이는 정확한 해석이다. 배를 가로로 배열하고 승삭繩索으로 잇대어 맨 후 그 위에 널빤지를 깔어서 만든 것이 바로 당시의 배다리였다. 이런 부교浮橋는 동주시대에 이미 흔했다. 춘추시대 주왕조는 선양공單

---

307) 「國語·周語·中」

308) 『國語注』, 韋昭.

309) "九月大除道及(坑)險, 十月為橋." (四川省青川縣郝家坪 50號墓16號木牘.)

310) 「詩經·大明」

311) 「尔雅·释水」, 郭璞 注

襄公을 송나라로 보내 방문하여 안부를 묻게 했다. "그 일을 완성하고 나면 진陳나라 길을 빌려, 초나라까지 사절로 다녀 오도록 했다." 그 도중 진나라에 '배다리가 없다"312)고 했다. 여기서 말하는 '주량舟梁'은 배다리였다. 춘추 후기 진경공秦景公은 자신의 동복 동생인 후자後子가 진秦나라에 의해 벌을 받을까 해서 재물을 실은 천승千乘의 수레를 거느리고 진晉나라로 떠났는데 역사에 이렇게 기록이 되었다.

> 후자後子가 진晉나라 군주를 대접함에 있어 황하에다 배다리를 놓고, 10리마다 수레를 배치하여 진秦나라 도읍 용雍에서 진晉나라 도읍 강絳까지 이어지게 했는데 본국으로 돌아가 그 연회에 쓰고 선사한 물건을 가져가길 여덟 차례를 반복했다.313)

후자後子는 진晉나라에 들어온 다음 거창한 향례로 진평공晉平公을 초대하며 진秦나라에서 가져온 많은 재물들을 그에게 바쳤다. 이 재물들은 모두 황하에 가설된 배다리를 통해 진晉나라까지 운반한 것이었다. '황하에다 배다리를 놓고', '연회에 쓰고 선사한 물건을 가져가길 여덟 차례를 반복했다'고 했는데, 다리 위를 수레들이 재빨리 통과할 수 있는 것으로 미루어 봐서, 그 당시 이미 좋은 배다리를 만들 수 있었고 기술도 상당한 수준이었다는 것을 알 수 있다.

춘추전국시대 배다리는 대부분 군사 정전에 사용했다. 춘추 초기에 초무왕楚武王이 수隨나라를 공격하는 중에 전쟁터에서 죽었다. "영윤令尹인 투기鬪祁와 막오관莫敖官인 굴중屈重은 왕의 죽음을 감추고서 길을 닦아 열고, 차수差水에 다리를 놓아 건너가, 군진을 쳐 수나라에 임박했다. 그러자 수나라 사람들이 두려워하여 화목을 청했다."314) 초나라 국군이 군중에

---

312) 「國語·周語」
313) 「左傳·昭公·元年」

서 죽은 상황에 초나라 군대 장령이 길을 만들고 강 위에 다리를 가설하여 수나라로 핍진해, 결국 강제로 구화媾和하게 된 이야기다. 이런 긴급 상황에 초나라 군대가 느긋하게 영구적인 다리를 건설할 여지는 없었다. 따라서 '양梁' 즉 강 위에 배다리를 가설했음을 확신할 수 있으며, 초나라 군사가 신속하게 배다리를 만들고 통과한 것이 정리情理에 맞는 추론이다. 전국 후기 조趙나라는 진秦나라의 공격을 대비하기 위해 "경사慶舍는 동양東陽과 황하의 남쪽에 있던 군사를 이끌고 황하의 교량을 지켜라"315)라는 명령을 내렸다. 이는 조도양왕趙悼襄王 5년(BC240년)에 있었던 일이다. 진소왕秦昭王 50년(BC265년)에 진秦·위魏 두 나라가 격전하면서 진나라는 "처음에는 황하 위에 배다리를 만들었다"316)고 했다. 이 때 진나라가 황하 위에 배다리를 가설한 목적은 분명 동쪽으로 나아가 여섯 제후국을 멸망시키려는 군사적 필요성에 두고 있었다. 전국시대 각 나라의 각종 조건을 생각하면 넓은 황하 위에 영구적인 일반 다리를 가설하는 것은 아직까지 불가능한 일이었다. 그래서 역사 기록에 있어서 당시의 '하량河梁', '하교河橋'는 모두 배다리였다는 것을 알 수 있다.

---

314) 「左傳·莊公·4年」
315) 「史記·趙世家」
316) 「史記·秦本紀」

| 주편 소개 |

종경문鐘敬文(1903-2002)

광동성 해풍海豐에서 태어나 1927년부터 중산대학교에서 교편을 잡기 시작하여 민속학회의 조직활동을 참여하면서 민속 잡지와 민속총서를 편집했다. 1928년 절강대학교 교수 역임, 항주에서 중국민속학회의 업무도 보았다. 1934년에 일본 와세다대학교 문학부 연구원에 가서 신화학, 민속학을 연구했고, 1941년에 중산대학에서 가르치고 1949년부터 북경사범대학교에서 임직하면서 보인輔仁대학교, 북경대학교 등 학교의 겸직도 같이 했다. 1979년 고힐강顧頡剛, 백수이白壽彝 등인 7명의 유명 교수와 함께 전국민속학회를 창립했다. 1983년 민속학회 이사장을 역임했고 교육부 문과 교재『민간문학개론』,『민속학개론』의 주편을 맡았다.『민간문화학: 개요 및 발생』,『민간문예학 및 역사』,『중국민속학파의 건립』등 10권의 개인 저서를 출간했다.

| 저자 소개 |

조복림晁福林

1943년생, 선진사先秦史 연구 전문가, 북경사범대학교 역사대학 교수. 주요 논저로『중국상고문화소원』,『춘추패주』,『하상서주사회 변천사』,『선진 사회형태 연구』,『상해 박물관 전국 초楚 족서<시론>연구』등이 있다.

화각명華覺明

1933년생, 중국 전통공예연구회 이사장, 국가문물국 전문가, 청화대학교, 중국과학기술대학교, 북경항공항천대학교, 동제同濟대학교 겸임교수 역임, 주요 논저로『화각명 자선집』등이 있다.

유정劉禎

1963년생, 매란방梅蘭芳기념관 관장, 중국 예술연구원 교수, 주요 논저로『중국민간목련目連문화』,『북경희곡통사(요·금·원편)』,『민간희곡과 희곡사학론』등이 있다.

| 역자 소개 |

범위리范偉利

제남대학교 한국어학과 재직중

단아段雅
북경사범대학교 국제중문교육대학 석사 재학중

| 감수 |

신범순申範淳
서울대학교 국어국문학과 교수 역임

중국민속사 ❶

초판 인쇄   2023년 10월 31일
초판 발행   2023년 11월 8일

주   편 | 종경문鐘敬文
저   자 | 조복림晁福林 · 화각명華覺明 · 유정劉禎
역   자 | 범위리范偉利 · 단아段雅
감   수 | 신범순申範淳
펴 낸 이 | 하운근
펴 낸 곳 | 學古房

주   소 | 경기도 고양시 덕양구 통일로 140 삼송테크노밸리 A동 B224
전   화 | (02)353-9908 편집부(02)356-9903
팩   스 | (02)6959-8234
홈페이지 | http://hakgobang.co.kr/
전자우편 | hakgobang@naver.com, hakgobang@chol.com
등록번호 | 제311-1994-000001호

ISBN 979-11-6995-458-7   94820
          979-11-6995-457-0   (세트)

값 : 43,000원